琅 玉◎著

ZOUGUOQINGRENGANG

走过情人港

中国社会出版社
国家一级出版社★全国百佳图书出版单位

图书在版编目（CIP）数据

走过情人港／琅玉著．—北京：中国社会出版社，2014.10

ISBN 978－7－5087－4801－6

Ⅰ．①走…　Ⅱ．①琅…　Ⅲ．①长篇小说—中国—当代　Ⅳ．①I247.5

中国版本图书馆 CIP 数据核字（2014）第 150498 号

书　　名：走过情人港
著　　者：琅　玉
责任编辑：魏光洁

出版发行：中国社会出版社　**邮政编码**：100032
通联方法：北京市西城区二龙路甲 33 号新龙大厦
电　话：编辑部：（010）66026807　（010）66061723
邮购部：（010）66081078
销售部：（010）66080300　（010）66085300
（010）66083600
传　真：（010）66051713　（010）66080880
网　　址：www. shcbs. com. cn
经　　销：各地新华书店

印刷装订：中国电影出版社印刷厂
开　　本：170mm×240mm　1/16
印　　张：24.25
字　　数：450 千字
版　　次：2014 年 9 月第 1 版
印　　次：2014 年 9 月第 1 次印刷
定　　价：48.00 元

序

这本书我是一口气读完的。它把我又带回到了25年前我留学初期的经历。当年的出国留学，对多数年轻人来说还是一个很难实现的梦。记得我因为梦想成真，曾经是多么地兴奋。可从跨出国门的第一步开始，接踵而来的种种不适应也曾经让我极度消沉过。书中的女主人公夏夕阳，也是为了实现那向往已久的出国梦，放弃国内安定舒适的工作和生活，孤身一人漂洋过海。等待她的，是一道道关口：语言关、居留身份关、打工生存关、心理适应关……这期间，她遭遇过种种歧视，也获得过真诚的关心和帮助，经历了身处边缘社会的冷暖人生。和所有漂亮女孩儿一样，她也避免不了周围男人的特别垂青和关爱，更摆脱不了狠心女人的嫉妒和陷害。当她自以为站稳了脚跟，终于可以自立时，却意想不到地被投入难民营。当她历经磨难之后，想放弃对待爱情的高傲心态，接受世俗但本以为专情男人的追求时，却猛然发现自己是在被利用和欺骗。

夏夕阳，只是这个故事的主人公。在她的世界里，还有许多同胞，他们各自施展着不同的能力或手段，去实现着留学移民这一同样的目标。在作者的笔下，他们是看得见摸得着的性格鲜明的人物。

出国留学，对于现在的年轻人来说，已经不再是梦想。不过初到异国他乡，也会和我，和夏夕阳面临同样的艰难……这个故事，给关心留学，想去留学的人们提供了一个难得的了解机会，跟着夏夕阳去经历一次留学的艰辛吧。

于　涛

目　录

引　子

2000年11月的悉尼，阳光灿烂的日子甚少，有时一连几天，小雨淅淅沥沥下个不停，虽然时令已近夏季，但气候依然十分阴冷。

在一个细雨霏霏的下午，夏夕阳坐在办公室看书，突然，一群穿西装打领带的人冲入房间，将她围住。夏夕阳正要起身招呼，却见其中一人向她摆摆手，问道："你是夏夕阳医生吗?"

"是的，"夏夕阳一边回答，一边纳闷儿，"好奇怪的病人!"

只见那人从西装口袋中掏出一个证件向她晃晃，说道：" 夏医生，我们是移民局官员，我们奉命前来通知，你的签证现在被取消!"

"你说什么?!"夏夕阳立刻呆住，似在梦中。

移民官停了一下，看着一头雾水的她，继续申明："现在，你有两种选择，一、立刻返回中国，二、于24小时内提出上诉。"

半梦半醒之间，夏夕阳忽然明白，祸从天降，巨大的灾难降临于她！霎时，无边的恐惧将她团团包围，她慌乱无比，全身不由自主地战栗，"坚强，坚强，一定要挺住。"脑子里有一个声音这样对她说。于是，她强忍着身体的颤抖，缓缓地说道："我……我……我要……申诉。"

"那么，我们要送你到难民营，你将在那里办理有关申诉的手续。"移民官答道。

难民营是专门关押非法移民的机构，偷渡抵达，没有签证或签证过期者，若被发现，都会被关到那里。事实上，那里形同监狱。

夏夕阳听说她将被送往难民营，意识到问题的严重性，心中更加紧张，看来，那个印度人的话不是空穴来风！的确，有人在陷害她！但是，她不能就这样被带走，她必须通知一个人。

于是，她对移民官说："明天，我还有几个约好的病人，我应该通知他们，取消预约。"

"好的，你可以打电话通知他们。"移民官说。

夏夕阳立刻拿起电话，打到他的办公室："喂，移民局的人现在在我办公室，他们要带我去难民营。"

"什么？怎么会这样？一定是她！她竟敢如此！"听电话的人大声吼叫起来，"夕阳，不要怕！我马上过来，一切由我来负责！"电话那头传来一个男子焦急慌乱的声音。

夏夕阳接着又逐一给有预约的病人打电话，通知他们预约被取消。然后她提出先回家拿点儿换洗衣物。

但是，"这是不可能的！"一位移民官严肃地回答她。

"难道，我真的失去了自由？"意识到这一点，夏夕阳立刻僵呆，仿佛被人当头一棒，一股巨大强烈的恐慌使她泪如泉涌，大汗淋漓，浑身颤抖，她下意识地抓住座椅的扶手想控制自己的情绪，却感到眼前发黑，心慌气短，一阵天旋地转，便跌倒在地。

噼啪！轰隆隆！一道闪电随着一声惊雷劈开阴沉的天空，突然，狂风大作，暴雨如注，天空霎时黑漆如夜！将整个悉尼淹没在一片茫茫风雨之中。

此时，正是下午两点钟，一辆白色中型面包车正顶风冒雨从市中心向郊外驶去。

咔嚓！轰隆隆！又是一阵电闪雷鸣。夏夕阳被雷电惊醒时，发现自己躺在面包车中，四周是押解她的移民官。她不知道他们将把她送到哪里，也不知道等待她的将是什么？所有的一切，都是可怕的未知数，就像透过雨幕中的车窗看苍天，黑蒙蒙一片望不到边涯！但是，有一点，她知道，她的人生从此开始改变航道，她被打入地狱，她前面的路犹如漫漫蜀道，弯弯曲曲，难，难于上青天！何去何从？返回北京？含羞忍辱？抱恨终身？不！不能！她一定要讨回公道，不管多么艰难，不得正果，誓不罢休！当她下定了这样的决心，迷茫的头脑逐渐变得清晰起来，她要想一想，仔细地想一想，为什么事情到了这一步？她合上双眼，回忆起事情的前前后后。

第一章　申请签证

1996年4月的北京，柳絮飞霜，桃花吐艳，明媚的阳光透过点点翠绿的树叶洒向大地，将街道染成金色！夏夕阳工作的医院位于市中心西侧的一片胡同中，透过办公室的窗口，可看到座座四合院落以及院中点点桃红柳绿。正是上午10点整，夏夕阳身穿白衣从病房向医生办公室走去，旁边跟着住院医师小王，夏夕阳已经是高级主治医师，负责指导三位住院医师的临床工作，每周三次，她要随下级医师查房。此时，她刚刚查过小王的病人，回到办公室，她一边洗手一边望着洗手池上方的镜子，薄薄长方形镜片中，恰好映入一束斜柳，一枝桃花和一缕朝阳，“噫，又是人间四月天！”她心里这样想着，不由得望向镜中的自己，那是一位年轻靓丽的白衣使者，她眉目清秀，神情悠然，自信从容。呵，春去春来，花开花落，她已经在这里工作10年整，像每一位医学院毕业生一样，她从住院医师做起，看病开药，书写病历，24小时值班，整夜不停抢救病危患者，数不清救治过多少病人，记不清书写了多少病历，终于，她小树成梁，不但医术高明，而且学养非凡，然而，她却付出了10年青春！那可是人生最灿烂的时光呵。生活将永远这样继续下去吗？一辈子，或者说，生命中的大好年华，就这样在同一个方寸间一天一天消耗掉吗？这就将是我全部的人生？甘心吗？值得吗？她擦干双手，闷闷坐回办公桌前，窗外，团团柳絮随风飘舞，如花如雪漫天飞扬，她望着远方蒙蒙柳絮间蔚蓝的天际，“天涯海角在哪里？山长水阔的美景是怎样？在地球的另一边，那里的人们是如何生活的？”突然，一个强烈的愿望产生了，她特别想到远方去流浪！

下班后，她在报摊上买了一堆报纸，专挑红红绿绿的广告，浏览一番，原来，有大把的中介公司经手有关留学、移民等出国生意。按照广告上的地址，她在周日分别找到那几家公司，仔细请教了关于留学的条件，发现出国留学原来十分简单，只要你是成年人，大学毕业，有几年工作经验，拥有大笔财产（因为担保金一项就要20万元），除了今日世界霸主美国，亚洲、欧洲、北美洲，乃至南太平洋，不愁找不到一所学校！夏夕阳欠缺的只是资金。

她成长在一个知识分子家庭，父亲是记者，母亲是教师，几十年来，他们每月只有区区54元的工资，进入90年代，国家改革工资制度，他们的薪水有所提高，但与夏夕阳一样，也不过是几张百元人民币，也就是说，全家人不吃不穿，10年之后才能凑够留学所需！难怪多少学子留学之梦难圆！夏夕阳乘兴而去，败兴而归。

一日，报上一则新广告："世纪公司协助您走遍美国，不成功，不收费！"因为不先付费，引起夏夕阳的兴趣。

在王府井一座陈旧的五层灰色建筑中，夏夕阳见到了该公司的张先生，此人方头圆脸，皮黑肉厚，一双大眼泪汪汪，充满血丝，好像正害红眼病，笑时露出一口被烟熏黄的牙齿，那形象十分不适合做办公室白领。但夏夕阳感兴趣的只是出国咨询，对这些小节也就不管不顾了。

张先生说："本公司的分公司在美国，他们可以发出邀请函，比如开会、讲学、商务考察等，然后，被邀请人可以去美国使馆申请签证了。"

"手续居然如此简单？"夏夕阳简直不敢相信。

"是的，只要你交付500元美金，我们立刻发邀请信给你，其他手续费等你拿到签证后再付。"

夏夕阳想，这笔钱对她不成问题，于是，决定一试。

次日，交付费用后，张先生立刻给她一张四开大白纸，上面打印数行英文，内容是洛杉矶南区医院邀请夏夕阳医生讲授针灸一周，机票、住宿等费用院方全部承担，另外，讲课20小时，将得报酬1000美金。夏夕阳看着那张信函，感到非常亲切，以为不久便可拿到签证。

然而，申请签证，需要护照，办理护照又需要单位证明、出国缘由、户口本、身份证、照片等资料，夏夕阳几经周折，方收全资料，匆匆赶到出入境管理处，但见那里人山人海，办事员们个个黑口黑面，面对前来申请的国家主人——中国人民呼三喝四，那些可怜的中国人民则小心谦恭地回答他们的喝问，但是，出门一转身，便愤愤问候起办事员的祖宗八代。夏夕阳第一次见识这种场面，心里有些紧张，她十分小心地送上手中的材料，等待办事员的发难，不料，那冷面人"啪！啪！"两声，在申请表上盖章，然后金口一开："一个月后来取护照！"

一个月后，她拿到了护照，并填妥了签证申请表，然后从银行取出仅有的200美元，前去美国使馆。

张先生告诉她，美国使馆位于朝阳区秀水东街。她乘地铁来到秀水街，沿着那条挂满各色商品的小街走下去，果然就看到美国的星条旗在一座小型西洋建筑上飘扬。

小楼四周由铁栅栏围住，大门外1米远处，有一个水泥垒成的圆形岗台，一位身着制服的年轻武警战士昂首站立在上面。夏夕阳走到大门前，看到使馆工作时间是周一到周五上午9点到下午2点。她是下班后赶到这里的，所以使馆大门紧闭，里面静悄悄的。但是，使馆对面的一条街道却十分热闹。

过去一看，原来是一个小市场，所有的生意都与美国使馆有关，有人倒卖美金，有人兜售机票，有人是留学中介，有人是英文表格填写，还有人是站队服务。夏夕阳对最后一项甚为不解，待一详问，才知前来美国使馆申请签证的人数非常之多，每天从凌晨3点起便开始排队，但使馆是上午9点才开始上班，到下午2点就关门，如果到9点才去排队，恐怕到人家关门也未必能够进入使馆。于是，有人便组织一些闲人替那些想尽早入场但懒于半夜排队者站队，从中牟利，实在是无处不商机！夏夕阳没有多余的钱买舒服，决定明日凌晨前来排队。

第二天，朝霞刚刚出现在天边，夏夕阳已经来到秀水街，当她走近美国使馆时，着实吓了一跳，那里，数千人已经排起了长龙，她赶紧站到队尾，担心今天进不到使馆。排队等待的时间是漫长的，尽管她手中捧着杂志，但几个钟头好像几十年，到1点钟时，她感到非常焦急，因为1小时后使馆将会关门，她整个上午的工夫将白白浪费！正在不安，忽听有人喊："进来20个。"

夏夕阳没想到，自己正是那第二十名。谢天谢地！她心说。便按指示去交费。

申请费是每人约100美元，如果拒签，费用不退还。如此说来，使馆一天所收取的申请费是一笔相当可观的资金！不知中国使馆可否向美国公民征收这项费用？

夏夕阳胡思乱想间，被一个留着山羊胡子的美国人叫到窗前。

夏夕阳赶忙递上手中材料，并说："你好！"

"你好！"山羊胡子只瞥了一眼她的资料，便拿起护照，"啪！"在其中一页盖章，并说，"我不能给你签证！再见。"

"为什么？"夏夕阳惊问。

"没有理由。下一个。"山羊胡子傲慢地说道。

夏夕阳一时呆住，不知何去何从，可是山羊胡子已经在叫下一个，于是她迷迷糊糊地离开了使馆。

夏夕阳漫无目的地行走在长安街上，沮丧的她翻开护照，那最后一页上是一个菱形的红色印章，内容是"拒签"和日期。就是这枚小小印章将她连日里的辛劳与希望全盘打消！

"怎么办？"她边走边想，突然，世纪公司张先生的胖脸浮现在眼前。

张先生此时正在他的办公室谈生意。这次的生意，是组织一个赴美商务考察团，团员至少三人，目前恰有一男一女二顾客前来请教如何申请赴美签证。

张先生沉沉坐在黑色皮椅上，肥胖的躯体随着座椅不时左右旋转，一副胸有成竹的神态，而对面的顾客像小学生一样，洗耳恭听。

“我们这个团需要一名经理，一名会计，一名秘书，小王，你是小姐，适合做会计，大李，你的职务是经理，现在就差一个秘书了，因为人太少，这个团就显得太单薄了，你们可以再找几个人，哪怕就一位，这个团便可成行了。”张先生说得摇头晃脑。

小王与大李相互看看，谁也不说话，原来他们并不相识，是美国梦将他们汇聚于此。

“组织人员是公司的责任，作为顾客，我们付费，你们负责安排一切。我理解得对吗，张先生?”大李是有点儿头脑的中年人，他在一家建筑公司任职，因不得志，想去美国闯荡。

“对，大李，你的理解完全正确！我这不是希望你们早日成行吗?”张先生一边点头，一边思考如何谈下去。

此时，气氛变得有点儿尴尬。

突然“吱呀”一声，门开了，夏夕阳疲倦地靠在门上。张先生如同看到救星，立刻热情相迎。“哎呀，小夏，你好！里边请!”他对那两位点点头，“对不起，有个急事，请两位稍候。”

他把夏夕阳带到里间，又将门关上。这才说：“签证办得如何?”

夏夕阳将护照放在桌上，难过得连话都说不出来。

其实，张先生从看到她的第一眼，就已经猜到结果了。目前为止，他其实尚无一例成功申请的顾客，像夏夕阳这样的失意者，他一天要接见好几个!

“别难过了，小夏，去美国的签证哪里一次就能成功的?我们可以继续申请。”

“再申请?我都不知道为什么就被拒签，下次去还不是碰钉子!”她说。

“下一次我们换一个方式，这次，你是一个人单独申请，当然难批。目前，我们正在组织一个商务考察团，集体申请一般比个人独立申请容易。你参加了这个团，我们一起培训，一起申请，在签证没有拿到之前，我们不收分文。”张先生急急说着，一边在心里开始计划，他已经把团员组成了，因为，他知道，像夏夕阳这样，试过一次签证但又不成功者，往往都不甘心，只要有机会，还是不会放弃的。

于是，他拉着夏夕阳来到外间，将她介绍给王李二人，并说：“现在，我们的考察团可以成立了，夏小姐将担任秘书，等你们护照办好，我们立刻开始培训。”

夏夕阳没有说话，算是认可。王李二人离开后，张先生说：“你需要换一个护照，因为旧的上面有拒签章，会影响下一次的签证。”

“护照可以随便更换吗？”夏夕阳感到很奇怪。

“咳，这还不简单，你先去挂失，然后再申请，没问题的！”他大打包票。

于是，夏夕阳又数次往返出入境管理处，虽然十足领教了办事员的生硬态度，但终究得到一本新护照。

可是，张先生又说：“护照最好是使用过的，也就是说，你曾经出国，那样，签证官就不会怀疑你有移民倾向。”

就这样，夏夕阳被张先生安排去了泰国，号称“世纪泰国一周游”，她付给世纪公司5400元人民币后，便上路了。

这是一个星期日的清晨，夏夕阳提着小小行李包来到首都机场。

一位小姐手持一面红色锦旗，上书“世纪公司”，站在国际入口的一边，在她的旗下，围着一群人，夏夕阳走过去，报上姓名，就算入团了。

团员共有15名，到齐后，小姐带众人走进国际入口，先去托运行李，然后，她向众人交代：

“各位，下面去办理出境手续，然后到登机口上飞机，我们的导游在泰国机场正在恭候大家，祝各位行程愉快！再见。”

出境处的气氛非常特别，几位公安身着戎装竖立一旁，坚实的不锈钢柜台有间隔地一字排开，好像一道国防线，将大厅分成里外，人们按指示排成数队，等候公安的检查提问，然后从柜台间穿过，算是出了国境线。

夏夕阳第一次坐飞机，首次经历这样的场景，不觉有些好奇，便看起热闹。可是，当她穿过海关人就傻了！世纪公司的锦旗不见了，同团的人她一个也不认识，举目四望，大厅宽敞无比，人流滚滚。前后左右都是通道，想必那是通向登机口的走廊，然而，她却不知自己该朝哪个方向去，正在着急，忽听有人问：“小姐，你去哪里？”

夏夕阳看看周围，没有第三个人，只有她和一位中年男子，才意识到他在同自己讲话。

就像遇到救星一样，夏夕阳立刻高兴地回答：“我去泰国出游，刚与团队走散，不知哪里是我的登机口。”

那人看看她的机票，笑了：“我们同路，跟我走。”

他带她一直上了飞机，原来，他们不但同路邻座，而且还是同团。

他叫高山，在国家经贸部工作，经常出洋差，对东西文化都有所了解。夏夕阳实在羡慕高山有这样好的工作，可以周游世界，广闻博识。

飞机在曼谷机场徐徐降落，一位穿花衣，留长发，浓眉大眼的台湾男导游将夏夕阳一行15人接到一部大型巴士上，开始了泰国七日游。

同团的人，成双成对，只有夏夕阳、高山和一位东北老太太是形单影孤，自然，夏夕阳与老太太被分配同住一室。老太太是位个体医生，自营诊所，有了一些积蓄，便出来游山玩水。好潇洒的人生观，令夏夕阳羡慕不已。

另有一对辽宁夫妇，丈夫曾是海员，现做海洋国际运输生意，十分富有，可是，两人平易亲切，没有富人的自以为是和霸气，于是七天里，夏夕阳与他们天天一起出行。

每日的行程安排得很紧张，先后安排了游湄南河，逛鳄鱼公园，看大象表演，与人妖照相，参拜庙堂，观芭堤亚海滩以及形形色色的定点商场，六天很热闹地一晃而过，第七日，当台湾导游开着玩笑把他们送上飞机时，湄南河的滚滚波涛，芭堤亚的晴天碧海，和那骄阳似火中昼夜灯红酒绿的曼谷城已经成为昨夜星辰。

回到北京，夏夕阳立刻与世纪公司的张先生联系，张先生指示："明晚全团集体培训，后天即去签证。"

培训地点在安定门外一处民居中，据张先生说，那是他们公司的房产，准备分给职员居住。

夏夕阳下班后赶到时，张先生已经开讲了。房中灯光昏暗，家具陈旧，一片晦涩。团员只有大李和小王，显然，此团只有他们三位了。

所谓培训，其实只是填写申请表格和讨论如何应答签证官的问题。可是，在填表过程中张先生一言不发，只是不停地抽烟，原来，他根本不懂英文。于是，被培训者只好互相商量着将表格填好，此时，已过午夜，大家非常疲倦，张先生于是宣布培训结束。

至于应答问题之事，张先生说："你们自己商量好了。"

三人刚刚离开，张先生将门一关，直接走进睡房，倒在床上，做起梦来。原来，这里就是他的家。

外面，更深夜寒，冷风阵阵，但夏夕阳等人没有感到凉意，他们心中充满希望，只感到月明星灿，风清夜阑。他们哪里知道，此世纪公司乃一皮包公司，由张氏一人操作。他只是道听途说有关商务考察签证的一些情形，于是萌生了一个想法："出钱请会外语的人伪造一份邀请信，组织一个考察团，只当是投石问路，如果成功，将大发横财！"这样，夏夕阳等人就成了他问路的石子。可怜的夏夕阳等人还被蒙在鼓里！

第二天凌晨，夏夕阳三人赶到秀水街排队，小王一袭软料职业套装，细细高跟皮鞋亭亭玉立在寒风中瑟瑟发抖，大李身着风衣，一条羊毛围巾将口鼻几乎遮住，夏夕阳是领教过这种排队的辛苦的，所以穿了一件长长的羽绒大衣，身体温暖舒服要紧！他们边等边讨论关于签证的问题，甚至还谈到拿到签证后买机票等事宜，大李想先去芝加哥，小王说去洛杉矶，夏夕阳还没想好，大李建议同去芝加哥……

到底人多热闹，5小时居然在谈笑中混过去了。当他们进到使馆，交上申请费后，居然有些兴奋，他们互相望望，神情泰然，胸有成竹，好像签证马上即可到手。小王甚至在想，拿到签证后，以何种姿势点头道谢更加优雅。

可是，一个戴着厚厚眼镜的美国男子将他们的热情降至冰点。

他只是随便看了一眼他们的材料，冷冷地问："为什么去美国？"

大李回答："去考察。"

"你什么职务？"他又问。

"经理。"大李答道。

"你做什么？"他问小王。

"我是会计师。"小王干脆地回答。

夏夕阳想，下面该问自己了。不料，那眼镜却"啪！啪！啪！"在他们的护照上各盖一章，直接将护照放到窗口，说："你们不能得到签证！下一个！"

三人齐齐呆住，后面的人走过来，夏夕阳与大李赶紧让开，可是小王原地不动，她大声质问：

"为什么？材料若有问题，请指教。"

"不必解释！"眼镜傲慢地说。

小王还想说话，大李急忙上前将她拉到一旁。

三人离开使馆，心情沉重，忽然听见一声大叫，原来，前面一对青年男女正拥在一起，抱头痛哭。"一定是拒签。"旁边有人叹道，可是，他猜错了，那涕泪交流的男子刚刚得到签证，这是他第八次前来申请，他一年来一次，年年被拒，8年了，没想到今日终于得偿宿愿！

呀！去美国比红军长征还要艰难！都赶上8年抗战了！长路漫漫，夏夕阳开始灰心了。

多年以后，夏夕阳以澳洲永久公民的身份申请去美国出游，她才知道：根据美国的规定，赴美考察需要提供很多材料，比如考察团员所在单位的背景，单位的经营状况，经济实力，考察项目，原因，地点，接待公司，机票，饭店，考察行程安排等，而张先生仅仅提供一张邀请函便让他们去申请签证，真是开国际玩笑！然而，这些情况，在当时夏夕阳等根本不懂，张氏自己也不懂，但是，他却懂得令夏夕阳们心甘情愿地花费金钱，浪费时间，从虚幻的希望走向现实的失败！

二次拒签，将夏夕阳从天堂打入地狱，她整整失落了大半年。迷迷糊糊之中，桃花红了，柳絮白了，那一簇簇如花飞雪的柳絮飞进窗台，又一个春天降临了。

在一个春光明媚的星期天，夏夕阳来到亚运村，这里有一个人才交流展览，她想看看有什么样的工作自己可以做。里边，有许多展台，大多是企业或公司招聘人员或推销产品。人们一群群地围着展台，她避开拥挤的人流，选了一处安静的通道向里走去，忽然，看见一个地方，写着："国际移民公司。"她的心不禁一动，上前打听，一位男青年热情地接待了她。他问过她的工作、学历等背景后，建议她办赴澳大利亚留学，并介绍她与一个叫方木子的人联系。

方木子是一家叫作"中澳留学公司"的老板，他经营此项生意已过10年，经他手送出的中国学生遍布澳大利亚全国。方木子的办公室在王府井一座摩登大厦内，室内布置简洁大方，夏夕阳见到方木子后，立刻决定让他代理一切去澳留学的手续。方木子向她详细地介绍有关留学的资料，她说："这些我已经了解，我的问题是，没有足够的资金。"

但是方木子告诉她："这里有一个办法，你多找几个朋友，让他们用你的名字把钱存入银行，这样，银行即可写出'夏夕阳在本行存储××万元'之类的证明，存折由朋友自己收着，3个月后他们就可把这笔钱取出来，你只拿走那张银行证明。朋友的钱都不用出银行。"

方老板的话，令她茅塞顿开，因为，申请留学需要相当20万元人民币的自行担保费，在90年代中期的中国北京，对一般家庭而言，这可是一笔巨额资金，而申请费、半年学费、健康保险费和公司代理费全部加起来也就5万元人民币，夏夕阳自己可以负担这5万元，困难的是那笔20万元的担保费，但是照方木子的建议，如果朋友富有而有闲款，想必是会帮忙的。

于是夏夕阳试着向高山谈起此事，他竟然很痛快，当日下午就和她到银行把手续办妥。

但是，这笔钱不够20万元，她又找了几个朋友，可是都没有闲款，正在此时，在泰国认识的辽宁宋氏夫妇来北京，宋先生打电话约夏夕阳，她想，宋氏家大业大，不缺这点小钱，于是，向宋先生谈了她的情况，请他帮忙。

宋先生说："没问题，今晚你到这个地方来，我一定帮你办妥！"

夏夕阳很庆幸，泰国之行使她认识了这个有钱人，因为在她的生活圈内，大家都是国家干部，清一色的工薪阶层，有几人会拥有几十万？

当晚，夏夕阳就兴冲冲地去见宋先生。那是一处新盖的居民住宅，门一开，宋先生将她让进客厅，厅内只有宋先生一人，他热情地招待她，一番茶水糕点过后，夏夕阳想该谈正题了，可是，宋先生东聊西扯，就是不提银行的事，夏夕阳看时钟已近10点，不得不打断他："宋先生，银行证明的事，你看？"

“没问题，我给你帮忙，你给我帮忙。”他不等她说完便接过话去。

夏夕阳纳闷儿：“我能帮你什么忙？”

“呵，夏医生，像你这样漂亮的女医生不多，见一次印象深刻，从泰国回来，我一直惦记着你，这次其实是专程来看你，希望你可以陪我去听歌跳舞，留学出国，小事情！无论你想上哪个国家，我都可以给你安排。”他望着她很诚恳地说。

夏夕阳万万想不到宋先生会讲这样一番话，一时气结，感觉眼前这憨厚豪爽的东北汉子立刻变得渺小猥琐，她摇摇头，心想：“天上掉不了馅儿饼。”就失望地离开了。

春天的夜，温暖而宁静，夏夕阳迎着习习暖风在街边等候小面的，忽听有人喊她的名字，回头一看，原来是表哥夏亮，他正坐在一辆出租车中向她招手：“夕阳，你在等车？一起走，我先送你。你来这儿干什么？”

上了车，夏夕阳告诉夏亮这些日子在忙什么，他一听笑了：“早说呀，我刚刚借给同学一笔美元，不过你需要的数目很小，我剩下的零头足以开出你要的证明。”

什么叫柳暗花明又一村？夏夕阳真没想到今天居然绝处逢生！

这位夏表哥，原本一个典型书生，数年前突然从机关辞职下海，全体家人都为他担心，认为他不适合经商。因此，在夏夕阳冥思苦想，寻找所认识的有钱人时，还真没有想到他。几年不见，看来，他是干出名堂了。

次日，夏夕阳就与表哥到银行把事办妥，表哥临别时说：“拿到签证后通知一声，我给你买机票。”

最困难的担保金就这样意外地解决了，剩下的只是准备材料了。她按照方木子的指示，将毕业证、工作经历、出生证明、个人简历等与自己身份和从医生涯有关的一切资料全部作了公证，然后，填好留学申请表，准备了1600澳元申请费，与方木子的助手林小姐直奔澳大利亚大使馆。

澳大利亚使馆位于东直门外宽阔的林荫大道边，那雄伟的建筑在一排排松树后岸然耸立，好不庄严！馆内梁高顶阔，窗明几净，一排排座椅闪着幽光，人们静静坐在那里等候叫号，不必站在寒风中等待。

林小姐先带夏夕阳从自动打号机上拿了号码，然后，便示意她坐下来等待。

夏夕阳静静地坐着，但是心中十分不安。两次美国使馆的经历，使她对签证官非常恐惧。

很快，轮到她的号码，她们急忙上前，只见那柜台后坐着一个中国大男孩，他很礼貌地打招呼，然后将夏夕阳的材料全部检查一遍，放入一个大纸袋中，接下来收款，开收据，最后，告诉她："评估需要两个月，回家等候吧。"

没想到事情竟这样简单，夏夕阳大松一口气。

林小姐说："两个月后，如果通过评估，使馆会发通知去体检，体检合格就缴学费，根据学校的收据，使馆才会发给你签证。因此，你大概要等四到五个月才能得到签证。"

夏夕阳知道，成败与否已经不是她或代理公司的能力所及了，还是听天由命吧！于是，索性回医院上班。

春去夏至，炎热的暑天开始了。一天，夏夕阳正准备将白大衣由长袖换作短袖，忽听护士叫她接电话。她拿起话筒，听到林小姐兴奋的声音："夏医生，好消息！使馆发来体检通知，你的评估通过了！"

夏夕阳激动得简直快要晕倒！自从送上材料，她强迫自己尽量不去想这件事，然而，心底里，每时每刻都在盼望着评估的结果。苍天不负有心人，她终于有希望得到签证了！

接下来的手续异常顺利，从体检，交学费，得到签证，她仅用了3个星期！就连方木子也觉得不可思议："夏大夫，你真是太幸运了，3个月拿到签证，这还是十年来本公司绝无仅有的一例！"

夏夕阳也很高兴，她由衷地感谢方木子等的帮忙，然后说："现在我该干什么?"

方木子哈哈一笑："很简单，买机票，去澳大利亚呀。"

"可是，我对那里一无所知，也没有一个亲朋，下了飞机往哪里去?"夏夕阳一副不知所措的样子。

方老板说："这好办，你付200澳元，我安排人在那边租房和接机。"

"那就太感谢了。"夏夕阳真诚致谢，心甘情愿地付上所有费用，就回去准备买机票了。

第二章　漂洋过海

第一个知道夏夕阳好消息的是表哥夏亮，他高兴地祝贺后，立刻为夏夕阳安排机票。首先，他打了一通电话，然后，告诉夏夕阳一个地址，叫她过去取机票。

夏夕阳到了那里，刚报上夏亮姓名，售票小姐立刻热情款待，可见表哥一定是这里的好好顾客！小姐认真耐心地为她挑选了合适的航空公司及班次，即刻出票给她，并说："夏亮吩咐，票账由他负责结算。"夏夕阳从心底里感激表哥的雪中送炭！

拿着机票，夏夕阳去见方木子，告诉他航班抵达澳洲的日期和时间，然后，立即去书店买了一本世界地图、澳洲历史地理简介和一堆英文学习书籍。

她一口气将澳洲简介读完，原来，澳大利亚在南半球，位于南太平洋与印度洋之间，由澳大利亚大陆和塔斯马尼亚等岛屿组成，是英大不列颠帝国的一个郡属国，原居民是当地的土著，230 多年前，英国船长库克发现它后，英国政府将大量罪犯流放到那里，正是那些罪犯赤手空拳，开荒拓路，造田建屋，形成最初规模的澳洲社会，以后，又发现金矿，于是引发了以英国为主的大量欧洲人的淘金热潮，当时，数以万计的人群一批又一批奔向金矿，金矿中也有被雇用的中国劳工，从 1788 年英王朝建立第一个澳洲政府，经过一代又一代澳洲人辛勤的汗水，终于开发建设成今天经济发达的世界强国。

真想不到，围绕着世界著名的悉尼歌剧院的竟是这样一段历史！夏夕阳一边感叹一边翻开世界地图，但见澳大利亚幅员辽阔，占据了大洋洲与印度洋间大块版图！"多么美丽遥远而神秘的地方，我将从那里开始走遍世界，看尽人间春色！"夏夕阳心里这样想着，不由得笑声呵呵。

妈妈看到，问："读什么故事，这样有趣？"

"澳大利亚，妈妈，我要去澳洲留学，一周后出发。"夏夕阳这时才想起，还未来得及告诉母亲自己即将远行。

"是吗？你在开玩笑还是做梦？"母亲揶揄她。

"真的，机票都买好了，在这里。"夏夕阳给母亲看护照等文件。

即使到这时，母亲还不能相信女儿就要出远门了，待了很久，她才想起一周是很短的时间，去那么遥远陌生的地方，一定需要准备很多行李，但是该准备什么，她却毫无头绪，只觉心慌不安。

夏夕阳看她转来转去，知道母亲是为她担心，就安慰道："妈妈，别紧张，我主要带些书籍和随身衣服，那边已经安排好住房。我明天将去医院辞职。"

母亲一听辞职，又是一惊，女儿是要断了后路，看来，她这是铁了心，一去不回头了，她这个倔强女儿，一向自作主张，出国、辞职这样的大事，她竟然事先一字未提，直到最后一刻，才闲闲地道出，她除了惊愕便是无奈。

"女大不由娘，此时，劝亦晚也，罢了，随她吧，还是筹措资金要紧，免她吃苦头。"这样想着，她便给夏夕阳一笔现款，让她先去买太阳镜、皮箱等必需品，然后打电话给老伴，看他还有多少美金。

夏夕阳到公主坟的城乡商厦一通狂购，两手已提满沉沉的大小塑料袋，她索性买了一只大皮箱将所有口袋塞进去，当她轻松地拉着皮箱走出商场时，晚霞还挂在天边，时间尚早，她想不如与高山联系一下。

高山此时正好在家，接到她的电话，十分高兴，说立刻来见她。

夏夕阳按照高山的提议，来到附近的紫竹茶馆，一踏进门，不由得眼前一亮，只见里面梁高屋阔，窗明几净，红墙金顶，一色原木地板闪着油光，配上天然原色的藤桌藤椅，还有排排翠竹沿墙亭亭玉立，竹林前一列清泉，溪水潺潺，流过闪着五彩斑斓的灯饰，影射得翠竹五光十色，煞是好看！好一个清静之处！这老高还真会找地方！她一边心里感叹着，一边找了一个正对翠竹流水的藤椅坐下，要了两份菊花茶，便望着千娇百媚的紫竹出神。

不久，高山赶到，他握着她的手，口中念念有词："祝贺！祝贺！夕阳，你的梦想开始起步了！让我们以茶代酒，为你干杯！"

夏夕阳被他的热情感染，赶紧捧起杯子与他乱碰起来："干杯！谢谢！这第一个要感谢的人是你！如果没有你的鼎力相助，哪里会有今天！我是万分地感谢！"

"你太客气了，这点小事，举手之劳，不足挂齿。想必剩下的保金证明是老宋帮你开的吧，对他来说，这点小事根本不算事。"高山认真地说。

"说到老宋，真是一言难尽。原先我也觉得，他那么有钱，这个忙一定会帮的。可是……"夏夕阳便将那天见老宋的经过简单地叙述一番。

"真没想到，知人知面不知心，到底是生意人，念念不忘的是交易。"高山不由得感慨唏嘘。过一会儿，他像是突然想起什么："哎，你去澳洲哪个城市？"

"去悉尼。可是，对我来说，去哪个城市都一样，因为搜遍澳洲，我一个熟人都没有。”夏夕阳这样说着，心里开始有点儿紧张。

“那你可是挺勇敢的，不过，也没什么，我去过很多地方，哪里都差不多，西方社会相对比较法治，凡事公对公，即使有亲朋好友，事事都还要靠你自己。不过，在一个完全陌生的环境中，你只身一人，处处还是应当格外小心。特别与中国人接触，要分外警惕，在国外，同胞相欺是很常见的事。”

高山认识夏夕阳不久，但是，他看得出来，夏夕阳单纯直爽，是那种生活一帆风顺、未经风霜的幸运儿，对人间百味还欠了解，所以这样忠告一番。如果夏夕阳当时能够深刻理解他的这些话，那么，她也许会躲过以后的许多麻烦甚至灾难。可惜，她此时正处于整装待发的百忙时期，没来得及仔细与高山切磋畅谈。

次日清晨，夏夕阳早早上班，将她手头的工作一气整理妥当，这才有空告诉同事，她将离开医院去澳洲。同事们先是一惊，随之高兴地向她祝贺，商量着在哪家餐馆为她饯行。夏夕阳谢过大家，赶紧去找科主任辞职和谈交接工作等要事。

科主任乃一中年妇人，为“文革”时期工农兵学员，作为老资格的中共党员，在这个以政治挂帅的小医院里，她算得上是一方神圣。在科里她更是大权在握，说一不二，非常武断，且生性嫉妒，她不喜欢正规的大学毕业生，尤其不喜欢女生，对分到科里的研究生更是横挑鼻子竖挑眼，很怕新人专业太强，超越取代她。因此，夏夕阳从来都对她敬而远之。

此时，主任正把自己关在她的专用办公室，夏夕阳敲门后进去：“主任，你好！我要出去学习，现在辞职，我负责的工作需交给哪位医生？我离开之前一定将工作交代妥当。”

“什么?！不行！事先不打招呼，想走就走，没那么容易！”主任没等夏夕阳把话讲完，臀部像被蜜蜂蜇了一样跳了起来，她一边大力拍桌，一边大喊大叫。

夏夕阳吓了一跳，一时愣住，忽然想起，一次医院组织医生护士去青岛休假，大家齐心合力，互相调班，使病房的工作能够正常维持。有一天，按照顺序，该夏夕阳去休假了，可是，当她把工作安排妥当，向主任汇报时，她也是这样暴跳如雷：“不行！王医生不可替你值班！李医生也不可以！”霸道得如此无法无天，当时，夏夕阳忍无可忍，回敬一句：“主任上次休假一月余，不是王李我等替你值班吗?”主任立刻语塞。

今日，夏夕阳已是要走之人，主任大人的同意与否其实已经毫无意义，夏夕阳只是想站好最后一班岗，把工作交接妥当。然而，面对这不可理喻的上司，她只好说再见。

后来，主任冷静下来，派人与她把工作交接完毕，夏夕阳这才安下心来，她挑了几本临床常用的书籍，将余下的物品分送给同事，然后，回顾一遍病房和患者，又在办公室与值班室转了几圈，不由得深深感慨起来：10 年了，生命中最宝贵的年华，就是在这里，一日一时一点一滴流走了，虽然繁忙辛苦，但增长知识，积累经验，而且生活安定，现在，她却要放弃半生的功名，永远与这一切告别了，她无限依恋地望着已经空空荡荡的办公桌，一抬头，对面水池上方的小小镜片映入眼帘，镜中印着楼外四合院中的一枝残柳和一抹斜阳，使她想起“枯藤老树昏鸦”这句诗，是的，时光飞逝，一转头就是百年身，而人一生，又有几个风华正茂的 10 年！时不待人，要只争朝夕！于是，她收拾起心中的千头万绪，告别医院，赶紧奔向下一个旅程。可是，她哪里知道，今后的岁月不知有多蹉跎！

该起程了，挚友袁圆送她到机场，虽然只是极简单的行李，可是装起来还是塞满两大箱，父亲用秤逐一称量，减了又减，最后还是超过要求的 20 公斤大箱，10 公斤小箱的重量，袁圆说她在机场有朋友，不必再减了。果然，到机场，袁圆一个电话，那位朋友将大小两个箱子全部托运，夏夕阳两手空空，好不轻松！她千谢万谢过那位朋友后，紧紧拉着袁圆道别。

她俩的友谊从中学一年级玩扑克牌开始，经过 25 年，始终是闺中挚友，无论好事坏事，俩人一定狼狈为奸，互相支持，比如上中学时一人逃课，另一人冒充家长写假条给老师等。袁圆的丈夫是一家小型建筑公司的老板，袁圆就在那家公司管理财务，她家很早就有了小车，近几年，她也学会开车，所以出门很方便，夏夕阳跟着借光不少。

虽然她们情同手足，但二人的兴趣相去甚远，袁圆精厨艺，善交友，好麻将，夏夕阳迷小说，爱戏剧，喜远游。比如出国学习这等事情袁圆是毫无兴趣的。袁圆在香港有个叔叔，曾经想资助她到澳洲学习，可是她却很干脆地谢绝了。所以，她十分不理解夏夕阳此行的目的，同时也很为夏夕阳担心。

袁圆说：“到了以后，打电话报声平安，如果太艰难，赶紧回来。”

“如果，一周后没有我消息，你就报警吧。”夏夕阳对未来的一切心里很茫然，这一步踏出去，天知道会是什么样？因此最后还是不得不对好友这样交代。

直到飞机起飞，夏夕阳还沉浸在与袁圆离别的悲情中。因为是中国航空公司，机上大部分是中国人，这班飞机是下午 6 点 15 分起飞，经过上海，在那里停留 1 小时，接上一些新乘客，然后直飞悉尼。

她的座位靠窗，从北京到上海时，她一人乘两座，那是因为邻座无人，她可以自由自在地转身或出入，她甚至想到夜里可以半卧着睡一觉。

可是，过上海后，邻座来了乘客，她只好缩在里边，一动不动看书。机上晚餐开始了，她毫无胃口，继续看书，直到机上的大灯熄灭，她才放下手中的书。

“你可以打开座灯，如果想继续读下去的话。”邻座忽然说话了。

夏夕阳抬起头来，这才发现旁边坐着一个中年男子，只见他热情地向她微笑，一伸手将座位扶手上的一个开关轻轻一按，夏夕阳的面前立刻一片明亮。

她连忙道谢：“谢谢，我还真的不知道机上会有台灯。”

“你不是经常乘飞机吧？”那人讲一口上海普通话。

“这是第二次乘飞机，如果算上去泰国那次几小时的短程。”

“那么，你是第一次去悉尼了？去做什么？”

“去学习。你去做什么？”

“我是澳洲公民，家在悉尼，做农牧产品进出口生意。大概两个星期就要回来一趟。”

“那多好。”

见夏夕阳羡慕的表情，那人又道：“我有两个工厂，一个在澳洲，一个在新西兰。”

“做实业，又做贸易，那你的生意一定很大了。你有很多雇员吧？”夏夕阳听得有些激动，她甚至想说不定他的公司正缺人手，她也许可以得到一份工作，哪怕是一份粗活，也是好的。

“当然。每天早晨，我到办公室，第一件事就是看传真，然后打电话，三个国家，时差不同，这样一晃就是一上午，下午就去工厂看看，晚上计划一下进出口的日期等，生意越来越大，人手也就越来越缺。哎，聊了半天，还不知如何称呼你，我叫崔天。”他不无自豪地说。

“我叫夏夕阳，以前是医生，现在是学生。这是第一次去西方国家，对未来一无所知。”夏夕阳老老实实道出她的底细。

“没关系，很快你就会熟悉。你在哪家学校上学？住什么地方？以后如何联系？”崔天越说越高兴。

“不知道。有人会在机场接我，然后带我去住地。崔先生如果愿意，请留下电话，我会同你联系，假如我找不到本行工作，或许，我可以在你工厂打工。”夏夕阳很诚恳地回答。

“没问题，只要你愿意，随时可以来上班。这是我的电话。”他拿出一个小记事本，刷刷两下，一行数字跃然纸上。

他们这样聊着，不觉已是深夜。舷窗外，天际一片漆黑，飞机内，鼾声四起，崔天打开飞机上准备的小毯子，递给夏夕阳，说：“我们也眯一觉吧。”

于是，夏夕阳随着一片鼾声进入梦乡。

半梦半醒中，夏夕阳眼前忽然一亮，原来已是凌晨，机舱大灯刚被打开，乘务员正准备送上早餐，再过两个小时，飞机将抵达悉尼。

夏夕阳此时睡意全消，她拉开舷窗的内帘，舱外，团团白云层层叠叠，悠闲地四处飘浮，远方，晨曦穿过卷卷云朵，射出万道金光，为半边天空披上重重灿烂的朝霞，炫耀得漫漫天际云蒸霞蔚！夏夕阳被大自然如此绚丽的景观深深吸引，她一动不动，尽情欣赏着朝阳将天空一点一点渐渐染红，直到飞机开始在悉尼的上空盘旋。

这时，飞机上的清理工作开始进行，两个背着药瓶的人从走道向四周喷洒药粉，这是澳洲政府为保证澳洲国土不被外国的细菌污染所立的法规，所有进入澳洲境内的飞机必须执行这项规定。消毒药水呛人的气味在机舱弥漫，乘务小姐提着口袋开始收集垃圾，夏夕阳捂着鼻子填写入境卡，广播中，传来机长的声音："各位乘客，飞机马上就要降落悉尼国际机场，请大家系好安全带。"

夏夕阳赶紧望向舷窗，只见飞机穿梭在云层间，白云下，悉尼像一幅积木搭成的彩色拼画，一块一块镶嵌在一汪汪湖水中，阳光下，水面像一面面明镜闪烁着粼粼光环，使悉尼看上去分外宁静安详。可是，夏夕阳的心里却不能平静，她十分担心，接机的人会不会来？如果来了，又如何相认？如果不来，她又该何去何从？

夏夕阳就这样忐忑不安地走下飞机，穿过海关，甚至忘记与崔天道别，当她推着行李车来到接机大厅，那里已站满一大群接机的人们，有些人手中举着写有人名的纸或牌子，夏夕阳赶紧在纸片中寻找自己的名字，很快，她便看见她的名字被一个中国男孩持在手中，于是，她不安的心情松懈下来。

她高兴地走过去，"你好！我是夏夕阳。"

男孩接到人，也很高兴："你好！欢迎来到澳洲！我是张嘉，她是王怡，我们俩一同送你到住地，车在外面，请这边走。"

男孩的礼貌和王怡的笑脸使夏夕阳感到十分亲切。在车上，张嘉告诉她，住地在碧梧德，坐火车去市中心只需 15 分钟，悉尼的火车如同北京的地铁，非常方便，房东是越南华侨，会讲汉语，夏夕阳自己住一个卧室，租金一周 70 澳元，他们已付给房东 50 元作为定金，因此第一周租金只需交 20 元。

说话间，车子已经来到碧梧德，张嘉七拐八拐，将车停在一条幽静的小路旁，路边是一排排翠绿的大树，大树的后面是一座座住房，住房的门前是一个个花园，花园里鲜花盛开，姹紫嫣红。

张嘉领着夏夕阳来到 4 号门前，用钥匙打开门锁，直接进入一个靠门的卧室，然后，又将她的箱子搬了进来。"夏小姐，这是你的房间，这是大门和你房间的钥匙，从这条街出去向右转，再向左转，然后再向右，就是商品街，需要什么，可去那里买。我的任务完成了，祝你一切顺利！再见!”张嘉说完，便笑容满面地离去。

屋内立刻静下来，夏夕阳举目四望，房间很陈旧，纯白的屋顶和墙壁已变得灰白，白色百叶窗帘上浮着一层厚厚的灰尘，窗前摆着一张棕色旧书桌和一把生锈的折叠椅，屋中放着一张陈旧的小型双人床，床架床垫颜色模糊，对窗的一面墙壁前立着两个不同颜色和款式的旧衣橱，她走到屋外，隔壁有两个房间，房门紧闭，大门旁是卫生间，进去一看，地面是苹果绿马塞克小小瓷砖，在昏暗的光线中闪烁幽光，墙壁是淡绿色油漆，一扇小小长方形雪花玻璃窗，半开着镶在面向大街的墙角，窗下是一个大浴缸，原先的乳白色因时久变得灰黄，浴缸上方的墙角，有个淋浴喷头，浴缸旁边是纯白色盥洗池和淡绿色马桶，浴缸与马桶之间隔着一道白色塑料帘子，虽然一切设施已经陈旧，但整个布局还是蛮温馨的。

她又来到客厅，客厅介于卧室与厨房之间，窗户面向外面的大街，百叶窗被全部放下，使这里的光线十分幽暗，厅中是一张长方形特大饭桌和几把旧椅子，其余两面墙角堆着歪歪斜斜的书架，书籍散乱地放在书架上或周围。

隔着客厅是厨房，它的面积很大，一面墙壁全部是碗柜，靠窗的一边是四个炉罩的电炉，下面是烤箱，旁边是一张与电炉连接完好的木桌和不锈钢水池，安排非常合理。

厨房和客厅之间有一个木板隔开的小空间，有一台很大很旧的洗衣机，还有一个很大的不锈钢水池。这里应该是洗衣房了。

全部参观一遍，夏夕阳对这所房子有了概念，这是一所很旧的住宅，全部家具破旧不堪，缺乏维修保养，但整个布局合理，非常适合家居，当年一定是个很温馨的家园，但是，现在却显得十分寒酸，尤其她的卧室，地毯灰乎乎，床垫光秃秃，连枕头被子都没有，如何过夜？这与她想象的国外资本主义生活，距离实在相差太远。她感到有点儿失望，又觉得有点儿累，便躺到那张空床上，垫子倒是挺柔软，她小睡一会儿，感觉有点儿冷，一看时间，已近中午，她想起张嘉说过，这里商店关门早，便赶紧出门去购买床上用品。

第三章　初到悉尼

夏夕阳住在希望街4号，站在街上就可看见威师飞鸥商厦的高大建筑和红色标志，但是对于初到此地的夏夕阳来说，那个招牌形同虚设，她绕了好几条小街，终于来到繁华大道，只见马路上车如流水，大街的一边是一个巨大公园，那里绿树浓荫，芳草遍地，鲜花盛开，鸽鸟飞翔，有一个白人，大字形仰卧在青草上欣赏蓝天白云，那份悠闲的神情，真令夏夕阳羡慕。她想，将来有一天，希望自己也像她那样，临花而卧，闻着青草的芳香，听风看云，不愁温饱。可是，现在，她还必须奔忙，为了生活。

过了公园就是商品区，街道两旁大小店铺林立，各类商品琳琅满目，包罗万象。她边走边逛，忽然，“咣当!”一件东西掉在她的脚下，她吓了一跳，急忙拾起一看，原来是一把雨伞从货架上掉下，她赶紧将雨伞放回原处，并连声道歉，可是，店员黑着一张长脸，眼珠瞪得只剩白瓤，活似童话中的狼外婆。夏夕阳不禁来气，东西是否是自己碰掉还当两说，且又毫无毁坏，何必这副德行！她干脆转身离去，可是那狼外婆给她印象深刻，过了很多年，每当她路过那条街，都会想起那双白眼珠。

出了白眼珠的店门，夏夕阳看见香港银行的招牌，想起随身带着现金不安全，不如先存在银行。于是忙进去打听。银行的服务非常周到，职员热情礼貌，有问必答，而且还可讲中文，使夏夕阳满意得有点感动，因为她还从来没有享受过这样热情礼貌的服务。

离开银行，夏夕阳感到很轻松，因为临行前，父亲给她3000美金，她自己的钱换成澳元只有1500元，这两笔资金就是她的全部家底，在她没有找到工作前，她必须合理地安排使用这每一个铜板。一旦丢掉，她将一无所有。因此，自上飞机的那一刻，她便将这些现金装在口袋中，并不时地查看一下，生怕它不翼而飞。现在好了，再也不用担心了。

她继续逛着，看见很多店铺打着七折、五折甚至三折的标志，便进了一家最便宜的商店，她看见有一张大台子，上面堆着很多床上用品，全部大削价，就挑了一个枕头、一双枕套、一条床单、一面被子和一个被套，全部费用只有34澳元，真的很便宜。她想起前面经过的一家商店，仅一床被子就卖100澳元。这下好了，可以睡个好觉了！她高兴地抱着那堆东西往回走。咦，回家的路好近，原来从大街只需一个右转，然后一个左转，就到了希望街。

打开门锁，屋内依然静悄悄，夏夕阳迅速地将她的卧室彻底打扫一遍，将行李箱打开，把衣服和书籍分别放到衣橱和书桌上，然后又将新买的床上用品铺好，虽然房屋家具十分陈旧，但是现在干净整齐，看上去还是蛮舒适蛮温馨的。夏夕阳高兴地欣赏了一会儿她的房间，一时感到有点儿困倦，便淋浴更衣，关门大睡起来。

忽然，妈妈叫她吃饭，她来到饭桌旁，看见满桌的美味佳肴，不由伸手去盛，可是，无论怎样努力，美食就是盛不到碗里，她心里一急，不觉坐起，原来方才是个梦，看看窗外，光线已淡，再一看表，已是下午5时半，难怪腹中饥肠辘辘，从昨晚上飞机到现在已经24小时，她都没有吃过东西。可是，吃什么？来澳洲时，不能带任何食品，甚至糖果点心也不可带，这是澳洲的规定，不得不从。刚才上街时又忘记买食品，哎呀！这里的商店关门早，说不定已经关门了。

她赶紧起来，背上书包准备出门，突然想起早晨在飞机上送早餐时自己虽然未进餐，但是却留下了一个小面包，她打开书包一看，小面包就在里边，而且，还有一袋方便面，想必是母亲偷偷放进去的，幸亏出机场时没被翻包检查，好险！若被查出，可能会罚不知买多少袋方便面的款！不过，今天的晚饭算是有着落了。

夏夕阳捧着那宝贝食品往厨房走去，可是经过卫生间后却又返回来，好像浴室的光线变得暗淡，她探身去看，不禁吓了一跳，连手中的东西也掉在地上。

原来，一个壮年男子赤膊裸胸站在那里，双眼正盯着她，夏夕阳慌作一团，不知所措，却听那人说："小姐，不要怕，我是房客，住你隔壁。你今天刚到的？"

夏夕阳这才回过神来。她看那人，全身只穿一条短裤，圆头圆脸，典型的江南人面孔，又讲带着南方口音的普通话，不过，他全身皮肤棕黑，难怪站在那里浴室光线暗了七分。

"是的。你好，我叫夏夕阳，这里共有多少人住？"

"现在是三人，你、我和房东。本来有四个卧室，哦，这前面有三间，供出租，厨房后面还有一间，房东自己住，房客经常变化，不过我倒是一直住了下来。3年了，我图这里房租便宜，房东人也随和，再者，这里交通也不错，离市区很近，坐火车只需一刻钟，在悉尼，火车是很方便的，好过坐公共汽车，我们这里离火车站又不远，而且这里是大站，东南西北可以去很多地区，另外我们这里是西区名镇，购物也方便。对了，我叫查理，你刚来，对这里情况不熟悉，有问题，尽管说，别客气。”

查理一口气提供了这么多资料，令夏夕阳安下心来，到底是同胞，她庆幸地想。又问道：“房东什么时候在家?”

“房东白天打工，早晨5时就离开，一般到下午才回来，这会儿，可能在大睡。你有事尽管问我。”查理的确很热情。

“我来时没有带餐具，厨房的餐具是谁的？可以借用吗?”

“所有厨房用具都归房东，但是，房客可以随便使用。其实，这房子一直出租，住过的房客数不过来，所以，有很多东西，是以前房客留下的，比如客厅的书籍，都是从前房客的，你可以随便看，也可以自己收藏。”

“太好了，谢谢你，可是，你为什么叫查理?”夏夕阳不明白为何这中国男子不叫中国名字。

“在澳洲，我们一般都起一个洋名，因为中文名字澳洲人叫起来绕口，不如英文名容易，另外，有时候，我们也不想让同胞知道自己的姓名。”

“为什么?”

“这个说来话长，简单而言，中国人害中国人，那是不遗余力的。这是我来澳洲10年的体会，时间长了，你会明白的。”

“你都来了这么久。那你现在做什么工作?”

“给人打工了，有时自己也做点小生意。在澳洲随便做点什么，生活还是过得去的。”

这时，厨房旁边的小门被打开，一个瘦削的中年男子走了进来。

查理立刻介绍：“这是我们房东老胡，老胡，她是北京来的新房客，小夏。你们慢慢聊，我还有点事。”查理说完便回自己房间了。

老胡一看就是个老实人，性格内向，不善言表，他腼腆地笑笑，拘谨地与夏夕阳打过招呼，便一旁站住。

夏夕阳见房东如此憨厚，心中倒也踏实。她问道：“老胡，房租什么时候交？那个电话可以用吗?”

“看你方便吧，要不这样，每周六付一次房租，电话可以打，每打一次，就在这个本子上做个记录，国际长途要记录电话号码，每月电话公司会寄来账单，账单上将显示国际国内长途电话的号码，悉尼地区的电话，凭次数收费，打一次付15刀，不过手机要根据时间收费，账单上会显示的。洗衣机公用，但洗衣粉自备，你出门时上好门锁，除周末外，晚上我一般在家，你有问题，随时可以找我。”老胡说完便回到厨房做晚饭。

夏夕阳已经饥肠辘辘，她赶紧将装有小面包的袋子放到微波炉中，定好时间，刚刚启动，却听得轰隆一声闷响，一股焦煳味立刻弥漫厨房，她吓了一跳，回过神时，老胡已经冲到微波炉前，将电源开关关牢。他打开炉子，面包连同袋子焦作一团，还在嗞嗞冒着青烟，闪着银光，原来，那口袋内面含有金属，不可放进微波炉，夏夕阳一时饿昏，忘记查看，她意识到自己闯祸，连声道歉，十分担心那微波炉会报废。

老胡倒是蛮镇静，他一边安慰夏夕阳，一边检查微波炉，“没事，微波炉可以正常运作，这是一部很旧的炉子，即使毁掉，也没关系。”老胡平静地说。

“虽然陈旧，可是别毁在我手里。否则我得赔偿。”夏夕阳心里这样想着，一边庆幸微波炉完好，一边感谢房东的宽容。

一场虚惊，把夏夕阳的饥腹吓饱，她想，应该给北京打电话报平安，免得父母惦念。打完长途，她想起崔天，不如与他聊聊，顺便告诉他自己的地址和电话，万一他的公司需要人手，自己不是有工作了。

可是，她看着崔天留下的电话，打了一遍又一遍，总是不通。难道号码写错了？或者崔天成心写错电话？若是这样，为何要留号码？又没人强迫他。夏夕阳老大不明白。

次日清晨，“咕咕，咕咕咕……”悠悠鸟鸣，声声传来，将夏夕阳从沉睡中唤醒，晨曦透过百叶窗的四周漫进屋内，她看看手表，已是9点半钟，她想，今天应该去学校看看，然后再到市区转转，顺便试试找找工作。

出门一看，街上静无人影，但见阳光灿烂，鸟语花香，令人神清气爽。可是到了大街，又是车水马龙，人来人往，夏夕阳直接来到火车站，她是第一次在这座陌生的城市乘车单独出门，车站名、地名全是英文，过往的行人大都是高鼻子蓝眼睛，估计也是讲英文，而她的英文实在是很初级，因此心里很担心，这趟门走出去，能否返回？还真的是个问题。

出门前，她将自己的名字、护照号码、希望街的地址、电话以及学校名字和地址等，整齐地写在一个小记事本的首页，放在书包的里层，在车站，她仔细地阅读火车运行的地图，碧梧德是个大站，有4个站台，到市区有快慢车，快车意味着小站不停，最快的到市中心前只停两站。她决定乘快车，这样在第三站就是市区的中心站，她应该在那里下车。

悉尼的车站都设有售票机器，将钱币按指示放进去，又在将去的站名旁按下按钮，车票连同找还的余款就会从机器中吐出，夏夕阳看了一会儿别人用机器买票，始终不敢亲自去试，她担心万一什么地方出错，买的票不对或放进去的钱拿不出来。于是到人工售票处买票。

售票员很热情，可是他讲什么，夏夕阳根本听不懂。夏夕阳说她刚到澳洲，第一次乘火车，要去市中心，售票员倒是明白她的意思，这回，他不再讲话，他收钱，出票，找零钱，然后又拿出一张火车路线地图，在上面的市中心处用红笔画了一个圆圈，将这些一并交给她。夏夕阳十分感动，连连道谢。

拿着票，走到入口处，她又遇到问题了。原来，那里没人检票，只有一排机器在自动操作，她站在机器旁观望，见有乘客将车票放进机器的一个口中，立刻，机器将横在入口处的三叉铁杆转动，乘客即随铁杆转进入口内，而机器则将铁杆横在入口中间固定不动。看几人穿过机器后，夏夕阳试着将票放进机器，然后赶紧随着铁杆转进去，哈！她成功了！

她无比兴奋，可是新的问题又来了，里边有4个站台，各站台去往不同地方，哪一个是她要去的站台呢？她左右望望，见每个站台的天花板下悬着一块霓虹灯牌，上写站台要去的方向和主要站名。这下可有救了！在2号站台的天花板上，她找到自己要去的“市中心”站名，于是便到2号站台去候车。

不久，火车进站，她上了车，人不太多，她便找了一个离车门最近的位子坐下，这样下车方便。车厢上，印着很清晰的火车路线图，夏夕阳就一边数着火车停站的次数，一边认真地研究起那红黄蓝绿的线条来。

到了第三站，她赶紧下车，可是，举目一看，这个中心站，是碧梧德的十几倍大，有数不清的站台，到处是进出口，人来人往，川流不息。夏夕阳就像刘姥姥进了大观园，立刻傻住！幸好车站里到处挂着指示牌，她便一一读着上面的提示，终于，她看到乔治大街几个字，因为她的学校就在这条街上，想必她应该从通向乔治街的门口出站。于是，她随着人流出了那个站口。

乔治街比起站内更加热闹！但见车如流水，人如潮涌，高楼商厦铺天盖地，夏夕阳看着这西洋景，更加不知所措。

“你去哪里？要帮忙吗？”一个中国男子看她站在那里许久，便上前问道。

听见有人讲中文，夏夕阳不知有多高兴！茫茫人海，还真没有几个是中国同胞。她赶忙拿出学校的地址，那人一看，说：“我们现在正在乔治街的500多号，你的学校在这条街的800多号，从这里一直走下去，你就可以看见学校了。”

“仙人指路”，夏夕阳在感谢同胞的时候不由得想起这个词，她想，冥冥中，难道上天在保佑自己？可是，她不知道，这位“仙人”的出现，将给她的人生路带来多少做梦也想不到的挫折与坎坷！

乔治街是市中心的一条主街，它从岩石城经过市政厅、唐人街，一直通达广阔路。这条街道在悉尼的地位就像北京的长安街，每到政府或民间举行大型活动、国庆游行、节日集会、抗议示威等一般都在这条街进行。沿街两旁，高楼林立，每座大楼都有一个号码，左边是单号，右边是双号，1号2号从岩石城左右两边开始排起到广阔路结束。

一般澳洲的地址，先是房间号码，其次是街道号码，然后是地区名称，再后即是省名和邮政编码，最后是国家名称。因此，看到地址，只要找到所述街道，沿街走下去，就一定能看到所要找的地方。

夏夕阳沿街边走边看着号码，忽听有人在身后说："还没找到啊？我帮你一起找。"她回头一看，原来是刚才指路的"仙人"。

"谢谢！我自己可以找到的。"

"我正好没事，陪你走走吧。""仙人"边说边跟着她走。"我叫朱大进，怎么称呼你？"

"夏夕阳，刚到这里。你不上班吗？"

"我有个公司，自己做老板，上不上班全由我定。你住哪里？电话是多少？"

夏夕阳想都没想，便将自己的电话和地址告诉他，此时，正好到了学校门口，"这里是848号，应该是我的学校了。我进去了。谢谢你，再见！"夏夕阳说完准备进门。

"等等，小夏，我同你一起去。"

"不必了，我自己可以的。"夏夕阳不想太麻烦别人。

"好的，那你有事给我电话，这是我的手机号码。再见！""仙人"看夏夕阳一再拒绝，就想，他不能太热情了，否则会让她反感的，况且，他的活儿还没有干完呢，于是，转身离开。

夏夕阳进到门里，只看到一部升降电梯，原来，这座大楼并不全是学校，学校只在第一层，其余则是其他不同公司。

她上了电梯，在1上轻轻一按，电梯立刻升起，到了一层，自动停住，自动打开，走出电梯，即是学校的接待室，两位澳洲小姐坐在那里接待访客和学生。

夏夕阳走上前去，递上她的学校录取通知书和学费收据，接待小姐看过材料，告诉她，学校正在放假，下周一开学，叫她早晨9点到学校找校长。

离开学校，还不到中午，夏夕阳想，何不沿着乔治街一直走下去，一方面观景，一方面找工作。

一路逛着，忽然看见一中医诊所，她立刻来了精神，进得门里，却见昏暗的光线中静静地躺着一个旧木质楼梯，气氛有点诡秘。她犹豫片刻，大着胆子走上楼梯，楼梯尽头是一扇敞开的门，门口上方挂着一块黑匾，用金边大红字上书：某某某大中医世家诊所，字体遒劲，颇有气势。夏夕阳心想：此处必有医林高手，不知他们是否需要助手？或许自己有幸在此找到工作？

这样想着，心里一激动，便一脚迈进门去。屋里，四面墙壁涂成深红，黑色窗帘只拉开一角，使得室内光线幽暗，她要过了一刻才能看清里面状况，原来室内十分宽敞，正面墙上挂着一幅巨画，上面不知是哪位神仙，画下是一个供台，上面摆着香炉和供品，房间正中，摆放一台巨型电视，围着电视是一圈黑色皮沙发，靠门的一角，摆着一张办公桌，桌上放着电话和传真机，一位30余岁，肥胖的中国妇人正在打电话："真的？你肯定？哎，你等等，请问你要看病吗？"

原来她看见了夏夕阳。

"啊，不，我找工作。"夏夕阳有点紧张。

"你会做什么？"

"我是医生，刚到澳洲，你是这里的医生吗？我可以给你做护士，做什么都行。"

"医生不在，我就是护士，不过这里好像不需要人手。"

"我可以见见医生吗？"夏夕阳感到这位护士做不了主，把希望寄托在主人处。

"他今天刚出去，要到半夜才回来。"

"那我改天再来，这是我的简历，麻烦你交给医生。谢谢你，再见！"

夏夕阳下楼出门，外面阳光灿烂，蓝天靓丽，与里面完全是两个世界！

她深深呼吸一口弥漫着阳光的清新空气，继续前行，每经过一家商店，不管是服装店还是咖啡店，她都进去碰碰运气，请问人家是否需要人手，但是，一直问到岩石城，也就是乔治街的尽头，她依然一无所获，此时已是下午4点，她沿街溜达已过5个小时，原来，一份工是那样难寻！背井离乡，飘零四方，无根无落，一筹莫展，大概就是这样吧。

她望着西下的斜阳，无限感慨，一时全身乏软，好像一只泄气的皮球，靠坐在街边的长椅上，再也不想动弹！

长街上，汽车行人，来来往往，阳光透过树叶，散碎地投落在店铺和街面，这是一幅染着金色的画面，画上的人们生活在一个温馨的世界，但是，夏夕阳不在这幅画中，她是画外观景人，因为她不属于这片闪烁金光的世界。

于是，夏夕阳从原路折返，准备打道回府。其实，岩石城就有火车站，站名叫作循环点，从市中心到循环点共有4站，围绕着市中心的商业区来回往返，非常方便，但是，初到悉尼的夏夕阳，哪里知晓这些！因此，她便从岩石城向市中心走去。

正是下班的时候，乔治街异常繁忙，下班一族从各自大楼涌上街头，匆忙赶路，形成一股股人潮，在街面上涌来涌去，公交大汽车和私家小卧车塞满大街小巷，将街道变成一个巨大的停车场，车上的人在焦急等待，路上的人在匆匆奔走，只有夏夕阳，慢悠悠在人海中晃荡，她想，反正今天办不成正事了，不如在回家的路上逛逛，看看这悉尼市容。

走着，看着，突然，听到“嘭！”一声闷响，同时胸口一阵剧痛，原来，有人当胸击她一拳！她一时呆住，不明白发生了什么，待她明白时，打人者已经走过去好几米，她立刻追上前去，正要问个明白，却见那人两眼发直，浑身酒臭，衣衫脏污，一步三摇，原来，这是一个醉鬼。夏夕阳只好止步，收回口中的质问，自认倒霉。

看来，美丽的悉尼也散落着街头行尸，孤魂酒鬼。其实，在澳洲，无家可归，游荡街巷，好像行尸走肉般的人何止千百！虽然政府对穷人发放补助金以保人人有饭吃，有屋住，但是有些人用这笔钱去赌去嫖或酗酒吸毒，且懒于打工，于是，只能流落街头，到处游荡。

这一拳，使夏夕阳再无心情看景，她匆忙奔车站回家。

到了中心站，买好车票，她又犯迷糊了。偌大的车站，数不清的站台，她不知哪个站台是开向回家的路。她不懂，其实在售票处，在大厅，到处都有电视提供火车行驶路线。

正当她不知所措时，一位穿着蓝色制服的火车站工作人员向她走来，他微笑着问道：“Hello，Madam，How can I help you？（哈罗，女士，有什么问题？需要帮忙吗？）”

“I want to go Burwood，but I do not know which platform the train leaves from.（我回碧梧德，但是不知该到哪个站台去。）”夏夕阳不安地回道。

“It is easy，follow me.（这好办，我带你去站台！）”他爽快地说着，一边已迈开大步。

夏夕阳心想，自己真幸运，又碰上好人了，一边也小跑着跟上去。

走过几个通道，又穿过几个栅栏，转来转去，过了好一阵子，他们才到了去碧梧德的站台，如果让夏夕阳自己找，恐怕要用很长的时间，且不说，还要着多大的急！因此，她十分感谢这位车站先生的帮助。

可是，一声谢谢远远不能表达她的谢意，一时又找不到合适的英文词汇来表述，情急之中，她的表情有点古怪，气氛尴尬，但是车站先生理解地笑笑，开始自我介绍：“My name is Gary，do not worry，Is this your first time in this station？What is your name？Can I call you later？（我叫盖瑞，你不必客气，你一定刚来这里，很快就会熟悉的。你叫什么？可以给你打电话吗？）”

“Yes，ok，my name is Xiyang Xia，this is my phone number.（当然可以，我叫夏夕阳，这是我的电话。）”她边说边将号码写在一张小纸上。

盖瑞也写了他的电话交给她，此时，火车进站，盖瑞说：“This is the one

to Burwood, I will call you soon, bye!（这就是去往碧梧德的车，请上车，我将打电话给你，再见!）”

火车轰隆一声，将好人盖瑞推向远方，铁轮滚滚奔驰，穿过一个个城镇，很快，夏夕阳就到了碧梧德，她高兴地下了车，庆幸自己没有迷路，她对自己说：今天，你能安全回家，实在是奇迹，真该感谢诸位好好先生的帮助!

天色已暗，月亮如同一只巨大的气球，泛着淡淡的白光，飘浮在天际，已是万家灯火的时候了，她迈着大步急急奔向家去，到了希望街，离4号门好远，便听见一片喧哗声，她感到很奇怪，就赶紧快步上前去开门。

第四章　中外芳邻

门一开，夏夕阳看到房中大小灯泡全部打开，空闲的租屋内，杂乱地堆放着箱子和大小包裹，客厅饭桌上摆满冷热食品，厨房里乒乒乓乓正在烹饪，一男一女隔着客厅从厨房到卧室扯着喉咙对话，难怪隔着老远即可听到这座房子的喧哗声！

夏夕阳立刻知道来了新房客，而且是中国北方人，因为听声音，这二人气壮如牛，讲话抑扬顿挫。

听到开门声，卧室中走出来一个中年男子，此人身材短粗，塌鼻小眼，肥头大耳，黑红的皮肤裹着一件大红睡袍，令人同时想起电影上日本相扑斗士和舞台上的猪八戒，那样子实在有点滑稽。

他对夏夕阳点点头："你也是房客吧？我们刚刚搬过来。你是干什么的？是不是学生？"

"你猜得不错，我是学生，也是房客，昨天刚到悉尼。你们是东北人吗？也是刚来这里？"

"哪里！我们是山东人，来澳洲已经好几次了。这次准备不回去了。我们已经到了两个多月，搬了好几个地方，这不，今天刚从前面那条街搬过来。"

这时，厨房中走出来一个妇人，她细高个儿，小眯眼，头发干枯散乱，长脸厚唇，面色灰黄，一抬头，黑瞳很小，全是眼白。她瞥了一眼夏夕阳，问那男人："她是谁呀？"

男人赶紧回答："邻居，小夏，她昨天才到。"

"你刚来，有工作吗？"她转向夏夕阳。

"没有。找了一天，毫无收获。我腿都快迈不动了，待会儿再聊。"夏夕阳确实累到极点，赶紧开门，躺倒在床上。

她很快进入梦乡，尽管，外面那对可爱的山东同胞又吃又聊，搞得惊天动地，她还是圆了一个美梦，梦中，她穿着蓝色泳装，坐在雪白沙滩上，蓝天白云下，碧绿海水掀着浪花在她面前荡漾，清风徐徐，海浪滔滔，她沐浴着阳光，享受着美丽时光，可是，咣当！一声巨响，她被从天堂拉回人间。门外客厅的同胞搬弄行李，将她惊醒。

“咕噜噜……”一通肠鸣，提醒她已经一日无食。她想起还有一袋方便面，便赶紧到厨房去煮水。

澳洲人不用暖水瓶，他们不喝煮过的水，一般都从自来水管直接取水喝，只有沏茶或做咖啡时才煮开水，一般随煮随用，所以就用电热水壶，倒上水，接上插销，几分钟便好，非常方便。

夏夕阳将水煮开，正要将方便面放到碗里，就听见“啊呀!”一声，原来山东妇人进了厨房，她吃惊地看着那碗方便面：“你就只吃这个?”

“是的。我还没买到菜，也不知到哪里去买。”

“沃沃丝和蔻丝超市一直到晚上10点才关门。明天我带你去。到星期六，我们一起到富来民同，那里的食品非常便宜，一箱苹果只付3元。”

“那可太好啦！感谢你！我叫夏夕阳，怎么称呼你?”

“老张没跟你说呀！我叫李利，老张叫大海，我们老张是市土地管理局的党委书记，在地方上可是一个人物！这不，他到澳洲来玩过以后，就不想回去了，前前后后来了好几趟，还不过瘾，现在，非逼着我到这里安家，你是北京来的？我在北京还有生意呢，地方上也有公司，只好都放下了。”

“你们移民到澳洲了?”

“那还早呢。我们现在是商务签证，以后，转成商务工作签证，然后要等4年，才能申请商业投资移民。要想在澳洲发展，取得澳洲身份是第一重要的。你是学生签证吧？这种签证又要交学费，又要上课，还要限制打工时间，上完学就得离开澳洲，赶紧想办法转吧，越快越好。”

“我对这些一窍不通，你哪里来的这么多信息?”

“找移民代理呀。唐人街上有好多移民公司，报纸上有他们的广告，你可以找一两家去问问。”

夏夕阳谢过李利，心想，还是同胞好，有事好商量。

第二天一早，夏夕阳就跟着李利去购物。

她们把物品放在商店的推车上，推着车子轻轻松松回家。原来，小推车就是商店专门为顾客准备的，顾客不但可以用来在店内购物，亦可推车回家，商店会派人将小推车从街上送返店内。

李利大包小包买了许多东西，她将它们全部放入冰箱，偌大的冰箱立刻被她的食品堆满，幸好夏夕阳买的很有限，她只将牛奶、鸡蛋放在里面。因为一个冰箱，四家共用，她想，如果自己将蔬菜等放进去，则其他两家不能使用冰箱了。

夏夕阳用20元买了一个小小粉紫色收音机，目的是帮助她学习英语，其实她很想买一台电视，但在当时，一台小彩电需要数百元，她不敢太奢侈，计划以后买一台二手货，听说那样会很便宜。

打开收音机，她找到新闻台，听着小小紫盒中传出的一串串英语，心中十分着急，因为在北京，她跟着广播学的是美国英语，澳洲英语的发音非常特别，对半路自学美国英语的她来说，澳洲英语就像是一种新的外语，听了半天还找不到北。她耐心听了一会儿，感到很烦闷，便出门到外面小街上边听边散步。

正是中午时分，街道上静寂无人，只有树梢的鸟鸣和散碎的阳光铺满街面。夏夕阳一边听着收音机，一边欣赏着鸟儿飞起飞落，她发现透过树叶的天空分外明艳。

“哈罗！姑娘，你在看什么？”一个声音突然从她身后传来。

夏夕阳转过身来，见一位白发澳洲老人蹲在路边花园的一角，他手中拿着一个小铲子，正在整理花草。

“下午好！先生。我在看天空。瞧，那宽阔的蔚蓝真像一片无边无际的绸缎，美不可言！”

“的确是。这就是我们澳洲！”老人骄傲地说，“你是日本人？刚到澳洲？可喜欢这儿？”

“我是中国人，从中国北京初来此地，这里太美了，我非常喜欢。您在整理花园？”

“是的，我在帮助儿子修造院子和花园。他们刚刚买了这套旧房子，屋内和院墙全部需要翻修，他和妻子负责室内，我和老伴负责院子。你知道吗？他们一个小时只付给我们2元。没办法，谁叫他是我的儿子呢。”老人一边忙活着，一边回答。

夏夕阳纳闷儿，父亲帮助儿子干活还要报酬吗？正在此时，屋门打开，从里面走出一位年轻白人女子，她热情地对夏夕阳说：“哈罗！我叫玛丽，你是新邻居吗？”

“哈罗！我是夏夕阳。刚从中国来，我住4号。认识你很高兴！”

“我猜你就是新到此地。我也来此不久。瞧！这是我刚刚买的房子，虽然很旧，但是很便宜，你猜咋样，两个卧室，一个客厅，前后花园，又是这样好的位置，我只花了26万元，我真是太高兴了。你是学生吗？从中国的哪里来？我正在看一本书，叫做《鸿》，是一个中国作家写的，非常有意思，尤其是关于中国妇女小脚的故事，十分有趣。”

当时，夏夕阳没有看过那本书，数年后她在市图书馆看到《鸿》时，就因为玛丽而拜读了它，这本书，描述了一个家庭三代女人从民国到“文革”时期的故事，其中所涉及的历史大事件和人物故事色彩纷呈，小脚只是一个小小插曲，想不到此书吸引玛丽的不是中国历史的巨大变迁和人物事件的跌宕起伏，却是千百年来禁锢妇女的这种遗风怪习！

玛丽实在为新买的房子兴奋，她不等夏夕阳回话，便自顾自地说："我的卧室要刷成淡紫色，厨房用乳白色，客厅金黄色，等全部完成，我请你来参观，我将给你做意大利美食。"

"那真是太好了！谢谢你。如果你愿意，我可以做中国菜给你。再见！"

夏夕阳继续溜达几条街，见家家门前屋后的花园打理得井井有条，树木修剪得方方圆圆，花儿盛开得千姿百态，有些大树从后园高高耸出，整树堆满紫色的花朵，远看像一团紫雾，有的果树结满沉沉果实，黄果穿插在绿叶中，好不别致！但当她返回家时，发现他们的房前，花园很颓废，满园荒草，只有一株红色的花朵孤零零开放在杂草丛中，与周围的邻居形成极其鲜明的对比！后来，夏夕阳注意到周围几条街，只有他们这一处住宅住着亚洲人，住客全是中国人。又后来，她听说大多数的中国家庭对花园不是很用心，澳洲的本地人对此颇有抱怨，说中国人污染了周围的环境，降低了地区物业的价值。的确，在悉尼以中国人集中的地区，像唐人街、艾史费德、开蒲塞等地，街面店铺陈旧散乱，住宅区四周环境凌乱不堪，因此，这些地区的房价比较低廉。澳洲的有钱人很少愿意光顾这些地区。

回到家，夏夕阳到厨房烧开水，老张表情神秘地走过来："小夏，你过来一下。"

他将夏夕阳拉到卫生间，指着窗台上放着的一个塑料制品："看看，这是干啥的呀？"

"张书记，那是一种女人用品。"夏夕阳不好意思讲那东西是用于清洁女性阴道内部的洁阴器。

老张书记又说："那这是你的吗？"

"当然不是。"夏夕阳自然不会将这种私人用品置放于公共场所。

"哎，这就奇怪了！这里除了我那口子，只有你是女的，这玩意儿既不是你的，又不是我老婆的，难道这屋里还有第三个女人吗？"

"砰！"一声巨大的摔门声好像在回答老张的提问，接着一个披头散发的女人站在他们面前。

老张与夏夕阳同时呆住，但见那女子身材高挑，美丽的躯体只挂一件短短的吊带丝裙，修长的下肢从大腿处起一目了然，虽然散乱的长发遮盖了半边脸盘，但还是掩不住她那艳若桃花的容颜。

夏夕阳想："这女子美得像性感杂志上的明星。"

老张想："这娘儿们还真他妈的浑身风骚！"

“对不起，我要上厕所。”

美人一声轻呼，使惊艳的两人回过神来。他俩尴尬地离开卫生间。不用问，洁阴器非那女人莫属。

老张跟着夏夕阳来到厨房：“哎，我猜，她是从查理房间出来的。房东的房间在后院，前面只有查理和你我两家嘛。想不到查理还有这样漂亮的女人!”

老张满脸写着对查理的羡慕和嫉妒!

第二天一早，夏夕阳刚到厨房，老张即神秘跑来：“小夏，你猜昨天晚上我看见啥了？一辆小车，一个白头发老外开一辆白色小车接着查理的女人走了。后半夜，又是那个老外把她给送回来。你说，她是干啥营生的?”

夏夕阳见老张被美人搅得寝食不安，不觉好笑。“下午让你太太去问问不就得了，你真够累的。”

此时，李利正好过来。“老张，你咋搞的，一晚上去厕所好几次，你拉痢疾了?”

看来，老张没有对老婆提到美人，他是背着老婆做侦察的。夏夕阳想老张是怕老婆的，如果她用美人之事与老张开玩笑，可能会引起他们的矛盾。于是便赶紧离开厨房。

又是一个艳阳天，夏夕阳打开窗户，看见对面的邻居已经将花园打理得井井有条，碧绿的草坪上有树有花，那一片紫色、粉红、纯白与杏黄各色搭配的小花朵恰似一只只翩翩振翅的蝴蝶，在阳光下灿烂地摇曳着。玛丽手捧茶杯，坐在淡绿色伞形凉篷下，两条小腿一前一后不时地用力摆动，原来，她在打秋千，那凉篷下的两张沙发椅被设计成秋千！坐在上面只要身体一晃便可优哉游哉打起秋千。

夏夕阳向她道声：“早晨好!”

“早晨好！亲爱的夏！快来看，我的美丽的小花园，还有这个新凉篷，你喜欢吗?”玛丽兴奋地向夏夕阳招手。

夏夕阳来到玛丽的花园：“这花园实在是太美了！尤其是这些彩色的小花，简直美过真蝴蝶!”

“我也是这样认为的。今天我要为这个花园庆祝！今晚我将亲自烹饪意大利大菜——红肠‘琶撕塔’，如果你有空，请你光临。”

“谢谢！我一定参加你的花园晚会，我将做一种酱鸡带过来!”

夏夕阳其实厨艺平平，但她觉得不能空手去人家的晚会。于是她到商场买了一些鸡腿，又买了一瓶专做酱鸡的调料汁，她在北京时看朋友做过，很简单，将鸡用水煮开，洗净控干，然后放入锅内，用料汁盖过，大火煮开，改用小火，上盖微沸，直至料汁将干，此时的鸡腿皮亮肉嫩，香飘十里！对，就是它了。

夕阳西下，晚霞烂漫，夏夕阳双手捧着她用心制作的美食，敲开玛丽的房门。

玛丽正在厨房切胡萝卜。夏夕阳正想看她如何制作“琶撕塔”，便跟她来到厨房。只见玛丽将一中等尺寸的不锈钢汤锅放在火上，将红色小香肠放满锅底，然后放进几块黄油，待油化后，将香肠翻个，放进切好的洋葱，数分钟后，又放进胡萝卜片，撒点盐和胡椒粉，倒进一瓶西红柿酱，两杯水，放上锅盖，大火煮开，再放进一盒形似挂面但较之粗而亮的面条，然后用一木勺，顺时针搅拌，直到面条煮熟。原来，所谓的“琶撕塔”不过是一种杂烩面，唯一不同的是用了黄油和香肠。

玛丽取出两个小小的塑料饭盒，将做好的“琶撕塔”分别装满，放进冰箱，说：“这个是我和麦克的午饭。”麦克是她的丈夫。然后，她取来两只盘子，每盘分别盛进两勺“琶撕塔”，她将盘子端到花园中：“你想喝什么?”

夏夕阳说她不会喝酒，玛丽感到很奇怪，因为在澳洲，女人大都很能喝酒，她们喝酒，如同喝饮料一般，而且饮酒也是一种时尚，不过，澳洲的酒，度数一般较低，与中国的二锅头、女儿红等绝对不能相提并论。

于是玛丽给自己斟上一杯红酒，给夏夕阳斟了一杯橙汁，说：“干杯！让我们开始晚会吧。”

夏夕阳应道：“干杯！麦克呢?”

“做邮件快递工作，时间不固定，很难讲何时回家。”

夏夕阳这才理解，所谓Party，在英文词汇中是有多种含义的，它可以是百人千人甚至是千万人的盛会，也可以是只有一两人的活动。譬如现在，她和玛丽的这个Party，就是一餐晚饭的另一种叫法。

夏夕阳尝了一勺“琶撕塔”，味道还不错，便大口吃起来。玛丽对夏夕阳的酱鸡很感兴趣，她边吃边大力称赞，Party 于是在两人互相赞扬对方的食品中圆满结束。

回到家，老张和李利坐在客厅吃水果。见到夏夕阳，两人表情有点古怪。

李利说：“你挺能活动的，这才几天呀，就和洋人交上朋友了，还一起吃上饭了。”声音中充满酸溜溜的味道。

夏夕阳不跟她一般见识，向两人道过好，问：“明天是周六，你们去富来民同采购吗?”

“当然了，我们每个星期六都去那儿购物。”老张没有看到李利向他使眼色，继续说，“明天走时我叫你。”

此时，“哗啦”一声，街门打开，查理和一个女人走了进来，此女子正是令老张书记夜不能眠的那位美人。

“我今天开得不错吧？明天我们可以到大街上去练了。”美人兴冲冲地说。

“各位好！这是我朋友美蕊。”查理向大家打招呼。

李利大概是第一次见美蕊，小细眼瞪得老大，非常意外的样子。

老张可是大为高兴，难得机会同美人说上话，他赶紧迎过去：“你们好！美蕊小姐在学开车呀，太好了。我正琢磨着去学呢。听说澳洲驾驶盘是在右边，与国内正好相反。”

美蕊开车的余兴未了，她因为开车时紧张和兴奋，满面粉红，使她美丽的面容更加妩媚。“是的，澳洲的交通与中国正好相反，就连走路也是行左不行右。不过，我在国内没有开过车子，现在就从头学起，这样更好。开车可有意思了，油门一踩，车子就在路上跑起来，太刺激了！”

张书记目不转睛尽情地欣赏着美人，李利可是不高兴了，她先向老张使眼色，老张满眼全是美人，对老婆的表情根本没瞧见。倒是查理看到李利神情中掩不住的嫉恨，便向夏夕阳吐吐舌头，一把将美蕊拉进屋去。

次日一早，他们乘火车去富来民同购物。一路上，李利对老张爱答不理，老张既要顾虑面子又要讨好老婆，当着夏夕阳的面显得十分尴尬，好在富来民同离他们住的地方很近，不过10分钟，他们已经到达目的地。

富来民同是悉尼西区的一个小镇，它因每个周末的市场而闻名。特别是食品和花卉的批发生意，从凌晨开始即顾客如云，纷至沓来，因为食品直接来自农场，既新鲜又价廉，不论餐馆或普通人家，都喜欢来此采购。真不知李利是如何找到这个物美价廉的好市场的！

富来民同的市场非常广大，单是食品市场就占据了大概2000平方米的面积，食品种类包罗万象，各类蔬菜水果、鸡鸭鱼、牛羊猪肉还有海鲜和很多叫不出名字的肉类琳琅满目，数不胜数。夏夕阳平生第一次见识这样的大市场，走着看着，有点目不暇接，不知所措的感受。

她想请教李利，可是不知何时，老张两人已不翼而飞。她四处转了一圈，人来人往，就是没有两位同胞的踪影。看看时间已是下午，她决定购物回家。

买什么好呢？她看好一种碧绿无籽葡萄，椭圆形粒粒如珍珠，问卖家，说是一箱3澳元！夏夕阳心想如此便宜得要死的价格真是有多少要多少！然而，那一箱就有10公斤重，她也就能够搬动一箱而已，况且那10公斤的葡萄一个人食用也是需要很长一段时间的。于是她就买了一箱。

她捧着箱子只走了几步，就感到重不胜负，从市场到火车站还有很长一段路要行，她不敢再买其他东西，直接向车站走去。

下了火车，夏夕阳抱着10公斤葡萄千辛万苦，走走停停，快到家时，一位中年白人女子好心地走过来："亲爱的，需要我帮忙吗？"

夏夕阳先放下手中重物，深吸一口气，才能够回答："你好！谢谢！我快到家了。"

好心女子说："原来你也住此街。好极了，我送你回去。"

说时，她已弯腰并示意夏夕阳与她一起将那箱葡萄抬起来。

夏夕阳觉得盛情难却，就道声谢了，便与她抬起箱子一直走到家。

她打开大门，好心女人坚持要好事做到底，帮她将那重箱抬至客厅。

夏夕阳十分感谢这位热心肠芳邻，打开自己房间门锁，邀请她里边坐。

芳邻坐在夏夕阳锈迹斑斑的折叠椅上，好奇地望着那间陈旧但干净整洁的小房间，说："我叫苏珊，住7号。你是学生？从哪里来？"

"我叫夏夕阳，刚从中国来，是的，我是学生。今天真是太谢谢你了。我这是从富来民同采购回来，这箱葡萄只花了3澳元。"

"哇，走那么长的路，抱着这么重的箱子，就因为便宜？真不可思议 。"

夏夕阳想："饱汉不知饿汉饥 。"苏珊自然不会了解，普通中国老百姓到国外求学在经济上是多么的不容易！她与苏珊初识，不想与之讨论这些话题，就问她："可否喜欢中国菜？"

苏珊说："我非常喜欢。尤其是中国'洋茶'点，爱死我了！"

苏珊所言"洋茶"是广东话"饮午茶"的叫法。这类食品是早期出洋的香港人将香港广州一带的各色小吃集中起来，饭馆专在午间时分供应，服务员将这些小吃摆入一碟碟小盘或一屉屉小蒸笼，然后放在一个个小推车上送至餐桌前，食客则根据个人喜好挑选各色佳肴。在悉尼，无论肤色黄白黑红，人人喜欢，很多白人去唐人街只是为了那口香喷喷的"洋茶"。周末的中国大餐馆，不管到哪个地区，中午时分，在餐馆外面永远都可见等位的顾客，一群群聚集在门口。

此时的夏夕阳，对这个"洋茶"毫无概念。只好含糊地点头。

苏珊又说：" 你们中国有个长城，你可曾去过？我很喜欢旅行，将来一定要去看看长城！哎，你有没有去过歌剧院？"

夏夕阳回答："我刚到澳洲不久，还没有时间去看著名的悉尼歌剧院。"

苏珊实在是非常热心之人。她坚持次日即带夏夕阳去参观歌剧院。

明日即是星期天。夏夕阳在没有找到工作前，本不打算游览名胜，但苏珊一片热情，实在不好推辞，于是，那个周日，她提前见识了举世闻名的悉尼歌剧院。

歌剧院位于循环点的码头右侧，与国家植物公园隔海相望，左侧凌空而起的是著名的悉尼大桥，穿过悉尼大桥即是岩石城，那正是夏夕阳第一次到市区的最后一站，她还清楚地记得，那一天，自己独自沿乔治街一路寻工到岩石城，毫无所获，心灰意懒地坐在码头对面的街椅上不胜彷徨的情形。

苏珊将夏夕阳直接带到歌剧院的正厅。眼前的歌剧院，如同一朵盛开的巨型花朵，漂浮在海面，那片片花叶好似一个个青灰色的巨大贝壳，在阳光下熠熠生辉，它三面环水，一面正对岩石崖，石崖前便是临海耸立的高级公寓、商店、餐馆和影院。

歌剧院里，正厅有商店，有节目介绍和演出时刻表。从大厅有很多门，通向不同的方向，原来，从里面又分出几个小剧院，可以同时上演不同的节目。参观的人们只能在大厅自由活动。

苏珊带着夏夕阳转遍大厅，又绕着歌剧院的外面转了一圈，已是中午时分了，苏珊感到有点累，她拉着夏夕阳在路边的咖啡馆坐下，问："你想喝什么?"

夏夕阳没有料到要在外面消费，随身只带了10澳元。买车票时已经花了2元多，她从未到过咖啡馆，不知这一坐，消费要几多？她想，苏珊今天陪同自己来参观，这么热心，真应该请她吃午餐。可是，此时她囊中羞涩，不敢开口。听苏珊来问，心中更加紧张，她担心口袋中的零钱是否能够支付一杯咖啡。

"我不确定。一杯咖啡多少钱?"

"一般是从3元起，不同地段，不同价格，这里是黄金宝地，一定高价。"

"那么，就来一杯最简单最便宜的吧?"夏夕阳寻思，手中的零钱大概能够买一杯咖啡的吧。

苏珊理解地笑笑，就要了两杯咖啡。

她介绍说，一般咖啡店提供好几种咖啡，是用不同的方法配制的，因此，名称不同，价格也不同。比如："卡布奇诺"和"拿铁"是咖啡店必备之品，就像茶楼必卖红茶绿茶一般。

服务员送上咖啡，苏珊面前是用有把的茶杯盛着的咖啡，那咖啡淡棕色，白色泡沫高高地堆在杯口，上面撒了一层巧克力细粉。夏夕阳的咖啡，用一个无把的茶杯盛着，杯面白色的泡沫中用淡棕色调出一个心形，十分艺术。

"我这个咖啡叫'卡布奇诺'，你的叫'拿铁'。两个价格一样，味道及形状不同。我这样点是为了让你了解一点咖啡知识。另外，这是我请你喝咖啡，我来付单。"

"太好了，真是太感谢你了!"可怜的夏夕阳除了连声道谢，再无话说，她贫穷得连一杯咖啡都请不起。

当晚，她用心地做了一分酱鸡，又做了一盘红烧茄子，送到苏珊家。

苏珊的花园很大，半米高钢铁院门，纯白色，上有精致的古典雕花，以院门为中心，有一排浓密的绿色植物，包围着院墙，也是半米高，植物的顶部由花匠修剪得平平整整，院子里左右两边各有两棵巨大的松树，翠绿的枝叶被修剪成椭圆形，好像四只巨大的绿色鹅蛋耸立在那里，非常别致。从院门向里的过道用白色鹅卵石铺就，两边是绿色草坪，右边草坪上离松树不远，有四张藤椅，围着一个玻璃大圆桌，桌的中间竖着一柄硕大的绿色布伞，桌上有一盏电光灯，将花园照得影影绰绰，左侧，数十盆白色玫瑰迎风摇曳，淡淡的暗香阵阵袭来。

夏夕阳沿着石子小路，走到屋门前，从门上镶嵌的红黄蓝绿的彩色玻璃上可见屋内灯火通明。她轻轻地敲了两下门，就听见一声犬吠，她吓了一跳，因她天生就怕猫狗这些小动物。正在犹豫，是走是留，门打开来，一条大黑狗蹿了出来，夏夕阳不由自主尖叫起来。

“扎克，停住！夏，不要担心，扎克是向你问好呢。”话音未落，苏珊已到门口。

夏夕阳尴尬地向苏珊问好，并解释自己生性怕狗。

苏珊请她进屋，并将她介绍给全家。

原来，苏珊有两个儿子，都在读中学，丈夫是生意人，做国际贸易。夫妻二人都是希腊人，待人极为热情。

当时，厅中还有另外两名男客，当他们知道夏夕阳是中国人时，很客气地请她加入他们的谈话。因为他们今晚的话题，是关于从中国进口塑料袋和床单等生意。他们谈得很热烈，计算着一个口袋从中国买花多少钱，在澳洲卖多少钱，运费多少，从中又能赚到多少，一笔一笔，谈得很仔细。夏夕阳从未做过生意，也从未见过生意人，更从未见识做生意的过程，想不到，做生意原来是这个样子，她感觉很新奇，就很认真地听他们的交谈，在这里，她是着实地上了一课。

苏珊很喜欢夏夕阳的酱鸡和烧茄子，特别是两个儿子，一口气将它们吃光了。

苏珊请夏夕阳参观她的家。这座房子有四个卧室、两个浴室、一个大客厅、一个大厨房以及前后大花园，客厅和卧室都是木头地板，擦得油光瓦亮，各屋又铺了不同图案的方形地毯，屋顶上挂着造型别致的玻璃吊灯，墙壁雪白，一枝桃红色玫瑰的大照片装在镜框里，悬挂在客厅的一面墙壁上，红色落地灯，橘黄色壁灯，一齐打开，将屋内装饰得美轮美奂。

后院，鲜花满园，绿树参天，葱茏的绿叶间挂着一串串珍珠似晶莹的小红果，十分可爱。

夏夕阳真羡慕苏珊有这么美丽的家园。所以，回家后不由得向老张和李利说起那个美丽的宅院。

李利说："这有什么呀！澳洲的好房子海了去了，就是豪宅也遍地都是。她那房子也就一般，你真是少见多怪！"

的确，夏夕阳到澳洲不久，看到的很有限，不如李利数月来到处走，又有许多三朋四友，经历见识自然广博。于是，她不再吭声，准备去洗葡萄。

可是，打开箱子，满箱的葡萄少了近一半，她记得，买时箱子是满得几乎顶到盖，她又端起箱子，发现重量不知要轻多少！

她好生奇怪，不禁说道："奇怪！这葡萄怎么自动减少了？"

李利走过来："少了？邪行吧？告诉你，我们的东西也不见了许多！看，这盒杧果是今天买的，一共12个，我们就出去了一会儿，那时你可能还在富来民同，等我们回来时，两个杧果已经不见了。还有，我们的鸡蛋也经常地少了两三个。"

"你什么意思？难道我们这里出贼了？这怎么可能呢？我们这是在澳洲呀！"

"你的东西少了，我们的也少了，不是贼还是鬼呀！"

"统共四家，房东，你们，我和查理两口子，房东又工作又收房租，大好的收入，至于偷这口吗？"

"话是这么说，可是，东西的确是被偷了。如果不是房东，那就是查理了。但是，他已经到澳洲十几年了，又在做生意，怎么会买不起这点水果呢？难道他们老移民还不如我们这些刚到的新移民？"

此时，后门被人推开，房东走了进来。众人不由噤声。

"哎！老胡，查理是做啥生意的？"李利突然问道。

"他在城市商场给人打工，有时晚上在俱乐部当保安。我没听说他做生意。"

"这就奇怪了，他告诉我们在做大生意。"老张随口说道。

"做大生意？他哪里来本钱去做？他住我这里已经6年了，我没看他有过钱，他把打工的钱都送到'卡西落'了，那可是悉尼最大的赌城呀！有时，连房租都不能按时交齐，有一天，他居然连饭都没的吃。"

老张两口会意地对望一下，又向夏夕阳挤挤眼，大家都清楚，问题出在查理。

老胡又说："电话账单来了，我放在这里，你们把自己打的手机和长途用不同的颜色画出来，再加上本地打电话的次数乘以0.25元，全部加起来就是个人应付的电话费了。”

其实，老胡没有告诉他们，除去个人打电话的费用，房东自己还要交付电话的租用费，每月是25元。作为房东，老胡算是很厚道的了，他对房客无任何要求，自己打扫整座房子，包括厨房、卫生间。他还提供卫生纸给各位房客。夏夕阳后来遇到的几家房东，没有一个像他那样仁义而宽厚。

于是，夏夕阳用红笔将自己打的手机号码画了出来，李利也开始找哪些号是他们打的。房东则开始清洗厨房。

后来，夏夕阳去卫生间拿东西，见老胡正干得热火朝天，他已经将卫生间擦洗得闪闪亮亮，目前，正将热水放满浴盆。

夏夕阳想，老胡还挺会安排，干完活，泡在热水中正可舒展筋骨。

可是，她万万想不到，可爱的老胡没有将疲乏的身体放到浴盆里，而是将厨房用具，比如炒锅、蒸锅、铁铲、大大小小的器皿以及所有的碗碟统统放进了那个大浴盆！

夏夕阳这一惊非同小可。想到自己每天使用的炊具曾经在洗澡池中冲泡，不觉胃中一阵痉挛，差点要呕将出来！

“好家伙！明天一定要买一套自己的餐具，包括炒菜锅和汤锅。这老胡同志卫生观念太模糊，亏他还是在医院做器械清洁的工作！”夏夕阳心下这样想着，转身回房间看书去了。

次日，是星期一，夏夕阳要到学校去见校长，所以将闹钟上到6点，心想早早地起床，充分做好上学的准备。可是，还未等闹钟发响，一阵激烈的吵闹声把她惊醒。

她看看手表，不过5点钟，晨曦淡薄的光线微弱地渗进百叶窗帘的缝隙。她醒醒神，发现声音来自隔壁的查理房间。

只听得查理大叫：“你良心叫狗吃了！我供你吃，供你住，教你学车，帮你拿身份，现在，你身份有了，车也学会了，用不着我了！就开始找碴儿了！还真他妈的是婊子无情！”

女人哭着嚷道：“我受够你了！是的，我就是一个婊子，可是你玩我花过一分钱吗！玩婊子免费也就算了，可你凭什么拿我的钱去赌博！”

“我只是借用一下，又不是不还！”

“还！还！还！你骗鬼呀！每一次都说是借，可哪一回你还过呀！”

“那个男的不是要包你吗？用钱先跟他要啊！”

“他妈的你还是个人吗！”

“砰！啪！噼噼啪啪，噼里啪啦……”一阵猛烈的摔打声、撕扯声，掺和着女人尖尖的哭号穿过墙来，夏夕阳听得心惊胆战，不由起身披衣，打开房门，却见老张两口齐齐贴在查理门板上，看来二人已在那里聆听多时。

“发生什么事?”房东睡眼惺忪地也赶了过来。

“里面在打架！快！老胡！你是房东，快叫开门!”李利急忙招呼着。

“妈呀！还真打上了！查理咋下得了手！可别出了人命!”老张的感叹一声比一声急，大概是心疼美人娇体被殴，情不自已。

老胡冲到门前，抡起拳头“咚咚咚……”一阵狂敲，口中连连叫着“开门！开门!”

就听得里面查理挣扎的声音：“她不让开门……”

又过了一会儿，门开了，只见查理手握门把，衣袖从手腕扯到腋窝，挂在肩上。他一腿向前屈，一腿被美人双手抱住，美人趴在地上，小小粉红丝绸睡袍已撕扯得七零八碎，乳房臀部白花花尽露无余!

“她打人，还不让开门!”查理还在喘着粗气。

老胡说：“有事好商量嘛，干吗动手呀!”

老张赶到美人身边，欲将她扶起，李利一个箭步冲了过去，挡在老张前面，还未等李利伸手，美人自己从地上爬起，甩动着身上的一条条碎片，竟大摇大摆，一直晃进屋里边去。

李利瞪着老张：“你干什么？还嫌看的不清楚呀!”

“我干吗了！你也想吵架凑热闹!”

老胡见老张两口又掐上了，赶紧说：“好了，大家回去休息吧!”

查理也感到没有面子，便悄悄回到屋里，将门关上。

“这算咋回事！大半夜的，把大家闹起来，却连句人话也不会讲!”李利正嘟哝着，却被老张拽进屋去。

夏夕阳回到房间，躺回床上，却全无了睡意。便干脆起床到街上听收音机。

当她回家时，却见房前停着一辆崭新的蓝色宝马轿车，一个肥胖的红脸老男人坐在驾驶位上，美蕊正在拉着一只大箱子从屋里出来。这是夏夕阳最后一次见到她，丽人美蕊离开这所旧宅时，连头都没有回一下。

第五章　难民营 1

狂风大作，电闪雷鸣，大雨夹着冰雹噼里啪啦砸向车厢，白色面包车艰难地缓缓向西行驶。

“上帝！车子好像要给砸穿了！好奇怪的天气！”一个女移民官失声道。

“见鬼！这种天气让我们赶上！”开车的移民官附和着。

“还有十几公里就到了，慢慢开。”另一个戴眼镜的男移民官说。

悉尼的难民营叫维拉伍德移民拘留中心。位于离悉尼市中心大约 27 公里的维拉菲尔德地区。20 世纪 60 年代早期和 70 年代初期，这里原来是移民旅馆，以后扩建成移民拘留所并于 1976 年正式使用。此地关押的一般是签证过期，或因违反签证条例而被取消签证，和以不合法手段进入澳洲的外国人，比如偷渡船民、持假护照闯关者，等等。

“我才是见了鬼呢！好好地上着班却被你们拽到这里！”夏夕阳心说。

“她一动不动的，会不会出问题？她看上去很无辜啊。”女移民官又说。

“应该不会有事，可能是吓的。不过，我很同情她，她很优雅，不像是违法的人。”

“可是，为什么会有两个人写信告发她呢？瞧，这里写得很清楚，说她是学生签证，每周工作 7 天，完全超过 20 小时的打工时间。”

“学生超时工作大有人在，这是普遍存在的问题，他们要不工作就付不起学费，这个规定其实不公平的。”

“这不是我们要考虑的事情，问题是她违反了规定，而且又被人告到移民局，我们的职责就不容许不管，只能撤销她的签证。”

“倒霉的姑娘！我真不希望她被这样处理。”

夏夕阳心里悄悄谢过这个善良的女移民官。显然，她被人暗算。她很清楚，有一个人很想害她，可是，移民官提到两个人，那么，她不明白，除了那个人还有谁会和她过不去，出此毒招？

汽车穿过一条条街道和一片片居民区，在风雨飘摇中晃晃悠悠来到一处空旷的地区突然停住，前面出现一群不高的小楼和平房等建筑，建筑的四周用铁丝网编织的围墙包围，在围墙的中间，有几处小门，算是进出口。夏夕阳被几个移民官员夹在中间从车上下来。那个女移民官员与她靠得很近，大概是防止她企图逃跑。夏夕阳心想：就算让我跑，我也不知该往哪里跑，更何况，我是冤枉的，干吗要跑?

移民官们带着夏夕阳来到门口，按下门铃，里面走来一位高大肥胖，身穿警服，佩带武装的澳洲人。

“哈罗！马克！你值班?”

“哈罗！伙计们，这种天气，你们也有行动？今天送来的是什么人?”

“瞧，夏女士，夏医生。”领头的移民官把头歪向夏夕阳。

马克看到夏夕阳，很吃惊地问那个移民官：“上帝！你确定没搞错?”

马克在这个拘留所工作多年，每天他都会看到各种各样的人被送到这里，不管是偷渡的船民，还是在餐馆被抓的黑民，甚至那些在妓院非法打工时被堵抓的卖淫女，那些人个个灰头土脸，狼狈不堪，没有人像夏夕阳这样看起来沉静如水，文质彬彬。

马克同情地看看夏夕阳，打开门领着一行人从门口一直走进里面的办公室。

办公室里，有一个全副武装的警员，站立在门侧，正对门有一个被玻璃隔开的台子，玻璃中有两个圆孔，玻璃的后面，是一个很大的办公桌，正对玻璃圆孔的地方坐着两个女人，她们也身着警服，但未佩带武器，看来是文职人员。领头的移民官将手里的文件交给里面的女警员，两个女警员认真检查一遍材料，然后签字盖章。

夏夕阳现在交由难民营警官负责监管。马克则与其他移民官们离去。

“夏小姐，请把这个表格填好。”玻璃后面的女警员把一叠纸从圆孔中递出来。夏夕阳就按照项目逐一填好，无非是姓名、性别、年龄、住址、电话等一般个人资料，填好后，她把表格递进去。

女警员看过夏夕阳填的表格，在表格的下方签字一栏画了一个叉：“请在此签名。”

这时，她从里边走出来，递给夏夕阳一把钥匙，领她进到旁边的一个房间，这里，四周靠墙放着一圈像更衣柜一样的家具，她示意夏夕阳按钥匙上的号码找到相应的柜子，又让夏夕阳把包里和所有口袋里的东西，统统放到柜里，关门上锁，再把钥匙交给她。

然后，她带夏夕阳来到另一个房间，这里，有一男一女两个警员，女警员走上前，递给夏夕阳一个印有字母号码的小纸牌，示意她举在胸前，并让她靠墙站在一个白色屏风前，另一个男警员则举起相机，啪！闪光灯一亮，夏夕阳被摄入相机！

夏夕阳霎时全身一震，脑中立刻闪现电影中常见的一个镜头：罪犯手持写有号码的牌子被警察拍照！

“老天！这是怎么了？我怎么就变成了囚犯？我怎么会走到这一步？简直是奇耻大辱！如果父母看到这一幕不是要被活活气死！”

人生如戏，这句话到了此时此刻夏夕阳才有真正意义上的深刻体会！一个人一生中命运的变迁是如此的具有戏剧性，它是这样地令人意想不到，猝不及防！在她有限的人生中，她一路顺风顺水，始终沐浴在家庭和社会的幸福阳光之下，灿烂的鲜花和甜美的糖果是她关于童年青少年乃至青春的记忆，无论是做学生还是做医生，她一直都是优秀而骄傲的那一个，可是，现在，此时此刻，监狱，拘留所，罪犯这样的名词突然出现在她的生活，与她，骄傲漂亮的夏医生产生关联，如此严重巨大，残酷无情的现实，是她做梦也想象不到的！她无法面对的跌宕人生就这样开始了。她被彻底地震惊！崩溃的夏夕阳感到魂飞魄散，她的骄傲伴随着一颗破碎的心房深深沉入海底，她被命运的大锤重重地击倒！

夏夕阳被送进房间的时候，已经是晚上了。她迷迷糊糊地被人从一个房间带到另一个房间，好像是到过一个卫生室，一个女医生给她检查身体，还给她服了药片，又好像是去了一个食堂，一位和善的警员给她送来一盘食品，她丝毫未动，可能还去了几个地方，领她的女警每到一处就给她怀里塞点东西，如浴巾、洗发液、浴液、床单、枕套、毯子等生活用品。

房间不大，全部的家具就是两架双层的单人床，设计的好像火车的软卧，唯一的不同，门口的右边有一个小套间，是浴室和厕所。在洗手池的上方还有一面大镜子和一个化妆台。夏夕阳的床是 4 号，在上铺，其他床上，已经有人。看上去，都像亚洲女人。在她下铺的是一个中年妇女，泡泡眼，梳着小辫子，前面的头发散在额前，无精打采的样子，坐在那里织毛衣。对面上下铺的两个女人比较年轻，20 出头的样子，俩人正在兴致勃勃地玩扑克牌。

“哈罗，晚上好，这是夏夕阳小姐，你们的新宿友，她用 4 号床。”

“晚上好，玛丽警官。”三人回应着，齐齐看向夏夕阳。

玛丽帮助夏夕阳把东西放在 4 号床上：“夏小姐，你在这里休息，明天 7 点起床，之后就和她们一同去食堂吃早餐。晚安！”

玛丽离开后，中年女人站起来帮夏夕阳铺床单：“你是中国人?”

她用南方口音讲着普通话。

“谢谢你。我叫夏夕阳，是北京人。”落魄的夏夕阳听到国语心里觉得好过一点。

“那太好了，我们这里都是中国人，你放心讲国语好了。我叫琳达，你刚来，别紧张，这里不是监狱，我们不是犯人，你就当是住旅馆好了。只要你不出围墙，你可以在里面自由活动。”

“好的，谢谢。”琳达的话对夏夕阳多少是点安慰。她感动地向她点点头，就躺倒在铺上。看来，情况比想象的要稍好一些。

“瑞贝卡，问问她会不会打升级，我们正好四人。”

“柔丝，你这次又要输了。”瑞贝卡看着手里的牌很得意的样子。

既然是中国人，她们为何都不用中国名字？夏夕阳心里很奇怪。

“夏夕阳，你的名字很好记，听一遍就记住了。现在才8点钟，睡觉还早，我们来玩打升级吧。”那个叫柔丝的年轻女人看着夏夕阳说。

夏夕阳哪里有心情玩？命运把她抛到这种境地，早上，她还是个医生，坐在诊所看病人，晚上，她却躺在拘留所，失去签证，失去自由！从中午到现在，几个小时里发生在她身边的一切使她感觉仿佛生活在梦中，既使她与她们的相遇，好像也在云里雾里。她们是谁，是干什么的？为什么要与她们同处一室？她感到很迷茫，身心十分疲倦，就躺下来，希望一觉醒来，一切的一切都会烟消云散，随风而逝，所有的事情不过是一个漫长的噩梦而已！

然而，她的眼睛虽然紧闭，但是混乱的脑子却一刻不停地旋转，那一夜，她彻夜难眠，很多往事，一幕一幕巡回闪现，多少懊悔，多少遗憾，使她辗转反侧，她的肚肠简直都要悔青了！如果时间可以倒流，如果人生可以重来，她即使闭着眼睛，无论如何也不会走到这一步！然而，人生，就好像一条单行道，一条不归的路，走进去就不能再回头，即使错了，也得硬着头皮，继续向前。夏夕阳，因为她自己选择的这条不归路而痛心疾首，夜不成眠。

在这个寒冷潮湿、阴雨绵绵的夜晚，一个瘦高的中年男人在难民营的四周来回徘徊，这个人，就是令夏夕阳一想起就要悔青了肠子的朱大进。

自从接到夏夕阳的电话，朱大进就马不停蹄地到处奔忙。他的内心非常不安，充满了对夏夕阳的歉疚和怜惜，他万万没想到事情会发展成这个样子。良心和自责促使他必须千方百计，竭尽全力去帮助夏夕阳。

自从下午接到夏夕阳的电话，他就像热锅上的蚂蚁，开始到处奔忙。放下电话，他立刻驱车赶往 Rockdale，因为处理学生签证的移民局就位于那里。他想，夏夕阳可能会在那里。但当他进到里面，才知，那对外开放的窗口只处理一般事宜，像夏夕阳这样的问题是在内部处理的，外面的人是不可能接触的。

他就到问讯处请求见见夏夕阳，可是，那里的文员反问他：“谁是夏夕阳？她在哪里不是我的工作，对不起，我没有办法帮助你。”“另外，”文员又说，“即便我知道她的下落，你与夏夕阳是何关系？是她的家属？”

朱大进摇摇头。

“那么就是她的律师？”

朱大进又摇摇头。

“那你又有何资格见她？所以，我不可以帮你。”

朱大进虽然未能见到夏夕阳，但是，在移民局他至少得到一个信息，那就是夏夕阳需要一个律师，对呀，在这个危急关头，找到一个懂得移民法的律师才是最关键的问题！

于是，他赶回办公室，翻开手头所有的报纸和杂志的广告部分，找出那里关于移民代理、移民律师的电话，一个接一个地打过去，就夏夕阳的大致情况向他们咨询，最后，从中选定一位香港来的移民代理，就直接到他那里办理代理手续。

这个香港出生的移民代理，姓黄，全名为乔治·黄，曾经在移民局工作，据他广告显示，他曾经成功解决多起类似夏夕阳这样的案子。正是基于这一点，使朱大进决定请他为夏夕阳处理目前的困境。

乔治·黄在朱大进来之前就对夏夕阳的一般情况有所了解，见到朱大进后就立刻让他在委托书与合同书上签字。

委托书是关于夏夕阳委托乔治·黄代理夏夕阳处理一切有关她的学生签证的法律手续，合同书则是关于朱大进委托乔治为夏夕阳服务的费用。这笔花费是2000澳元。首付1000澳元，待案情完结之后，付完全款。

朱大进签字后立刻写支票付款。

乔治接过支票：“谢谢！是这样，我现在需要立刻为夏夕阳准备上诉申请，这个申请必须在从取消签证的那一刻算起24小时内提出，否则就无效，如果在24小时之内移民局看不到这个申请，夏夕阳就会被移民局安排送回中国。”

“那就赶快先把申请递上去吧！千万不能错过这个时间！夏夕阳一定不能被送回去。你说，现在需要我做什么？”

“你先不要着急，这是上诉申请表，你先帮我把知道的关于夏夕阳的情况填好，我需要夏夕阳在这个表上签字，还需要她在委托书上签字，有了这两个签字，我才可以帮她办理后面的事情。”

“这可就有大麻烦了！问题是我们不知道她现在哪里？更不可能见到她呀，怎么可能让她在这两张表上签名呢？”

“她现在一定被送到维拉伍德的拘留中心，我作为她的委托代理人，工作时间是可以见到她的，你也可以见到她，因为送到那里的人是有权利见朋友的。但是，现在已经快到5点钟了，从这里到维拉伍德最快也要1个多小时，就算我们马上赶过去，到了那里，绝对超过5点钟。拘留所5点过后就不让会客了。”

“这样的话，从现在算起，经过一夜，时间就过去十几个小时，会不会错过上诉时间?”

“我是这样想的，你看，移民局的人是今天下午去的夏夕阳的诊所，从那一刻算起，到明天中午12点不到24小时。我明天一大早就去拘留所，赶在9点钟时见到夏夕阳，请她签字后，我立刻返回Rockdale的移民局把申请送进去，这样，在明天中午之前，也就是24小时之内这件事情可以搞定。你信我啦，没问题的。”

“现在只能这样了。麻烦你明天一定要在9点以前赶到难民营。我和你一起去。我们在那里见。”

朱大进惆怅地从乔治那里离开。看看手表，4点3刻，他回到汽车上，从地图上找到维拉伍德，在那里用红笔做了标记，就准备上路，他觉得，他得见夏夕阳一面，无论如何，事情发生的这样突然，连他自己都感到震惊，夏夕阳作为当事人一定惊吓得不轻，想到她突遇变故，可怜无助的情形，他心里非常难过，恨不得马上就在她的身旁，给她一点安慰。

车子出了停车场，他向右拐到高宾街上，准备直奔维拉伍德，他想，虽然规定是5点之后不能进去，但也许会有什么机会呢，比如看门的警察或许会行个方便也未可知？高宾街就要到头，他打算从ANZ桥上走高速，可是，突然想起，夏夕阳下午被人从办公室带走，今晚就没有换洗的内衣，更没有洗漱化妆等用品，这对一向很讲究生活品位的她来讲也是一个非同小可的问题，于是，就把车又开到Harry街，直接向Surry Hills开去，从Oxford Street向左转，就到了Jones Street，夏夕阳就住在这条街的2号大楼里。

朱大进快步走进电梯，用手在电梯门上数字盘的6号按了一下，人就到达六层，夏夕阳住22号，他轻车熟路开门进门，就闻到一股牛排的香味，原来是房客大卫正在烧饭。

“你好！朱，我迟一天付你房租。可好?”大卫手持铁架，一边翻着牛肉一边和朱大进打招呼。

“好的，没问题。”朱大进说话间已到二层夏夕阳的房间。

他快速从衣柜中找到几件内衣，又到浴室拿了化妆包等，全部装进一个大书包，就准备离开，走下楼梯，他又返回二层，因为他想到天气如此阴冷，拘留所一定更加寒冷。一件保暖的厚外衣一定是夏夕阳所需要的。于是，他又打开衣橱，找到一件厚厚的毛衣，他想，把这些东西送到拘留所，多少，对夏夕阳有点帮助。

迎着风雨，加大油门，一路飞奔，到达难民营时，早已过了6点。黑沉沉的天空下，大雨连绵不断，街边被狂风摇动的树枝把路灯晃得忽明忽暗，在颤颤悠悠的灯光中，难民营的铁丝围墙投射出幽幽暗暗的寒光，显得阴森恐怖。朱大进从看到那围墙的第一眼，心里就泛起一阵冷战，那阴气森森的地方就是关押夏夕阳的所在？

当他来到拘留所门前的时候，看到大门紧闭，而离围墙很远的地方有一片平房和小楼房，那些建筑里有明亮的灯光，隐隐地有人们说话的声音传来。门口最靠近的一排小楼房里，有人影晃来晃去，透过窗口的玻璃，可以看见里面的人们都穿着警服。

他敲敲铁门，但那咣咣当当的声音立刻被风雨声淹没，根本无法传递到里面的小楼房。他仔细观察了门的结构，发现在门上有一个按铃，就使劲按下去，等了一会儿，又接着按，这样反复几次，就见两个警员从房中出来。

他们来到门口，看见朱大进："是你在这里按铃？"

"晚上好，警察先生！是我按的铃。我请求你们帮助我检查一下，夏夕阳，中国来的学生，今天下午她是否被送到这里？我要见她。"

"对不起，你明天再来，文员已经下班了。现在已经不可以会客了。"

"我只想知道她是否在这里并给她送点衣服。先生，你是好人，请帮忙。"

"对不起，你不能进来。明天再来。"

"先生，至少，你能告诉我，夏夕阳是不是就在这里？"

两个警员摇摇头，相互对望一眼，其中一个说："看来，这个人很固执，那好吧，我去帮他查查。"

两个警员就向房间走去。门外，朱大进心里在想，等他们回来时还要再次请求见夏夕阳。

"是的，她在这里，你可以走了。"那个好心的警员离门口老远示意他离开。

"谢谢！请让我见见她，把东西给她。"

"这是不可能的，快走吧，不要再浪费时间了。"警员说完就转身回屋去，不再理会朱大进。

听到夏夕阳的确在此，朱大进的心稍许安定一点儿，虽然没有见到面，但至少可以确定在24小时之内可以帮她把申诉申请提交上去，这样，她就不会被立刻送回中国去。

她现在怎样了？在里面的哪个房间？里面是何种情形？与什么样的人关在一起？是否像监狱一样要面对可怕的同狱犯？他看着围墙里的那些房子，真希望能够在哪个窗口看见夏夕阳的身影。

于是，他就顺着围墙一直走，最后又回到门口，原来已经绕了一整圈，可是，除了警员的办公楼，其他的房子都远离围墙有几十米远，根本就看不清里面的任何动静，更别说见个人影了。他就再次按响门铃，这一次，当警员来到门口，看见在那里站立的人依然是朱大进，就很不高兴了："我的上帝！又是你！你到底要怎样？"语气里充满不耐烦。

"求求你们，让我见见她。"

"不行！走开！"

"我只想把东西给她。或者，请你们把东西转给她？"

"不，不，绝无可能！走开！我不想再听你说任何的话！"警员很生气地走开。

朱大进眼巴巴看着警员走进房间，看来，今晚他是无法见到夏夕阳了。他惆怅地在围墙周围徘徊，过了很久，夜已深沉，他突然想起，他得给夏夕阳的家人通报一下情况，万一她被送回北京或者出现更糟的状况，他们也好有个心理准备。

他返回车内，快速赶往公司，在公司里，有家里每月的电话账单，账单上有国际长途的电话号码。平时，夏夕阳每周都要向北京打长途电话给父母报平安。

他找到夏夕阳家的号码："叔叔，你好！我叫朱大进，夏夕阳在澳洲的朋友。现在，她在这里遇到一点麻烦。也许她会提前结束这里的学习。"接着，他向她的父亲把大致的情况轻描淡写地作了介绍。

电话那头，在遥远的北京城，夏夕阳的父亲惊呆了。从听到朱大进陌生的名字和声音的那一刻，他就预感到有大事发生了。虽然朱大进再三强调这是在澳洲留学生中很普通的问题，但夏夕阳的事情不是由夏夕阳本人告诉他，却由朱大进这个从未听说的陌生人传来，而且是在澳洲的深夜。整件事情的过程清楚地显示，女儿在澳洲一定遇到非同寻常的问题！老人的一颗心紧张地揪到一起，深深地为女儿担忧，他眼望苍天，隔着千山万水，他除了担心难过，就只有无奈地等待，可怜的孤苦伶仃的女儿到底是怎么啦？

朱大进放下电话，心里却是翻江倒海，不能平息。他出了公司，把车子开向 Ashfield，满怀的懊恼使他做出一个决定。

他一路狂奔，一直把车开到家，将车停在大门前，也不熄火，就直瞪瞪向老婆冲去：“你这个女人，好狠毒！你干的好事！你怎么敢这样做？我要跟你离婚！坚决离！”

说完之后，便开车扬长而去。

第六章　英语学校

学校是9点钟上课，除了接待员是8点半开工，教师、学生等纷纷踩着钟点于9点前后几分钟，涌入这个位于第二楼层的学校。

夏夕阳在8点钟就早早地到了学校，可是，到了二层，接待室的门窗紧紧关闭，整个楼层一片寂静，悄无人烟。她转了一圈，只有厨房的门是敞开的，便走了进去，想在那里看看书，但是，刚待了一会儿，就感到四周阴气森森，很是恐怖，便赶忙快步走出去，乘电梯下得楼来，乔治街车来人往，好不热闹！与里面的学校简直是两个世界。

夏夕阳看看时间还早，就想不如到附近转转，看是否有机会找到工作。可是，澳洲的人们是从早上9点才开始工作，此时，除了咖啡馆、麦当劳、卖报零售店，其他店铺全部关门。

于是，夏夕阳又返回学校，此时，接待员已经开工，夏夕阳向她说明来意，她让夏夕阳先在接待室旁的一间小屋等候，说校长9点以后才来，到时再唤她。

夏夕阳坐下不久，接待员又领来几个人，都是青年人，其中两个像是中学生，中国女孩模样，夏夕阳就冲她们笑笑，那俩女孩也向她热情地点点头。

不久，夏夕阳听到两个女孩聊天，果真，她们是中国孩子，就不由得凑了过去。

原来，两个小孩也是刚刚认识。一个叫常红，来自东北，念高一，另一个名张萍，从山东来，刚刚高中毕业，没有考上大学，被做生意的父亲送来留学。两人赴澳的留学手续均由方木子的留学中心全权办理。真是无巧不成书，伟大的方木子先生让五湖四海的夏夕阳等千里万里，横空穿越浩瀚的南太平洋群岛，围坐在悉尼的同一教室，方木子也使他们成为进入澳洲的最初朋友。

校长9时到校，10分钟后，与夏夕阳等待在房间的全体人员都被叫到校长办公室，校长说："欢迎各位同学到澳洲，到本校学习，上课之前，先请各位同学把这份英文试题做好，我将根据你们的英文程度来安排班级。希望你们在澳洲生活得愉快!"

校长说毕，便给每人一份试题，然后，叫大家到旁边的教室去作答。

夏夕阳做完试卷，交给办事员。

办事员说："校长通知，明天再来上课。"

夏夕阳记得，在北京时，她已交2000澳元，作为英文学费，学习时间是10周，每周学习5天，一天8个小时，从报到的一天算起。

今天是第一天，只做了一份试题，什么课也没有，一天就算过去了。如此推想，这短短10周能上多少英文课呢？又想，10周之后，还要交学费，续签证，目前，还没有找到工作，下一步该如何？

这样想着，心中不由得发慌，便打消了等候张萍和常红的想法，直奔唐人街找工作。

从学校沿乔治街一直走，很快就到了唐人街。她想起第一天逛乔治街，有一个中医诊所在街边，自己曾留下简历，不如进去看看。

上得楼梯，见那诊所大门正在打开，那胖胖的中年妇女右手尚未离开门把。

"你好！我前几天刚来过，还记得我吗？"

"呵，你是找工作的那个。你来得好巧，医生刚要出门。这边请。"

她领着夏夕阳走到屋中，那里，沙发上坐着一位中年男人，五短身材，毛发稀疏，面色黧黑，双眼贼亮，穿着黑色绸缎中式上衣，雪白笔挺西裤，脚蹬一双白色尖角皮鞋，神情和装扮无论如何也不像个医生，倒是像煞那黑帮老大。

夏夕阳不由得心底发慌，正不知该如何开口，那人却发话了："请坐。小姐，要喝茶吗？"

"谢谢！不用了。我是来找工作的，已经来了一次，您可看过我的简历？"夏夕阳坐下急急说道。

"这个嘛，先不急，我正要与朋友去唐人街饮茶，一起去吧。"

夏夕阳没有得到肯定的答复，又怕错过得到工作的机会，就跟着他去了唐人街。

"哈罗！庄师傅！去哪里？"一个瘦瘦高高的中东青年男子迎面走来。

"早晨好！马哈马德！我们去吃茶，一起去吧。"

于是，马哈马德也跟了进来。

夏夕阳这才知道医生姓庄。她想，这位庄医生看来喜好结朋交友，而且，好像不论各色各类人等。

庄先生先将他们带到一个商品廊，直接上了电梯。

下了电梯，迎面一个发廊，玻璃门上用金色红色的亮片装饰得闪闪发光，上书"金银星河发廊"。

庄先生进了发廊，直接坐上理发椅，但见店中小姐像见家人一样上前服侍。

“妹妹，这位是夏小姐。夏小姐请先坐，我洗个头，很快就好。妹妹，给夏小姐上杯茶。”

庄先生闭上眼睛一边享受着妹妹洗发，一边哼哼唧唧地说：“夏小姐，这里是我的发廊，你若要做头，就到这里来，妹妹会给你特别的照顾，她还会给出最好的价格。”

“那当然好了。谢谢庄医生。”夏夕阳嘴上应着，心中却想，一个连吃饭都要精打细算的人何来余钱打理头发！

当庄先生再出现在唐人街时，阳光已经洒满大街小巷，使得他油光的头发闪闪发亮。他神气十足地昂首漫步在人群里，后边跟着夏夕阳和马哈马德。马哈马德边走边与夏夕阳搭话。

在悉尼，有一条称作“帝街”的小街道，街的两头各修了一面中国牌楼，临近帝街街尾的一边是近几年刚刚竖立的一方形似大树的古木，据说那高高的树冠上镀了真金，阳光、灯光照耀时，可见那枝头金光闪烁。这条帝街就是唐人街的象征，但围绕着帝街的前后左右数条街面大都是华人经营的生意，就连乔治街几家澳洲最大的银行，进进出出的都是华人。因此，唐人街实际上是以帝街为中心的一个区域。在这个地区，最多的生意要数餐饮业。大大小小的中餐馆遍布每条街巷。

庄先生一路走到一个叫汉洋俱乐部的酒楼才停下来。

酒楼位于二层，须乘电梯上去。一层是商场，正对电梯的一间店内经营电器，透过一片片玻璃橱窗，可见到店内的售货员。那些店员看到庄先生时，向他招手打招呼。庄先生则点头回应。但是，夏夕阳注意到，那些店员的眼睛挂着大大的问号盯着自己，一直到电梯将他们送入酒楼。她想：“庄先生一定经常带着女人光顾这里。”

电梯口，摆着一张高高的小方桌，好像发言的小讲台，是供领位的服务员登记预约及恭候来客使用。酒楼刚刚开工，顾客稀稀落落散坐在几张餐桌间。领位小姐看到庄先生，马上露出一副很相熟的神情，也不问有多少人，就带着他们一直向里走去。她将庄先生等让到里面靠近舞台正中的一张餐桌前，那里，已经有几个男女客人，庄先生显然认识那些人的，他向他们抱拳打过招呼后，请夏夕阳入座，然后，将她介绍给大家：“这位是夏小姐，刚从大陆过来。”

夏夕阳便与众人互致问候。但是，她心中好奇怪，我来找工作，怎么倒变成食客来酒楼蹭饭？又与这些不相干的人混在一处？但当时的情景实在不是她能左右的。

庄先生请大家吃的是“饮茶”。所谓“饮茶”就是酒楼将各色小菜、各种点心放在小推车上，由服务员推送到餐桌前，客人可根据个人爱好自由挑选，小吃的种类繁多。这是夏夕阳第一次品尝“饮茶”，即使在北京，她也从未有此体验。因为“饮茶”是广东等地的时尚，在当时的北京尚未流行。应该说，“饮茶”十分好吃，很合夏夕阳的口味，她从此就爱上了“饮茶”。

与夏夕阳邻座的一位年轻小姐，来自中国江南，长得清秀大方，明仁皓齿，笑起来荡起一对小酒窝，可爱至极。她告诉夏夕阳，她来这里已经5年了，在唐人街的周末市场摆摊。每周工作4天，从周四到周日出售一些化妆品。江南女孩又告诉夏夕阳，坐她旁边的女子，是新加坡歌星，艺名叫玛格，目前，应文华社邀请来澳演唱，每晚在文华社演唱，为期一月。据说，庄先生是她来文华社演出的引荐人，而今天的早茶，是专为欢迎歌星所设，夏夕阳等众人，实乃陪客，不过是为了装点场面，人越多，场面越热闹。

明白了这一点，夏夕阳感到安然。今天来此权当做一会儿群众演员，这餐美食就算是演出的报酬吧。何况，还近距离见识了千里之外的新加坡歌星。

庄先生结过账单后，对众人说：“今晚是玛格小姐首次在文华社演出，欢迎大家前来欣赏。”

一直到离开酒楼，庄先生才有空闲面对夏夕阳。她想，现在，庄先生该谈关于工作的事了吧。

可是，庄先生却说：“夏小姐，晚上再见，你7点半来我诊所，我带你去文华社。”

夏夕阳一时不知该说什么。庄先生对打工之事，黑不提，白不提，却像老板一样给她下命令，这算怎么回事！拒绝吧，又怕得罪他，失去可能有的工作，服从吧，一个生存都无保障的人哪有心思听歌看热闹！

夏夕阳的决定尚未做出，庄先生已经扬长而去。只有马哈马德还陪在她身边。

“天气这样好，我带你去情人港转转吧！”马哈马德热情地说。

“转你个头！”夏夕阳心里很恼火地想，面子上却不得不挤出一个微笑：“谢谢你，我还有事，再见！”

她闪身进到旁边的商店，却一时不知要做什么。逛了一会儿，看时间不过是中午，回家还早，不如去街上找工作。

于是，她进了一个叫太原的酒楼，一个中年妇女问她是几位客人，她忙说不是来吃饭，是找工作。

妇人打量她一下：“你会做什么？”

“我是医生，刚来澳洲。我可以在厨房打杂，洗菜洗碗，端盘子扫地都行。”

“我们倒是需要厨房杂工，不过我们要有澳洲经验的，看你这样子，我觉得你不行。”

“洗碗扫地，要何经验，走遍世界，哪里扫地不是一双手一个扫把！”夏夕阳心下懊恼地想着，一边走到旁边的食品大排档。

第一家是北方面食，以水饺馄饨为主。可喜的是在柜前贴着通知：招聘员工一名。她想：“包饺子馄饨自己还是在家干过的。”就很有信心地走过去。

柜台后面，坐着的也是一个中年妇女，她在不停地擀面皮，包饺子。

“你好！我应聘这个员工职位。”夏夕阳满怀希望地看着她。

女人双手一边继续忙着，一边头也不抬地问：“你有澳洲经验吗?”

“没有。我刚到这里。但在北京时常帮母亲包水饺，我一定能干好。”

“澳洲的饺子咋同北京的比？而且还只是在家里做过，不行的。你原来是干啥的呀?”那女人原来是东北人，她的普通话带着长长的尾音。

“我是医生，但是，我很能吃苦，我可以跟您认真学习澳洲的包饺子经验。”夏夕阳太需要工作了，只要能得到这份工作，无论说多少好话都在所不惜！清高是需要温饱来支撑的。

夏夕阳从来都认为，从小学到大学所有的政治课，浪费了学生们很多宝贵的光阴，但是在高中哲学课上，瘦瘦弱弱的宋老师讲的那一句“物质决定精神”让她终身铭记，尤其当她步入社会，更加明白物质的力量，一个饥肠辘辘，衣不蔽体的人，哪有气力阔谈高尚与文明?

“那你给我包几下试试。”

夏夕阳说：“我在哪里洗手?”

“还洗什么手呀！这里不是医院，要那么卫生！这是快餐馆，要的是速度，像你这样慢吞吞，那得少挣多少钱呀!”东北女人急急说着，那手却一刻不停。

快餐原来是在这样愚昧大脑指派下的产品吗？夏夕阳心里愤愤不平地问着，一面却赶紧卷起袖子包饺子。

“我说，小姐，算了，你还是走吧，你干了10分钟，才包了这么几个，我还给你擀着皮呢，不行，你太慢了，我们要的是能干活的主儿，医生的矜持不能帮我们赚钱。不好意思，我们不能请你。”

夏夕阳其实已经包了一大片的饺子，但是，那女人还是看不上她，她只好失落地离开。

到了街上，她看到一家装饰堂皇的大酒楼，她想起刚才与庄先生“饮茶”

时，餐馆里有很多专门推小车的女工，庄先生称作“点心”小姐。就想：这样大的酒楼一定需要很多“点心”小姐，推车对她来讲应该还可以做好吧。于是就进了酒楼。

找到经理，说明来意，经理问她：“你可以讲粤语吗？”

“不会。但是，我可以边干边学，我一定能干好！”

然而，不管夏夕阳如何下保证，表决心，经理只是再三摇头。

“奇怪！会广东话也是一种谋生的技能？”夏夕阳心里不服地嘀咕着，没奈何，只有沮丧地打道回府。

回到家，李利立刻迎过来，令夏夕阳大为惊讶。

“回来了，小夏，我今天通过驾驶考核了，我真是太高兴了！”

“那么就恭喜你了！考试很难吗？”

“在这里，拿到驾驶资格要经过两项考试，一是笔试，在交通局的办公室有很多计算机，在计算机上答题就可以了。我第一次没通过，但是今天通过了。二是真正驾驶汽车在马路上考。不过两个考试之前你可以找地方练习。在唐人街上有一家店，专门提供计算机，在机上有模拟试题和答案，你可以去练习，等到练得差不多了，就可以去报名考试了。至于学开车，你可以找驾驶教练，报纸上广告栏就有很多教车师傅。我现在就要找教练了。要不，你同我一起学。”

李利看来很兴奋，讲了这么一大通学车之道，这对夏夕阳十分有用。夏夕阳非常感谢她的热情介绍和友好邀请，无奈，目前她夏夕阳还处在无着无落的境地，在没有找到工作之前，学车对她来讲，简直就是奢侈！

于是，她转移了话题：“再说吧。你知道文华社吗？今晚有一个从新加坡来的歌星在那里演出。你和老张想去吗？”

“我们去过文华社，那里每晚都有节目，有时还放小电影。最热闹是周末，要去也是星期六去。你咋知道这文华社的？”

这个说来话长，夏夕阳看看时间已经过了4点，想想庄医生那里的工作还没着落，晚上不能不去见他。就对李利说：“听别人讲的。我晚上还要出去，现在该做晚饭了。”

晚上7时，夏夕阳准时到达庄医生诊所。庄医生还没回来，只有胖胖的接待员在烫熨衣服。她让夏夕阳先坐，说庄先生一会儿就到。

夏夕阳看她忙前忙后，就好奇地问：“您在这里都干些什么？”

“我什么都干，洗衣，熨衣，打扫卫生，接电话，做预约。一周做七天，一共才挣300元。”

夏夕阳想，一周300元，真是一大笔钱呀，对她来讲，除去吃、住、行，还能剩下一半做学费。就很羡慕地说：“您真是好运气，能找到这么高工钱的工作。”

“这点工钱哪算高呀，我先生在养老院一个星期挣700元，我是图这里清闲，活不重，大部分时间都是我自己在这里。不过，我先生马上就要读完研究生，我们准备回国发展。”

“那你先生在哪家养老院工作？他可以帮我介绍一下吗？如果他回国的话，他的工作我可以顶替吗？”

“这里有很多养老院，出了唐人街向右一直走，就有几家，你可以自己去问问。我先生是不好给你讲什么的。”

夏夕阳见那女人不愿帮忙，就不再提了，看着她喷着浓浓的蒸汽熨衣服，就想：都是炎黄子孙，心肠为何如此冷漠。

此时，庄先生回来，后面跟着一大群人，有些是上午见过的，比如那个清秀大方的江南女子，有些是新面孔。

庄先生显得很高兴，他大声招呼胖女人：“快给大伙上茶。”一边坐在沙发正中，跷着二郎腿，抽起雪茄。

“我猜，今晚玛格小姐必定一炮打响！有我们这么多人捧着，绝对没问题！”众人纷纷议论着。

闹了一阵，庄先生说：“时间到了，我们过去吧。”

于是，众人纷纷站起，跟着庄先生走下楼来。

到了街上，已经是万家灯火，热闹的乔治街，霓虹灯饰，红黄蓝绿，艳粉大紫，色彩纷呈，争奇斗艳，以期引人注意，因为那是各家公司的广告招牌。街上的行人或一群，或两三，晃晃悠悠，踯躅徘徊，夏夕阳混在庄先生组织的大队人群中，心中很不是滋味。她对夜景，对这支队伍，对文华社，对歌星全都毫无兴趣，却为了不得罪庄医生，在夜晚的马路上游荡，感觉实在滑稽。

走来走去，终于，来到了文华社。这里，已经有了很多人，庄先生将众人一直带到地下一层。

原来，这里是一家餐厅，进门就是吧台，销售酒水，过了吧台，就是开放式厨房，人们可以买到各种在大排档常见的中餐。靠里面的墙壁上，是一幅白色银幕，上面正在放映什么电影，好像是香港的武打片，可以不时看到成龙的身影。银幕前是一个圆形舞台，上面放着一架钢琴，围着舞台有几排座椅，座椅的后面就见缝插针地摆着简单的餐桌餐椅。餐桌周围已经坐满了人，有的在吃饭，有的在端着饮料看电影。

庄先生带着众人径直走到舞台前，那里几排座椅大都被人占住，庄先生就叫大家赶快将没有主的椅子放到一起，又从餐桌边找了一些椅子，总算凑到每人一把椅子，庄先生让众人赶快入座，自己带着两个年轻后生到吧台买饮料。

此时，乐队已经出现在舞台上，有人说，坐在钢琴后面的那位是张某，每晚在此弹琴伴奏。夏夕阳知道，此人是中国有名的音乐家，还是中国最有实力的流行歌星某某的丈夫，在国内很有影响力，他怎么会沦落到到这么简陋的地方供事？

"夏小姐，你喝什么？"庄先生手里捧着一个盘子，上面有几杯不同的饮料。

"就橙汁吧，谢谢！"夏夕阳坐在江南美女身旁，就问她要喝什么，她说："啤酒。"夏夕阳帮她拿过一杯啤酒："你很喜欢饮酒吗？"

"还可以吧，到了这里，出门应酬很多，不会喝不行，不过，饮酒一定要小心，尤其是在酒吧，与陌生人在一起，千万要看好酒杯，有坏人会把迷药放进酒杯的，这种事在澳洲常发生。哎，快看！玛格上台了！"

舞台上，灯光一时暗了下来，一阵激烈的鼓点敲击过后，巨大的音乐冲天而起，同时，一柱强光突然射向舞台上，玛格一身粉色艳装，闪着亮片，雍容华贵地扶着话筒站在那里，与白天的她判若两人。音乐突然停顿，即刻，钢琴缓缓奏起轻柔的乐曲，玛格甜甜的声音通过麦克风柔柔地传来："各位，晚上好！我是新加坡的玛格，很高兴能与大家在这里相聚！"

庄先生立刻站起来，大力鼓掌。他组织的一群人也随之起立，纷纷拍手。

"今天呢是我第一次在澳洲登台演出，我很感谢庄先生、李先生、文华社，还有在这里的每一位朋友！是你们使我有机会到这里演出！因此，今天我将献出我最拿手的歌曲与大家共享今晚这个良宵！当然，我也非常欢迎大家点歌，无论你点什么样的歌，小妹我一定能让你满意！那么，首先，我为大家献上一首《月亮代表我的心》用来表示我对各位的爱！"

音乐声起，玛格深情万分地唱起邓丽君那首传遍世界的不朽金曲。庄先生带着众人再次热烈鼓掌叫好。

接着，人们纷纷将点唱的歌写在纸片上，通过传递送到玛格的手中。玛格就按照手中的歌名一首一首地唱着，庄先生不时走到台前送上凉茶给玛格。

夏夕阳很喜欢听通俗歌曲，众人给玛格点的全都是非常流行的名歌，玛格的演唱又很到位，因此，夏夕阳倒也入乡随俗，跟着庄先生等十分投入地欣赏玛格歌唱，并为她不断欢呼叫好。江南小姐更加狂热，又是大叫，又是吹口哨，夏夕阳问她："你很喜欢这种场面吗？"

"一般吧，这里赚钱很辛苦，放工后能乐一下，当然要尽兴才好。你不习惯这种地方吗？"

"对于我来说，平生第一次，看这种小舞台演出。但是，我觉得很有意思，如果有时间，常来坐坐也很不错的。”

“看你样子，文质彬彬，怎么会和我们这群人混在一起？”

“我想在庄医生那里找份工作，不知怎么，稀里糊涂地就这样混了一天。”

“如果可能，尽量不要同这群人混，他们大都很复杂，干什么的都有。对你影响不好。你刚来，不了解这唐人街，千万不要蹚这个浑水，为你好，我才这样讲。你明白吗？”

“当然。谢谢你告诉我这些。我一定会注意的。”

当玛格再次登台时，有人送上一叠纸片，都是观众点的歌名。

玛格说：“这首《伤心》是要两个人对唱的，我十分恳切地邀请一位台下的观众与我一起对唱。”

此时，台下一阵骚动，有一个男子，黄黄瘦瘦，个子也不高，居然跳到台上，乐队有人递给他一个话筒，他大方地向玛格鞠躬，玛格说：“谢谢这位先生，请问您尊姓大名？”

“免贵姓中，名国人！和大家一样，都是龙的传人！”

台下一片掌声笑声，音乐声起，那男子一声：“心碎了！人醉了！”全场又是掌声齐鸣，原来，那人虽然其貌不扬，但声音却异常悠扬，那首歌，被他饱含深情的、沙甜而又磁性的歌喉演绎得十分忧伤凄美。

有人说：“这人原来是唱越剧的，在唐人街餐馆洗盘子，很多年了，经常来这里上台客串。”

中国人唱得太好了，大家一再要求他献歌，玛格就顺水推舟，让中国人唱到快散场。

玛格说：“想见时难别也难，又到说再见的时候了，可是，我这里还有很多大家点的歌没来得及唱，怎么办呢？我想随机从里面挑一首，作为今晚的最后吻别，剩下的，我明天会全部唱过，希望各位过来捧场。”

玛格就真的唱了张学友的《吻别》作为收场。

玛格歌声刚落，庄先生便捧着一个花篮，送到台上，江南女子拿出相机，扑！扑！扑！一通闪光，演出算是结束了。

人们渐渐散去，乐队的人也收拾家伙，分别离去。夏夕阳看着张某，只见他手提一份打包的外卖，晃晃荡荡悄然离去，没有人关注他，他手中的盒饭一前一后，甩得老高，好像要甩掉他的孤单和悲凉，这位中国的著名音乐人，离开了大中国的文化土壤，在异国他乡，如同零落漂流的浮萍，要生存，要发展，谈何容易？想想有多少国内专业人士，到了国外，因为学历不被承认，不得已靠体力谋生，又有多少学者学不得用，抱憾终生！

夏夕阳不知是替那位音乐人惆怅，还是为自己感叹，只感觉一股悠悠的孤凉从张某那里飘飘荡荡，渐渐扩散，连成一张无边无垠的网，连她自己也裹入其中……

“夏小姐，别坐那儿了，去吃消夜吧！”江南小姐已经整装待发。

“夏小姐听得入神了！怎么样？精彩吧！”庄先生笑眯眯地看着她。

“当然精彩了！玛格小姐唱的确实出色！谢谢庄先生带我来这里，使我有机会欣赏到这么有水平的演出！时间不早了，我该回家了。”夏夕阳回到现实，赶紧打退堂鼓。

“这才几点呀，今晚才刚刚开始。我们先去吃消夜，然后再请玛格小姐欣赏澳洲的脱衣舞蹈。夏小姐不要担心，我会叫人送你回家的。”庄先生说完，就带头向外面走去。

来文华社前，夏夕阳跟着庄先生在街上转来转去，早就不晓得东南西北，更不知火车站在哪个方位，况且，通向中央车站有一条长长的地下走廊，在这漆黑的夜晚，一个人通过那样的走廊是否安全？又一想反正有车送回家，就索性随大溜，参观一下这悉尼的夜生活。

庄先生领着众人又回到汉洋酒楼，看来，这家酒楼是庄先生的据点，领位小姐当然又将这批人安排到上好的座位。食品以粥粉面为主，夏夕阳最喜欢那个螃蟹粥，一连进食两碗。

饭后，庄先生领着众人又开始到唐人街转悠。此时，夜已深沉，但街上依然人来人往，不时，在一些酒吧门前，可见到排着大队的人群。

庄先生大摇大摆，绕过几条街，来到一个小门口，让大家进去。那门面朝大街，很不起眼，从旁边经过，若不注意，很难看出是一个生意场所。门口一左一右立着保卫，五大三粗的，附近，有三两人手执票据来回溜达，原来是舞厅的售票员，其中的一个人，夏夕阳看着面熟，仔细一看，却是邻居查理。

夏夕阳不知是否应该上去同他打招呼，因为担心他面子上过不去，就跟着庄先生进了舞厅。

“这里叫做夜总会。每晚都有脱衣舞表演。玛格小姐、夏小姐，这边走。”庄先生边走边介绍。

虽然，夜总会的门很不起眼，但进得里面，却是另一番景象。

原来，门口只是一条通向地下室的楼梯。到了地下室，是一个非常特别的闹市，这里，灯光幽幽，开阔的大厅，中央有无数的小舞台，小舞台像餐馆的大圆桌，所不同的，是上面竖着一根金属做的柱子，天花板上忽明忽暗投射出变化不断的彩色灯光射向舞女，而舞女则扶着柱子搔首弄姿，摇摆旋转，或曰：“钢管舞”。圆桌周围是一圈高脚凳，顾客们就举着酒杯坐在那里，欣赏圆桌上小姐的表演，看到高兴处，就打开钱包，向小姐的比基尼处塞小费，这是最令小姐开心的时刻，小姐会不时地亲吻塞钱的顾客。

虽然，已过午夜，夜总会里，依然人声鼎沸，张张圆桌围满了人，当然，客人大都是男人，因为整个大厅的灯光十分暗淡，中央的天花板上挂着一个旋转的彩灯，而圆桌的柱子上又投射着不断变幻的红黄蓝绿交替的强弱光，将室内的人脸照得影影魅魅，很是诡异。

夏夕阳随着庄先生等在里面转了一圈，感觉如同进到《西游记》中的盘丝洞，只是一时分不清，自己是在看电影呢，还是身在梦境？总之，她像影子一样，迷迷瞪瞪地跟着庄先生一众人，从一个圆桌飘到另一圆桌，圆桌上，个个舞女随着激烈的音乐摇摆旋转，不时地一件一件从身体上除下点点象征衣服的饰物，直到脱得一丝不挂，看客们才纷纷将手中的钱币投向圆桌。

突然，夏夕阳看到一张美丽的亚洲女孩的面孔。那双美丽的大眼睛怎么那么相熟？呵，想起来了，美蕊！查理的那个女友。原来，美蕊是脱衣舞女，难怪她的身材那样出色！她在里面跳舞，查理在外面售票，想必两人一定是在这里相识的了，如果查理没有澳洲的身份，那么她绝不会与查理同居。这里的舞女同时也接客，她们有大把机会结识有钱人，但有钱的客人，又有几个是肯认真对待她们的呢？因此，据庄先生说，这些舞女们，一般趁年轻，使出浑身解数赚银子，再一方面就是想办法搞身份，有的甚至出钱办假结婚，有的，就找像查理那样的，互惠互利。一旦身份到手，银行里又有丰厚的储蓄，她们便转移到另一地区，开始新的生活。

美蕊的出现，将夏夕阳从朦胧状态唤醒。她看看手表，已经凌晨2点。就问江南小姐：“这里几点关门？”

“关门还早呢，一般要到三四点钟。不过，我们不必等到关门才散，我想，很快庄先生就要带大家回去了。”

果然不久，庄先生就安排众人回去。他要马哈马德送夏夕阳回家，他自己亲自送玛格回酒店。

临别前，江南小姐、玛格小姐与夏夕阳相互留了联系地址和电话，江南小姐还特意说：“如果可以，还是不要同这些人混在一起。”夏夕阳非常感谢她的忠告，此后，夏夕阳再也没有见过她，但江南小姐的美丽和善良令夏夕阳始终不忘，在澳洲十几年，这位江南女孩是作为同胞给她忠告的第一人，也是为数不多的肯为新到同胞作提示的好心人之一。

第二天，夏夕阳被闹钟叫醒，她急急忙忙赶到学校，时间还早，可是张萍、常红已经在那里聊天。因为在国内学习都是8点钟上课，刚到澳洲的孩子，还是习惯早起和按时上学的，但是，有那么一些孩子，当他们熟悉了澳洲的环境，很快感染上澳洲人松散懒惰的习惯，变得自由散漫，不求进取。

张萍住的地方离夏夕阳不远，坐火车只差一站，她与几个中国孩子共同租一间公寓，常红住得很远，坐火车向西行要用1个小时还多一点，那是一个中国家庭，是常红父母的朋友，所以，每周包括吃住她只交60澳元。

夏夕阳问她为何要住那么远，常红说，她的房东其实是受惠于她的父母，所以，她的一切留学手续和费用全部都由房东办理，她的父母仅仅买了一张飞机票就把她送了出来。夏夕阳知道，常红的父亲是法院的法官，是何等深厚的恩情，可以使房东远在异国他乡还要对法官大人不惜重金切切回报？

张萍的父亲是私营企业主，据说是一家电梯厂的老板，张萍当年没有考取大学，被送来留学，另一方面，张萍的家长还考虑，待女儿学成，留在澳洲，拿到身份，就可以帮助父母办理家庭团聚移民。

两个孩子的生活都有保障，只要好好学习而已。夏夕阳却要为生活奔波，否则，何以能够平静地坐下念书。因此，两个孩子更能谈得来，夏夕阳觉得很难与她们深谈。

9点钟，校长踩着钟点到了办公室，他让接待员带着夏夕阳三人去教室，夏夕阳被分到三班，张萍在二班，常红分到五班。

原来，一、二班是初级，三、四班是中级，五、六班则是高级班。

三班的教师是一个瘦瘦的白人妇女，面孔冰冷，神情严肃，来到课堂，她一言未发，先给同学们人手一份打印的材料，一共是两页纸，上面是一篇文章，中间有插图，算是教材。

她在讲台上讲了几句，夏夕阳没有听懂，但见同学一个个低头看文章，就赶紧埋头读教材。

那篇文章讲的是一位日本女子远嫁英国，她去学校进修英文，结识了几位不同国家移民到英国的女人，她们都有着自己国家的文化背景和生活习惯，迫切需要适应在英国的新生活。

夏夕阳看过文章，不知下一步要做什么？就问旁边的同学。同学说他也不知道。

夏夕阳等了一会儿，却听见老师说："Tea time now, see you soon!"（早茶时间到了，一会儿见！）一节课就算结束了，夏夕阳班的同学都很年轻，一小部分是欧洲人，大部分是亚洲人，其中很多是越南人。中国人就只有她一个。不过，这些越南孩子大都可以讲中文。夏夕阳听到他们用汉语谈话，起初还以为是同胞。就凑过去打招呼，才知那几个男孩原来是越南人，但祖辈却是唐人。在国外，很多地方的中国华侨自称唐人，可能因为，在中国历史上，唐朝最为辉煌鼎盛，大家都以她为荣，愿做她的后人。因此，在世界的很多地方，都有叫作唐人街的地区，在那里，一定可以听到汉语，看到中国食品。

夏夕阳问他们："下面的课该学什么？"

答曰："就是提问了。今天一天的课，就是这篇文章了。明天还是。一星期两篇文章，是这木偶老师的教法。"

"为何叫她是木偶老师？"

"因为她从来没表情。一次，在电梯上相遇，我们向老师 say hello（问好)，可是她面皮纹丝不动，只从牙缝中挤出一声 hai. 从此，我们就叫她木偶老师。这木偶老师可能有种族歧视。她对欧洲学生还是有点表情的。"

早茶后，夏夕阳想，这回老师要讲点东西，教点什么了吧。可是，她叫几个学生分别到讲台前将文章中不会的生词写到黑板上。然后要大家查字典，认生词。不久，到了午饭时间，一个上午的课就算上过了。

午饭休息半小时，学校有一个小屋，算是食堂，里面有数张椅子，一个微波炉，一个热水器，很多学生带着午饭，只要将饭盒放到微波炉热一下即可。

夏夕阳在食堂见到常红和张萍。因为她们都是第一天来上课，不知学校的课时安排，没有准备午饭，于是，三人就结伴到外面买东西吃。

张萍说想找工作。还说学校明天有介绍工作的中介来讲有关情况。

在学校附近，有一家中国人开的面食小店，她们就到那里各买一碗面。出门时，夏夕阳看到门边贴着招工人的告示，就拉着张萍去问老板。老板正在厨房拉面条，他简单问了她俩的情况，说："我们需要的是全天工人，工作时间要从早上 10 点到晚上 10 点。作为学生，你们能有时间这样干吗？"

当然不行了。她们是学生，每天都要到学校刷卡报到的。夏夕阳就同张萍商量，可否两人合作一份工作？张萍说没问题。

夏夕阳就问老板："两个人做一份工作，我干半天，她做半天，可以吗？"

老板是个很和善的人，他理解地笑笑，"可以，我这里一小时 6 元，你们自己分派工作时间和工资。"

找了这么久的工作，这是夏夕阳第一次没有被问"是否有澳洲经验？"也是第一次没有遭到拒绝。她真的好感动，好开心。

但是，张萍小姐锦衣玉食，银行里放着父母提供的数万澳元，哪里了解找工作的艰难！当夏夕阳与她认真谈起如何安排工作时间时，张小姐既不愿做早班，也不愿上晚班，一句话，她说找工只是好玩，随便说说而已。

一声深深的叹息，夏夕阳只能无奈地放弃这个好不容易才找到的工作。

回到教室，木偶老师叫大家就课文提问题并互相讨论。夏夕阳还没完全查出生词，对文章只有一知半解，而同学们带着家乡口音的英文发音叫她找不到北，整个下午就这样流水一样漂过去了。

下午 3 时，木偶一声下课，她一天的教学就完成了，夏夕阳一天的学费就这样花去了。她仔细想想，这一天她学到了什么呢？除了手中的两页打印文章，就是了解到英语让世界各国人民用不同的音调讲得天花乱坠、云山雾罩。此外，还学到了什么呢？夏夕阳真的想不出来。

第二天，还是那篇课文，木偶老师让同学们先把前日写在黑板上的生词抄到黑板上，然后，她从其中挑出几个，就生词的词性、词义作了一些解释，接下来，她要同学们用这些词造句。

下午，她要同学们把文章中不同国家的文化风俗和饮食习惯找出来，然后，互相讨论。夏夕阳因为几个生词搞不懂，曾请教邻座同学，无奈，他的法国英语让夏夕阳更加云里雾里，就举手向木偶老师求助。第一次，她得到了回答，第二次，木偶叫她跟着去见校长，她对校长耳语几句就走了。

校长则带她到了另一间教室，说："明天你到这班上课，我想，这样对你比较合适。"

此时，已到下课时分，教室门正好打开，夏夕阳就看见张萍坐在其中，她立刻明白，她被从三班降到二班。原来木偶不耐烦同学提问，把她直接降了一级！这是什么老师？这种品行怎配做教师?!

张萍看见夏夕阳，倒是蛮高兴："夏夕阳，你在等我？"

"哪里，我被降到你们班了，就因为问了木偶两次问题。"

"没关系，我们老师可好了，你在这儿一定会开心的。"

张萍与夏夕阳都住在西区，她比夏夕阳远一站，地名翻成中文叫"斯拽思费儿德"，是西区的一处风水宝地，住着许多有钱人。因为此地绿树浓荫，环境优美，离市中心很近，且是火车大站，东南西北各线火车都要经过这里，非常方便。从前，本区以西方人为多，渐渐地，韩国人、中国人、日本人多了起来，现在，这里已经发展成一个庞大的朝鲜民族社区。

听说方木子的家就在这个地区。这几天在学校，夏夕阳每日都能见到一批新同学，都是中国孩子，张萍说，她班两天就来了6个中国小学生，全部由方木子经手办理，她还听先到的中国同学讲，方木子在学校是有很大的股份的，所以，经他手的留学生一概要先到此学校上半年英语。难怪，夏夕阳在北京要先预付半年学费，原来方木子先生搞的不光是留学中介，还有教学这样的实业！难怪，他有资本入住富人地区，享受这绿荫环抱，鲜花盛开的风水宝地。

二班的老师是个英国青年，身躯高大，浓眉大眼，椭圆形娃娃脸笑起来像孩子般可爱。他为人热情，对每个同学有问必答，讲课也很认真，每天课后还留有家庭作业。夏夕阳在他的教导下，学会了写日记。可是，因为二班同学大部分只会少量的英文，夏夕阳在其中算是最好的，他的教学只能以最初级入手，因此，他向校长推荐，让夏夕阳到四班学习。

四班的教师是一位美国青年女子，她开朗大方，朴实热情，教学也很认真，尤其是英文写作，讲得很有情趣，在写作技巧、用词和语法上，她的讲解对同学们很有帮助。她还经常鼓励大家写日记，有时，还安排一两个题目要大家写作文，并交给她批改。

夏夕阳感到对英文写作渐渐地有点入门了，并且下决心在3个月内全力以赴让自己的英文有一个大长进！

可是，不久，美国老师就不再来学校了。据说，她对这个学校有看法，辞职去了另一所学校。

一天，又一批新同学到来，全部是中国学生，大部分是中学生，只有一个年轻女人，30岁左右的样子，名叫李勤，她见夏夕阳是成年人，就主动与她搭话。

原来，李勤来自山东郓城，高中刚刚毕业，就和人结婚做生意，有了一点积蓄，丈夫开始在外面花天酒地，后来，干脆在外面包养女人，李勤一气之下就来到澳洲。

“那你是用什么样的签证进的澳洲？”夏夕阳想起自己从申请美国签证到澳洲签证所经历的千辛万苦，不由问道。

“学生签证呀，要不，我干吗来上学呢！”

“可是，按照澳洲留学签证的规定，你的条件是很难办理的。”

“有钱什么不能办？我就是找方木子办的学生签证。我付了代理费，方木子就找人给我编造了一系列文件，像大学毕业证、工作证、工作经历等。反正我们那的公证机关只有几个大婶，今天交钱，3天后就可以拿到盖有中华人民共和国红色大印的公证文件。那澳大利亚使馆自然不会怀疑经过政府机关公证的材料。”

原来如此！方木子投资的这所学校其实就是一个签证销售店，或者说是签证营销链的其中一环，因为要获得学生签证，必然需要学校的录取通知书，而一般澳洲的正规学校录取学生，要严格按照有关的规章制度，一步一步来评估的，因此，方木子的一些不符合标准的客户在那样的学校就很难被录取，然而，如果方木子有自己的学校，收取学生就很方便，因为像李勤这样的客人很多，方木子的生意非常火爆，夏夕阳的中国同学就愈来愈多，可是，学校的好教师却愈来愈少，她每天来上学，却感到每天都没有新东西可学。老师就像形同虚设的影子，上课变得好像虚掷光阴。这算什么？夏夕阳想来想去，决定转学。她记得，在北京，方木子曾说，到澳洲可以转学，学费也是可以转过去的。当时，方木子收取她4000澳元的学费，2000元是学语言，另外2000元是上专业学校的定金。于是，她找出这笔钱的收据，准备先把预付的学费要回来。

下课后，李勤邀夏夕阳去唐人街，说是带她去一个地方。夏夕阳正要去那里找方木子的公司，就同她一起来到唐人街。

在唐人街的瑟赛克斯大道上，有一个中型建筑，里面有形形色色的小公司，其中就有方木子的留学公司。

夏夕阳到了那里，才知李勤说的地方原来是婚姻介绍所，也在这座楼里。

“您好！两位请坐。”婚介所里，一个大肚女人热情招呼她俩。

“你把资料先给我们看看。”李勤看来已经同这里联系过了，她很老练地对大肚女人说，又向夏夕阳挤挤眼，示意她看情况行事。

大肚女人从抽屉里拿出一个大夹子，打开时，就见里面有几张纸和照片。

第一页，是一张白纸，上面贴着一个头发花白的澳洲男子站在海边一所房子的照片，照片下，是他的姓名、地址、电话、职业和简历。

大肚女人是个上海人：“这个可是大富翁的呀，有好几个大 house（别墅），都在海边，他是律师，办一个案子，就赚好几十万的呀！”

她又翻过一张，手指点着另一个中年白人男子的照片：“这个，是木材厂的大老板，在曼里和邦戴海岸都有大别墅，刚刚离婚的呀。”

她接着又要翻篇，李勤说：“我想见第一个，你可以现在就安排吗？”

“是这样的呀，你先交 300 澳元，办个会员证，把这个表填好，我就给你排上队，这个人很火，个个女的想嫁他，要见他，要排队候着的呀。”

“那第二个我先见见也行。”

“那个也要排队等候的呀。小姐，来这里的个个都想见这两个的呀，谁不想嫁给有钱人呢！我如果没成家，我自己还想的呀。”

李勤看看夏夕阳，夏夕阳不知她什么意思，没有说话，李勤就想了想，拿出 300 澳元，并填好了会员表，表格实际上是个人简历，多出的一项就是求偶的条件要点，李勤在那里写的是：找有钱，有别墅，有澳洲护照，可以帮助办理移民申请的男人。

大肚女人递给夏夕阳一张表，夏夕阳说：“我是陪她来的。”

“那你有身份吗？”

“没有，我是学生签证，还没想过身份的事情。”

“身份是多么重要的事情呀！你还不赶紧办？你条件这样好，嫁个人，身份和幸福生活就全有了。女人的青春不长，你可要趁年轻，好好安排自己的呀！”

“谢谢！”夏夕阳拉着李勤赶紧往外走。

“夏夕阳，你干吗不入会呢？我认识好几个从国内出来的女人，她们都是通过婚姻介绍所找的人，要办澳洲身份，这是最好最快的办法。我要尽快找一个好的，先把学生签证换过来，这样，我就不用每天来上课了，然后，做个什么生意，挣好多钱，回到海城气死我那个浑蛋丈夫！"

"我不想通过这种方式搞身份。我现在要去方木子的公司，你和我去吗?"

"我先回去了，万一那个律师来电话，我就去见他。"李勤身材窈窕，相貌姣美，连夏夕阳也愿意多看她几眼，相信李勤本人也知道自己的魅力。

夏夕阳找到方木子的公司，没有想到，那是一个20平方米的小办公室，与北京的公司相比，显得又小又简陋。方木子不在澳洲，他的老丈人帮忙听电话和招呼客人。这是一个干干瘦瘦的老人家，稀疏的白发透着长辈人的温和与亲切。夏夕阳看到他就像见到亲人，心里感到很踏实。

她把学校的状况向老人家简单地介绍一番，满以为，老人家来自祖国不久，一定非常理解大陆学生，知道他们来此求学是付出了多么巨大的代价，如果交了学费而学不到东西又是多么的失望！

可是，当老人明白夏夕阳的来意后，却很干脆地告诉她："转学可以，退学费绝无可能！"

夏夕阳不明白，刚刚慈祥和蔼的老人家，提到钱时，怎么忽然变得如此冷漠，说出的话语又是这样的决绝！

"大叔，这是收据，方木子说过，学费是可以转的。"

"他同你讲的，那你找他转好了。"

"可是，他不在这里，我上哪里找啊?"

"这是你自己的事情，你找我干什么?"

夏夕阳快要气昏！长这么大，她还真的没见过这样德行的老人！难道这老爷子生猛海鲜吃多了，变得冷血冷肺，没了人味?

夏夕阳漫无目的地徘徊在瑟赛克斯大道，学费不能退就转不了学，工作又毫无着落，下一步，该怎么走?

"你好呀，小夏！"

一个很热情的声音，突然迎面飘来。

夏夕阳抬头一看，一个瘦高的男人，笑眯眯正向她走来。咦，此人好像在哪儿见过。她突然想起，这人就是那指路的"仙人"——朱大进。

"你好！真巧，怎么碰到你了。"

"我看你好半天了，见你满脸不高兴的样子，你可有难办的事?"

夏夕阳受了委屈，正在懊恼，就不由得对朱大进讲起学校和学费等事。

朱大进说："我刚刚买了一份《澳洲新报》，我们看看广告，再找一家留学公司咨询一下，看看有什么高招。"

于是，朱大进找到一个叫"潮流留学中心"的公司，也在唐人街，朱大进就带夏夕阳去了那里。

潮流留学中心的办事员是个男孩，很热情，但他了解到夏夕阳的情况后，说：“你的学英文的钱肯定转不出来，因此，10 周的英语就只能在原学校上了。专业课是可以转的，我们就可以帮你安排，但你已经把钱交给方木子了，除非他同意把你的转学手续委托给我们，并把钱一并转过来，不过，这种可能性很小，因为在转学的过程中，他也是有生意做的。所以，估计他不会同意的，但是，你可以同他商量，让他给你转个学校。”

朱大进谢过那个男孩，就带着不知所措的夏夕阳离开了。

“我送你回家吧。”

“谢谢你，已经很麻烦你了，我乘火车回去。”

“没关系，我顺路，不麻烦，很方便的，你先在这里等我，我去停车场取车。一定要等我。”他一边说着，一边已经迈开大步，急忙走去。

夏夕阳在原地站立，人依然还沉浸在转学的烦恼中，突然听到“嘟！嘟嘟嘟！”一辆崭新的黑色丰田四驱车停在她身旁，朱大进正在驾驶座上向她招手，然后，他下了车，来到车的另一边，把车门打开，请夏夕阳上车。

夏夕阳在他的搀扶下上了车，此车比一般小卧车高很多，夏夕阳头一次乘坐这样的车子，就问道：“你为什么要买这么大的车？”

“我要送货，车子大装的货就多，再说，男人都喜欢开这种车，这车是我刚刚买的，以前是辆二手车，开了好几年。”

到底是专车，不一会儿，车子已经到了碧梧德，朱大进轻车熟路直接把车开到希望街 4 号。

“是这里吗？”

“你怎么知道我住这里的？”

“上次你不是给我地址了吗？我经常来这边，很熟的。”

“谢谢你，太麻烦你了，你进去坐坐吗？”

“好啊，那就参观一下吧。”

夏夕阳就要下车去开门，突然一阵铃声响起，原来是朱大进的手机，他打开电话，就听得一声尖厉的婴儿啼哭冲了出来，同时，一个女人用广东方言大声地说着什么，夏夕阳其实听不懂广东话，但朱大进还是赶紧下车，躲到一边去接听电话。

夏夕阳下车打开门锁，准备请朱大进喝茶，看他还在外边讲电话，就先到厨房烧水。

当她把茶沏好时，朱大进走了进来，他站在屋子中间，眼睛紧紧地盯着床铺：“不错，小夏，你这里很干净，也很舒服嘛。”

“实在太简陋了，旧桌子，旧床，旧椅子，全都是旧家具，见笑了，不好意思，请喝茶吧。”

“我真的很想坐坐，可是，不巧，客户叫我，公司有点急事，我必须走了，下次再来看你。”

朱大进又看看床铺，就急急忙忙地走了。

夏夕阳在客厅饭桌上看到当天的报纸，估计是李利夫妻买的，就翻到广告栏看起来。

第七章　如此中医

一则广告是这样写的："繁忙诊所，旅游旺区，欲请有经验中医，有意者，请打电话……"

夏夕阳赶紧拿起电话，按照号码打过去。立刻，就有一个男人接电话。"你好！我是中医，想到您的诊所工作。"

"那么你明天上午11点到这里来谈谈。"那人接着说出诊所地址。

夏夕阳好高兴，庄医生那里的工作毫无消息，如果能得到这个工作，心里就比较踏实了。但是，诊所的地区是Kings Cross，它在哪里？如何去？她心里没了主张。

这时，电话响了，夏夕阳拿起话筒，就听到："你好！请夏夕阳接电话。"

"我是，你是哪位？"

"盖瑞。火车站，你可记得？"

"当然记得，那天多亏你帮忙！"

"明天我休息，我想请你去跳舞。"

"对不起，我明天要去见工，不能去玩，你能告诉我怎样去柯斯克柔斯吗？"

"你何时去？我送你过去。"

"那可太好了。谢谢你，明天见！"

次日，盖瑞很早就来了。夏夕阳看时间还早，说想买一个二手的电视，问盖瑞哪里可以去买？

"此事交给我吧。现在，我带你去看海。"

果然，几天之后，盖瑞给她搬来一个又大又重的旧电视，此是后话。

盖瑞开的是一辆白色小车，车子已经有些年头了。同他本人一样，朴实无华。他为夏夕阳打开车门，请她上车，一路上就没有话讲，原来他是一个很腼腆的男子。一直到了海边，两人坐在草坪上，面对海湾，盖瑞还是一言不发。

夏夕阳只好找话说："盖瑞，你是在悉尼出生的吗？"

"我是希腊出生的，5岁时随父母来的悉尼。我有两个哥哥，大哥开一家比萨店，二哥开一家小工厂，生产皮带等。我是火车站警卫。"

“这里风景很美，你经常来这里玩？”

“此地叫 Rosebay，离你要去的诊所不远。从牛津街开过去经过 Darlinghurst 一直到 Kings Cross，这一片是悉尼的特别地区，Darlinghurst 是同性恋集中的地方，Kings Cross 是妓女活动的地方，而我们所在的海湾则因风景美丽为富人和游客所占用。我家住在西区的一个旧镇，家的对面就是大公园，哪天我带你去那个公园，那里的风景比这里并不差。”

说话间，已经到了 10 点半，夏夕阳着急见工，盖瑞就把她送到诊所。

按照地址，一路找过去，看到一个临街的店铺，出售雪糕、汽水和牙膏、肥皂等日用百货，一个亚洲面孔的中年男人坐在柜台里边，不时向马路张望。

盖瑞看看门牌号码，再看看地址：“没错，就是这里了。”

“你好！请问这里有一个中医诊所吗？”夏夕阳走向那中年男人。

“有的呀！这里就是。你们要看病？里边请。”那男人说汉语，有上海口音。

“不，我是来应聘做中医的。”

“是这样呀，那么你是昨晚打电话的那个夏小姐了。”

“是的。你是老板？”

“是的呀。”

夏夕阳赶紧拿出简历、毕业证、工作证，请老板审查。

老板看过之后，将她带到里面。

原来，在店铺的里面，还有一个房间，因为只有一个小窗户，光线很暗，在暗淡朦胧的光影中，夏夕阳看到一张桌子、一个小小折叠按摩床、一个写着“针灸，推拿，中医”的牌子。这就是诊所的全部设备了。

“你可以在这里工作了。我姓丁，是这间店的老板，工钱是这样，看一个病人，如果是针灸，就收 30 元，你我五五分成，如果是推拿，一小时收 60 元，也是五五分账，如果吃中药，诊金就收 10 元，归你，药是我的，药费全归我，但是，如果没病人，也就没有工钱。这样好不啦？”

“好的，我什么时候可以工作？”

“随时。现在就可以。”

夏夕阳太高兴了，她终于找到工作了！“盖瑞，现在我就可以开始工作了，谢谢你送我过来，你先回家吧。”

“祝贺你！你先工作，我在外面等你。”

这时，老板把那个招牌从里面搬到店门口，正巧，一位瘦瘦的白人老太太路过，她指着针灸问老板：“我现在可以马上就做这个吗？”

“是的，女士，里面请。”老板立刻叫夏夕阳把病人带进去。

夏夕阳很激动，这是她在澳洲的第一个病人。就从包里拿出听诊器等开始认真地询问检查。经过检查，患者是支气管炎合并反复感冒。需要针药结合治疗。

她在桌上既看不到针灸针，也看不到草药。就跑到前面问老板。老板从抽屉里找出几根长长短短的针灸针，直接放到桌子上，又带她到里面拐角的地方，那里，有一个旧柜子，柜子里面、上面和外围堆着一包一包的草药。

“这针你几时消的毒?”夏夕阳见老板处理针灸那样随便，就担心地问。

“消什么毒？这里没有毒的。你拿棉花擦一下就好了。”

老板的回答令夏夕阳瞠目结舌，这太不靠谱了！这样处理针具相当于直接传播病菌！什么诊所！这简直就是害人！她心里愤愤不平，但却不能表现出来，因为她不想失去这个工作机会。幸好，她的包里带了一些一次性使用的针灸针，就用它们给病人做了治疗。

接着，她开了药方，准备给病人配药，打开草药，却发现里面已经发霉，有的还有蜘蛛在爬行。她吓了一跳，赶紧将药扎牢。老板是个什么人？如此糊弄病人，良心何在？他的药，如果给了病人，没病也要生出病，更何况是给生病的人吃，那是一定会吃出大问题的，这样的人怎么配做中医？中医的名声岂不给他彻底败坏?!

夏夕阳决定不给病人用药。针灸后就给她用自己带的罐子拔了火罐，在患者的要求下，她还做了推拿。

处理完这个病人，已是黄昏时分，老板分给她 30 元，夏夕阳心里很高兴，无论如何，这是她踏上澳洲的第一笔收入！她想请盖瑞一起分享她的快乐：“盖瑞，瞧，这是我今天的报酬，我请你吃晚饭!”

“好啊！我带你去卡波瑞马特的 RSL 俱乐部吃东西。”

华灯初上，晚霞将悉尼的天空涂抹成一幅绚丽的画卷！川流不息的车轮中，盖瑞带着夏夕阳来到俱乐部。

俱乐部好大！进入大堂，先要登记，然后，穿过富丽堂皇的大厅，就是酒吧，与酒吧相连的一面大厅，摆放着一排排老虎机，很多人坐在老虎机前“啪！啪！啪!”玩得正起劲。

绕过老虎机，又是一个大厅，此厅铺着黄蓝黑三色搭配的彩色地毯，天花板上一盏盏像红灯笼一样的小吊灯。大厅里人山人海，中间是餐桌，四周是食品，品种丰富，香味缭绕，诱得人口水涟涟。

夏夕阳不知如何点菜，盖瑞就拿了两个盘子，一个递给夏夕阳，一个他自己拿着，他带着夏夕阳在四周转了一圈，在他和她盘中放满了各色食品，有炸鱼、炸虾、炸鱿鱼圈、炸土豆和蔬菜沙拉。然后，盖瑞带她到收银台前。

“一共22元！”收银员说。

夏夕阳赶紧掏出30元递上去。付完款，盖瑞领她来到一个靠窗的位子坐下，他问夏夕阳：“要喝点什么酒？”

“水，我不喝酒。”

盖瑞就到吧台买了一杯啤酒、一杯水。

这是夏夕阳自从离开北京以来吃得最丰盛的一餐饭了。后来，当她周游世界，尝遍各国美食，她得知，这种食品，其实是全澳洲也是全部英伦半岛人民最喜欢最普通的饮食，然而，很多年过去了，好人盖瑞带她来的这个俱乐部和这份美食却永远地留在她的记忆中。

第二天下课后，夏夕阳乘火车到了丁老板的诊所。老板不在，一个大眼睛的漂亮女人在店里支应。夏夕阳以为那是老板娘，心想：老板好福气，居然有这样年轻美丽的妻子。正要上前打招呼，一个肥肥胖胖的女人从她的旁边横冲过去，一脚跨进店里。

“小王，我带来两箱雪碧。你记在账上。”原来她手里捧着两个纸盒。

“哎哟，老板娘，你叫我来扛嘛。”小王立刻起身相迎。

“我车子停在路边，是违章的，得赶紧开走。你记得记账！”

老板娘比老板又粗壮又老丑，她走后，小王告诉夏夕阳，老板娘可能干了，当年她和丁老板两人一天打两份工，日夜连轴转，几年下来就买下这间铺子。现在，老板娘还在市场的摊位上做推拿呢。一天要干七八个钟呢！

“他们为了赚钱，什么都不在乎，连命都不要了？”夏夕阳想起老板的针和药，又听到老板的发家史，就对这两人的品性提出疑问。

这时，进来两个年轻小伙，要买汽水，一瓶1.2升的可乐在超市卖2元，在此店卖4元，过了一会儿，又来一个小青年，也要买可乐，听到价格后，他一边往外走，一边喊着：“他妈的，中国骗子！中国猪！”

夏夕阳在旁边看着，感到脸红心跳！这丁老板真把中国人的脸丢尽了！

“你都看到，这个男孩一定是当地人，超市的价格他是很清楚的，我来这个店工作不久，已经碰上好几个像这男孩一样的客人，听他们骂中国猪其实心里很难受的。”

“老板在国内是干什么的？”

“听他讲，是上海一所大学的讲师，1980年年底到的澳洲。”

正说着，丁老板进来：“小夏，今天有病人吗？”

“没有。药都发霉了，可以进新的吗？”

“那你拿出来晒晒吧。另外，想有病人，就要打广告，这个广告费你得出。”

“老板，我现在连吃饭的钱都成问题。”

“那你会打飞机吗?”

“什么意思?”

“这个你都不懂。那就算了。不过，太可惜了，那个可是能挣大钱的。”丁老板摇摇头。

“老板，你原来在大学教什么?”

“教文学。现代文学中，我最尊崇的就是鲁迅先生。我的论文就是关于鲁迅的著作。我可是鲁迅先生的忠实弟子。”

鲁迅的弟子?！他有没有搞错！太滑稽！太搞笑！一个败坏祖宗清誉的人，居然自称是以生命捍卫中华民族尊严的鲁迅之弟子！夏夕阳真的要晕倒了，她在想，如果，鲁迅先生知道，出来这么一个弟子，一定要被气得从坟墓中跳出来！

她决定放弃这份工作。当晚，她在报上看到 Bondi Junction 的一个中医诊所招人，就打电话过去，老板是个女人，她约夏夕阳次日见面。

见到女老板，才知那是一个年轻女子，她的诊所比较规范，诊床、办公桌，还有中药柜齐全，像个诊所的样子。但是，夏夕阳在那里待了片刻，看她给几个病人诊病，才发现，她对中医根本就四六不通，更别提望、闻、问、切了，然而，人家却照样装得一本正经，给病人开方抓药，扎针做治疗！更离奇的是，一瓶同仁堂生产的六味地黄丸，一般情况下，服用量是一次 30 粒，可是她却从瓶中拿出 15 粒，装入一个小纸袋，叫病人一次服一粒，一日服两次！而且，那 15 粒小小药丸，她居然收病人 50 大澳元！再看她给病人扎针，就更加令夏夕阳诧异。病人是坐骨神经痛，她让病人躺到床上，在大致接近足三里的地方扎进一根针，就算是针灸治疗了。然后，告诉病人，15 分钟后起针。治疗后，这一根针就又收入一大笔钱。这是哪里出来的中医？整个一个江湖骗子！

“夏小姐，我看你的经历，正是我这里需要的医生，你就在这里干吧。我叫爱丽丝，以后病人来了就由你处理。”

从此，来了病人，爱丽丝叫夏夕阳处理，给他们把脉看病，开药，做针灸。爱丽丝则在一旁观看，不时地，她还向夏夕阳求教。

“爱丽丝，你在哪里学的中医?”

“在悉尼的一个中医学校，我刚学一年。”

“刚学就可以开诊所吗?”

“可以呀，去注册一个公司就 OK 了。我原来开个美容店，我家在印尼，因为我嫂子生病，看中医治好了，就觉得医生很神奇，我觉得，治病救人很高尚，就决定开诊所做医生。这样可以帮助需要的人，可以积德行善。”

夏夕阳无言以对，这位小姐骗钱骗病人已经够可恶了，却还把自己装扮得仁心仁意，真是没救了！这样的人混迹于中医界，实在是对中医的亵渎！

夏夕阳待不下去了，她就来到庄医生的诊所，希望能够在那里找到一份工作。正巧，庄医生在给一个澳洲男人看病，只见他用几根长针扎在病人的上臂，稍作行针，便拿了出来。接着，又一个病人进来，他拿起刚刚用过的针，用酒精擦擦，也扎进病人的上臂！夏夕阳左看右看，那几针的位置与针灸图上的哪个穴位都不搭边！

“庄医生，您用的这是哪个穴位？”

“我用的是庄氏金针法，是我家祖传的穴道，很灵验的，不能外传的。”

夏夕阳在一家华人报上看到过庄医生做的广告，他用整版的位置刊登照片，号称庄氏父子在东南亚一带为皇室、社会名流等治病，用家传秘方治愈了很多不治之症，有一个患癌，命在黄泉的王子，就叫庄大医生给起死回生了！在悉尼的免费杂志上，夏夕阳看到庄医生的广告说，他是澳洲2000年奥运会运动员的特聘保健医生。但是，澳洲的运动员都是各自为政，自我或小组筹款训练，一切费用个人自理，国家没有固定资助，庄医生的广告很显然是拉大旗做虎皮，吹大牛！可是，这样的广告居然可以刊登出来，为何？报纸杂志要的是经济效益，只要有人肯出钱，什么样的内容都可以印出来！因此，人们在马路上可以看到很多免费的报纸、杂志，里面大幅都是广告，内容十分丰富，包罗万象，就连出售假药，卖淫嫖娼的生意也堂而皇之地登在那里。资本主义的自由世界由此可见一斑。

经过严格医学训练和多年临床学习和实践的夏夕阳，说什么也不相信那几个穴位就可以包治百病，中医是经过中华民族世世代代圣贤的实践经验总结产生的一个科学体系，它之所以可以帮助中华民族数千来抵抗数不清的病魔，是因为它有理论，有研究，有实践，是一项人类史上的伟大医学实践，而不是蒙着面纱的魔术，更不是传说中的神医仙丹。

“这是中医吗？澳大利亚是怎么啦？难道随便什么人都可以当医生开诊所?!”

“夏小姐，我的护士要回国，你可以到这里给我做护士，白天你可以去上课，下课后回来上工，一周200元。你还可以住在这里，这样，你的房租也可以省下来了。”庄医生指指诊床，“哪，晚上你就睡这里。怎么样，满意吧?”

如果在第一天见到庄医生的时候，他这样讲，夏夕阳一定会高兴地跳起来，一周200元意味着她的生活、学费都有着落了！但是，现在，夏夕阳了解到的情况，使她不想也不能够在这样的地方工作。

夏夕阳转身要离开："谢谢你，庄医生。我现在还不想搬家。"

"你难道嫌这里的条件不够好？有一个诊床睡就已经很不错了。当年我闯荡欧洲，我们几十个人挤在一个小房子里，晚上睡在地板上，伦敦的冬天不知有多么寒冷！你们大陆来的人应该更能吃苦头的嘛。我是看你这个女孩子人蛮可爱，初来乍到，我自己又是单身，我们可以做个伴，才这样子帮你，你还不领情……"

"对不起，再见！"夏夕阳不等他说完，就赶紧往外走。再听下去，还不知他要讲出什么来！夏夕阳想，幸亏没有决定在那里干，这个庄医生不单医术值得怀疑，就是人品也要打几个问号。

她一路走去，突然，眼前一亮，一个很大的中医诊所的牌子映入眼帘。她立刻很高兴地走进去。

这个诊所够大，也很繁忙，进门就有一排中药柜，有一个女人正在抓药，旁边有几把椅子，有两个病人坐在那里等候，里面有几个用木板隔开的小房间，医生就坐在第一个小房间给人诊病，其他的房间都有病人躺在床上，身上留着针，药房的对面有一个小格子，里面有一个洗手池和小桌子，桌上有两个电炉子，一个老太太正在用电炉煎煮中药。整个诊所弥漫着蒸腾的药气。

医生姓周，是这里的老板，他看完那个病人后，示意夏夕阳进去。

"你好，你哪里不舒服？"

"对不起，我不是来看病，我想找工作。我也是医生，刚从北京来，我看您这里很忙，需要大夫吗？"夏夕阳讲话时已经把她的简历和各种证件拿给他。

周医生看过她的资料，看着她："很不错，主治医师，很好。不过，我这里平时不很忙，只有星期六病人多一点，要不，你周六再来？"

星期六一大早，夏夕阳就来到周医生的诊所，可是，诊所的门关得严严实实，原来她来早了。一直等到快11点钟，周医生才晃晃悠悠走了过来。

"夏医生，你早来了。我们11点才开工。"

"您每天都是这样晚才上班吗？"

"对呀，我早上先买份报纸，到咖啡馆吃早点，顺便研究一下股市行情，然后决定如何操作手里的股票，办完这些事情，再来诊所。"

这时，一个中国老大爷来看病，夏夕阳就在旁边观看。

老人是面目水肿，说头痛头晕，不思饮食，看舌苔是阳虚水湿之象，周医生给他把脉时夏夕阳也伸手把摸了老人的脉象，其脉沉弱缓滑，也是阳虚水湿之征，可是，周医生却对老人说："你是阴虚火旺。"然后就告诉抓药的女人，给他3号药14服。

原来，他这里有事先配好的草药，既然是阴虚火旺，治疗原则就当滋阴降火，那么，这些草药就是一些滋阴清火之品，可老人是阳虚水湿的病候，已经是阴盛阳亏，需要温阳化水利湿，此时，服用滋阴降火之药，无疑是雪上加霜，不但不能治病，反而会加重疾病！夏夕阳心里这样想着，眼睁睁看着老人用数百元换得一大包会给他添病的草药出门而去。

“夏医生，你在想什么？这里有两个病人要做针灸，你来可以吗？”周医生已经在看另一个病人，等候的病人又多了几个，诊所一时显得很忙。

夏夕阳立刻投入工作。对每位病人她都认真地检查，诊断，选择恰当的穴位进行针灸治疗，在她治疗的过程中，来了一个女人，自称是老板娘，当夏夕阳进针时她很认真地观看，不断地还问她一些问题：“这是什么穴位？为何这样用？”等等。

“您也是中医？对针灸有研究？”

“我不做这个，只是在周医生忙的时候给他帮忙而已。”

原来老板娘是来向夏夕阳学习的。一个下午在繁忙中过去，这一天，他们一共看了近20个病人，周医生的口袋被现金塞得鼓鼓的。当所有的病人离开后，周医生躺在一个诊床上：“我很累，需要休息一下。”

“我可以问您一些问题吗？”

“当然。”

“您来澳洲多久了？一直在这里开诊所吗？”

“我来这里快10年了。70年代初，我在广东医学院学了两年西医，后来在眼科工作，80年代末，我就来了澳洲。那时候，这里很少有人知道中医，我们国内过来的医生这里是不承认的，我开始也是洗盘子，一次，我的老板牙痛，我就试着用针灸，结果他的牙痛好了。老板建议我开诊所，我太太很有魄力，花了很多钱把广告登到英文报上，我就一下有了很多病人，当时，中医很少，几乎没有人来竞争。这样，我就干起了中医，很快，我就把这个地方买了下来。”

“您知道在Kings Cross有一个上海人，姓丁，也开一家中医。我在他那里打过工。”

“这个人我听说过，当年他和另一个上海人在Burwood开了一个中医诊所，专门做推拿，结果，让人给告到法庭，据说是犯了性骚扰，他们就关门逃走了。听说这个人还能写点文章，中文报上的黄色段子就有一些出自他手。因此，在悉尼他也算是有点名气。”

呜呼！自称鲁迅先生弟子的丁大讲师居然还有这么多不光彩的故事，夏夕阳认为，从丁氏嘴里吐出鲁迅先生的英名都是对鲁迅先生的亵渎！

“唐人街的庄医生您可知道?”

“你去他那里找工作了？这个人你可要小心！他可是黑社会！经常倒卖护照、签证什么的。”

“他是医生吗?”

“他是南洋人，听说他父亲是个中医，他其实是借助他父亲的名声骗骗人而已。有人说，移民局的人正在调查他。”

夏夕阳暗自庆幸自己的选择。如果她接受了庄医生提供的工作，就等于陷入狼窝。

说话间天色已黑，应该回家了。可是，干了一天，关于工钱，周医生一字未提，如果就这样离去，何时才有机会谈工钱?

鼓了鼓勇气，夏夕阳才这样问：“周医生，您什么时候方便给我发工资?”

“你想几时?”

“今天可好?”

“那就今天了。”他从口袋中掏出一把钱，从中抽出 36 元，“这是你的工钱，一小时 6 元，一共是 6 小时，就是 36 元。”

夏夕阳这一天给十多个病人做了针灸，每个病人周医生收费至少 70 元，全部加起来至少 1000 元，可是她却只有 36 元的报酬！贫富差距就是这样拉开的。

看见夏夕阳诧异的神情，周医生说：“这已经很好了，唐人街餐馆里的工人，一小时也就 6 元的工钱，你在这里扎针总比洗碗舒服吧?”

“洗碗人人都会，可做针灸不是个个都行的，亏他说得出来!”夏夕阳心里耿耿地想。

夏夕阳向火车站急急赶路。“夏夕阳！哎，夏夕阳!”一个女人拉着一个很有风度的西洋男子在马路对面向她招手!

第八章　个别同胞

十字路口，红绿灯下，夏夕阳看见对面马路上一对靓丽的男女正在向她招手微笑。那个笑靥如花的女人正是她的新同学李勤，旁边拥护着她的是一位很有绅士派头的中年男子，那人身材高挺，高鼻子蓝眼睛，浓密的亚麻色头发卷曲着垂在耳边，绝对是个帅气的澳洲男人。

“夏夕阳，这里，快过来！”李勤大声地喊着。

夏夕阳在红灯切换成绿灯的第一时间快步走过马路。“李勤，你怎么在这里?”

“我来介绍一下，这位是瑞富尔，我男朋友，这是夏夕阳，我同学。”李勤向他俩做介绍。

“你好！很高兴认识你。”瑞富尔微笑着款款地向夏夕阳伸出手。

“你好！”夏夕阳礼貌地与他握握手。转身问李勤：“你好快呀！是那个婚介所给你找的？几时开始的?”

“别提那个婚介所了。她那里根本就是骗人！她给我们看的那些人根本就见不着！我从要求见1号到最后的23号，她都说要排队等候，过了好几个星期，也没接到她的电话，我就给她打过去，她说‘心急吃不了热豆腐，慢慢等吧’，我就要求退费，她说‘没门！’你看。多可恶!”

“那你这个?”夏夕阳头向瑞富尔一歪，话未说完，李勤立刻就明白了。开始打开话匣。

“我不想瞎等，就去了另外几家，过程就像那个婚介所一样，但这几个公司至少给我安排了几次约会，不过，他们介绍的男人都不是真有钱的主，一个是送面包的司机，号称自营生意，公司经理！另一个，说是建筑工地的什么老板，却原来，他只是个人承包干一些建筑工地上的活，根本就是一个工人，还有一个，说是珠宝公司老板，其实是加工珠宝的一个小作坊，跟街边修锁修鞋的没大区别。今天，我去 Chatswood ，婚介所的人说，给我约了一个白领，是个金融家，特有钱。我到那儿一看，那人比我爷爷还老，起码有70多岁，而且只是一个俱乐部的登记员，业余做点股票，赌赌马。所以，婚介所真的不能相信，我对婚介所已经不抱希望了。”李勤拉住瑞富尔的手又接着说，“不过，我今天很幸运，你看，虽然在 Chatswood 我没遇到理想的人，可是在回来的火车上遇见了他，当时，我们坐在同一个座位，聊了几句，下火车后，他就带我去 Town Hall 喝咖啡，他是银行的经理，年薪 15 万元，收入还说得过去，而且，他人很帅气的，你觉得呢？”

漂亮的李勤因为遇到帅气有钱的瑞富尔兴奋得粉面如妍，看着这对俊男靓女，夏夕阳也忍不住要为他们祝福：“不错，是个很好的选择！李勤，你好运气！祝你成功！”

“我们现在去皇冠酒楼吃晚饭，我俩下星期学校见！”

“再见！”瑞富尔向夏夕阳摆摆手，被李勤拉着向皇帝街走去。

幸运的李勤高高兴兴地继续她的约会去了，夏夕阳被李勤的幸福所感染，心里突然也高兴起来，“生活是美好的，幸福是要争取的，长路漫漫但就在脚下，光明的前途是靠努力取得的，理想的工作也是需要努力才能找到的。”这样想着，她就买了一张《澳洲新报》，准备回家打电话找工作。

刚进家门，就看见房东老胡笑眯眯地对着一个高个子说：“这就是夏小姐，你是要找她吗？”

夏夕阳抬头一看，那高个子原来是朱大进。“哎，怎么会是你？你来找我吗？”夏夕阳的确感到奇怪。

“你好啊！小夏。我是专程来看你的。谢谢你，房东。”朱大进非常礼貌地向老胡道谢，又很亲切地对着夏夕阳笑。

“你找我有什么事情吗？”夏夕阳依然感到意外。

“有点事，我们可以到你房间去谈吗？”

“对不起，我太意外了，这边请。”夏夕阳赶紧用钥匙把她房间的门打开。

“是这样，我刚才到这里送货，顺便过来看看，你找到工作了？”

“还没有。你看，这是今天的报纸，正准备晚上打电话呢。”

“那你明天可有安排？”

“没有。”

“那么如果临时有个工作，你可愿意做？”

“那太好了！我现在非常需要工作。可是那是什么样的工作？”

“装电脑。”

“这个我可干不了，从来没干过。”

“没关系，我来教你，学一遍就会了。”

“你和我一起去打工？”

“活是我公司的，我请你给我打工，我一小时付你 10 元，好不好？”

“我真的不知道能不能干好你的工作，如果学不会，怎么对得起你？”

“一定没问题的，到时候你就明白了。我明天早晨8点半来接你，就这样定了！”这时，朱大进的手机突然响了起来，他看看号码，就与夏夕阳摆摆手走了。

晚上，夏夕阳在报纸的广告上看到招聘病人护理，就想这个工作自己应该能够胜任，拿起电话打过去，接电话的是一个中国女人，名叫丽丽。丽丽听到夏夕阳的自我介绍，约她星期一下午在她的办公室面谈。

次日清晨，夏夕阳听到第一声鸟鸣，就立刻起床。因为有工作可做，她感到精神十足，起码，这一天下来，她一周的房租就有了着落。她梳洗完毕，吃早饭时还做了鸡蛋炒饭，放了满满一饭盒，这就是今天的午饭了。

一切准备停当，就坐在门口一边背英语单词，一边等朱大进。快到9点钟时，朱大进开着车子急急忙忙赶过来。

“小夏，早晨好！让你久等了，对不起。”

“没关系，我在背单词。”

“我早晨有点事情，耽搁了。你很能抓紧时间，这很好，学英文就要多背单词。”朱大进边开车边说，“听广播也很有好处。”他把驾驶盘旁的一个按钮转了一下，车里立刻有音乐声传来，他在另一个键上按下去，音乐声变成谈话声，“这是澳洲的广播台，我每天开车时都听它，特别是新闻节目，它会不停地重复，开始我一点都听不懂，可是，时间长了，就能听懂了，对学英文可有帮助了。”朱大进很健谈，他滔滔不绝地说着：“还有看电视，也是学英文的一个好方法。你要不停地看新闻，因为这个节目重复的次数多，看着画面，有些词就可以理解和记住了。”

说话间，车子开到一条小路上，在狭小的道路上拐了几个弯，就在一处陈旧的平房后面停住。

朱大进说：“我们到了，这就是我的公司。”

他领着夏夕阳从平房的后面绕到前门，前门面对繁忙的 Parramatta 大道，大道上公共汽车、大卡车、小卧车川流不息，轰隆隆，哗哗哗，持续的噪声不绝于耳，令人头脑发涨。门的上方，悬挂着一个招牌，上书：88 电脑公司。

“原来是电脑公司。”夏夕阳很高兴，她以为，但凡牵扯到电脑的公司，一定是具有高端的科技含量和深厚的经济实力的结合体，也就是说，它应该是一家规模宏大的公司，而朱大进作为这样一个公司的老板，就应算是一个人物了。那么，她能够来到这样的公司打工，是否就意味着她可能就要有一个比较稳定的工作了？

但是，当她走进那个店门，就有点愣神！她眼睛看见的和她脑子里想象的完全不是一回事！她想象中明亮整洁、摩登堂皇、四处闪烁着先进科技和时代智慧的电子公司变成眼前一个灰乎乎的小房间，房间里灯光惨淡，墙壁斑驳，蓝色地毯陈旧得褪成暗灰色，上面的图案已经被踩踏得一片模糊，整个办公室只有30多平方米，几张非常简易的办公桌，一张靠墙摆放，上面有一台台式电脑，两个电话，一个传真机，一台打印机，并杂乱地堆着笔筒、记事本、报纸、小工具等，另外几张桌子摆成一排，面对店门，上面放着几台台式电脑，进门靠右手的一面墙上和墙前有两排架子，上面摆放着一些电子用品和电脑游戏软件。几把旧椅子，对应着电脑摆放，椅子扶手上面的面料已经被磨破，所有的一切，昭示着简陋和寒酸。

“小夏，你怎么啦？是不是晕车？快坐下，我给你拿水喝。”

朱大进开门后先忙着开灯，开电脑，查看传真文件，见夏夕阳站在那里呆住不动好一会儿，就搬把椅子放在她身后，然后进到里面给她拿水。

“我没事，只是，我现在应该干什么？”夏夕阳真看不出，在这个办公室里有什么样的工作她可以胜任。

“是这样，我最近接了一个订单，要组装一批电脑，你今天就是帮我装这些电脑。”

“我可从来没干过这样的活，怎么办？”

“我教你，很简单的，做一遍就会了。你跟我来。”

他带夏夕阳进到里面。原来，在房子的后面，还有一个小屋，这个小屋里，从地面向上，一直到房顶，堆着一摞摞电脑的主机外壳，还有一些纸箱子也是摞在一起，房间里几乎塞满了东西，只有靠窗的地方放着一张小桌子，桌上有装了一半的电脑主机。

朱大进说：“你看，这些都是我要组装的电脑。我现在做给你看。”

他很快地把那个做了一部分的主机装好，又重新拿出一个外壳：“我现在从头做给你看，你看着，下一个你再动手。”

他一边动手，一边动口，夏夕阳认真地听着，看着，生怕漏掉一点细节。尽管这样，当她开始自己动手时，还是遇到很多问题，她不得不时地去请教他。

朱大进动作很利落，一会儿工夫，他就做好一台，夏夕阳很长时间，才装成一台。她自己都难为情，很不好意思地请朱大进检查。

朱大进不但没责怪她，反而非常高兴地对她说：“你干得很好！你很能干，这么快就学会了，到底是北京的大学生，学东西就是快！”

夏夕阳知道他不过是客气，给她留着面子而已，就拼命赶着忙活。

朱大进忙了一阵，已经装好六七台，夏夕阳还在做第三台，他就给夏夕阳拿来可乐：“喝点东西，小夏，可别太累了。”

“没关系，我不渴。”夏夕阳的嗓子因为着急干活干得已经快冒烟了，但她看着自己的成绩很不好意思，只能硬挺着。

过了一个多小时，朱大进又拿来几个橘子：“小夏，来，吃橘子。歇会儿再干。”

夏夕阳干了一阵，感觉熟练一些，手里的工具也使得顺利许多，老板的亲切关怀也使她紧张的神经放松一些，她的大脑开始腾出工夫边干活边聊天。

这使朱大进很高兴，因为整个上午一直都是他在讲话，为了使她搭话，他想方设法地找话说，他的手不停，嘴不停，大脑更是转个不停。

“哎，这就对了，来，我给你削苹果。”

“老板，你的公司有多少人?”

“不要叫我老板，叫我朱大进，我的公司就我一人，我一个人什么活都干了。你看，接订单，装电脑，修电脑，送货，订货，这一切，我自己就全干了！其他很多公司都像我这样，一个人就够了!”

“原来开电脑公司就这样简单?”

“现在是赶上好时候了。我本来是在这个公司给人打工，老板当时雇用好几个人，后来他出事回国，就廉价把这个公司卖给我了。90年代初，澳洲的家庭刚刚开始普及电脑，这时候，家家都需要电脑，我们这种小公司组装的电脑比大公司的要便宜很多，所以，很多个人就变成我们的客户，这几年我的生意很不错的，有时候，接一个订单就可以净赚好几万。”

“既然你一人就可以了，那你今天干吗要雇我来干活?”

“我最近新接一批活，收货时间赶得紧，就想到请你帮忙，目前你还没找到工作，这样对你不是也好?”

“当然好！谢谢你！如果老板都像你这样，工作就好找了。”

“如果你不是个漂亮女学生，我是不会请你的。”朱大进半开玩笑地说，“现在已经是2点钟了，我们出去吃点东西吧。”

“我带饭了，你自己去吧。”

“真的，那我就去了，你吃点水果。”

朱大进走后，夏夕阳就到厨房找微波炉热饭，进去一看，所谓的厨房，不过就是一个小学生使用的课桌一样大小的桌子上，放着一个电炉和一口小锅，旁边有一个伤痕累累的旧冰箱，上面堆着一些碗筷、油盐酱醋等，整个地方就只有3平方米见方，还分出一个小格子，放抽水马桶和一小小洗手池，她没有找到微波炉，便烧了一杯开水就着吃炒饭。

这时，门一推，进来一个亚洲男人。

“你好！朱大进在吗?”来人说国语，是个中国人。

“他去吃饭了，一会儿就回来。你请坐。”

来人便在夏夕阳对面坐下，他看看夏夕阳再看看四周，然后又看看夏夕阳，见夏夕阳不理他，还是继续边吃饭边看报纸，就试探地问道：“你是朱大进的亲戚？”

“不是。我是来打工的。”

“那你是从哪里来的？什么时候到的悉尼？怎么找到这个工作的？”

他问了一连串的问题。夏夕阳觉得奇怪，想着是否要一一回答他，朱大进恰好回来。夏夕阳就松了一口气。

“老路，你好！你怎么来了？”朱大进热情地迎过来。

“我刚才路过这里，看你的门开着，就进来看看你，你不是周日不上班的吗？”

“我今天临时有点活要赶。加个班。这是小夏，北京来的，给我帮忙的。”

“真不错，”老路羡慕地看看朱大进与夏夕阳，“我请你们去吃东西吧。”

“我刚吃完，她好像也吃过了。”朱大进看看夏夕阳，这样回答老路。

“是的，我吃完了，去干活了。”夏夕阳说，就走到里屋去继续工作。

“很不错的女孩啊！你真行！怎么骗来的？”老路意味深长地看着朱大进。

“你瞎想什么！人家就是临时来打个工而已。你最近在忙什么？”

“还在做期货。这玩意儿可刺激了，上个月大赔，这个月翻了好几番，大赚特赚！我准备不再开出租车了，24 小时，专职干期货。我先去吃点东西，等会儿我带咖啡给你们。”

老路走后，朱大进对夏夕阳说：“老路好像很喜欢你呢。他是上海人，一起打工时认识的，这几年，一会儿做股票，一会儿做期货，说是赚了很多钱，可是，一无房子，二无老婆，一直都在开出租。”

“有些上海人好像挺能吹牛的。”

“这个老路可有意思了，有一次，他说要和我合伙做生意，你猜，他想做什么生意？他要我把这个电脑公司关了，说我这店的位置很好，开个妓院可以赚大钱！”

朱大进的这一番话使老路的形象立刻变得肮脏不堪，夏夕阳从此对老路就敬而远之。

当老路再回到店里时，他端着一个纸盘，上面有三杯新做的咖啡。

夏夕阳拒绝喝老路的咖啡，坚持在里面干活，朱大进就与老路边饮边聊，朱大进很高兴他的话在夏夕阳那里产生了作用。

天色暗了下来，夏夕阳干活的手有点吃不住劲，她已经工作近 10 个小时，感到很累。这时，朱大进走进来，宣布：“小夏，今天就干到这里，你干得很好，谢谢你。”

两人从里面出来，老路仍然坐在前面。“歇工了？晚上一起去文华社吧？”

“我得回家，老婆已经打电话催了。你们去吧。”

“我也得回家，明天还要上课。”

“那我送你回家吧。”老路的热情不减。

“我坐火车很方便的，谢谢你。”

“那么，再见。”

老路离开后，朱大进递给夏夕阳 80 澳元：“小夏，这是你的工钱。谢谢你。”

“谢谢你。明天我上午要上课，下午才能过来。”

“明天就不用过来了，这些活我今晚和明天上午就赶出来了。”

原来是个临时的工作，夏夕阳有点失望，但心里还是感激朱大进的，毕竟，今天他给自己工作的机会了，人家是小公司，凡事当然要计算成本的。

“我现在就送你回家。”

“谢谢你！你很忙，我还是坐火车吧。再见！”

“小夏，等等，我要去那边拉货，顺便送你，这样你也可节省时间。”

“你家住哪里？”夏夕阳看车子终于从小道拐了出来，才敢同朱大进说话。

“在市区。离这里不远。我有个小儿子，刚出生，已经病了好几次，我老婆很厉害，小孩一哭，她就跟我吼，所以我不愿回家，大部分时间都在公司，其实，我是想去文华社的，但今天有活要干，下次我带你去那里听歌。”

“我明天晚上要去见工。希望能找到一份固定的工作。”

“你要见的是什么人？还是在晚上？在这里与中国人接触你可一定要多长几个心眼。”

“是个上海女人，说是请病人护理。”

“那我陪你去，明晚你等我。”

因为有朱大进的帮忙，夏夕阳很容易就找到丽丽的办公室，那个办公室其实就是一个公寓里的单元房，房间客厅非常宽敞，中间放着一圈舒适的乳白色皮沙发，沙发前是一个方形的玻璃桌，丽丽就坐在那里与夏夕阳他们谈话。

“夏医生，好的呀！这里的工作你可以做的。你有税号吗？”

“已经准备去申请。”

“是这样，好的呀，等你拿到税号时记得把号码给我。现在有几个工作你可以做。一个是在 The Rock，那里有一个 89 岁的老太太，每天早晨去给她洗澡，另一个在 Chatswood，是一名 86 岁的中风男病人，每个周末看护两晚，还有一个在 Hurstville，也是个中风的病人，每星期周二、周四的下午去 1 个小时，陪她聊天。这些工作，时间都不长，你如果愿意，可以都做的。”

“太好了，我都做。什么时候可以开始呢？”

“明天就可以。这是地址。Chatswood 那个要等到周末，星期五晚上我带你过去。这个工作是两天两夜，一共200元，税后就是180元，其他两个按小时计算，一共是3小时，每小时12元，这个我就不扣税了，全给你，那就是36元。”

“谢谢你，我一定好好干。”夏夕阳太高兴了，一下子就有了好几份工，工钱加起来就完全可以付清房租和生活费用，而且还有富余的钱可以存起来交学费！想到这一点，她高兴得有点心花怒放了。

朱大进看见夏夕阳那样高兴，就想：这个女人真单纯，要求也很简单。他从丽丽的谈话中已经得知，丽丽给夏夕阳安排的工作叫社区义工，是澳洲社区给当地居民的一种福利。就是当地的居民每月给地区交一点小钱，当居民家里有病人需要帮助时，地区政府就出钱请人到病人家帮忙。朱大进的一个朋友曾经做过这种工作，他知道，社区付给义工的工钱一般都在每小时30到60元之间，丽丽的工作相当于把社区的看护病人的工作承包下来，然后，她再去找人来做具体工作，她则从中谋利。他知道，丽丽给夏夕阳所说的工钱，是她拿走了绝大部分之后的一点点剩余，看到夏夕阳被严重地剥削了，却还对丽丽千恩万谢的样子，他有点替她悲哀，想告诉她真相又有点不忍心，毕竟，这是一份她好不容易找到的工作。

车子开到 Burwood Road 的繁华地带，朱大进说：“时间还早，你找到工作很高兴吧，想不想喝点东西庆祝一下？”

“好啊。”夏夕阳真的很高兴，这些日子为了找工作，已经使她饱尝挫折。今晚的确是她最开心的一次找工作经历。即使后来当她知道丽丽在工钱上的克扣行为，她也不觉得委屈，因为丽丽帮她开始了在澳洲社会的相对稳定的一个工作。这个工作，她坚持了1年多。很多年之后，当夏夕阳回想起丽丽的时候，还是心存感激的。

朱大进带着夏夕阳来到一个酒吧，这里很安静，有两三个人端着啤酒看电视。

“你想喝点什么？”朱大进问道。

“我不会喝酒，就雪碧吧。”

“我要开车，也不能喝酒，那我也来个雪碧。”

朱大进带夏夕阳在靠窗的一个沙发上坐下，窗外，可以看见街对面的咖啡馆，那里人来人往，和旁边静悄悄的公园形成鲜明的对比。

通过一段时间的接触，朱大进发现夏夕阳不但人长得不错，性格也很可爱，不像一般女孩，贪图虚荣，好逸恶劳，他不由得想更多地了解她，接近她。

“小夏，你在澳洲有家人和亲戚吗？”

“没有。我在这里举目无亲。”

“那你家里都有什么人？”

“就是老父老母啦。”

“那你就是单身了？”

“对，大龄女青年。”

“看来，你的要求一定很高，叫小伙子们望尘莫及。”

“哪里。我只是不想太早进入围城而已。”

“好像你们北京的女孩都很骄傲，条件要求很高的。”

“你怎么好像对北京女孩很了解？”

“不瞒你说，我的初恋就是一个北京女孩。那时候，我刚刚参加工作，业余时间上电大，在我们班上有一个北京女孩，高高的个子，长得可漂亮了。我班男生都想和她好，可是她很傲气，对谁都爱答不理，我那时还年轻，胆子也小，都不敢正眼看她，可是，她却主动和我聊天，问我功课，有一天还约我去公园做习题，这样一来二去，我们就好上了。她其实很大方的，晚上在公园里她就和我在一起了。”

朱大进讲起初恋就有很多的话，这些往事在他心里藏了很多年，他从未对人提起，不知为什么，今天他对着夏夕阳就突然想说了。

他十分忘情地滔滔不绝地回忆着初恋的往事，甚至连他的初夜也向这个还不算熟悉的听众道来。这使夏夕阳感到有点意外，这个朱大进好像还是个性情中人，谈起感情来居然忘乎所以，什么内容都可以讲的。

“我是真的很喜欢她，那时候只要有机会我们就在一起，有一天晚上，在公园里碰上查夜的民兵，差点就被当成流氓抓起来。”

“那你的初恋有结果吗？你和她结婚了？”

“哪里！这可是我的伤心事！她后来回北京了，她的父亲是个挺大的官，‘文革’时下放到广东工作，她是那会儿同家里人一起到的广州，1983 年以后他们全家一起调回北京，她走后，开始还通信，后来，就没音信了，我给她写了好多封信，统统没有回音，我就趁春节的 3 天假到北京找她。看到她时，她却叫我忘了过去，说她准备和别人订婚了。我当时好难过，都不知说什么了。这就是我的初恋，所以，我觉得你们北京女孩都很傲气，天子脚下成长的嘛，不把我们地方上的人当回事。”

“这还是我第一次听人这样评论北京人，我倒没觉得北京女人与地方女人有什么不同。”

这时，嘟嘟嘟！朱大进的手机响起来，他拿起看看，放在桌上未接，继续他的谈话：“失恋后，好长时间，我都不愿与女孩接触，我妈妈就很着急，整天张罗着给我介绍对象，最后，就给我找了这个老婆，因为老婆爸爸比我爸爸官大，从一开始，我就受老婆控制，你知道吗，广州女人可厉害了，尤其是现在，她们跟那些香港女人学，个个都是拜金主义，我在国内时，一月就几十元死工资，所以常常被她欺负，因此，我经常想起那个北京女孩，她从来都不怎么在乎金钱的，还是你们北京女孩好啊。”

嘟嘟嘟！朱大进的手机又响了，他还是不接，夏夕阳就说：“家里有个小孩很忙的，我不耽误你了，谢谢你带我去见工。我们走吧。这里离我家很近，我自己走回去。再见！”

朱大进坚持把夏夕阳一直送到她家门口：“记得给我打电话，你有事千万不要客气啊！”

这一晚，夏夕阳睡得很踏实，想着从此有工作可做，连做梦都是美好的。

第二天，她起得很早，她必须在7点钟以前赶到病人家，在那里干完1个小时之后，在9点钟之前必须回到学校上课。

她乘火车来到The Rocks，按照地址，在悉尼大桥的附近找到了那座公寓。这座公寓位于风景秀丽的岩石城，透过楼道的窗户，四处可见美丽的风景，令人难以相信的是，这个地理位置如此优越的公寓，居然是澳洲政府免费提供给一些特别困难的贫穷人士所用，夏夕阳今天要照顾的这位老人就是这类穷人之一。见到老人，夏夕阳才知道，她原来是个越南人，70年代逃难到澳洲，现在已经年逾古稀，生活不能自理，她的女儿就给社区交了一些钱，申请社区帮助，社区政府于是就资助请义工，每周帮助给老人做些事情。老人的房子是一室一厅，窗明几净，一尘不染，里面家具设备齐全，从窗口望去，美丽的悉尼歌剧院屹立在碧波荡漾的海面之上，与阳光照耀下熠熠生辉的悉尼大桥遥相呼应，风景这般美妙，令人心旷神怡！夏夕阳就想，这个澳洲政府为人民服务真是做到家了。

老人其实有个女儿在看护，那个女儿看上去也有50多岁，她把夏夕阳带到老人床前，然后告诉夏夕阳：“你的工作就是扶她起床，把她放到轮椅上，然后到浴室，给她洗澡，换干净衣服，再送回床上。”

夏夕阳听罢，感觉这个工作很简单，就开始动手做起来。

她把老人扶上轮椅，推到浴室，先解开上衣，再解开裤子，哇！一股异味扑鼻而来，她愣了一下，忽然看到老人臀部像小孩一样围着一个尿不湿，那股恶臭就是从那里发出的，老人的女儿跟在夏夕阳的后面，“夏小姐，把她推到淋浴喷头下，然后除下尿不湿，这样再给她洗干净，特别是屁股，一定要洗干净，然后再给那里擦点爽身粉，换上新的尿不湿。这是一次性手套和雨衣雨裤，你穿上。”

老人排泄物强烈的气味令夏夕阳喘不过气来，她简直要背过气去，做梦也没想到她要干的是这样的工作，但是，她不能不咬牙坚持把事情做好做完，因为她已经答应丽丽要干好这个工作的。

老人被夏夕阳换洗干净，又放回到床上，她的女儿又要求夏夕阳把浴室一并冲洗擦干，夏夕阳按照她的要求一一做好，她才在表格上签字。

回到学校，还不到8点半，夏夕阳就在洗手间一遍又一遍地冲洗手臂，洗了很久，鼻子里仍然有异味，感觉那股刺鼻的恶臭挥之不去。整个上午，她都不能从早晨的气味中解脱，到了中午连饭也不想吃。

“你怎么啦？生病了？”李勤看夏夕阳不吃饭，坐在那里发呆，就问她。

“没有。今天早晨照顾一个病人，哎呀，不说了，太脏了，想起来我就想吐。”

“要我说，你这就叫作自讨苦吃！干吗非要去打工？找个人嫁了，什么都有了。你还不知道吧，我已经结婚了。我现在住在Manly，在海边，那可是个高档地区，住的都是有钱人，全是白人，基本上没有其他人种，我走在路上，常常有人回头看，可能因为那边亚洲女人很少。看我现在，每天除了上学，就是到沙滩游泳，散步，这日子过得多舒服，你干吗跟自己过不去呢？要不，叫我先生给你介绍一个？”

这世界，变化快！李勤的故事使夏夕阳突然想起这句话。看那李勤，从一见钟情到结婚，统共不过3天时间，性格决定命运，快人快语的李勤，处理她的婚姻大事居然如此果断，着实令夏夕阳吃惊。终身大事呢，她会不会太仓促了？但是，生米已成熟饭，事已至此，她也只能祝福这位同学了。

“李勤，祝贺你！希望你永远幸福！谢谢你为我考虑。我现在还不想谈婚论嫁，以后再说吧。”

下课后，夏夕阳赶紧回家，她第一件要做的事情就是洗澡洗衣服，整个大半天她都觉得浑身不自在，总感到早晨在给老人洗澡时把自己的衣服搞脏了。

她反复考虑了一天，也挣扎斗争了一天，最后，还是决定放弃照顾这个越南老人的工作，她想，就算一周断粮一天，也没必要这样委屈自己。

于是，晚上9点，她给丽丽打电话，说这个工作她做不了。

“嗯，好的，我料到了，可以理解，你是大医生嘛。没关系，我再找别人。对了，现在有个临时的工作，我的一个朋友，他是悉尼大学的老师，他可以帮助学生修改论文，他印了一些广告，需要请人帮他发到悉尼科技大学，你不是就在科大的旁边上学吗？你可愿意做这个工作？送完后你可得50元。”

“这个我可以做。何时开始？”

“我叫他去找你，把广告带过去。他叫约翰。澳洲人，40多岁。”

约翰第二天下午就到Burwood找到夏夕阳。这个大学教师，红脸长须，身穿T恤短裤，脚踩拖鞋，一副不修边幅的样子，如果不是事先听到丽丽介绍，夏夕阳真不敢相信，眼前的这位风尘仆仆，脸膛棕红的瘦高男人是个会写文章的大学老师。

“哈罗！夏小姐！认识你很高兴！真高兴丽丽把你介绍给我。”约翰欢天喜地的样子像个孩子。

“你好！要喝茶吗?”

“好啊，谢谢！这是广告，这是50元。谢谢你帮忙。”

“不是说送完之后再付费的?”

“我相信你。等你发完了给我电话。我请你吃希腊美食。”

约翰的广告只有500份，夏夕阳下课后就到科技大学走了一圈，把手里的广告一张一张放到教室的课桌上和学生宿舍的信箱里。两个小时之后，她手里的广告就送出一大半。

“这个工作比起照顾越南老太不知要好多少！如果每天的工作都像这样，该有多好!”她这样想着，就打算过两个星期把剩下的广告再送一遍，因为接下来，她该去Hurstville照顾另一个病人，她心里有点担心，不知会遇上什么情况。

从中央火车站到Hurstville有快车，半个小时就到了。这里是悉尼的南边，夏夕阳从未到过那里，下了火车，她才发现，那是一个大站，那个地区有很多不同的人种，是亚洲人、中东人和澳洲人杂居的地区，有很多大商场，还有很多具有民族特色的商店和餐馆。街上可以看到一群群穿着长袍戴着头巾的阿拉伯女人和孩子。这种景象在悉尼的其他地方还不常见。

按照地址，夏夕阳在一座小型公寓找到病人家，进门之后，才发现这是一户中国人家，病人是位老太太，中风后半身不遂，由老伴照顾，两位老人来自广州，但都可以讲普通话，非常和善，丽丽给夏夕阳安排的工作原本是陪老太太聊天1小时，但是，老人家并不需要这样的服务，她和老伴给夏夕阳安排的工作是打扫卫生，先是擦洗厨房的油污，然后就是清洗浴室。大概因为很久没有搞卫生了，厨房的油污很重，夏夕阳刚把厨房清理干净，时间就已经过去1个多小时了。

“叔叔、阿姨，我每次的工作时间是1个小时，现在，我……”

“小夏，没关系，浴室下次再做，今天就到这里，你快回家吧。”两位老人很通情达理，老头还主动给夏夕阳在工作表上签字，算是今天的工作已经完成。

“这个工作还不错的。虽然把聊天变成搞卫生，但是，老两口这样和蔼可亲，出点力气也值得。”夏夕阳高高兴兴地回家了。

刚到家，就听电话铃响，原来是盖瑞：“夏，我给你买了电视，现在就送过去。”

不久，盖瑞抱着一个很大的东西进来：“夏，你看，放在哪里合适？”

夏夕阳看那电视，极像一台巨大的老式收音机，体积有半个冰箱那么大，是那种非常古老的设计，一定有很多年头了。

“这里，就在桌子右边。谢谢，这么重，你辛苦了！”

她心里暗想，也就是盖瑞的个头大，一般人还真搬不动的。

“夏，这是在我的一个朋友家淘来的。我同他砍价，说好80元，你认为怎样？”

“很好！太感谢你了！这样我就可以看电视学英文了。”

夏夕阳立刻拿出80元交给他。

盖瑞帮着把电视天线调好，两人就看了一会儿电视，那天正好上演好莱坞的名片《漂亮女人》，夏夕阳只能听懂几句影片中的对话，看得似懂非懂，看完后，盖瑞说：“我很喜欢这部电影，你知道吗，你也是个漂亮女人。”

老实的盖瑞如此直截的赞美，使夏夕阳感到有点突然，她愣了一下。一时不知该如何回应他。

盖瑞就有点尴尬，红着脸说：“这个周末，我想请你去我家，我们还可以去公园跑步，或者打羽毛球。”

“对不起，这个周末我要去Chatswood工作，已经约好的。”

“没关系，那就下次好了。再见！晚安！”盖瑞有点失落地离开。

周五晚上，丽丽驾车来到夏夕阳家。“小夏，你要带上换洗用品，还有书包，星期一你就可以直接从那里去学校。”

然后，她带着夏夕阳向Chatswood一路开去。这里是悉尼的北边，对夏夕阳来说，这又是一个新地方，车子开了很久，从宽广明亮的大道到绿树浓荫，曲曲折折的小路，好像还上坡下坡地绕了好几个弯，才到达目的地。

这是一个山坡，坡顶上建有一座巨大的别墅，别墅的外观和里面的房子修建得像小人书上的城堡，气势非凡，看来是个有钱人家。

丽丽按响门铃，一个大约三四十岁的亚洲妇女前来开门，她领着二人走进客厅，客厅很大，装饰豪华的大厅中央，摆着一圈古色古香、舒适宽大的欧式沙发，一位满头白发干干瘦瘦的老太太坐在那里看电视。

“妈，丽丽带来一个新人。”开门的女人原来是老人的女儿，她会讲中文，刚才她同丽丽讲英文时，夏夕阳还以为她是这家的保姆，并且不是中国人。

“张太太，您好！这是夏夕阳，现在由她在周末照顾张先生。”

“丽丽，谢谢你，又让你跑一趟，这一个能干长吗？”老人一口流利的山东话讲得抑扬顿挫。

“先看看吧。夏夕阳在北京是医生，照顾病人应该有经验的。”

“玛丽，你爸爸已经睡了，先带夏小姐去熟悉一下环境。”

这座别墅有三层，玛丽就带夏夕阳先在一层转了一圈，大客厅连着开放式厨房，饭厅就在厨房旁边，客厅旁边有两个房间，一个房间里放置一些健身器材，玛丽说是健身房，另一个房间有两张单人床，一左一右靠墙而放，其中一张床上躺着一个瘦高老头，房间里有一个洗手间，面积很大，装饰简洁干净，里面有淋浴和浴缸，还有梳妆台、洗手池和马桶，楼梯在大门的入口处，上了楼梯，就有几个房间，玛丽说：“我就住在第一间，有事你可以到这里来找我。我妈妈住在里面的一间，其他房间是我几个哥哥的。三楼是客房和书房，就没必要上去了。你基本上是在一层活动。”

全部参观一遍，玛丽就让夏夕阳把她的东西拿到老头住的那个房间：“你就在这里照顾我爸爸。夜晚他睡着时你就可以在这张床上休息一下。”

夏夕阳看看老头，又看看那张空床，心里有点别扭，可是，想起在医院里，病人家属在病房里照顾病人时，七八个病人和家属拥挤在一个房间里，家属只能坐在床边的情形，就自我安慰地想：“你是来照顾病人，来工作挣钱的，不是来度假享受的，何况，这里还有床可以躺下休息呢。”

“夏夕阳，有事你给我电话，我先回去了。明天玛丽会告诉你如何坐公车，这样，你周一就可以坐公车直接去学校，另外，下周五下午，你自己要坐公车来这里。”

丽丽把夏夕阳安顿好，就开车离去。

夏夕阳回到房间，老头醒了过来，他看见陌生的夏夕阳也不吃惊，只是定定看着她。

夏夕阳知道老人是中风病，但病况如何，是何程度，就不确定。也许是全身瘫痪？也许是语言障碍？也许有智力障碍？她正在想如何与老人沟通，玛丽走了进来。

“爸，你醒了？这是夏夕阳，来照顾你的。我爸现在是右手右腿都不能动，他如果要喝水或上厕所，就要你帮忙了。”

“好的，他可以讲话吧？”

“夏夕阳，我要上厕所！”好像是在回答夏夕阳，老人声音洪亮地给夏夕阳下指令。

“这是小便器，你用这个给他接。”玛丽从老人床边拿起那个塑料器具，递给夏夕阳。

“这个——就在这里？”

“小便在床上就可以的，大便就要去厕所。”

夏夕阳就这样开始了她的护理病人的工作。

张老先生可能是睡了一觉，精神头十足，他人躺在床上，口中不停地给夏夕阳下指令，一会儿要喝水，一会儿要吃水果，一会儿要上厕所，折腾到凌晨2点钟，才开始打起呼噜。

“谢天谢地，他终于安静下来了。”夏夕阳赶紧去浴室洗澡，准备休息。

关上灯，躺在床上，温软的床铺真的好舒服！辛苦了大半夜的她立刻就进入梦乡。

“夏夕阳，夏夕阳，夏夕阳！”

夏夕阳以为自己在做梦，梦中有人在呼唤着她的名字，她想知道是谁在喊，可就是看不见声音从哪里发出。心里一急，人就清醒了，原来，老张在喊她。

“张大爷，您要干什么？”

“夏夕阳！我叫你好一阵了。我要上厕所！”

“小便还是大便？”

“小便，快呀！”

夏夕阳赶紧忙起来。

听到老张又发出鼾声，她才重新躺下，刚要入睡，就听老张又喊起来：“夏夕阳，夏夕阳，我要上厕所！”

夏夕阳就拿起尿壶送过去，可是，过了好一会儿，老张并无小便排出。

“夏夕阳，我又不想小便了。我要喝水。”

就这样，老张反复折腾，一直到凌晨5点，才算比较踏实地睡了2个多小时。夏夕阳整个夜晚就睡了不到3个小时。次日清晨，她在镜子里看见自己两个深深的黑眼圈就先吓了一跳。

老张起床后，夏夕阳要帮助他上厕所，洗澡，换干净衣服，然后把他推到厨房的饭桌前。忙完这些事情，她才可以梳洗换衣，照顾一下自己。

当她来到饭桌时，玛丽已经把早饭给老张准备妥当，张太太给老张正喂牛奶。

“夏夕阳，你自己烤面包，想吃什么，自己拿。”

“小夏姑娘，晚上没睡好吧？看把你辛苦的！”老张太太一边照顾着张老先生，一边和夏夕阳打招呼。

“还好，不辛苦。”夏夕阳这会儿也只能硬着头皮口是心非。

“姑娘，我一看你的黑眼圈就知道了，我这老头从生病以来，就在晚上闹腾，跟你说吧，他已经闹跑好几个人了。一到晚上他就精气十足，不停地使唤人，以前，他是很安静的一个人，现在全变了。”

“有的人中风后性格就会改变，这是部分脑组织被损毁的结果。”

“姑娘，你是医生，在医院里可见过这样的病人？”

“中风是一个很常见的疾病，这种病人我看过很多的。针灸对这个病的效果也很好的。我们做过研究的。”

“那太好了，你就给他看看，做做针灸。”

“我现在没带针，今天先给他做个检查，看看他的病情程度。”

饭后，夏夕阳就给老张做了神经系统的全面检查：“张太太，张老先生是高血压引发的脑出血，右侧肌力是3级，看来血肿范围不大，影响的神经组织功能还不是很严重，经过适当的治疗和功能锻炼，他的右侧瘫痪应该能够有很大的改善。”

“夏医生，我看出来了，你很有经验的，我现在就去买针，你就给我爸治吧。”玛丽立刻很高兴地去买针。

“姑娘，这可太好了，我就指望你了！”老太太更是高兴得连连拍手，那份神情像个小孩。

夏夕阳心里也很高兴，离开医院一段时间了，很久没有给病人治病，突然间重操旧业，使她怀念起医院的生活，“那些昔日的同事们现在正做什么？哎，今天是星期天，他们大概在家烹调美食吧？”

吱……哗……咣当……车库的门自动打开，一辆蓝色奔驰小跑车轻盈地驶了进来。

“我的小儿子过来了。”老太太话音刚落，一位中年男人走了进来。

“罗伯特，这是夏医生，来照顾你爸的。”

“你好！夏医生！我爸昨晚可好？”罗伯特的年纪至少要超过40岁，但他一身名牌休闲着装使他看上去年轻时尚，脸上的一副银丝眼镜还透着一点斯文洒脱。

“挺好的。”夏夕阳心想，如果你这个儿子服侍老人一晚就不会这样轻松洒脱了。

“夏医生给你爸看过了，她在北京是主治医生，很有经验的，玛丽去买针灸针了，等会儿夏医生要给他做针灸治疗。”

“夏医生，如果你能把我爸治好，我们一定重谢你。”

“如果病人能够配合锻炼，经过针灸治疗，一定会好转的。”

“我这个儿子开车行，卖汽车的，以后你买车找他，他会给你好价钱的。”

“我哪里买得起汽车呀。”

“哎，如果你能让老头重新站起来，我送你一辆！”罗伯特讲话的口气好大的。

这时，玛丽回来了，身后跟着一个中年男人，夏夕阳以为是她的丈夫，但是，罗伯特称他为大哥。

“我大儿子回来了！”老太太高兴地说，“我这几个孩子虽然在澳洲长大，但都很孝顺，老头生病的这些日子，他们每天都要过来看看，不像其他澳洲孩子，老人生病根本就见不到人影。杰夫，这是夏医生，她要给你爸扎针灸呢。”

“你好！”夏夕阳向杰夫点点头。这个杰夫一身正装，像个办公室的职员。

“大哥，我新换辆车，比你的那辆多了几个功能，可以同时放四个光盘进去。你从日本发出的货船现在什么位置？我的那批丰田车快到了吧？”

夏夕阳后来才知道，杰夫是一家远洋运输公司的老板，这家公司原来的老板是新加坡人。50 年代初，老张作为中国山东海洋运输公司的工作人员来到新加坡，之后取道新加坡逃到澳洲，起初，他为这个公司工作，以后就入股这个公司，再以后，不知用了什么手段，他就买断了整个公司，由他自己做老板。大儿子高中毕业后，老张安排他到公司学习。老张年过 60 的时候，杰夫接班做了家族公司的老板。

当天，夏夕阳给老张做了针灸、推拿，还给他制订了一个康复锻炼的计划，但是老张很怕苦，不愿意配合，夏夕阳就比较严厉地督促他练习站立。辛苦了一下午，夏夕阳累得汗流浃背，换来的却是老张怨恨的目光。

“有钱人真娇气！还不知好歹！别人伺候得再好，也不如自己手脚灵活能屈能伸好啊！”夏夕阳想起医院里的病人，那些病人对于锻炼是何等主动，对于帮助他们进行康复锻炼的医生又是何等的感谢。

“看来，富贵有时也毁人啊。”夏夕阳感慨起来。

尽管，夏夕阳的严格要求引得老张又恨又恼，但是，经过针灸的治疗，也许还有白天的锻炼活动使他的体力有所消耗，他的脑子在晚上安静许多，他没有整夜地要求上厕所，只是有间隔地叫唤几次，夏夕阳也就有机会睡了五六个小时，这对她来说，已经很满足了。这样白天她就可以有精神更好地为老张做治疗。

夏夕阳的劝说和执着多少对老张起了一点作用，加之针灸之后他自觉右半身轻松许多，就对夏夕阳不再抗拒和怒视了。

张太太虽然 50 年代就到了澳洲，但因为一直都待在家里，那时候，在澳洲的中国人很少，她不懂英文，除去外出购物、买菜，基本与外界没有接触，以后就养成不出门的习惯，所以，直到现在，40多年了，她还是一口地道的山东话，说起话来艮艮地："夏医生，他好像好多了，要不你就住这儿，见天地给他扎扎针，好不好？"

夏夕阳的任务原是周末两个晚上照顾老张，如果每天都过来就大大超出丽丽的安排，而且，其他时间丽丽已经安排其他人来工作了。

见夏夕阳犹豫不决的样子，张太太又说："你别担心，你只是过来扎针，其他事情不用你做，你可以在这里免费吃住，就住在三楼的客房，我们还给你每天30元治疗费，好不好？"

这个条件，在当时的夏夕阳看来，已经好得不能再好了！她立刻很高兴地接受了。

张老太太的支持使夏夕阳重新开始了她的行医生涯，只不过，每一天她只有一个病人，其他时间就是上学、看书和背单词，周二和周四去给广东老人干活1小时，有时候她也随着张太太看看电视。

张老太太看的是中文电视，富有的她，早就安装了卫星电视，她家的电视，早在80年代就可以看世界各地的节目。张太太喜欢看台湾的电视节目，有时也看香港的，不过看的时间很短，因为她听不懂粤语。但是，最近几年她开始喜欢看大陆的电视，尤其是中央电视台的节目，越来越有意思了。这是张老太太的原话。

第二个周末，老张可以站立了，夏夕阳就督促他进行更多的功能锻炼，老张恨得眼珠子都要突出来，连张太太也埋怨夏夕阳太严厉，夏夕阳感到很冤屈，都有心不干了，但是她已经看到治疗的成效，不想半途而废，就咬着牙忍辱负重，继续坚持。

功夫不负有心人，3周之后，老张可以正常走路了。晚上也可以安静地休息了。那位平时晚上照顾老张的小李子对夏夕阳最感激，因为在夏夕阳给老张治疗之前的几个星期里，每个晚上他都不能合眼，那段时间对他来讲，"简直就是炼狱！"他这样形容，夏夕阳非常赞同他的讲法。

张太太和她全家当然也很高兴，她的大儿子在星期天带着全家请夏夕阳到Chatswood最大的金福酒楼吃饭，当时小儿子罗伯特也在场，不过，除了感激不尽、医术高明等好听的话，他绝口不提送车的事情，夏夕阳于是又明白一个道理，富人讲话，原本是很随便的，千万不可当真。

老张的手脚功能恢复，夏夕阳的工作也就宣告结束。她又恢复到以前的状况，唯一不同的，就是还有一周两个小时的清洁工作，这份工作，可以拿到22元零5毛（税后），刚够她一周的交通费用。因此，她还得继续找工作。

翻开报纸，她看见有招清洁工的广告，就打电话联系，接电话的是一个中国男人，约她次日下午5点3刻在皮特街的一座大楼门口见面。

皮特街与乔治街平行，两街之间其实就间隔着一溜大大小小的建筑。夏夕阳很容易就找到那座大楼。

在大楼的正门口，一个胖胖的中国男子站在那里抽烟，他看到夏夕阳后，主动上前打招呼："你是来找工作的夏小姐?"

"是的，你好！你是?"

"我就是昨晚和你讲电话的汤姆。你以前干过清洁工吗?"

"没有。我刚来澳洲不久。在国内是医生，不过在医院大扫除时也经常擦玻璃、擦地的。我一定能干好的。"

"我这里的工作和国内搞卫生大扫除可不一样，如果你要干的话，就每星期从周一到周五，每天6点到9点来这里，要连续干3小时，你一人要负责两个楼层办公室的所有清洁工作，中间是不能休息的，工钱是税前每小时15元，你行吗?"

"行，行，没问题！我一定好好干。"

"那就进去吧。"

汤姆带夏夕阳走进电梯，下到停车库的地下一层，在楼梯旁边，有一个小房间，这就是汤姆的办公室了。办公室里已经有一群人挤成一团。

"老王，这是新来的小夏，让她代替小周干第5和第6层，今天你先带带她。"

老王和其他人一样，正在整理工具，准备干活，听到汤姆的指示，就来到夏夕阳身边："你好！你跟我来。"

他先走到一堆大塑料桶前："你推一个桶过来。"他自己也推了一个，然后，他又走到一排吸尘器前，自己先背上一个，又给夏夕阳背上一个，接着，从办公室里拿出几片清洁布和两瓶清洁液，一瓶递给夏夕阳，拿好全部工具，他一边向电梯走，一边对夏夕阳说："我们先去5层。"

电梯到了5层，他带夏夕阳从过道走进办公室。哇！好大的办公室！整整有几千平方米的面积，全部安排成办公室，放眼望去，几百个办公桌和电脑被一米高的屏风有次序地分割成一块一块，中间还隔出大小不同的几个会议室，里面有会议桌和沙发，靠墙的一面有几个厨房，里面有电子冷热水器和自动咖啡器，还有冰箱和洗碗机。虽然已经过了5点，办公室里仍然有一些人继续工作。

"我们要做的，就是吸地毯，倒垃圾，擦所有的玻璃和清洁厨房，桌上任何东西千万不要动。"老王说着，就把吸尘器的电源接上，示意夏夕阳随他一起吸地毯。

因为背上驮着沉重的吸尘器，夏夕阳活动起来感觉很不方便，加上办公桌之间的小区域使吸尘器探头的移动很受限制，使她吸尘的速度越来越慢，不到一会儿，老王已经把她甩出好远，等她汗水涟涟地吸完右边一排时，时间已经过了近1个小时。如果照这个速度干下去，做完整个一层就要3个小时，那么，剩下一层的任务就不能完成。

“小夏，你这样干肯定不行！明天你自己就要干两层，而且必须在3小时之内干完。你得像我这样。”老王边说边示范，夏夕阳就赶紧跟着学，到9点钟时，两人干完两层，把所有垃圾放在两个大桶里，推着桶，背着吸尘器下楼，在电梯里，不时遇上其他楼层的清洁工，大家都是中国人，天南地北都有，远到新疆，近到天津，也有几个是学生，有一个中年妇女来自西安，在大家的谈笑中，夏夕阳才知道，她是老王的妻子。

老王夫妇来澳4年多，之前，在西安，双双都是一家研究所的科研人员，都是本科学士，移民澳洲后，生了两个孩子，加上原来在国内的一个女儿，就是3个孩子，两人一直靠体力打工，在这个清洁公司，老王已经干了3年。

夏夕阳不明白，老王两口子为何要选择这样的生活方式？她今天只干了3个小时，就感到非常地不适应，如果不是暂时的过渡，要她一生以此为职，她恐怕立刻就要飞回北京了。

夏夕阳永远都记得第一次做清洁工的情景，当时，那份从她心底发出的被生活所迫的无奈与难过，比起她背上所驮的吸尘器不知要沉重多少倍！那个晚上，当她干完活回到家时，腰酸背痛，连食欲都消失得无影无踪，洗完澡，唯一的愿望，就是躺在床上大睡3天！好像一辈子也没干过这样劳累的工作！在以后的很多年里，夏夕阳经常见到各种各样的清洁工人，她发现，那些白人清洁工，个个干得欢天喜地，高高兴兴，而中国人做清洁工，干起活来，满脸苦涩，非常沉重的表情，没有一个是开心的。想起当初自己做清洁工时的心情，夏夕阳就觉得很理解他们。其实，这都是人的思想意识在作怪，精神的压力远远高过肉体的辛劳。

第二天晚上，汤姆要夏夕阳单独完成5和6层的清洁工作。原来这里的每个人都要负责两层楼面的清洁工作，老王是全职，从早上7点干到晚上9点，全面负责所有的里外清洁，包括大门和各层楼口的玻璃，电梯和所有男女厕所的卫生。老王太太是半职，只做晚上3小时，其他时间照顾小孩。

夏夕阳计划每层楼用1个半钟头做完。尽管她手脚并用，马不停蹄地紧赶慢赶，做完一层时已经用了1小时45分钟，她很着急，推着大桶一路小跑去赶电梯。

等她冲进电梯，看见老王站在里面。

老王一见她，立刻凑过来："小夏，你都出汗了。"说时就从口袋中拿出一听可乐，啪嗒一声，可乐被打开，他伸手递给夏夕阳："喝一口，歇息一会儿。"

"谢谢！我还有一层没干呢，我怕来不及了！"

"别急，我帮你。"

这时，电梯门开，他从夏夕阳背上解下吸尘器背起来就干，夏夕阳不敢耽搁，立刻收拾办公桌下垃圾桶里的垃圾，这样，不到1小时，一个楼层已经打扫干净！

夏夕阳真的很感动，想不到自己在澳洲还能碰到像老王这样助人为乐的活雷锋，但更使她想不到的是，当她和老王乘电梯下楼的时候，电梯刚刚关门，老王突然反身，一把将她抱住，夏夕阳着实吓了一跳，她本能的反应就是向老王胸前奋力一推，老王受到突然的冲撞跌倒在地，"你！你干什么?!"夏夕阳又惊又气，声颤身抖。

"你别慌嘛，我就是喜欢你，我帮你，照顾你，这样不好吗?"

"你有病吧！谁让你照顾!"

"你怎么死心眼子，有我在这罩着，你少干多少活，省多大劲呀。"他这样说时，人又往夏夕阳这边扑来。

夏夕阳一闪身，躲到另一边。"你再这样，我就告诉王太太!"

此时，电梯下到地下室，夏夕阳赶紧从里面跑出来，迎面就见王太太正在解下吸尘器，脸上的汗珠一颗一颗在灯光下闪闪发亮。

"可怜的王太太！可恨的老王!"还以为是什么好心人，却原来是个好色之徒。这老王哪里像个科研人员，怎么说也是读了多年书本的知识分子，如何这样斯文扫地？所谓环境弄人，在失去信仰没有约束的自由社会，一个人灵魂的丑恶点竟然可以这样肆无忌惮地发挥！夏夕阳心里愤愤地想。

不过，老王这一出，使她又领悟到一个道理：天下绝无免费的午餐。从此以后，夏夕阳就再也不愿搭理老王，见他就远离三尺。

虽然清洁工作干起来要靠体力，但一学就会，而且熟能生巧，因此，几天之后，夏夕阳就完全适应了，这样，她每天放学之后，先到附近的科技大学图书馆看书，6点钟时就到公司干活，因为收入可以支付房租和吃饭，生活变得轻松很多。

又是一个星期二到来，根据丽丽的安排，这个下午的某一个钟头，是她去Hurstville给广东老太太干活的时间，当她敲开老人的门时，她愣住了，因为前来开门的人是崔天！那个在她来澳洲时在飞机上与她邻座的大生意人！

“你是……”崔天看到夏夕阳也很吃惊，他先是觉得她眼熟，但很快就想起了她，因此就变得不太自然，欲言又止的样子。

“哎，你不是那个……”夏夕阳的话还未出口，就见崔天使劲向她挤眼睛，示意她不要说话，先进来。

“我没走错人家吧?”夏夕阳进门时还在嘀咕，但看见广东老两口端坐在沙发上就安下心来。

她立刻开始干活，现在她已经很熟练干这份工作了，不用老人吩咐，就自觉把活干好，老人也不挑剔，有时，老头包饺子，也要她帮忙，并请她一起吃饭。

崔天为何在这里？难道是这家的儿子？他不是有两家大工厂吗？不是还有一个国际贸易公司吗？他应该是一个很有钱的人了，但老两口看起来可不富裕。还有，在飞机上他为何留下虚假的电话号码？这是怎么样的一个人呢？她的心里有太多的疑问，真想搞个明白。

“阿姨、叔叔，我去接珍珍了。她要带一批人去开会，晚上回来很晚的，您们先睡，别等了。再见，小夏。”

崔天走后，就听老头说：“又去开会，折腾了好几个星期，还是没有卖出去一张床垫。”

“一张床垫要3000元，说是能治这病那病的，可是我睡了3个月，血糖血压还是那么高，不但没减，还得了中风！你说这不是骗人吗?”老太太摇摇头又接着说，“我们自己上当也就算了，现在我们丫头又鼓动那么多人传销这个床垫，崔天也跟着张罗，都是邻居熟人的，花了钱没能治好病，以后都不好见面了。”

原来，崔天和老人的女儿在做传销生意。关于传销，夏夕阳在中国就听说过，知道那是有人利用一般穷人想发财的心理而发起的一种新型营销手段，在国内已经被政府宣布明令禁止的。仅凭崔天跟着做这一行营生，就说明他不是一个大生意人，那么，他所描述的他的其他情况，自然就十分可疑了。

这一点，在周四下午就得到了证实。

那天，当她来到老人家时，老太太问她：“小夏，听崔天讲，你是医生，你会针灸？你觉得我的病能做针灸治疗吗?”

“针灸是治疗您病的很好的方法。”

“那你以后就不要搞卫生了，每次就给我扎针吧。今天就开始吧。”

自从给张老先生治好病，不管去哪里，夏夕阳都会在书包里放一些针，这样可以随时使用。现在就派上用场了。

做针灸治疗是夏夕阳最想干也是她最有专长的工作了，她当然很乐意接受老人的要求。

进针后，老人与她聊天，她就问起崔天的情况。

“崔天现在是我的假女婿。”

“假女婿？什么意思？”

“你刚来，很多事还不晓得呢。崔天为了得到澳洲的身份，需要找一个有澳洲身份的人结婚，这样他就可以拿到身份，可是，一时半会儿又找不到愿意和他结婚的人，就听说有一种生意，叫作假结婚，他只要给对方一笔钱，对方就会与他办理结婚手续，这样，他就可以申请澳洲身份，当他拿到澳洲身份时，再办理离婚手续，不过整个过程中，婚姻只是一个文件证明，男女双方并无实质的婚姻生活。他就是这样经人介绍找到我的女儿，我女儿刚刚离婚，并不想立刻找人，但是，挣一笔钱她是乐意的，所以，崔天现在住在我家，是我的假女婿。”

“崔天做什么生意？”

“他哪里有钱做生意！他在一个鸡肉场打工，每个星期500元，150元还要交给我们付房租。”

原来，崔天是这样的背景，在飞机上他对夏夕阳所谈自然是一派胡言，她真不明白，崔天这样胡说八道到底有何意义？不吹牛他会死吗？真是林子大了什么鸟都有，夏夕阳来澳洲不久，居然碰到这么多奇奇怪怪的人和事！这使她常常想到一本书《儒林外史》，她想，如果仔细调查一番当代华人在澳洲的生活历程，应该可以汇集一部相当有意思的当代华人澳洲外史。

一天，丽丽打电话给夏夕阳：“我这里有一个住在Manly的美国病人需要照顾，你有时间吗？”

“什么时间工作？做什么？”

“每天做一次晚饭，洗衣服，搞卫生，一天30元，每周7天。因为要讲英语，所以就找到你，我想这个工作对你的学习会有帮助的。”

夏夕阳有点为难，因为这个工作与她现在的清洁工作，时间上有冲突，但是，这个工作可以使她有机会练习英语，这就比起单纯地干清洁工来有点意义，考虑到这一点，想到明天就是周六，不用做清洁工作，她就决定先去干两天看看再说。

Manly在悉尼的北区，是个著名的海滨地区，这里的海滩在澳洲都是著名的，来悉尼的国际游客经常都会到此冲浪游水，夏夕阳还记得她的同学李勤，结婚后就住在这里，她曾经是那样自豪地对夏夕阳炫耀她在Manly海滩的幸福生活。

Manly的美国病人叫斯蒂文，他来澳洲旅游，去蓝山爬山时不慎将右边小腿摔断，现在右下肢打了石膏，活动不便，需要有人照顾饮食起居。

斯蒂文住在海边的一个假日自助酒店，他的卧室就面向海洋，躺在床上，便可以看见海浪一波一波奔涌而来，蓝天白云下，一艘艘游船踏浪经过。夏夕阳见到斯蒂文时，他正伸着头透过玻璃看窗外的海景。

“老美真会找地方，连养病都搞得这样享受!”夏夕阳羡慕地想。

“夏小姐，你好！看，那条游艇和我的完全一样。我家在洛杉矶的圣妥莫尼卡，那里也是一个美丽的海滨，我的船就泊在那里。”

斯蒂文看来是想念他的家乡了。所谓，人在天涯，谁不思故乡！何况他身患疾病，行动不便，整日躺在床上，自然思乡情更切！夏夕阳其实也很想念家乡，想念亲人，因此，她自认为很理解他。

斯蒂文圆圆的脸上有两个深深的酒窝，虽然卷曲的头发已经灰白，但一双蓝色的眼睛又大又亮，说话时长长的睫毛一眨一眨的，那表情很像一个大洋娃娃。

夏夕阳就问他：“你一定想家了吧?”

“不，不，不，我很喜欢悉尼！为何要想家呢？我在这儿，这里就是我的家。”

“你家就你一个人?”夏夕阳想，老美真是怪，居然四海为家。我们中国人可不这样。我们是人在天涯，心在故乡。

“我有一个儿子，他是我自己养大的，从这么一点大。”他用两个食指比画着。

“那你妻子呢?”

“我没有妻子，从未结婚。干吗要结婚呢？一个人多好，自由自在！我儿子的妈妈结婚后就去了欧洲，我自己一个人把他养大，我儿子可像我了，我们出去时，人们都说，我们是兄弟俩。你看，这是他的照片，像不像我?”他打开钱夹，那里有一个像洋娃娃一样漂亮的小男孩的照片。

“你儿子真漂亮！他多大了？也来悉尼了?”

“他去看妈妈了。一年里他会有几次去欧洲同他的妈妈在一起。他现在已经上大学了，独立了，我可以安排我自己的生活了。”

原来，他是一个单亲父亲。夏夕阳想这个斯蒂文还挺有意思。

“夏小姐，我们今晚吃蒜蓉烤鸡，你现在先把卫生搞一遍，然后就准备做饭吧。”

做完清洁，夏夕阳就有点犯难了。因为她不知道，如何去给斯蒂文做那个蒜蓉烤鸡。她在厨房转了一圈，又打开冰箱，可是，那里既无鸡也无蒜。

“斯蒂文，这里什么都没有。”

"现在几点了?"

"4 点 20 分。"

"再过 10 分钟，就什么都有了。你先把烤炉打开。"

夏夕阳就在他的指示下，打开烤箱，把温度调到 180 度。

不久，有人在按门铃，斯蒂文叫来人上楼。夏夕阳就打开门等候，但见来人提着一个纸盒走来。

"夏小姐，这是 23 元，你给他。"

那人原来是送鸡肉的。

斯蒂文叫夏夕阳把纸盒打开，拿出里面用锡纸包裹的两块鸡肉放进烤箱中的一个小铁盘上，"好了，关上烤箱的门，把时间设在 35 分钟，这样就可以了。等一下我们就可以吃晚饭了。"

夏夕阳看到，鸡肉的外面已经包裹了一层厚厚的东西，其中可以看到很多的蒜蓉。原来，所谓的蒜蓉烤鸡，就是这样做出来的！这道菜，太容易做了！夏夕阳心里好高兴，同时也大大地松了一口气。

半小时后，蒜蓉烤鸡香飘满屋，那香喷喷的美味使夏夕阳突然感到饥肠辘辘，斯蒂文已经拄着支架从床上移至餐桌。

"夏小姐，那里有红酒，请把它拿过来，再拿两个酒杯。"

斯蒂文打开酒瓶，先在一个酒杯里倒了少许，举起来闻一闻，又在手中摇一摇，小抿一口："很不错！"就把酒在杯里满上，然后要倒第二杯。

"斯蒂文，我不会喝酒，如果这杯是给我的，就别倒了。"

"什么？我没听错吧？酒是多好的东西啊！你怎么能够不去享受呢?"

"我真的从不喝酒，我只喝过中国的米酒，下次我买给你喝。"

"那你就喝可乐吧。现在鸡好了，你把它们拿出来，放在盘中，你一块，我一块，另外，冰箱里有一个西红柿，你把它切成几片，和鸡放在一起。"

夏夕阳没想到斯蒂文在为他预订晚餐的时候还包括了她那份，这是另一个惊喜！这个工作，不但使她练习了英文，还享受了一餐美食。真的很不错，于是，她决定把清洁工作换成照顾斯蒂文。

在循环点，有停泊游船和公交船的码头，丽丽告诉夏夕阳，在这里花 8.8 澳元买一张往返船票就可以到达 Manly，因此当她来斯蒂文这里的时候，就已经有了回到城里的船票。

晚饭后，电视里有橄榄球直播赛，斯蒂文看得一动不动，非常专注，真是一个老小孩！夏夕阳与他道过再见，就直奔码头而来。

" 夏小姐！哈罗，夏小姐！"

夏夕阳隐隐约约听见有人在喊她。她在这里不认识任何人，就以为是听错了，继续前行。

“夏夕阳！你是夏夕阳吗？”一个声音在她身后这样说。

她觉得很奇怪，转过身来，却见大学讲师约翰立在她眼前。“嗨！原来是你，你好！约翰！你怎么会在这里？”

“这正是我想问你的问题。我来这里看一个朋友，现在正准备去海边走走。”

“我来这里是丽丽安排的，自然是工作了。”

“我本来在最近要给你打电话的，你知道吗？我已经接到两个学生打来的电话，说明广告有效果了，我要好好谢谢你！”

“不用谢，要谢也是我谢你，感谢你给我工作的机会。真巧，我也准备给你打电话呢，因为广告已经发完了。”

“这样吧，改天我请你吃饭。你现在要去哪里？”

“回家。”

“你可想去海边走走？然后我送你回家。”

“好啊。”夏夕阳在北方长大，除了电视电影和图片，就没有看过江河湖海，来到澳洲后，才亲眼看到美丽的海湾和碧绿的海水。夜晚的海滩，她还从未见过。

约翰带着夏夕阳来到海滩，月明星灿，一轮圆月，静静地悬在半空，夏夕阳迎着海风，听着海涛，看着海浪，脑子里突然就想起一句唐诗：“春江潮水连海平，海上明月共潮生。”此时此刻，她眼前展现的明月星辰，浩海长天，不正是《春江花月夜》中作者所描绘的诗情画意吗？只不过，这幅巨画，不在祖国的江南，而在遥远的异国他乡。

“夏小姐，你在想什么？”

“这里的景色太美了！你看，月亮好大好圆，那几缕白云真像银丝一样。”夏夕阳心里还想：“这银丝是否就是嫦娥仙子霓裳的飘带？”但是，这句话她没有说出口，因为她的英文太有限，她没有办法把唐诗的诗情画意和古老的神话用英文描述出来。

“是的，很美，这就是我们澳洲！”约翰很骄傲地说，同时，还把大拇指竖起来，在夏夕阳的眼前晃一晃，一副很高兴的样子，可是，突然，他长叹一声，脑袋一耷拉，不高兴了。

“约翰，你好像有心事？”

“今天，我心里很不快乐！我的女友同我分手了，周末，她从我那里搬出去了。我感到很悲伤，晚上睡不着觉，就打电话给好友查尔斯，可是，他当时和女友在一起，不想同我聊天。还问我，为什么要那么晚了打电话烦他？瞧！

这就是我的好朋友，多么自私！我决定与他绝交，除非他跟我道歉！”

夏夕阳想，老外的脑子和中国人就是不同，如果在中国，好朋友失恋，作为好友，就一定会陪同劝导，更何况只是一个电话呢？查尔斯重色轻友，为了与女友缠绵，不肯与约翰在电话里聊天，使失恋的约翰受到被轻视的打击，一怒之下就要同好友断交。多大点事情！在夏夕阳看来，这两人处理事情都像孩子。

“我在小学时就与查尔斯是好朋友了，几十年的友谊，每星期我们都会见面，一起喝咖啡，一起玩台球……”

约翰还是不停地念叨着查尔斯，也不知，他到底是因为失恋而难过，还是因为查尔斯对他的冷漠难过？

这时，约翰的手机响了，他一看号码，立刻高兴地说：“是查尔斯！”

当他接完电话，人就变得活泛，有精神了。

“查尔斯刚才向我道歉了，他请我明天一起吃晚饭！”

约翰像变了一个人，一下子又活蹦乱跳的。

“真是个大孩子！”夏夕阳心里想。

“夏小姐，你喜欢巩俐吗？”

“你说的是电影明星巩俐吗？当然了。你也知道她？”

“对呀，她真漂亮！我看过她演的电影《红高粱》。”

“那你喜欢姜文吗？”

“姜文是谁？”

“就是那部电影里的男主角。”

“没有印象。”

“那你记得故事的情节吗？”

“好像是关于战争的。但是，具体细节不记得了。”

夏夕阳就想，美丽的巩俐，让老外记住了中国，看来留在人们记忆深处的往往是那些最美丽的镜头。

夏夕阳开始在斯蒂文那里工作了。

每天下午，她就买一张从 Circular Quay 到 Manly 的往返船票，乘坐渡轮到斯蒂文家，按照斯蒂文的要求把不同风味的鸡肉、猪肉或牛肉放进烤箱，然后打开洗衣机，开始洗衣和清洁等工作，当她把这一切做好，烤箱里的食品已经香溢满堂，再配一点西红柿或生菜，就是一顿丰盛的晚餐了！吃过晚饭，搞好厨房卫生，她的工作就算完成。

夏夕阳很喜欢她的这份工作，一边干活，一边可以同斯蒂文聊天，练习口语，同时，还顺便欣赏了窗外受之不尽的美景。如果一直这样做下去，她就可以安心完成未来的学习课程。

然而，生活的路，一波三折，她的愿望很快就破灭了。

一周后，斯蒂文建议："夏小姐，为什么不搬到我这里来住呢？如果你搬过来，吃住全部免费，你不是可以节省房租和伙食费吗？另外，我还可以给你买船票，这样你的交通费也就解决了。"

斯蒂文的房间，在澳洲叫作Studio，译成中文就是学习房的意思。这种房间的设计，就是一个房间里，包括了卧室、客厅和厨房，卫生间只是用一片毛玻璃隔开，斯蒂文一个人生活，是完全够用的，但是，如果夏夕阳搬过来，她将睡在哪里？何况两个单身男女，时时刻刻局限于这样一个小小空间，不是面对面，就是背靠背，不用想就知道很不方便。夏夕阳现在的租房，虽然每周要付70元，但是，房门一关，里面就是她自己的天地，她可以随心所欲，翻跟头跳高，想怎么折腾就怎么折腾，这多自在！想清楚这些，她就拒绝了斯蒂文的好意。

"谢谢你，斯蒂文，我住的地方很方便，离学校也很近，还是不搬了。"

"你不是很喜欢旅游吗？我打算在我的腿好之后，带你去新西兰，我们可以先去Rotorua泡温泉，然后再去Auckland和Wellington，还有Christ Church，那里的风景很美的。以后，我还要带你走遍世界各地。"

周游世界，的确是夏夕阳未来的一个梦想，但那是她准备当自己在澳洲的事业生活全部安排妥当，身边有心仪的爱人相依相随时的计划。而此刻，她连脚跟都未站稳，对斯蒂文根本就是一不了解，二无感觉，凭什么就同他一起走天涯？

"旅游的确是我的梦想，你的伤还要很久才好，我们以后再谈这个事情。你好好休息，明天见。"

可是，第二天，斯蒂文再次要求她搬过来，夏夕阳只好明白地告诉他："斯蒂文，我不能搬过来，因为你和我孤男寡女，住在一起不方便。"

"那有什么关系？我喜欢你，像我这样的好男人，每个女人都喜欢，相信你也会喜欢我。"

夏夕阳想，他倒很自信！客观地说，斯蒂文英俊开朗，也很富有，但她认识他还不到10天，而且他说过，他反对婚姻，仅凭这一点，夏夕阳就完全不可能与他再走近一步。

"斯蒂文，你的确很可爱，像个大男孩！但是，我真的不想搬家。"

"我的上帝，我简直不相信！这怎么可能呢？"斯蒂文耸肩摇头地发出一连串感叹。

斯蒂文原本以为，当他邀请夏夕阳搬过来时，她会求之不得，甚至会高兴得跳起来！在他看来，富有帅气的自己，对于普天之下的一切女人，都具有无限魅力，何况这个一无所有的中国穷学生？夏夕阳应该迫不及待地投入他的怀抱，这样才符合剧情的发展，因此，夏夕阳的拒绝，确实太出乎斯蒂文的意料！

两天之后的下午，夏夕阳来到斯蒂文的房间，看见一个女人坐在沙发上，而斯蒂文的大脑袋就枕在那女人的大腿上，他巨大的身躯平躺在沙发上，两人正在看球赛。

那个女人好像对球赛和斯蒂文一样着迷，一边看，一边摩拳擦掌的。

“哈罗！夏小姐，这是路西，她给我送干洗的衣服，路西，这是夏夕阳，你们都是北京来的。”

夏夕阳走到沙发前，才看清楚，路西黑黑瘦瘦，齐耳短发，小鼻子小眼，活像一个假小子，真的不能用可爱或好看这些词来形容她，夏夕阳就遗憾地想，这位同乡，不论从长相还是做派都不给北京女孩争气。

“你好！夏夕阳。听说你是医生？哪所医学院毕业？”

“你好。路西。你也是北京来的？我是北京医学院毕业。”

“那我们是同学！我是药系的，学的是制药。”

夏夕阳无言！有这样的同学真的感觉不爽。她转身去开始工作。

刚打开洗衣机，就见路西跟了过来。她从地上拿起一个大包，里面有男人、女人和小孩的花花绿绿的衣服。

“夏夕阳，我帮你洗，顺便把我这些衣服也放进去。”

夏夕阳想，这位同学真会见缝插针，原来她跟斯蒂文抱在一起就是为了这个？

这时，斯蒂文要夏夕阳帮他去冲洗照片。路西抢过斯蒂文递来的50元：“我去吧，我开车，很快就回来。”

夏夕阳从窗口看见，路西开着一辆红色小车，一溜烟就不见了。

两个小时后，路西抱着照片回来了。进门后，她先到洗衣房把照片拿出来，从里面挑出一些放在洗衣机上，对夏夕阳挤挤眼：“这是我家人的照片，别让斯蒂文看见。帮我收一下。”然后，她才去见斯蒂文。

夏夕阳拿起那些照片，里面有路西和一个小男孩的合影，也有路西和一个中国男人抱着孩子的合影。

“这是我先生和我儿子。”路西突然在她身后说，“夏夕阳，你刚来澳洲，很多事情还不明白，看在同学的分儿上，我想提醒你，你在这里看到的，见到的，不管是对斯蒂文，还是外面的人，都不要说，就当你什么也没看见！这样对你自己有好处！”

夏夕阳冷笑一声，没有搭理她。夏夕阳明白，路西自己心里发虚，她其实在担心，她自己做的这些不上台面的事情曝光，反而来威胁夏夕阳，她哪里知道，夏夕阳根本就不屑理会她那些破事。

连着3天，路西都主动给斯蒂文投怀送抱，开始的第一天还有理由，以后就直接登堂入室，见到斯蒂文就黏上去，当着夏夕阳的面，也不觉得难为情，倒是夏夕阳常常替她脸红。

第四天，路西没有出现，夏夕阳问斯蒂文："晚饭准备几个人的？"

"两个人，你和我。路西不吃晚饭，她在准备行李，晚上搬过来。夏夕阳，你明天就不要过来了，我给丽丽打电话，工钱让她给你算到这个周末吧。"

"那你不需要人照顾了？"

"不是这样的，路西说她可以照顾我的。她要把那个洗衣房的工作停下来，换成你这个工作。她主动要求搬到这里来照顾我。我很遗憾，你是不肯搬过来的，是不是？你还要坚持你的选择吗？你还有机会再选一次。"斯蒂文说话时，像个大男孩，好像很无奈的样子。

夏夕阳觉得又好气又好笑，哪里有这样辞退工人的？就说："谢谢你给我最后一次机会，但是，我不选了。祝愿你早日康复！"

就这样，夏夕阳又失去了工作。这晚，当她乘坐渡轮返回时，天空漆黑而深邃，既看不到月亮，也看不见星星，只有远处岸边人家的灯火，在寂静中闪出幽幽暗暗的光芒。望着眼前一望无际、滚滚不断的滔滔江海，她的心情有点儿沉重，她勤勤恳恳地工作，比不过路西轻浮的一伸胳膊一跷腿，世上的事情，为何如此奇怪？老老实实做人，有尊严地生活怎么就这样艰难？真是应了伟人的那句名言："人间正道是沧桑！"

第九章　医院风波

夏夕阳回到家，看见老张和李利大包小包地从他们房间往门口搬东西。

“老张，你们在忙什么？”

“搬家！你来得正好，如果你看到我们的来信，就帮我收着，我过几天来取。我搬到前面的那条街上去。”李利气喘吁吁地说。

“刚来几天就搬家，为什么呀？”

“房东偷吃我的红烧肉，还不承认，我刚跟他打完架！”李利好像还沉浸在刚才的争斗中，声音很亢奋。

夏夕阳无言，她可以料到，房东和李利之间的冲突，最后被收拾的那个人一定是房东。

果然，当她在后院见到房东时，他仍然一副惊魂未定的样子：“夏小姐，他们走了吗？”

“已经走一会儿了。你们真的吵架了？”

“不是吵架，是打架！还拿着刀呢！你没看见，刚才她手里举着菜刀，就在我的头顶上晃悠！吓死人了！”

夏夕阳听着老胡的叙述，脑中突然就想起《水浒》里那个开黑店，专卖人肉包子的孙二娘，这李利手持菜刀，气势汹汹地面对房东的形象与那孙二娘可有一比！

“她是在同你开玩笑吧？”

“哪里！她说我吃了她的东西，我真的没有！可她不信，就拿着菜刀同我吼！这样可怕的女人！太野蛮了！我就叫他们走，房租我也不要了，立刻叫他们搬走 ！”

夏夕阳明白了，李利老张之所以这样痛快地同意搬家，原来是省去了这周的租金！

老张两口离开后，整座房子安静很多，白日里，夏夕阳几乎就是一人独自享用客厅和厨房，回家早的时候，她会在后院的大梧桐树下看书，一直到夕阳的余晖被青灰色的云层遮盖，树上的鸟儿不再叽叽喳喳，她才回到自己的房间。夏夕阳真的很喜欢这份宁静与悠闲。

但是，现在，她只剩下一份工，就是给广州老太太每周做两次针灸，这份工钱，只够她一周的交通费，因此，她还不能尽情地坐在院子里享受这份清净。她必须找到一份可以支付她房租和伙食的工作。

这期间，朱大进曾经来过几次，每一次，他都会带一包食品，有时是水果，有时是点心，夏夕阳再三拒绝，请他不要客气，但他依然坚持。不过，每一次，他都来去匆匆，没说几句话，就被电话叫走。

约翰也曾邀请夏夕阳去吃希腊美食，但是，夏夕阳因为工作没有着落，没有心情外出，就推托了。

一天，夏夕阳从 Hurstville 做完针灸回到 Central Station，准备转车回 Burwood，盖瑞当时正在车站值班，在川流不息的人群中，他看到夏夕阳在站台等车，心里很是高兴，他赶紧走到她身边："夏夕阳，你好！很久不见，最近可好?"

夏夕阳抬头一看是盖瑞，也很高兴："盖瑞！你好啊！真巧，在这儿碰见了！你在值班?"

"是的，复活节就要到了，你有何打算？会去度假吗?"

"不会，我就在悉尼。你要去度假?"夏夕阳心想，我连吃住都没保障，哪里还敢奢望度假！

"不，我和家人一起过复活节，复活节那天你可愿意来我家?"

夏夕阳知道，在澳洲，复活节是圣诞节之外的另一个大节日。从星期五的耶稣受难日开始，一直到星期日耶稣复活，共有 3 天的公共假日，一般澳洲人比较喜欢旅游，复活节是外出旅游度假的高峰期。但也有很多人会在家里庆祝这个节日，比如盖瑞一家。

夏夕阳对澳洲人如何庆祝复活节有些好奇，反正学校要放假，目前又无工作，就同意了盖瑞的邀请。

复活节那天，盖瑞一早就把夏夕阳接到他家。

盖瑞的家就在公园的旁边，站在院子里，便可看到马路对面公园的无限风光。绿树参天，碧草青青，莺歌燕舞，湖水荡漾，蓝天白云之下，放眼望去，整个天地汇成一幅生动的画卷！

盖瑞的家就像一座别墅，虽然面积不大，只有两层楼三个卧室，但是厨房客厅非常宽敞，屋前有大花园，屋后有储藏室、洗衣房和伞形晾衣架，另外，还有一个凉棚，专门做烧烤。

盖瑞的父亲瘦瘦高高，清癯的脸上一双大眼，炯炯有神，虽然已经年过八旬，但身板依然挺直，当盖瑞将夏夕阳引见给他时，他很绅士地伸出手："欢迎你来我家！盖瑞经常提到你，我们都想见见你！"

盖瑞带夏夕阳来到厨房，他的母亲正在那里忙活。与盖瑞的父亲正好相反，他母亲的身材十分矮小，而且偏胖，但五官精致美丽，笑起来非常迷人。夏夕阳想，这对老人家，站在一处，一高一矮，一胖一瘦，鹤发红颜，和蔼可亲的样子有点像漫画中的人物，很有戏剧色彩。

“夏小姐，见到你很高兴！这是红鸡蛋，我做的，复活节一定要吃的。你先尝尝。”老人说时，递给夏夕阳一个大红的鸡蛋。

“谢谢！”夏夕阳双手接过，仔细一看，原来是一只外壳染成大红色的鸡蛋，有点像中国的茶叶蛋，只不过外壳完整并染成大红的颜色。

“真好看！这是做熟的？”

“当然了，你打开外壳就可以吃了。”

“谢谢！我过会儿再吃。”夏夕阳小心地捧着红鸡蛋，不忍心把它打破。

厨房里摆满了各种食品，有很多像蛋糕一样的点心，品种繁多，色香诱人，都是老太太的杰作。

“夏小姐，你喜欢哪个？让盖瑞拿给你。”

“早上好！盖瑞叔叔！早上好！奶奶！香蕉蛋糕在哪里？”

“早上好！奶奶！红鸡蛋在哪里？”

门砰的一响，一阵喧闹飘过来，三个小男孩出现在厨房，他们人还未站稳，小手就向桌上的点心伸去。

“亲爱的小甜心们！早上好！”老太太抱住每个孩子都亲一口，“点心早就准备好了，不要急，我给你们拿。”

“这是我大哥的孩子。我大哥开餐馆，有四个孩子，大女儿已经上高中了，这几个，从5岁到8岁，我大嫂在照顾他们。”

“哈罗！盖瑞！早上好！依丽萨白！”一个漂亮的中年女人走了进来。

“早上好！莫里卡！这是我朋友夏夕阳。夏小姐，这是我大嫂莫里卡。”盖瑞忙着做介绍。

“你好！夏小姐，听说你是医生？会做针灸？”莫里卡也知道夏夕阳，看来，盖瑞确实经常提到她。

“是的，如果你对针灸感兴趣，我可以做给你试试。”

莫里卡虽然是四个孩子的母亲，但依然风姿绰约，年轻美丽，夏夕阳就羡慕地想，生养了四个孩子的母亲，她是如何可以保持这样好的状态？

“针灸可以使人不生长皱纹吗？我已经做了两次美容手术，可是，一段时间后，皱纹和黑斑还会出现。还有，就是体重，为了保持美好的身材，我一天只能吃一点点东西。”

窍门原来在此！美丽的代价，原来是大把花钱和肉体创伤的结果。

夏夕阳就老老实实地说："人的新陈代谢，随着年龄的增长会逐渐减慢，所以进入中年之后，颜面会逐渐出现皱纹和斑点，针灸可以促进人体的新陈代谢，但也只能使皱纹的生长相对延缓一些。"

"原来是这样，那么针灸很痛吗?"

"很痛的，我昨天刚做过针灸。现在还很痛的，你看，这里都肿了。"一位个子不高，肚皮圆圆鼓鼓的男子，恰在此时走了进来。他将脸一歪，露出右眼外眼角，那里有一块核桃大小的瘀肿。

夏夕阳差点就要捶胸顿足，不知哪个江湖骗子又给中医蒙羞着耻!

"提纳！我的上帝！你这是怎么搞的?"莫里卡惊呼。

"我昨天头痛，就听朋友建议做了针灸，结果就这样了。"提纳回答。

"夏小姐，这是我二哥，他有一家小工厂，是专做皮带的，改天我带你去选一条。提纳，这是夏夕阳。"

"很高兴见到你！夏小姐，盖瑞常提到你，他很喜欢你的。"

"你们都在这里。哈罗！各位！看看，这是什么?"一个高个子中年男人提着一大袋海鲜走了进来。

"我大哥，詹姆斯，这是夏夕阳。"盖瑞介绍。

"詹姆斯，你和提纳到后院做烧烤。等我大孙女来了就可以开饭了。"盖瑞的妈妈招呼着。

夏夕阳跟着盖瑞来到客厅，客厅里，三个孩子跑来跑去，玩得正欢，盖瑞的父亲靠在沙发上，双手抱在胸前，开心地看着小孙子们在他四周撒欢。

这幅情景，不是和我们中国人过节，一家人共聚一堂吃团圆饭一样吗?

果然，当盖瑞的外甥女到后，全家人就围坐在饭厅的大饭桌旁，盖瑞的父亲打开音乐，老太太端来一盘盘香喷喷的美食，詹姆斯不断地送来烤熟的各种海鲜，盖瑞打开香槟和白葡萄酒，莫里卡给孩子们斟上可乐，大家高高兴兴地边吃边聊，完全是一幅合家欢的写照。

看来，普天之下，人们庆祝节日的形式大同小异，无非是亲朋相聚，伴着音乐美食，举杯畅饮，高谈阔论。

复活节过后，夏夕阳的英文学习结束，因为不能从方木子那里退回学费，她只能在方木子的安排下，转到一所商业学校，学习商业管理。这个课程是两年，因此，她续签了两年的学生签证。

夏夕阳到了学校，看见同学大多来自亚洲，以韩国的学生为多，其次是中东的学生，印度人也不少。

校长是个黑人，非常严肃，学校的经理是印度人，笑面常在，很是和善。老师全是澳洲人，讲课都是例行公事。夏夕阳在这里上了几天课，就发现，这里原来又是一所变相的签证学校。

她已经交了半年的学费，学费退不回来，没有办法转学，只能先在这里凑合学了。于是，她就开始全力寻找工作。

这天，她在报纸上，看到一家医疗中心要招中医，就立刻打电话联系。

接电话的人叫乔治李，是医疗中心的经理，他与夏夕阳约好第二天面谈。

医疗中心在 Campsie ，离夏夕阳住地只有两个镇，坐火车要倒一次车，但距离不远。

到了那里，夏夕阳才发现，这个医疗中心，原来是一个有一定规模的西医医疗诊所，整个中心占据了一座小楼，设有急诊室、普通医生诊室、口腔科、放射科。另外，还有药房、中医诊所和小商店。

为了找工，夏夕阳曾去过很多西医诊所，发现澳洲的西医诊所很多都是只有一两个医生的小诊室，规模就像当年北京普通机关里的卫生室。而这个医疗中心简直就像一所小医院。

夏夕阳心里好高兴，这正是她梦想的工作的地方啊！

乔治李的办公室在二层，夏夕阳从电话里，已经知道乔治李是中国人，因为他有东北人的口音，而且，听声音好像还是个年轻人。

“你好，请问乔治在吗？”夏夕阳看见，屋里一男一女两个年轻人，关系很亲密地在说话。

“我就是，你是……”乔治很年轻，伟岸英俊，看到夏夕阳，就立刻停止与女孩的嬉笑。

“我是夏夕阳，来应聘中医。”

“好的，请坐。瑞贝卡，我一会儿再找你。”乔治示意女孩离开，然后，他整整领带，坐直了身体。面向夏夕阳。

“谢谢，乔治。这是我的简历和有关材料，你请看。”夏夕阳就面对乔治坐下。

“主治医生，很好，正是我们需要的。你看上去很年轻，不看你的资料，还真不敢相信你的实际年龄。”

“我可以在这里工作吗？”

“我看可以，我带你去见院长，如果他同意，你就可以来工作了。”

乔治带夏夕阳来到三层的院长办公室，门是关着的。

他敲敲门，等了一会儿，才把门推开，就见里面有一张超大办公桌，桌上有电脑、电话和一些办公用品，桌后的老板椅上，坐着一位中年亚洲人，他头发卷曲，身材魁梧，白衬衫，黑领带，很典型的办公室装扮。此人虽然浓眉大眼，但大脸盘上高鼻子厚嘴唇，使他看上去挺和善。

“院长，这是夏夕阳，在北京是主治医生，今天来应聘中医的工作。”

“夏小姐，请坐。”院长看到夏夕阳，先是一愣，随即，很热情地请她坐下。“乔治，你去把这个处理一下。”院长说的是普通话，他应该是中国人吧。

乔治走后，院长很认真地看了一会儿夏夕阳的简历。“夏医生，你很符合我们招聘的条件，明天就可以来工作了。我给你一周400元，你看可好?”

“好，非常好!”夏夕阳心里乐开了花，一周400元，相当于2000多元人民币，是她在北京一个月的工资。简直太美了！她做梦也没想过会有这样的好事!

“那么，我现在就带你去看看工作环境吧。”

想不到院长这样平易近人，会亲自给她带路。夏夕阳就跟着他来到一楼的一个医生办公室。

在一楼，有五个医生诊室，中医诊室在拐角的最里面。可能以前曾是西医诊室，里面有一个诊床，一张办公桌，一个病历架。

“夏医生，这间诊室就给你用了，你看还需要什么，我叫乔治去办理。”

“针灸，还有中药，在哪里?”夏夕阳看到办公桌上只有一个听诊器和血压计。

“针我叫乔治给你准备，药嘛，你跟我来。”

夏夕阳同他来到医院的大厅，大厅的一半作为候诊室，中央是接待室，另外一块就是商店。商店里出售各种日用小百货，在靠近大厅的边上，有一个小药店，那里有玻璃柜台和靠墙的架子，上面摆了各种中成药，有中药，非处方西药，也有一部分食品。药店的售货员是一个中年妇女，从她那身老气的衣着上看，她很可能是中国女人。

“院长，您来视察呀?”那个售货员果然是中国人，说话很有点老北京味道。

“小张，你好！这是夏医生，明天她就来这里工作，病人来买药有问题时，你可以请她帮忙。”

“你好，张大姐。我叫夏夕阳，请多关照。”

“哎哟！你真别客气，有事你尽管说。”张姓大姐人很爽快。

“夏医生，你这边过来。”院长手向右边一挥，夏夕阳就跟他来到小店后面的一个小屋，这里靠墙的两面，都摆有一个齐墙高的柜子，从上面的一个个小格子抽屉看，像是中药柜。

“夏医生，中草药就在这里面。”

“太好了，这里，我需要一张桌子和一个电子秤，还有一些纸袋，装药用。”

“没问题，这些，我叫乔治去办。”院长点点头，然后低头看看手表：“快到中午了，我请你吃午饭可好？”

夏夕阳有点吃惊，这位院长怎么这样热情？“谢谢您！我今天还得去学校，没有时间了。”

“你还在上学吗？很好！学习很重要，应该支持。那么你就下课以后再来医院。我们这里从早上8点到晚上9点都上班的，你的工作时间自己定，每天过来4个小时即可。”

“太好了，真的很感谢您！明天见！”夏夕阳忽然觉得，云破月出，这一次，她是遇到真贵人了。

上学变得好像虚度光阴，夏夕阳看着手表，一下课，就立刻跑到车站。她渴望早一点开始工作。

到了医院，她直接去了中医诊所，虽然，大厅里候诊的病人坐满了候诊椅，但是中医室里，寂静无声，夏夕阳看见，办公桌上针灸和酒精棉都已经备齐，她就坐在那里等候病人。

过了好一会儿，终于过来一位患者。

“您好！请坐。哪里不舒服？”夏夕阳赶紧迎接。

“我咳嗽，很久了，一直看中医，就是在报纸上可以看到的那个清宫御医的传人，已经三个月了，咳嗽反而越来越厉害了。听说你是北京来的医生，就来试试。”病人是位中国老人，南方口音，个子不高，身材消瘦，白白净净，衣着整洁，戴着眼镜，应该是个知识分子。

夏夕阳就先望闻问切一番，然后用听诊器检查了他的心肺等部位：“根据您的病情和检查，您所患的疾病是支气管炎。因为炎症没有控制好，反复感染，所以咳嗽越来越重。我给您开点中药，您吃吃看。”

“夏医生，中药管用吗？我已经吃了三个多月，都没有任何效果。吃的还是御医的家传秘方。”

“大爷，中药对您这个病应该是很有效的，您先试试看。”夏夕阳心里明白，老人看过的所谓御医，很可能又是一个招摇撞骗之徒。

老人离开后，夏夕阳无事可做，就来到前面的小商店。

“张大姐，你忙吗？我帮你。”

“不忙，不忙。小夏，你坐。”张大姐给她搬来一个圆凳。

“张大姐，你来这里很久了？”

“也不太久，就两星期。你是从北京来的？我也是北京人，住在北新桥。”

“你来澳洲很久了？怎么找到医院的这份工作的？”

“我来了有半年，这里的工作，是我男朋友帮我找的。”

夏夕阳想，在中国，她这个年纪应该是已经结婚的，就问她：“你还没成家？你多大了？”

“我今年34岁，离婚了，来澳洲是我男朋友给办的。他在中国是警察。”

原来她只比自己大几岁，夏夕阳以为她已经年过四十。

“出国之前，你在北京做什么？”

“我是做传销的。”

“传销能算工作吗？我真不明白，做这行怎能挣到钱？”

“这个，你可就不懂了，我做过，我是有经验的，不瞒你说，我可是赚了上百万的。要不，我哪里有钱来澳洲呢？”

“小张，有纸吗？”这时，从大厅，走来一男一女两个中国人，男的穿着蓝色西装，三十出头，中等偏胖身材，女的五十多岁，身材偏高，不胖不瘦，也穿着蓝色西装，那女人头发高盘，高跟鞋，啪！啪！啪！响亮地敲着地板，雄赳赳，气昂昂来到张大姐面前，“我这里有个号码要记下来。”她晃了一下手里的电话。

“惠芳，那不是纸吗？”张大姐原来叫惠芳。男人看惠芳一时找不到纸，就指着一摞报纸道。

张惠芳把报纸递给那女人：“小夏，这是我男朋友黄刚，那个是赵红卫大姐，黄刚的朋友，我来这里工作，就是赵大姐介绍的。小黄，这是小夏，新来的中医，她也是北京人。”

“你好！小夏，我们又多了一个老乡。你现在住哪里？”

“我住碧梧德。你们住哪里？”

“就在这个区，离这儿不远，改天请你过去坐。”黄刚很健谈，“周末我们去酒吧，澳洲人的酒吧，可以免费听歌看舞，很有意思的，你去过吗？”

“没有，我只去过文华社。”

“嘿！那个是中国人办的，洋人的俱乐部跟它完全不同。周末我带你去，你看看就知道了，可好玩了。是不是，惠芳？”

“不就是澳洲女孩的劲舞吗？有多大意思呀？小夏，你不知道，黄刚看到年轻漂亮的洋女孩，就是这副德行，”张惠芳直着双眼，半张口，头前伸的样子，“他就这样一动不动，足足好几分钟，眼睛都瞪直了。”

哈哈哈！夏夕阳实在忍不住，大笑起来。

“黄刚！你们在说什么？这么热闹？”赵大姐过来了。

“她们在取笑我。不过，说实在的，鬼妹的确很漂亮，真的就跟那洋娃娃一样。”

“这人鬼迷心窍了，”赵大姐嘲讽地说，“小夏，你刚来，你可得提防这个花心小子!”她指着黄刚。

“张大姐在这里，黄刚有几个胆?”夏夕阳好久都没有看到熟人，今天突然碰到这许多老乡，不觉得话也多起来了。

“大家都在？好热闹!”乔治走了过来。

“乔治，你最近可好？你太太快放假了吗?”赵红卫好像与他很熟。

“还好。她还有几天就放了。”

“她的技术移民申请递上去了?”

“递了，现在，正准备考雅思，需要平均6分，才够条件。”

“她应该没问题的，你们年轻，学英文容易多了。如果到我和小黄这个年龄，学起来就很困难了。”

“是的，像我和惠芳，现在就是一个文盲，英文盲，一句话不会，一个字不识，出门还要带中英字典，否则，都不敢自己搭火车。”黄刚附和着。

“这里在开 Party（晚会）吗?”

院长突然出现。张惠芳赶紧站到柜台后面，乔治假装查看货物。黄刚也收敛严肃许多，夏夕阳不知应该留下，还是走开，只有赵红卫一副从从容容的样子，她转向院长：“你好！院长，我和小黄路过，就顺便来看看，你还好吗?医院的生意不错吧？我看病人比我在时多了很多。”

“你好！赵女士，你看上去更年轻了！现在忙什么?”

“就是带黄刚到处转转，看看有什么合适的生意可做？年纪大了，想享清福了，什么钱不钱的，没有意思，人还是要及时行乐。你觉得呢?”

“当然，享受生活是非常正确的。我们每个人都应该如此，看来我们大家都要向你学习。”院长说时，特意看看夏夕阳，夏夕阳就以为院长是说她应该待在中医诊室，就后退着回到她的诊室。

她检查了一下血压计，发现水银柱漏出一两滴，好像有点问题，就拿到治疗室，想换一个好的。

治疗室就在急诊室的旁边，那个在乔治办公室的女孩瑞贝卡，正在里面工作，看来，她是这里的护士。

“你好！我来换一个血压计，这个不好用了。”

“好的！夏医生，我给你换一个新的。等会儿给你送过去。”

“谢谢！我应该如何称呼你?”

“我姓胡，你叫我瑞贝卡就好。”

“谢谢，再见。”

夏夕阳回到治疗室，但是，还无病人，她就开始背英文。

“你在学习？很用功嘛。”乔治给她送来一个新的血压计。

“谢谢，乔治。怎么没有病人呢?”

“这个中医室，是刚设立的，很多人还不知道，以后就会忙了。”

乔治说完，看着夏夕阳，没有要走的样子。

“你还有事吗?”夏夕阳觉得他有点儿奇怪。

“夏夕阳，我发现，你这个人，很妖媚的。”

“你说什么?”夏夕阳初来乍到，不敢得罪这个小经理，但心里很生气。小小年纪，怎么就不学好呢?

“你应该知道你自己的魅力吧?”夏夕阳不想听他胡诌，就从中医室来到小店，那里有张惠芳，乔治应该不敢放肆。

“张大姐，这个乔治来这里多久?”

“不长，赵红卫走的时候，他才来。赵红卫是从前的经理。黄刚来这儿以后，赵红卫就辞去这个经理的位子，乔治就是那时候来的。我来这儿也是沾了赵红卫的光。”

“乔治这人怎么样?赵红卫刚才好像提到他老婆。”

“乔治这小子，那可是个花花肠子!他有老婆，还是他老婆，把他从哈尔滨带过来的，他还要指着老婆给他申请身份呢。可是，他在医院里与瑞贝卡勾勾搭搭，我都撞上好几次，就在你那个诊室，两人抱在一起。”

“原来是这样。你知道院长是哪里人?”

“院长是马来西亚人，他就是这里的老板。这座楼都是他的产业。他自己是医学博士。听说他家可有钱了。院长办公室的索菲娅是他的情人，也是北京人，听说是北京大学毕业的。”

这时，来了两个中国人，也是一男一女，女人漂亮得像出水芙蓉，男人普普通通，像个跟班。

张惠芳认识那女人:“小周，你好啊!来看病吗?这是新来的夏医生。”

“张姐，最近好吗?夏医生，你好!你是中医?会针灸吗?我头很痛，可以做针灸吗?”周姓女人说话时头微向后，下巴高抬，一副盛气凌人的架势。

“可以的，你跟我来。”夏夕阳虽然欣赏她的美丽，但却不喜欢她的做派。

“请坐，先把你的姓名、年龄和住址写在这里。”夏夕阳有给病人建立病历的习惯。

在周小姐递过来的纸上，夏夕阳看见她这样写：姓名：周灿灿　年龄：35　未婚。

“你从什么时候开始头痛?哪个部位痛?”夏夕阳开始医生的常规工作了。

经过检查，做出诊断，她开始给周灿灿做针灸治疗。当她把针扎好，告诉周灿灿需要留针30分钟，才可以结束这次治疗。整个过程当中，与周灿灿同来的男人，一直守在周灿灿身旁，尤其在夏夕阳进针时，他拉着她的手，像父亲呵护小孩一样，安慰着周灿灿。

夏夕阳想，这个男人爱死了周灿灿。她留下两人在那里恩爱，自己来到外面。

“看完了？她怎么样？要紧吗？”张惠芳过来问。

“小病，伤风感冒而已。”

“这个周灿灿，可娇气了，一点点毛病就往医院跑。她以前是演员，好像还演了不少戏，不过，我一个也没看过，都是跑龙套。她也是北京来的，可傲气了。”

“你是如何认识她的？那个男人是谁？周灿灿还没结婚呢。”

“我也是在医院里看到她才认识的。不过，赵红卫知道她，说她以前是高干子弟的小蜜，跟着那帮高干子弟混到澳洲，后来又被人家甩了，那个男人不是她丈夫，她从没结过婚，她不可能和他结婚，因为，他以前是高干子弟的跟班，后来自己做小生意，赚了一笔，周灿灿看不上他，而且如果同他结婚的话，周灿灿觉得在以前的男朋友们面前太丢份，不过眼巴前，她没有合适的人，这男的又死缠烂打，她就先凑合着了。”

“不过，他两个，的确也不般配。周灿灿花容月貌，确实好看，我都愿意多看几眼。”

“是的，咱这医院里的男人，个个都被她迷住了，乔治第一次见到时，两眼就呆住了，院长也是，都迈不开步了，院长还亲自给周灿灿量血压，量完还把手伸到她头上，那个男的就不干了，冲上去问他想干吗？”

“听说周灿灿来看病了？她在哪里？”说曹操，曹操到，院长突然出现了。

“我给她扎了针，现在诊室躺着。”夏夕阳回答，心想，希望他没有听到她们刚才的谈话。

“哦，我去看看。”院长径直向诊室走去，夏夕阳怕他说自己擅离岗位，就跟进去。

“你好，周小姐，怎么不舒服？”院长低头凑近周灿灿，很关切的样子。

“你别碰到她头上的针！小心点。”男人不高兴地粗声嘟囔。

“嗯，不发烧。”院长不理会那个男人，把他的手放在周灿灿的额头按了一会儿。

“夏医生针灸很有经验的，你很快就会好的。”院长拍拍周灿灿的手，“我在办公室，有什么需要，就过来找我。”

院长刚离开，乔治急急忙忙走进来：“周灿灿，你生病了？严重吗？”说话间，他的手也伸过去，放在病人前额。

夏夕阳就看见，周灿灿旁边的男人眼珠子都快瞪了出来。

乔治摸完额头又把手向周灿灿头上伸去，男人这时忍耐不住，一抬胳膊，把乔治挡在一边："你又不是医生，瞎摸什么！"

乔治因为一下失去平衡，向后一趔趄，他很生气，人刚站稳，就双手揪起那个男人的前胸衣襟，但是很快，他又松手了，因为他想起，自己是这里的经理，而这男人和周灿灿是他的顾客，顾客是上帝，没了上帝，就没了生意。而没有生意，他也就做不成这个经理。于是，他悻悻地走开了。

夏夕阳发现，从始至终，周灿灿没有任何反应，她对院长和乔治的行为既不怒，也不喜，对于她身边男人的举动，也看不出她是鼓励还是反对。美丽的她，也许躺在那里，暗自享受自己的魅力，欣赏男人们如何为她争风吃醋。拈花惹草，是很多男人的通病，而招蜂引蝶则是一部分美女的特质。世界因此而色彩纷繁，人间因此而演绎着层出不穷的悲欢离合。

一日，夏夕阳在医院附近看到一处房子在招租，打听了价钱，与她在碧梧德的相同，为了节省时间和交通费，就决定搬家。但是，新的地方只有一间空房，没有任何家具，连床都没有，她就有些犹豫。

"张大姐，你说我应该搬吗？我要买床，还有其他家具，如果再搬家，有这么多东西，我自己怎么搬呢？"

"我觉得应该搬，这离医院就几步路，多方便！床可以先买，其他的，以后慢慢置办。"

"我带你去买床。"说话的是黄刚，不知他何时到的。

"你怎么来了？赵红卫呢？"

"她去放射科找奔恩。那什么，前面街上有一个二手商店，东西很便宜。我带你去，看看有没有床。"

"你要带谁出去？"赵红卫突然冒出来，她身后跟着一个老外，头发灰白，瘦高个，背有点驼，胸前挂着一副眼镜。

"你好！听说你是新来的中医？我叫奔恩，放射科的技师。很高兴认识你。"奔恩礼貌而友善地向夏夕阳伸出手。

"你好！我叫夏夕阳，我是中医，很高兴见到你。"夏夕阳也礼貌地与他握手。

"奔恩，黄刚要带夏医生去买床。我们去喝咖啡吧？"赵红卫又冲了过来。夏夕阳就感到，这个赵大姐有点奇怪，她对黄刚和奔恩讲话的口气，好像是他俩的女友，可是，那黄刚不是有张惠芳吗？那么，她难道是奔恩的什么人？

"我在上班，不好随便出去逛街。谢谢你，黄刚。"为了不惹麻烦，夏夕阳赶紧回答。

“哎，夏小姐，我想起来了，我家有一个床架，是我儿子以前用过的，我可以先借给你用，你只要买一个床垫就好了。”奔恩原来也是个热心人。

“真的？那太感谢了！”

“不客气，哪天你用，我给你带过来。”

“奔恩可是看着我的面子才帮你的，你也要谢谢我！”赵红卫说。

“当然，谢谢你，赵大姐，我应该感谢在这儿的每一位。”夏夕阳可不想开罪这个神通广大的赵红卫。

“夏医生，我来看你了！”说话的人，是夏夕阳在此医院的第一个病人，那个咳嗽的老大爷。

“您好！大爷，您的药吃完了？”

“吃完了，我的咳嗽全好了，刚吃第一天就见好，第四天就不咳了，不过我还是把药吃完了，我是怕反复。姑娘，我可要好好谢谢你，这几个月，把我咳的，胸膛都痛，晚上还不能休息，你真是个好大夫，比那些宫廷御医的传人强多了！”恢复健康的老大爷滔滔不绝地夸着夏夕阳，使她感到又高兴，又悲哀，高兴的是老人的病好了，她的工作有了初战告捷的意思，悲哀的是，江湖医生明目张胆地在澳洲招摇撞骗，既玷污了中医，又坑害了病人。她认为，这一点上，中国和澳洲两国政府都是有责任的。中国政府应该在全世界范围内搞一个规范中医的政策，以保护中医这个中华民族的瑰宝，澳洲政府应该设立严格的考查机构，来审查在中医诊所行医的医师资格。

因为老大爷的宣传，来看中医的人数大增，由于本地区的大多数居民是移民，尤其以亚洲移民为多，而亚洲人又以中国人为多，因此，平日里进出这个医院的大部分病人都是中国人，因此，医院里的工作人员从院长到护士基本都是中国人，只有两个医生不是中国人。因此，夏夕阳的病人，清一色都是中国人，只不过有的讲广东话，有的讲福建话，她听他们讲话比听外语还辛苦，但是，这个问题可以通过书写文字来解决。

看病治病，夏夕阳在诊室的时间变得比较繁忙，她觉得生活开始有意思了。

这天傍晚，她在家收拾行李，准备搬家，她正在想，是否要通知一下熟人，告诉她的新地址？就听到门铃响起。

她去开门，进来的是朱大进。

“小夏，你好啊！在忙什么？”他永远都是一副笑眯眯的样子。

“你好！我要搬家了，正在想，要不要通知熟人，你就来了。”

“你当然要告诉我了，不然我上哪里去找你！真巧，幸亏我今天来了，否则就把你搞丢了。”

“你知道哪里可以买到便宜的单人床垫？”

“怎么？新租的地方没有家具吗？”

“一间小房子，里面空空荡荡。什么家具也没有。”

“这个好办，我家就有一个海绵床垫，现在不用，就借给你了，桌椅这些可以在路边捡到的，我开车出去时，如果碰上，就帮你捡回来。你什么时候搬家？我来帮你。”

“真的？那太感谢了，我本来打算，分几次把这些东西慢慢搬过去的，不过有你的帮助，一趟就可以了。周末你有时间吗？”

“星期六下午我可以，你看5点钟如何？”

“好的，我之前收拾好，在这等你。”

朱大进走后，夏夕阳就找房东老胡交租，“老胡，我要搬到开普赛去了，我在那里找到工作，就想在附近找个地方住，节省路费和时间。对不起你了。”

“没什么对不起，房客来来往往，我都习惯了。我这里，来去自由，没有关系的，你几时搬走？”

“这个周六的下午。我现在就把这周的房费给你，另外10元先放你这里，算是电话费，等电话公司账单来时，若不够，你就给我打这个电话，我来交。”

“房租我收下，电话费就算了。你走了，我觉得挺遗憾的，你这个房客很好的，不多事，也不惹麻烦，如果房客都像你这样，我就很开心了。”

“谢谢你的关照，老胡，以后经过这里，我来看你。”

夏夕阳还是很喜欢老胡这个地方的，一方面，这里是她来澳洲的第一个落脚点，她就是从这所房子开始，一点一点地接触悉尼，了解悉尼，认识悉尼，开始她浪迹天涯的异乡旅程。另一方面，老胡这个房东也很和善厚道，简单勤劳。夏夕阳后来的几任房东，狭隘小气，庸俗势利，与老胡简直就是天上地下的不同。如果此时，夏夕阳有一定的财力，她其实不情愿搬出去的。因此，关于是否搬家，她和自己纠结了一个多星期，反复考虑搬与不搬的利弊，最后才下定决心：人生之路，重在选择，有舍才有得，不是说，人挪活，树挪死嘛，搬！

她没想到，这一次的搬家，直接影响到她以后的人生。

新房东是福建人，他们是80年代末从海上偷渡到的澳洲，后来幸运地赶上澳洲政府大赦，从而获得身份的一批难民。夫妻两人都靠体力谋生，有一个上小学的儿子。丈夫是邮递员，每日凌晨5点，就开始背着沉重的邮包，走街串巷去送信，无论寒暑，无论雨晴，一周5天，年年如此，妻子在餐馆工作，手脚不停地工作了十几年，两人辛勤劳作的结果就是这所老房子，这个房子虽然已有近百年的历史，但前面有小花园，种了一些小花格外鲜艳，后面有一个大院子，房东在那里又搭建了一间小房子，一个浴室，还有一个小小洗衣房，老房子里面，有3个卧室，还有宽大的客厅和厨房，房东把这里收拾得干干净净，就是这份干净吸引了夏夕阳，使她决定在此安家。

搬家的当天，房东对她约法三章：

1. 一周只可使用一次洗衣机，洗衣粉自备（老胡可从未限制使用洗衣机的次数，而且，老胡免费提供租客洗衣粉）。

2. 夏夕阳不得使用里面的卫生间，她必须要到后院的浴室去洗澡上厕所，卫生纸自备，浴室卫生要自己负责（老胡有两个浴室，但他从不规定租客应该用哪一个，而且免费提供卫生纸，也不要求租客搞卫生，他自己负责清扫房间的所有公共区域）。

3. 夏夕阳不可频繁煮食，一天只可使用一次厨房（老胡从不限制租客使用厨房）。

这些条件对夏夕阳来说，其实一点也不影响她的日常生活，因为她一个人的衣服，一周洗一次足已，做饭她是能简单就绝不烦琐，她自己还怕麻烦呢！而搞搞清洁卫生，也不是什么困难的事情，她还愿意生活环境清洁舒适呢。问题是房东给她约法的口气，那样的一副当家做主的神气，使夏夕阳感到很不自在，好像自己在这里低人一等，她认为，自己付钱租房，应当受到起码的尊重。难道因为自己新到澳洲，囊中羞涩，就应该被人低看小瞧？

“你怎么不高兴了？房东是为了尽量节俭一些，其实也是可以理解的，你想，如果你是房东，你一定也会给房客一些约束的。”朱大进劝慰她。

“我从没想过自己会有房子，自然也没有做房东的打算。”

“来澳洲的人，哪个不想挣大钱，买大房？你要有这样的理想和目标，才会想尽办法去努力争取。”朱大进说，他心里想，这个女人有点没心没肺。

“小夏，奔恩把床架拿来了，我就顺便给你送了过来。”黄刚来了，他说，“刚才我和赵大姐去医院，正碰到奔恩从车上搬床架，赵红卫就叫住奔恩，让我把床架送过来。”

医院就在这所房子的对面，只隔两条街，走过来几分钟，夏夕阳曾带张惠芳和黄刚来过这里。

“太感谢了！黄刚，这是朱大进，一个朋友，来帮忙搬家。”夏夕阳向黄刚介绍。

“你好！黄刚，谢谢你帮夕阳搬床架。”朱大进这样说时，就见黄刚意味深长地看看夏夕阳。

“不客气，谁都愿意给小夏出力，我们都是她的朋友嘛。”黄刚说着，就要帮着安装床架。

“夏夕阳是住这里吗?”外面有人用英文这样说。

夏夕阳出门一看，原来是奔恩，后面跟着赵红卫。“晚上好！奔恩，赵大姐，谢谢你们送来的床架！太及时了！”

此时，晚霞已经被青灰色的云层吞噬，辽阔的天空好像蒙上一层灰色的大幕，她意识到，夜晚已经来临。

“晚上好！夏小姐，这里是螺丝，是这个床架专用的，我刚才忘记给黄刚了。”奔恩说时，就把螺丝拿给黄刚，两个人就一起把床架支了起来。

这边朱大进帮着夏夕阳把搬来的东西一一放在地上，夏夕阳就陪着赵红卫，她看见赵大姐面露不悦，不知该如何招呼她，看看自己那间家徒四壁的小房间，就请她到客厅的餐椅上坐下。

“小夏，别看你刚来，还挺有人缘，这么多人都来帮你搬家。奔恩今天本来休息，特意从 Hurstville 开一个多小时过来，就为了给你送这个床架。他原来准备带我去俱乐部看演出的，可是，听说你要搬家，就直接来这里了，瞧你的面子有多大!”赵红卫的这一番话，句句带刺，还夹杂着一股酸溜溜的味道，夏夕阳就有点明白了，赵红卫可能真的在追奔恩，赵大姐因为奔恩改变了计划而不满，此刻她把这份不满迁怒于夏夕阳，因此，说出话来就不中听。夏夕阳不同她计较，但也没必要听她的闲言碎语，“赵大姐，您先坐，我到里面看看。”

夏夕阳心想，在悉尼的街上，花白头发的澳洲男人手里牵着年轻的中国女人到处可见，而顶着花白头发的澳洲男人与中国老太太手牵手的情景可不多见。赵大姐要追到奔恩，还有很长的一段路呢。

“小夏，床垫放在这个床架上正好，你看，很舒服的。床放在这个地方可以吗?”朱大进坐在床上晃了几下，“真的很不错。”

黄刚也坐在上面：“好，很好。”

奔恩就说：“这个床架是我儿子的，他上大学后就不再用了，我曾在离婚前和妻子分居时用过的，现在已经放在杂物间很久了，今天给夏小姐用正好，我很高兴能为你帮忙。”

“奔恩，谢谢你，还有你俩，非常感谢!”夏夕阳发自内心地向面前的这几位志愿者道谢。

众人离开后，夏夕阳把床铺收拾好，其他的东西，只能暂时放在箱子或纸盒里，纸盒是朱大进找来的，放些书本和零碎的东西还很方便的。

然后，她来到后院，想看看浴室里是否可以放些日常用品。当她进了浴室，才发现，哪里有什么浴室！那里其实就是一个相当简陋的由木板围成的小棚子，就像当年北京的地震棚，里面只有一个淋浴喷头和抽水马桶，没有镜子，也没有架子，红砖地面，木板上刷了一层白灰，棚子的顶上悬着一个小灯泡，闪着微弱昏黄的光线，她来看房的时候，房东给她看的，是里面的浴室，那里墙壁地面都是闪闪发光的马赛克，墙上有刻着花纹的椭圆形大镜子，镜子下方有大理石和木头组成的小柜子，就连淋浴喷头看上去也很考究。那时候，夏夕阳何曾想到，自己将要使用的浴室会是眼前这样粗糙简陋的境况？罢了，虎落平原被犬欺，流浪异国，漂泊天涯，能够有热水淋浴已经就算不错了。

“哎，对不起，没想到这里有人。”一个年轻小伙突然出现，听口音是地道的北京人。

“没关系，我刚刚搬进来。你是北京人？也住这里？”

“是的，你也是北京来的？”小伙子碰到老乡，显然很高兴。

“我叫夏夕阳，在北京海淀区住，你在哪里住？”

“嘿！我家也在海淀，我是师范学院毕业，之后就留校，家也就安在师范学院了。你知道那里吧？”

“当然，在花园村那边，我有同事住那里。你是几时来的澳洲？”

“我刚来一个月，其实，我真不想出来，都是我老婆逼的，她从一毕业，就闹腾着出国，现在女儿都出生了，她还不甘心，也不知她怎么找到那个方木子的，我就稀里糊涂被她给整到澳洲来了。”

“你是方木子办来的？真巧，他也是我的中介。”

“他在北京可出名了，我在飞机上，就碰到好几个都是他给办的。他给我找的学校在达尔文，所以，我先到的达尔文，那里能把人烤熟，气温四十摄氏度，简直把人热死！而且还找不到工作，我就转到了悉尼，刚到悉尼，就被中介发到农场摘水果，那个罪受的，就别提了！你说这外国，他妈的有什么好？我在北京虽然是个助教，可那日子过得，和现在比，简直就是天堂！我在农场吃苦的时候就想，如果有一天我发财了，就把我老婆休了！叫她后悔赶着我出国！”

“你现在在哪里做工？”

“我在一家私人制衣厂工作，老板是个广东人，那里从经理到工人都是中国人。活倒不累，不过是剪剪线头，打打包，就是工钱很少，一小时才 8 元，一周干六天，总共 384 元，还是税前。我现在正在给我老婆申请伴读，她和孩子来的机票和到这以后的生活费我必须准备出来，为了尽量减少开支，多存一点钱，我每周只买猪爪和鸡脖子当肉吃，这样，一星期就只花不到十元可以吃饱肚皮了。还有，我之所以住在这里，瞧，就是那个小棚子，只比这个浴室大一点点，里面只有一个床垫，就是因为房租便宜，一周 30 元。”

夏夕阳这才发现，后院里，还有一个木板搭起的地震棚。面前的这个小青年，看来在殷实人家出身，没有经过风吹雨打，从小学，中学，大学一直到大学助教，一路春风走来，到了澳洲，突然间一切都变了，娇生惯养的身体，一下子要从苦力开始谋生，这个变化，不亚于脱胎换骨，重新做人。

“怎么称呼你呢?”

“嘿，我叫龚雄，来这里的中国人都起洋名，我就不，我行不改名，坐不改姓!”

夏夕阳看着龚雄孩子气的脸，就想，到底年轻，原来还是个愤怒青年，但愿生活的严霜不要消磨他的激情，使他能够长久地保持这份纯真。

“龚雄，你吃饭了吗？怎么没见你在厨房煮食?”

“我已经吃过了，房东规定，我不能在厨房做饭，他们给我备了一个电炉，让在后院或洗衣房做饭，我进出都走后门，我没有前门的钥匙。”

原来房客也有等级之分！看着小弟弟一样的龚雄，夏夕阳感到飘零异国他乡的又一重凄凉。

澳洲的公费医疗是这样规定的：每一位持有澳洲身份的人士都有一张医疗卡，此卡由政府免费发放。当人们去看普通医生时，不需付费，只要刷卡，而看中医做针灸则不可刷卡，需要自费，但是，夏夕阳现在工作的这个医院，病人刷卡，就可以看中医做针灸，加之夏夕阳已经治愈好几个病人，这些病人出于感激与高兴的心情向其他人宣传她的医术，使得夏夕阳在此区域渐渐有点名气，她的病人不断增多，这给院长带来经济利益，他很高兴，每天都要到中医室兜一两圈，不时地，他还给夏夕阳从咖啡店带来外卖咖啡，或从快餐店买来午饭。

“夏医生，你如果需要往北京打长途，可以直接到我办公室，随便打!”院长对夏夕阳又有了新的优惠政策。

“院长对你特别的好啊。”张惠芳在旁边说。

“夏医生有功劳嘛，应该奖励的。”院长替夏夕阳回答。

“周六奔恩邀请大家到他的新家开 Party，你们去吗？要去的人在这里登记。”护士周小妹兴冲冲跑来。她是上海人，随丈夫移民到此，丈夫是电脑软件工程师，来澳洲后直接进大公司供职，薪水很可观，她自己在国内就是护士，来这之后，正赶上这家医院招聘护士，就很幸运地干了本行。走出国门，来到澳洲，能够继续做本专业的工作，这是很多学有所长的中国学子的美好愿望，但其中只有极少数的人有幸实现，周小妹夫妻可以算是这个极少数了，因此，周小妹永远都是带着笑容，开心快乐的神情。夏夕阳很羡慕她。她想，如果自己从此安稳地在这个医院工作下去，她就和周小妹一样，可以继续做自己喜欢而又有专长的工作了。这样的生活，才是她来澳洲的追求。

“你去吗？夏医生？你可以坐我的车子。”院长说。

“张大姐，你去吗？”夏夕阳觉得她还是和张惠芳比较熟，如果张惠芳去，她就去。

“我不知道，我要看黄刚去不去。”张惠芳说。

“那你们决定了就来找我登记，下午4点以前要定下来。”周小妹一阵风似的飘走了。

“黄刚在忙什么？你怎么同他联系？”院长离开后，夏夕阳问张惠芳。

“赵红卫带他去了解市场，他想在中国和澳洲之间做点贸易。”

“赵红卫是个什么人物？好像有点神通广大？”

“没错！她可不是一般人！她老头以前是高干，比她大三十多岁呢，老头的大儿子都比她大七八岁，黄刚给那老头开过车，所以就认识了赵红卫。老头的几个孩子全在国外做大生意，在国外的关系海了去了，老头死后，赵红卫就托他们把她给弄到了澳洲，别看她一把年纪，可能折腾了。黄刚就是她给办过来的，我是黄刚办过来的。”

夏夕阳真不明白这些人是如何来的澳洲，这个世界不按常规行事之人到处都是，中规中矩的人永远都难以想象那些隐藏在幕后的秘密。

“赵红卫和奔恩关系不错吧？”

“她在追他，全医院人都知道。奔恩不属于医院，他是租的医院里的房子，他自己的机器，他自己是老板，病人照片子用医疗卡，所以，他的收入很高的，老头可有钱了。赵红卫对付男人有手段，这个奔恩一定可以被她拿下。”

“小夏，我看见一个地方有便宜的衣柜，你要不要去看看？”黄刚来了。

“我正等你呢，周六奔恩家有聚会，我们去吗？”张惠芳说。

“去呀！奔恩家的聚会，赵红卫一定要参加的，我们当然得去了。”黄刚想也不想，脱口而出。

“黄刚，能问一个问题吗？”

“哎，这么客气，有事尽管问。”

“为什么有赵红卫的地方就一定会有你呢？为什么你俩形影不离？我怎么不明白呢？”当着张惠芳的面夏夕阳才这样说。这个问题她本来是想问张惠芳，但怕引起她和黄刚的矛盾，就没敢问。

“嘿，我这不是刚来，对这儿不熟悉，又不会英文，赵红卫就给我义务当向导，有她在，办事方便多了！对不对？惠芳？”

“没事，我知道的。”惠芳的笑其实有点勉强。连夏夕阳都感到黄刚和赵红卫的接触过于密切，作为女友的张惠芳心里何尝没有疑惑？只是她自己初来乍到，在这座陌生的城市，没有亲朋好友，没有语言能力，一时不能独立，只能依附黄刚、赵红卫，对他们两人的作为不是没想法，而是没办法，饱经风霜的张惠芳十分明白她当前的处境，因此就采取了隐忍的态度。这一点，是少经世事的夏夕阳所想不到的。

“小夏，你几点下班？我带你去商店看看。”

“中午就可以，赵红卫干吗？”

“她现在在发廊烫发、染发，要好几个小时。”

“那她不带路，你怎么找那个地方？”

“这你就不知道了。我是谁？老司机了，只要开过一次，一定就会记住，放心，保证把你安全送回来。”

果然，黄刚轻车熟路，他俩很顺利地就到达商店，夏夕阳看好一个穿衣柜，上面带着一面椭圆形镜子，价格和款式都比较符合她的心愿，当即买下。

黄刚好事做到底，一直把柜子送到夏夕阳的房间。

下午，夏夕阳接到朱大进的电话，说他给夏夕阳找到一个桌子，还有两个沙滩椅。下班后就送过来。夏夕阳赶紧到街上买了两把折叠椅，两个垫子，又买了几个茶杯、茶叶和餐巾纸，当朱大进把桌椅送来时，夏夕阳已经把家具的摆放位置规划妥当，朱大进就按照她的要求把所有家具安放到位，有了家具的屋子立刻有了生气，夏夕阳买的紫红色碎花坐垫放在鹅黄色沙滩椅上很舒服，配上她的一套紫粉色床单、纯白色被罩和枕套，小小房间一下子就温馨起来。

“不错，这样布置起来真好看。你们现在来的留学生真是阔气！看你这个架势和我们当初来澳洲时比较，真是不知有多奢侈！我们那个时候，几十个人挤在一个小房间，全打地铺，有时候，就睡在公园的椅子上。哪里有你这样舒服的软床、漂亮的穿衣镜！”朱大进很有感慨地评论着。

夏夕阳不知道他是在赞扬她的小屋，还是在回忆他自己的艰苦历史。

“朱大进，谢谢你！没有你的帮助，我的这间屋子也凑不齐家具。你等一下，我给你煮水沏茶。”

“好啊！这是你新买的茶杯吗？很漂亮啊！”

夏夕阳刚要去厨房，朱大进的电话又响了，她就想，朱大进一定没有时间等到水开。果然，朱大进接完电话，就到厨房和她告别。

“朱大进，真的很感谢你，改天我请你喝咖啡。”

“好啊，我就等着你电话。再见！”

朱大进走后，夏夕阳又把家具擦了一遍，还把地毯吸了一遍，就开始做晚饭。

现在，她可以坐在沙发椅上看着电视吃东西了，不必再在厨房的大餐桌上一个人孤零零地干坐那里吃饭了。

因为每天都看电视，渐渐地，她已经可以听懂一些句子了，尤其是新闻和社会焦点的报道节目，比如，最近一段时间，新闻的热点是关于美国总统克林顿与莱温斯基的性丑闻，类似的新闻，一天里重复多次，那反复播放的电视画面和克林顿总统在议会大厅及各种公众场合的尴尬解释，对于学习英文的确是活泼生动的好教材。

这个晚上，她看的节目是澳洲政府的议员们在首都堪培拉的议会大厅开会辩论的现场直播。澳洲的两大政党，即自由党和劳动党，当时的执政党是自由党，总理是自由党的约翰豪伍德，以他为首的自由党议员与反对党的议员们正在为税务的使用安排争论不休，有意思的是虽然在万众瞩目之下，那些平日里衣冠楚楚、举止端庄的议员们在一方的代表发言时，反对方的那些议员们在会议上居然吹口哨，嘲笑，起哄，甚至拍打桌椅，而另一方的众议员们则以更加高调的起哄嘲讽反击回应，这种情景就好像两个阵营里的小孩子打嘴仗，十分有趣。夏夕阳就像看喜剧电影一样观看澳洲政府的官员们为国家商讨制定政策。同时，她也想起中国的党政会议。记得在国内时，电视上经常报道中国政府的各级会议，那些会议上，政府官员们一个个紧绷面孔，不苟言笑，一人发言，众人称好，永远是团结一心，众口一词的情状。夏夕阳就想，如果祖国的高官们看到这样的议会实况会作何感想？何时，中国的老百姓可从电视上直接看到政府高层的会议实况？这恐怕要经过很长很长的过程吧。

电视里，议员又开始大声起哄，会场里一片喧哗，主持人不断地敲着槌儿，大喊："肃静！肃静！"

当！当！当当当！一阵敲门的声音把夏夕阳从电视里拉了出来。这么晚了，有谁会来找她？她有点莫名其妙。

她把门打开，看到赵红卫站在那里，就更加感到奇怪："赵大姐！你怎么来了？"

"怎么？不欢迎吗？我不能来看看你吗？我可以进来吗？"

夏夕阳一时还没反应过来，听到赵红卫一连串的问题，才赶紧侧身请她进屋："当然欢迎，请！里边坐。"

"就你自己在家？晚上都干什么？"赵红卫刚入座，就立刻开始问话。

"看电视，搞卫生。"夏夕阳觉得赵红卫说话的口气好像家长审问小孩子，虽然回答了她，但是，心里却在想："我干什么，关你何事？"

"那黄刚没和你在一起？"

原来，她来找黄刚，这个女人，真的好生奇怪！找黄刚应该去他家呀。"黄刚帮我买完东西就回医院了，他可能和张惠芳回家了吧？"

"他没在家！我刚从他家回来，我在那里等了一个晚上！我本来以为他在你这里。这个臭小子！我就做个头的工夫，他就跑得不见人影了。我找不到他，以为他会在医院，就找到张惠芳那里去，她说是帮你买什么家具去了，我就和张惠芳先回到他家等，可是，左等，右等，还是没个人影，我们以为，你留他在这里吃饭了，以为他晚点会回家的，可是，都过10点了，他还是没个影儿。张惠芳很着急，我就来看看到底是怎么了。"

"他是6点多离开的，他应该认识从这到家的路吧？他不会出事吧？"

"一个大小伙子，能出什么事情？不管了。我回家休息了。再见！"

赵红卫说完就扭着屁股走人了，剩下夏夕阳愣在那里干生气。什么人啊，原本很舒服很安逸的一个晚上，又享受着有趣的电视，她的那么惬意的生活全被这个赵老太太给搅黄了！

次日，夏夕阳看到张惠芳，立刻问她："黄刚回到家没？他没有事吧？"

"回了，赵红卫刚走，他就回来了。他在唐人街碰到北京的一个哥们儿，这哥们儿带他去红灯区看脱衣舞了。他不想让赵红卫跟着就故意避开她走了。"

"黄刚是不是怕赵红卫？"

"有点，因为黄刚是她帮忙办的签证，从我们来了以后，不管到哪里，都是她陪着，后来，她给我找了这个工作，她就每天陪着黄刚，不管黄刚办什么事，她都跟着，开始，我们人生地不熟的，有她陪着，办事就方便多了，可是，每天都陪着，个把月下来，她不烦，我们烦，但是，没办法，黄刚说了，谁让我们欠她人情呢！"

"黄刚自己也是愿意的，否则，两个人这样出双入对，进进出出地怎么不别扭？你要管管黄刚才对。"

"嘿！我管他干吗，再过一个月他就该回北京了。他舍不得北京的公职。这些天，他转下来，没有找到想做的生意，他觉得在这里做生意也很困难，决定还是回去上班。他说了，在北京一天只开一两个小时的车，其他时间喝茶，看报纸，侃大山，那日子过得比在这当三孙子强多了去了！"

"咦，他走了，那你怎么办？"

"我不回去，我留在这儿。我要在这里扎根的。"

夏夕阳这下彻底明白了，自己原来是替古人担忧。人家张惠芳可是拿得起，放得下。难怪她对赵红卫与黄刚的诡异行为不为所动。

"你问黄刚，要去奔恩家的聚会吗？"

"问了，他当然去，赵红卫肯定要去的。"

"那么我就去告诉周小妹。"

夏夕阳来到急诊室，她没看到周小妹，却看到乔治和瑞贝卡正在那里热烈拥吻，她吓了一跳，真希望自己是在白日做梦。

“没关系，走时把门关上。”乔治居然这样说！

真倒霉！怎么让我看到了！夏夕阳不知道，她的这份尴尬，是为自己，还是替他们难为情。

周末来临，星期六的下午，医院里的全体人员开始联络，互商如何去奔恩的家，以及要带何种礼物。奔恩对大家的要求是一人只带一盘做好的食品。但他对夏夕阳特别强调：“这个要求你不必在意，你做菜不方便，我知道的。你人到了，就是对我 Party 的最好支持。”

周小妹因为下班晚，她的丈夫就到医院直接来接她，早晨来上班时，她就把做好的菜带来了，夏夕阳看到她往冰箱里放那个盘子。

“这是我做的素食锦。晚上你吃了一定喜欢。”也许因为都在医院工作过，周小妹对夏夕阳还是蛮友好的。

“我一直都很喜欢上海菜的，你做的这个素食锦看着也是很好吃的，晚上一定要多吃！”

“你打算和谁一起去奔恩家?”

“我还不知道，我约了张惠芳，但是她不能肯定时间，因为她要随黄刚的时间，而黄刚要看赵红卫的安排。”

“那你就跟我一起吧。我 7 点下班，我老公到时来接我，你就 7 点来医院等我好了。”

“那太好了，谢谢你。”

当夏夕阳随着周小妹夫妇来到奔恩的家时，人员除院长和他的秘书之外，基本到齐。

奔恩的家是个新建的两居室的单元房，他布置得简单明快，涂着乳白色油漆的石灰墙上，挂了几幅自然风光和古老教堂的照片，对应着厚厚的棕色地毯、茶色玻璃餐桌、红色座椅等，使房间里到处洋溢着温暖与随意的气氛。

奔恩的厨房很大，白色的大理石装饰的台面上，摆放着各种盘子，那是来参加聚会的人们带来的不同食品。有一个直径足有一尺半的绿色高脚玻璃器皿，引起夏夕阳的注意。不知这是哪位带来的何种美食？走近一看，玻璃盆中，盛着满满的透明液体，盆底是白色冰块，中间是棕色液体，表面上还漂浮着几颗鲜红的草莓。

“这是什么？谁做的?”夏夕阳问周小妹。

“这是奔恩给大家准备的饮料，其实是维斯戈加冰，很好喝的，我给你斟一杯。”

周小妹说时，已经为自己与夏夕阳用勺子把那透明的液体盛进酒杯。

“来，干杯!”她举起酒杯，很老练地与夏夕阳碰了一下，就轻轻抿了一口：“嗯，不错，很好口味的，你觉得呢?”

夏夕阳也浅浅抿了一下，那味道比可乐多了一点麻酥酥的感觉，说不上好，也说不上差，为了不扫周小妹的兴致，她就附和地说：“挺好！好喝。不过，我不能喝酒，沾一点就头晕。”

周小妹就笑了：“没关系，这里与中国不同，没人会强迫你喝酒，不过，澳洲的酒，酒精度数比国内的白酒低很多，很多澳洲女人饮酒当喝饮料一样的。你慢慢喝，我去那边看看。”

周小妹忙着把丈夫介绍给其他人。夏夕阳就开始找张惠芳，转了一圈，张惠芳没找到，倒是看见乔治和瑞贝卡，两人挤在沙发的一角，正在互相喂东西吃。

夏夕阳又来到厨房，看见奔恩正在给肯德基店打电话，原来他预订了几份肯德基的家庭套餐，要求送到家里来。

“夏医生，你好！请你照顾好自己，我这里很忙，不能特别关照你。”

“我会的，谢谢！奔恩，你的家很漂亮，家具也很时尚。”

“你喜欢墙上那些照片吗？那都是我在旅游时自己拍下的。”

“照片拍得很艺术，光线和颜色的选择也很别致，我很喜欢。你去过很多地方吗?”

“很遗憾，我只去过一次欧洲，因为要工作，不能经常休假，将来，我打算去世界各地转一圈。”

“我理解，我原来在医院里工作，很少有机会放长假，旅游的确是非常有意思的，我也有在未来走遍世界的理想呢。”

“看来，我们有共同的理想，来，为了这个，干杯!”奔恩高兴地举起酒杯与夏夕阳手中的酒杯碰了一下。

“干杯！奔恩，你可看到张惠芳?”

“她和赵红卫，还有黄刚一起到中餐馆去拿烤鸭了。”

“他们早就来啦?”

“是的，他们是第一批客人。赵红卫在中餐馆订了一只烤鸭，算是他们今天的礼物，现在他们去那里拿烤鸭了。”

“烤鸭来了!”黄刚此时双手捧着一个大盘子来到厨房。

“肯德基也到了。”赵红卫说时，把手里的一个大口袋放在餐桌上。

张惠芳就麻利地把烤鸭和肯德基分别放在几个盘子里，大家围着餐桌站了一圈，一手捧着酒杯，一手拿着叉子吃食品，奔恩还打开音响，放起了爵士乐。

Party 就这样开始了。

整个 Party 中，除了奔恩作为主人忙于招呼大家，就显出赵红卫最活跃，她一身大红旗袍，头上还别了一朵大红绸花，像女主人一样，从房间这边摇摇摆摆到那边，不停地张罗，不停地与人干杯，从开始到结束，她手中的杯子就没放下，到最后，她已经喝得有点找不到北了，开始抱着黄刚叫宝贝了，当着众人的面，黄刚十分尴尬，在张惠芳的帮助下，他急忙躲到阳台去抽烟。

当赵红卫发现拉着她手的是张惠芳，就转身扑到奔恩的身上，奔恩怕她跌倒，就用力扶她站住，她两眼直直地瞪着奔恩："亲爱的，你好帅，我好喜欢你！"说完，就一头栽倒在奔恩的怀里。

"她喝醉了，你和黄刚可以送她回去吗？"奔恩问张惠芳。

"OK！"这是张惠芳最熟练的英文。

周小妹看看时间，已经过了午夜，就向大家道别，众人也就此散去。

夏夕阳正在想是搭张惠芳的车，还是再搭周小妹的车？不过，她不知道周小妹家住哪里，送她是否顺路？

"小夏，我送你回去，你不用担心。"奔恩怀里还抱着赵红卫，他一边与客人一一道晚安，一边等黄刚、张惠芳来接替他扶赵红卫下楼，回头看见夏夕阳站在那里，一副不知所措的样子，就想她可能是不知道如何回家。他知道，在这样的午夜时分，乘火车不太安全，就决定亲自送她回去。

"我不要回去！让我留在这里。"赵红卫在黄刚把她从奔恩的怀里接过来时突然说。

"赵姐，晚会已经结束了，大家都走了。我们也该回去了。"黄刚像爸爸哄女儿一样连扶带抱地把她向门口拖去，张惠芳随在黄刚的身后，完全一副毫无表情的样子，不过，她既没有向奔恩说再见，也没有招呼夏夕阳同她一起走，夏夕阳就明白，张惠芳其实心里很不好过，只是为了面子在这里强打精神，所以，早把夏夕阳忘记得一干二净。

周小妹的家与夏夕阳的住地正好相反，她本来就希望张惠芳带夏夕阳回去的，所以，当他听到奔恩要送她回家，就带着丈夫迅速离开。

没有其他选择，夏夕阳只能接受奔恩的好意，虽然，她知道，从奔恩家到她的住处是一段遥远的路程，奔恩这一趟回来需要一个半钟头的时间。

"谢谢你，奔恩！这样麻烦你！"

"没关系，明天我下午才上班，今天我很愉快，你玩得可好？"

"很好！这是我第一次参加这样的 Party，我觉得很新鲜，谢谢你的邀请！"

"如果你喜欢，我以后可以带你经常去 Party 的。周末这种聚会很多的。"

"我更喜欢舞会，跳舞比喝酒吃东西更有意思，而且还能锻炼身体。"夏夕阳转移话题，她可不想与奔恩走得太近，她知道，赵红卫正盯着奔恩呢。

“跳舞很好的，我也很喜欢的，周末去酒吧，那里可以喝酒，吃东西，还有乐队唱歌伴奏，高兴了就到乐队前面起舞，很有意思的，你去过吗？周末晚上，我可以带你去看看。”

“谢谢，以后再说吧。最近我学习比较紧张。时间不够用。”

奔恩把夏夕阳一直送到门口，临别时，他在夏夕阳的前额印上一个吻。这使夏夕阳一激灵，因为此时，她还不懂，这样的吻其实只是澳洲人好朋友之间的一种告别方式。

第二天，张惠芳一看见夏夕阳，就赶紧跟了过来。“小夏，你可来了，昨晚赵红卫在我家折腾了一个晚上！”

“为什么？她不是喝醉了？你们没把她送回家？”

“黄刚起先是把她送回家了，可是，我们到家时，前脚刚刚进门，后脚她就跟了过来。也不知她是真醉还是装的，她打车来的，她说到家后曾给奔恩家打电话，但没人接，奔恩出去了，难道他真的送夏夕阳回家了？她就是为了这个问题跑过来的。”

“她不是都醉倒在奔恩的怀里吗？她难道听见奔恩说话了？”

“就是啊，再说，奔恩送你回家又怎么样呢？”

“当时，我也是没办法才让奔恩送的。那么晚了，从奔恩家到火车站的路我都不知怎样走。你和黄刚要照顾她，没办法管我嘛。”

“我看，她是嫉妒你。”

“她真是想多了。奔恩送我到家后就回去了。人家就是好心而已。再说，赵红卫到底和奔恩是何关系？现在，她不是和你家黄刚很密切吗？她都那么大年纪了，怎么还这样不着调。”

“你可没看见，昨晚她那个闹腾！哭哭啼啼，闹到半夜，一直不停地给奔恩打电话，黄刚抽了两盒烟，我头都大了，后来，好不容易，谢天谢地，奔恩终于接了电话，她才断了哭声。”

“后来呢？你们把她送回去了？”

“我叫黄刚去送她，可是她要黄刚带她到你那里看看，黄刚不干，她就气冲冲叫了出租车走了，她有没有去你那里？”

“没有。幸亏她没去，否则，大半夜的，她闯进来，不光搅了我的好梦，我的房东也会生气。再说，她找我干什么？”

“就是呀，所以，黄刚反对。”

“我得谢谢黄刚！赵红卫是在闹更年期吧？太不可思议了。如果她喜欢奔恩，就直接去追嘛，在我们这里浪费什么时间。莫名其妙！”

“小夏，你得给我买咖啡！我昨晚被赵红卫闹的没觉睡。”黄刚一看到夏夕阳也赶紧追过去。

“她闹你，关我甚事？为何要我赔罪？”

“她要去找你，如果不是我拦住，你也甭想睡好觉。所以，你要报答我呀。”

“赵红卫发疯，与我何干？我真是冤枉。”

“还不是因为奔恩对你好？我也觉得，奔恩喜欢你。”

“我怎么不知道？我和奔恩真的只是借一个床架的普通同事关系。你可否告诉赵红卫大姐，没有人和她抢，奔恩随她去追，我绝对支持她，只要她够本事！”

夏夕阳话音未落，赵红卫老人家就一身浓妆，出现在大厅，隔着老远，就有一股强烈的香水气味从她周身弥漫过来。

“黄刚，我今晚和奔恩一起去卡波拉玛他的俱乐部，你和惠芳不用等我了。”说完，她向夏夕阳示威似的眺了一眼，就踩着高跟鞋，呱呱呱！一路向奔恩的放射室走去。

“这人有病！”夏夕阳真懒得同她计较。

“丫他妈的八成昨晚是去了奔恩家！瞧丫那德行！可能已经叫奔恩给办了。”黄刚不知是否在吃醋，突然满嘴的脏话。

张惠芳就向夏夕阳挤挤眼：“小夏，你瞧，黄刚被放鸽子了。”

“你他妈的瞎说什么！别听她的，小夏，我和赵红卫只不过是出去办办事。”

“当然，办办事的含义有很多了，怎么理解都可以的。哈哈哈！”夏夕阳觉得黄刚真是此地无银三百两，不由得大笑起来。

“何事这样高兴？”院长突然出现。

“我们在同黄刚开玩笑，院长，昨晚你为什么没去奔恩的Party？”夏夕阳赶紧收住笑。

“我临时有事，赶不上时间，就取消了。你们玩得可好？”

“还好，挺热闹的。”

“听说奔恩送你回家的？他把你一直送到家吗？”

夏夕阳感到非常诧异，奔恩送她回来有什么特别吗？为什么大家都会谈论这个话题呢？院长人未到现场，晚会上有那么多的事情，为什么偏偏要说到她这个小角色？奇怪，她夏夕阳招谁惹谁了，引来这么多的麻烦？先是无缘无故地被赵红卫忌恨，现在院长这样毫无厘头地向她提问，这令夏夕阳很不高兴。

“院长，谁送我回家很重要吗？您怎么知道奔恩送我回来的？”

“乔治告诉我的。大家关心你嘛，其实如果不是我有事情，我是会送你的。记住了，如果有需要，你可以随时打我手机，晚上也可以。奔恩这个人你不了解，你刚来澳洲，看人要仔细了。”

“谢谢你的关心，我会注意的。”夏夕阳对院长的话有点丈二和尚，摸不着头脑。他到底是什么意思？

院长走后，张惠芳对夏夕阳说：“小夏，院长对你真的是特别关心啊。”她说话时，脸上表情很丰富，音调拉得长长的，意味深深。

“张大姐，我真的很冤，早知如此，昨晚我就应该死死黏着你才好，平白无故地我就成了众矢之的了。”

“哎，夏夕阳，你怎么还在这里？奔恩都带着赵老太太走了。”乔治不知从哪里冒了出来。

“乔治，你好无聊！奔恩去哪里，关你何事？又关我何事？小小年纪，怎么这样八卦？”夏夕阳因为奔恩被人误解引来的不快这时已经到了忍无可忍的地步，听到乔治这样明显调侃的话，就一下发作起来。

“夏夕阳，想不到，你还蛮厉害的，不过，你生气的样子还蛮勾人的。难怪院长那么关心你！”

“去你大爷！”夏夕阳转身走开，否则，她真要忍不住恶狠狠把这句骂喊出声了。

夏夕阳仍然保留着给广东老太太每周两次的针灸治疗。现在她已经和两位老人相处甚好。经常地，从老人那里听到一些关于他们女儿和崔天的故事。

崔天现在已经和他们女儿同居了，床垫的传销生意失败，现在改做营养品的传销。崔天还特别邀请夏夕阳加入。

这一天，他在家专门等待夏夕阳。当夏夕阳出现时，他高兴地迎出来，老太太为了帮助女儿，甘愿放弃这次的针灸治疗。

老太太说：“小夏，今天不扎针了，你跟他们去开会吧。”

“开什么会？在哪里开？”

崔天就回答：“一个叫你很快发财的会，你如果错过，将来一定后悔。别犹豫了，我开车带你去。”

“你什么时候学的开车？”

“最近，刚刚拿到驾照的，你看。”

夏夕阳就这样被他带到会场。所谓的会场，其实就像一个小学生课堂，大约三十平方米，有一个小讲台，面对讲台摆了几排折叠椅，上面坐满了人。最前面一排坐着老太太的女儿，她是这个课堂的主持。当崔天带夏夕阳走进会场时，她正站在讲台向大家介绍一个女人。

“各位好！这位是玛丽女士，她会用自己的亲身经历给大家展示加入我们公司后的快速致富之路。请欢迎！”她带头鼓掌，台下的一些人也跟着拍手。

玛丽大约三十出头，她身材高挑，眉目清秀，面如粉桃，黑发高盘，一身水红色吊带紧身连衣裙，站在讲台上，一颦一笑，活脱脱一副风流韵骨！

“大家好！我是玛丽，我今天能够站在这里，首先要感谢李小姐，是她把我带进这个美好的事业，第二，我要感谢仙灵草公司，正是这个公司和她所创造的美好事业使我的人生发生了神奇的改变！它不但治好了我的糖尿病、高血压病，还使我变成现在这样美丽漂亮的女人。大家不知道，以前的我，多病多难，面目憔悴，头发枯黄，形体肥胖，十分自卑，我还是一个单身母亲，有三个孩子要养，身体又不好，常常要吃很多药，自从使用了仙灵草系列，我不但病好了，相貌也变美丽了，人也变得自信了，而且，更加重要的，是我的钱包也变鼓了，每天每时，坐在家里，就有几百元进到账来。朋友们，这样容易又方便的赚钱方法对任何的参与者来说，是健康和利益的双丰收！我真的很愿意与各位朋友分享这个美好的事业！我来到澳洲十几年，到处辛苦打工，一路走来，吃尽千辛万苦，直到遇到李小姐，直到走进仙灵草公司，我才得到重生！现在，我住在大别墅，开着大奔驰，这日子才是我来澳洲的追求啊！朋友们……”玛丽语音生动地继续煽情，讲台下的众人个个聚精会神地听她声情并茂的演说，夏夕阳却坐不住了，因为她知道，目前全世界都没有方法可以根治糖尿病和高血压病，不管玛丽描绘的关于仙灵草的事业有多么的神奇和美丽，但凭这一点，她就不能相信，因此，她悄悄地退出会场。

在车站等车的时候，她就想，光天化日，几个人竟可以冠冕堂皇地使一大群人认真倾听他们的信口雌黄，那些随意杜撰的谎言居然可以使很多人相信。是个别人的骗术高明？还是大众的求财心切，宁可抱着棒槌当个针？社会的险恶是因为个别人的设局，还是因为大众心底里的贪念在隐隐作怪？鱼儿上钩是因为贪嘴，老百姓上当，常常是贪图小利，所谓人为财死，鸟为食亡。

10 年之后，在唐人街的一个小餐馆，夏夕阳看见推着点心车的玛丽，这个当年在讲台上向众人宣告她已经脱贫致富的美貌女子，依然还在为一日三餐辛苦耕耘。如果她坐在家中日进数百元，10 年过去，应该早就晋升为百万富婆了，何苦今日还要推着小车，干上一天才得几十元？

这天，夏夕阳来到医院，感觉整座医院的气氛有点沉闷，每个人好像都在小心翼翼，连平日里最大大咧咧的乔治也是轻手轻脚，安静很多。医院里，除了病人间的谈话，就几乎听不到工作人员的声音。

夏夕阳正在纳闷儿，突然，呜！呜！呜！一阵警笛传来，就见一辆警车开进医院，几个警察从车里下来，直接走上楼去。

“他们一定去院长办公室了。”有个医生说。

“院长会不会被带走？”另一个医生说。

大家都不出声，但都在等候结果。不久，警察们走下楼来，在他们身后，跟着一个洋老头和一个中国女人，不过，警察上了警车，而那两人上了一辆私家车。

警车离开时没有鸣笛，当警察们离开大家的视线，医院里开始有了低低的嗡嗡声，原来是众人的议论开始了。

“你看见没？索菲娅的脸是肿的，嘴角有瘀血。”

“那男的是美国人，是索菲娅的新男朋友。”

“院长是因为那个美国人才动手打的索菲娅？”

“索菲娅是因为院长不想跟她结婚才找的别人。”

“哪个女人不想结婚生孩子？院长既然不愿同她结婚，就不应该管人家找不找男朋友。”

“可是院长给她花了那么多的钱，说放手哪里会甘心？”

“可是，不管怎样，动手打人总是不好。”

“听说这就是家庭暴力罪，搞不好要吃官司的。”

“好像是那个美国人报的案。他一早就来医院了。”

“院长是否有救，这下就看索菲娅了。她的每一句话都是证词，她说得严重，院长的罪就大，她说没事，院长就没事。”

“可是，她脸上的伤警察可是看得见的。”

“那就要看她如何解释了。”

突然，嗡嗡声止，大厅一片安静。原来，院长不知何时出现在众人面前。

“大家都回办公室工作吧。”乔治的反应最快，他话音未落，人已经从大厅消失，众人随之也悄然散去。

夏夕阳跟着张惠芳来到药房，就听她小声说：“小夏，你看，院长一下子蔫巴了，走路都有气无力的。”

“他去哪里了？”

“谁知道，反正是开车走了。”

一连数天，医院里都在议论有关院长、索菲娅、美国男人和警察的事情，院长自从那天离开医院，就再未露面。乔治现在成了医院的最高领导，全院就数他最开心最活跃。三个楼层，他上蹿下跳，到处散播最新情况，由于他的热心努力，全院人员对院长这个案子的进展一目了然。

案子最终的结果是索菲娅撤诉，警察宣告院长清白无罪，院长和索菲娅私自解决这场纠纷，换言之，院长付给索菲娅一笔不菲的费用以免除牢狱之灾。“有钱能使鬼推磨”这句真金格言在此又一次得到验证。

“索菲娅这次可是真得到实惠了。你想呀，她既让警察教训了院长，又得了这么一大笔钱，还可以接着跟那个美国人好好过日子，这可是一举多得，瞧人家多会办事！里外都占着，要多合适有多合适！”张惠芳对索菲娅佩服得简直五体投地，听她这样地评价索菲娅，使夏夕阳感到，如果相同的事情发生到张惠芳大姐身上，想必她一定也会采取同样的手段，实现她一举多得的美好结果。

这场风波之后，人们比以前喜欢扎堆，尤其此时，院长不在医院，大家干完工作就开始东拉西扯。

乔治这几天正跟瑞贝卡闹别扭，因为周末的一天，瑞贝卡在唐人街看见了乔治和他的妻子，当时两人很亲密地走在步行街，乔治的右手还搂着他的妻子，瑞贝卡与他们正面相对，乔治起初企图假装未看见她，还是乔治的妻子主动与瑞贝卡打招呼。因此，自周一开始，瑞贝卡坚决不搭理乔治，乔治就像个跟屁虫，随着瑞贝卡走来走去，跟了几天，毫无成效，他有点恼羞成怒，开始和瑞贝卡冷战，这样冷了一个星期，乔治的花花肠子就绷不住了，他开始到处寻找新的目标，不时地来到大厅，看见有漂亮的女患者来医院，就极其热情地为其领路，借机与人搭腔套近乎。但一时半会儿又不能将人拿下，试了几天，终未修成正果，他就开始乱转眼球，忽然间，他眼睛一亮，把目光聚焦到夏夕阳身上，“嘿！我真是瞎忙乎！这个现成的美人怎么就给忽略了？”

于是，乔治就开始跟夏夕阳套近乎。

“夏医生，你的针够不够？”

“夏医生，你需要订药吗？”

“夏医生，那个病人需要扎针吗？”

“夏医生，你要喝咖啡吗？”

“夏医生，午饭时间到了，你要吃点什么？”

乔治就这样不断地纠缠夏夕阳，为了避免和他发生冲突，夏夕阳一看完病人，就赶紧来到张惠芳身旁，因为有第三人在场，乔治的言行就有所收敛。

“小夏，这个乔治怎么老跟着你？他的花花肠子又在打什么歪主意？你可要小心点！”张惠芳忍不住提醒夏夕阳。

“我知道，所以，我才老是来你这里，我一个人不待在诊室，让他自己瞎闹腾吧。”

这天，夏夕阳很忙，病人一个接一个，忙了整个上午，当最后一位病人离开后，她累得坐在椅子上直喘气，她感到口渴，想起近四个小时都没喝一口水，就端起杯中的水大饮，突然，一双胳膊从她后面伸出，还未等她反应过来，她的肩膀就被那双胳膊抱住，同时，一股热乎乎的气息从她耳边传到脸上，紧接着，一双黏湿湿的嘴唇贴在她的脸颊，夏夕阳着实吓了一跳，直接就从椅子上弹起，但立刻就被那双手按下，这一上一下的工夫，她的反应恢复，她意识到从身后向她突袭的人正是乔治，一时怒火中烧，愤怒的她伸出双手拼命向桌边一推，她坐的老板椅的四个轮子就向后面滑去，由于她使出了很大的力气，椅子在动力和惯性的作用下猛烈地撞向后面的墙壁，把乔治从腰到大腿牢牢地夹在中间！

“妈呀！痛死我了！”乔治失声大叫。

夏夕阳立刻离开椅子，望着双手托住裤裆，痛苦呻吟的乔治，她的恼怒依然不减：“痛死活该！小小年纪，怎么这样色胆包天！猫发情会叫，鸟发情会跳，北极熊发情会在地上打滚，可那是动物，你是人，有皮有脸有思想的人，怎么发起情来跟动物一样？”

“就是！乔治，你太过分了！还不快滚！”院长不知何时来到中医诊室，他的突然出现，不但使乔治吓了一跳，而且，也把夏夕阳惊愣了，夏夕阳不明白从众人眼前消失多日的院长怎么这一刻会出现在她的诊室？

乔治看到院长，好像身体的疼痛已经被吃惊代替，他慌慌张张地溜了出去。

“夏医生，你受惊了。这个乔治，我一定好好教训他！”院长说时，就走到夏夕阳身边，他拍拍惊魂未定的夏夕阳，扶她坐下。“夏医生，你先休息，我找你有点事，等下你来我办公室。”

院长走后，夏夕阳赶快来到药房，看到张惠芳，一时不知该对她说什么。

“小夏，你怎么了？脸色这样难看？生病了？”张惠芳看着她。

“没有，我见鬼了。”夏夕阳就把刚才乔治的事情讲给她。

“我就知道这小子没憋好屁！以后你就不要待在你诊室了，你干脆在这儿看病人得了。”

“我真难以想象，他怎么就像个饿狼似的。如果在中国，他敢这样吗？怎么到了澳洲就变成这个样子？”

“嘿，中国跟这儿可不一样，在外面，有领导管着，有群众监督，在家里，有父母兄弟，还有周围的邻里，都在看着，哪像在这儿，谁管谁呀？”

是的，人的世界观和行为举止是受生活环境所影响的，像乔治这样从小深受共产主义崇高理想和雷锋高尚品德教育成长起来的年轻人，一旦脱离了严格的社会准则的约束，解除了人为的道德标准的监督，那么，人性的本质就会在日常生活中自然展露出来，比如那个曾经的科学工作者，现在的清洁工老王，他和乔治的行为就是他们在相对自由环境中所显露的自身丑恶的本质。想到这一点，夏夕阳就无话可说了。

“夏医生，请跟我来。”院长又走了过来。他对夏夕阳点点头，示意她跟他走。

夏夕阳感到莫名其妙，但又不得不跟着他走。院长一直来到医院大厅的外面，夏夕阳以为院长要同她在院子里谈话，可是，院长没有在院子里停留，而是径直走到停车场，他走到一辆崭新的白色奔驰跑车边，打开驾驶座旁的车门，向夏夕阳礼貌地一躬身：“夏医生，请上车。”

夏夕阳有点奇怪：“院长，我们要去哪里？”

“先上车，我慢慢给你解释。”

夏夕阳满腹疑惑，但又不好多问，就勉强坐到车上。

院长也不说话，把车开得飞快，不一会儿的工夫，车子驶上悉尼大桥。

“院长，我们是要出诊吗？”夏夕阳想不出作为中医的她，院长还有什么其他理由要带她离开医院？

“你怎么心里就想着治病啊、工作呀这些事情？生活是很丰富的，除了工作还有很多内容的，你难道没想过吗？”

“想什么？”夏夕阳有点糊涂了。

“我现在带你去个地方，到了那里，我再跟你详谈。”

院长说时，车子已经停在香格里拉酒店的大厅正门，身着黑色礼服的酒店门卫礼貌地将车门打开，满面笑容地邀请夏夕阳下车，这是夏夕阳生平头一次被人如此热情地迎入豪华酒店，她有点晕菜，努力使自己镇静安然，院长下车后，把车钥匙交给门卫，门卫就开着车去停车场替客人泊车。

院长来到夏夕阳身边，一手轻轻揽着夏夕阳的腰，边走边说：“夏小姐，电梯在右边，我们去 32 层。”

电梯里面装修典雅，正面的茶色镜子里映出院长高大自信的身影和夏夕阳美丽疑惑的神情。

电梯一飞冲天，当电梯门打开时，一幅美丽的画面呈现眼前，原来，这是一个透明的餐厅，整个建筑，除了中间的钢筋支柱，全部由玻璃构成，人在其中，就好像飘浮在高空之中的玻璃屋，四面，白云飘荡，蓝天碧海之间，雄伟的悉尼大桥如巨龙腾空飞舞，而美丽的悉尼歌剧院如盛开的莲花在阳光下熠熠生辉。

“真是太美了！”夏夕阳不由得脱口而出，她被这像画一样美丽的景色深深感染了。

“夏医生，请坐。”院长拉着沉迷于观景的夏夕阳来到临窗的沙发上落座。

“夏医生，你可喜欢这里的风格？”

“当然，这个设计太出色了，我还是头一次光顾这么美丽的餐厅。”

“类似这样的餐厅有很多，仅在悉尼就有好几家，当然，世界各地就不计其数了。所以说，生活中美好的东西多得很，就看我们是否去追求了。”

“先生，小姐，需要喝点什么？”

“夏医生，这里有香槟、鸡尾酒、白酒和红酒，你想喝哪一类？”

“我不会喝酒，橘汁或可乐就好。”

“少喝一点没关系的，要不来点香槟？服务生，请给这位小姐来杯湃珀，这是法国香槟，酒精度数很低的，只有12%的度数。我来一杯朱尼沃克，要双黑牌的那种，这是维斯戈，有点酒精含量，大约有40%的酒精度呢。”他向夏夕阳仔细解释。

服务生送上盛在高脚杯中的酒水，院长举起酒杯：“夏医生，来，干杯！”

“干杯！”夏夕阳被动地应着，她手里捧着美酒，心里却十分不安，虽然身处良辰美景，但整个人好像在云里雾里，没着没落。因为在她的生活中，就是做梦也没有安排出这样的场景，更不要说坐在这里享受佳肴美酒了。她真的不明白，她为何会在这里，院长又为何要带她来到这个地方？难不成院长有事要求她？可是，她一个普普通通小大夫，有什么特别之处能够使院长相求？没有道理的事情啊。她想不明白，就坐在那里绞尽脑汁地思考。

“夏医生，不要烦恼了，既然来了，就好好享受吧。”院长看着满腹心事的夏夕阳，见她秀丽的容颜在香槟的辉映下慢慢变得粉红，就在心里想：“这个女人很有味道呢，抱在怀里一定很醉人的。”他在犹豫，今天，此刻，是否是合适的时间？是否此时就把他的愿望表达出来？如果他说了，那么她会作何反应？

“夏医生……”院长欲言又止。

“院长，你的麻烦都过去了？”夏夕阳见院长踌躇不决的样子，突然想起不久之前院长还是一脑门官司的情景，她忽然觉得，可能是院长的那桩案子又有新的情况，莫非，他需要什么帮助？就脱口而问。可是，话刚出口，她就很懊悔，即使院长有了难处，她又有何能力帮到人家？

“那个事情已经过去了，圆满地解决了。我想，你或许听到过很多传言，但又有多少是事实呢？你想了解事情的真相吗？”

“不，我觉得这是你个人的私事，别人没必要知道，我更没有必要知道，我最不愿参与别人的是是非非。”

“是的，这的确是我个人的事情，但是，你确实应该知道，我必须把一切都告诉你。”

“为什么？”

“你先听我介绍这个事情，然后再告诉你原因。”院长抿了一口酒，皱皱眉头，略一思索：“夏医生，我和索菲娅已经好几年了，当年，她从北京逃到悉尼，身无分文，当时，澳洲来了大批的留学生，工作非常难找，她常常要走一天的路，一个店一个店地去找工，但每每都是无功而返。有一天，她在海德公园，饿得快要昏过去，正好我当时在那里散步，她可怜巴巴地求我给她买一个面包，我就带她去对面的酒吧吃了一份牛扒和炸薯条。吃饱饭后，她的体力恢复，话也多了起来，我听说她是北京大学英语系毕业，就知道她是个好学生，我当时正需要一个秘书，就问她可否愿意给我工作，她当然很高兴了，从此，她有了一份固定体面的工作，和同时期来的那些留学生朋友相比，她好像一步登天。

“她的确很聪明，工作干得不错，我很欣赏她，她也很喜欢我，经常请我去酒吧，那时，她与很多人合租一个房子，据说十个人住一个10平方米的房子，全部睡在地上，有一天，她来我家，看到我的花园和大房子，就赞不绝口，她说，如果我可以免费给她一个小房子住的话，愿意给我做清洁工并洗衣做饭。我就答应了，以后，她住了进来，晚上，她洗过澡，穿了睡衣坐在我旁边看电视，有哪个男人能够看着一片薄纱随意轻裹的年轻女人无动于衷？这样，两个孤男寡女，一来二去，当然就走在一起了。

“我在第一时间就告诉她，我在吉隆坡有家，我太太的家族极其富有，势力非常大，我是不可能给她名分的。她说，她不在乎名分，只要我对她好。我对她是真的不错，瞧，这个医院就是为她而买，我给她全部的权力，从人员的招聘，安排，到医院的行政财务，所有的管理，全部由她做主，可是，她还不满足，最近不断要求我离婚娶她。

“我的老婆去年确诊乳腺癌，目前刚刚做完手术，正在化疗，我回马来西亚看她，仅仅10天，回来后，索菲娅就有了那个美国佬，她告诉我，如果不立刻离婚娶她，她就嫁给美国佬。我当时气愤至极，扇了她一耳光。她居然就到警察局把我给告了！

“你看，这个女人有多么狠毒！像你这样善良的人是想象不到的。我真是伤心啊！但是为了家族的荣誉，我不得不化解官司，给她一笔钱了事。事实就是这样，不过，现在事情已经过去，今天，我请你到这里，并不是要对你讲这些，我其实有很重要的事情同你谈。”

“和我？很重要的事情？是什么？”夏夕阳很惊讶，由于紧张，她有点口不择言。

“是的，你或许知道，自从我和索菲娅的事情发生后，今天，我还是第一次来医院。不过，我来医院，不是为了上班工作，是来看望你的。”

“看我?！为什么?”

“是的，来看看你，可是，没想到，乔治这个浑蛋正在那里纠缠你。我正要上去帮你，不想，你已经把他制伏，你很勇敢，证明我没看错人。”

夏夕阳不知院长葫芦里卖的什么药，就一言不发地等他继续说。

院长看她两眼期待地望着自己，一副渴望倾听他把话题继续下去的样子，就在心里说，是时候了。

他干咳一声，又抿了一点酒：“这个……小夏，其实你来医院的第一天我就很看好你，你年轻，漂亮，又是有经验的医生，哪个男人能不喜欢呢？这一阵子因为家里和索菲娅的事情，我被搞得焦头烂额，就没精力关照你，让乔治这小子钻了空子。今天，不知为什么，我突然就想起你，想见见你，于是，就来到医院，不想就看到乔治在你那里，你说，怎么就这样巧?”

夏夕阳无语，她不知该如何回答，院长说的巧是何意？院长又为何要想起她？她不过是院里的一个中医师，他的一个普通员工而已。

“也许，你不知道，我现在心里很空虚，常常感到很孤单，我的身边需要一个女人，一个像你这样的好女人，我知道，你一直都是独来独往，身边没有男朋友，所以乔治才敢对你有非分之想，如果你同我在一起，有我的保护，乔治就再也不敢欺负你了。你想，这样对你对我不是都很有益处?”

原来是这样！夏夕阳怎么也没想到，会是这样的原因。

在这个明媚的下午，窗外，阳光灿烂，碧海蓝天，风景如画，室内，高堂明镜，鲜花烂漫，音乐美酒，如果，风度不凡的院长，此刻，只像一般普通朋友，同她谈谈工作，或者，只是随便聊聊天，那么，在这样的时刻，这样的场合，会是多么美妙的时光啊，然而，院长的最后一句话，却可以用“大煞风景”来形容夏夕阳心里的感受，她甚至还想到另一个成语“道貌岸然”，把这个词用在眼前的院长身上不是很合适吗?

院长等着夏夕阳的回答，可是，过了好一会儿，只见她瞪着眼睛愣神，好像魂飞天外的样子，就拍拍她的手：“夏医生，你还好吗?”

“院长，我们可以回去吗?”

“当然。我们这就走。”院长说完，就到服务生那里去结账，并让服务生给前台打电话把车开出来，然后带着夏夕阳下到一楼大厅。

“也许，我这样要求你，很突然，你没有心理准备，感到很意外，没有关系，我会给你时间，你慢慢考虑，我等你。”

上车后，夏夕阳一言不发，院长就找话说："你现在英语学得如何？"

"还好，现在能听懂一些新闻了。"

"你现在应该学开车，在澳洲生活，英语和驾车都很重要。我给你找个司机，你明天就开始去学，学费由医院负责。"

"我没有汽车，也不需要车，以后再说吧。"

"迟早都要学，现在有时间，就应该学嘛，明天就去，学会了我帮你买一辆。我最近要去一趟马来西亚，一个月后回来，我会警告乔治，他不敢再打扰你。"

第二天，夏夕阳就接到一个电话，是一个驾驶教练打来的。

"你好，我是蒋教练，教开车的，你们院长要我同你约时间，你看什么时间合适？每天一小时，从哪天开始？"

夏夕阳没想到院长说干就干，既然已经安排了，学就学吧，反正早晚也是要学的。

她想了想就说："下午5点，您来医院接我可好？"

"没问题，5点见。"

下午5点，夏夕阳站在医院门口等蒋教练。蒋教练把她一直拉到一条安静的街上，他先把车停好，然后叫夏夕阳坐到驾驶座上，告诉她："前面的镜子要正对后面的车窗，右手车门边的镜子要这样的角度，左手车门边的镜子要这个角度。"

然后，他走到车的右边站在一个位置，"你从右边的镜子里能看见我吗？"

夏夕阳看看右手边的镜子，看不见师傅："看不见。"

师傅说："那你回头看。"

夏夕阳就把头从右向后转，她看见师傅站在那里。"看见啦。"

"这就说明，你在镜子里看不见不等于这里就没人或没车，所以，当你在这个位置要变换线路时，一定要回头看，这样才会全部看清楚了。"

然后，师傅坐在驾驶座的旁边座位上："你看，这是油门，这是刹车，这是开关，这是P，就是停车的挡，这是R挡，是向后开时用，这是D挡，向前开时用。好了，系上安全带，开吧。"

"什么？这样就可以开了？我这是第一次摸车。"

"没事，都是这样学的。先慢慢开。"

夏夕阳聚精会神，战战兢兢地打开开关，把车放到D挡，车子就开始滑动了！她的心提到嗓子眼，全身的血液都冲到脸上，面颊变得红彤彤，双手死死握住方向盘，身子僵直地感受着车子的缓慢滑行。

"别紧张，右脚放在油门上，方向盘不要乱转。"

夏夕阳把脚放在油门上，只踩了一下，车子就“噌!”一下蹿出好远!

“右脚踩刹车!”师傅说时用手扳了一下旁边的一个东西，“踩油门要轻一点，不要用大力，有问题随时踩刹车，刚才我是用这个副刹车，否则，你这样大力踩油门，车会撞到前面的树上的。”

在师傅的耐心指导下，夏夕阳生平第一次开了一个小时的汽车，其实，比起学自行车，开车容易得多，只是因为太紧张，她的脸一直到深夜还红扑扑的，当她在镜子里看着自己红彤彤的面容时，不禁想起查理的女友，那个美丽的风尘女人，当初她学习开车时也是兴奋得花容灿烂，看来，开车真的是一项蛮刺激的活动呢。

从此，她喜欢上了学车，那一阵子，每天下午5点，她就在医院门口等教练，医院里的人，个个都知道她在学开车，张惠芳每天都要问她车子学得如何？黄刚只要有机会，就问她要不要练车？一个月后，夏夕阳已经可以自如驾车了。教练说：“你可以去考驾照了。”

考场在一个叫作Five Dog的地区。考试当天，夏夕阳一早就来到交通办，考官是个澳洲老头，因为教练这段时间都在这个地区带她练车，所以，考官要求她走的路线她都很熟悉，15分钟的考核很顺利地结束了，她直接拿到了P驾照，这是初级驾照，一年后，如果无交通事故发生，就可以申请五年期驾照。

夏夕阳欢天喜地，拿着驾照回到了医院。她高兴地去找张惠芳，向她展示自己的驾照。

“小夏，你真棒，一次就考过了，人家都考好几次呢。对了，院长来了，他来找过你。”

夏夕阳如漏气的气球，兴奋的心情立刻消沉。

自从院长离开后，她就把全部的心思放在学车上，关于院长那天在香格里拉的谈话，她从心底里是抵触的，所以，潜意识里，她都不愿想起任何有关院长的事情。

骨子里，她其实是一个很浪漫的女人。从小，她就爱听奶奶讲故事，祝英台和梁山伯，七仙女和董永的故事，在她童年的脑海里打上了深刻的烙印，长大了，读了很多小说，尤其是《红楼梦》、《简·爱》、《牛虻》这几本书对她影响最深，关于爱情，她有着自己的梦想，所以，生活中虽然有过不少追她的男子，但她梦想中的爱人始终没有出现。她认为，感情应当宁缺勿滥，一辈子的事情，不能将就。因此，时至今日，她同学朋友的孩子都到了入学年龄，她还是自己独行。院长显然不了解她这个人，以夏夕阳这样的性情，她怎么会随便去做别人的情人？更何况，院长不但有重病的老婆，还有索菲娅这样的前女友，并且，不久之前，他还对索菲娅动了手！这样的人在生活中，是夏夕阳避之不及的男人，怎么能够把自己的生活和这样的男人连在一起？

“小夏，我看，咱们院长对你有意思，我早就看出来了，以前，有索菲娅，现在，他落了单，你不如就和他好，他那么有钱，又可以帮你办身份，怎么说，你都值了。”张惠芳对着出神的夏夕阳这样说。

“张大姐，我不是索菲娅，这种玩笑可不能乱开！”夏夕阳说完就回她的诊室了，她不知自己是因为张惠芳的话而生气，还是听到院长找她而心烦？实在说，她很怕见到院长，怕他问她，到底想得如何？其实，她的决定早已做出，她当然不能答应做院长的情人，但是，她很需要医院的这份工作，她担心一旦回绝院长，她的这个医生就做不成了！这一点正是她的烦恼所在，她在努力设想，如何能够找到一个合适的理由，既回绝了院长，又能使他不迁怒于她的工作？或者，她还希望，在这一个月中，院长在旅途之中，遇到一个他心仪的女人，从而忘记夏夕阳这个人，而只把她当作他的一个员工，如果是这样的结果，岂不皆大欢喜？

一个月的时间，说长不长，说短也不短，什么事情都可能发生呢！她夏夕阳自己不正是在这一个月中学会了开车，还把驾驶执照考了下来？那么，院长大人在一个月的30天里难道就没有新鲜事情发生吗？她怀着一种十分侥幸的心理来到院长的办公室。

院长办公室的门紧关着，她抬手轻轻敲了两下：“当！当！”

“请进！”院长从里面应道。

夏夕阳推门进去。

“夏医生，请，快请坐！”院长正在讲电话，他向夏夕阳招招手，示意她在办公桌边的沙发上入座。“还是要做手术？不是已经转移了吗？好，那么，就还请那个大夫好了！行，先这样，安排好后给我电话。”

院长放下电话，也坐到沙发上。“夏医生，你好啊！又见到你了，很好！你好吗？”

“欢迎您回来！我很好，我已经拿到驾照了，谢谢您！如果没有您的鼓励，我现在还不知道开车是那样有趣，真的谢谢您！”

“这个，不必客气，你都学会开车了，很好，以后我们可以驾车去很多地方了，甚至可以去太阳岛黄金海岸这样远的地方了。”

“您太太的身体如何了？”

“她的癌症又复发了，而且还转移到另一个乳房了，需要第二次手术，我可能很快又要回去了。”

太好了，院长不在这里就是好消息！夏夕阳心里轻松下来，但是，很快，她就开始自责，人家妻子有病有灾，你不该幸灾乐祸。

“院长，您自己要多保重！您先忙，再见。”电话铃声响起，夏夕阳借机起身离开。

院长的太太很快要做二次手术，院长次日就离开悉尼回吉隆坡。夏夕阳可以安心地在医院工作了，她庆幸自己的这份工作得以继续。

第十章　雾里看花

下雨了，绵绵细雨，不知为什么，一连两周，下个不停，为了节省电费，夏夕阳的房东不允许她使用干衣机，规定她只能在院子里晾衣服。这样，小雨不停，她就无法清洗衣服，来澳洲时不能带太多的行李，所带衣服本来就有限，现在可换的内衣几乎没有了，她到比较便宜的沃沃斯买了几件T恤衫，但是，已经都过去几天了，雨还是没有停止的迹象。其实，在很多地方，商业街上都有洗衣房，里面有洗衣机和烘干机，只要投进6澳元，就可以洗一桶衣服，之后，再投进3澳元，又可将衣服立刻烘干。但是，那个时候，夏夕阳不知道还有这样的地方，她为着不能洗衣服而愁眉不展。

又是一个阴雨天，这天下午，望着一堆需要清洗的衣服，夏夕阳十分发愁，她在考虑，是否需要请求张惠芳帮忙？不知她家可有烘干机？

“小夏，有人找你。”房东在门外叫她。

她来到大厅，看见朱大进高大的身躯横在门口，使得雾雨天阴气沉沉的大厅光线更暗。

“你好！小夏，我路过这里，顺便看看你。”

“你好！请到我房间坐。”

朱大进随她到了房间。

“你先坐，我泡茶给你。”

“不要客气，我车里有水，刚刚喝过。你坐，我们说说话。你近来可好？”

“我还好，我学会开车了，刚刚拿到驾照。你看。”夏夕阳给他看她的宝贝驾驶执照。

“真不错，你很聪明啊，这么快就学会开车了，到底是北京来的大医生，了不起。”

朱大进只要有机会就对夏夕阳赞不绝口，这使夏夕阳很受用，世上有谁不愿意听好话呢？更何况夏夕阳刚刚学会开车，正在兴奋阶段，十分需要与人分享她的这份快乐！

朱大进当然深谙此道，他才是真正的聪明人，生活中，见风使舵，见机行事，本来就是他的强项，生意场上，有机会就抓，见利就上，损人利己的事情也没少做，为了一桩生意，他可以给人家做孙子，在店里，多么难缠的顾客他都能够对付，对付像夏夕阳这样简单的女人，自然是小菜一碟，太容易了。像这样说说好话，又不需要付出什么，无非是用点脑子，动下口舌而已，能够投其所好，赢得伊人的欢颜，何乐而不为呢？

“这也没什么，听师傅说，这里的车子很好学，因为车子都是自动的，不像国内，车子是要换挡的，学起来很难的。”

“虽然这么说，可是很多人，特别是女人，在这里学开车，还是需要很长的时间的，尤其是考驾照，往往要考好几次呢。不是我夸你，你就是聪明！跟她们不同！这么好的事情，你应该高兴呀，怎么你看起来不是很开心？”

“其实，本来是很开心的，但是，这些天接连不断地下雨，我的衣服一直没有机会清洗，如果这雨再不停，我就没衣服可换了，所以，正在发愁呢。”

“原来是这样，这还算个问题吗？你怎么不早告诉我呢？你把衣服拿到我家洗呀！我家里洗衣机、烘干机全有，走吧！”

“那怎么行？你太太她同意吗？”

“嘿，我今天来，本来就是要告诉你的，她走了，不在澳洲了。现在就我自己了，我想干什么都行。收拾衣服，走吧！”

“真的？不打扰你？这要好几个小时呢！”

“哪里是打扰？我求之不得呢！”朱大进这句话，可是发自肺腑，他心里太高兴了，简直是天赐良机，他怎么也没想到，机会就这么降临，他不费吹灰之力，轻而易举，就把夏夕阳领到了家里！

朱大进的家在市中心的一座公寓，这是一个三间卧室的复式单元，一楼有厨房、客厅、洗衣房，还有一间卧室和一个晾台。

进门后，朱大进十分殷勤地招待夏夕阳，他从冰箱和橱柜中拿出了所有可以食用的糕点、水果和饮料，摆了一大桌：“来，小夏，先将就吃一点，事先不知道你要来，否则，我会好好准备，给你买好吃的。”

“你太客气了，这已经很丰富了，再说，我不饿。洗衣机在哪里？我先把衣服放到里面，这么多衣服，要洗好长时间呢。”

“这里是洗衣间，地方是小一点，但洗衣服没问题。这是洗衣机，那是烘干机，来，我帮你洗。”

“不用，我知道怎么用，你放心吧。我自己就可以了，你忙你的，不用管我。”

夏夕阳说时手里已经开始忙活，她在赶时间，她想尽快把衣服洗好烘干，这样就不至于打扰朱大进太久。

可是，朱大进的想法却与她正好相反，与夏夕阳认识已经差不多半年了，每一次见她，都是匆匆忙忙，今天，好不容易把她带到家里，又有洗衣服这样绝好的借口，这样的时间，他宁愿一分钟一分钟慢慢地度过，他希望在这样的夜晚，在这样的几个小时中，通过他提供给她的帮助，使得他们的关系有一个自然的升级。

至于他们的关系要有怎样的升级？朱大进自己其实也不知道。初识夏夕阳时，她站在大街，一副彷徨无措的样子，他只想给她帮助，顺便和她玩一玩，之后，不知为何，他竟然跟着她一路走到学校。平时，他还算是个本分的男人，一般情况下不拈花惹草，可是，那天，没来由地，他动了心思。原本，他只是想碰碰运气，搂草打兔子，觉得这个女人，刚刚来到悉尼，百事无头绪，两眼一抹黑，这样的情况下，作为一个有本地经验的成熟男人，他和她或许可能会发生一点什么？但是，在学校的电梯前，夏夕阳却明确打断了他的这个念想，他只好放弃回家。

本来，他和她的故事就可以这样结束，但是，回到家里，因为一点小事情，他的老婆对着他大吼大叫，搞得他心烦意乱，面对孩子的哭闹，看着老婆因为愤怒进而扭曲的嘴脸，突然地，他就想起了夏夕阳，同样是女人，街上的那一个是多么的娴静，眼前的这一个，怎么就跟斗鸡一样，她和她为何好像是两个世界里的人？

已经过了好几天，他的心里还是忘不了夏夕阳，在路上，每次经过市区的街道，他都会放慢速度，看看道路两边是否有夏夕阳？也是功夫不负有心人，在唐人街，他还真的看到了夏夕阳，从那以后，他就开始寻找机会接近她，半年下来，他对她的了解不断加深，她的率真沉静，不慕虚荣，使得他对她，由最初的一个男人对一个美丽女子的单纯的喜欢，增加了一层尊敬的成分，随着时间的推移，她的影子在他的心里占据的位置一点点地加深，虽然，他和她见面的次数不多，她也从来都没有主动同他联系，而且，两人每一次的见面，都是匆匆忙忙，但是，在他的心里，一直都有一种期待，他相信，终有一天，他和她会在一个地方，会有一段安静的时光，可能也许还会发生一些事情。

但是，他没想到，这个时刻，就在今天，突然来了，这是老天对他的眷顾啊，否则，老天为何要这样拼命地下雨？如果没有这场绵绵细雨，夏夕阳怎么可能这样轻易地走进他的房间？他想，一定要珍惜这个难得的机会，才不枉老天的一番安排啊。

想到这里，他就跟定夏夕阳。无论夏夕阳做什么，他都跟在后面，当夏夕阳终于忙了一个段落时，他立刻送上饮料，“小夏，慢慢来，有的是时间，来，让洗衣机先转着，我们到沙发坐，先喝点东西。”朱大进边说边拉着夏夕阳坐到沙发上，“这里有光盘，你看看，哪个你喜欢看？”

“谢谢！这个是美国电影吧？”

“对，这个是新影片，听说很红的，叫《泰坦尼克号》，是个真实的故事呢，我也没看过，要不我们就看它？”

“好吧。”

朱大进放好光盘，电影开始了，这是根据泰坦尼克号游轮沉落海底的史实而改编的一部海难爱情故事，影片通过生动的画面、感人的音乐及好莱坞演员的出色表演，将有情人遭遇天灾大难时的那种生离死别，阴阳相隔，思念终身的情感演绎得酣畅淋漓，荡气回肠，的确是一部感人至深的好片子。

影片很长，夏夕阳从头到尾沉浸在故事当中，除了清洗衣服，就定在电视机前，把朱大进这个人几乎给忘记了，当影片结束时，她的衣服已经洗完，她便起身告辞。

这可是朱大进始料不及的，他很懊悔，为何要建议她看电视呢？好不容易盼来的一个良宵，就这样无端地浪费了！

“以后你就到我这里来洗衣服好了。”朱大进临别时对夏夕阳说。

“谢谢你，那样太麻烦了，这雨不会永远都这样下吧？今天打扰你了，谢谢！再见！”

“你别急，我送你回去。”无奈，朱大进只得遗憾地送夏夕阳回去。

又一个周末来临，阳光灿烂，雨终于停了，夏夕阳好高兴，一早就把衣服洗好，晾在院中。

她刚回房间，就听有人喊她：“小夏，你的电话。”

拿起电话，朱大进在那边说：“小夏，我下班后来接你，到我家洗衣服去，你等我。”

“谢谢，衣服刚刚洗完了。今天不麻烦你了。”

“那你晚上打算干什么？”

“还没想，看书看电视吧。”

“哎，周末总要休息一下，要不，我们去文华社听歌吧。”

“也好。”

当他们到达文华社时，时间尚早，唱歌台上空无一人，舞台后面的幕布上，正在播放香港的武打片，台下的座椅，三三两两零星地坐着几个人。

“我们来早了，我带你到四处转转。”

朱大进带着夏夕阳来到一层，这里，除去酒吧，就是一排排的老虎机。

“你看，这里都是老虎机，你会打吗？”

“我从来都没碰过，你打过？”

“不多，有时玩玩。澳洲到处都可以见到老虎机，是个酒吧，就有老虎机，很多人一天到晚就玩这个，有的人，大把大把地把钱扔到老虎机上。不过，我的运气还算不错，就在这里，有一年的春节，文华社举行大年除夕幸运抽奖，那时候，很多留学生都没身份，家属都不在这里，所以，一到周末，大家都聚到这里消遣，我如果没做工，也会到这里来。那个除夕，我本来只想在这里消磨时间，不料却中了大奖，一下子得了3万澳元！简直就像做梦！就是从那一年，我开始了做生意。好了，以后有时间我再慢慢告诉你，我是怎样做的生意。”朱大进回忆起中奖时的情景，不由得手舞足蹈，可是，突然之间，他眼睛一转，兴奋的神情立刻安静下来，结束了那个美好时刻的镜头回放。

夏夕阳觉得，他的这个转变很突然，有点奇怪，不过，她什么也没问，因为整个晚上，都是朱大进主动找话题，她只是被动地当听众，一直以来，当他们在一起的时候，大部分时间，都是朱大进在不停地讲话，夏夕阳一般只是简单地回应几声，因为她好像从来没有想和他深谈的欲望。因此，对于他的事情，她没有刻意地留过心，在她的潜意识里，他和她，是两条平行线，他们之间，不会有什么关联。

“我们去二楼看看。”朱大进带着夏夕阳来到二层，这里是一个像大厅一样宽敞的房子，里面有音乐声传来，原来一些人正在那里跳交谊舞。

在楼梯口处，立着一块牌子，上书：教交谊舞蹈，一人5澳元。

夏夕阳对交谊舞很有兴趣，在大学时，就曾学过几次，她认为，舞蹈是一项很好的锻炼身体的活动，既优雅，又有趣。

“要不，今天我们就学跳舞，如何？”

“你真的喜欢跳舞？”

“我很喜欢。你怎么样？”

“只要你喜欢就好，我随你。”

于是，他们就加入到学习的队列中，随着老师的指导，开始起舞。夏夕阳有点基础，老师一点就通，可是，朱大进初次学习，全身僵直，脚步毫无章法，他跟着夏夕阳一前一后地在那里移动，很像一块竖立的木板，移来移去，十分可笑，夏夕阳忍不住笑出了声。

“我很可笑吗？我可是有生以来头一次跳舞，舍命陪君子，都是为了让你开心啊。”

“谢谢，你身体不要这样僵着，放松一点，自然一点，好，就这样。”

他们随着音乐慢慢调整着，应该说，朱大进很聪明，学了不久，他就能合着拍子走舞步了。

“朱同学，你很聪明嘛，这样快就跟上了。”

“小夏同学，你要知道，学东西，我的脑子还是可以的。没想到跳舞这样有意思，以后我们可以经常来了。”

从此，朱大进就迷上了舞蹈，因为他喜欢看翩翩起舞的夏夕阳，她是那么楚楚动人，热情大方，这是他发现的她的另一面，在平日里是看不见的，他想：“这个女人在私底下是很奔放的。”他甚至想：“在床上，她是否也会这样热情奔放？”

夏夕阳是那么的喜欢跳舞，看来，学习舞蹈，是与夏夕阳保持联络的绝好理由。学习班每周六晚都开，这样，每个周六，他都可以名正言顺地邀请夏夕阳，他们可以一起吃晚饭，一起手握手，胸贴胸，跳一整晚，这样亲近地频繁接触，他们之间的距离将会越来越小，相信夏夕阳对他的感觉也会越来越多吧？

一连三个周末，朱大进都邀请夏夕阳去文华社学习舞蹈，每一次，朱大进都有一些进步，“他的确很聪明，学东西很快的。”朱大进给夏夕阳的印象就是这样。

“小夏，时间还早，你想不想去情人港走走？”这天，舞蹈班结束后，朱大进意犹未尽，他想请她去家里，就这样试探地说。

夏夕阳看看手表，已经快到11时，觉得时间太晚，就说：“下次吧，明天早上我要去上班，有约好的病人。”

夏夕阳说的是实话，第二天的早上9点，有一个黄老先生要来做针灸。

这个黄老伯，来悉尼看望读书的儿子，为了给儿子攒学费，就到装修公司打工，工作是刷油漆，可是，他在干了两天之后，就从双臂到全身出现大片的红色疹子，奇痒难忍，于是，来夏夕阳这里求治。

经过检查，夏夕阳认为，老黄是过敏性皮炎，给他吃中药并行针灸治疗，今天是第三天，她约老黄做第二次针灸。

当老黄来到诊所时，他人还未落座，就高兴地伸出双臂说：“夏医生，你看看，全好了！您可真是神医，妙手回春啊，您针灸的当天，痒就去了大半，疹子也消了不少！谢谢您了！”

“不用谢，现在怎样了？还痒吗？”夏夕阳开始检查老黄的全身，皮肤上的红疹大部分已经消散，她很高兴，为病人的病情好转，也为自己的治疗取得好的结果。

“您还有药吗？”

“全吃完了，您再给开几服。”

夏夕阳就看过他的舌脉，在原方上改了几味药：“我再给您吃三服。今天不用扎针了。”

处理完老黄，她准备去看张惠芳。

这时，院长突然走了进来：“夏医生，你跟我来。”说话时，院长已经站在门口，等着夏夕阳。

夏夕阳就随他来到大厅门外。

“院长，您什么时候回来的？”院长的出现，对她来说，好像一个惊雷，震得她胆寒。

院长继续走着，一直来到他的黑色轿车前：“夏医生，先上来，我们慢慢聊。”

夏夕阳只好上车，但她的心却“扑通，扑通”，好像要跳出胸膛。她很担忧，因为她知道，这一次，院长一定会向她要答案，而她在回答他的那一刻，她的这份宝贵的工作很可能就会失去！

车子在快速行驶，不一会儿，就来到香格里拉酒店。看来，院长对这里情有独钟。

他到接待台，拿了钥匙，就带着夏夕阳直接来到32层，打开房门，迎面飘来蓝天白云，远方，碧波荡漾，白帆点点，令人心旷神怡。

“夏医生，请这里坐。”院长来到临窗的沙发，请夏夕阳入座。

“谢谢！院长，您太太的手术做好了？她的病情稳定了？”

“她很好，手术很成功，放疗化疗都做了，一切都OK。你怎么样？这些日子还好吗？”

“我很好。”

“你车子开得怎样了？”

“学完后，还没开过。”

“是的，我忘记了，你没有车子。怎么样，我带你去练练手？”

“现在？”

“不，明天，我带你去墨尔本，从悉尼一路开过去，全部都是大平原，这一趟来回两千多公里，你的车技就差不多了。”

夏夕阳没想到院长会提出这样的建议，“他没有问我，是否就以为，我已经答应和他在一起了？两千多公里的路途，就是一刻不停地开，也要两天，他和我难道就要一起共度这段时光？”想到这里，她说：“院长，您刚回来，是不是很累？需要休息吧？练车的事以后再说。”

“陪你练车，也是一种很好的休息。今天我们就住在这里，现在，我们来安排一下明天的行程，你先把需要的东西写下来，主要是你的化妆用品和内外衣等，我们可能要在外面一个星期，你需要几套衣服，写好了我们就到马丁广场附近的Gloss house或者May去购物。”

“院长，对不起，我不想去墨尔本。”

“呵，那你想去哪里？没关系，你尽管说，澳洲有很多美丽的地方，选择墨尔本是因为道路平坦，便于你练车，当然了，其他地方也可以，比如布里斯班，那里靠近黄金海岸，我们可以到那里玩几天。”

“对不起，院长，我哪里也不想去。我可能要让您失望了。”

“你说什么？你难道，到现在还没有想通？”

“对不起，我辜负了您。”

“你不要总说对不起，你是一个好医生，有一颗聪明的头脑，怎么就不能考虑问题长远一点呢？你为什么来澳洲？你的目标是什么？到了澳洲又怎样才能实现你的目标？这些事情你想过没有？”

夏夕阳的确没有认真想过这些事情，她为什么来澳洲？当初只是好奇，现在，深知澳洲生活的艰难，至于她在澳洲有什么具体的目标？到目前为止，她还真的没想过。

可是这位院长，却替她想了：“夏医生，通过索菲娅，我接触了很多中国来澳的留学生，他们个个目标明确，一为多赚钱，二是拿澳洲身份，你的目标也应如此。人生在世，岁月匆匆，应该好好享受生活，可是，两手空空，何谈享受？没有身份，怎可在澳洲长留？如果你跟了我，第一，马上，我就可以为你申请工作移民，第二，很快，你就可以拥有相当的财富，享受豪华自由的生活，你看，我们现在待的这个房间，多么豪华舒适，可是，一个晚上就要花费420澳元，如果没有经济能力，怎么可能得到这样的享受？这一切，就是全世界范围来说，是多少女人，求之不得的呀，你碰巧有了这样的机会，应该好好珍惜，怎么居然毫无所谓呢？”

夏夕阳不得不承认，院长的话，的确很诱人，她当然知道，院长所谓的机会，的确也是很少见的，抓住这个机会，她的生活将会发生根本的转变，但是，如果通过这样的方式来改变她的生活，今后，无论她有怎样大的发展和作为，她都难以安心，因为她既不能坦然地面对父母亲朋，更不能无愧地面对自己的良心。不，她不能说服自己。尽管，眼前的院长，手里握着诱惑力巨强的红苹果，尽管，她的咽喉已经被鲜艳的红苹果蛊惑得分泌出一滴滴消化液，但是，她还是作了最后的决定：“院长，谢谢您，真的对不起，我做不到。从一开始，我就应该告诉您的，我因为担心失去医院的工作，才拖到现在。对不起。”

“你怎么就这样不明白呢？即便你不为身份，不为钱财，那么，你的事业呢？你的浪漫的爱情呢？难道这些你也不动心吗？”院长继续劝说。

“院长，金钱可以创造浪漫的气氛，但浪漫的气氛不等于就是真正的爱情。”

“难道，像我这样的男人，还不能够使你称心如意？”

“您是一个好人，但是，您不了解我，我真的不想这样。对不起，院长。”

院长心里想：“这个女人真是榆木脑袋，不开窍！”

他真的搞不明白，究竟有什么理由，使得她会拒绝他？像他这样富有的男人，在澳洲找个女人，那是分分钟的事情，可是，像夏夕阳这样的女人，想找到他这样的男人，却是相当不易的呀。

“不识抬举，不可救药，由她去吧！”院长的耐心已经耗尽，他拿出支票本，在那里写了几个字，递给夏夕阳：“既然你已经决定了，那么，我尊重你的选择。我们就没必要再见了。这是你的工钱，你下去吧，我会打电话给门卫，让他给你安排出租车，送你回家。”

就这样，夏夕阳把唾手可得的身份、财富和医生的工作统统丢失了。

回到家时，她的心好空，人的心思好难揣测，仅仅一瞬间，院长由温情脉脉转为横眉冷目，使她看到人世间，人情冷暖的变迁，原来，一个人命运的转变，原来就这样在顷刻间发生。

医院的工作没有了，学校还在碧梧德，她准备搬回原来的住处，那里离学校近，可以节省火车费。

可是，当她打电话给房东老胡时，老胡说：“对不起呀，你原来住的房子已经租给别人了。”

“其他房子有空的吗？”

“目前还没有。”

无奈，夏夕阳只好再从报纸上找，好在所有的中文报上，登有大量的租房广告，碧梧德的出租屋就有很多，她选了一个离商店、火车站及学校都不太远的房子，打了电话，约好时间，就去看房子。

她坐火车到了碧梧德，按照地址，很快就找到那所房子。房东是一对老年广东夫妇，老头可以马马虎虎讲几句普通话。

这是一座很大的老房子，前后院都种满了各色玫瑰，红白黄蓝，姹紫嫣红，十分美丽，夏夕阳一看就喜欢，老夫妻自己住一套大房子，里面怎样，房客不知，原来，他们在后院修建了一套房子，这套房子专为出租，出租屋有三个卧室，一个卫生间带有浴室和洗衣机，一个大厅，连着厨房，设施简单，但生活必需品都有了。夏夕阳决定租下。

房东说：“租金一周 70 澳元，先交两周的押金。那两间已经各住了一个女孩，水电煤气费你们三人平摊，卫生清洁也是你们自己负责。”

夏夕阳觉得，这对老房东比起开普赛的那对要好很多，所以，当下就交了押金。

然后，她问：“您这里的电话号码是多少？”

“我家里的电话，你们不能用，现在手机很便宜，她们俩都有手机，你也可以去买一个。”

这点，可是夏夕阳没有料到的。没有电话，她就和外界失去了联系，她需要找工作，必须要有电话，看来，她必须买一部手机了。

她来到大街上，看到一家电讯公司，咨询了有关买手机的情况，才知道买手机需要签合同，而她没有固定工作，没有信用卡，又没有澳洲的身份，要签合同是不行的，换言之，她需要担保人。

“找谁来担保呢？张惠芳？她也没有澳洲身份，盖瑞？他是老外，他能理解她的处境吗？他会愿意吗？看来，还是得找朱大进了。”这是她第一次想到要找他，平日里，他总叫她有事找他，那就找他吧。

“朱大进，你好，请你帮个忙，行吗？”

“当然行，我就等着你的招呼呢。你在哪里？我这就过来。”

朱大进果然招之即来。他二话没说，就帮夏夕阳作了担保，当时就选了手机，订了合同，从此，夏夕阳有了自己的手机。

夏夕阳拿着手机，左看右看，很是过瘾，这个红色手机，小巧精致，不像她在国内时见过的大哥大，像一部座机电话那样笨重。

当年，她出国之前，国内手机尚未流行，大家常用传呼机联系，那时候，她未料到，仅仅几年之后，国内的手机，遍地开花，就连中学生，也配上了手机。

“你接下来，怎么打算？”朱大进已经知道夏夕阳丢了工作，虽然夏夕阳只是很简单地讲了几句她的故事，但聪明的他不用脑子就已经把事情的原委搞得很清了，他不由得对眼前的夏夕阳产生一种敬意，现实生活中，他遇见的女人中，有谁会像夏夕阳这样，面对巨大的诱惑而不动心？

“搬家，找工作。”

“你想自己开诊所吗？”

“想啊，可是，我是学生，可以自己开吗？”

“我想，应该可以的，要不，我带你去问我的会计，他懂的。”

朱大进的会计告诉他们，澳洲政府允许留学生做生意，包括开诊所。她只需要办理一个执照，找一个店铺就可以了。

“你想现在就着手开诊所吗？”

"我行吗?"

"你的技术当然行了，如果你想好了，我们现在就去找店铺。"

在朱大进的鼓励下，夏夕阳决定，自己开诊所。她来澳洲已经一段时间，在保持最低消费的情形中，她存了几千澳元，加上来澳洲时父亲给她的美金，大约有近一万澳元，这点资金，开个小诊所还是可以的。

想好了就干，她先在报纸上看广告，找到合适的店铺就去看，几个星期后，她终于找到一处租金低廉的商铺，因为是在一处新建筑的上层，来往人群很少，所以店主低价招租。

朱大进说："这个店的价位低，又在市区，你如果没有病人，租金你也交得起，这样你的压力就不会太大，刚开始做生意，尽量降低成本是很重要的。"

夏夕阳觉得，他讲得有道理，就与地产公司签了合同。

"我有一个朋友，是搞装修的，我请他给你把诊所全面装修一遍。你先想想，你的诊所需要什么，桌椅柜子和病床要怎样摆放，然后，叫我朋友过来给你设计。"

这个店铺是刚刚完成的建筑，灰色水泥墙壁尚未刷漆，水泥地面毛毛糙糙，就连洗手池也未安装，必须专业人员全面装修才可使用。

朱大进的朋友很快就把方案拿了出来，同时，也做了报价，哇！这笔装修费用，非同小可，对于囊中羞涩的夏夕阳来说，真是一笔庞大的开支，花掉这笔钱，她的账上就只剩下不到两千元了，她有点犹豫，但又一想，舍不得孩子套不着狼，没有投资，何谈回报？她决定豁出去，赌一把。

诊所开业了，夏夕阳很高兴，也很感谢朱大进，如果没有他的鼓励，她没有勇气这样快就自己开诊所，而且，如果没有他的指导和鞍前马后的张罗，她的诊所也不会这样快就开张。想到这里，她觉得应该好好感谢朱大进，怎么谢呢？请他吃饭？还是给他买一份礼物？他喜欢什么呢？这样想时，她才发现，她对他并不了解，一直以来，都是他关心她，而她对他好像从来没太在意，比如，他是否吸烟？喜欢喝茶还是喝咖啡？喜欢大鱼大肉还是甜食？等等，她一无所知。

"丁零零……丁零零……"

电话声起，夏夕阳赶紧拿起话筒："你好，这里是夕阳中医诊所，有什么可以帮您?"

"哈哈，小夏，是我，有病人吗?"原来是朱大进。

"没有，广告周六才会登出，这边几乎没有路人，很难被人看见我这个诊所。"

"你把那个牌子放在门口了?"

“放了，不知是否会有人注意。”

“没关系，慢慢来，如果没有病人，这周的房租我替你付。”

“那倒不用，我有心理准备的，不过，还是要谢谢你。这一阵子，我已经很麻烦你了，今天，想请你吃饭，你有空吗？”

“当然有空，下了班我就来接你。”

夏夕阳放下电话，就开始读英文。

“我想看医生。”一个中国男人走了进来。

来人是个厨师，患的是右肘关节炎，夏夕阳给他检查后做了针灸，这是她开诊后的第一个病人，治疗后，病人因为疼痛立刻减轻而高兴地离开，夏夕阳情不自禁地拿起了电话，向朱大进报告这个喜讯。

“真的？还真来了一个病人？真好！”朱大进也为夏夕阳高兴。他想，这个小夏，那个马来西亚人给她那么优越的条件，她不要，却宁愿这样辛辛苦苦，一点一点地靠自己，真是不可思议，说她傻吧，可是，看病就有一手，他曾见过病人对她的由衷赞美。看来，这个女人表面温柔沉静，骨子里却是很清高很硬气的。

今后，他应该怎样做，才能够使她对自己亲近起来呢？夏夕阳今天给他打了两个电话，这是以前从来都没有出现的状况，他觉得，夏夕阳现在开始有点靠近他了，也是，她刚刚来澳洲，认识的中国人不多，好像也没什么朋友，这正是自己接近她的机会呀，他决定要抓紧这个时机，不然，再出现一个富有的马来西亚人或者其他什么人，他的机会就没了，他很庆幸，夏夕阳没有跟着那个马来西亚院长去了，否则，他这半年的苦心，岂不白白浪费？

下班后，朱大进直接来到诊所接夏夕阳。

他帮助夏夕阳收了牌子，锁了门，还送给她另一个小牌子，一面写着关门，另一面写着开诊，挂在门上，正好合适。

“这个很有用，太好了，谢谢你。你喜欢吃什么风味的饭菜？我们去哪家餐馆好？”夏夕阳真心诚意想感谢朱大进。

“我们就去情人港的麦当劳好吗？”

“那是快餐，不算正餐的，我们去一个有档次的餐厅吧，我真的想好好感谢你对我的帮助。”

“有这份心意，我已经很高兴了，吃东西并不重要，麦当劳挺好的，就这样定了。”

到了麦当劳，朱大进要了一份巨无霸套餐，夏夕阳要了一份鱼柳套餐，付款时，朱大进大臂一挥，挡住了夏夕阳，自作主张，交了费。这使夏夕阳很难为情，本来是她邀请的，怎么他倒结了账。

麦当劳的旁边，有一个人工湖，湖中有一列喷泉，湖边湖底是宝蓝色马赛克，洁白的泉水从湖中汩汩喷出，蓝色的湖中有几只鸳鸯来回巡游，朱大进与夏夕阳坐在湖边，边吃边看鸳鸯戏水。

“你看，那两只鸳鸯，游来游去，总是贴在一起。”朱大进说。

“它们是不是一对?”

“应该是吧，你看，就算是动物，也要结伴活动的。”

“是呀，那你为什么还把家人送走呢？不如请你太太回来吧。”

“不，她如果回来，那就是给我催命，我对她已经绝望了，她不会回来了，我也不想让她回来。”

“你什么意思?”

“我希望她永远都不回来。我和她离婚是早晚的事。真的，我已经决定了。她这个人，算啦，我现在不想谈她。谈谈你吧。”

“谈什么?”

“你的诊所开业了，以后，你打算怎么样？你需要身份的，你没想过这个问题吗?”

“想过，还去咨询了移民代理，据说，我可以申请技术移民。因此，我准备好好学英文，然后，考雅思，考过6分，我就可以申请了。”

“原来是这样，那你一定要好好学，争取早日申请成功，要知道，有个澳洲身份是很重要的。”

“你已经有澳洲身份了?”

“是的。”他突然转移话题，“你吃好了？我们到那边走走?”

他们绕过小湖，来到情人港的入口，那里，有一个中国花园。

“你进去过吗?”夏夕阳问他。

“没有，听说建的有点像苏州的园林，这类公园，我们在国内看得很多了，没有必要花钱买票去看。你看，那里是展览大厅，经常有各种大型展览，像汽车展览、特产展览、营养品展览等，展厅前方，有一大片花圃，都是鲜花，五颜六色，很好看的。”

他带着夏夕阳来到那片花坛前，的确，一簇簇鲜艳的小花，有洁白，粉红，鲜红，橙黄，还有蓝色，紫色，真是万紫千红，色彩纷呈，朵朵鲜花，随风摇曳，好像一只只彩蝶，振翅飞翔。花坛的前方，是一个小渠，渠中流水潺潺，听着那潺潺的流水，看着风中的“彩蝶”，夏夕阳感到十分惬意，由衷地享受着这样一种宁静。

“天晚了，你会不会感觉冷?”朱大进靠近夏夕阳，他的前胸几乎贴到她的后背，夏夕阳甚至感到，他的双臂已经环绕在她的身体两侧，她的手已经感觉到朱大进的手指，那是一种很冰凉的感觉。

“我不冷，你冷了？”夏夕阳转身看向他。

“有点，要不，去我家里坐坐？”朱大进将他冰凉的手指揣进口袋。

夏夕阳看看手表，时间还早，看着朱大进在风中有点发抖的样子，就点点头，她不想扫他的兴，特别是今天，是她，主动邀请他出来的。

“你闻到什么味道吗？”一进门，朱大进就这样说。

夏夕阳耸耸鼻子：“没有啊。”

“好，那就说明，味道已经消失了。你知道吗？上次你用甩干机时，因为插销不够，我让你把冰柜的插销拔了，然后，就忘记把插销再换过来，过了一天，我回家时，感觉有一股强烈的腐臭味，原来冰柜里的肉全都腐烂了，那味道，好长时间都不消散，每当感觉这股味道，我就想起你，这可是我们夕阳医生的杰作呀。”

“真的？对不起，太对不起了。那种味道，一定很恶心，我真的犯大错了！”

“没事，没事，已经好了，你别放在心上，我是跟你开玩笑的。来，参观一下我的房子。”

“好的，上次只顾洗衣服，没来得及。”

“是的，上次，你只到了一层，我带你到上面看看。”朱大进走到楼梯边，边上边说，“上面有两个卧室，这个是主卧，里面有一个卫生间。”他带夏夕阳来到楼上的大房间，这个房间很宽大，临窗摆有一张大双人床，面对双人床的是一排大镜子，与整面墙壁同等面积，床边有一张大软椅。偌大的房间，就只有这样几件家具。

“咦，为什么要装这么大的镜子？”

“镜子后面是衣柜，房子在设计的时候就是这样，我们买的是二手房，进来时就这样了。这个设计很好，不需要再另外买家具了。我们买房时就包括了家具，老房主原来就这样布置的，我们没有变化，继续这样住。”

“是的，省事。”

朱大进又带她看了小房间，那里也有一张双人床，一面墙的柜子，也是藏在镜子后面。多出来的，是一个小书桌。小房间的外面，靠近楼梯的尽头，有一个卫生间，面积很大，里面有便池、梳妆台、淋浴，还有一个大浴缸。浴缸旁边，放着一个电子秤。

“这个秤能用吗？”

“可以呀，你要称什么？”

“我想量量体重，看看我来澳洲半年，体重变了没有？”

“好呀，你量量。”

夏夕阳就站在秤上。

“是多少?”

“54 公斤。”

“不可能，你这样瘦，怎么可能有54？我不信。”

“真的，你过来看。”

“不用看，我试试就知道了。”朱大进突然一把将夏夕阳抱了起来。“这么轻，哪里有54!”说话时，他已经抱着夏夕阳走进主卧。

“你干什么?”朱大进的动作这样突然，夏夕阳愣了，直接的反应是踢腿挣扎。

夏夕阳没想到朱大进跟她开这种玩笑。她有点发蒙，还没有反应过来，她就已经被朱大进放到床上，她要坐起来，可是，朱大进已经趴在她的身上了。

“让开，我要起来!”她刚喊出声，朱大进的嘴巴已经把她的口唇盖严。

“小夏，求求你，别闹了，你挣不过我。我喜欢你，真的喜欢，你知道的，很久了，我一直都在等，等着这一天，等着这一刻，真的，我忍了很久很久，我真的忍不住了。夕阳，好夕阳，你别挣扎了，求求你了。”朱大进说话时显出了哭腔，急得眼泪都流了出来。

夏夕阳开始回过神来，她被朱大进紧紧拥抱的身体依然僵硬着，听着朱大进在她耳边的声声告白，想起这半年来，他对她的殷切关怀，她的心慢慢变软，来到澳洲的日日月月，她东碰西撞，四处碰壁，一直以来紧绷的神经就在这一刻松弛了，她的防线全面崩溃。

“哇……”她失声痛哭，半年里的遭遇，那种种的委屈，化作泪水，汩汩涌出。

朱大进吓了一跳，他赶紧翻身坐起，把夏夕阳拥入怀中：“对不起，我吓着你了，我真浑，对不起，我刚才昏了头。”

说话间，他兴奋的头脑冷静下来，想到自己刚才的行为，他就把自己给吓了一跳：“自己这是怎么啦？差一点儿，我就强暴了她！这可是犯罪啊!”

他很后怕，更加紧紧地抱着夏夕阳，此时，夏夕阳不再挣扎，她默默地流着眼泪，朱大进就拿过枕巾替她擦，很久很久，他们就那样沉默着。

虽然，夏夕阳一言不发，但是，她静静地坐在朱大进的身边，这使朱大进大为宽心，他明白，他的胆大妄为，终于使得他和她的关系发生了根本的转变，夏夕阳不但没有怪怨他，而且，已经开始接受他了，这个女人，不久前，刚刚拒绝了那个能够给她身份和富裕生活的马来西亚人，却接受了他这个什么也不能给她的已婚男人，女人心，海底针，真的很难捉摸，不过，朱大进相信，也就是像夏夕阳这样不刻意追求物质的女人，才会如此由着性子行事，当然，他也明白，自己多少还是懂女人的，女人是需要呵护的，如果没有这半年来他在她身上的点点滴滴的努力，今天，夏夕阳决不会就这样轻饶他。

但是，无论如何，不管怎样，事情都是按照他希望的方向发展，这样想来，他不由得一阵窃喜，庆幸自己今天的莽撞行为。

当朱大进把夏夕阳送回家时，已经过了10点。朱大进小心翼翼地把她一直送进房间。

“夕阳，明天我来接你上班?”

“不用，我自己坐火车去。”

“那我下班来接你回家?”

“我晚上要上课，你忙你的。”

“怎么晚上还有课?”

“因为白天要去诊所，我就把课改到晚上了。”

“这倒不错，你们学校还挺替学生考虑的。”

“我们的校长是个黑人，很好说话，好像心地很善良的。”

“那我明天送你去学校，我反正也要经过这里去送货。你等我。”

“好吧。你回去休息吧。再见。”

“再见，你也早点休息。”

朱大进走后，夏夕阳去厕所。可是，到了厕所，却找不到手纸，她记得，早晨她刚刚在那放了一卷新手纸的。她们一共3个女人，一天之内，怎么就会用去一整卷呢？她昨天早晨也是放了一卷新手纸，到了晚上就不见了。她感到纳闷儿，只好又拿出一个新卷。

两个邻居，一个是来自重庆的江爱萍，这个小丫头，只有18岁，正在悉尼科技大学的预科班读书，小小年纪，就很懂事，每天除了读书，就去餐馆打工，自己负担生活，很少向父母伸手，与夏夕阳在英文班的那个常红相比，简直太好了。天道酬勤，6年之后，夏夕阳再次见到她时，江爱萍已经大学毕业，她们是在夏夕阳新买的公寓里相遇的，江爱萍又一次成了她的邻居，不过，这一次，她们没有住在同一单元，江爱萍是随同男友在夏夕阳家旁边一个单元租住，后来，江爱萍的男友转到西澳工作，她就跟了过去。

另一个是上海来的严琳达，琳达是她的英文名，她没有透露她的中文名字。严琳达说她在上学，学什么？她也不透露。

严琳达的生活有点神秘，刚来的第一天，她对夏夕阳十分热情，还邀请夏夕阳参观她房间。

她的房间，布置很讲究，有一张非常宽大的双人床，上面是大红花组成的图案，墙壁也是大朵红花的壁纸，房顶吊着一盏豪华吊灯，地上铺着厚厚的红色地毯，考究的梳妆台和衣柜，还有一个可以半卧的小沙发，一个人住，真是又惬意又舒服。

“你觉得怎样？这墙和地毯都是我找人装修的。”

夏夕阳就想，常听人说，上海女人会过日子，现在亲眼目睹了这位同龄上海女子的卧室，果然很会安排，就诚心诚意地赞美她：“你这里布置的太好了，都赶上星级酒店客房了。你那个床怎么这样大呀？”

“这个叫国王型号双人床，就是超大超豪华型的双人床，我是从二手店买来的，每一次搬家，这个床都是我首先要考虑的，因为它占地太大，需要很大的房间才可以安置。”

“你一个人，要那么大床干什么？”

“舒服啊，横竖倒着睡都可以，这就是外国人和我们中国人的不同，人家是首先要吃好，睡好，然后就是玩好，工作嘛，就是为了实现这些目的。我现在想开了，也要好好地享受生活，为自己活一把。”

“有意思，你是怎样享受生活的？”

“我嘛，打一点儿工，上几个小时学，剩下的时间，就是泡酒吧，喝咖啡，谈朋友了。”

“你自己去酒吧？”

“对的呀，只有在酒吧，你才能够遇到男人，很多有钱的澳洲男人，都是单身，他们常常什么都不干，大部分时间就泡酒吧或咖啡馆，只有在那里，才有机会和他们接触。我就在那些地方碰到好多男人，也有过很多次约会，不过，说实话，理想的不多，要找一个十全十美的，真是很不容易的呀。”

“你胆真大，一个人去酒吧，就不怕被人下药？听说很多酒吧有坏人，他们专给女人酒水里放药。”

“那是夜总会，那个地方我自己可不敢去，那是要到午夜之后才去的，我都是和朋友一起去的。哪天，我们一起去？”

“我可不去，我不能喝酒，也不喜欢熬夜，熬夜对女人的容颜很不好的。”

“我不是叫你去夜总会，我是说，去酒吧。在那里，你可以遇到很有钱的老外。真的，我就遇到过一个，我和他约会过，他带我去他家里，那个家，别提有多豪华！大花园就不说了，光是里面的卧室，楼上楼下，就有好几十间。布置得金碧辉煌，设计得像迷宫一样，我从书房进去，转了一圈，就迷路了，后来，还是他把我找了出来。”

“那你怎么不和他发展?”

“我原来想的，可是，很快，就发现他有很多女朋友，男人太有钱了，也靠不住的呀。”

“所以嘛，我认为，去酒吧找朋友，不是个好办法。”

“也是，但机会还是有的，有志者，事竟成嘛。”

“但愿你成功。不过，你还是要小心些。”

第一天，她们谈得很好，相处和谐，夏夕阳为有这样一个谈得来的同龄朋友做邻居而高兴。

可是，第二天，夏夕阳准备做早饭，开煤气时，找不到火柴，就问严琳达，琳达从她卧室取来一盒火柴：“喏，先借你一根火柴，你要记得还我呀。”

“谢谢！我一会儿去买了还你。”夏夕阳一面划火，一面想，一根火柴也需要这样斤斤计较吗?

晚上回家后，她还了严琳达一盒火柴，还在厨房放了两盒。可是，次日清晨，夏夕阳又找不到火柴，幸亏，在超市买火柴时，一个包装就是六小盒，她必须一次买一个包装，所以就等于买了六小盒，否则，现在，她又没得用了。不过，有了这个教训，这一次，她用完火柴，就拿回自己卧室了。想起以前，租老胡家的房子，老胡提供了包括火柴在内的一切日常用品，老胡那个房东真的很仁义，当时的房客，也不像这里，她不由得怀念起希望街4号。

住了两个星期，夏夕阳发现，她放在冰箱里的鸡蛋和水果，时不时地找不到，她和爱萍每天都是早出晚归，只有严琳达一人经常待在家中，很显然，严琳达随便享用了她的食品，如果严琳达向她说明，那点儿东西，夏夕阳也不会计较，但严琳达什么也不说，这就使夏夕阳对她有了看法，觉得这个女人不但爱慕虚荣，而且还很爱占小便宜，夏夕阳看不起这种人，回家后，看见严琳达，她就不愿搭理，只象征性地点个头，回了自己房间。

一天，夏夕阳在街上，看见一家店的橱窗里，展出一个玻璃碗，翡翠绿，很可爱，就进去买来，她很喜欢这件奢侈品，每次都用它盛沙拉。

这一天，她在早晨做了水果沙拉，盛在“翡翠”碗中，准备晚上下课回来享用。

晚上，下学后，她直奔冰箱。可是，当她打开冰箱时，沙拉连同玻璃碗全不见了，她以为自己早晨慌忙，忘记放进冰箱，就到厨房四处寻找，然而，厨房里，除了其他碗碟，没有玻璃碗，她又到自己的卧室寻找，依然不见，想起以往失去的物品，显然，她的玻璃碗被盗了，她很生气，因为这个玻璃碗，花了她15澳元，是她来澳洲以后，下决心买的第一件奢侈家什，她是那样地珍爱它，这样宝贝的物件，属于她仅仅几天，就莫名其妙地不见了，她的忍耐到了极限，一直以来，按下的火气不可控制地爆发了。

"当！当！当！"她敲响了严琳达的房门。

"谁呀？这么响！"严琳达披着睡衣开了门。

"琳达，你看见我的那个绿色的玻璃碗吗？"

"为什么问我？难道我要给你负责看东西吗？"

"我早上放在冰箱里的，现在却不见了。"

"你搞什么？我现在有朋友，不方便同你理论。"严琳达把门一关，夏夕阳只有在门口干生气！

什么人！不可理喻！夏夕阳实在受不住了，她决定搬家，远离这个小人！那个时候，她还年轻，所经历的事情实在太少，她哪里知道，人生在世，不愉快的事情其实很多，像这种小插曲实在算不上什么。

次日一早，夏夕阳正准备去厕所，却见严琳达站在卫生间门口。夏夕阳不想理她，就转身回房，然而，就在那一刻，一个肥胖的澳洲老头从卫生间挤了出来，严琳达试图用身体遮挡夏夕阳的视线，无奈，那胖老头体积太大，怎么挡也是徒劳。严琳达的努力只能用欲盖弥彰来形容了。

原来，严琳达在酒吧钓来的是这种大鱼，她的特大国王床就是给这种大块头准备的。夏夕阳明白了，严琳达就是这样享受生活，为她自己活一把的。

夏夕阳更加坚定了搬家的想法。她找到房东，告诉他们，她将搬出去。因为按照约定，退租要提前通知房东的。

到了诊所，她第一件事就是买报纸，找住房。她已经找好几家，并且约定看房的时间。

这时，盖瑞给她打来电话，自从有了手机，她就把号码告诉了盖瑞、约翰这两个仅有的朋友，诊所开业以来，她还没来得及通告他们。

" 盖瑞，你好！我自己开了诊所，有时间请到诊所玩。"

"太好了。我会去的，你现在还住开普赛吗？"

"不，我又搬回碧梧德了，但是，现在又要搬了。"

"你要搬到哪里去？"

"我还不知道，正在找。"

"我的朋友刚刚建成一个大别墅，有好多间卧室，要不我帮你问问，看他们可否愿意出租？"

"那太好了。谢谢你。"

夏夕阳想，盖瑞的朋友一定是澳洲人，如果和他们住一处，对于她学习英文会有帮助，如果他们的房子出租，价钱也可以承受的话，就选择它了。

盖瑞很快就来电话："夏，他们很欢迎你租房，一周 80 澳元，你如果愿意，我现在就带你去看房子。"

盖瑞的朋友叫西蒙，也是希腊人，是盖瑞的发小，现在是火车公司的一名经理，以前，曾在菲律宾做生意，赚了一大笔，所以建了这样一个大别墅。

西蒙的别墅位于新镇，这是一个靠近市区的旧镇，那里住着很多嬉皮士，也有很多同性恋者，经常出没一些着装稀奇古怪的人群，街道上有各种风味的餐馆，也有很多世界各国的民族服饰和工艺品商店，即使到了夜晚，悉尼市区的商店纷纷关门打烊，新镇的街上仍然人来人往，商店的生意也是红红火火。就连这里的警察，也比其他镇多几倍，因为这个地区的不安定因素很多，经常有毒品交易发生。

不过，西蒙的别墅，不在繁华的闹街，而是在一片绿树成荫的小街里，这条街，从闹市进去，拐过两条街，就是一方净土，不长的街道两旁，是一棵棵参天大树，巨大的树冠左搭右缠，为整条街道搭起一方巨大的凉棚，西蒙的家就坐落在这样一条古木参天的绿荫中。

夏夕阳非常喜欢这条街道的幽静，更喜欢西蒙家崭新的大别墅，当下就决定搬来这里。

西蒙的别墅里有四个卧室，楼下有一间，西蒙的母亲居住，楼上有三间，西蒙夫妻住一间，夏夕阳住一间，另有一间，是婴儿房。西蒙有一个小女婴，刚刚一岁，西蒙的妻子是菲律宾人，黑黑瘦瘦，初见时，夏夕阳还以为她是这家的保姆。

西蒙的母亲十分消瘦，一双青筋粗暴的双手和满脸的皱纹显示着她生活的艰辛，原来，她是一位单身母亲，又没有特殊的技能，仅凭一双劳动的手，把西蒙抚养成人，她不但把西蒙养得肥肥胖胖，还使他读完大学，可以凭才学很好地生活。

成人的西蒙不像一般的澳洲青年，始终与母亲同住，即使现在，搬入新居，他也带着母亲，这在澳洲青年人中还是不多见的。

西蒙母子为人善良，尤其是西蒙，有很多朋友，在周末，经常在院子里开 Party，每逢 Party，西蒙就会在周六的清晨，到富来民同大采购，西蒙的母亲和妻子则花整天的时间在厨房烧煮，晚上，盖瑞等朋友们就提着一箱箱啤酒来聚会了，后院常常是聚会的高潮，酒足饭饱的人们会在那里随着音乐拍手摇头，扭腰提胯，名曰舞蹈。

这个时候，夏夕阳也会忍不住放下手里的书，走到后院，盖瑞一看到夏夕阳，就拉着她的手加入这个欢乐的人群。

应该说，这是一个幸福的家庭，如果西蒙太太懂得呵护，这样的幸福应该可以持续下去。可是，不知为什么，西蒙太太常常和先生争吵。夏夕阳经常听到她的号哭。

一次，夏夕阳被她的大号惊醒，出门一看，楼梯口放着一只大皮箱，西蒙太太趴在他们房间门口的地上，边哭边骂，夏夕阳不知如何劝她，就先来到楼下，楼下的客厅里，坐着七窍生烟的西蒙，西蒙的母亲则抱着小孙女在那里直摇头。

“让她走开，立刻回菲律宾！永远不要回来！”西蒙突然吼道。

夏夕阳很尴尬，她不知该去劝谁？也不知这希腊人家，是否愿意外人介入他们的家事？她进退两难，恰好在此时，她的手机响起，她就趁机溜走。

晚上回家，夏夕阳想，不知西蒙太太是否已经离开？可是，进门后，她就看见西蒙太太在厨房里大声打电话，不时地还大笑几声。好像早晨什么事情都没有发生一样。夏夕阳就想，这个西蒙太太，有点二。

渐渐地，夏夕阳的诊所来了一些病人，她在中文报上刊登的广告有了反应，每天，她都可以收到询问的电话，但是十之八九，都是问询，常常是对方把她问个底朝天，夏夕阳感到很悲哀，她本来就是一个名正言顺，堂堂正正，货真价实的医生，却要反复地向来电话的人证明，自己是个真医生，可见，人们被庸医坑害之深！不过，只要来了病人，她都能够对症下药，使病人的病情大为好转。因此，复诊的病人越来越多，她的诊所除去开支还有剩余。她很高兴，就把这个喜讯告诉朱大进。

“真的？这可是个好消息！我原来没想到这样快你就可以盈利。”朱大进也很高兴。

自从发生那件事后，夏夕阳再也没有主动给他打过电话，不过，每一天，他都去接夏夕阳下班，尽管，夏夕阳一再声明，他不必这样，但朱大进就是坚持在诊所等，两人就这样，不即不离地，每天见一面。

当夏夕阳决定搬家时，他认为有了机会，说：“你不如搬我那里，这样既可省下房租，又去你诊所近便，还不用担心再遇到不好的邻居。”

“可是，如果和老外住一处，可以练习口语，对学英文有帮助。”

朱大进无奈，只好帮她把家搬到西蒙那里。不过，他仍坚持每天接夏夕阳去学校。到了周末，他仍约夏夕阳去文华社，但是，夏夕阳说，要学英文，没时间。

现在，她主动给他打电话，这令他十分高兴。“夕阳，中秋节就要到了，我们去蓝天寺烧香可好？”

“蓝天寺在哪里？”

“在沃伦港附近，那里有一个很有名的风景区，叫凯阿玛，很好玩的，我们周末去，好吗？”

“那地方远吗？我可以开你的车吗？”

“还行，不太远，一个多小时的车程，出了市区，上到高速公路时，你可以开一会儿。”朱大进很在意他的新车，其实，他从心底里，很怕夏夕阳开他的车子，但是为了动员她出游，他只好这样说。

夏夕阳已经很久没有练习开车了，她担心再不练习，就要忘记如何开车了。于是，决定周末去蓝天寺。

车子开出市区，上了高速，车流逐渐减少，朱大进就壮着胆子让夏夕阳换开。由于紧张和兴奋，夏夕阳面颊通红，好像涂了一层胭脂，十分好看。心惊胆跳的朱大进看了忍不住血脉膨胀。就这样在惊喜之中，他们来到了蓝天寺。

蓝天寺里，香烟缭绕，木鱼声声，更有小溪潺潺，垂柳飘飘，好像世外桃源，是另一重天地，别一番景致。

他们敬香拜佛之后，就在寺里转了一圈，买了几件纪念品，然后来到斋堂，品尝蓝天寺特有的斋饭，虽然是素食，但制作精细可口，味美流连。

饭后，他们来到小溪边的小桥，拍照留念。

“这里真是太美了，师父们住在这风景如画的地方，吃着那样美味的斋食，真的和神仙差不多了。”夏夕阳感慨很多。

“虽然如此，到底没有多少人愿意来这里当和尚，至少我就不想，相信你也不会这样想。”

“是的，世间凡尘，虽然风云多变，滚滚红尘，事事维艰，但却有苦乐甘甜，情爱自由，人生的乐趣，其实还是很多很多的，如果遁入空门，就没有机会体会这些了。”

“对呀，所以说，要珍惜生命，抓住时机，不然，就会错失良机。看，刚才我买了两个书签，一个写着‘随遇而安’，送给你，另一个写着‘随心所欲’，送给我自己，你明白我的意思吗？”

“什么意思？不明白。”

“刚才，烧香时，我很虔诚地许了一个大愿。”

“真的？我也许了愿。”

“你许了什么愿？”

“这个，可不能告诉你。”

“我这个可以讲给你，因为和你有关，我求神仙们保佑你和我永远在一起。”

“你开什么玩笑！你有你的生活，有你的家人，我们不相干的，你应该求神仙保佑你和家人在一起才对。”

“我没有家人！我多么希望你就是我的家人呀！”朱大进突然表情低沉下来，“她不回来了，再也不回来了，我也不想她回来，我再也不想跟她过了！我现在就只有一个愿望，就是想和你在一起，我们两个在一起，一定会过得很幸福的。这就是我许的愿望，我相信，神仙一定会保佑我们的。”

“对不起，我可不这样想。”夏夕阳心里想，她刚才许的愿望，和他一点关系也没有，她的愿望是，让诊所的生意越来越好！

“我现在带你去凯阿玛吧。”

凯阿玛离蓝天寺不远，很快，他们就到了海边，气温立刻下降许多，当他们随着游人登上岩石的时候，风大浪急，她穿的薄纱连衣裙，根本就挡不住风浪的侵袭，她被狂风吹打的瑟瑟发抖，完全失去了看景的兴致。朱大进就把他的西服脱下来给她披上，虽然那是一件皱巴巴的杂牌货，但也可以遮风保暖。夏夕阳立刻感到温暖许多，可是，旁边的朱大进却开始不住地打喷嚏，他也开始冷得发颤。

夏夕阳就把衣服还给他：“快穿上，别感冒了。”

朱大进接过衣服，先披在身上，然后一把将夏夕阳揽进怀里：“我们两个都已经冻得发抖，如果这样靠近一些，不是可以互相取暖？”

夏夕阳一时无语，不得不承认，朱大进的提议是有一定道理的，当两人身体贴近的一刹那，一股暖流就已经将他们温暖。他们就那样紧紧地依靠在一起，看着脚下由岩石构成的岩洞，看着那里被狂风掀起的海浪，一飞冲天，浪花四溅！

夏夕阳看得入神，甚至不由得用手去触碰那飞溅的浪花，可是，朱大进却紧紧地抱住她：“夕阳，危险！小心点，有人曾经就从这里掉下去了。”

夏夕阳赶紧放下手，但是，她感觉，朱大进的身体在微微颤抖，她的腰部被一个硬邦邦的东西刺激了一下，她感觉很怪异，慌忙挣开朱大进的手臂：“我们该回去了吧？”

“你看好了？那我们去沃伦港吃晚饭，然后回悉尼。”

沃伦港就在附近，车子开了不久，他们就已经来到沃伦港的市中心。

朱大进把车停在街边，带夏夕阳来到一家比萨店。

两人找好座位，服务生问他们点菜，朱大进说：“夕阳，想吃什么？你来点。”

“我第一次来比萨店，不知如何点菜，还是你来吧。”

“我们一人来一个大号比萨，一个海鲜的，一个腊肠的。夕阳，你看可以吗？”朱大进很老练地说。

“好的。”

然而，当比萨被放到他们面前时，两个人同时愣住了，他们瞪着眼睛面面相觑。原来，那两个大号比萨把整面桌子占满，那一个直径至少28厘米的大圆比萨即使他们两个人一起吃也不可能吃完，何况还是两个呢？

“怎么这样多？一个我们都吃不完，你为什么要点两个？”夏夕阳问道。

“我也不知道会是这样多，我原来以为，一个比萨只有这么大。”朱大进用双手比画着。

“难道，你以前没来过比萨店？”

“还真没有。我以前在食品大排档曾买过比萨，那里的比萨只有这个比萨的1/8那么大，我以为，一个比萨就是大排档里的那么大，所以，我就要了两个大号的。”

原来，生活在澳洲多年的朱大进，很少光顾西餐厅，对于西餐的认识，不比夏夕阳高多少，西餐在于他，只限于麦当劳的水平。而麦当劳不过是大排档里的一道小吃而已。夏夕阳对朱大进的了解又多了一点。原来，朱大进的世界，只限于悉尼有限的华人圈，如果不是在生意上和澳洲人接触，他其实就生活在华人世界，对于澳洲社区，对于西洋文化，仅仅是隔岸观火，只知其一，不知其二。

热喷喷的比萨很美味，两人吃得很开心，不过，还是剩了一大半。朱大进向服务生要了纸盒，打算拿回家去。

出了餐厅，已是夜晚，大街上已经亮起路灯，天黑得一颗星星也看不见，月亮也不知躲到哪里去了。

突然，一阵飓风刮来，轰隆隆，噼！啪！电闪雷鸣，暴雨如注，接着，就听得噼里啪啦，一颗颗白色的大珠子忽然从天而降，散落一地。

“不好了，下冰雹了！我的车！”朱大进想起路边的车子，这样大的冰雹，会把车子砸个乱七八糟！他心里一急，甩开双腿狂奔起来，忽然，脚下一滑，他摔了一个大马趴！夏夕阳本来是跟在他的后面跑，看他摔倒，先是一愣，然后，立刻要扶他起来。可是，朱大进刚一挪动，就大喊：“疼！疼死了！”

夏夕阳怕他摔断骨头，就仔细地给他做了检查，检查结果，骨头应该没有伤及。

“你试着站起来，”夏夕阳搀扶他站起，“你觉得如何？哪里痛？”

“右脚疼，就这里。”他指给夏夕阳。

“你能走路吗？”

“还可以，不过，这只脚不能用力，车子就开不了。”

“我开怎样？”

“这么大雨，又夹着冰雹，路面又湿又滑，你怎么开得了！想想就把人吓死！看来，只有在这里先住一晚了。”

这时，冰雹忽然停止，但倾盆大雨依然持续，透过绵绵雨线，他们看到附近的路边有一个牌子，上写：住宿，有位。

“我们就到那家去吧。”朱大进说。

这是一家小酒店，看上去像是一所别墅，酒店的老板就是这所房子的主人，他原本是一个厨师，退休后就把他的住所改建为小酒店，他自己住在里面，每天早晨，他亲自给客人做早餐。每个房间一晚只收80澳元，早餐免费。比起有规模的大酒店，一晚就收一二百澳元要便宜很多。

朱大进一看房价，就立刻对老板说：“我们订两个房间，就住一晚。”

“对不起，现在只有一个空房间，其他都有客人。”

“那就订一间吧。”朱大进果断地说。然后，他对夏夕阳说：“看来，我们没有其他选择了，我的脚不能走路，只有委屈你了。”

“没关系，现在只能这样了。”夏夕阳表示理解。

老板将他们带到房间，房间里很温馨，全部设施如同大酒店，非常舒适。在房间的镜子里，他们看见了两个被暴雨淋透，如同落汤鸡一般的人形，不禁失声大笑。

“卫生间有浴衣，你们赶紧把湿衣服换过来吧。我们有洗衣房，可以洗衣服的。”好心的老板建议。

“太好了！谢谢！”夏夕阳高兴地应着。

老板离开后，夏夕阳说：“谁先？”

“当然是你先了，女士优先嘛。”

夏夕阳立刻去卫生间，关好门后，她迅速地冲洗淋浴，穿上浴衣，又把自己滴水的湿衣服收集起来，才走出浴室。“好了，你可以进去了，先把你的湿衣服扔出来，我去洗衣房清洗。”

朱大进按照她的吩咐，把湿衣服隔着门缝扔出来，夏夕阳就抱着两堆湿衣服去了洗衣房。

当她回到房间时，朱大进已经洗好澡，穿着浴衣坐在沙发上。

“衣服正在洗。那里有烘干机，还有熨斗、熨衣板，我们的衣服一会儿就可以穿了。”

“不着急，明天再换不迟。反正今晚我们不会出去了。”

“你的脚还疼吗？我给你做针灸治疗，可好？”

“真的？扎针痛不痛？我从来没有试过。”

“脚上的肌肉薄，会很痛的。”

“来吧，我相信夕阳大医生。”

夏夕阳就拿过手袋，找出酒精纸和针灸针："你躺到床上，防止晕针。"

"哎呀！疼！疼死了！"夏夕阳一针下去，朱大进突然大声呼叫，把夏夕阳吓了一大跳！在她的行医生涯里，这样大叫喊痛的病人，她还是头一回碰到。由于惊吓，她出了一身的汗，不知是否应该继续？就犹豫地看着朱大进。

朱大进看到夏夕阳被他吓呆，就赶紧说："对不起，其实，是我自己太紧张，并不是真痛。不好意思，你接着扎。"

接下来，朱大进就很安静，在整个的进针过程中，他一声都没吭，他不是不痛，而是咬牙硬挺着。事实上，他很怕针，还未看见那根小小的银针，他就已经全身打战，所以，当夏夕阳的手指和针刚刚触及他的足踝，他便恐怖地大喊大叫，但是，当他喊出声后，看到夏夕阳惊吓的表情，他立刻后悔起来，他意识到，这个时候，无论如何，就是装，他也要显示出不怕不痛的样子，就算夏夕阳拿着刀子在他的身上乱捅，他也不能表示疼痛。因为，他觉得，这样可以令夏夕阳高兴。只要她开心，这点痛算什么？特别是在今天这样的夜晚，这样的时刻，只有他们两个人，远离悉尼，而且又不得不待在同一间屋子，这不是天赐的良机？

"夕阳，你的医术就是高，一点都不痛。"

"你瞎说，怎么可能会不痛？不然，你会那么大声喊痛？"夏夕阳知道，他是在安慰她，不过，她还是蛮高兴的，这个男人为了讨她欢心，算是用尽了心思。这多少使她的虚荣心有些许的满足感。

"哎，你别说，这针下去，疼痛好像已经减轻很多呢。"

"等起了针再看，现在还不好说。我已经把衣服放到烘干机了。现在差不多好了，我去看看。"

夏夕阳到洗衣房将烘干的衣服收好，回到房间。看看时间，该起针了。"到时间了，我把针拿出来。"

"会不会很痛？"朱大进又开始紧张。

"把心放在肚子里，起针不痛的。"

"真是的，一点都不痛，看，我的脚也没事了，看，现在可以走路了，这针灸还真的挺管用。"

"真的可以走路了？太好了，衣服已经洗干净了，现在我们可以回悉尼了。"

"开什么玩笑？天这么晚了，又下着大雨，而且我们已经交了房钱，怎么说，也不能现在就走。"

"可是，今晚我们怎么办？"夏夕阳看看屋内设施，这个房间里，只有一张大双人床，床上没有被子，只有一个床单和床罩，沙发椅是单人的，一个人可以坐得很舒适，但睡觉就不行了。她担心，这个晚上，漫漫长夜，他们两人，孤男寡女，怎么过？

“我们可以好好休息呀！当然如果你不累，我们也可以聊天，彻夜长谈。平时难得有这样的机会。”

“好，那么就聊天吧。”

“你先说。”

“说什么？”

“话题。”

“这么正式呀？那就谈谈你的人生、理想和目标。”

“你搞什么？政治学习？思想汇报？你太幽默了。”

“我真的不是开玩笑，作为人，不管在什么体制或者说环境之下，总要生活吧？人为了生活，就要学习，就要工作，这就是人的社会活动，也可以说，是人的生活道路，而人一生所经历的，称作社会实践也好，生活之路也好，这就是他的人生。不同的人，有不同的理想和目标，也就有不同的人生，所以，关于人生，关于理想和梦想的话题，不光在国内经常提，全世界都在关注，只不过很多时候，人们在谈它的时候并未意识到，大家其实正在讨论或争论着相似的话题。”

“想不到你讲的还有点哲理。你说得对，的确，生活中我们经常谈到理想和目标这样的话题。比如，买车，买房，这是很多人的理想，拿学位，到大公司就职等是很多人的目标，这些话题，我们天天谈的。可是，在这样美好的夜晚，你难道只想谈这些？”

“如果是谈别人的理想、目标，就很无趣了，但是，如果话题是关于你自己的事情，你就不会觉得毫无兴趣了。”

“也是。说到我们自己，这个话题就有点意思了。比如说我吧，以前在国内，没有过硬的文凭，只希望在机关里有个位子，混个干部编制，能够分配一间房子，找个漂亮的老婆，那就是很理想的生活了。后来，很多人去了香港，那个时候，能够去香港，就成了一个很大的理想，后来，到了澳洲，回国时路过香港，再看香港，和澳洲比起来，香港已经没有多少色彩了。现在，我已经买车买房，这些曾经是出国之前的梦想，也就是当初来澳洲的目标和理想，所以，这样看过去，我的人生还是蛮有意思的。那么你呢？”

“我的理想很简单，出国前，从上学到工作，每一步都是按部就班，每一天都在忙，原来是忙学习，后来是忙工作，这样一晃就是前半生，之所以来澳洲，完全是出于好奇，本来是想去美国的，但是，签证办不下来，阴差阳错，就到了澳洲。不过，我从来没有想过买房买车。我的理想是把诊所开好，向澳洲人民介绍正规的中医，另外，就是存点钱，周游世界。我对历史和文化很感兴趣，曾经看过不少外国小说，对书中所描绘的人文景致很是向往，譬如欧洲的伦敦、巴黎、罗马，美国的纽约、华盛顿，北美的温哥华、多伦多，日本的东京等，还有中国的江南、云南、三亚，甚至东北的沈阳，总之，有很多很多的地方，我都想去。可以说，这是我的梦想，也是我未来努力的目标。”

“不错，我想你的目标不难实现。”

“你之前的理想已经实现，那么你未来的理想是什么？”

“我现在有两个愿望，一个是把生意做好，赚很多的钱，这个应该没什么问题，另一个愿望就和你有关系了。”

“为什么？”

“难道你没发现？我的精神生活很单调，可以说是很孤独，我需要一个红颜知己。”

“男人到了你这样年纪，事业有点基础，手里有点金钱，眼光就开始涣散，人就开始发飘，很多男人都是在这个时候开始出轨的，你难道也要跟随这个潮流吗？”

“人生苦短，干吗不善待自己呢？”

“热爱自己当然没错，可是，不能光顾你自己，你不是有妻子有孩子吗？你对他们是有责任的。”

“责任我当然没有放弃，我已经给了他们足够的钱，再说，我这样辛苦地工作，她不但不体恤我，还对我恶言相对，我的心已经被伤透了，以前，在国内，我没什么本事，赚不来大钱，被她挤对也就算了，到了澳洲，我拼命工作，就在几年前我一人打两份工，凌晨做清洁工，然后再做另一份工，这样努力赚钱，她不但不心存感激，还天天跟我对着吼，过去我可以忍，但现在不同了，老子不忍了！我跟她已经过不下去了！我一定要解脱出来。”

“哇，你干吗这样义愤填膺的？你要声讨的人现在又不在你面前。”

“你不知道，一提起这个人，我就忍不住气从心生。”

“看出来了，你都快怒发冲冠了。哪有那么严重？谁家都有一本难念的经。你们的问题我不清楚，我不好说什么，不过，如果说找个红颜知已，对你来讲，不是很容易？”

“虽然不难，但是，你是否知道？我其实是很老实的，我只想找像你这样能够深谈的女朋友。”

“你到悉尼科技大学转一圈，那里有大把的女留学生，个个年轻漂亮，又很有知识。”

“你拿我开涮？我们认识已经有半年了，难道你还不懂我吗？我已经认定你了，我现在就正式向你请求，做我的红颜知己，好吗？”

“你别开这种玩笑，我坚决不做第三者。”

“什么第三者？这里只有我们两个，没有第三个人。”

“你有妻子，而且在婚，无论她在哪里，你和她之外的那一个就是第三者。”

“你何必这样吹毛求疵？凡事不要认死理，做人要灵活一点，就说你做生意吧，你是否知道，你自己已经赶走了好几个机会？”

“什么意思？我把病人赶走了？什么时候？我怎么没有印象？”

“我是在你同病人讲的电话里听到的。有一次，有人问，你做足底按摩吗？你是怎么回答的？不做！是这样的吧？干吗不做呢？”

“我是医生，原来就没有做过按摩，再说，我也不想做。”

“你开诊所，首先是为了挣钱，有钱赚，脏点，累点，也要干的。另外，有一次，有人问他的女朋友月经的事情，你就应该叫他们来你诊所谈，像你那样在电话里就解决了，你的生意不是也没了？”

“对啊，你怎么不早说呢？还有什么？快告诉我。”

“我会慢慢讲给你的。不过现在，我教你怎样做按摩。这里的老外，个个都喜欢做按摩，很有生意场的。你看在周末的市场上，老有做按摩的摊子，在大商厦里，也有做按摩的，很流行的。如果把这一项也纳入你的生意，你的诊所一定好过现在。”

“我是医生，诊所是治病救人的地方，不是做生意，你这样生意长生意短的，听起来好别扭。”

“哎呀，我的大医生，你要搞清楚了，你现在就是在做生意，这可和你在国内，在医院里工作的情况大大不同，不管怎么说，你开了诊所，就不光是做医生，而是做生意，必须要懂得去经营。生意不是那么简单的事情，要运作，要核算成本和支出，要看你自己的盈利，总之，这是一门很深的学问呢，你不要不在乎。在商言商，你一定要明白这一点。”

“好像有点道理，我会仔细考虑你的建议。为了好好经营我的诊所，我决定，从现在开始，就采纳你的良好建议，开展推拿按摩项目。可是，我不会做按摩，从来没试过。我得去哪里学呢？”

“从我这里学呀，我现在就教你。”

“可是，你怎么会做按摩？从哪里学的？”

“我上次回广州，朋友带我去深圳玩，他请我去了好几家按摩馆，全身的、足底的都试过，很舒服的，你趴在床上，我做给你看。”

夏夕阳就照他吩咐，乖乖地趴在床上。

“准备好了？你闭上眼睛，全身放松，只管好好享受。”朱大进说时，双手已经开始按摩夏夕阳的颈项。

他的动作有板有眼，真有点推拿按摩的意思。

夏夕阳想，这个朱大进，人是蛮聪明的，虽然只是去了几次按摩馆，就可以做到这个水平，而且好像还蛮专业的。她觉得，自己应该向他学习，随时随地吸收有用的经验。于是，她干脆把自己当成诊所的顾客，闭着眼睛，认真体会被按摩的感觉。

“怎么样？舒服吧？”

“太舒服了，谢谢，你真的很专业。”

“真的吗？谢谢夸奖。不过，不谦虚地说，我学东西一向都蛮快的。现在开始计时，我先给你做半小时，然后，你按照我的方法，给我做半小时。算是练习，好吗？”

“是，老师，学生一定好好学习。”

可是，不知是朱大进的手法太好了，使夏夕阳过于放松？还是夜已深沉，经过一整天的奔波，身体需要休息？反正时间还未到半个钟头，夏夕阳已经坠入梦乡。

“真是个傻丫头！谈理想，谈人生？太可笑了。对于社会，你的了解到底有多少？就这样睡着了，对人毫不设防，如果我真是个坏人，你岂不全玩完？”朱大进看着沉睡的夏夕阳，这样感慨着，看看手表，已经凌晨三点种。

现在，他应该怎么办？原本，因为天气变故和意外脚伤，使他们住进了这个房间，当时，他的心里不禁窃喜，心想，这也许是老天对他的眷顾，给他创造了这样一个良机，使他们同处一室，不得不同睡一张床。那时候，他就想，一整个晚上呢，他有充分的时间，他完全可以把她感化，使她心悦诚服地属于他。可是，想不到，这个女人，满脑袋的不现实，谈了一堆不着边际的话题，搞得大家人困马乏，他的招数还没使出，她居然就自顾自睡着了。虽然他的身体热血沸腾，但他必须控制他的情绪，他不能像上次那样再来强行。

既然已经等了这么久，何妨再等一等？不能为了一时之快，毁了他一直以来的努力。这样想着，他的心境开始平静下来，同时，他感到一阵困倦，想想天亮后还要开车赶路，店里还有一堆工作，就赶紧把被罩给夏夕阳盖在身上，他自己就盖着床单挨着夏夕阳进入梦乡。

清晨，一阵锅碗瓢盆合奏的交响乐传来，把熟睡的夏夕阳和朱大进同时惊醒。原来房东开始在厨房给顾客准备早饭，窗外，阳光明媚，鸟语花香。

“怎么睡着了？对不起，我是什么时候睡着的？你也睡着了？我好像还没给你做按摩吧？”

“等你做按摩？那黄花菜早就凉了。你这个傻丫头！睡得那么实，如果我把你卖了，你都不知道。”

“怎么会？我相信你是好人。你没害我吧？”

“对不起，害人的事情可能已经发生了。”

“什么？你再说一遍。”

“别着急，我和你开玩笑的。什么都没有发生，你睡着了，我也困了，就这样睡着了。”

“真的？那你的脚怎么样了？还疼吗？今天可以回去了？”

夏夕阳就去检查朱大进的脚，还好，脚踝只有轻微的瘀青，没有肿胀。“你站起来，走两步。”

朱大进就站起来，尝试着走了几步。“哎，不怎么痛了，看来，这个针灸还是管点用的，上次，我的脚扭伤，要过好几天才能够走路呢。谢谢你。我们现在就去吃早饭，然后赶回悉尼去，我今天有好几个预约呢。”

那天晚上，朱大进把夏夕阳从学校接送回家时，西蒙和太太正在院子里喝咖啡，当西蒙太太看见朱大进从车子里探出头向夏夕阳招手道别，就用满含深意的眼光看着夏夕阳：“夏，看得出来，你很快乐啊，这几天你一定玩得很开心了！”说完，她又向一旁的西蒙撇撇嘴。

“还不错，谢谢！晚安，西蒙先生，西蒙太太。”夏夕阳一整天又工作又上学的，已经很累，不想同他们多耽搁，打过招呼就转身上楼，想回自己房间。

但是，就在她上楼的时候，听到西蒙太太说：“看见那个男人吗？夏昨晚没有回来，那个送她回来的男人一定和她过夜了。”

“闭嘴！此事与你无关，你不要这样八卦！她是房客，成年人，有交朋友的自由，房东要尊重房客的隐私，你懂不懂？听着，只要她不犯法，按时交租，就 OK 了。”西蒙对老婆一顿训斥。

夏夕阳懒得理睬无聊的西蒙太太，可是，也许是生活太过舒适，终日无所事事的西蒙太太不是三天两头和老公争吵，就是和婆婆怄气，现在，夏夕阳又成了她发泄情绪的新目标。所谓无事生非大概就是用来形容她这样的人吧。

早晨，夏夕阳用微波炉煮奶，西蒙太太说：“你为何不用炉子热牛奶？微波炉很费电的。”

晚上，夏夕阳炒青菜，西蒙太太说：“干吗要炒？用水煮一下不好吗？搞得厨房乌烟瘴气的。”

更有甚者，星期天，夏夕阳准备睡懒觉，没有上闹钟，连手机都关掉，心里想着给自己放半天假，她打算一觉睡到日上三竿。然而，凌晨六点，正当她高枕无忧，大做美梦的时候，咚！咚！咚！咚咚咚！一阵剧烈的敲门声把她从梦中惊醒，她愣了一会儿，确实有人在砸门，而不是敲门。她吓了一跳，有谁会这样敲门？她的朋友极其有限，知道她在这里的地址者，只有盖瑞和朱大进，可是，不论是盖瑞，还是朱大进，他们都没有理由大清早就来这里找她，更不可能这样无理地狂乱敲门。

“嘿！夏，开门！快开门！我知道你在里面，让我进来！”原来是西蒙太太。

夏夕阳不知发生何事，就赶紧跳下床，把门打开。“西蒙太太，什么事？这样紧急？”

西蒙太太也不理她，进门就冲到床边，掀开被子，然后又到洗手间，整个房间视察一遍，看看只有夏夕阳一人，西蒙太太愤怒的紧绷的黑脸忽然释放出一个滑稽的微笑：“夏，对不起，吵醒你了，西蒙不见了，我在找他。你没看见他吗？”

“西蒙是你的丈夫，他在哪里是你的事情，我怎么会知道?！你真是莫名其妙，不可理喻！今天是星期天，我需要休息，你出去吧！”

夏夕阳气愤至极，西蒙的这个老婆太离谱了，找老公居然找到她的床上！这简直是对她的直接侮辱！她的忍耐已经超过极限，砰！还没等西蒙太太的脚完全离开门边，她就已经把门大力关上。

“哎呀！”西蒙太太等于是被推出门去，虽然她的脚后跟被门撞得生痛，但她知道已经冒犯夏夕阳，自己理亏，就灰溜溜地走开。

夏夕阳返回床上，可是，翻来覆去，折腾了好一阵，始终难以入睡，她很恼火，虽然，她一再告诫自己：不要以小人之过烦恼自己，但西蒙太太无理取闹的程度，逐渐升级，已经远远超出了她的定力。她翻身起床，决定马上搬家。

她买了新报，来到诊所，快速寻找有关诊所附近的出租房子。

丁零零！有电话进来。

“夕阳，怎么，这样早就来上班了？今天是星期天啊。”

“别提了，我本来是想睡懒觉的，可是，房东太太一大早就把我吵醒了，睡不成，就来诊所了。你怎么知道我在上班？”

“我是醒了，睡不着，想看看你今天有什么打算？本来是想给你打手机的，可是，刚才把号选错了，就打到了诊所，不想，歪打正着，你还真在这里。你在干什么？这么早，又不会有病人。”

“我在找房子，准备搬家。”

“你早就应该搬了，我早就想对你说了，因为你说要同他们学英文，我就一直没说话。还找什么房子呢？我这里是现成的，你搬到我这里好了，你来过我家的，离你的诊所不远，又只有我这么一个好邻居，何必搬来搬去，碰到那么多不开心的人和事。”

“你真打算招房客？那你准备怎么收费？”

“这个嘛，我还真的没想过，你现在刚刚开始做生意，收入有限，要不，你每周到我这里工作一天，接接电话，做点杂事，我就不给你开工资，工钱呢就算你付我房租了，你看如何？”

朱大进这样讲，很明显，是在照顾她，其实，朱大进的家，无论从地理位置还是住房条件，对夏夕阳来讲都是比较理想的，如果，他不是自己一个人住在里面，他提出的建议不用想她都会接受，然而，夏夕阳明白，事情没有那么简单，虽然朱大进真心希望她搬过去，但是，他和她，孤男寡女的，如何相处？

“你怎么不说话？你在担心什么？难道你还信不过我吗？”朱大进好像已经猜到夏夕阳的心事，“你只要想想，你找的下一个房东，或者同租的房客，也许还不如之前的，住在一起，处不来，又要搬，这样搬来搬去，要耗费多少时间？不管怎么说，我这个房东，你总是了解的吧？”

“也是，下一个房东和邻居还真说不好是什么样的人，那就暂且听你一回吧。”

“这就对了，听人劝，吃饱饭，我不会害你的。我马上过来，带你去搬东西。”朱大进太高兴了！他在想，还真应了那句话：“好事多磨”，大半年了，终于，他把夏夕阳忽悠到自己的家里。

在北京时，几十年里，夏夕阳只搬过三次家，每一次，都是因为父亲单位分配住房的调整。那时，搬家，不是一件寻常小事。可是，到了澳洲，搬家就变成一件极为平常的事情，她来到澳洲只有半年，却已经搬了3次家。

“这次已经是我第4次搬家了。”夏夕阳在路上这样对朱大进讲。

“我保证，这是你最后一次搬家，我希望你喜欢这个家，永远住下去。”

“这怎么可能？不过，近期还是不想再搬了，你看看，搬一次有多麻烦！”

“没事，有我呢，一会儿我来搬，你就在一旁看着。你住主卧，可好？”

“不可以，你住得好好的，干吗要让给我？旁边的那间就很好，那里还有书桌，我可以看书。”

“那就随你吧，我把你的东西都搬过去了。”

朱大进手脚很麻利，不一会儿，他已经把夏夕阳的所有东西搬到房间。

他拉开衣柜的玻璃幕："这个衣柜很大，可以放进你所有的物品，你自己安排一下，我现在去泡茶，给你削苹果。"

夏夕阳很是感慨，由于朱大进的帮助，她搬家将面临的很多问题迎刃而解，简直太容易了，她第一次体会到有个人可以依靠的感觉，这种感觉，原来是那样的温暖和充实。

"夕阳，今天我们应该好好庆祝一下，请你搬到这里，是我期望很久的事情，今天终于变成事实，我真的很高兴。以后，你可以慢慢地了解我，我这个人还是有一些优点的。"

"我们认识已经很久了，一直以来，你对我的关心照顾，点点滴滴，其实都令我感动，有机会我会回报你的。"

"你住在这里，其实就是对我最好的回报了。我们今天到金塘酒楼去吃饭，那里的菜烧得很不错的。"

从朱大进的家到金塘不远，走过去只有十几分钟，当他们吃过晚饭时，时间尚早，晚霞还飘在天边，青蓝的天空被赤橙和紫粉涂染得绚丽而灿烂，在这样美妙宁静的时刻，夏夕阳看着广阔壮丽的天空，不禁感叹："太美了，最美不过夕阳红！"

"是的，就跟你的名字一样，夕阳的确很美啊！"朱大进意味深长地说，同时还用手拍拍夏夕阳的肩膀。

"我这个名字是父亲起的，也许，他对夕阳情有独钟？不过，我自己也挺喜欢这个名字的。"

"你的名字起得很有诗意，不像我的名字，跟政治口号似的，我爸爸年轻时候在政治上一直很积极的。"

"也许，你爸希望你能够大跃进呢。"

"不过，不管怎么说，我现在应该算是给他们撑面子了！我回家时，家里的亲朋，个个都羡慕我爸我妈呢，他们也觉得面子很有光的。哎呀！"

正在说话的朱大进突然大叫一声，然后就用手捂着眼睛蹲在地上。

夏夕阳吓了一跳，赶紧蹲在他的旁边："怎么啦？"

"眼睛，我的眼睛！"

"你的眼睛怎么啦？"

"刚才，不是飞过一只鸟吗？"

"是啊，鸟怎么了？"

"它碰到我的眼睛了！我的眼睛好痛啊！"

"那得去医院，让医生给你查查，可别伤到角膜了。快起来，我们叫出租车去医院。”

在医院里，他们等了好几个小时，才轮到看医生。

医生给朱大进作了眼科的全面检查，角膜、视神经、眼底血管和眼压都正常，但眼角创伤，巩膜感染。

医生给朱大进上了一些眼药，把朱大进的眼睛用纱布包了起来，又开了一些抗生素，叫他回家静养。

虽然医生已经很清楚地讲解了朱大进的病况，但是，朱大进仍然十分担心，回到家里，他的心情很不安，反反复复地问夏夕阳："我的眼睛真的没问题？视力可会受影响？"

夏夕阳很耐心地一遍遍地回答他相同的问题，同时感到，朱大进同志超常自爱，在夏夕阳的生活工作中，像这样绝对自爱的男人，朱大进可算是首屈一指了。

夏夕阳心想，以往都是朱大进照顾自己，现在，朱大进生病，双目被纱布蒙罩，干什么都需要人帮忙，在这个时候，她应该全心全力，尽己所能地照顾他了。

因此，她自觉自愿地照顾朱大进吃药，喝水，洗漱，换洗衣服，同时，还给他做了针灸治疗。

朱大进非常安然地享受着夏夕阳对他的照顾，在他躺在床上的这个晚上，夏夕阳就坐在他的旁边看书，他的眼睛虽然看不见，但他可以感觉到夏夕阳的气息，这种气息令他心安，使他沉醉，他意识到，从心底里他是喜欢她的。

到了深夜，夏夕阳看他已经入睡，就轻轻站起，准备回自己房间休息。

"别走，就在这里睡，你走了，夜里我怎么办？"朱大进突然伸手抓住她。

"吓我一跳，我以为，你已经睡着了。你真娇气，夜里你能怎样？有事你叫我好了。"

"那多麻烦，万一我从床上掉下来，怎么办？"

"你又不是小孩，就算你从床上掉了下来，你不是可以自己爬起来？难道我能把你抱起来不成？我哪里有那么大的力气？"

"你知道，我只是不想你离我太远，眼睛被蒙上，这种感觉真的很不爽，心里很忐忑的，你还是在这屋睡吧，你在这儿，我心安，这个床这么大，你用另一床被子，我保证不影响你休息。"

夏夕阳看看钟表，夜已深沉，她也很困乏了，就依他睡在旁边。

朱大进就隔着被子，紧挨着夏夕阳沉入梦乡。睡梦中，他与夏夕阳在海滩迎着朝阳奔跑，突然，两个人腾空飞起，变成两只海鸥在海面展翅翱翔，天空是那么灿烂，海面是那么地平静，蓝天碧海之间，世界是多么浩瀚而壮美！

朱大进在自由的天际飞呀飞，一直飞到日上三竿。

突然，啪嚓！晴天闻霹雳，他吃了一惊，这才从清梦回到现实。原来，夏夕阳在楼下准备早餐，不小心把盘子掉到地上。

“夕阳，发生了什么事？”

“对不起，我打碎了一只盘子。”

“没关系，你没有事吧？”

“没事，我马上就好，你待在床上，等我来帮你。”

一周后，夏夕阳带朱大进去医院复诊，医生说，他的眼伤应该可以完全康复了。

当医生为他解除纱布的刹那，朱大进的心情很复杂，一方面，他希望眼睛可以不用纱布遮盖，这样他就可以正常工作，做想做的事情，另一方面，他又愿意让纱布蒙上眼睛，那样，他就可以理直气壮地把夏夕阳拴在身边，就像过去的一周，可以不分昼夜地和她黏在一起，那种感觉好温暖，好幸福。

“好了，一切正常，没事了，你可以回家了。”医生的话使夏夕阳大松一口气，好像放下一副重担，全身立刻清爽。

自从朱大进眼睛出现问题后，她自觉是报答他的时候到了，就尽她可能，仔细照顾他，虽然，感觉他很娇气，很自爱，很缠人，但想到，他是一个病人，眼睛受伤，心情低落，性格古怪一点，也是可以理解的。因此，她无怨无悔地日夜听他使唤，不过，时间一长，就觉得有点无聊，因为在她和他的心里，两个人有着不同的想法。朱大进是在利用这个机会，享受两个人共度时光的甜蜜，而夏夕阳却是在尽义务，施报答，两个人，不一样的心思，不一样的感受，所想所愿，完全是南辕北辙。

现在，夏夕阳有了一种解放的感觉，她的责任和义务完成了，她可以自由地干自己的事情了。她回到诊所，高高兴兴地看书听音乐，她甚至在楼下的华人超市买了一包大蚕豆，乐滋滋地边看电视边享受。突然，嘎嘣！一声脆响，乐极生悲，她的牙齿被蚕豆崩裂！

真是倒霉！横祸飞来，夏夕阳不得不看牙医了。但是，她不知看哪个牙医才好？她打开广告，找到附近的一家牙医诊所，里面有一个香港来的女牙医，她感觉还不错，就进去应诊。

牙医说，夏夕阳的牙齿已经不能使用，需要立刻拔除。否则，会腐烂发炎。夏夕阳没有选择，听由医生处理。可是，这位香港女牙医，技术欠佳，拔除一颗牙齿，居然用了三个钟头。那三个钟头，夏夕阳有一种经历生死的恐怖，所以，当牙医终于把拔除的牙齿摆在她面前时，她几乎昏厥！那个时候，她全身发软，没有力气自己回去，只好打电话向朱大进求援。

“我们两个这是怎么了？一个接一个地出问题。是不是老天故意这样安排，要我们轮流来照顾彼此？”回到家，朱大进把夏夕阳扶到沙发上，口里这样调侃着。

“对不起，给你添麻烦了。”

“哪里的话，我乐意的，照顾你，是我很高兴的事情，再说，这一阵你不是也在天天照顾我吗？我都还没来得及谢谢你呢。现在，不用谢了，机会来了，就让我用照顾你来回报吧。”

“说来也怪，为什么从蓝天寺回来，我们就一直不太平？是不是我们做错了事情？佛祖在惩戒我们？”

“我倒不这样认为，我以为，那是佛祖在给我们创造机会，要我们共同经历一些事情，使我们互相帮助，多些了解，你看，现在我们不是已经走得很近，好像一家人一样？也许，这个就是上天赐给我们的缘分？”

“你的见解还真独到，考虑问题总是往好的方面想。但愿你是对的。”

不知是否真的是上天在考验他们，第二天，朱大进就开始腹痛，腹泻，整整折腾了一天，到了晚上，他就发起了高烧，体温升到华氏 90.5 度，夏夕阳给他做了针灸，又到诊所拿了中药，所幸针药之后，体温降了下来，腹痛也有所减轻，看来不用去医院了。

病中的朱大进，衰弱得像个孱弱的小孩，可怜兮兮，夏夕阳看着心里很难过，她守在他的身旁，忧郁地看着这个特别的病人。她的心里不知怎么就生出一丝怜爱。

过了很久，朱大进从睡梦中醒来，他看到夏夕阳坐在身边，就伸出一只精瘦的大手握住夏夕阳：“对不起，夕阳，要你受累了！谢谢你给我治病，谢谢你这样照顾我。”

“你太客气了，应该的，你不是说，老天要我们互相帮助吗？”

“我本来是开玩笑，谁知还真的应验了。你看见了，其实，我的身体一直都不太好，我的胃肠有病已经很多年了。像今天这样子是常有的事，你别担心，我休息一晚就好了。今天多亏你给我做治疗，不然，我的情况会很糟的，以前，我会烧好几天的，胃痛的时间也很长的。”

“你说的可是真话？如果真的有效果，我就继续给你做治疗，直到你的肠胃病完全康复。”

“真的，我现在就是你的长期病人了，你说什么我都服从。”

“那好，明天你就先去看医生，要他们给你做有关的检查，比如说：血液、尿、便的检查，腹部的B超检查，胃镜、肠镜的检查，有了这些检查结果，我再给你开药扎针，治疗就更有针对性了。”

接下来的一个多月，夏夕阳就陪着朱大进来往于各个医疗场所，看不同的医生，做血、尿、便的化验，以及各种有关的辅助检查，从X光线、CT、MRI、B超，到胃镜和肠镜，医生给他做了全面的检查，当他做完肠镜不能开车时，夏夕阳就给他做司机，当他因为紧张检查结果，心情不好，不思茶饭时，夏夕阳就陪他一起喝粥。

终于，他们得到了全科医生的报告，朱大进的消化系统确实有点问题，他的胃中有溃疡和萎缩性炎症，肠子里有散在的大小息肉，病理检查显示：肠上皮化生。

医生告诉他，要特别小心，因为这些问题如果进一步严重的话，就有可能转化成癌变。

听到癌变，朱大进立刻魂飞魄散，他面色煞白，一双手哆嗦着揪住夏夕阳，他都不知道自己是怎样跟着夏夕阳出了医院，又上了汽车，当夏夕阳帮他系好安全带时，他声音发颤地问：“我会死吗?”

“这个人可真怕死!”夏夕阳心里这样想，但她不能这样说，她现在面对的是一个病人，这个病人十分惜命，因为怕死，医生的话只听了半句，还没有完全明白病情就吓成这副德行，虽然可笑，但她还得安慰他。

“哪里有的事？你都没仔细听医生的话，医生的意思是，你要好好保养你的肠胃，不然，就会向不好的方面变化，目前，你只是有一点点小问题而已。”

“那我应该怎么办?”

“吃药了，这是医生给你开的药，另外，我们可以做针灸，煮中药和煲汤调理肠胃。”

“这样就可以了？我要不要做手术?”

“做什么手术？医生也没有建议做手术呀。”

“那好，我听你的，就按照你说的，每天给我治疗吧。”

以后的很长一段时间里，夏夕阳就专心研究肠胃病的各种中医疗法，除了用中药和针灸之外，她还搜集了一些民间验方，同时，还找了一些药膳的方子，所有的方法，能试的都试了，功夫不负有心人，逐渐地，朱大进的身体有了明显的变化，他的体重有所增加，看上去不再那么消瘦，面色也开始红润，最主要的是，他的胃肠很久没有发生疼痛，人变得很有气力，他不但看起来很健康，而且还很有精神，有了精气神的他，甚至看上去很有几分英俊，站在那里，高大魁梧的身板很有点男子汉的味道。

不知道是在一起时间久了，两个人互相帮衬，相濡以沫的生活使夏夕阳的感情发生了变化，还是日久生情这件事情发生在了她的身上，总之，夏夕阳已经习惯了和朱大进在一起的生活，看见他心里会产生一种踏实的感觉，一天里，如果没有接到他的电话，就会为他担心，周日计划活动，也都是和他商量，朱大进对她而言，就好像是生活的一个部分，她不再排斥他，也不再挑剔他的一些生活中的小毛病，就连她原来很看不惯的朱大进“叭！叭！叭!”的大声进餐方式，她现在也都习惯了，甚至可以视而不见。用朱大进的话而言，就是他已经走进了夏夕阳的心里。

一年后，朱大进又做了一个全面检查，结果非常之好，他胃中的溃疡已经痊愈，炎症也已消除，肠中的息肉也都不见了，病理报告是正常组织。总之，他完全康复了。

身体复原的朱大进，心里别提有多高兴！之前，他年年生病，总觉得自己的生命不会太长，心底里，常常有一份担忧，不知道自己什么时候就会一病不起，从人间消失。因此，他会不失时机地犒赏自己，当他的生意有点起色的时候，他开始每周去一家有名的中餐馆，如今，他已经尝遍了全悉尼的中餐馆，他不嗜烟酒，不喜欢运动，没有特别的爱好，偶尔，他会去赌城，玩上一把 21 点，算是放松一下，他最大的爱好，就是阅读新报，他读新报，不是关注新闻和了解社会动态，而是为了观看报中的特别栏目，那个版面，在中国号称黄色刊物，通篇刊登的全是下流文章，淫词滥调和年轻女人春光大曝的各种艳照，同时，还有各种人肉生意的广告。一天中的某个时候，他会想着去买一份新报，当一天的工作结束之时，他就会先泡好一杯酽茶，然后打开报纸，翻到他喜欢的那个版面，这是他每日必做的功课，首先，他会欣赏里面女人们的艳照，然后，逐字逐句地阅读上面的每一块文字，他读得很认真，很投入，也很陶醉，常常读得津津乐道，口水横流，有那么一些时候，他会思考钻研那些文字的含义，甚至想到，如果身临其境，亲自感受会有怎样的感觉？这样的念头产生的时候，他就会在艳照上作个选择，当目标锁定，他就会拿起笔，记住那个场所的地址和电话，在他认为合适的时间，他会起身前往，他认为，在他不长的人生里，他应该好好地把握时机，好好地快活一番，所谓“食色，性也”，他已经吃过了他认为的世上最美的佳肴，他也逍遥过了他认为的人间温柔乡，他切身体会了什么是温香软玉，知道了什么是冰火两重天，那么，在他的生命将要结束的时候，他就不会有什么遗憾了。他不知道，他的这种行为，其实是穷人乍富的畸形心理，正是因为这样的原因，当他在乔治街上看到夏夕阳时，就有了一种冲动的想法，他觉得，他的人生在中国时不够如意，所以被老婆瞧不起，到了澳洲，通过拼命工作，努力奋斗，有了自己的公司，买了房子，买了车，还有了一点积蓄，现在，他是朱老板，是个人物了，可以以老子自称了，可是，在家里，老婆还像以前那样对着他吼，虽然老婆已经吼了十多年，他也早已习惯了那尖利的吼叫，但是，习惯不等于喜欢，有谁会喜欢一个人对着你吼叫呢？但是，那个时候，他没有办法，他躲不掉，只有忍耐，忍耐，再忍耐，然而，忍耐，过去，可以，现在，却不可以！现在，他是老板，是老子，为什么还要忍？没可能！老子不要忍！老子不甘心忍！老子要有自己的活法！于是，当老婆再次向他吼叫的时候，他发作了，他叫她闭嘴，叫她滚蛋，叫她离开，叫她从眼前消失！

一贯强悍的老婆，被他突然的发作吓傻了，那个从来顺服的男人居然敢对她大吼，这使她立刻乱了阵脚，她不战自败，心里一慌，涕泪长流，连连请求丈夫不要将她赶走。

经过这样一个回合，较量的结果又是这样地令人意想不到，这使得将自己升级为老子的朱大进，更加自以为是，他认为，老子已经非同以往，老子有钱了，老子的身份变了，老子的分量也增加了，老子可以随心所欲，做点自己想干的事情，比如找个女朋友，比如去赌城，又比如去买欢，但是，赌就是要钱，大把的钞票，顷刻间就化为乌有，买欢也同样需要大把的钞票，而他的钞票可是一分一分的血汗钱，来之不易，他像爱护生命那样万分珍惜，不会随便挥霍，因此，他只能是非常非常偶尔地去消遣一下，但是，如果找个女朋友，他就不需要花太多的钱，他只需花一点精力，动一点心思，再用一点时间，坚持下去，什么样的女人不可以征服？这样盘算的时候，他碰见了夏夕阳，他的眼前一亮，心里一动，就盯上了她。

果然，不出所料，他的努力成功了，不过一年多的时间，他把夏夕阳就彻底征服了。

现在，他不但把夏夕阳带到身边，还使她对自己有了感觉，有了依赖，并且，成为他的私人医生，免费为他诊病治病，心甘情愿地照顾他的生活，使得一贯病弱的他，彻底摆脱病痛的折磨，现在，他身体康健，一切的顾虑，都烟消云散，他可以健健康康，长长久久地享受人生。

当然，朱大进知道，他的快乐人生，离不开夏夕阳。是夏夕阳带他诊病检查，也是夏夕阳帮他扎针煲药，如果没有她这个私人医生的悉心照料，他久病的身体何以这样快的康复？更何况，夏夕阳于他而言，已经不仅仅是医生，而是一服独特的精神良药，使他心情平静，神清气爽，和她相处的日子，生活是那样的轻松自如，美好和谐。随着时间的推移，他已经深深地爱上了她，对她怀有一种深厚的依恋，他以为，这份情谊，是他生活的阳光，精神的支柱，而良好的心理状态也是他身体恢复的有利因素。因此，无论从哪方面说，朱大进对夏夕阳都是感激不尽，爱犹不及。

从医院回来，朱大进高兴地拉着夏夕阳来到鱼市场。

“今天，我们吃生蚝、大龙虾！我要好好地向你展示我的厨艺，好好地感谢你！”朱大进的话音刚落，就听得有人在旁边大喊：“阿朱！好久不见，你好啊？”

朱大进看到那人也很兴奋：“啊呀！原来是你！皮特！哎呀，还有杰克！怎么你们也来鱼市场了？”

皮特说：“这是朱太吗？朱太太好！”

夏夕阳一愣，很尴尬地一笑，不知该如何回话。

就听朱大进说：“我哪里有那个好福气！她如果真是朱太太就好了，我要烧高香了！这是夏医生，北京来的大医生哦。”

皮特就说：“夏医生好！对不起，刚才太冒昧了。”

夏夕阳赶紧说：“没关系。你们好！”

“皮特是阿德南计算机公司的大老板，以后有机会我带你去他公司看看。”朱大进介绍道，“杰克是我老乡，在一个家电公司做经理，杰克，你还在那里做吗？”

杰克说：“早就不干了，我现在正打算开一间中医诊所。”

夏夕阳听说是同行，立刻有了兴趣：“真的？你也是医生？”

“我哪里是医生！不过，我有祖传的秘方，就凭这个，开间诊所没有问题。”

“这样也可以开诊所？就凭个把秘方？”夏夕阳很吃惊，她本来想说，不是医生，怎么可以给病人诊病开药？药品又不是食品，随便就可以吃的？但是，朱大进已经抢先堵住她的发言。

“他的那个秘方可好使了，我上次胃痛，他就给我配过，吃了两周，就不痛了。杰克，你打算在哪里开？”

“就在唐人街了，地方已经找好，过了圣诞就开。哎，我们正在商量，圣诞去黄金海岸玩，你们去不去？”杰克说。

“好啊，太好了，我们一起去，夏医生也去，是不是？”朱大进立刻热烈响应。

“对呀，我们一起去，人多好玩！”皮特也说。

在中国不过圣诞节，因此对于圣诞，夏夕阳没有感觉，看他们几人兴高采烈的样子，她就知道圣诞是个很隆重的假日，她有点好奇，这群混在澳洲的中国人，是怎样过洋人的节日？虽然，她本来没有打算圣诞歇业，更无出门远游的计划，但在那个时刻，好奇心作怪，使她临时作了决定：“好啊，一起去啦。”

说话就到了圣诞，12 月 24 日一早，朱大进就带着夏夕阳上路，他和皮特、杰克约好，清晨 6 时半在接近 Ashfield 的 Parramatta 加油站集合。

当他们到达加油站时，皮特和杰克已经等在那里，他们两人共开一辆车，说是路上换着开，不累。车里还有两个女人，年轻的那个看上去有二十七八的年纪，眉清目秀，身材妖娆，一颦一笑，甜美迷人，年纪不轻的那个，至少过了四十五岁，塌鼻胖脸，泡泡眼，厚肥唇，虽然坐在那里，也掩不住那个五短躯体，这样两人，坐在一处，放眼望去，一美一丑，对比十分鲜明，有点令人咋舌！

“这是我的朋友灵灵，是搞金融的。专门做股票。你们如果想炒股，就找她。”皮特指着年轻女子介绍。

“这位是我的助理，叫田芬芬，以前是做按摩的。你们要做按摩就找她。”杰克指着另一个女人介绍。

“灵灵，你好！我叫朱大进，这是夏医生，你们看病找她。”朱大进也赶紧凑过来介绍。

“那就上路，你们俩人换着开？”皮特问朱大进。

“我可以的，没问题。”夏夕阳可逮着机会练车了，不等朱大进回答，就奔向驾驶座。

“小夏，等等，我先开，等到了宽阔地带，你再开。”朱大进对夏夕阳的驾驶技术不敢恭维。

皮特的车子先开动了，朱大进就跟在他们的车后。

“他们都是你的好朋友？”夏夕阳问。

“差不多吧，除了那个灵灵，这是我第一次见她。”

“灵灵是皮特的女朋友？”

“应该是吧。他上次的那个，是个俄罗斯女人，来澳洲旅游，就住在他那里，他都准备和她结婚了，还把她带到北京，哎，他也是北京人，你们老乡。”

“真的？那你怎么认识他的？”

“我到他公司进货，就这样认识了。有时候，在一起饮茶，就比较熟了。”

“那他那个俄罗斯女友呢？”

“听说他在北京时，已经给她申请同居移民了。”

“那怎么又出了一个灵灵？”

“不知道，可能是灵灵长得太漂亮，他改主意了？不过，那个俄罗斯女孩也很漂亮，特别是身材，真是没得说了！”

“你们男人都不是东西，看着碗里的，惦着锅里的，见一个爱一个！”

“哎，你可不要一篙打翻一船人，男人和男人还是有区别的。”

“有什么区别？远的不说，就说前面的杰克，你说，他比皮特好到哪里去？”

“你还真把我难住了。怎么说呢，杰克，是我老乡，我刚来澳洲就认识了。”

“那么，你很了解他了？”

“可以这么说吧。要说杰克，他的故事还真的挺多。讲起来可长了。”

“到黄金海岸不是要开一整天吗？我们有的是时间，反正我们坐在这里没事，你就慢慢开讲吧。”

“好的，我就先从那田芬芬说起吧。”

“你也认识她？”

“是的，那个田芬芬，我一早就认识，也是我的老乡，她的老公曾经和我一起做清洁工，所以，我们两家一直有来往，后来，不知怎的，她老公就和一个女演员好了，那个女人真的很美丽，跟田芬芬是天上地下的差别，所以，没有多久，她的老公就坚决把她给休了。田芬芬那时候刚到澳洲，就来找我帮忙，当时，我刚开始做生意，还没有买房子，全家就挤在小店里，我老婆很同情她，就叫我给她帮忙找房子，结果，杰克家里有空房，就租给她住了。”

“那么，是你给杰克和田芬芬牵的线？”

“我哪里知道他们会好上？再说，田芬芬那样的一副尊容，怎么就入了杰克的法眼？”

“杰克自己也很平常呀，要高度没高度，松松垮垮的，就一个干瘦小老头，他的眼光能高到哪儿去？”

“小夏，人不可貌相，别看杰克相貌平凡，他还真是个人物哩！他的故事，都可以编一部电影了。”

“真的？你别卖关子了，快快讲来。”

“好啊，那我，可就开讲了。嗯，话说那一日，阳光灿烂，”朱大进边说边摇头晃脑，“杰克正在店里想着如何发财，突然，叮当，店门开了，进来一位中年妇女，问他哪里有公用厕所？若是平时，这等事情，他是全不理会的，可是，那天他很是无聊，一时心血来潮，就把那女子一直带到公厕。他回到店里不久，那女人又进到店里，连声道谢，还说他是一个大好人。后来，杰克才知，那女子，原来是一个香港游客，还是香港一家证券公司的经理，她在当地没有亲友，独自一人到这个地方旅游，杰克就自告奋勇，带她到各处游玩，这样，几天下来，关于那香港女人的情况，他就一清二楚，原来，这是一个单身女人，虽然腰缠万贯，但因容貌平庸，人到中年，仍然待字闺中，杰克一听，立刻就有了想法，他命运的转机到了！机会就在眼前的这位香港来客！于是，他一边向那香港女人发动猛烈进攻，一边开始规劝老婆同他离婚，他向老婆指天发誓，数年之后，他一定会将她和儿女带出国门。这样，他头天刚同老婆办完离婚，次日就和香港女人结婚。那个香港女人当时正在申请移民澳洲，这样，他们结婚后，他也就顺道办理了移民澳洲的申请，结果，很快，不到半年，杰克的澳洲身份全部搞定，让人好生羡慕！”

“这样的手段难道令人羡慕吗？有多少男人会愿意这样干？”

“不瞒你说，杰克那么快就搞到身份，在那个时候，无论男女，不知有多少人羡慕！”

“那你怎么不去效仿？也来一个快刀斩乱麻，把移民身份等一次搞定？”

“那也得有机会呀！世上有几个那样情形的香港女人？杰克是碰巧赶上了。”

“说来，那也是人家杰克的本事。不然，城中那么多男子，就这么一条大鱼，怎么唯独就让杰克钓上了？”

“说的也是。看来，机会是一方面，能力也是很重要的。杰克这小子还是有那么两下子。”

“你可见过杰克的香港老婆？”

“见过一面，长相的确令人遗憾，也就是杰克，如果是我，每天面对这样一位，真的要吃不下，睡不香了。”

“我说嘛，杰克本人也就平平常常，怎么就那么轻易走了桃花运？后来呢？”

“后来，他就离婚了！”

“为什么？”

“这还用问吗？这样的婚姻难道能维持下去吗？杰克是谁？那是人才呀！拿了身份不久，她老婆就在悉尼的海边买了一个大房子，可是，不久，她不想在澳洲待了，要回香港，杰克哪儿干？他和她结婚本来就是为了澳洲的身份，所以，两人很快就离婚了。现在，他很合算，老婆的财产和房子他就分得一半，他还把他在国内的前妻和两个孩子都办了过来，就这样，杰克空手套白狼，一到澳洲，就比我们这些打工族高出一截。”

“这样说来，杰克也算是个人才，可是，他怎么不干经理，倒做起中医了？他那样也能算中医？”

“他不是说有祖传秘方吗？我还真吃过他配的药，肚子真的就不痛。那药挺管用的，就是贵了点。”

“是什么药？怎么收费？”

“具体什么药，我不知道，他已经熬好了，像花生酱一样，放在塑料盒里，每天吃一勺。两个星期，一共花380元。”

“如果花生酱里放点吗啡或类似的止痛药粉，任何疼痛，都有效果的。像杰克这样的人品，什么事情做不出来?”

“哎呀，小夏，这种话可不要讲给别人听，你即使有疑问，自己心里明白就行了，犯不着去得罪人。千万要记住了。”

这时，前面杰克他们的车子停了下来，原来，他们到了Coffs Harbor，已经走了一半多的路程。朱大进就按照杰克的指示，把车停在路边的加油站。

“我们在这里休息一下，先吃点东西，那里有厕所，加油站里有零食和水。”皮特说。

“你们的车子跟得很紧，是小夏开的？开得不错嘛。”杰克说。

“哪里！我今天还没碰到驾驶盘呢。”夏夕阳刚才只顾听故事，把练车的事情忘到了一边。

“别着急，还有400多公里，一会儿你开，保证叫你开个够!”皮特安慰她。

“小夏，如果是我，就坐在车里听歌，看景，那多舒服!”灵灵说。

“开车有什么好？又累又危险，我都不去学开车!”田芬芬说。

“自己开车的感觉就是好，我喜欢开车。”夏夕阳心里的话藏不住。

“一会儿你开，一定不变。你们想吃点什么?”朱大进从车里扯出两个大塑料袋，里面装满了各种饼干、糖果和饮料。

皮特和杰克也从车里拿出几包食品，大家就在两个车子之间，开始吃喝聊天。

“皮特，你家以前在北京的哪个区?”夏夕阳对老乡比较感兴趣。

“宣武区，我家住在象来街。你也是北京人?”

“是的，我住在西城区，就在新街口外。”

“我知道，那是北京的电子一条街，我回北京时朋友带我去过那里，不过，那里的东西大部分都是从深圳或广州进来的水货，也有一些是走私货。”

“这个，我知道。我医院里的一个医生，他小时候的玩伴，80年代混到日本，结果，在东京的几个大商场，一口气就偷盗出八台摄像机，那时候，一台摄像机很贵的，他潜回到国内，把那些机子到新街口倒腾出去，就成了小款爷。”

“是的，我也听说那地方有很多水货的。我现在每年都去两次广交会，那里的东西可多了，仅电子产品就成百成千的。”

“那你的那些电子元件也是从那里进的?”朱大进问。

“有一部分是的。如果你感兴趣，下次我们一起去？”皮特说。

“我那个小店，小本生意，卖不了多少小零件，还是以后再说吧。”朱大进说。

“就是，你们可不可以不谈生意？都出来玩了，就谈一些开心好玩的事嘛。”灵灵说。

“我同意，我们来谈谈到黄金海岸后住哪里？”杰克说。

“我们没有预订，到了那里，估计天就黑了，我们就直接开车到冲浪者天堂，这是黄金海岸的中心地带，沿着海岸线，有很多的自助酒店，看看哪家自助酒店有位置，就住哪家。”皮特说。

“好的，不过，黄金海岸尤其是冲浪者天堂那一带，在圣诞新年这个长假期，游客来自世界各地，是旅游的高峰季节，老外一般很早就预订了酒店，空闲的房子不会很多。”灵灵说。

“灵灵，你去过黄金海岸？”夏夕阳问。

“我去年圣诞就去了那里，那地方真的像天堂，天蓝蓝，海蓝蓝，确实美！”灵灵说。

“这是我来澳洲第一次去度假。”田芬芬说。

“我们都是第一次去黄金海岸。”朱大进拍拍夏夕阳的肩说。

“我也是第一次，所以，这一次，我们一定把海玩个够！”杰克说。

“时候不早了，我们上路吧。”

“小夏，你来开吧。”朱大进把夏夕阳让到驾驶座。

开往黄金海岸的高速路上，车速可以开到每小时90公里，有的路段甚至可以开到每小时110公里，夏夕阳很快就适应了在高速大道上驱车飞奔，那种感觉，超级爽快！她热血沸腾，感觉人都要飘了起来。

“喂，你在干什么？注意车速！”朱大进突然叫了起来。

夏夕阳一看，她把油门一踩到底，车速蹿到每小时130公里！她吓了一跳，赶紧把脚从油门松开，车子立刻减速，降至每小时只有85公里。

“怎么这么慢？后面的车子会冲过来，容易撞到我们的。”朱大进又批评道。

夏夕阳又忙着踩油门加速。这一次，她看着车速表踩油门，将车速保持在每小时100公里的状态。这样开了一程，没有出什么情况，朱大进紧张的心情有所缓解，他本来心里十分担心，生怕夏夕阳把车开出问题。他可不想为了这个圣诞出游，搭上性命。

“我们听听音乐吧？”夏夕阳建议。

“你好好开车，我来给你放音乐。你要听哪个盘？”

"听林忆莲的。"

"你主要是开车，可不要只顾听歌了。"

"放心吧，我会格外小心的，你就把心放在肚子里，要不，你休息，闭上眼睛睡一觉。"

"你开车，我能睡着吗？我倒是想睡的，可是，没有那个福气。"

"要不，你跟前面说说，坐到他们的车里去睡。"

"谢了，我还是待在这里吧，如果杰克要来开我的车，那就惨了，我倒宁愿你开车。"

"为什么？"

"我这可是新车，刚开了一年多，杰克早就惦记着开我这辆车了，说要同他那辆丰田车交换两天，但我一直没答应。"

"车子也可以换着开吗？"

"当然，男人嘛，都对车子感兴趣，对于不同牌子和型号的车子，总想开一开的。"

"那你就不想试试他的那辆车？"

"他的那辆车，已经开了四五年了，再说，型号也很老了，如果是辆新车，我就会和他换着开几天了。"

"原来是这样，你喜欢等价交换。"

"当然了，这是社会活动的标准嘛，谁会做赔钱的买卖？"

"那友情呢？"

"友情是要考虑的，但不是必需的。"

"这是你的行事准则吗？"

"你这人怎么就这么矫情呢？有些事情不必搞得那么一是一，二是二的，做人要灵活，这样才能办事顺利嘛。"

夏夕阳无语，她心里就想，这个朱大进，貌似大大咧咧，心思却是相当缜密，未免有点阴沉，她是一个坦直的人，喜欢直来直往，对于朱大进的这种性格，她不太适应，也不喜欢。

在通往黄金海岸的路上，不时有一些招牌，有的画着一名手持摄像机的警察，上面写着：YOU ARE DOING 500，有的写着：CCTV，夏夕阳不明白那是什么意思？就问朱大进。

"写着 CCTV 的意思是这里有监控录像，画着警察的是说如果你超速就要罚你 500 澳元，并且还要给你的驾照扣分，驾照扣到一定分时，你的驾照就自动吊销了。"

"原来如此。我一定不再超速了。"

“你看见那个牌子了?”

夏夕阳抬眼望去，见路边不时竖立一个白色牌子，上面写着：TAKE A BREAK，同时还用蓝色画了水杯、刀叉和床。3000 米。“那是什么意思?”

“那个意思就是告诉我们，从这里往前3000米处，有一个休息岛，车子可以脱离高速，拐进岛里，那里有厕所，有时候，还有志愿者提供免费的咖啡或开水，路人可以在那里作一个短暂的休整，这样，就可以避免因疲劳驾车而引发事故。”

“哎，澳洲政府替老百姓想的多么周到!”

“是的，所以，资本主义也不见得就不好。”

“同意。在中国是否也有这种休息岛?”

“不知道，我要是在中国的话，是否有能力买上这辆车？这都是个问题呢。”

“也是，如果我在中国，也不会想到去学开车，因为根本就没有想过要有一辆自己的车子。”

“哎，减速，前面从左边出口出去。”

“为什么?”

“你看前面的杰克，他们的车子已经打出向左转的信号灯。”

“他们要去休息岛吗?”

“应该是的，我们跟上他们。现在，你已经开了 300 多公里了，也该休息了。”

夏夕阳就跟着杰克的车子行驶到休息岛，把车停在里面的一个角落。她感到的确有点累，就跳下车去伸展胳膊。

“你干吗呢？车子停好没有?”朱大进在车里喊。

夏夕阳向车里一探头，原来她只把挡换到P（即停车）位，手刹仍然摆在驾驶位，更严重的是，她没有熄火！所以，她人虽然离车，可是车子依然缓慢向前滑行。她吓了一跳，赶紧把手刹拉到停车位，同时扭动钥匙熄火。

这时，杰克等人围了过来，朱大进说：“你们看，小夏就是这样停车的。车子还在跑，她人就下去活动了。”

“哈哈哈……”众人一阵大笑。

出了这个洋相，夏夕阳感到又好笑又尴尬，一时闹个大红脸。

“所以，我就不学开车嘛。”田芬芬说。

“没事，小夏，你这不算什么，告诉你吧，我有一次，把油门当成了刹车，本来以为踩着刹车后退的，可是，车子却一下子就从车库蹿了出去，都把我吓傻了，幸亏是在车库，后面没有人，否则要闯大祸的，还有一次，停车时，把后面的车子撞上了。其实，我刚学会开车时，和你一样，很兴奋，很喜欢开的，不过，自从踩错油门，胆子被吓破了，现在，我基本上就不开车了，需要时，就打的，安全第一!”灵灵安慰夏夕阳。

“我们这一路开出300多公里，小夏一直紧跟在我们后面，应该说，你已经开得很不错了。”皮特也有意安慰夏夕阳。

“就是，我们小夏确实开得不错的。”朱大进也赶紧安慰夏夕阳。

“那里有免费的咖啡，如果谁想喝，就过去拿。”杰克说。

“我想去厕所。”灵灵说。

“厕所在那边，要排队。我先过去排着，你们一会儿过来。”田芬芬说。

夏夕阳也想去厕所，就同灵灵一起跟过去。

“还有多远到黄金海岸?”杰克问。

“快了，前面就出了纽省，黄金海岸在昆士兰，离这里只有100多公里。天黑之前，我们应该能到那里了。”

“今天是圣诞节，老外们一般不工作的，即使必须工作的，也会提早下班，我们如果要住自助酒店，就必须要在5点之前到达那里，再晚了，就恐怕找不到人了。”皮特说。

“那她们回来我们就赶紧上路吧。”朱大进说。

还真让皮特猜中了，当他们赶到冲浪者天堂的时候，时间已经快到5时，太阳依然挂在天边，晚霞尚未出现，可是，街上已经很少看到行人，大道两旁的店铺全部关门，他们来到海边，据说，那一座座临海而立的公寓基本上是自助式酒店，他们就挨个地找公寓的入口，期望在那里看到接待员。可是，连着看了几座公寓，出入口都有保安措施，没有密码或门卡，外部人员是不可能进去的，有的公寓外面，有牌子显示：客满，无空房。

他们几乎找遍了临海的公寓，始终没有看到一个接待人员，所有的公寓工作人员，全部回家过圣诞了。

他们没了主张，把车子停在海边商量。

“找不到人，怎么办?”杰克说。

“前面有酒店，我们要不去那里看看?”皮特说。

“酒店很贵的，特别是今天，圣诞夜，价格一定很高的。”杰克说。

“不管怎样，也得找个睡觉的地方，不然，今天晚上怎么办?”朱大进说。

“我们可以在海边坐一夜。”田芬芬说。

“我坚决反对!坐一夜还不得冻死人!”灵灵说。

“我们先到酒店看看再说吧，希望那里有空房。”皮特说。

于是，他们驱车来到酒店。这个酒店离海边不远，楼层很高，大厅里华灯四射，金碧辉煌，大理石地面流光溢彩，几位工作人员，身着深色制服，彬彬有礼地接待四方来客。

皮特说：“你们三位女士，先坐这里等候，我们去接待处问情况。”

他们三人就到接待柜台那里去交涉。

“这个酒店环境不错，我喜欢，希望还有空房。来，这是专门给顾客准备的沙发，我们就坐这里等他们。”灵灵很老练地招呼夏夕阳与田芬芬。

“妈呀，这个酒店真豪华，我从来都没来过这样的地方。这一晚要花多少钱呀？”田芬芬说。

夏夕阳因为去过悉尼的香格里拉酒店，在北京时，因为开会也有机会去过王府饭店、皇冠酒店等，对这样的场所就不觉得稀奇了。

“我猜，一个房间，一晚上至少要花300澳元。”灵灵说。

“这样的酒店，你以前住过？”田芬芬羡慕地问灵灵。

“当然了，北京、上海、广州、深圳，有几家酒店我没住过？你知道我是干什么的吗？听说过赖昌兴吗？我就是给他打工的，他的那些股票都是我来操作的。如果他不出事，我才不会到澳洲来呢，国内多热闹，要玩有玩，要吃有吃，哪里像这澳洲，到了下午，街上就空了，晚上就更别提了，生活太单调了。”灵灵想念起以前的风光，不由得滔滔不绝。

夏夕阳知道赖昌兴，她刚刚看了一本关于华远公司和赖昌兴的书，近期的中文报上也常常出现关于这个污点商人如何用尽手段，行贿高官和走私违法的消息，但是令她吃惊的是，眼前的这个灵灵，如此美丽的女人居然和那个大名鼎鼎的在逃商人扯上关联，她感到十分惊讶，实在难以相信，灵灵的话是否属实。

“女士们，我们可以进去了。”杰克他们兴冲冲过来。

“有空房？太好了，我真的好想住这里。”灵灵说。

“只有两间空房，我们跟他们说好了，你们女的住一间，我们男人住一间，没办法，先凑合一晚，明天白天，我们再去找自助酒店。”皮特说。

“那房间有几张床？”灵灵问。

“每间房里只有一个双人床。”

“难道我们三个要同睡一张床呀？”灵灵叫起来。

“这样豪华的酒店，床铺一定很舒服的，我们三个睡一张床，没问题的，要不，我睡地上？没关系，我怎么样都行。”田芬芬说。

“那怎么行？算了，挤就挤吧。”灵灵见大家都望着她，不好意思矫情了。

“那么，我们就去房间，先把行李放下，然后去外边吃东西。”朱大进说。

从酒店走到冲浪者天堂的商业街，才发现那里人山人海，原来，大部分的游客聚集在这里，在这片区域里，个个店铺开张，有餐馆、酒吧、咖啡厅，也有商店，还有一些游乐厅、电影院，每一处张灯结彩，好不热闹！

“原来这里这样热闹！看看，我们吃点什么？”也许是受到那种气氛的感染，朱大进突然活跃起来。

“那里有中式大排档，我们就去那里吧，我想吃叉烧面！”灵灵说。

“好呀，那就去那里吧。”皮特响应着。

众人就到那个挂着大红灯笼的大排档前找位子。

“谁想吃什么，自己去选。一份10澳元。”杰克选好位子后对大家说。

吃过饭后，皮特问：“现在我们去哪里？”

“这里离海边远吗？”夏夕阳说。

“不远，这条街走过去，没几步，就到海边了。”皮特回道。

“那我们去海边，如何？”夏夕阳说。

“好的，就去海边。”朱大进说。

果然，从餐馆出来，没走几步，就听到了海涛的声音，再走几步，迎面海风吹来，就见茫茫大海在夜幕下一波接一波地翻卷着白浪，虽然天上有明月，岸边有华灯，但大海是那样苍茫而浩瀚，夏夕阳被眼前的大海震撼了，站在大海的面前，人类是多么的渺小啊！

“大海啊，我来啦！”灵灵突然把鞋一脱，裤子一挽，咚咚咚，向海浪冲去。

“哎，小心！”皮特赶紧追了过去。

“我们也去沙滩走走？”夏夕阳也开始脱鞋。

这时，就看见一群高中学生向着浪花奔去，从他们的叫喊中，夏夕阳听出，这批学生来自加拿大，是专门来黄金海岸过圣诞节，玩冲浪的，他们已经深深被这片大海感动了，激动地叫嚷着，说不要返回加拿大了。

也许，人的情绪是可以被环境影响的，不知为什么，他们这一拨几十岁的人居然跟着那群小毛孩在沙滩和海浪间跑来跑去。

次日，他们顺利地在冲浪者天堂的一个公寓订到房间，这个房间，虽然年头已久，装饰没有酒店那样华美，但位于15层，有三个卧室，大厅和阳台面对海滩，坐在沙发上，青天碧海，一览无余，夏夕阳十分欢喜，她说：“就算什么也不做，天天坐在这里，看天看海，就是一个很好的假期了。”

“小夏的要求这么简单啊！”杰克说。

“我的要求可不止这样，我要去购买纪念品，还要去电影世界、水上世界玩，另外，听说太阳岛很好玩，也要去的，还有，布里斯班，昆省的首都，我也要去看看。”灵灵说。

“你的要求，我一定满足!”皮特拍着胸脯保证。

“这里只有一个主人套房，其他两间卧室没有卫生间，我们怎么住?”杰克在房间里转了一圈，回来说。

“我们可以住主人套房吗?”灵灵看着皮特说。那个意思是说，她和皮特要同住一房。

“没问题，那我们住这间。”杰克问田芬芬。

“好的，没问题。”田芬芬说。

“没问题，我们就住这间好了。”朱大进说。

夏夕阳没有想到，会是这样的安排。这样的住法，就等于向大家公布，她是朱大进的同居女友。她不知道灵灵和田芬芬的情形，但她明白她自己的状况，在遇到杰克和皮特之前，她和朱大进的关系并不为人所知，她自己也从未把朱大进向别人正式介绍过，事实上，她和他，虽然同在一个屋檐下，生活中吃喝不分，但到底还没有超越底线，一直都是分房而眠。现在，当着这么几位，他和她居然要同室而眠。

“小夏，别愣着了，把你的行李安排一下。”朱大进提着他们俩的行李进了房间，示意夏夕阳跟过去。

“你什么意思?”夏夕阳进了房间问。

“没什么，来都来了，就不要管那么多了。你看人家，不是都大大方方的。”

“可是，我们这样算什么？再说，田芬芬认识你老婆，我们现在这样，你以后怎么跟她解释?”

“出来之前，我并不知道田芬芬会来，再说，不必等田芬芬说，我自己就会对我老婆讲这件事情，你不要担心，我会给你一个交代的。”

“给我一个交代？你什么意思?”

“小夏，既来之，则安之，我们不要管其他，还是好好享受这个假期吧，这样的时间也许不多了。”

“我怎么越听越糊涂?”

“难得糊涂，这句话现在对你说最合适。好了，小夏。”朱大进说话时一把将夏夕阳拥入怀中，“亲爱的，我等这一天很久很久了。你就不要再折磨我，考验我了。”

夏夕阳就这样糊里糊涂，勉勉强强地公开与朱大进同居了。在这个迷人的假期，在这个美丽的海滨，听着海涛，迎着海风，夏夕阳迷失了自己。

和朋友结伴旅游其实是一件很惬意的事情，因为人多主意多，什么地方好玩，何处餐馆好吃，人人都有资讯，大家可以共享，而且有些活动项目，比如租船，租海上飞艇，坐直升机等需要一定人数，这样的活动当然是与朋友合作最好。因此，在黄金海岸，他们一行逛电影世界，玩水上世界，吃中西大餐，坐直升机俯视整个黄金海岸，驱快艇在海上飞翔，晚上还到赌场小试一番运气，这样，他们非常愉快地度过了一周。

新年就要到了，这一天，他们决定去太阳岛，他们在广告上看到，太阳岛的树林和山坡中有很多漂亮的木屋，建得同别墅一样，里面生活设施齐全，专门提供给游客租用。他们就打了一通电话，那些木屋十分抢手，早已全部出租，万幸的是，有一个人家，因为飞机在海外出现延误，因此，要比原定的日期晚到两天，他们决定就在那里住两天。

当他们按照地址找到那个木屋时，已经到了中午，木屋有三间卧室、一个大厅、一个大厨房、一个储藏室和洗衣房，还有两个卫生间，里面的布置形同家居，卧室设施如同旅店，整洁干净，客厅里，有冰箱、电视机、录像机、音响、沙发和长条茶几，厨房里，正方形饭桌椅、锅碗瓢盆、刀叉杯盘、甚至茶壶、切菜板等，应有尽有。

"这里，简直就是一户人家的居室呀!"夏夕阳脱口而出。

"听说很多老外就在这样的地方买房建房，周末或假日时来这里小住，有的时候，他们去别的地方玩，就把这里出租，反正闲也是闲着。"皮特说。

"将来，我也在这里买个木屋，旅游高峰时，租出去挣钱，淡季时，自己可以过来散散心。"灵灵说。

"也许，我们这个木屋的主人就像灵灵这样聪明，旺季挣钱，淡季休闲。"朱大进附和地说。

不管到哪儿，灵灵都是主角，于是，杰克主动让灵灵挑选哪个房间她想入住?

"这间，我们住这间。"灵灵毫不客气，拉着皮特走进她中意的屋子。

朱大进笑笑，看着杰克，杰克摇摇头："我无所谓的，小夏，你住哪间?"

"都行，你选吧。"夏夕阳看着田芬芬。

"房子都是一样的，我们就住这间吧。"朱大进指着他旁边的卧室说。

大家各自回房间打开箱子整理东西。朱大进到厨房转了一圈，回到房间，他说："小夏，我已经烧了水，一会儿你把所有的碗盘刀叉用开水烫烫，消消毒。"

"你把它们全都放到洗碗机里，高温清洗，消毒效果好过单用清水烫。"

朱大进就到厨房开始行动，灵灵看到了，就跑到夏夕阳跟前说："朱大进很注意卫生的呀。"

"也许是他肠胃不好，经常生病的缘故吧。"

“我们中午就吃方便面吧？”田芬芬提着一袋红红绿绿的东西说。

“方便面很好，很快就可以吃上了，我很饿了。”朱大进说。

“也好，吃过饭我们去海边玩。今天天气很好，阳光明媚，万里无云，在海里扑腾，最合适不过了。”杰克说。

“刚才，我看见有一家咖啡馆，就在海边，一会儿，我想去那里喝咖啡。”皮特说。

“我也想去那里，我在那里看书，看你们玩。”夏夕阳不怎么会游泳，尤其在海里，海浪过来，她就找不到北了，并且，她也不想在大太阳底下暴晒，既容易把皮肤晒黑变粗糙，又容易得皮肤癌。

“我在路上看见有出租冲浪板的，我们一会儿去租几个，下午就玩冲浪了。”杰克说。

吃过午饭，他们准备下山，因为朱大进的车子可以承载8个人，所以，决定只开他那辆车，杰克自告奋勇当司机。当他们开车下坡时，才发现四周密密麻麻遍布木屋，每个木屋都有大大小小的洋人进出，有的是一群年轻男女，有的好像是一群家人，男女老少都有，有意思的是，不管是在路上，还是木屋周围，他们个个都只穿花花绿绿的泳装，光脚或穿拖鞋，而他们几人，穿着旅游鞋，长裤长衫，还戴着太阳帽，捂得严严实实，显得格外怪异。

“看人家老外，多么潇洒，来到这里，就一心一意地玩，怎么舒服，怎么来，怎么方便，怎么穿，哪里像我们，穿得一本正经的样子，给谁看？都土死了！”灵灵说。

“我们中国人要讲究面子的嘛。”杰克说。

“什么面子？谁在乎？说不定人家还以为我们傻帽儿，被人笑话呢。”灵灵说。

“有道是入乡随俗，我们这样穿着的确与这里的气氛格格不入，还是回去换换衣服吧。”朱大进说。

于是，他们就又把车往回开。

再回到车里时，各人形象已然大变，最为惹眼的是灵灵，她穿了鲜红的比基尼，三点殷红，点缀得她妖娆香艳，美丽无比，而田芬芬居然穿了一件天蓝色泳衣，虽然泳衣把肚子包在里面，但因为臀肥肚大，四肢短粗，使她看上去像一个纺锤，站在灵灵旁边，对比十分鲜明，夏夕阳因为没有准备下海，就穿了一身白色的短裤和短袖T恤，虽然素净，却如水中白莲，妩媚动人。三个男子，就穿了花花绿绿的泳裤，朱大进怕冷，身上披了一条大浴巾，皮特没有想好是否下海，上面套了一件短袖T恤，杰克最新潮，光脚，只穿绿底红花大泳裤，消瘦的身板每条肋骨清晰可见。

“小夏，你看杰克的眼球都快突暴了！”灵灵对夏夕阳说。

“啊哈！杰克，虽然灵灵非常迷人，可是，你在开车，眼睛要向前看才对呀！”夏夕阳从后视镜中看到，杰克的眼睛直勾勾对着灵灵，就说，“要不，我来开车。”

“你开还不如杰克呢，这样的陡坡，你会把我们全带到沟里呢。”朱大进忙说。

当他们到了海边时，岸边已经停满了车子，他们好不容易才找到一个车位，朱大进就说：“我去租冲浪板，要几个？”

“我去沙滩上的咖啡馆，不下海。”夏夕阳说。

“我也去喝咖啡。我不需要冲浪板。”皮特说。

“我们两个只要游泳圈。”灵灵拉着田芬芬说。

“那么，就租两个冲浪板、两个游泳圈。”朱大进说。

夏夕阳就和皮特朝咖啡厅走去。

咖啡厅与海滩只隔一条街，他们选了一个临窗的位子，透过明亮宽大的玻璃，蔚蓝的大海和雪白的浪花就迎面扑来，人们在海中嬉戏的身影和欢快的笑声，使他们仿佛观看3D电影，有一种身临其境的幻觉。

“你看见那一点红没有？那是你的灵灵呀。”夏夕阳指着不远处在浪花里奔腾跳跃的一个女人。

“当然看见了，无论在哪里，她都是中心人物，看看那些老外，不管是年轻人，还是老头子，已经围成了一圈，都在看她呢。”皮特盯着海面说。

“灵灵真棒，那么多人围着看，也不怯场，继续玩她的！”

“她什么场面没见过？你可知道她的来历？”

“不知道，说来听听。”

“灵灵可不是一般人，她是将军的后代，据她说，她的爸爸是一个什么军区的司令。”

“她这么年轻，解放军的老将军随便找一个，都可以当她爷爷了。”

“你哪里知道，老将军可以找年轻老婆呀。她的妈妈才五十几，是老将军的女人，但可能没有名分。”

“那就是私生女了？”

“她那么漂亮，她的妈妈一定也不同凡响了，否则，怎么会有她？”

“接着说她的故事。”

“灵灵从小就跟在老将军身边，和她的众兄姐一样，从子弟小学到军校，她都是在老将军的庇佑下，在蜜罐里成长，因此，从小就养成了一股公主脾气，就说下海做生意，她也是后来者居上，不甘落于其兄姐之后。她从倒腾电缆做起，一直做到海上走私，最后和赖昌兴这样的商人也接上了头。后来，她的将军父亲去世，她的特权虽然不复存在，但她已经羽翼丰满，开始投资金融股票，她应该也算是太子党里的小小一员了，如果不是老赖翻船，她也不会跑到这里来。”

“这么骄傲的公主，你是如何骗到手的？”

“小瞧人了吧？我是谁呀？用得着骗吗？”

“你就吹吧！以灵灵这样的出身和经历，又是这么的出类拔萃，美丽动人，就凭您的姿色，难道她会对你垂青不成？谁信！”

“你不必用激将法，听我慢慢对你讲来。故事是这样开始的。那是一个星期天，我有点无聊，正在想，要不要去饮茶，叫谁同去？这时，灵灵急急忙忙地闯了进来，她十分焦急地问，如果电脑突然死机，可否有办法修复？里面的文件会不会就从此消失？这个，本来就是我的专长，我当然给了她肯定的答复，她十分高兴，立刻叫我去给她修理电脑，如果，她不是那么美丽，我当然不会去她家的，我公司有店员，他们可以去上门维修，但是，像她那么美丽的女人，哪个男人会忍心说不呢？我修好了她的电脑，她请我饮茶，我们就这样交往了。你说，我这叫骗吗？”

“我还是不明白，那么高贵，那么绝色的女人，她为什么会钟情于你呢？”

“女人嘛，不管多么高贵，也不论多么富有，首先，她是个人，是个女人，任何环境下，女人都需要呵护，需要关爱，在悉尼这个不大的华人圈子里，单身男人有几个？像我这样优秀的单身男人又有几个？所以，她遇到我，就是她的福分，和我在一起，她不吃亏的。”

“那倒也是。不过，你不是曾给你的俄罗斯女友申请同居签证吗？现在她拿到签证了？”

“没有，申请被拒了，我又申请了一回，还是被拒绝了，说是有移民倾向。”

“那么，你的俄罗斯美人现在何方？”

“她应该在俄罗斯吧，一年多了，早就没联系了。也许已经和什么人结婚了吧。哎，她真的很美的，我带她到过北京，我家住象来街那一带，每次带她出去，刷！全是回头率，百分百的回头率！不论男女，个个盯着她看。还真不是吹牛，真给哥们争脸！”

“美女就是你的脸面呀？什么心理，肤浅！”这样说时，夏夕阳忍不住想，难道男人都像他这样吗？如果朱大进也是这样的男人，她会接受吗？

“夕阳，快过来，海里很好玩的！”朱大进突然抱着冲浪板跑了过来。才一会儿的工夫，他的脸和身体已经被太阳晒得红彤彤。由于开心，他的脸笑得很灿烂，夏夕阳就想，这个玩起来像个孩子一样的朱大进，他的习性应该与皮特不同吧？

“哎。小夏，阿朱叫你呢。”皮特提醒夏夕阳。

“我不去，你看朱大进，这么短的时间，皮肤就晒成这样。”

“没事的，可好玩了，我教你玩！快来。”朱大进仍然处于兴奋中。

“你去玩吧，好好玩！我们在这里聊天。”夏夕阳向他摆摆手。

朱大进有点失望地跑回海里，夏夕阳看见他趴在冲浪板上随着海浪漂向远方，当海浪翻着跟头拍到岸边时，趴在冲浪板上的朱大进就被海水冲到沙滩上，他就那样一次又一次地冲来漂去，玩得甚是开心！

“皮特，讲讲你的经历，你是哪个大学毕业？又是怎么来的澳洲？”

“我没有上过大学，我从小就当兵。”

“那你怎么懂得电脑？”

“我那时当的是通信兵，我很喜欢玩电子元件，最早是组装收音机，后来，是电视机。再后来，就是电脑了，现在，我在研究电子传感。”

“那你的物理应该很好了？”

“还可以吧，我是自学的。我喜欢玩那些东西。现在，我正在琢磨电子传感。”

夏夕阳最糟的一门功课就是物理，对于光谱、电子、电磁这些名词，一提起就头疼，因此，对于懂得这方面的人，她便由衷地佩服，现在，面前的这个没有上过大学的皮特，居然可以自学成才，并且可以把电脑这样的高科技的东西（这只是夏夕阳对于电脑的粗浅理解）拆开来，装进去，想来此人的天赋是何等的不凡，不由得，她的心里对于皮特产生了一种敬意。

“那么，你是如何到的澳洲？”

“也是碰巧。我因为对电器比较感兴趣，复员时就留在了深圳，那时，深圳正在开发，用电器的地方很多，我因此就有机会去过很多公司，接触的人比较多，知道的消息也挺多，80年代中期，日本需要大量的电脑程序员，我考过了级，就去了日本，在日本，听说澳洲更好，就从那里到了澳洲。”

“你可真能折腾，那个时候，出国可不容易，很多大学生、研究生都申请不到签证，可是，你这样一个自学成才的，却能混出来，真难以想象。”夏夕阳想起她的几个很有学问的朋友，在80年代，甚至90年代初期，想方设法都拿不到签证，她自己到了90年代的后期，也要经过多方努力，方才走出国门的经历，不禁有些唏嘘感慨。

“不瞒你说，这一点，我还真的很超前。我到了这里之后，很快就把我的两个姐姐都办了过来，我们家这一代，早早就是澳籍华人了！”皮特很自豪地说。

“看来，你是真的有两下子，所以，连灵灵这样骄傲的公主也敢往身边划拉。可是，你是怎么创立这么大的公司呢？难道是灵灵给你投资了？”

“哪里！灵灵刚刚来澳洲不久，我的公司已经开了七八年了！我是和一个战友合伙开的这家公司，刚开始我们只有几万元，我们就贷款进货，货是从广东进的，进来的都是小零件，我们自己组装，然后再售出，那时候，电脑在澳洲刚刚开始流行，一般的家庭都还没有电脑，需求量大得很，所以，几个月下来，我们的生意就做得风生水起，好得不得了，我们不得不请店员，到现在，我的店员已经有二十多人，在澳洲，在华人当中，这样规模的公司，就算是比较大的了。”

“那倒是，你看朱大进的公司，员工老板就他一人。”

“早先，那里也是一个不小规模的店，他是在那里打工的，他的老板我也认识的，是个上海人，叫王平，他们经常到我这里进货，当时，也有好几个工人的，后来，有人把王平告了，好像是税务上的问题，听说是他的一个工人举报的，王平就被移民局限期递解出境了，离开澳洲前，王平不得不把公司贱卖，朱大进就是那时候成了公司的老板。不知是哪个工人那么坏良心，这样子害人！很缺德的。我们这个行业的人都在传这件事，大家都很想知道是谁干的？”

“后来，查出来那个举报人吗？”

“王平都离开了，那些工人也都散了，究竟是谁，也就不了了之了。”

夏夕阳突然想起，有一天，朱大进带她去文华社，谈到他开始做生意，当时，朱大进本来谈得眉飞色舞，很高兴的样子，可是，突然间，他表情一转，停住话题，那个时刻，夏夕阳就感觉有点怪异，好像是朱大进突然意识到自己有点得意忘形，把不该说的秘密险些暴露出来！因为他当时的那个变化很特别，所以，就让看见的人过目难忘。现在，皮特讲的关于王平的故事，令她不由得想起朱大进当时的表情，想到在整个事件中，朱大进是唯一的受益人，一个不好的感觉令她心中一惊，莫非，那个举报人，就是他？不，那样的小人之为，断不会同朱大进有什么关联，那么卑鄙的事情，他绝不会做的！她在心里挣扎着。

“哎，你怎么这么严肃？在想什么？”皮特看见夏夕阳半天不吭声，感觉有点摸不着头脑。

“没事，他们快回来了吧？”夏夕阳不敢把自己的疑惑说出来，在心底里，她不愿意承认，朱大进，这个和她有着亲密关系的男人，怎能是一个无耻小人？

"我要三杯蓝山！"杰克突然跑了进来，后面跟着灵灵和田芬芬。

"我要一杯热巧克力。"朱大进也跟了进来。

"今晚是元旦夜，听说岛上要放焰火，我们回去洗澡换衣服，然后吃东西，看焰火！"灵灵玩得很开心，兴奋的情绪依然在持续。

当夜幕降临，满天的星星在天际眨眼，这个夜晚的月亮格外明亮，因为在岛的四周，是茫茫无际的海洋，不见了城市中常见的街灯，所以，显得天空的星星繁多而灿烂，夜晚的凉风夹着海水特有的气息，轻拂着他们的脸颊，他们追随着人流，来到了岛上的中央公园，那里，已经人山人海，和他们一样，大部分人都是游客，他们在等待着观看辞旧迎新的焰火。

吃饭时，朱大进和灵灵谈起股票，通过灵灵的介绍，朱大进对股票突然产生兴趣，所以，一直到焰火怒放，他们始终都在谈论股票。

当万千火树银花绽放在无垠的天幕，人们在欢呼中迎来新的一年，无论相熟还是陌生，大家互致问候，祝愿新年好运！

"新年伊始，从现在开始，我决定投资股票，灵灵，我跟着你一起发财！"朱大进兴奋地宣布他的新年计划。

"我保证你发财！最低百分之二十的回报！"灵灵说得胸有成竹。

这时，皮特的手机响起，他拿起一看："是我姐姐。我到那边去接，这里太嘈杂了。"

当皮特返回时，他的神情大变。他在人群中寻找到灵灵："灵灵，对不起！我必须立刻回悉尼！你怎么办？如果留下来和他们一起玩，有问题吗？"

"发生什么事了？你这样着急？"灵灵忙问。

"一下子我也说不清楚，总之，是公司出了大事情，我姐叫我马上回去处理。阿朱，你的车子大，我就把灵灵交给你带回去。可好？"皮特看着朱大进。

"那我们怎么办？"杰克说。

"就是啊，我们这么多人就一辆车，行吗？"田芬芬也急了。

"要不，我们就都回去吧，我的病人都给我打了好几次电话了。"夏夕阳也想回悉尼了。

"真的吗？我们还有好几个地方没去，明天不是要去布里斯班吗？"

"算了，我还是和你一起回去。"灵灵说。

"那我们也回吧。"杰克看着田芬芬说。

"好的，那我们现在就去收拾行李。"皮特说时，人已经向住地走去。

"你确定要回去？你想好了？其实，他们走了，我俩一样可以玩的。"朱大进对夏夕阳说。

"我真的想回去上班。"夏夕阳此时心里开始惦记诊所，皮特因为生意出现状况而发生的变化影响了她，她那个小小的诊所可经不起折腾。

“也许，这是我们最后的一个假期了，这里有很多地方值得一看，错过了，挺可惜的。”朱大进不是很想结束这趟旅行。

夏夕阳没有深想，她以为，朱大进只是贪玩，就说：“我们这次先回去，以后再来好了。”

于是，这一行6人，连夜打道回府，到达悉尼的时候，已经是早晨10点钟了。

第十一章　难民营2

滴滴滴！滴滴滴！一阵铃声，夏夕阳从朦胧混沌状态觉醒，她睁开眼睛，阳光透过窗帘，房间已被晨曦弥漫，天亮了，外面有警察在走动。

“起床了，吃早点去，今天有好吃的。”下铺的琳达说着，已经起身，到卫生间洗漱。

“早上好，女孩们。”女警官来到房间点名。

“早上好！警官。”躺在床上的瑞贝卡和柔丝幽幽地回答。

“你怎样，夏医生？晚上睡得可好？”警官问夏夕阳。

“很好！谢谢！”夏夕阳已经梳洗完毕，刚好走出卫生间。

警官点名，做记录，然后说：“早饭的时间到了，你们可以带着夏医生去食堂吗？”

“好的。”众人齐答。

食堂在进难民营的入口处，距离她们的住地数百米，她们走了好一阵才到达。

当夏夕阳随同室来到食堂时，那里已经人声鼎沸。食堂很大，像个巨大的餐厅，但设施简单，有点像中国大工厂的食堂，在最前面摆着几个大长桌，桌上分别摆着不同的面包、麦片、牛奶、果汁、水，还有几样蔬菜、鸡蛋、腌肉、香肠等，有两个大师傅模样打扮的人，正在给队伍前的人分配食物，几百个男女从里到外排成两队，这些人，大约都是难民了。夏夕阳心想。和他们一样，她自己已经是难民营的一分子，一个失去自由的阶下囚！她黯然地低下头，跟随琳达站到队里。

“小夏？哎，你是小夏？真的是你呀！”这时，旁边的队里突然有人兴冲冲向她说话。

夏夕阳愣了，因为那个叫他的人，原来是崔天！

“咦！怎么是你？崔天！你为什么会在这里？”夏夕阳记得，最后一次见崔天，是在一个传销会上，那时，他不是和广东老人的女儿在搞假结婚，办身份吗？这个难民营里的人，全部都是签证有问题者，难道，他的签证也有问题？

“说来话长，我在这里已经有些日子了，你刚进来吧？出了什么事情？我记得，你是学生签证呀，怎么也会搞到这种地步？别难过，这里太乱，谈话不方便，一会儿打完饭，我们到外面去讲。”

“好的，好的。”因为遇到熟人，夏夕阳心里感到些许高兴，尽管这个熟人，初次见面就忽悠了她，以后见他，所作所为，也很不靠谱，但他毕竟是个熟人，此时此刻，在这个特殊的环境，比起数百个完全的陌生人，崔天还是令她感到一丝亲切。她很愿意同他交谈。

当他们排到饭桌前时，大师傅问夏夕阳：“你想吃什么？尽管说，我给你拿。不限量的。”

夏夕阳就指指面包和牛奶。

“这里还有小糕点和蜂蜜，要不要？”大师傅是个亚洲人，长得很和善，十分热情。

“我可以了，谢谢。”夏夕阳谢过大师傅，端着盘子跟崔天来到外面。

一阵风刮来，夏夕阳打了个寒战，虽然雨停了，但天空仍然灰灰沉沉，乌青青的云层厚重得把太阳都包裹起来，使春日的悉尼阴冷萧瑟。

食堂外面，摆着许多桌椅，好像一个露天餐厅，如果阳光灿烂，坐在那里吃东西，倒是一个不错的选择，但在天气不好的时候，这里的位子却不受欢迎，比如现在，天气寒冷，人们都愿意选择室内，因此，食堂外面，十分清静。

崔天带着夏夕阳找到一个角落的位子，这里四周无人，他们可以放开交谈。

“我记得，你是与人结婚了，怎么会到了这里？”夏夕阳刚坐下，就迫不及待地问。

“嘿！我他妈的被那个广东女人骗了！本来说好的，她帮我办身份，我给她5万澳元，可是，申请快要拿到时，她要我给她10万！你知道，我一直都在鸡厂打工，每周工钱是500澳元，可是，要交给她房租和伙食费每周250澳元，我最多只能存下200澳元，一年也就1万元，五年才可攒到5万，可是，我还没有攒够5万，她就要跟我翻倍，她说我将来有了身份，把家里人办过来，就不是一个两个了，翻一倍已经算是很便宜我了。你知道，我那个时候，在她家，给他们当牛做马，什么都干，就是她那么丑陋的样子，我也是当成娘娘一样供着，就那样，也不能感动她，提到钱字，一点余地都不给，更可恶的是，同她这么久，他对我的情况一清二楚，她也明白，就是逼死我，短期内，我也不可能筹到10万元，所以，当她知道有一个深圳的商人想出高价办假结婚，就自告奋勇，把那笔生意搞定了。当时，我两年的临居时间马上要到了，眼看就可以申请永居的身份了，她却到移民局把给我的担保撤销了，所以，我这几年的心血就白白地耗费了。”

“真的？她撤销了担保，直接把你送到了这里？这人怎么能这样做事！”

“她倒是没有把我直接送来，但如果她不撤掉担保的话，我的签证就不会有问题，之前，我是跟旅游团来的，然后就黑了下来，以后，又找人混了个难民签证，可是，这个难民签证是假的，我自己都不知道，被移民局给发现了，所以，在移民局给我发送取消临居签证的通知时，直接就把我从工厂里带到了这里。”

“你到这多久了？”

“这已经是半年前发生的事了。所以，到现在，我已经在这里有七个月了。”

“他们没有把你送回国？还是你选择了申诉？”

“我没有申诉，申诉也是瞎耽误工夫。”

“不是只有两种选择，申诉或遣送回国吗？”

“我把护照藏了起来，没有护照，原则上，就成了无国籍人士，根据法律，澳洲政府就不能把我遣送出去。”

“可是，你以前的申请记录不是可以查的吗？”

“虽然有记录可查，但没有护照，中国方面也不让进，所以，我就只能待在这里。其实，待在这里也蛮好，每天有地方住，有吃有喝，还不用自己动手，也不用工作，整天就像度假，住旅店，要多舒服有多舒服！”

夏夕阳愣了，一个活生生的人，被圈在这样的地方，虽然吃喝不愁，但毕竟失去了自由，这样的人生何其可怜，他怎么能够美滋滋好享受的样子？“你真的这样想？太不可思议了！”

“这有什么不好的？你看到食堂的那两个大师傅了？他们都是韩国人，两个人都是假护照，早先也是被抓到这里的，关了好几年，后来，居然就有了身份，因为他们在这里很久了，欠了很多费用，所以，就安排他们到食堂工作。”

“到了这里，怎么会欠账呢？”

“嘿！你不知道呀？我们这里的每个人一天的食宿费是69澳元，这是要我们自己负担的，等你出去时，这笔费用是要交还给移民局的。像我这样，一待就是半年，食宿费已经是个天大的数字了，我是没有钱还的，也不担心这个，就像那两个韩国哥们，住这好多年，欠下的费用海了去了，当他们能出去时，身无分文，拿什么还？移民局就给他们安排了食堂的工作，每周扣下一小部分工钱，说是慢慢还，至于何时还清，也没有时限，倒是便宜了这俩哥们，得了这么好的一份工作，那么高的薪水，还是政府的工作，除去还一点点的欠款，还剩余很多，比起以前我在鸡肉厂的工作，不知要好多少倍！真是走运呢！还有那两个清洁工，他们是两口子，从马来西亚来的，在唐人街的餐馆里被抓进来的。也来了好几年了。移民局给他们安排在同一个房间，就他们两人，这跟自己的家有什么两样？而且，后来还让他们在食堂做清洁工，这个工作不是白干的，政府要发他们工钱的，发下的工钱，除去交食宿，他们还可以自己用，当然，他们人在这里，出不去，也花不了，就存了起来，现在，这对夫妻还在食堂后面的园子里种了各种蔬菜，食堂就买来给我们做菜用，虽然是贱卖，那也是一份收入呀！所以，待在这里还是挺好的。”

“难道你就这样一直待下去？”

“待他几年，应该没问题，但不是一辈子，我在等机会，听说快有大赦了。”

“怎么可能？如果真是这样，那么多的黑民干吗还在外面躲着？”

“真有大赦的，不骗你，你看，每年，都有很多船民从四面八方跑来，有的被澳洲的警察拦住，有的根本就跑掉了，就是那些被拦住的，大都没有护照，没有国籍，澳洲政府怎么办？只能把他们送到难民营，一年一年地，这么多难民，澳洲政府怎么养得起？所以，时不时地，澳洲政府就会找个名目，给难民营的一部分人发个永居身份，就像那两个大师傅，就赶上了那次机会，所以，我就想，这个机会迟早会来的，现在，已经有流言在传，说是在澳洲建国百年大庆的时候，会有大赦令颁出，难民营里有年头的，都有可能拿到身份。快了，说不定就这几个月了。也许，会把大家全部放出去呢，也包括你。”

“几个月还快？太久了！我一天也不想待在这里。”

“哎，我还没问呢，你到底为什么到了这里？难道你的护照也是假的？”

“怎么可能？我怎么会干那种违法的事情！我是被人陷害的。”

“谁？谁这么缺德，干这没人味的事！知道是谁吗？抽死他！”

“那根本就不算人！一帮畜生！罢了，不提了，也怪我自己遇人不淑，看错了人。”

“那你打算怎么办？”

“我要上诉，可是，怎么做，却一点门道都不懂，你来这很久了，应该知道很多，快告诉我，哪怕一点点？”

“听说，好像是需要找移民代理或律师什么的，具体的，我也不懂，你要找外面的朋友帮你去搞。”

“可是，我怎么同他们联系呢？手机都被收走了。”

“里面有公用电话，就在阅览室的外面，我带你去。”

电话亭离食堂不远，过了入口登记处，走几步，就有几间大平房，那里就是教室和阅览室，在平房的外面，有两个小亭子，亭子里面有公用电话。

夏夕阳拿起电话，“你要投币进去，才可以打的。或者，用电话卡也行。”

夏夕阳气馁，她一无卡，二无币。“崔天，我什么都没有，你能借点硬币给我吗？”

“我很想帮你，可是，我已经在这里很久了，哪里有钱可以赚呢？要不，这样好了，我带你去重犯营地看看，那里有一个哥们儿，他有很多朋友，肯定有电话卡。”

“重犯营是什么意思？”

“就是关押要犯的地方，不过，他们也不能说是罪犯，只能说，是违反签证条例比较严重的人，基本上就是屡教不改的那种，他们没有太多的自由，只能待在房子里，不能够自己到食堂吃饭，也不能到阅览室看书，更不能到院子里活动，但他们那里也有电话，可以和外面联系，也可以见外面的人，但不能出那个小院子，不过，我们可以进到他们院子去。”

“你去过那里？”

“我常去，那里有我一个哥们儿。这哥们儿可神了，是上海人，五年前，他和四个亲戚一起随旅行团来的悉尼，结果，五个人全部黑了下来，先是在木工厂打工，后来，他听说这里的工伤赔偿很高，他老鬼精明的，把有关赔偿的详细情况摸清楚，就想到了一个办法，你猜，是什么办法？一般人都想不到的！原来，他自己在上海的时候就有腰椎间盘的毛病，这个毛病的严重程度，如果是工伤，则可从保险公司索赔，于是，他就在工厂上班时，故意摔了出去，然后就被送进医院，自然，照片出来，腰椎出了问题，这样，就变成工伤，经过一年多的申请，他居然得到了近40万澳元的赔偿金！”

“他不是黑了下来吗？怎么还敢去打官司，申请保险金？他不怕移民局抓吗？”

“他已经被抓过了，那一次是在家里，他们中的一个人，为了一个女人，被人告了，4个人正在家里玩牌，全被抓了。但是，他因为保险的申请正在处理中，所以，可以保释出去，当时，他出了8000澳元，请朋友保释出去了。”

“他这种情况都可以保释，那你为何不想办法保释出去呢？”

“我想过，可是，没办成，主要是我自己没有钱，外面的朋友吧，出力可以，出钱可就难了。难度挺大，所以，就在这里等着大赦了。”

“你那个上海哥们儿不是保释出去了，为什么会在重犯营呢？”

“按照他腰病的情况，他应该终身无能力工作，所以，才得了这笔赔金，可是，他却买了一辆车，去送外卖。有一次，在送外卖时，他违规停车，被警察碰到，警察要看他的驾照，他转身就跑，结果，就被抓到这里了。因为是再犯，就给关到那个重犯营了。”

“这回，他会被保释吗？”

“不知道，不过，他好像想回国了。也是，我如果有那么一笔钱，回到中国，换成人民币，几百万元，干什么不行？何必在这里给人当孙子！”

夏夕阳听着崔天的介绍，感觉心里很不是滋味，之前，她就听说过，确实有那么一小部分人，巧妙利用澳洲保险公司的政策，发了很多这种小财，但是，这种手段很不光彩，不但有损本人德行，更是大大损毁中国人在世人眼里的形象！经常能够听到老外这样说：“你们中国人，就会干这种事！”每当夏夕阳听到这样的话，不免都要和老外们辩论一番，可是，听了崔天哥们儿的故事，她不知道自己以后还能否理直气壮地再去和老外们辩论。

“哎，你在想什么？这里，往这边走。”崔天不明白，夏夕阳怎么突然沉默了，走路也是慢吞吞的。

“崔天，我不想去见你那个哥们儿了。我想回去了。”

“那你不打电话了？”

“我回房间，也许同屋的人可以借给我。”

“好吧，10点钟，有英文课，我去那里上课，你可以到那里找我。我们这里，每天上午10—12点，都有英文课，谁都可以去听，也不用报名，跟去图书馆一样，你如果愿意听，就过去，或者，你也可以去阅览室看书或电视，如果想打羽毛球，也可以，到警官那里去领球。总之，除了吃饭，剩下的时间，随便你自己安排。只要你待在这个围墙里，你干什么都可以，警察不管的。”

“好的，我先去打电话，然后，去学英文。再见。”

夏夕阳刚回到房间，就看见玛丽警官。

“哈，你在这里，我正在找你，有人来看你，请跟我来吧。”

玛丽警官说时已经走在前面，夏夕阳便跟随她来到会客室。

刚一进门，就见一个大个子冲了过来：“夕阳，我可见到你了！”

听到声音，夏夕阳心里一颤，顷刻间，十几个小时以来所受的惊恐、惶惑、困扰、担心，和着委屈、怨怼、悔恨、愤怒……所有的感觉，一齐涌上心头，百感交集的她，顿时，泪如雨下，面对那人，竟然一时无言以对。

来者不是别人，正是罪魁祸首朱大进，这是夏夕阳当时对他的定义。

看到夏夕阳，朱大进又惊又喜，惊的是，仅仅一个昼夜，一个人的变化居然这样显著，那个曾经美丽高傲的夏夕阳已经憔悴得不成样子了！喜的是，他终于看见了她，这样，他就有机会帮她办理以后的事情了，因为保释和申诉的材料必须在今天的中午12点之前送交到移民局。

“夕阳，你受苦了！我万万没有想到，会发生这样的事情！对不起，我很难过，都是我的错，我给你道歉！我向你保证，一定把你保出去！来，过这边来。”

朱大进拉着夏夕阳，来到一个穿着西服的中年胖男人身边：“这位，是黄代理，我请他来帮你办理这个案子。你现在需要立刻办理有关保释和上诉的申请，这个申请，必须要在今天上午，也就是12点之前递到移民局在若可代尔的办公室，但在办理这些手续之前，你需要在这个委托书上签名，就是你委托黄代理，请他来帮你办理这个申请和申诉的材料，之后，黄代理就可以直接与移民局打交道，替你办理有关手续。现在，当务之急，就是你要在这里签字，这个，是你要求上诉的申请，黄代理已经帮你做好了，你在这里签字就可，然后，我立刻把它送到移民局若可代尔办事处，剩下的事情，我送完申请回来再同你详谈。”

黄代理看夏夕阳依然处在激动情绪之中，看看手表，已经过了九点半，时间不早了，这里离若可代尔还有很远的路程，如果路上堵车，耽误了送表时间，这个案子就立不成了，也就是说，夏夕阳将失去申诉的机会！

因此，他把圆珠笔直接塞到夏夕阳的手中，指着表格：“夏小姐，请先签字，这里，还有这里。”

夏夕阳就木然地随着黄代理的指点，写上自己的名字。

“好，谢谢，先把要紧的事办了，其他的，回头再说。你放心，过几天，就一两天，我们接你出去。”黄代理接过表格，递给朱大进：“可以了，你赶快把它送走，必须要在12点之前交上去。”

然后，他对夏夕阳点点头：“夏小姐，千万保重！再见！”

“夕阳，我下午过来。这是我给你带的衣服，这个，是我昨天晚上写的，本想叫警察捎给你，可是，他们不干。你别担心，我很快就回来。现在，我得走了，一会儿再见！”朱大进紧紧握住夏夕阳的手，把东西和一张纸条塞给她，便和黄代理一齐急急离开。

夏夕阳双手抱着朱大进塞给她的大包，默默看着他们从大门消失。她有点恍惚，这两个人，来去匆匆，好像做梦一样，一阵风刮来，突然出现，一阵风刮去，突然消失！她不知道，这一次，朱大进会不会又骗她？他刚才所言可否当真？他真的来帮她吗？即便是真的，那么，他是否有能力帮她？这个地方，进来时当然容易，难道出去也那么容易吗？

夏夕阳心里画着大大的问号，慢慢离开会客室，她一边走，一边展开朱大进塞给她的那张纸条。

那张纸条写在一个信封上，这是一个用过的信封，在信封的空白处，写着潦草的字迹：“亲爱的夕阳：今天发生的事太不幸了!!! 我知道后非常难过，我承认，是我害了你，若你有任何不幸，我永远不会原谅她！当务之急，是怎样保你出来，我已找妥律师，他已经把所有的表格准备好了，待你签好字，我们就可以帮你办理相关手续，这样，你就可以出来了。你把这些表赶紧签好，然后交给我或让警察用传真机传给我，我在门外等半小时，若得不到表格，我就先回去，你想法尽快传真给我。附上衣物用品，不知可否让你打电话？若行的话，随时给我打，我24小时开机等你信。I love you darling forever！我永远爱你，亲爱的夕阳，等我，永远等我！深爱你的大进。”

这张纸条，写得匆忙潦草，可以看得出，写字人当时正处于情绪激荡中，朱大进是个性情中人，情绪上来，可以豪情万丈。昨天，他从听到夏夕阳的事情起，就开始激情澎湃，他吃惊恼怒，他自责自怨，慌乱之中，他不糊涂，他要力挽狂澜，救夏夕阳于水火，经过一番努力，当他找到补救的方法之后，便激动地驱车来到难民营，可是，探视时间已过，警察不让他进去，也不允许他把包包传递进去，情急之下，他在车上捡起一个信封，写下这段话，希望警察能够把它转交给夏夕阳，但是，他的这个努力白费了。因此，直到今天，他的这段满怀激情的文字，才得以交到夏夕阳的手里。他以为，夏夕阳看到他的深情表白，就会感动，更会得以安慰，同时也会理解他，原谅他。因此，尽管这段文字，里面的内容到了现在，已经不需要再说明，他还是将它递给她，他相信，他的激情一定会感染夏夕阳。

然而，朱大进其人，对于夏夕阳，就好像一个噩梦，如果时间可以倒流，她宁愿从来都不认识这个人！现在的朱大进，就是一个罪人，一个祸首，夏夕阳遭遇的所有的问题皆由他生！现在，不管朱大进做什么，说什么，夏夕阳都不会有感觉，因为在她的心里，朱大进就是一个十恶不赦的大浑蛋！因此，看到朱大进在纸条上的留言，她一点感动也没有，恰恰相反，她的感觉是恶心，是滑稽，是可笑！“真够讽刺！什么爱，什么永远，见鬼去吧，都什么时候了，还搞这些，玩什么情调，把你关在这里试试，看你还有什么心境谈情说爱！等你？都等到难民营了，还要等？等你个头！”

夏夕阳这样在心里愤愤地批点着朱大进的得意之作，由于情绪激愤，不由得加快了脚步，突然，迎头碰到一个人，她吓了一跳，赶紧说：“对不起。”

“嘿！还真是你！夏夕阳！你看我是谁？”一个和夏夕阳同龄的女子高兴地拍着手说。

第十二章　门庵黄昏

新年来临，对于皮特来说，就是噩梦的开始，回到家和公司，等待他的是100多万澳元的欠款！原来，他的合作伙伴，多年的亲密战友，在圣诞期间卷走了公司所有可以动用的资金，突然从悉尼消失，皮特的姐姐交给他的，是一堆以皮特个人负责的账单和贷款，面对着那厚厚的一堆欠款账单，皮特欲哭无泪。

灵灵说："你那战友不是个农村兵吗？不是说，他很憨厚吗？你这个聪明的北京大爷，怎么就让他给蒙了?!"

皮特已然哭笑不得："这有什么可奇怪的？你以为中国谁最聪明？是城里人？错！是丫农村人！他们从小就要为生活奔命，一分钱都要费尽心思去挣，这样环境里成长起来的，个个是人精，算计个城里人，不新鲜！哥们栽到农村人手里不奇怪，可是栽在这个孙子手里，却是我万万想不到的！哥们把丫一个黑民，办成了澳洲公民，还帮他爹妈从大山里移民到国外，让丫一家子农民，享受资本主义生活，这样的恩人他也敢坑？什么他妈的人性啊！"

"真是知人知面不知心，这个王八蛋！良心被狗啃了！"皮特的姐姐气得七窍生烟。

"灵灵，对不起！我不能给你投资做股票了，我现在穷得连房子都要卖掉了！"皮特痛苦地说。

"就没有其他办法了？这房子刚买来还不到一年啊。"皮特姐姐心痛地看着弟弟。

"必须卖房了，否则，银行这么高额的贷款就会把公司拖垮！公司垮了，我们可就全完蛋了！"皮特坚决地回答。

"我没话说了，皮特，你先处理你的麻烦，我就不打扰了。"灵灵不等皮特和姐姐说话，就麻利地整理自己的东西，头也不回地搬出去了。

"看看！什么人呀？这就是你找的女人？以后你给我把眼睛擦亮了再看人！"皮特姐姐气愤得人都打战。

"走了更好！夫妻本是同林鸟，大难临头各自飞，何况她还不是我老婆呢。好！很好！省得我到外面去租房，今后，我就到你家打地铺了。"皮特已经被伤得麻木了。

与皮特的境况正好相反，杰克的诊所却生意兴隆，十分火爆，虽然，他一天医学课也没上过，也从未在医院做过一天医生，可是，他在中文报纸上，用一整版的广告，号称是清宫御医的世代传人，用的是乾隆皇帝吃过的秘方，治好过中国近代无数达官贵人的顽疾。这样的宣传，立刻引起病人的注意，他的诊所排起长龙，每日里，都有新的患者加入。

杰克忙得不可开交，虽然有田芬芬给他做助手，但因为田芬芬除了接电话和搞卫生，其他的帮不上什么，特别是英文，田芬芬连最起码的沟通都不行，眼看着一个个洋顾客就这样流失，他决定找一个留学生做翻译。恰好，隔壁公司的王先生，是留学中介，他就跑去问他，可有合适的人选？

“太巧了！我正要问你呢，我正在为一个来此留学的女孩找房子，如果你那里有空闲的房子，就租给她，你先到机场把她接回来，直接送到你那里住，她英文不错的，完全可以给你当翻译，她人刚来，就有工打，你随便给她开点工钱，她都会高兴的。”

“这样最好！不过，我现在没有空房，但我朋友那里有，我来给她解决。太感谢了！”

杰克自己没有空房，他说的这个有空房的朋友是朱大进。他从留学公司转身回来，就打电话给朱大进。

灵灵离开皮特之后，便和一群人合伙做股票，其中的一个合伙人，就是朱大进。

度假回到悉尼以来，朱大进的电脑生意每况愈下，他就开始跟着灵灵炒股票。每日里，他到店里的头一件事情，就是看报纸上的财经版，钻研股票的学问，他边学边干，放工后，吃过晚饭，不是和灵灵等人在一起讨论股市行情，就是在电脑上继续研究，不到午夜他是不肯休息的。

此时，股市行情一片大好，他刚做几天，就小有盈利，这使他大受鼓舞，下定决心投身股海，调集了所有可以动用的资金，买了好几只股票，他以十分高涨的热情，全身心地当起股民。每日里，卖出买进，忙得不亦乐乎。当他收到几笔回报时，他很高兴地向夏夕阳通报，同时，还动员她也学习做股票。

夏夕阳对股票毫无兴趣，一方面，她认为，那是一门风险很大的生意，简直有点像赌博，另一方面，她自己也没有什么多余的资金。更何况，她现在又要工作，又要上学，还要准备雅思的考试，时间上已经忙得不可开交。

因此，新年伊始，夏夕阳与朱大进就开始各忙各的事情，平日里，只有吃饭时才聊上几句，连不必要的闲话都没有。

这一天，夏夕阳回家，看到一个年轻女人，坐在沙发上看电视，她以为自己走错了门，刚想退出，可是，又一想，自己是用钥匙开的门，没有道理打开别人家门的。于是，就又进得门来。

“哈罗！你是?”夏夕阳看那女子没有动静，只好上前打问。

“哈罗！我叫李楠，是新来的房客，今天刚从中国来。你也是房客吗？也是留学生？我是学管理的，在国内读的是本科，现在来读研究生。”

“原来是这样，是的，我也是留学过来的。我叫夏夕阳，谁带你到这里的?”夏夕阳心里在想，朱大进从没提过要把空房出租，怎么突然就有了这个房客?

“是杰克到机场接了我，然后就直接把我拉到这里，他去上班了，说房东是个男的，晚上才回来。”

“你可认识房东?”

“不，连杰克我也是今天才认识的，就是在机场，他手里拿着我的名字，就这样认识的。房东是什么人，我就更不知道了。杰克是个医生呢！明天，他请我去当翻译，我好幸运，一到这里，就有了工作!”

真是，人各有命，夏夕阳想起自己初到悉尼时一路找工的辛苦历程，也为李楠高兴。

晚上，见到朱大进，夏夕阳就问：“你怎么想到把房子出租了?”

“不是我想的，是杰克求我，说他的朋友急需租房，要我把空房出租，这样可以收房租，每周进账110元，我一想，有钱赚，又可以帮杰克的忙，何乐而不为呢？就答应他了，本来，打算今晚跟你讲的，没想到，今天人就来了。”

“你的房子，你要怎样就怎样了，我当然管不着。只是突然来了陌生人，心里没有准备，有点怪怪的。”

“看来，我得去买几把锁了，每个屋子安一把，这样，对大家都安全。”

朱大进的锁还没来得及安装，李楠就已经搬走了。

原来，年轻、英文又好的李楠，一到诊所，就把田芬芬比下去了，几天过后，杰克看见田芬芬就老大地不高兴，后来，他干脆叫她不要来诊所了，他说：“芬芬，你也看见了，你在这里什么忙也帮不上，不如就去逛逛街好了。我这个月还给你发薪，你到每个周五来拿，好不好?”

田芬芬虽然很气愤，但看在那一个月的薪水上，她忍住了。她对夏夕阳说：“杰克这个家伙很坏，很薄情，但我还是喜欢，别看他一把年纪，那床上的功夫可是了得！现在，虽然分开了，但谁知哪天，他又改变了主意呢?”

夏夕阳没有吭声，她不明白，田芬芬是被气糊涂了，还是本来就自轻自贱，拎不清自己，更拎不清杰克。到了这样的时刻，还这样无聊。

又过几日，杰克对李楠不仅是工作上满意，更是打心底里的喜欢，他自告奋勇，给李楠交付学费，李楠一高兴，主动搬去与杰克同居。

“不知道现在的女孩怎么就那么开放，刚刚才来了几天，就敢去与人同居。”朱大进一边打扫着卫生，一边唠叨。

“不过，这小丫头倒是活得明白，学费、住宿、生活费全免了不说，还有工钱拿，一点也不吃亏！哪里像你，有机会也不要，不过，你如果像她那样，哪里还有我的份。”朱大进说到动情处，一把将夏夕阳拥入怀中。

“杰克已经过了50，又瘦又矮，他俩相差至少20多岁，在一起有什么意思？”夏夕阳并不认为李楠捡到大便宜，她觉得，李楠是用青春赌明天，代价太大，不值！

光阴似箭，一晃又是半年多。秋去冬来，天气开始变冷，澳洲的股市好像受到寒流的影响，变得一派萧瑟。

夏夕阳整日忙着上课，看病，并准备英文考试，满脑子塞的是累死人的英语单词，对于其他的事情几乎视而不见。

有一天，朱大进突然抱怨：“哎呀！你怎么从来都想不起做卫生间的清洁工作？”夏夕阳感到有点吃惊，因为，以往，这项工作都是朱大进定期来做的，他从未要求她做此工作。这还是他们认识以来，第一次听到朱大进的批评，夏夕阳有点不舒服，但又一想，卫生间自己天天用，虽然他没有要求，自己也是应该做一下清洁的。

又一天，夏夕阳想开车，就坐到驾驶位上，可是，朱大进却对着驾驶位上的她大吼一声：“你坐在这里干吗？下来！真耽误时间！”

夏夕阳吓了一跳。从未见他这样凶蛮，一时都没了反应，傻愣在那里。

朱大进见状，立刻堆出满脸笑容：“姑奶奶，快下来，我们赶时间。”

夏夕阳心里很不是滋味，她很少经历这样的事情，在她的生活里，家人、同事，没有人会对着她大喊大叫，一直以来，朱大进对她都是满面春风，轻声细语，关怀备至，突然间，被他这样子一吼，令她十分震惊。她不明白，即使他不愿意自己开车，或是真的急着赶时间，可以好好说话，为什么这样凶恶呢？

看她一直愣神，默默不语，朱大进非常后悔，立刻连忙道歉：“对不起，刚才冒犯了你，我是一时着急，我的脾气不好，常常发火的，过去我是天天这样发火的，这一阵，和你在一起，已经改很多了，请你原谅。”

“想不到，你凶起来这样可怕，我算领教了。”

“对不起，我实在是没有控制住，这几天，我在股市上跌了大跟头，心里懊恼，总想发火，其实，我已经憋很久了，所以，刚才一时没控制住。”

“原来是这样，所以，这一阵子，你隔三岔五地找我毛病？”

“我有吗？我没有意识到，请你一定要原谅呀！”

“那你在股市上到底输了多少？还有机会扳回来吗？”

“说出来，会吓你一跳，不过，我相信，挺一阵子，一定会回来的。我劝你把闲钱也投在股市，比放在银行要升值得多。现在是谷底，正是买进的好时机。”

“我没有多少闲钱，就几千元。不过，如果对你有帮助的话，你可以先拿去。”

“真的？那就说好了，我给你开一个账号，帮你来做。”朱大进很高兴，他终于说服夏夕阳也加入股市，他了解夏夕阳，这个女人对钱的事情很不敏感，用她的名字开了账户，将来，由他帮她操作这个账户，他就可以利用这个账号，方便他自己。

又过两月，快到春天了，可是，悉尼的天气还是非常阴冷。夏夕阳每天要穿着风衣来御寒。

这天，她下课很晚，火车不知为何又晚点，萧萧寒风中，她等了火车，又等汽车，好不容易，才回到家。心想，回到家后，第一件事情就是要喝一杯热茶，然后再冲一个热水澡。

打开房门，屋里灯火通明，她感到好生奇怪，朱大进说今天要在公司加班，回来很晚。而每一次，他们离家时，朱大进一定会将房间所有的灯都关掉，因为他说，每一度电都要花他的辛苦钱，在他的训练下，夏夕阳每次出门，都会关闭所有的灯。

夏夕阳正在纳闷儿，就见一个四十多岁的干瘦女人从洗衣房走了出来。莫非又来新的租客？朱大进没有提过，可能像上次一样，没来得及同她讲？这样想着，就走过去，想同她打招呼。

可是，那个女人，一双眼睛瞪得老大，射出一股寒光，吓得夏夕阳往后一趔趄，这么仇视的眼光在哪里见过？那分明就是电影中白毛女怒视黄世仁的眼神啊！夏夕阳糊涂了，好端端地怎么就遭遇了陌生人的仇视？她不知该如何应对这个局面，却见那女人突然一转身，咚！咚！咚！大步踏上楼去！

夏夕阳晕菜！她回过神来，给朱大进打电话：“你在哪里？你把房子又出租了？你见过这个女人吗？她精神正常吗？”

“夕阳，听我说，你一定要冷静，你赶紧回你的房间，关上门，我很快就回来。她，不是租客，她，她，是我老婆。”

“什么?！你说什么？这到底是怎么回事儿？”夏夕阳傻了，这么严重的事情，朱大进居然不对她讲！他不是说，老婆不会回来了？他们的婚姻已经名存实亡？

“你先回房间，我回来同你仔细谈。”朱大进说时已经挂线。

夏夕阳不知自己是如何回到房间的，她整个人，此时已是从里到外，透心地发凉，忍不住地瑟瑟发抖，她万万想不到，朱大进会这样对待自己。

不知过了多久，朱大进走了进来。

这一回，轮到夏夕阳瞪眼了，那冰冷的目光充满了无数的问号和惊叹号！

“夕阳，别这样，让我们好好谈谈。你可知道，为什么，这一段时期，我老爱发火吗？股票虽然是个原因，但不是主要的，这个，”他指指外面，“她，她要回来，我拦不住，这个，才是我心焦的原因啊。”

“可是，你为什么不对我讲？难道我说过要赖着你了？”

“我，我怎么说呢？如果你真是赖着不走的人，我还不用这样担心呢！恰恰相反，我担心，一旦你知道就会离开我，可是，我怎能让你离开，我舍不得你走，我不能没有你呀。”

“你什么意思？她是你老婆，她回来了，我不离开，难道，你要她离开？”

“关于你，我已经跟她谈了，她回来的条件，就是接受你，不能跟你闹事。是她答应了，我才接她回来的。”

“这怎么可能？她怎么可能答应？你要干什么？你开什么玩笑？”

“真的，我没有开玩笑，我已经和她谈判了半年多，开始的时候，她自然不同意，我说，那就离婚，这样，谈来谈去，过了半年，虽然她闹了一大圈，惊动了国内外的亲友，但后来，她毕竟答应了。”

“为什么？天下还有这样荒唐的事情？”

“为了孩子，为了财产。你不知道，她是个守财奴。”

“你什么意思？”

“是这样，我告诉她，她如果回来，并且同意，你继续生活在这里，我就把所有的财产都转到她的名下，这样，她就可以放心了，我们大家和平共处。她都同意了，所以，我才把她接回来。”

“笑话！她同意了，可是，我同意吗？你可征求过我的意见？我为什么要和你们一家人纠缠在一起？”

“我把她说服了就可以了，我们还和以前一样，她不会跟你闹，你就安安心心地看病学习，这样，不好吗？”

“好你个头！你以为，你是谁？你凭什么，安排我的生活？你这样把我置于何地？”

“你不要这样偏激嘛，你看，她来了，你就当多了个房客，以后，我住楼下小屋，你住二楼的书房，她和孩子住主人套房，大家井水不犯河水，各过各的，这样多好。”

“好个屁！什么狗屁安排?！这是人干的事吗？你不是一直说，你的老婆不会回来了，你们的婚姻走到头了？原来，你一直都在撒谎，你这个大骗子！衣冠禽兽！”夏夕阳气愤之极，做梦都没有想到这样的事情，更想不到她自己会走进这样的骗局，朗朗乾坤，浩浩明月，日升日落，斗转星移，那么多的美好的日子里，自己居然是在朱大进声声的谎言中度过的，这个事实，无论如何，令夏夕阳难以置信，更不能接受。“骗子！你这个大骗子！滚！滚开！”夏夕阳越想越气恼，她抓起桌上的书本，纷纷摔向朱大进。

“夕阳，你骂吧，打吧，只要你解气。我理解，突然跟你讲这些，你一时接受不了，我有准备，你先冷静，先冷静下来，我们再慢慢谈。”

“谈你个头！大骗子，滚！滚开！滚得远远的！”夏夕阳已经摔掉了所有可以抓到手的东西，见朱大进还戳在那里，雷打不动的样子，就把门打开，连推带撞地把他撵出门，然后，又用力把门撞上。

朱大进在门口站住，他敲了敲门，里面没反应，他清了清嗓子，张了张嘴，想对夏夕阳继续解释，可是，忽然想到，隔壁，就是主人套房，他的多年未见面的老婆和儿子正在那里，他若出声，两个房间的人全部都可听见，而他要对夏夕阳说的话，却是不能让那母子听到的。所以，他想了想，只好说：“时间不早了，你先休息吧。”

他缓缓地走下楼梯，准备回到楼下的房间休息。“这件事对她太突然，她这样激动是可以想象得到的，过两天，等她冷静下来，再慢慢谈，她会理解的，会转变的。”他这样想着，已然回到房间。虽然，他这样试图理解着夏夕阳，但面对夏夕阳这样激烈的反应，还是令他心惊肉跳，一向沉静的女人，突然间像一头愤怒的雄狮，暴跳如雷，着实使他始料未及。尽管，他知道，这件事情对她来讲会很突然，很生气，但没想到，她的反应会如此地强烈。也是，兔子急了还咬人呢。

“镇静，镇静，首先，你自己不要慌张，先想想接下来怎么做。”他边想边向床上躺倒，可是，他人刚着床，就立刻反弹跳起，因为，他的身体触碰到一团温软的活物，他吓了一跳，赶紧打开台灯，却见他的老婆宋孃赤条条躺在床上。

“吓死人了！你干什么！谁叫你到这里来的?”

“你叫什么！这是我的家，我想到哪里就到哪里，用得着你管！瞧瞧你那熊样！就会跟我吼，你怎么就不敢对她吼？不是说，她很温柔？很听话？这连打带骂的比那母夜叉还厉害！原来你这么欠扁！”

“住嘴！滚到楼上去，我不想跟你吵架，我已经很累了，你起来，穿上衣服，回去睡觉吧。”朱大进心力交瘁，他连看老婆一眼的力气都没有了，就站在那里，闭着眼睛说。

朱大进的行为，深深地刺伤了宋嬢。结婚十几年，以前，虽然他们经常吵吵闹闹，分分合合，但最终都会云淡风轻，尽释前嫌。这一次分离，三年了，他们分开已经整整三年，这在他们十几年的婚姻史上从未发生过，他一直不要她和孩子回来，为了不违背他的决定，为了使他高兴，她只好自己独自带着孩子在遥远的地方生活，她日日夜夜盼着他们重逢的一刻，盼望着一家人团圆的一天。可是，半年前，她的丈夫居然同她谈起重逢的条件，居然明目张胆地通知她，自己有了钟爱的女人，而这个女人，将同他们一家，在今后共同生活，言外之意，他有了小三，她如果要继续做他的老婆，就得接受这个小三！这算怎么一回事！她简直气疯了，恨不得将这个无情无义，厚颜无耻的老公一刀捅死！更恨不能将那个狐狸精小三碎尸万段！她向父母公婆哭诉，她向亲朋好友哭诉，说她生不如死，说她要不是为了孩子就自杀，活生生上演了一出秦香莲现代版，一时间，所有她和朱大进相识的人众，都被动员起来，大家同心协力，同仇敌忾，一致将矛头刺向那小三，可怜的夏夕阳就这样被钉在那个称作小三的耻辱架上，被一群从不相识的陌生人，整日里信口鞭笞，如此批来斗去，已然半年时光。半年里，这些人，或打电话，或写信，纷纷向朱大进数落着夏夕阳，说她的种种坏处，以及由那数不清的坏处而引发更多的更加不可估量的坏处，经过这半年的恶毒诅咒，宋嬢的熊熊怒火逐渐有所释缓，逐渐地冷静下来，冷静之后，她发现，尽管她的丈夫有了另外的女人，可是他从未要求解除婚约，而是请求她作个妥协，这就是说，不管怎么变，宋嬢，仍然是他朱大进的老婆，她宋嬢，依然占据稳定的地位，也就是说，她，宋嬢，才是朱大进名正言顺、堂而皇之、永远不变的妻子，而那个小三，则名不正来言不顺，随时随地，都可能消失。这样想来，她便大大地释怀，同时，一个主意，生出心来，管他什么要求，统统答应，先回到悉尼，再见机行事，她，有的是时间，有的是能力，迟早，她将把那个敢同她抢男人的小三解决掉！于是，她同意了朱大进的要求，回到悉尼。

宋嬢已经做好充分的准备，打算先行忍耐，一步一步解决问题。所谓忍字心头一把刀，虽然，她事先已经有了思想准备，但在机场，见到朱大进时，眼里看见的，不再是那个邋遢的丈夫，却是男人那道貌岸然外表之下的花心烂肚肠！她心里的怒火，噌！噌！噌！立刻蹿得老高，恨不得一个大耳光扇到那花花肠子的老脸上！

“儿子，乖儿子！”朱大进高兴地跑过去，用手摸着儿子的头。

“爸爸。”朱大进的儿子已经十四岁，个头很高，快到他父亲的肩头，十分英俊。

听到儿子的呼声，宋孃的心软了，她的愤怒转成怨恨，把脸扭到一边。

朱大进自知理亏，也没敢再吭声，赶忙推着装满行李的推车向停车场快走而去，因为，他的心里很担心，以老婆的秉性，在大庭广众给他以难堪不是不可能。

车到楼下，朱大进接到灵灵的电话，说晚上务必聚一聚，有重要事情相商。朱大进本来也不想单独与老婆相处，根据宋孃以前的秉性，他很担心她会一进家门同他哭闹。他不想儿子知道他的这些事情。并且，宋孃突然决定回来，而且说完就立刻订票，两三天的时间，人就到了悉尼。这令他十分意外，他虽然在同她谈判，但没想过她会回来，更没想到，她居然会同意他的主张。

现在，宋孃回来了，可是，夏夕阳那里，半点消息他都没有透露，此时，人都到了，老婆和女友就要面对面，头碰头了，他将如何处置？有什么理由可以使夏夕阳相信，这不是他的初衷？又有什么样的方法才能够不使夏夕阳面对这样的尴尬？这两天，他绞尽脑汁，怎么也找不出一个合适的说法，今天，两个女人就要碰面了，他无论如何都要同夏夕阳谈谈，他准备接回宋孃后，再去诊所找夏夕阳，可是，灵灵这样急呼，必定有大事，最近几天，股市风云变幻，十分凶险，他买的科技股直线下跌，他已经输得心惊胆战的，所以，对于股市的关注已经胜过他生命中的任何事情，关于两个女人的事情，婆婆妈妈的，本来就是一本麻烦账，一时之间也没有解决的好办法，放一放，冷一冷，也许还有好点子想出来？于是，他决定先不找夏夕阳，他倒要看看，宋孃是真的同意他的意见，还是另有打算？心底里，他料定，宋孃不会做得太过分，因为他十分相信，她绝对不会同他离婚，这也就是为什么，他敢同她摊牌，敢同她谈条件。但是，对于夏夕阳，他就没有什么把握，他的心里没底，他不敢轻易把自己的想法暴露出来，也正是害怕夏夕阳断然拒绝。

常言道，船到桥头水自直，朱大进想，他先不点破，且看她们如何相处再说。

当宋孃看见夏夕阳进门，她的本能反应，就是恨不能将她踢出门去，再狠狠地踩上几脚！可是，儿子就在楼上，她来这里，是要解决问题，挽回婚姻，她不能冲动，她必须冷静，于是，她努力克制着满腔的仇恨，用怒目圆睁来相对一无所知的夏夕阳。看到夏夕阳一副茫然的情形，她在想，瞧她那傻样，这般呆傻的女人，有什么能耐，居然把朱大进迷成那样？当她听到夏夕阳对朱大进怒声斥责时，她笑了，这个小三，朱大进居然连我回来都没对她讲，可见他并不把她放在心上，更何况，她嚷嚷起来，声音并不比我小，好像也蛮凶的，好！叫你们掐，往死里掐！我就在城楼观风景了。她高兴得手舞足蹈，随着隔壁的吵闹声在屋里团团转，这样转了几圈，宋嬢突然停住，她眼珠一转，计上心来，好呀，她凶我柔，我倒要叫朱大进知道，到底是谁，才真正关心他，对他好？

宋嬢立刻下楼，脱掉衣服，看来，这个小三绝不会轻饶朱大进，听那动静，朱大进定被她整个灰头土脸，到那时，自己送上一片温柔，他就会知道，到底谁才是他应该想要的女人？

终于，朱大进被夏夕阳赶下楼来，她心里又高兴又悲凉，高兴的是刚刚交手，那女人就败下阵来，把朱大进生生地推向自己，悲凉的是，久别胜新婚，三年未见面的夫妻，本来应该欢天喜地缠绵在一起，可是，自己却要这样干巴巴地等待，等待他被另一个女人唾弃后才能与他相处。

就算是在这样矛盾屈辱的心理之下，她仍然还抱有一丝期待，那是一份多年夫妻之间的温柔的期待。可是，朱大进却全然没有这份感觉，他甚至都没有看宋嬢一眼，好像面前的这个女人就是一个跟他毫无关联的陌生人！宋嬢失望了，宋嬢恼怒了，一种无以名状的羞辱开始蔓延，一点一点，从上到下，从里到外，将她整个人弥漫包裹，她突然从床上跳起来，愤愤地抓起睡衣，飞奔到楼上。

朱大进根本就没有心思去琢磨宋嬢，看到她离去，感觉大松一口气，便躺到床上，他的确很累，心累，灵灵的消息，他们又输掉几只股票，他的全部资金已经被套牢，回到家里，夏夕阳又是这样不依不饶，这令他十分担心，担心失去多年的积蓄，担心失去夏夕阳。这么多的担心，使他完全忽视了宋嬢，也许，在他的内心深处，宋嬢就是他的老婆，怎么样，都不会失去。所以，根本就不必费心。倒是夏夕阳，这个女人，在名义上，是他的女友，在他们的朋友面前，她也欣然接受这样的称呼，但是，那是在他单身的时候，那个时候，他绝口不提宋嬢，更否认宋嬢终究要回来的事实，相反，他经常给她暗示，他终究会离婚，他会与夏夕阳天长地久。可是，现在，宋嬢突然回来，他连事先的工作都没有机会做，以夏夕阳的性格，骄傲冷峻，有时还桀骜不驯，况且她有自己的生意，具有独立的经济能力，她怎么可能接受这样的安排？看看今晚的激烈反应，就可以想见！但是，女人毕竟是女人，夏夕阳再怎么骄傲，现在已经是我的女人，况且，她已经年过三十，不再年轻，女人到了这个程度，还能牛几时？虽然我欺瞒了她，但也是为着她好，不想她过早地烦心嘛。想当初，刚同宋嬢谈时，她不是也要死要活，闹得厉害？可是，到头来，她还不是软了下来？答应了我的条件？对，等一等，静一静，等夏夕阳冷静下来，再同她仔细地谈，谈他们的感情，谈他们共同的利益，谈他们将来的好日子，对，把利害得失掺和感情因素，一一同她细讲，恳请她回心转意，最后同意留下来。相信她会想通，会转变的，对，就这样，现在先去安慰她，安抚她，使她平静下来。

心中有了办法，他又来了精神，便翻身坐起，轻手轻脚，来到楼上，缓缓推开夏夕阳的房门。

“出去！滚出去！”黑暗中，传来夏夕阳冷冰冰的声音，他吓了一跳，赶紧关上门，寻找声源，但见夜色朦胧中，夏夕阳僵坐在书桌前，宛如先前他离开时的姿态，看来，她一直待在那里，未曾挪动。

“嘘，小点声，你还没睡吗？”朱大进快速将房门关上，因为房间里太暗，他一时看不清里面，就站在门后。

“废话！在这样的情形下，你觉得，我可能睡大觉吗？”

“我该死，是我对不起你，没有把事情处理好，到了今天这个地步，都是我的错，无论你怎么惩罚我，都可以，但是，你千万不要惩罚你自己，身体健康要紧。”

“笑话，我干吗要惩罚自己？”

“生气不睡觉就是伤害你自己的身体，你想想，这样不就变成了对你自己的惩罚？”朱大进现在能够透过夜幕看清屋内，便轻轻走到床边坐下。“夕阳，你受了委屈，你生气，你动怒，你发威，这些我都很理解，可是，我有我的难处，我的无奈，作为男人，我只能自己去承担，我的委屈，只能自己去消化。你明白吗？”

“不明白，难道，现在我应该安慰你吗？难道，这一切的麻烦不是你自己造成的？你活该！”夏夕阳很奇怪，这个欺骗人的家伙居然还有委屈？

“我活该！我浑蛋！是，都是我的错，我哪里配享你的安慰，我是来安抚你的，我担心你呀，真的，夜已很深，你还是先躺下休息，明天，我们好好谈。”

“还有什么可谈的？从此以后，我们桥归桥，路归路，你走吧，我天亮就搬。”

“干吗这样决绝呢？你冷静一点，听我把话说完。我真的不是骗你，我以为她不会回来了，可是，没想到她真的回来了，你也看见了，孩子也回来了，腿长在她的身上，我能把她怎么样？如果不是为了孩子，我死活也不要把她带到家里的。有一个情况，我一直没有对你讲，我到现在，其实还没有澳洲的身份，我的签证是学生签证。”

“什么？你不是来到澳洲很多年了？你不是一向以澳洲人自居吗？怎么会同我一样，只是学生签证？你到底还有多少事情瞒我？”

“我的学生签证和你的不一样，我是一种特殊的学生签证，知道‘六四’

吧？我们这一批人是在‘六四’之后来的澳洲，那一年，澳洲政府给我们发了一个大恩典，给每一个来澳洲的中国留学生发了一个特别的学生签证，这种签证是有条件的，就是当我们在澳洲生活十年之后，便可以自然转为永久居民，目前，我还有大约一年的时间，才算达到这个十年的标准，只有到了那一天，我才能拿到永居证，我才能够给她和我的孩子做担保，申请澳洲身份，我是个父亲，又与她夫妻多年，不管怎么说，澳洲生活环境这样好，于情于理，我都不能不帮他们办这个身份，所以，她要回来，也就随她了。但是，我已经同她谈好了，她回来可以，我会接待她，并给她办身份，但她必须接受你，必须不和你吵闹，必须大家好好相处。这些，她统统答应了。”

“你以为，现在我还会相信你吗？什么鬼话，她怎么可以答应你的无耻要求？我又怎么可能留在这里？你以为你是谁？”夏夕阳冷冷回答，此时的她已是心如死灰，对朱大进的任何辩解全然抗拒。

“朱大进，你个王八蛋，你死哪儿去了，你给我出来！”楼下，突然传来宋孃的怒吼。

朱大进跳了起来：“夕阳，你冷静，我们明天再谈。”说话时，他已快速冲出门外，并立刻把门关上。

夏夕阳被宋孃的一嗓子吼醒，这是什么地方？这是一些什么人？她为何要同这些人纠缠在一起？她决定立刻休息，天亮后搬走，从此，远离这个地方。远离朱大进以及与他有关的一切。

是的，她必须这样做，只能这样做，别无选择，就当是误入歧途，上了一当，生活和她开了一个大玩笑，自认倒霉吧。想到此，她准备洗澡，走到卫生间，推门一看，朱大进却端坐在马桶上。

看见夏夕阳，扑哧！他突然乐了：“知道吗？我出了你的门，就直接来到这里，当她追到楼上时，就追到这里，看我坐在马桶上，以为我一直在上厕所，就没再闹。你看，我脑子灵吧？这就叫急中生智！”

什么德行！夏夕阳不明白，这个时候他还在为自己的小聪明沾沾自喜。的确，此时的朱大进，满脸生辉，一副自鸣得意的样子，表情确实像个小孩童，为着成功搞了一个恶作剧而满心欢喜，但在心情极度低落的夏夕阳眼里，朱大进的表现，就是一个跳梁小丑，甚是可恶，可恶至极！

第十三章　雨横风狂

夏夕阳躺在床上，辗转反侧，怎么也难入眠，生平第一次，她失眠了，她没有想到，她的澳洲之行，会给她的人生划上这样深刻的一道伤痕，她更没有想到，朱大进这个一直以来，对她唯唯诺诺，平时看起来再平庸不过的男人，竟然会把她引向一个无底的深渊，这个过程的变化之快，居然使她连反应的时间都没有，到了现在，她都有点糊涂，她不知道，她的痛苦，是因为她认错了人，或是因为他欺骗了自己，还是因为她要离开这个相守数年的小人？

罢罢罢！不管是什么，现在已经都不重要了，重要的，是尽快地离开这里！反正睡不着，她就起身收拾东西。就在她把自己所有的东西塞到从北京带来的大小箱子时，朝阳已经透过窗帘，镜子里现出了她朦胧的身影。她苍白的面容与她灰暗的心情恰好相互对映。

现在，只剩下了书籍，她找出一个纸盒，把桌上的书本放了进去，然后，她拉开抽屉，准备把她的零碎物品也放到纸盒里，突然，在抽屉的最深部，她看到一个信封，信是准备寄往国外的，收信人是宋嬢，字迹是朱大进的，信没有封口。

夏夕阳想，他与老婆原来是通信的，那么，他们一直是有联系的，书信往来，鸿雁传书，夫妻之间怎么能够没有感情呢？可见，朱大进一直都在撒谎！这个可恶的骗子！两头欺骗，不但朝朝暮暮欺骗着眼前的自己，还舞文弄墨欺瞒着遥远的老婆，他是个什么东西！夏夕阳生气地把信封又扔回去，关上抽屉。

可是，她想了想，对自己说：等等，应该看看，在信里，他说了什么？她有点好奇，背着她，朱大进到底是如何欺骗老婆的？

打开信封，里面是厚厚的一沓纸，上面密密麻麻堆积着朱大进潦草的字迹：

宋嬢：你好！

看到来信，我想，你一定很奇怪，因为，之前，一向有事时，会电话联系你，但这次不同，要谈的事情很特殊，电话里很难说清，思来想去，才决定以书信的方式，同你交流。看完之后，或来信，或来电。

我们是八十年代初期结婚，到九十年代初我来澳洲，我们之间，一直在争吵，大大小小的矛盾，从来没有停止，经常争吵，没完没了，后来，因我到了澳洲，我们不得不分开，这才有了一段没有吵闹的平静日子。但是，几年的分离并没有改变我们的性格，当我们重聚之后，依然是大吵小闹，鸡犬不宁。每一次分开，你总是依依不舍，有很多的愿望，可是，重聚之后，仍然又像冤家对头，争吵不休。

三年前的最近一次分离，本可避免，我以为两地分居的生活永远结束了，但怎料，你我之间，依然三日一吵，两日一闹，后来，发展到连续三天，吵个不停，我实在忍无可忍，才将你送走。当时的情景，今天依然历历在目，我知道，你的心情很不好过，但我也一样。如果我们双方过去、现在、将来都保持这种斗鸡似的性格，那么，结果就是非把对方斗死不可，可以想见，最先死的那一个，一定是我，因为我的身体最糟，且一年不如一年。

因此，在送你离开之后，我曾经彻底死心，一度想与你就此分手。

你我之事，家里和亲朋极力劝导，看在孩子的分儿上，经过一段时间的考虑，我一直没有去信和电话谈分手之事。

三年前的风头火势之时，我不提分手，三年后的今天，就更不提此事了。你很快就要回来，我们将来是否还像从前那样，你争我吵，鸡犬不宁？我不知道，听天由命吧，也许，只有老天晓得！

我的身体大不如前，经常失眠，头痛有时令我昏死过去，内脏的疾病也是一大堆，医生说，我需要静养，不能紧张，也不能太过劳累。我需要特别的呵护……

我需要……

一连四大段，整整一页半纸，都是关于他的身体，朱大进极为详细地一一罗列了他的种种疾病，以及如何针对那些病痛所需的照顾，在他这样大段落的描述中，他的身体被形容得比新生的婴儿还娇弱，他所需要的呵护更是一般的护士所不能够完成的，总而言之，他需要一名特级的护士，来维护他孱弱的身体，为了经营公司，打理生意，也就是为了挣大钱，给老婆和孩子提供一个富裕的生活，他必须要努力工作，但他的身体却不能够承受这样辛苦的劳作，因此，他必须要得到最好的照顾，才得以支撑他，使他能够继续为家里日进斗金。正是基于这样的缘由，他找到了一位合适的护士，他需要这个护士，需要她来照料他的身体，呵护他的生命，也就是说，他的家庭也需要这样一个护士，因为只有他的身体安康，他才能够为家人赚钱，事实上，维护他，就是维护全家。他甚至这样写道：

在我拖着病弱的身体，四处求医的过程中，我遇到了一位护士，她其实是个医生，现在一家中医诊所做护士，在她的指导下，我做了全面的检查，她分析了我的病情，建议我中西医结合治疗，兼顾精神饮食调理，通过她的指教和帮助，我的身体有了很大的改善，以前的小病不断基本上不再发生，我的精神状况也较前大大好转，现在，我可以有更多的精力为家里赚钱。因此，我很感激她，虽然，她不算年轻，长得也不漂亮，但她心地善良，性格温和，更主要的是，她出身书香门第，受过高等教育，博学多才，精通医术。我很喜欢她的为人，经过一段时间的交往，我觉得，我跟她挺合得来，我们从不争吵，和她在一起，我感到安静，感到轻松，这种和谐的生活是我向往已久的，因此，没有犹豫，我极力接近她，通过努力追求，顺利走进了她的生活。

我和她的生活，安逸平静，我十分满意。我们甚至去外地度假。所有与她相处的日子，都可以用幸福来形容。正是因为这样，我这段日子身体不错，自然有很好的精力用来工作，当然，也赚了不少钱，你现在拥有的，享用的，正是我这样赚来的，因此，我所赚的每一分钱，都有她的功劳。应该说，我需要她，我们家也需要她。

你就要回到澳洲，我把这件事情提前告诉你，这件事，你迟早要知道，早知好过晚知，我现在讲了，你可以有充分的时间，好好地考虑，仔细地想一想，我知道，你也需要时间，需要一个过程，需要一个心理准备。

我不打算认错，我觉得，我也没有什么错，我自己做的事情，我自己承担后果，因为孩子，因为对孩子的思念，也因为你坚持要回到澳洲，所以，我不阻拦你，也拦不住你。

三年前，我不提离婚，现在也不会提出，但是，如果你提出，那就是另一回事了。你如果不提最好，免得我的财产被分得乱七八糟，搞得我们两败俱伤，我已经不年轻了，也不打算再从头开始奋斗，所以，看在财产的分儿上，我也不想和你离婚。从内心里，我真心希望，你回来之后，不要斗气吵架，这是我最忌讳的。在我剩下的20年或30年的岁月里，我希望生活得安静和轻松。你若能如此，我就先帮你和孩子办好临居签证，等我满10年后转成永久居民时，再将你们一起转为永久身份，这样，我们的身份问题就全部解决。

接下来，我要考虑她的身份问题。我不打算抛弃她，我需要她，不能没有她。我要尽我的能力照顾她。她是一个很简单的人，一点也不狡诈，也不是你们认为的贪婪之辈。一旦把你和孩子的身份搞定，我就要为她担保，帮助她申请身份。但是，这需要得到你的同意，因为我只能先同你离婚，再以结婚的方式为她担保。当然，这个离婚和结婚只是一个书面形式，事实上，在实际生活中，什么都不需要改变。我知道，要你同意这一点，很难，作这个决定很不容易，因此，我提一个建议，这个建议，可令你大大地放心，这个方案是，我将我名下所有的财产，全部转到你的名下，我们可以到律师那里去办公证，车子、房子和股份，通通都用你的名字，但我要声明，这样做的前提，就是我们必须都生活在一起，谁也不能赶走谁，大家要和睦共处，你和孩子住主人间，她住旁边的另一个大间。我住楼下的小客房，谁也不要吵架生事。如果你的名下有那么多的财产，你应该有安全感，应该放宽心，应该没有理由不同意我帮她办理身份吧？那时，白天，我回公司，她去自己的诊所，你可以待在家里或有空来帮我，那样更好。但不管怎样，你都不吃亏。

当然，我知道，这封信，会使你吃惊，一时很难适应，但总好过等你来澳洲后才知道这一切。你可以利用剩下的几个月时间，认真考虑，但不必告诉家里，他们改变不了我的决定。我决定的事情，绝不改变。

你若决定回澳洲，订机票时，可考虑买双程票，这样，万一你不想待在澳洲，返回时，可以不必多花钱。

有什么疑问，可随时联系。

大进

2000 年 3 月

又附：本来，此信是准备寄去的，但又一想，传真给你更方便，也更快。所以，就这样传去了。

夏夕阳愣住了，准确地说，这封信惊着她了！她现在的表情，就是目瞪口呆这个词语的生动图解，无论如何，她都不会想到，朱大进居然这样子给老婆写信！

她实在不明白，朱大进凭什么，可以如此理直气壮？不管怎样，出问题的人，是他，虽然，他和老婆经常争吵，他们的关系形同水火，他们的日子非常不和谐，他们的问题十分繁多，但这些，难道就是他寻找其他女人的正当理由吗？作为一个丈夫和父亲，他找了另外的女人，毫无疑问，这是他的问题，是他的过错，是他对不起妻儿，可是，他却把一切的过错统统推给老婆，好像是老婆的凶悍，是老婆的不通情达理，是老婆缺乏的温柔善良，年年月月，日复一日的逼迫，使得他身心俱疲，虚弱不堪，为了活命，更为了养家，他别无选择，迈出这一步，实在是万不得已，他甚至认为，他自己的出轨，不但对家人没有伤害，反而是好处多多，因为，正是这个出轨，使他得以重生，使他可以有力量给家里挣来更多的金钱。

哈哈！世上存在不少的无耻之徒，夏夕阳在书本中读过，在影视中看过，可就是没在现实生活中见过，突然之间，在她的生活中，蹦出这样一个角色，而且和自己还是这样零距离的接触，她感到实在惊讶，一时间难以适应。一个人，怎么可以这样！他，他怎么可以红口白牙，毫不含糊，硬生生，气壮壮地颠倒黑白！

在这封信中，从头到尾，朱大进对老婆除了指责，就是安排，话里话外，不外乎钱财，虽然，他只不过有那么一点点小资产，在澳洲芸芸众生中，他的那一点点小财根本就不算什么，一个清洁工人，几年下来，也不会差到哪儿去。可是，他自己却认为很了不起，他居然想当然地认为，老婆只要得了财产，就会心满意足，就会听从他的安排，就会允许他为所欲为，甚至把另一个女人带到家里生活。在他的心里，财产才是第一重要的，因此，他以为，老婆也是这样的，有了财产，就等于拥有一切，离不离婚，并不重要，婚姻的实质是怎样，也不重要，重要的，是他的财产完好无损，同时，他所向往的生活还可以继续保持。在他的这番精心安排中，女人的尊严，女人的感受，他根本没有考虑。

夏夕阳不知道，作为老婆，当宋嬢看到这封信时，会产生怎样的感想？总之，夏夕阳此时已经无语！她此刻的心情实在难以言表，她在想，朱大进到底是个怎样的人，或者说，他还配称为人吗？作为人，他可曾有点良知？她又想，自己是多么的愚蠢，怎么就和朱大进这么个东西纠缠到一处？

这封信，有太多的意外，夏夕阳甚至惊讶地发现，朱大进原来有一个很大的秘密，这个秘密是她从来没有料到的，那就是到目前为止，朱大进自己都没有澳洲身份，事实上，朱大进的签证与夏夕阳有点相似，那就是同为留学生签证，可是，一直以来，朱大进以澳洲公民自居，他经常对夏夕阳说："你们这些留学生签证很不好。"有几次，他甚至说："你们留学生签证还不如难民证，就算是黑民，也好过你们留学生签证！"夏夕阳不知道他为何有这样的奇谈怪论，更不知他为何要这样诋毁留学生签证，曾经，她偶然看到朱大进的护照，那是一本红皮的中国护照，夏夕阳知道，澳洲护照是深蓝色的，于是问他："你不是澳洲公民吗？怎么还用中国护照？"

"我是为了回中国方便，因为如果换成澳洲护照，回国时还要申请签证。"

"可是，你不是说，自你来到澳洲后，就不太想回国内吗？"

"过去没想，不等于将来不想，我这是放眼未来。考虑问题要从长计议，这就是我和你不同的地方，你要学着点。"

"哎，你不是永久居民吗？这里怎么写着 Temp？这个不是临时的意思吗？"

朱大进一愣，他迅速从夏夕阳手里夺过护照，瞟了一眼："这有什么奇怪！英文里，有的词，意思范围很广的，你们这些新学英文的，就学到一点皮毛，只知其一不知其二，这里Temp的意思，实际上就是永远，永久！”朱大进昂首挺胸，一字一句，斩钉截铁。

“原来是这样，Temp有时也含永远的意思。”夏夕阳居然毫不怀疑地相信了。事实上，Temp这个前缀在英文里就是临时的意思。

此事发生在一年前，现在，她想起了那本护照，想起了那页纸上印着的Temp，同时，也想起朱大进当时斩钉截铁地回答她时的样子。看来，朱大进这个人，天生就有股强盗劲儿，他可以眼都不眨地把黑说成白，把错说成对，把非说成是，而且，在他那样说着的时候，口气之坚定，使人不容置疑，恐怕连他自己在信口雌黄时先就把它当成了真！

朱大进不但有秘密，还很会撒谎！从这封信里，夏夕阳深切地感受到，原来，表面上对她唯唯诺诺的朱大进，骨子里却深藏心机，事实上，朱大进对她一直以来都在蒙骗！和朱大进认识以来，几年里，他对她从来是赞不绝口，他对她赞美的言辞，他对她赞赏的眼神，时时处处传递给夏夕阳一个信息，那便是，他喜欢她，真的爱她。他曾经亲口对她说：“夕阳，在我眼里，无论从哪方面讲，你都是最好的。”然而，现在，白纸黑字，朱大进写得清清楚楚：夏夕阳既不美丽，也不年轻，她不过是他的一名特护，她的存在只是因为他的需要，并且，他和她在一起是他们家的需要！她其实就是他家里一个免费的保姆！夏夕阳做梦也想不到，朱大进居然这样解释他们之间的关系，这绝对是对她人格的污辱！她愤怒了！她气炸了！这个朱大进，平日里甜言蜜语，但在心底里，他原来是在利用她，更有甚者，朱大进居然说，夏夕阳要留在澳洲，必须要依靠他，只有通过他的担保，夏夕阳才能够生活在澳洲，这实在太过荒唐！到目前为止，夏夕阳从未要求他做任何事情，她自己本来就持有效的留学生签证，将来准备申请技术移民，她自己有工作，经济上从来都可以独立，从什么时候，她变成了他的附属？成为他的特护？而且，还非要依靠他才可留在澳洲？更何况，他居然敢在他老婆面前安排她的生活，居然要她和他的家人一起生活！凭什么他可以这样做？又凭什么，他就相信，自己会同意他的安排？荒唐透顶！奇耻大辱！这种被侮辱被欺骗的怒火，烧得她百爪挠心，恨得她咬牙切齿：“浑蛋，骗子，不是东西！”夏夕阳愤怒之极，拿着那叠信奔下楼去，她要朱大进亲口给她念一遍这封信！面对面地给她一个解释！

咚！咚！咚！夏夕阳使足力气，拼命敲打朱大进的房门。过了很久，房门才被打开。夏夕阳看见，朱大进慌忙中套在身上的衣服，秋衣是歪扭的，秋裤是前后穿反的，他的身后，床上凌乱的被褥中，横卧着宋嬢，她向夏夕阳示威般掀开被子，暴露出半个赤裸的身体。

“夕阳，你起这么早呀！”朱大进满脸通红，乱发横七竖八，尴尬地和她打招呼。

“早你个头！去死吧！你个大骗子！王八蛋！”夏夕阳看到这个情景，突然觉得，她没有话说了，她已经毫无必要再理会朱大进这个畜生了。

她转身出门，直接去诊所，在路上买了一份澳洲新报，租房，联系搬家公司，到了下午，就已经把家搬到牛津街，这里，离诊所不远，走路十几分钟就到。

她在家里收拾整理行李，一遍又一遍对自己说，遇人不淑，是自己之不幸，上当受骗，是自己之无能，从今往后，要擦亮眼睛，所谓吃亏是福，就当这几年的欺骗是生命中的一份学费，虽然代价惨痛，如果能够从中吸取教训，也算是一种收获。从现在直到永远，朱大进这头猪将从她的生活中彻底删除，她的人生，从此刻重新开始。

尽管，夏夕阳反复对自己说，忘记过去，一切从头开始，但是，她还是夜不成眠。整个夜晚，她翻来覆去，往事更是千回百转，历历在目。她实在无法把过去立刻屏蔽，更无法把朱大进这个信号完全删除。

自她搬出朱大进家，她的手机一直未断，都是朱大进的号码，他在试图与她联系，后来，因为她不接电话，他就留下许多留言，要她快回电话，有急事相商。夏夕阳之所以开着手机，本是担心病人找不到她，但不堪朱大进的烦扰，就干脆把手机关掉。这样，她离开诊所，朱大进就无法找到她。可是，电话虽然关闭，但事情却并没有结束。

次日一早，夏夕阳来到诊所，刚把门打开，朱大进就闯了进来。

“夕阳，你让我好找！你到底去了哪里？怎么电话也都不接，我都快急死了！”

“我去哪里，关你何事？以后你不要再给我打电话了，打也不接，我和你已经结束了，过去就算我上你一当，我自认倒霉！你回去好好过你的日子吧。”夏夕阳冷冷地说。

“夕阳，你别这样！我知道，是我不对，没有提前告诉你，她要回来，我没有办法，但是，我已经做好安排，我不会不管你，我会对你负责，我保证！你一定要放心，要相信我呀！”

“算了吧，事到如今，还有什么可说的？就这样吧，我要工作了，你也去上班吧。”

“你到底是怎么了，怎么就突然变得这样决绝？你听我好好给你解释一下，不行吗？”

“不行！再听你的鬼话，那就是天下超级大傻子！”

“瞧你！”朱大进不禁扑哧一声笑了，“你哪里来的这么大气性！我就那么坏？让你恨成这样？你先消消气，听我慢慢地给你解释。”

“本来我不想说，既然你一定要解释，那么，你就首先给我读一遍这封信吧。”夏夕阳从书包里拿出朱大进给宋孃的那封信。

“你怎么看到这个了？从哪里来的？”朱大进显然没有想到，夏夕阳会看到这封信，愣了片刻，他头一歪，眼睛一转，立刻又活泛起来。

“你既然看到了，也好，我给你解释起来就更方便了。信里已经写了，她要回来，我拦不住，但我也说了，即使她回来，首先得接受你，我们不会分开，我要对你负责，我还要同你结婚，给你申请身份。我不是说着玩的，是认真的，所以，你看，在她来之前，我就已经同她摊牌了，并且，已经把一切安排妥当了。”

“你为我负责？你对我认真？我不是又老又丑吗？而且不过是你家需要的一个特护？你为什么要对我负责？”

“你是因为这个才生气的？”朱大进又笑了，他倒是松了一口气，心里想，她这样同他闹，原来是因为自己在信里说她不漂亮的缘故，这个女人呀，永远只在乎美不美这些小事情，真是太简单了。

他理理思绪，轻声说道：“夕阳，你想想，要解决问题，必须要有策略。你长得怎样，美不美，年轻不年轻，不是我说什么就是什么，你天生丽质，漂亮年轻，那是有目共睹的，朋友们个个都羡慕我呢！但是，我怎么能够在宋孃面前说这个，我总不能说，因为你美，因为你年轻，所以才要同你在一起？这不就变成了喜新厌旧了？我必须要有说得出的理由，必须要让她明白，你对我和家里的重要性，这样，同她讲道理，谈条件，才能够理直气壮，如果我一上来，说你这好那好，一下子打翻了她的醋坛子，她不是要打闹起来，把事情搞复杂了，还怎么解决问题？”

“你这样就是两头骗！更加不是东西！”

“你怎么这样说我？我骗过你吗？当初，一开始，我就告诉你，我和老婆关系不好，她很好斗，因为由来已久的争斗，斗来斗去，感情就被斗没了，剩下的就是迟早的分手。至于何时分，当时提过，后来因为她人已经离开，就放下了。这次是她坚持要回来，我没有办法阻拦，只好这样安排了。”

“安排？你是怎样安排的？你不觉得你的安排很荒唐吗？而且，这件事情你已经搞了近半年，整整180天，你为什么不对我透露一点点消息？你可曾问过我？再说了，你可以安排你的家庭，你凭什么安排我的生活？你怎么知道，我就一定会同意你的安排？我为什么要同你们家生活在一起？还有，什么时候，我要求你为我申请身份了？我们在一起以来，我可曾要求过你什么？”

"虽然你对我没有任何的要求，但我是真心喜欢你，真的不想放弃你，所以，才这样安排的，你好好想想，如果不是为了你，这半年里，我何必这样同她折腾？所有的安排，都是为了让她接受你，为了把你留住。而且，为了将来给你申请身份，我打算把全部的财产都转在她的名下，你要知道，这笔财产是我这么多年在澳州的血本呀，为了你，我都豁出去了。这一点，难道还不能说明我对你的诚意吗？"

"你这是什么荒唐逻辑？你把财产转给老婆？你的财产本来就是你老婆的，至少，她和孩子要占一大半，别以为我不懂，你不想同她离婚，不是因为对她还有感情，而是为了你的财产不被分割。把我扯进来干什么？顶多，我是一个可以被你利用的人，你利用我来填补你空缺的情感。现在是什么时代？你还要享受齐人之福？做你的白日梦吧！"

"就算我是白日做梦，我也是为你着想。我一定不会放弃你，我一定要给你申请身份。你一定要相信我。"

"第一，我不用你为我申请身份，第二，我请你放弃我，第三，从现在开始，你走你的独木桥，我走我的阳关道，你我井水不犯河水，并且，禁止你再踏进我的诊所。你听明白了？再见！"夏夕阳再也不想听朱大进反复重复他的所谓决定了，她已经下定决心，永远都不要与这个人再有任何瓜葛。

"你真的这样想？你这个决定会不会太草率？你还是好好地想一想，过一两天，我们再谈，好吗？"

"没什么可谈的了，就这样定了，你走吧。"

"那你现在住哪里？你需要我帮你做什么吗？"

"都已经说了，我们结束了，翻篇了。我从来都不需要你帮什么，过去是，现在是，将来更是。"

"你可真犟！不过，我会永远记挂你的，不管什么时候，你都可以找我，记住，任何时候，你都可以给我打电话，我的电话夜间也会为你开着。"

夏夕阳不说话了，她实在已经对他无话可说，她现在唯一的希望，就是让这个人立刻从眼前消失！

朱大进看夏夕阳很久都不发一言，自己待在那里，很是无趣，就悻悻然离去了。

朱大进离开后，夏夕阳拿出雅思复习材料，想做点习题，她做了一会儿，思绪很难集中，也许是睡眠不足，脑子发木，连题目都看不清楚。她轻叹一声，决定去唐人街看看。

她在唐人街闲逛，突然，听见一首歌，旋律很伤感，歌词很凄美，循声望去，原来是街上的书报店里放出的音乐，就走了进去。这个店家是个中国人，店里的书本杂志都是中文，还有大量的光盘，有电影，有电视剧，还有流行歌曲，民歌等，统统都是中文。并且，店里还出租录像带，听店里的小伙子介绍，现在有一个电视剧很火，叫《大宅门》。

夏夕阳已经很久没有看中文电视了，她觉得，目前自己反正状态不好，觉睡不好，书看不进去，与其荒废大把的时间，不如看看电视。于是，她决定去租个录像带，可是，带子有了，没有录像机，她怎么看？一不做，二不休，她干脆到二手店买了一台旧录像机，她捧着机子，回到店里，准备看《大宅门》。

这个剧确实好看，刚看了一会儿，她就被剧情牵住，她决定，就这样一直看下去了。

不知不觉，天已漆黑，周围已经悄无人声。夏夕阳把店门从里面反锁，拉上窗帘，她决定通宵就看电视了。

“当，当，当!”有人敲门，夏夕阳想，这么晚了，会是谁呢？透过窗帘的缝隙，她看到朱大进站在门外，就没有吭声，认识这个人，已经是大错特错，到了目前这个地步，如果再不下定决心，就是错上加错，这个人，必须从她的生活里消失，因此，任凭敲门声叮当不断，她就是不予理会。

“丁零零……丁零零……”朱大进知道夏夕阳就在里面，见她坚持不开门，就改打电话。

夏夕阳没想到他会打来电话，顺手接起。

“夕阳，开门吧，我知道你在里面，这么晚了，你在里面干什么呢？我给你买了盒饭，我想你可能还没吃晚饭吧？开门吧，别犟了，我不是来打扰你的，天晚了，你一个人在这里也不安全呀。”

夏夕阳看看手表，已经过了9点，周围的店铺一般在5点以后便陆续关门了，她平时最晚也不会超过7点，7点之后，附近就很少有人了。今天，她是被气糊涂了，不然，怎会想到在这里过夜，如果来了坏人，后果不堪设想。虽然，朱大进不是个东西，但他的出现，多少也提醒了她，此地不可久留，这个时候，她应该回家去了。所以，她关掉电视，收拾东西，熄灯关门，准备回家。

“夕阳，还是先吃饭吧，吃完我送你回去。”朱大进没有走，他还等在门外。

“我吃过了，你拿回去自己吃吧。”

“这里是我刚买的面包，都是你喜欢的口味，你留着明天吃早点吧。”

“不用了，你自己吃吧。”

“你等等，太晚了，我送你走。”

“我就住楼上，不劳你大驾了。”

夏夕阳看到楼上的邻居刚好把保安门打开，就立刻闪身跑了进去。朱大进还没反应过来，安全门已经关闭，把他隔在玻璃门外。他向夏夕阳招手，示意她开门，夏夕阳视而不见，他就改打她的手机，夏夕阳看见是他的号码，拒绝接听。无可奈何，朱大进只好怅然独自离开。

“她恨我，真的恨我了。”朱大进突然意识到，夏夕阳就这样离开他了，真的离开他了！这一点，确实出乎他的意料。虽然，他曾设想，当宋孃回来之后，夏夕阳会生气，会愤怒，会同他大吵大闹，但随着时日的推移，她终究会平静，会妥协。他从来都没有想过，夏夕阳会突然从家里搬走，更没有想到，她会断然同他绝交。在他的意识里，夏夕阳已经是他的女人，他们已经共同生活几年，他们有那么多温馨的日子，那么多美好的回忆，她怎么就可能放下这一切？更何况，这几年，他们出双入对，他时刻守护在她的身边，她已经习惯了他的呵护，离开他，一切都要靠她自己，她在澳洲无亲无故，孤身一人，将来的生活会是怎样？她都没有考虑，就匆忙作了这样的决定。这个傻女人！

满脑子装着夏夕阳，朱大进回到家里，对于老婆的问候，他木然应付，尽管宋孃百般温存千般缠绵，他统统视而不见。

宋孃很失望，本来，看到夏夕阳搬走，她高兴得心里都乐开了花！“这下好了，不用我费力，她就自己滚了，老公的要求我是做到了。狐狸精走了，老公自己也留不住，被狐狸精遗弃的老公该收拾心情，回到家里好好过日子了！”怀着这样的想法，她到鱼市场买了生蚝、大虾，还有螃蟹，精心为朱大进准备晚餐，可是，天色已晚，左等右盼，她看着钟表，时针从 5 点一直走到 9 点多，朱大进的身影依然不知飘在何方，她曾数次拨打电话，但朱大进始终简短回答：“正在工作。”根据他们家十多年来一贯的宗旨，工作就是赚钱，而赚钱是家中最重要的事，所以，从来，当朱大进说到忙工作时，就算天塌下来，宋孃也只能收声。

终于，朱大进回来了，宋孃高兴地迎上前去，殷勤地从烤箱里拿出准备好的晚餐，心想，先把老公的脾胃伺候好，一步一步，慢慢把他的心拉回家。可是，朱大进整日里，人如梦游，神情恍惚，心事重重，把宋孃全当空气，无论她多么努力，在朱大进那里丝毫没有反应。

宋孃是个急性子，从来有火就发，忍到现在，做到这样，对她来讲，已经相当不易了。看着朱大进半死不活的样子，她心里的怒火一阵一阵往上蹿。好不容易熬到天亮，她做出一个决定，待朱大进一出门，她就拿着夏夕阳的名片，按地址直奔夏夕阳的诊所。

夏夕阳又是一夜未眠，她没有想到，由于朱大进的关系，她会尝试失眠之痛。以前，她经常看治失眠的病人，作为医生，她只知怎样选择正确的腧穴给人施治，却从未体会失眠之症的苦痛，想不到，如今她自己患上此症，原来，失眠的滋味竟是那么难挨！她知道，这一次，自己受到重创，那是心灵深处的创伤，这样的伤痛，不是一时半刻就可恢复的。然而，生活还要继续，未来的日子，自然还要一天天过下去，如果她的睡眠状况一直如此糟糕，她自己岂不崩溃？而为了朱大进这样一个东西使自己崩溃，那不是大大地不值？怎么办？消沉下去她心不甘，忘记过去她做不到，她只有借助外力，一个坚实的臂膀，一双有力的大手，或许可以将她从懊恼屈辱的旋涡之中拽拉出来？辗转反侧之后，她决定，到婚姻介绍所，给自己寻找一个男友，让新的生活帮助她尽快地忘记这种苦恼和屈辱。

中文报上有很多的婚介所广告，她看到其中一家名为“君子好明月”的公司，觉得那名字有点意思，就按地址找了去。

公司里有一个大肚子孕妇在主事，看到夏夕阳，她十分热情地迎上去：“你好！有什么可以帮到你？”听口音，那是一个上海人。

夏夕阳向她说明来意，孕妇笑眯眯地说：“你算是找对地方啦，我们公司有大把的优秀会员，你可以随便挑，保你满意。”

说着，她从抽屉里拿出一个文件夹，放在桌上，“你看，资料都在这里，你先把这个会员表填好，再付500澳元，就算是我们的会员了，然后，你可以任意选择我们这里的男会员。”

夏夕阳打开文件，随便看了几页，只见那里汇编了一组男性会员，每人一篇，上面有照片，有个人资料，并且，每人的身后配有豪车和巨宅的照片。

“看见了吧？我们的会员个个条件出色，不是大亨就是阔商，你看，这个人，叫马菲尔，是一家木材厂的老板，这张照片就是在他家别墅的院里照的，你看，他身后的海滩就是黄金海岸，那个地方叫墨美德海岸，你看，这么豪华的房子，普通人是哪里能够买得起的？再看这车，大奔驰，还是今年最新款的，二十万都不止，如果不是手里有几百万，哪里可以买得起这大房这名车？再来看，这个人，叫瑞菲尔，是个地产商，他们家自己住的房子就有五套，这个照片就是他在悉尼歌剧院旁边的大公寓照的，这是在顶层的阳台，你看，对面是植物公园，下面就是海洋，真是风景如画，听说有很多好莱坞的大明星大导演就住在这栋公寓里。总之，我们的会员，每一个都很不错，随随便便挑一个，你都会满意的。”孕妇给夏夕阳热情地介绍着，一面递给她一张表格。

夏夕阳填好表格，孕妇要她交500澳元，夏夕阳拿出钱包，里面只有300澳元多一点。“对不起，我带的钱不够，改天再来吧。”

“我们是没问题，主要是你，如果你今天不能交费，别的小姐来了，把条件好的会员挑去的话，吃亏的是你自己。”

“如果我现在马上交费，我就可以从这里随便选了？”

“对的呀，如果你现在不选，别人来了，别人就选了。”

夏夕阳想，来都来了，既然决定要走这一步，就不必再犹豫了。“好吧，我现在就去银行取钱。”

夏夕阳立刻到门口的取款机里取了500元，连同表格一起交给孕妇。“马菲尔看上去还不错，我可以先见他吗？”

“他当然不错了，所以，已经有很多人在排队等，我可以先给你排在表上，等轮到你时，我给你安排。”

“那么，就见见那个地产商，可以吗？”

“可以是可以，不过，也要排队等。”

夏夕阳就拿起资料本，觉得有几个人条件也不错，就问：“这个，搞金融投资的，年纪也比较合适，见见如何？”

“这个也要排队。”

“那么这一个，大学教授。怎么样？”

“这个嘛，昨天刚刚被一个小姐约了。这样好不，我明天给你联系一下，你先回去，等我信儿。”

“你不是说，交了钱马上就可以给安排的吗？”

“是的呀，可是，你挑得上的，都是顶呱呱的，这样的条件，人人都喜欢，你看上了，别人也会看上的，当然要等了。这种事，急不得，要慢慢来的呀，好事多磨的呀。”

夏夕阳有点儿上当的感觉，她突然想起同学李勤，当初她来的也是这家公司，好像看的照片也是相同的人，就连胖女人说的话也基本是相同的。但是，钱已经到了孕妇口袋，怎么做，只好由她说了，无奈，只能回去等了。

也许是心中太多的烦恼，她的脸上写满了郁闷，谁见了都会知道她很不爽。

“哎，你好！北京老乡。”

夏夕阳抬头一看，是移民顾问李先生，她曾在他的办公室咨询过有关学生签证的延期问题。因为他也来自北京，所以有点亲切感。

“你好！李先生。”

“你是否遇到了麻烦？我看你情绪很不好。有什么事不妨告诉我，看看我能否帮到你？”李先生关切地看着她。

夏夕阳一时语塞，她突然觉得自己很失败，近三十的人了，被人利用被人骗，把生活搞成这样，天大的委屈却说不出口，申冤都找不到个地方！“谢谢，李先生，我没事。”她真的不好意思把自己的糟糕经历讲给不相干的人。

“真的没事？我要提醒你，如果有人以结婚为由，给你办身份，你千万要搞清楚，他到底有没有身份？有很多中国来的男人其实自己都没有身份，却骗人家女孩结婚，结果，到头来，根本就是骗婚。我有好几个客户，就被这样给骗了！另外，就是唐人街上的婚姻介绍所，特别是叫什么明月的那家，最害人，光收人钱，却不办人事。我的好几个女客户，交了500元后就再没有了消息，简直就是空手道，一伸手就套一个。”李先生显然不相信夏夕阳无事，凭他的经验，夏夕阳一定遇到了困难，而且是不小的问题。

“我正在准备考雅思，之后想申请技术移民，到时要请你帮忙。再见！”夏夕阳受不了李先生的关心，老乡的这份关心，使她更加难过，就匆忙告别。

李先生所言的两种情况，倒霉的她都遇到了，一个是没有身份而假装澳洲公民的朱大进，另一个是只收钱不干事的“君子好明月”，夏夕阳连上两当！此时的她，有点欲哭无泪。她决定回到诊所，在街角，有人向她手里传递免费杂志，她就顺手翻开，原来是一本英文广告，上面的广告五花八门，其中有一篇，专门介绍男女朋友的公司。夏夕阳想，自己从来到澳洲，始终都在中国人的范围内生活，所见所闻，都在华人社区，就连上当受骗也是华人所赐。她决定，从现在开始，她要同澳洲人接触，找朋友，也要找澳洲人，彻底告别过去！

于是，她翻开那本杂志，随便找了一家婚姻介绍所，把电话打了过去。

接电话的是个女人：“早上好！幸福生活俱乐部，我是佩珀，有何需求？”

“早上好！我想找个男朋友，也许，你可以帮我？”

“没问题，你找对了地方！请到我们的办公室来，我会将详情介绍给你。”

夏夕阳看那地址，在岩石城，离唐人街不远，到乔治街坐公车只需十分钟，就索性立刻过去。

幸福生活俱乐部其实就在一座私人公寓，这是一间澳洲人开的公司，职员只有两人，即丈夫和妻子。丈夫是澳洲人，走路一瘸一拐，是个残疾人，妻子是位菲律宾人，棕黑的皮肤，矮胖的身材，五官平平，但声音十分好听，刚才的电话就是她接的。

这里既是办公室，又是住家。其实，就是一个夫妻店，夫妻二人将夏夕阳迎入房中，妻子拿出一份表格，要夏夕阳将自己的情况和联系电话以及她想找的男友的要求等填写在上面。

夏夕阳就按照表格上的要求一一填好，交给妻子佩珀。

佩珀看看她写好的表格，说道：“非常好！夏医生，你很棒！我相信有很多的男士都想见你，请你回家后把手机打开，我们会让男士们同你联络的。”

“谢谢！我该付你多少钱？”

“不用付费，你可以回家了，祝你好运！”

这澳洲人办的婚介所居然是免费的！这可是夏夕阳万万没有料到的。虽然也是让回家等消息，但是，这一家，即使从此没有下文，自己也无任何的损失，想起刚刚被唐人街上的大肚子坑骗的500元，她真的很感慨，同样是婚介所，为何同胞做事竟然这般黑心？她很难理解。

夏夕阳在路边等公车，只有几分钟的时间，居然就有电话打了过来。

“你好，我叫詹姆斯，佩珀将你的电话号码给了我，你是夏医生吗？”

“是的，请讲。”

“我在想，什么时候我可以见你一面？”

“没问题，哪一天？”

“我今天都有空，你可以选任何时间，甚至现在也可以。”

夏夕阳正在考虑何时约见这位詹姆斯，就听到手机里有新的电话进来，她对詹姆斯说声抱歉，请他稍等，先接个电话。就转收新来的电话：“你好！我是中医夏医生，怎样可以帮到您？”

“ 哈罗，我叫大卫，我在佩珀那里看到你的情形，我很想见你，哪天我们可以见一面？”

夏夕阳没有想到，这家澳洲人办的婚介所效率这样高，短短几分钟，就有两个人约她见面。她不知这两位的任何情况，长什么样？做什么工作？有什么爱好？人品如何？一切都是“X，Y，Z”，一堆未知数，需要一一去求证。如何求证？除了见面，交谈和接触，难道还有其他途径吗？

夏夕阳没得选择，她告诉大卫，稍后便给他回电话。挂断大卫的电话，她决定先约詹姆斯见面，根据先来后到的道理，她觉得应该先安排詹姆斯。

“詹姆斯，你还在线吗？”

“是的，当然在线了，我在等着同你见面呢。”

“那么，这个下午可好？”

“好，非常好！几点？”

“下午1点可好？”

“太好了！但是，在哪里见呢？”

“你知道我诊所的地址吗？你可愿来我的店里？”

“这实在太好了，谢谢你，一会儿见！”

夏夕阳放下电话，公车正好到来，她赶紧掏出车票，示意司机停车。几分钟后，她便回到诊所。

这是夏夕阳平生第一次有安排的约会，在她近三十年的人生里程中，这个有点相亲意味的安排，是她从来没有想过的，如果不是在澳洲，如果不是朱大进把她逼到这样一种绝境，她怎么可能会走这一步？此刻，她的心情很复杂，完全没有相亲的热情与期待，居然连镜子也不照一照，就坐在办公桌前，神情漠然的她，倒像是在等待一名患者。

不久，一位衣着得体，挺拔瘦高，银丝飘飘的老外出现在诊所门口。

他看看里面的夏夕阳，轻轻地敲敲门："嗨，你是夏医生吗？我叫詹姆斯。"

说话时，詹姆斯已经走到夏夕阳面前，并欲与她握手。

夏夕阳只好伸手与他相握："是的，我就是，詹姆斯，很高兴见到你，请坐。"

"谢谢！见到你真是太好了，你的声音，很好听，我就想你人一定很漂亮，看看，你果然是的！"詹姆斯边说边坐下。

夏夕阳看此人热情健谈，担心他海阔天空地漫谈起来，耽误时间，就赶紧把话扯到正题上。

经过交谈，她了解到：詹姆斯年近60，现已退休，之前曾是一家石油公司的老板，拥有百万资产，哺育儿女13名，最大的大女儿，年纪居然与夏夕阳同龄！

夏夕阳想：詹姆斯性格爽朗，热情活泼，风度好，仪容佳，气质不凡，也比较富裕，如果年龄再小一点，还真的是个不错的人选。然而，世事难全，这位老先生的年龄实在太大，完全可以做她的老爹了，怎么可能和他谈朋友？她只能遗憾地告诉詹姆斯，他们不合适。

当詹姆斯了解到夏夕阳拒绝的理由时，很不理解，接连问了无数个"why?"（为什么?），因为在他看来，男女之间谈恋爱，年龄根本不是问题，他甚至认为，自己还非常年轻，至少，在心理上，他从来都以为自己还是个蛮壮实的小伙子！

夏夕阳可不接受他的这一套说法，在她看来，这种否定客观事实，一味强调心理年龄的说法，根本就是自欺欺人，尤其在谈论婚嫁时，多大岁数就得看客观的记录，把六十硬说成感觉年龄的四十，简直就是阿Q！她无意在他这里浪费时间，就与他匆匆道别了。

送走詹姆斯，夏夕阳觉得有点好笑，自己还不到三十，就已经感到有点迟暮，可是，人家詹姆斯老先生，一大把年纪，却振振有词地宣称，自己还是个小伙子！人和人就是不一样！看来，生活态度还是要积极一点，为什么要纠缠那些不愉快的事情呢？让一切的不快随风而去吧！夏夕阳决定，要乘风破浪，给自己寻找一叶方舟！

于是，她拨通了大卫的电话："你好，我是夏，数小时前我们通过话的。"

"是的，是的，谢谢你回电，我们可以见面了？"显然，大卫很高兴接到夏夕阳的电话。

"可以，什么时间？在哪里见？"

"今天可以吗？"

"可以。"

"让我们在情人港商店的星巴达咖啡店见面可以吗？"

"好的，我7：30会到那里。"

"非常好！我会在7点半之前到那里，我期待着和你的见面！"

夏夕阳看看手表，时针刚刚指向1点半，时间还早，她想着干点什么，就见隔壁咖啡店的老板寇先生向她走来：

"哈罗！小夏医生，你今天忙吗？"40年代，为避战乱，5岁的寇先生被父母从广州带到澳洲，在澳洲成长的他，除了一口流利的英文，还可以十分熟练地使用广东方言，近年来，由于大量的中国移民来到澳洲，他在工作生活中经常会和讲国语的人们接触，于是，逐渐地，他也可以说一点生硬的国语，夏夕阳一句广东话也不会，所以每当遇到寇先生，他就主动同她讲国语。虽然磕磕绊绊，甚至吐字十分滑稽，但终究不影响交流。寇先生十分热心肠，自从夏夕阳开始装修诊所，他经常主动给她提供方便，告知她附近街道的一般状况，夏夕阳很庆幸有这样的好邻居，每天都要到他那里买咖啡，有时也在他店里买份三明治当午餐。

"您好！寇先生，我这几天都不太忙。您怎样？最近生意可好？"

"我这个生意还不错，特别是早晨，后面不是正在建新的大厦吗？工人开工很早，凌晨五点就开始干活了，所以，他们都会到我这里来买早点，每天最忙的时间就是早晨了，过了中午，基本上就没有什么生意了，不过，有早晨的生意就足够了。你刚才不在诊所，有个女人找你，后来，她还去了我的店里。"

"是找我看病的吗？"

"不太像。她讲了很多奇怪的话……"寇先生说话时有点欲言又止的样子。

"她说了什么？您有话不妨直说。"夏夕阳看寇老先生支支吾吾的样子，觉得有些蹊跷。

"她说，她，她，她是你男朋友的妻子！"

夏夕阳愣了！她没有想到，宋孃居然找到诊所来了！更没想到，这个女人竟然会跑到邻居那里说三道四！

"我在早晨，还看见了你的男朋友，他在你门口等了很久，后来，那个女人来了，他就把她拉走了。”

寇先生看夏夕阳半天没有反应，他犹豫了一下，接着说：“过了很久，那个女又走了回来，她先到你旁边的理发店，在那里待了一会儿，又去了隔壁的床垫部，再后来，就到了我这里，她不管我听不听，一上来就讲你的坏话。我想，可能她在其他店也乱讲了。”

夏夕阳听不下去了，确切地说，她害怕再听到进一步的坏消息！

寇先生看她的脸变得煞白，忙改变话题：“小夏医生，你不舒服吗？我去给你做杯咖啡。”

当他端着咖啡回来时，夏夕阳依然还沉浸在刚才的震惊与愤怒中。宋孃之心如此险恶，这是她始料不及的。

“小夏医生，请喝咖啡，不要烦恼了，你放宽心，这里是澳洲，人身攻击是可以被判罪的，她如果再这样诋毁你，你可以请律师打官司，诽谤罪是最起码的。我相信你，你是个好人，我绝对支持你！”

寇先生的话，多少给了她一点安慰，夏夕阳慢慢地可以思考了，“谢谢您，寇先生！我没事的。”

这时，夏夕阳注意到，旁边的邻居，纷纷向她这里探头，有的还对着她的诊所指指点点。

夏夕阳知道，宋孃在他们那里一定没少给她抹黑！果然，理发店的杨大姐走了进来：“小夏，没看出来，你还有这本事！生把人家老公给抢了。”

“哎，杨大姐，话可不能这样讲的，小夏医生可是个好姑娘。”寇先生赶紧把杨大姐拦住。

“寇先生，你难道没听那个女人说吗？她的老公，就是老找小夏的那个朱大进。你不是经常见他俩出出进进的？”

“事情到底怎样？我们并不了解，还是不要光听那个女人的一面之词。我们都先回去，回头，小夏医生会给我们解释清楚的。”寇先生拽着杨大姐出去了。

杨大姐虽然走了，但是她的那句话久久在夏夕阳耳畔回旋，令她羞愧难当，懊恼不已，可怜的她，虽然，自身已被蒙蔽和欺骗，但是，到了目前的境地，面对外人，她又如何能够说得清？宋孃这一招十分恶毒，一下子就把她钉死在耻辱架上，随便什么人，都可以用道德之绳鞭笞她！

此刻，夏夕阳傻眼了，她想不到，宋孃会来这么一手。之前，她认为，所有的错责都在朱大进，是他，制造骗局，使她在不知情的状况下，误入这个家门，所以，她以为，她的自觉退出，他们的事情就应该解决了，最起码，这个家的事情应该与她无关了。可是，宋孃却这样不依不饶，非要置她于死地！为什么，宋孃要这样歹毒？本来，她还蛮同情这个被丈夫抛弃的女人，心里也觉得对她有歉疚，可是，现在，宋孃这样做事，使她看到了这个女人骨子里的野蛮，粗鄙和狭隘。一个人的行为如此龌龊，可见她的品性多么不堪！夏夕阳突然觉得，宋孃之所以会有今天，是她咎由自取，这样的女人，不值得她浪费精力，她根本就不需要搭理她，权当她是条疯狗，权当自己在街上被疯狗咬了一口！

这样想来，她的心里，有了些许的好过。她打开书本，准备背单词，做自己的事情，让小人自己去折腾吧。

突然，电话铃响，她拿起话筒，刚说了一声“哈罗！”就听对方用国语一声大吼：“喂！你就是那个姓夏的吗？”

夏夕阳一惊，什么人这样无礼，讲话粗声大气？用词这样不讲究？“我是，您是？”

“我是朱大进的老爸！我警告你，离我儿子远点！你好好一个医生，为什么要做第三者，破坏我儿子一家！”

咣当！好像凭空一桶脏水，迎头泼向夏夕阳，她又一次被震傻！怎么回事？天下还有是非可言吗？她怎么就成了千夫所指的恶人了？

愤怒的夏夕阳放下电话，她无话可讲，面对这样一个四六不分的老人，她能说什么？

丁零零！丁零零！电话铃再响，夏夕阳拿起听筒，就听到电话里老头恶狠狠的吼声：“你居然敢挂我的电话！”紧跟着，一个老太太尖厉的声音：“我告诉你，你不过就是我儿子包养的一个妓女！我们全家都认为，你就是这样的高级妓女！”

夏夕阳赶紧把电话扔掉。朱大进的父母，这样子信口雌黄，满嘴脏字，夏夕阳被激怒了，她拨通了朱大进的电话：“拜托你，告诉你父母真相！拜托你，请他们不要再给我打骚扰电话！”

“什么？我爸妈给你打了电话？他们怎会有你的电话？”

“你问我，我问谁呀？今天宋孃已经到我周围的店里散了一通流言，刚才，你父母又在电话里出言不逊，你惹的事情，凭什么要我来受责？”

“对不起，夕阳，是我的错，都是我的错，没有把事情处理好，要你受委屈了！一定是宋孃，只有她，每天和广州联系，一定是她告诉他们关于你的电话，我马上就给他们打电话，说明情况，我保证，他们再也不会打扰你了。”

这时，电话线里突然出现连续不断的嘟嘟嘟声，朱大进也听到了，他说：“夕阳，你有电话进来，先接吧。”

夏夕阳说：“你听到了？一定又是你的老爸打的吧？我干吗要接？这不是

找骂吗?”

“那你先别挂我电话，我这就用手机给广东家里打过去……哎，通了，电话通了，肯定不是我爸妈的电话，可能是病人的电话，赶快接吧。”

于是，夏夕阳放下电话又拿起电话，今天还没有看一个病人呢。“哈罗，你好，中医诊所。”

“你就是那个抢人老公的小三呀！你还是个医生呢，怎么这样缺德！”一个女人恶声恶气的声音，直冲冲从电话里传来！

夏夕阳十分愕然！本能地问道：“你是谁?”

“我是谁并不重要，重要的是，你这个不要脸的，应该从这里赶紧滚蛋！”那女人气势汹汹地在电话里叫喊。

咣当！夏夕阳放下电话，她已经回过神来，她明白，能够打这样电话的女人，如果不是疯子便是被疯狗咬了，百分百的精神病！

丁零零！丁零零！电话又打了进来。

夏夕阳拿起电话，依然是那个女人在号喊：“你怕了？敢抢人家老公还不敢接电话？你……”

咣当，夏夕阳直接放下电话，她收拾行装，准备出门，她再也不想受刺激了，今天发生的事情，如同电影，一幕幕，一出出，太多戏剧性，太多让人意外了！

可是，还未等她起身，新的意外出现了！宋孃居然闯进了她的诊所！

夏夕阳这一次没有傻眼，今天，她感受的刺激太多了，已经超过了绝对不应期，再多一点儿的刺激，在她这里已经不可能产生反应。因此，她冷眼看着宋孃，一言不发。

“哎，你这里没有病人吗？其实，你也不需要看病的，有我先生支持，你大可以坐在这里，摆摆样子。”宋孃故作镇静，故意做出大摇大摆的样子，在诊所里四处张望。

“看完了？你可以走了。”夏夕阳认为，对于这样一个耍无赖、滚刀肉型的女人，她不屑搭理。

“呀！什么态度？难道你就这样对待病人?”

“你的病，我看不了，另请高明吧。”

“妹妹呀，我的病，也只有你能给治了。其实，我今天是来求你的。”宋孃突然口气变软，坐在夏夕阳对面，泪眼巴巴地看着夏夕阳。

夏夕阳不知她葫芦里卖的什么药，就一声不吭地看着她。

“妹妹呀，看了你诊所，我就知道，你一定没有问题的。”

夏夕阳心想，她什么意思?

"你看，你这样年轻，又有自己的诊所，来这里的人，路过的人，会有多少好男人呢？只要你愿意，随时都可以找一个很好的男朋友，比朱大进更好的！"

"找不找男朋友，是我自己的事情，跟你，跟朱大进都毫无关系。以前，是我糊涂，对不起你，现在，我明白了，所以，立刻搬出来了，你们的事情已经和我毫不相干，从今往后，我过我的独木桥，你们走你们的阳关道，大家老死不相往来，希望你不要再到这里来了。你们好好过自己的日子，好吗？"夏夕阳真不想搭理这个小人，但是，君子坦荡荡，小人常戚戚，为了停止宋孃这样无聊的纠缠，夏夕阳尽力忍住性子，这样规劝她。

"我当然想好好过日子，可是，朱大进，他不干，他可能对你还不死心！"

"这是你们之间的事情，你应该自己想办法，找我有什么用？"

"我实在没有办法，才来找你。我是这样想的，你，现在，立马找一个男朋友，然后，再告诉朱大进，你已经有了男朋友，这样，他就会死心了，也就可以踏踏实实地过日子了。"

"如果，你真的以为，这样可以解决问题，那么，我实话告诉你，我现在真的有了男朋友，你看，这束鲜花？就是我男朋友刚刚送的。"

"真的啊？太好了！我就知道，你不愁找不到男人的！可见，你对朱大进也是无所谓的，前脚从他那里搬出来，后脚就有男朋友在这里送花，太好了，我这就告诉朱大进去！"宋孃几乎欢呼起来，高兴地离去，走到门口，她不忘叮嘱夏夕阳："如果朱大进再来找你，你千万不要理他啊！"

女人做到这个地步，何其可悲？宋孃生拉硬拽着没心少肺的男人，一心追求的家庭生活，到底有多少幸福可言？这样的生活究竟有何种意义？夏夕阳看着宋孃的背影，十分地不理解。

"小夏医生，那个女人又来了？她可否给你麻烦？"寇先生要收工了，他手里拿着清洁袋，准备去倒垃圾。

"还好。您要关门了？"

"是的，我早晨6点钟开门，5点就要来做准备，你看，现在天已经要黑了。不过，如果你需要我帮忙的话，尽管说，我晚上有空的。"

"没事的，您不要为我担心。我一会儿就关门。"

夏夕阳看看手表，已经过了6点，外面，华灯璀璨，行人匆匆，夜幕已经降临。

她想，从诊所到情人港的商场，需要步行20多分钟，如果要7点半到达，她应该最晚7点从诊所离开。这一天，她经历了太多的麻烦，她已经倒霉到极点，都说福祸相依，既然她的境况已经糟糕透顶，差得不能再差了，倒霉到极限的她，之后，可否，她的命运会有个转折？她迫切需要摆脱目前的困境，希望拨开云雾见晴天，希望天降贵人，把她拉出苦海。既然决定去会友，那么就该认真一点。于是，她开始整理衣装，脸上还上了一点淡妆，希望晚上看见的，是一名不错的男子。

当夏夕阳来到情人港的星巴达咖啡屋时，时间正好7点半。那里人不太多，大部分位子空着，如果是周末，这里通常会有很多人，但今天是周二。在悉尼，周二通常是生意比较寡淡的日子。因为澳洲的很多单位，一周发一次工资，通常发薪的日子是周四或周五，而一般的澳洲人，不太爱存钱，他们一般会在周末大花特花，把一周的薪水花个干净，然后，等着周四或周五领到工资，再行消费。所以，周二的电影票常有特价，比平时要便宜很多，有的自选商场，还在周一周二，对某些商品定出特价。

夏夕阳看见，在门边的沙发上，单独坐着一位身材魁梧的男子，白色衬衫，黑色西裤，金发碧眼，浓眉重髯，浓密的头发和厚重的胡须将他整个的脸面包裹起来，就只有一双大眼和一只大鼻子可以看清楚。

夏夕阳想，莫非，这位就是大卫？这时，但见那人站将起来，看着她，一边向她伸出手说："你好，我是大卫，你可是夏医生？"

夏夕阳赶紧伸出手："你好！我是夏夕阳。很高兴见到你！"

"我也是！请这边坐！美丽的姑娘！"大卫很高兴地请夏夕阳入座。

站在眼前的大卫，个头高出夏夕阳很多，夏夕阳有点意外，如此高大壮实的体格，就算是在澳洲也不多见，更何况还留着这样又浓又长的头发和大胡子。不过，大卫为人十分热情，言谈举止颇有感染力，夏夕阳很快就放松了心情。

大卫给夏夕阳要了一份蛋糕，一杯卡布奇诺，就开始滔滔不绝地侃谈起来。

原来，大卫是名律师，刚刚离婚，有三个孩子，最大的才十岁，最小的只有三岁。孩子跟母亲过，他每周支付母子们生活费。他现在居住在莫斯蒙的一座老宅院里，面对大海，背靠丘林，风景幽静，但时常感觉寂寞，他喜欢运动，打高尔夫，扬帆出海，攀岩垂钓等，他自己买了一艘小游轮，时常出海远游。今天，情人港在办游艇展览，他自己小游艇的发动机最近被盗，他正在考虑，是把旧的游艇卖掉，换个新的，还是买一个新的发动机？当他在咖啡馆等待夏夕阳的时候，他正在考虑的问题，就是关于如何处理游艇。

"如果你是我，你会怎样做？"大卫征求夏夕阳的意见。

夏夕阳对游艇完全没有概念，大卫的运动，无论是高尔夫，还是钓鱼、航海，这些项目在她的生活中还从未接触过，不过，在她的意识里，买一个发动机，应该比买一艘新游艇要省很多吧？

“不，不，它并不更划算。”大卫告诉夏夕阳，买一个好的发动机，并请人把它装在旧的游艇上，价格算下来，和买一个小游艇的价格差不太多。而且，如果他买一艘新的游艇，可以立刻带朋友们去航海！再者，他刚刚接了一个案子，做完这份案子，他就可以得到将近100万的报酬，所以，钱，不是问题。

“你猜猜，我现在是怎么决定的？”大卫想了一会儿，突然眼睛一转，这样问夏夕阳。

“我怎么知道？你的想法变化太快了，我跟不上。”

“好，不管了，我们去展览中心看看，你一定要告诉我，你喜欢哪一款？”

“为什么？”

“因为我要带你去航海！”

这人真有意思，海阔天空，思绪漫天飞舞，想起一出是一出，太随意，太没着落，这样的性格，应该可以当艺术家，可他，却是个律师，也许，他在法庭上也是这样云山雾罩，搞得法官和陪审团东西南北地折腾，之后乘机取胜？想到此，一种猎奇的感觉涌上心头，使得夏夕阳对于大卫产生兴趣，她想见识一下这位澳洲律师的风格。于是，她随着大卫来到游船展览之湾。

夜晚的海风，徐徐吹来，美丽的情人港，华灯闪烁，夜空深邃，月明星灿，宁静的港湾，波光粼粼，一艘艘游轮，大大小小，错落有致地停泊其中。

大卫花100元买了两张入场券，他在门口拿了两个白布口袋，然后，一个挎在自己肩上，另一个递到夏夕阳手里。但凡见到资料，他便装一份在他的口袋里，这样，不久，他的口袋已经盛不进去，夏夕阳就将她的口袋给他用，不到一会儿，第二个口袋也都装满。

夏夕阳问他：“接下来你还要继续收集资料吗？”

“太多资料了，是不是？这样吧，这条船怎样？哈罗，对不起，先生。”

大卫突然在一艘小游艇那里停住，他扔下夏夕阳，自己跑到游艇的销售员那里了解情况，销售员热情地带他到游艇里面参观，不久，他们从里面走了出来，大卫就跟着那销售员直接去刷卡。

“全部搞定，明天，如果天好，就可以出海了！”大卫走回夏夕阳身边时说。

“什么？只不过几分钟，你居然就买了一艘船？这太不可思议了！”

“这有什么呢，那个船正是我想要的，这就可以了。”

人比人，真是气死人！对于买件衣服都要货比三家的夏夕阳，大卫的消费方式令她瞠目结舌。

“好了，我们应该庆祝一下，到附近的酒吧喝一杯吧。”大卫心情很好，兴致勃勃的样子。

夏夕阳心里却有点打鼓。今天的约会，大卫完全唱主角，从开始到现在，都是他在说，甚至把约会变成购船，一切都由他的兴致决定，也许，这就是他的性格，随心所欲，天马行空，率性而为，可是，这样性格的他，对于伴侣会是怎样的态度呢？难道像买船一样，随随便便就选一个？自从与他见面以来，他甚至都没有问过她的情况，可是，他却口口声声要带她出海去玩。这算是什么？这个人太不靠谱，虽然看上去，人够俊朗，职业超好，但性格太过活泛，过日子毫无保障。夏夕阳刚刚经历了朱大进的大骗局，这场持续数年的骗局，使她认识到，生活中的平安最重要，过日子的伴侣平稳实在更重要。

这样想着，夏夕阳决定与大卫告别。她对大卫说，他们两人不合适，他太富有，而她一无所有，他们的生活差别太大。

可是，大卫却不认同她的观点，他坚持认为他们两人很般配，一个美丽，一个英俊，是天造地设的一对。

夏夕阳说，我对感情是很认真的，我要找的男朋友是一定要结婚的，是要好好过一辈子的。

大卫说，我也是很认真的，当然要好好过日子，但不一定非结婚才是好好过日子，不过，在澳洲，两人在一起生活，超过3年，在法律上，就是事实婚姻，一切等同结婚。

夏夕阳说，我不赞同这样的想法，我们还是算了吧。

大卫说，我们暂且不讨论这个话题，我先送你回家，让我们好好考虑一下，明天再谈。

次日一早，夏夕阳接到大卫的电话，说今天天气不好，将有暴雨和大风，他已经把船泊在家门口，但出海太危险，朋友约他去蓝山打高尔夫，她可否愿意同去？

夏夕阳立刻拒绝，推说自己从未打过高尔夫。

大卫连说没关系，以后他会教她。他现在就出发，下午来诊所看她。

夏夕阳觉得实在没有再见面的必要了，但又不好断然拒绝，只好说下午见。

“嘿，你在想什么？夕阳！”朱大进又来了，他已经站在门口一会儿了，可是，夏夕阳根本没有发现他，就忍不住上前打问。

夏夕阳被他吓了一跳，回过神后，她说：“你来干什么？难道宋孃没告诉你，我已经有男朋友了？”

“她的话，我能信吗？”

“为什么不信？我跟她讲的，千真万确。”

“你别闹了，我知道，你有委屈，你还在生气，你可以打我骂我，怎么样的惩罚我都接着。但是，你千万不要为了气我，随随便便找个男朋友，这样，你会吃亏的，将来你一定要后悔的！”

“我吃的亏还少吗？你难道没有让我后悔吗？关于吃亏上当，是你所赐，我已经很有领教了，不劳你再度提醒。你走吧，去过你的好日子吧！”

“夕阳，听人劝，吃饱饭。你就听我一句劝，千万不要做糊涂事！那婚姻介绍所都是骗人的，骗钱又骗色，听他们的一定没好结果。”朱大进真急了，说话时咬牙切齿。

“听你的，难道就有好结果了？告诉你，现在，谁的话我都信，唯独你的话不信！”

“你冷静一下，跟我置气可以，但不要把你自己搭进去。还是那句话，你怎么闹都可以，我始终都会等着你。”

“千万别，我和你已经结束了，完全没有关系了！我真的已经有人了，你可能也听见了，刚刚在电话里约好了，下午他来接我。”

“就算是这样，我也一定会等你的，我就是不相信，你真的会选择别人！你要记住，在悉尼，只有我，对你才是真心的！我现在要去拉货，完事后再来看你。”丁零零！丁零零！持续不断的手机铃声，把朱大进叫走了。

“真心个鬼！”夏夕阳心说。她的心里真的很烦！因为朱大进，她被人恨，被人骂，现在还要被逼着去找男朋友，一向心高气傲的她怎么就走到了这样的困窘之地？

夏夕阳不甘心，她不甘心就这样被人践踏，被人左右。她开始调整心态，她决定好好念英文，她要参加雅思考试，考过雅思，她就可以技术移民，然后，直接拿到澳洲身份，到那时，她或工作，或学习，都会有基础保障，将来，她甚至可以去参加医生资格的考试，回到医院工作。

她刚把书打开，就见到一个人，神秘兮兮地走进她的诊所。

“小夏医生，你还能够静下心来看书吗？”来人说话时已经坐到夏夕阳对面。

“蓝医生，您怎么来了？”夏夕阳很吃惊，这位蓝医生自称是国内南方小城的军医，他先送儿子移民到澳洲，退休后，他和老伴以父母团聚的理由申请移民，来到澳洲后，虽然他在国内是个外科门诊医生，但他却开了一家中医诊所。尽管，他对中医的了解都来自书本，但因为他从医多年，对外科疾病还是蛮有经验的，对付一般的感染、疮疡等疾病还是不成问题的。

夏夕阳认识他，是因为有一天他主动来到她的诊所。当时，蓝医生有求于她。

蓝医生想申请参加澳洲自然医疗协会，他需要填写一份英文的表格，但是，他的英文很差，不能够自己完成，听到一个朋友推荐，他就找到夏夕阳这里。对夏夕阳来说，这个忙，举手之劳，她二话没说，立刻帮助他完成了那份表格。蓝医生很感激，连声道谢，一高兴，就把自己的老底全部告知夏夕阳，还表示，改日要请她一道去饮茶。

从此，夏夕阳就多认识了一位悉尼的同道。偶尔，她在中医协会的例会上遇见这位蓝医生，蓝医生会很热情地与她打招呼，但是，一年多来，蓝医生主动找到她的诊所，这还是第一次。她感觉很奇怪，尤其蓝医生说话的神情和语气，渗透着一种大事不好的信息。

“出事了，夏医生，出大事了！你怎样还能够坐在这里读书呢？”

“怎么了？出什么事了？谁出事了？”

“谁？你呀！你遇到大麻烦了！你怎么还跟个没事人似的？”

“您把我搞糊涂了，我能出什么事呢？到底是怎么回事呀？”

“我问你，你得罪什么人没有？”

“我认识的中国人很有限，有接触的人也不多，我没得罪谁呀。”

“刁敏你可认识？你有没有得罪她？”

“那是谁呀？男的还是女的？我根本就不认得叫这个名字的人，上哪里去得罪？”

“女的，看来，你真不认识她。可是，这就很奇怪了，她恨你恨得要死，今天她在我那里纠缠了一个上午，我和老伴都快烦死了，最后，我们不得不关门才把她请出去。”

夏夕阳糊涂了，这到底是怎样回事？这个叫刁敏的女人为何要跟她过不去？又为何要找到蓝医生那里去纠缠？夏夕阳的事跟蓝医生又有何关联？“蓝医生，我彻底糊涂了！您快说，到底是怎么回事？我怎么得罪她了？她又为何要闹您？她要您干什么？”

“你还不明白吗？可真是糊涂呀！我们不是在一个协会吗？我不是还在协会里担任个理事吗？她说你是第三者，破坏别人的家庭，要我们协会出面处理你。我就跟她讲，这是个人的私事，不归协会管，可是，她说，协会应该开除你，还说，她已经给协会的会长和每个理事打了电话，告知他们，你是不道德的小三，要大家一起来批判你。我就劝她，不要把事情搞大了，何必把人往绝路上赶。可是，她咬牙切齿地痛斥你，好像和你有天大的仇似的。我就想，可能，在什么地方，你得罪了她？所以，就和我太太商量，过来给你提个醒，你要小心着点呀。”

“谢谢您，蓝医生，如果您不来，我还真不知道会发生这种事情。不过，我很纳闷儿，这刁敏到底是什么人？她为什么这样恨我？”

“这就怪了，你不认识她，她却这样恨死了你！真的莫名其妙！难道见鬼不成？”

“她到底是干什么的？”

“她是专门做按摩的，也在唐人街。听说，她还是个赌徒，一挣到钱，就去打老虎机，老公为此同她离婚了。她这个人，什么事情都做得出来，有人说，她每天都去赌城，有时输急了，就乱跟人借钱，有一天，她给我打电话，说她有急事要用钱，叫我把信用卡的号码告诉她，还说我想对她干什么都行。你看，就是这样一个东西，你怎么就招了她呢？”

“这样看来，她是因为赌博需要钱，为了钱才这样？难道是宋孃用钱收买她，让她来祸害我？”

“宋孃是谁呀？”

“她是朱大进的老婆。”

“朱大进是谁？”

“你见过的，就是上次送我去协会的那个人。”

“你的那个男朋友？原来他有老婆呀？这么说，刁敏说的都是真的？”

“蓝医生，我好冤好悔！我现在是有口难辩。”

“夏医生，虽然我们不是很熟，但看得出来，你是个好姑娘，我相信你，有什么事情，说出来，我们一起商量，一定会有好办法的。”

“这事说来话长，如果我说，我是被人骗了，别人一定不会相信。可是，事情确实就是这样，朱大进一直对我讲，他的婚姻走到头了，离婚是迟早的事，他要永远和我在一起。可是，最近我才发现，他背着我，和老婆一直都有联系，而且，他还给她写信，说，他不打算离婚，但条件是要老婆同意，继续同我一起生活。”

“什么？他的这些话，你居然就信了？中国的已婚男人，有孩子有房子的，有几个愿意离婚？像你这样，年轻漂亮，一不需要他花钱，二又能够陪他开心，天下男人做梦的好事都让他享了，他当然不会去离婚了。你可真够傻的。”

“的确是傻透了。可惜，我到最近才明白，所以，我决定同他分手，事实上，我已经断绝同他来往了，可是，宋孃，就是他老婆，却对我不依不饶，因为朱大进拒绝同宋孃和好，他对宋孃说，他不会放弃我。”

“这下我就明白了，因为朱大进知道，他老婆一定不想离婚，所以，他就肆无忌惮地纠缠你，他老婆本来就恨死了你，他这样做，不就逼得她更加仇恨你？所以，她想尽一切办法来诋毁你，这个刁敏一定是得了她的好处，不然她干吗这样卖力?”

“应该就是这个道理了。不然，无缘无故，她为什么这样害我?我曾经接过几个电话，我一出声，就有一个女人对我破口大骂，莫非，这个女人就是那个刁敏?”

“你看看来电显示，看看那个号码，我有刁敏的电话，在这里，你看看。”

夏夕阳从来电显示里找出那个电话，和蓝医生本子上的号码一致。

“看来，这个刁敏和宋孃合力来对付你了。你现在打算怎么办?”

“我也不知道，她们这样到处诋毁我，我是否可以请律师告她们诽谤罪?”

“请律师打官司，要花很多钱和精力。其实，最简单的办法，就是你赶紧找个男朋友，让朱大进对你死心，好好回家去过他的日子。这样，宋孃也就没时间精力再折腾你了。”

“其实，我已经在这样做了。我也告诉宋孃，我已经有男朋友了。”

“那她还叫刁敏去我们那里说你!这个女人怎么这样难缠?”

“下午好!夏医生。”大卫一手握着一枝玫瑰，一手捧着一只粉红色心形小锦盒，笑面盈盈地出现了。

“哈罗，大卫，这是蓝医生，蓝医生，这是我刚认识的朋友，大卫。”大卫的突然来临，使夏夕阳有点措手不及，她赶紧站起来给他们介绍。

“哈罗!”蓝医生因为意外，有点慌乱，他站起来，对大卫点点头。他不会英文，只能说这样几句简单的。

“很高兴认识你，蓝医生。”大卫把花放在左手，热情地向蓝医生伸出右手。

蓝医生就握住大卫的手晃晃，并再次向大卫点点头。然后，他对夏夕阳说:“夏医生，你有客人，我先走了，你自己保重。我们再联系。”

“Bye!”蓝医生向大卫摆摆手走了。

蓝医生走了，但蓝医生带来的坏消息却久久地萦绕在夏夕阳的诊所，使她原本就灰色的心情更加暗淡。

本来，夏夕阳打算见到大卫后就同他摊牌，告诉他，他和她不合适，以后就不再来往了。可是，现在，挨了一连串打击，受了一肚子窝囊气，面对满面春风的大卫，她突然感到莫名的温暖，当大卫双手把鲜花和锦盒捧到她胸前时，她感动了。那一刻，她改变了先前的决定，她要给自己一个机会，也许，大卫就是那个上帝派来解救她的天使?

她接受了大卫的鲜花，大卫要她打开锦盒，里面是一串施华洛水晶项链，银色吊链，桃红色心形水晶吊坠，十分别致。

“这个太漂亮了，谢谢!”

“不客气，如果把它戴在你的项上，会更加好看，别犹豫了，我帮你戴上吧？”

夏夕阳看大卫兴高采烈的样子，就同意他为她戴上那条项链。

大卫高兴地拍着手说：“正如我所说，很好看，很典雅，亲爱的女士，我可以带你去吃美食吗？”

虽然，大卫做事天马行空，但他的直率开朗，他的热情浪漫，对于身处困境的夏夕阳，好像一缕阳光，一股春风，令她紧绷的神经得以舒缓，使她黯然的心态开始添加些许春意，她决定好好与大卫相处，希望大卫有力的大手把她拽出苦海，她愿意与他共同走进阳光，远离周围世俗的烦扰。

作为学生，夏夕阳每个星期一至星期五的晚上要去学校上课。自从宋孃现身悉尼，一系列的突发事件，把夏夕阳搞得昏天黑地，她的生活被彻底打乱，她居然忘记了还要上学。澳洲移民局有规定，留学生是要记录出勤率的。

这天，当夏夕阳想起学校时，她的出勤率已经明显下滑。她就赶紧到学校去上课刷考勤。

下课后，她从学校出来，迎头看见朱大进站在校门口。她低下头，假装看不见继续快步行进。

“嘿，夕阳！你不要这样，你以为，你一低头，我就看不见了？你傻呀？”朱大进三两步就追上了夏夕阳。

“你怎么知道我在这里？”

“我当然知道。我是看着你进去的。实话告诉你，你到哪里，我都跟着。”

“你跟着我干吗？不是已经说好了，我们分手了！不来往了！没关系了！”

“看你说的，哪来那么多的狠话？什么分手？我从来就没答应过。你是我的女朋友，永远都是！你就别闹了，上车吧，我送你回去。”

“我已经有男朋友了，我不会上你的车，永远都不。”夏夕阳说得咬牙切齿。

朱大进笑了，“你那是胡闹，我不管，你先上车。”说时，他伸手拉住夏夕阳。

“你松手，不然，我就喊了。”夏夕阳真的急了。

“我不信，你会喊？”朱大进坚持拉着夏夕阳。

恰在此时，夏夕阳看见学校的印度老师从身边走过，她立刻说：“马哈马德先生，你能帮助我吗？”

朱大进一惊，赶紧松手，快步离去。“这个女人真是疯了，怎么真的敢去叫人？”朱大进害怕了，在澳洲，妇女是受到保护的，即便是丈夫，如果对妻子有动手的行为，警察也会过问的。他朱大进可不想惹祸上身。

看到朱大进走了，夏夕阳大松一口气，马哈马德老师说：“他已经走远了，你怎么样？还需要帮助吗？”

“谢谢！马哈马德先生，我很好，再见！”夏夕阳谢过老师就赶火车去了。

朱大进回到家里，他很沮丧，也很生气，宋嬢已经把饭菜准备齐全，就等他回来。可是，面对一桌的菜肴，他半点食欲也没有。他心里很烦乱，他没想到，事情居然会这样不如他所愿，老婆表面上与他合作，可是私底下却使尽手段对付夏夕阳。至于夏夕阳，他本来就料到，她一定会大闹，他已经做好准备，让她闹，让她发作，让她打骂，任凭她折腾，只要他劝解，只要他耐心，只要他忍让，一段时间后，她就会静下心来，最终还是会同他好好过的。但是，他万万没有想到，夏夕阳不是一哭二闹，要死要活，却是毅然决绝地离他而去，而且，那么迅速地接受新的男友，今天，居然对他完全翻脸，在大街上，让他下不来台！真是的，女人心，海底针，这两个女人，一个太阴，一个太阳，简直就是水火不容，他当初的如意算盘打不下去了。

宋嬢看他一脸的官司，就给他盛了一碗汤，满脸媚笑地双手捧给他：“你累了，先喝点汤，我今天煲了好几个小时，放了人参和牛鞭。”

“鞭你个头！老子倒真想抽你一大鞭！”朱大进心里恨恨地说。这些天，宋嬢想方设法给他煲汤，一上床便死缠他，她以为，这样就可以把朱大进的心收揽住。可是，她忘记了，他们之间的感情本来就已经寡淡如水，她还忘记了，朱大进对夏夕阳动的是真感情，她更不懂，她越这样做，朱大进就越厌烦她，一看她笑，他就皮肤发紧，一闻见汤味，他便反胃。

“如果你真心为我好，就不要在外面瞎折腾！实话跟你讲，小夏一天不回来，你我就别想过一天的好日子！”因为刚刚在夏夕阳那里碰了钉子，朱大进忍耐许久的怨气此刻再也收拢不住，他开口时咬牙切齿，到了最后，简直就是大喊大叫了。

热脸贴到冷屁股，宋嬢被他一吼，全身汗毛立刻竖起，她的斗志被激发出来：“狼心狗肺的东西！敬酒不吃吃罚酒，不过就不过！谁怕谁！你等着，看看到底谁的日子难过！我还就告诉你，你让我一分不好过，你们就有十分的不好过！我实话告诉你，她的丑事已经传遍悉尼的每个中医，现在唐人街上，不管认识或不认识她的店家，都知道她是个狐狸精，马上，我还会通知她在北京的亲友，告诉他们，姓夏的就是个不要脸的小三！”

“你敢！如果你再这样继续胡闹，我就搬出去！”

“好啊，你搬呀！没有你难道我会死吗？我警告你，如果你再去找她，我就到移民局告她，把她从澳洲赶走，让你们彻底见不着！”

“喂，干这种事情，是要遭天打雷劈的！你不要闹得太过分了！”朱大进听到宋孃的最后一句话，心里不禁咯噔一下，他有点气短了。

几年前，他的老板，也就是他现在公司的前东家，被人告到移民局，原因是非法雇用黑民并偷税漏税，一家人的澳洲身份全部被取消，两日之后，就被遣送回中国。因此，老板必须要在48小时之内把公司变卖掉，他正是趁此良机，用极低的价钱得到这个公司及其客源。可以说，他今天的一点成就，完全得益于他的老板的倒霉，而他的老板的霉运，恰恰来自他，因为正是他，把老板告到了移民局。

当时，老板的生意非常红火，店里一度雇用了8个工人，他是唯一一个使用过计算机的工人，因此，老板叫他专门负责售后服务，这个售后工作，经常需要上门维修，所以，顾客的付费就由他带回到公司。这样，他的工作时间相对自由，顾客所付现金的多少也一般由他决定，几次下来，他觉得背着老板，他可以自己赚点外财，比如，给顾客多装一个游戏软件，他可以轻轻松松赚得一两百元，一周下来，这份外财甚至超过了他的工钱。他的贪欲被勾了起来，开始想方设法从维修中牟利。

如此，摊子就被铺大，不久，老板发现个中的猫腻，一气之下，把他痛斥一番，还叫他把多拿的钱全部交出来。他辛苦一场，怎么也不甘心就这样白白地，把苦心经营到手的金钱再吐出去，于是，他一边答应把钱还给老板，一边搜集证据，把老板告发，结果，老板还未等到他把吃进去的钱吐出来，就被移民局抓了起来。可怜的老板，一份红红火火的生意，不得不降价出让，当时，公司的工人，人人有心买下这桩生意，可是，只有朱大进一人持得有效签证，并且，也只有他，手里还有几万元存款，但他知道，老板恨他，不会愿意把生意贱卖给他，就让宋孃出面，去买老板的公司，老板并不认识他的老婆，在那个紧急情势下，糊里糊涂就便宜了朱大进。

从此，朱大进开始了他的生意，宋孃也因此以功臣自居，他们发了一笔小财，但每当夜深人静，朱大进的心里却难安宁，他明白，他的生意，来路不正，常言道，举头三尺有神明，人在做，天在看，他已经做了坏事，虽然当时被逼，不得已而为之，但内心深处，良心还是受到了谴责，因此，在老板一家被遣送回国的当天，他到蓝天寺前去进香，向神灵忏悔，请菩萨超度他的罪恶，不要因他们害人而降罪于子孙。他对菩萨许愿，以后每年都要到蓝天寺来上香，今后在生意场上，也不再害人。

此事之后，他和原来公司的所有工人不再联络，他警告宋孃对任何人都不要提及此事，他希望他所做的这件下三烂的丑事，永远地成为一个秘密，永远不被人知晓。

数年之后，随着时间的推移，这个秘密在他的生活中越埋越深，他甚至已经对它有点模糊了。可是，今天，宋孃提到了移民局，这使他立刻联想到他的老板，同时想起那一天，当老板被移民局官员带走时看他的眼神，那是怎样的一双眼神啊！就是那样的一瞥，不过一刹那，可是却久久地印在他的心上，令他心惊肉跳，令他魂不守舍，连续失眠数月，他吃了大约半年的中药，他的睡眠才有所改善。那个时候，他才意识到，什么是心中有鬼，干坏事是要付出代价的，做阴损之事害人更是要遭报应的，因此，从那以后，下意识地，他尽量不干坏事，后来，当他赚得一定的钱财时，甚至还想，当初，为了区区几万元，他竟然做下了那么伤天害理的卑鄙勾当，实在不值。可是，今天，宋孃因为嫉妒，居然要效仿他再行此下流手段，果真如此，他们家成了什么？一窝子害人精？

“天打雷劈？你吓唬谁？你告你们老板的时候，怎么就没被雷劈死？”宋孃并没有感觉到朱大进的犹豫，继续嚷嚷。

“你难道真的希望看到我被雷劈死吗？你好狠毒！”

“是你们狠在先，老娘我现在就干个狠的！让你们看看！你等着！看看是谁哭到最后！”宋孃已经完全失控了。

第十四章　世间高低

不知是哪位哲人说过，凡人者，均有其两面性，一面是天使，一面是恶魔，一般来说，人世间，芸芸众生，大家都愿以天使的面孔出现，但在某些时候，因为某些事件，有的人就会露出恶魔的一面，善良的人们会尽量克制或者限制这种邪恶的魔性，使它不致发生或者小范围地释放，这正是人性的光芒，也是我们人类得以在这个星球繁衍发展、生生不息的正大能量。然而，无论何时，无论何地，总有那么一小部分的人，魔性大长，为了一点点利益或者一点点私心，随随便便扇动魔鬼的翅膀，时时处处显示出一副恶魔的嘴脸。就是因为这些少数人的恶行恶状，我们的人类，岁岁年年地产生着无以计数的万千苦难，多少爱恨情仇，多少生离死别，多少人生的起伏跌宕，多少命运的千回百转，哪一件，不是因为人性之恶而所为？

2000 年，生活在悉尼的夏夕阳，怎么样都不会想到，人的本性之恶居然会表现得那么丧心病狂。当她自以为已经完全退出朱大进的生活，全心全意打算走自己的路时，宋孃却在计划着怎样给她更大的打击！

从接到朱大进的信的那一刻，宋孃就已经恨死了夏夕阳，经过半年的精心准备，踏上悉尼土地的那一刻，她的心里已经做好战斗的充分准备。

她很明白，她有名分，有孩子，有精力，有财力，更有人脉，区区一个留学生，一没身份，二无钱财，更无名分，凭甚与她抗衡？因此，她应该是胜算在握，打败那个女人，不过是迟早的问题。

本来，宋孃以为，只要她对朱大进装可怜，示弱服软，就可以把他的心给收回来，却不料，朱大进对夏夕阳用情很深，一时半会儿，缠缠绵绵，剪不断，理还乱，她的嫉恨更加升级，此时的宋孃，对夏夕阳捅两刀的心都有了。

因此，她走向唐人街，找到田芬芬，她们来自同一个城市，当年田芬芬被丈夫抛弃时，宋孃正好在悉尼，当时她曾经把田芬芬接回家住，还让她在朱大进的公司干过几天，后来，因为田芬芬主动给朱大进按摩搓脚，朱大进又多次夸奖田芬芬，说她性格好，人温柔，宋孃听了，心中犹如长刺，找个借口，把田芬芬请出公司，又帮她找了一个住处，算是把田芬芬这根刺从心头拔出。

现在，宋孃已经离开悉尼三年多，最熟悉的人也就是田芬芬了。半年前，当她接到朱大进的信时，她第一个想起的人，就是田芬芬，返回澳洲之前，她已经同田芬芬通话无数次，商量着怎样使朱大进回心转意，怎样对付夏夕阳。

田芬芬虽然与夏夕阳有同游黄金海岸的交情，而且，回到悉尼之后，夏夕阳知道她的经历，很同情她，一直对她关照有加，不时地送她礼物，请她吃饭，可是，人心叵测，每当她看到，朱大进对夏夕阳那么好，心里莫名地就很酸涩。过去，虽然她对宋孃把她赶出公司有过怨恨，但当她看到朱大进真心呵护夏夕阳时，她的心中十分妒忌，后来，杰克喜欢上了年轻的留学生，又把她赶出诊所，从那一刻起，她不单恨透了那个夺她所爱的留学生，还恨上了每一个女留学生，其中也包括了夏夕阳。

因此，在宋孃还未回到悉尼之前，她就开始跑前跑后地忙活。她找朱大进谈话，她给朱大进的父母打电话，坚决保证，一定帮助宋孃。

宋孃来到悉尼，田芬芬自告奋勇，日日带宋孃逛唐人街，介绍宋孃认识了很多的朋友，其中有一个女人，立刻就成为宋孃的铁杆，这个女人就是刁敏，因为她同宋孃一样，恨透了夏夕阳，视夏夕阳为死敌。

当宋孃听到刁敏大骂夏夕阳时，她好像遇到了知音，大喜过望，激动得连忙请她吃饭，饭桌上，恳请她出谋划策，恨不得把夏夕阳立刻打倒，整垮整死。

想不到，那刁敏，一说起夏夕阳，居然咬牙切齿："夏夕阳，这个不要脸的！我早就想收拾她了！"

"你认识她？和她有过节儿？"宋孃很高兴遇到这个同盟军。

"她不认识我，可我认识她！我的好几个客人给她抢走了！"

"真不是东西！她怎样抢你的客人？"

"她在我登广告的报纸上，也登了她自己诊所的广告，客人看到了就跟过去了，后来，我的好几个客人，就这样没有了，都叫那个王八蛋给抢走了。"

夏夕阳哪里料到，自己开诊所，打广告，与人无争，居然会出现这样一个仇人。更没有料到，这个对她怀有深刻仇恨的人竟然会与宋孃凑到一处，沆瀣一气。两个对她深恶痛绝的女人，还有一个吃酸葡萄的田芬芬，就此合为一体，结成同盟，开始策划出一系列毁灭她的行动。

于是，夏夕阳接到了莫名其妙的骚扰电话，同时，夏夕阳不好的名声开始在唐人街和同行间流传，流言越传越广，有一天，夏夕阳居然接到从北京打来的电话，原来，远隔千山万水，遥远故乡的朋友，居然也听到了类似的传言！更有甚者，宋孃居然把电话打到夏夕阳的父母那里，两位老人均患沉疴老疾，老弱的心脏经不起这样的打击，夏老先生因为生气和担忧，当晚心力衰竭而住院，夏妈妈因为担心女儿和老伴，也是彻夜不眠。当夏夕阳给家里打电话时，听到这般境况，惊愕与愤怒已经难以用言语来形容了！

人性之恶，人性之狠，真的如豺狼猛兽？为什么，宋孃一定要这样赶尽杀绝？夏夕阳到了此时，还是难以理解宋孃等人，作为人类，何以如此歹毒？

夏夕阳看书时喜欢做笔记，她记得，在她的笔记上有这样一句话：“君子坦荡荡，小人常戚戚。”既然在她的生活中突然出现这样的小人，既然小人们肆意横行，张牙舞爪，那么，就任凭她们施妖设孽，夏夕阳何必与尔等小人为伍？如此思来，夏夕阳反倒冷静些许，她决定，不予理会那些小人，树欲静而风不止，她不要再受邪恶小人的袭扰，她要继续自己的生活，让小人们随便去折腾吧！于是，她调整心态，打起精神，开始照常在诊所看病，到学校上课。

这天，夏夕阳正在诊所读书，突然，有一个头上缠着红布的印度男人走了进来。

夏夕阳问他是否要看病，他说：“不，我是来帮助你的。”

夏夕阳很奇怪：“你什么意思？你又如何能够帮我？”

印度人说：“从你脸上，我可以看出，你遇到麻烦了，是大大的麻烦！”

原来是个算命的，夏夕阳突然明白了。

她立刻说：“谢谢，我不这样认为，请你出去吧。”

印度人说：“你会后悔的，真的，相信我，只需要10元，别犹豫了，让我帮助你吧。”

夏夕阳真的没有心情与这个印度人纠缠，就给了他3澳元：“谢谢，这个给你，去买杯咖啡，再见。”

“谢谢，亲爱的，请保重，你这里真的有麻烦。”印度人拿了钱边往外走边真诚地说。

夏夕阳平时不大相信算命八卦等，可是，不管这个印度人是否真的有这个技能，至少，他刚刚所言，确实不假，她自己不是正处在风口浪尖上吗？

罢了，任凭风高浪险，我自岿然不动！夏夕阳继续看书。

“哈罗，你好！”一个年轻小伙走了进来，此人瘦瘦高高，皮肤黝黑，大眼睛，白眼球，分明一副中东人模样。

“很好，谢谢，你需要怎样的帮助？”夏夕阳以为来的是新病人。

“医生，你今天可愿同我喝杯咖啡吗？”小伙自己不请自坐。

“你说什么？对不起，你什么意思？”夏夕阳非常奇怪，说话也不客气。

“那么，如果你不喜欢咖啡，我们可以共享午餐或者晚饭，反正我无所谓，取决权在你。”

“我想你走错门了，这里没有你想要的。”夏夕阳想这个人很奇怪，就打算把他请出去。

“不，不，不，我很确定，这里就是我要来的地方，你应该听我的，不然，你会有麻烦，非常大的麻烦！”

“离开这里，马上！”夏夕阳已经忍无可忍了，非常不客气地赶他走。

“好吧，愿上帝保佑你！”那人意味深长地在胸前画了一个十字，站起来，摇摇头，走了。

今天是怎么了？为什么接连来了这样两个奇怪的人？夏夕阳心下十分纳闷儿，读书的心情大打折扣，看了半天，愣没记住几个单词。她决定放下书本，读起报纸。

丁零零！丁零零！电话突然响起，夏夕阳拿起电话，就听到里面传来几个小孩子的欢闹声，同时，也听到大卫兴奋地哈哈大笑：“亲爱的医生，是我，大卫，我有一个好消息，卡尼斯贝瑞号游船目前有一个很特别的活动，这个活动就是从悉尼到布里斯班坐三天的游船，家庭套票每晚只花500澳元，非常好的价格，我已经订了票，我们邀请你也参加！”

“什么？我从没听说过游船的事情，你确定，要我参加吗？”

“ 为什么不呢？游船很好玩的，别犹豫了，一起去吧！”

经过了大半天的烦扰，夏夕阳感到些许的无聊，现在听到大卫及他孩子的欢笑声，她的心里也产生了一点暖意，再看看日历，大卫订票的日期是周末，不会影响她的功课，就决定参加他们的活动。

次日中午，大卫开着他的大奔驰，来接夏夕阳。他请保姆把三个小孩从母亲那里送到码头，然后，于中午12点在情人港的皇家码头会合。

正午时分，阳光灿烂，天蓝海蓝，一艘游船如同一座巨型的高楼大厦，把皇家码头的阳光都遮挡了一半，游船前方，有一排显得很低矮的小白平房，那里已经聚集了很多人，有的在排队，有的在等人，也有几个穿制服的工作人员，走来走去给人们作引导，原来，这排白房子是上船登记的地方。

大卫在皇家码头绕了一圈，一个停车位置也没有，只好又把车子开了出来，终于，他看到附近的一个地下停车场，就决定把车停到那里，然后，便带着夏夕阳直奔皇家码头。

“爸爸，我们在这里！”三个小孩和一个年轻女子围成一圈正在向大卫招手。

“他们已经在那里了，噢，我的甜心！我想死你们了！”大卫看到孩子们，快步冲上去，抱住每个孩子亲吻一下，然后，他转向那年轻女孩，“阿戴尔，谢谢你，你现在可以回家了，下次再见！”

那女孩就挥挥手，向大卫和孩子们说：“再见！旅途愉快！”

女孩离开后，大卫对夏夕阳说：“她是我的保姆，法国人，留学生，给我做小时工，我需要照顾孩子们时，就打电话给她。”

然后，他转向孩子们：“甜心们，这位是夏小姐，我的新女友！”

三个小孩就齐声说：“嘿，夏小姐！”

夏夕阳有点不知所措，从来没和小孩子近距离接触的她，一下子面对三个孩子，而且是三个像天使般的大活洋娃娃，她真的有点发晕，就拉住最小的那个说：“很高兴见到你，你叫什么名字？”

小不点只有三岁，是个女孩，穿着粉红色吊带裙，粉红色靴子，金黄的头发浓密卷曲齐过小小肩头，活脱脱一个芭比娃娃！“我叫徘波，她是我的姐姐，叫博涅，他是我的哥哥，他叫安托尼。”

小徘波一口气把姐姐和哥哥一一介绍给夏夕阳，实在是太可爱了！夏夕阳被小芭比的聪明和美丽感染了，一下子把她抱了起来！

哥哥安托尼羡慕地看着妹妹，安托尼比妹妹只大一岁半，也很喜欢依偎在大人的怀抱。姐姐博涅已经十五岁，正是青春叛逆的年龄，她对妹妹翻了一个白眼，把脸扭到一边。

“好的，我们去登记吧。”大卫招呼大家去排队。

一小时后，他们一行登船，按照工作人员的指引，来到他们的房间。

原来，游轮好像一座小城，里面不单有酒店住房，还有商店、餐厅、画廊、剧院、游戏厅、健身房、游泳池、酒吧、美容室、发廊等，简直就是一个小社区，夏夕阳从未想到，游轮上会有如此繁华周到的设施，她感到十分新奇，孩子们更是好奇，蹦蹦跳跳，叽叽喳喳，大卫就带着他们到处走，到处看。

船上风大，虽然阳光明媚，但清风拂过，还是凉气袭人，夏夕阳只穿了一件棉纱连衣裙，虽然随着孩子们跑前跑后，但站在甲板上，头顶蓝天，面对碧海，海水一波推着一波，翻着跟头，卷着白浪，前赴后继地涌来，掀起一阵又一阵的风波，呼呼呼！凉风阵阵，从四面八方飘向全身，夏夕阳感觉手脚发凉，看看孩子们不是短裙就是短裤，就建议大家回房换上保暖的衣服，可是，大小姐博涅很不以为然，她穿着薄薄的吊带背心，小小的牛仔短裤，在凉风中，依然面色红润，毫无冷意，安托尼一身短袖短裤，徘波一件小薄连衣裙，但因为他们一直跑步行进，居然满脸汗珠，大卫虽然也是一身短装，可是，并不见他发冷，夏夕阳感到有点奇怪，难道洋人的身体不惧冷？

“我想游泳，爸爸，我们可以去泳池吗？”安托尼看见了甲板正中的一个大游泳池，池中已经有很多人在畅游，池边有一圈白色躺椅，有的上面躺着人，正在休息，有的上面围坐数人，好像在聊天，附近有一小酒吧，出售啤酒、鸡尾酒等各种饮料，旁边有一小食店，出售三文治、土豆条和冰激凌。生意好得不得了！

这幅情景，使夏夕阳突然想起一些图画，好像很多西方神话的图书上，经常可以见到的那种画面，蓝天白云，高山流水，人们围坐一堂，或聊天，或饮酒，或游泳，或嬉闹，四周绿荫缠绕，鲜花盛开，莺歌燕舞，夏夕阳抬头望天，头顶是浩渺无垠的苍穹，夏夕阳极目观海，眼前是辽阔无际的浩瀚碧海，再看看周围的人群，欢笑玩乐，一派祥和，此情此景，令她突然感觉，自己好像身临画境，这个不就是那传说中的人间天堂吗？老外真的很会享受生活啊！

“爸爸，快点，我想立刻去游泳！”安托尼已经跑到泳池边，几乎要跳进水里。

“不可以，亲爱的，我们要换衣服，我们先回房间，你要穿游泳衣才可以下水。”大卫赶紧捉住安托尼，将他抱起，带着众人返回房间。

大卫和孩子们换好泳衣，看见夏夕阳依然是原来的装束，就不解地向她摊开手，意思是说，为什么？

“你们去吧，我不想游泳，太冷了。”

博涅耸耸肩头，两个小不点迫不及待地拽着大卫往外走，大卫对夏夕阳说：“你真的不去？一个人待在这里？”

“是的，我这里没事的，你们快去吧，好好玩！”

“Bye！”孩子们已经撒丫子跑了。

“Bye……”大卫赶紧追了出去。

游轮的客房，设计得完全等同豪华酒店，他们的房间，面向大海，在正对大海的墙面上，镶嵌着一面椭圆形玻璃，那是房间里唯一的窗户，湛蓝的海水在阳光里泛着银光，在玻璃上绽放出一朵椭圆形的浪花。夏夕阳看得心花怒放，赶紧找相机拍照。

傍晚时分，夕阳漫天，游轮开始起航，呜！呜！呜！船头拉响了汽笛，告诉众人，游轮驶离码头，游客们纷纷来到甲板，观看巨轮如何被小船牵引着，慢慢地退出码头，又慢慢地掉转船头，然后，慢慢地驶向深海。

夏夕阳看大卫带着孩子们在泳池里玩得正欢，就自己随着人群站立甲板，依栏观景，远方海天一线，夕阳西下，姹紫嫣红，浩浩长天，茫茫大海，顷刻间万彩纷呈，绚丽妖娆！

此情此景，令夏夕阳仿佛置身仙山圣海，她深深地呼吸着海洋的气息，深深地沉醉于美丽的大自然之中。如果能够永远这样沉静下去，该有多么幸福！可惜，美丽总是那么的短暂，很快，夕阳从天边沉入海底，夜色朦胧，暮霭沉沉，淡淡的有点苍白的月亮不知从哪里钻了出来，闲闲地飘在天空。

海风加剧，甲板上的人们纷纷回到舱内，夏夕阳走到游泳池畔，问大卫是否该带孩子们回去？孩子们玩得正高兴，他们4人在泳池中打排球。大卫请夏夕阳参加，夏夕阳连游泳都成问题，在水里打球更是不可能了，就自己回房间了。

晚上8点，游轮开始提供晚餐，游船为客人提供免费早餐和晚餐，下午还有一次茶点。

船上有两个餐厅，游客可以自己选择去哪个餐厅用餐，餐厅十分宽大，里面布置相当豪华，设有几十张椭圆形餐桌，每桌大约十余人，客人进到餐厅，领位的服务生便安排客人们走到餐桌入座，虽然客人们互不相识，但入座后大家都会自我介绍，互致问候，然后，服务生就会为每位游客送上酒水和食品。食品很丰盛，小品、正餐和甜点，三道菜后还有咖啡和茶水，每个人都很尽兴。

晚饭后，船上还有演出，那天的节目，有点像中国的单口相声。大卫本来打算带孩子们去看节目，但是，三个孩子都不感兴趣，也许是下午玩得太欢，他们感觉累了，尤其是两个小的，回到房间，就躺在床上不动了。博涅坐在沙发上看电视，大卫就嘱咐她照看弟弟妹妹，带着夏夕阳来到表演室。

夏夕阳因为好奇，就随大卫来看表演，但是，看了一会儿，她就后悔了，因为台上的人，语速很快，所讲的笑话她听不懂，看到周围的人哈哈大笑，她很茫然。好不容易，表演结束了，夏夕阳赶紧拉着大卫退出表演厅。

大卫提议带夏夕阳去酒吧喝两杯，夏夕阳不想喝酒，大卫就带她来到游戏厅，那里有很多老虎机，大卫想夏夕阳一定很高兴玩。

“我对此不感兴趣，我们回房间吧。”

“怎么回事？你真的是中国人吗?”

“你是何意?”

“中国人都喜欢赌博，很多人告诉我的，我自己也有一些中国朋友，他们都喜欢玩老虎机的。”

“那是因为你不了解，大多数的中国人从来不赌博。”

夏夕阳想，澳洲人对中国的了解太有限了，同样，他们对中国人的了解更加有限，因此，来到澳洲的中国人便是整个中国人的代表，这批人的所作所为，就成为整个中国人民的形象代表，不幸的是，这批人中，有那么一部分不懂得自珍自爱，缺乏素养，无知愚昧，好逸恶劳，见利忘义，不守公德，其言其行，不但毁坏了自身的清誉，更误导了澳洲人对整个中国人民的认知。令人痛心。

为了祖国的声誉，为了中国人民的颜面，夏夕阳已经记不清有多少次，竭力用她有限的英文对澳洲友人一一介绍中华文化的渊博以及中国人民的勤劳伟大。

此刻，听到大卫如此地评论中国人，她很不以为然，她觉得，大卫作为自己的男友，必须要首先正确地了解中国文化，了解大多数的中国人。因此，这天晚上，她就用整个夜晚的时间，从春秋战国到大唐盛世，从黄河长江到万里长城，从明清到现代中国，从天上的嫦娥到西方人认可的大明星巩俐，她尽可能地从历史地理、文化艺术等方面用她有限的英文，比比画画地给大卫介绍中国历史的灿烂辉煌，中国人民的勤劳质朴，智慧勇敢，她希望，大卫能够从她那里更好更多地了解真正的中国，因此，她滔滔不绝，越说越勇，直到后来，她发觉，大卫哈欠连连，完全是耐着性子在那里敷衍，就即刻打住。

次日清晨，朝阳浮出海面，万里晴空，碧海蓝天，霞光万道，夏夕阳站在甲板上尽情欣赏良辰美景，有点如痴如醉。

“亲爱的，你在这儿，你在干什么？你起得很早呀。”大卫突然出现在夏夕阳身边。

“早上好！大卫，我正在看景色，太美了！”夏夕阳其实想说，眼前的景致壮美得简直无与伦比，可是，她的英文太有限了，只能反复地使用“beautiful”（美丽）这个词了。

“美妙！美妙之极！亲爱的，早饭后，你打算做什么？孩子们还想去游泳，可能还要打球，你想参加吗？”

“虽然我想去，但我的游泳技术太差，我还是比较喜欢去画廊，看看油画。”

“好的，今天下午，画廊有个拍卖会，我同你一起去，之前，你可以先去画廊，看看有没有你想要的？另外，我将在玫瑰温泉给你订位，你可以去那里做美容推拿，你想几点钟去？”

“谢谢！太好了！我在早饭后就去画廊，11:30会差不多出来，就给我预约到11:30可好？”

“好，就这么定了，我想你会很享用的。”

的确，夏夕阳度过了非常舒适轻松的一天。

精美丰盛的早餐之后，她去画廊浏览，画廊的墙上地下，以及每一个可以利用的角落都摆满了油画，这些油画，有名家名作，更多的是普通画家的作品，当然都是西洋油画，很难见到中国绘画。她认真仔细地观看了每一幅绘画，十分欣赏那些美丽的色彩，能够将花草树木绘画的如此栩栩如生该是怎样的神来之笔呀？

她感叹着画家们的智慧才能，来到Rose Spa（玫瑰温泉），那里，工作人员穿着红玫瑰色的衣裙，热情礼貌地将她迎进房间，这里的一切设施为淡紫色，迎面的墙上挂了一幅盛开的玫瑰，那是一幅红玫瑰的摄影照，照片镶嵌在镜框中，那鲜艳欲滴的红玫瑰沐浴在晨露中，好像在迎风招展，房间正中，有一方小小喷泉，泉中漂浮一片片玫瑰花瓣，在绵绵汩汩的流水中翻飞摇曳。

夏夕阳被一位小姐带到里间，她按照吩咐，换上温泉的衣服，躺在床上，然后，开始享受所谓的瑞典式按摩，之后，被全身涂上玫瑰油，包上塑料薄膜，开始做德国式面部护理。

无论是瑞典式，还是德国式，其实方法大概都与中国式差不多，除了所用的材料不同，手法基本相同。体验的感想，就是十分地放松，十分地享受。夏夕阳出国以来，还是第一次如此尽情享受，美容，推拿，美食，美景，这样美妙的享受，在此之前，还不在她的计划，如果不是大卫，她都不知道，世上有人原来是这样享受生活，欢度光阴。

下午，在画廊的拍卖会上，有人以数十万拍得绘画，有人以几千元拍得绘画。最低的绘画，只有80元，大卫的大女儿，就用120元拍得一幅绘画，一幅夏夕阳完全看不出名堂的绘画，上面有大块的蓝色和黑色，中间夹杂着红黄蓝绿的线条，她问大卫，那幅画的含义，大卫摇摇头，意思是不知道，可是，即使他对那画不明就里，还是痛快地掏出支票付款。夏夕阳就想，中国的家长，不大可能给孩子买一幅自己完全看不懂的绘画。尊重孩子的选择，西方家长就体现在这里？

大卫建议夏夕阳挑选一幅喜欢的画，但是，她没有那样做，一幅画，成千上万，她没有实力，也不想依靠大卫。

美好的时光过得飞快，三天的游轮生活很快就结束了，按照行程，次日凌晨，他们离开游轮，准备乘飞机返回悉尼。大家都感觉兴致高涨，但是，孩子们必须要回去了，因为根据约定，孩子们必须返回母亲处。大卫说，如果夏夕阳愿意，他可以把孩子交给航空公司送回悉尼，然后，请保姆到机场，接他们回母亲家。他则可以带夏夕阳到黄金海岸或者到太阳岛玩几天。

夏夕阳想，她应该回学校上课，而且诊所也不能总关着，虽然旅游很开心，但目前还不是行乐享受的时候，应当首先把事业学习搞好，以后再玩不迟。于是，她断然否定了大卫的建议，大家一起飞回悉尼。

如果夏夕阳知道，回到悉尼，她将从天堂坠入地狱，说什么她也不会那么快地返回悉尼，如果她同意与大卫继续留在昆士兰，或许，她就躲过了那致命的一劫。

那天晚上，大卫把夏夕阳送回她家，他说也许下周会去英国见一个客户，在那边与其他几个律师联合接一个案子，如果办成则可得到超过百万的佣金。

不过，走之前，他会同夏夕阳联系，同她道别。

他们都没有想到，这一声再见，竟是他们此生最后的道别。

两天后，大卫接到同行的电话，要他立刻去伦敦集合。大卫订好机票，准备好行装，提着小行李箱，直接来到夏夕阳的诊所，他想，正当上班时间，夏夕阳一定会在那里。令他意外的是，夏夕阳不但人不在诊所，而且，连诊所的灯也是黑的，诊所的招牌也没有摆出去。他很诧异，难道她生病了？他立刻打她电话，回答是关机，他赶紧打车到夏夕阳家，但是，按下房间号码，里面没有应声，继续按，仍无反应。他再次试拨夏夕阳手机，还是关机，时间一秒秒过去，他的飞机离起飞时间一点点接近，他不能再等，必须马上去机场，即便这样，当他到达机场时，几乎是最后一秒赶上登机注册。后来，他又试着给夏夕阳打电话，但一直都是关机。很显然，夏夕阳消失了！为什么呢？他感到十分不解，无论如何，他也找不出夏夕阳突然消失的理由。到了伦敦，他便投入到那个案子，关于夏夕阳，他也没有时间再去琢磨。几周之后，他返回悉尼，再次想起夏夕阳，就来到她的诊所，可是，那里已经人去屋空，原来的诊所已经变成商店，出售箱包。

"真奇怪！怎么会是这样？"大卫很不明白，他做梦也想不到，夏夕阳会被送到难民营。他简单地以为，夏夕阳的突然消失，只是不想再与他来往，但是，何必用这样的方式？他耸耸肩，"Never mind（管她呢）"从此，夏夕阳这个名字，便从他的生活中删去。

第十五章　难民营3

夏夕阳抬头望去，眼前的女子原来是英文学校的同学李勤，那个嫁给银行家的山东美女。

“天哪！你是李勤?！你怎么会在这里?”夏夕阳十分吃惊，这个早在几年前嫁给洋人，并且拿到身份的女人，她怎么会出现在难民营?！

“我也正想问你，怎么会出现在这里?！”李勤旁边还站着一个人，那个人，巧得很，夏夕阳居然也认识，是在医疗诊所打工时碰到的张惠芳！

这个世界实在太小了，悉尼这么大，几年了她们都没有碰面，然而今天，她们却十分意外地相逢在难民营！

她们唏嘘感叹一番，然后，到院子里找了一个地方坐下聊天。

夏夕阳首先讲了自己的故事。

“看来，我们还是有缘！居然能够在这里相遇，而且都是因为这些坏男人！”李勤还是像以前一样，很爱讲话，所不同的是，她的脸上出现了可见的皱纹，原来美丽的容颜多了几分沧桑。

也难怪，这几年她的生活有点坎坷。她与那个银行职员闪婚之后，过了一段很浪漫的日子，可是因为她的英文太差，浪漫新鲜过后，两个人只剩下肢体语言的交流，生活习惯与文化背景的差异越来越大，不久，银行职员对她的热情大大消减，生活中对她漠不关心，就连买食品，他只管买他想吃的，到了后来，他甚至不允许李勤吃他买的冰激凌！李勤哪里可以忍受这样的待遇？心里十分恼怒，可是，她敢怒不敢言，何故？为了一张澳洲身份！虽然他们已经结婚，而且已经递上了身份的申请，但按照澳洲移民法，李勤必须同他生活在一起两年，才有资格拿到澳洲永久居民的身份。如果此时同他闹翻，他若向移民局撤出对她的担保，她岂不前功尽弃？那样，吃大亏的不就是她？于是，她只能忍耐，先把身份搞定再说。

两年之后，她拿到了永久居民的身份，那一刻，对她来说，已经等待得太久了，所以，在当天她就提出离婚。而且在这两年中，她到处收集研究澳洲的离婚法律，得知她作为一个无工作无收入的女人，有着高收入的丈夫在离婚时不但要分给她一半的财产，而且，在离婚之后，还需每周付给她最少不低于

400澳元的生活费用！所以，离婚就是她对银行职员最好的报复！当她想到这一点的时候，她觉得，她所经受的苦难还是值得的！但是，她没有料到，银行职员也不是吃素的，他不但花重金请律师同她打离婚官司，使她根本拿不到任何财产，而且，还请移民局律师，把她的背景资料查了出来，这样，她早先在中国作假的资料就被翻了出来，移民局就把她的所有签证身份直接注销，于是她就被送到了这里。现在她连上诉的机会都没有，因为在第一时间，她把护照给撕掉了，所以移民局还不能立刻送她回中国，但是这只是个时间问题，至于多久，她不知道，她说，如果她现在怀孕的话，她就可以留在澳洲，10年之后又可以申请澳洲身份！

听了李勤的故事，夏夕阳唏嘘不止，人生无常，几年前，李勤朝气蓬勃，意气风发的样子仿佛就在昨天，当时的她，曾经那样自豪地谈论她在曼丽海滩的幸福生活，可如今时过境迁，物是人非，落得这般困境！

“小夏，在这里的人，哪个没有故事？你那个时候真够傻，院长对你那么器重，工作身份都能够给你，你却置之不理，最后，倒跟了朱大进这么一个人，要什么没什么，还把你害得这样惨！”张惠芳说。

“张大姐，我是撞鬼了，不说我了，你是怎么回事？”夏夕阳也很想知道张惠芳的情况。

“你还记得黄刚吧？他后来不是回北京了吗？”

“是的，我后来回北京时还同他打过电话，他说你留在澳洲了。”

“对，他走以后，我就和一个越南华人结婚了，住在荷诗费尔，本来过得还不错，两年后就拿到了永久居民身份。可是，那个越南人，他专门做假结婚移民的生意，他和我说，我现在有了身份，我们两人假装离婚，然后，再同别人假结婚，每人可以拿到5万元，两个人，轻轻松松赚10万。我动了心，就听他安排，结果，移民局盯上他了，后来，我的身份也被取消了，但是，幸好，在我出事前与那个越南人同过房，进来之后，发现怀上了孩子，所以我现在可以留下来，等着孩子出生，孩子出生后，他自然就是澳洲公民，我做他的监护人，可以留在澳洲，再过10年，我就有资格再申请澳洲身份了。”

“10年！这是一个多么漫长的过程啊！你真打算这样做？”夏夕阳很难想象这样的长途跋涉。

“对呀，我已经做好了准备，这辈子就留在澳洲了。我正在帮李勤想办法呢，如果她能够怀上一个澳洲籍男人的孩子，别管他是白人、黑人还是亚洲人，只要有澳洲护照的就可以留下了。其实，你也可以想这种办法的。”

“我绝对不考虑这个，我上诉也不光只为留在澳洲，而是要讨一个说法，为争一口气！”夏夕阳赶紧说明自己的态度，她内心里十分不赞成李勤和张惠芳的想法，虽然大家在澳洲甚至于难民营中能够相遇，确实是缘分，令人惊喜，但在志趣上，她们相去甚远，所谓“道不同，不相为谋”。夏夕阳感到与她们的交谈，有点话不投机，可是，能够在那种地方遇见她们，怎么说都是缘分，她心底还是很高兴的，真的不想使她们不高兴，就建议大家去上英文课，但是她们两个都不感兴趣，她就自己去了。

“这个夏夕阳，脑子缺根筋，好好的光明大道她不走，非给自己找罪受。”张惠芳和李勤同住一室，其他两个室友来自泰国，没有签证，是在按摩院被抓进来的。所以两人一到就成了好朋友，无话不说。现在碰到了两人都认识的夏夕阳，张惠芳就有了聊天的新话题，她把所知道的夏夕阳和她们在医院的那段事情，仔仔细细地讲给李勤听。

“你说，她是不是脑子进水了！”讲完之后，她这样给夏夕阳总结。

“她是有点搭错了筋。如果当时就从了那个院长，现在身份工作和金钱这些早就都搞定了，何至于到了现在，被那个姓朱的害得一无所有，还要打官司！没见过这么傻的，真不知她那么多年的书都读到哪里去了？这么简单的算术都不会做。”李勤完全同意张惠芳的看法。

夏夕阳到了教室，老师正在给大家教英文，学生只有十余人，内容很简单，是最简单的日常用语。老师念一句，学生跟着读一句。她坐了一会儿，实在太初级，就从后面溜出去。

夏夕阳回到房间，室友们还在打扑克，她在床上躺了一会儿，感到很无聊，就又来到院子里。应该想办法打电话，可是，打给谁？大卫的形象突然浮现在她的眼前。那晚同他分手，次日，她就被关到难民营，手机和电话本一并被没收，她自己则陷入极度惊慌无助之境，在悉尼她相熟的人原本不多，称得上朋友的更是寥寥无几，在这样的时刻，有谁能够给她帮助？大卫目前是与她最相近的唯一的人选，而且他还是律师，那么大的跨国案子他都可以做，那么她的案子在他来说，应该能够处理的吧？可是，她不记得他的电话，他的号码存在她的手机里，她可以在免费杂志上找到婚介所，然后通过她们找到大卫的电话，虽然，她这样想了一下，但是立刻又打消这个念头，因为她从没有同大卫谈到朱大进，更没有提到过朱大进一家带给她的麻烦，现在，在这样的地方，这样的处境，突然间同他讲这些，怎么讲？一堆糟心的乱麻，想一想，她自己都觉得很失水准，可叹她自己深陷其中，何等的无奈！她实在不好意思去对大卫说这些，又怎好意思请他帮自己？算了，就让大卫从她的生活中消失吧，就算像朱大进所说，她很快就可以出去，那么，到了外面，她也不要再与大卫联络了，她想，至少，在她与大卫的这份短暂的交往中，他们互相留给对方的是比较美好的记忆。

“夏医生，你有访客来了。”警官告诉她。

“谢谢!”夏夕阳跟着警官来到前院，离着老远，她就看到，邻居三明治店的寇老板。她太感动啦！平时，他们并不太熟，在这样的时刻，他跑很远的路，开很长时间的车子，前来看望她，真是好心肠啊!

“您好！寇先生，这么远的路，到这种地方来，您辛苦了！谢谢您!”夏夕阳赶紧迎过去。

“哈罗！小夏医生，你受委屈了！你是好人，好医生，我知道，你是冤枉的，他们一定搞错了！所以，我打听到地址后，立刻来看你！我绝对支持你!”寇先生神情也很激动，“你说吧，做什么可以帮你?”

“您跟我来，我们到里面谈。”

夏夕阳就带他到了餐厅，那里，有桌椅，还有茶水。

她倒了一杯茶，把朱大进早晨告诉她的，一五一十地报告给寇先生。

“他是这样讲的，您觉得，是否可信？他真的可以把我从这里保出去？我应该相信他吗?”

寇先生笑了，他说：“夏医生，你千万不要紧张，你这个事情，它根本就不算什么！当然，你从来都没有遇到这样的事，对你来说，那是天大的事，但其实，这样的事情很平常，在悉尼常常发生啦。不过，你要知道，澳洲是个法治国家，是可以讲理的，一切按章行事，无论做什么，都要靠证据，不是谁，想害人就可以随便害的。再说，朱大进他是爱你的，他不会害你，我看得出，他对你是真心的，他一定会帮你的，不过，我回去马上再找人问一下，确认朱大进的方法是否可行？然后，给你打电话。你这里可以打电话吗?”

“我们这里有两个公用电话，可以打出去，但打不进来，因为我不知道它的号码。”

“那么，晚上你打我的手机，这是我的号码。”

“我……”夏夕阳本想说“好的”，可是，突然想起，自己手里没有钱，如何能够打电话？又不好意思同寇先生张口借钱，一时显得有点无措。

“你不方便？难道你在这里行动不自由?”

“不是，我们在里面可以自由活动，问题是，我们进来时，口袋里的东西都被没收，包括钱包。”

“我明白了，你需要钱打电话，是吧？这个，还有这个，都是硬币，可以放进电话里，对了，可以买张电话卡的，我去给你买一张送过来吧，这样，你无聊了，就可以给朋友们打打电话。”

“谢谢，寇先生，这些足够了，不必去买卡了。您回去吧，路上小心点。我晚一点给您打过去，谢谢您来看我，谢谢您帮忙!”

“不用谢，你不要客气，你需要什么，一定同我说，安心等待，你的问题一定很快就会搞定的。所有的人都会帮你的，你放宽心！我先走一步，再见！”

寇先生走了，夏夕阳看着他的背影，心里仍然十分感动，从寇先生的谈话中，她感到了正义的力量，人间自有公道在，世上还是有好人的。她看到了希望，她二十多小时以来的悲观情绪好转了些许，既然澳洲是个法治社会，有地方讲理，那么，她的情况可能正如朱大进所述，很快就会改观。

“小夏，你的朋友很多啊，今天一天就来了三个！”当夏夕阳回到房间时，她的室友们很羡慕地看着她。

“我的朋友说，我可以很快就离开这里，这会是真的吗？”夏夕阳心里还是很不安。

“我看，问题不大，之前，住在你床上的那个女的，也就来了几天，然后，很快就被人保了出去。你有那么多的朋友，又没犯大事，他们一定有办法保你出去的。”

“夏医生，你有客人来访。”警官又来叫夏夕阳了。

“看看，我说什么来着？夏医生真是朋友遍天下！快去吧，别惹我们辛酸了！”室友们都有点嫉妒她了。

夏夕阳心里很纳闷儿，谁会来看她呢？她哪里来那么多的朋友呢？当她到了会客室，看见蓝医生和中医协会的杨主席在向她招手。

“杨主席，蓝医生！你们好！你们怎么知道我在这里？”夏夕阳太意外了。

“夏医生，你受惊了！你的事情，唐人街已经传开了，反映到了协会，我们几个理事商量后，决定派我俩来这里看望你，你还好吧？”杨主席很关怀地向她点点头。

“我还好，谢谢你们，谢谢协会。真的想不到我会出这样的事情，更加没有想到我这个事情会传得那么快，那么远！”

“是啊，好事不出门，坏事传千里，有的人就盼着别人出事，他们好兴风作浪，把水搅浑，把事情搞乱，真是很无聊！”杨医生说。

“是呀，你的事情一出，就数那个刁敏最活跃，她到处给协会的人打电话，一遍又一遍，不厌其烦地说你的坏话。协会有些医生，没有病人，正好拿你这事当话题聊，当然，有的医生也很讨厌刁敏，有几个医生，以前是学生身份，被她欺负过的，恨得她要死，说要修理修理她，免得她再到处害人。”蓝医生说。

“夏医生，你下面有什么打算？协会可以出面帮助你的。”杨医生问道。

夏夕阳就把朱大进请律师帮她上诉的事情讲了出来，“不知道这样可行吗？”她自己还是不太敢信朱大进。

“这个方法应该行得通。我听说过同你类似的情况，好像是可以通过上诉解决问题的。”杨医生说。

“真的，真是这样，那就太好了！”夏夕阳很高兴从杨医生这里得到比较肯定的答复。

“这样，我们现在回去，就以协会的名义，同移民局联系，看能不能先把你保出去。人先出去，其他，以后再慢慢想办法。”杨医生想了想说。

“对，这样好，我们一定想办法帮你！”蓝医生也说。

“谢谢，太感谢了！”夏夕阳激动得都不知该说什么好了。

“不用谢，都是同胞，又是我们的会员，怎么说，都应该帮你的。”杨医生说。

“就是，杨医生一听说你的事情，就立刻召集我们商量，一是来看你，给你支持，二是来看看，有什么具体的事情可以帮你做。”蓝医生说。

“对，你在外面有什么重要的事情需要做？或者，你这里需要什么东西？我们可以从外面买给你？”杨医生说。

“我在外面没有什么事情，诊所已经关门了，其他也没有什么了。”夏夕阳想想，除了她的官司，她还真的没有什么更重要的事情。

“那么，我们就先回去，然后我们几个商量一下，看怎么同移民局联系。一有消息，我们马上通知你。”杨医生说。

“好的，谢谢，再见！”夏夕阳把他们一直送到门口。

门口的警察把胳膊在她胸前一横，这令夏夕阳非常羞愤尴尬，她的脸立刻涨得通红，杨医生和蓝医生很理解地向她挥手，请她回去。

“哈罗，医生，我对针灸很感兴趣，它很神奇，你能给扎一针灸吗？”门口的警察放下向她横出的手臂，居然请她做针灸。

“我不能，我又不在这里工作，而你，现在的工作是在这里站岗。”夏夕阳把一肚子的羞恼回敬给了门口的警察。正要返回，却看见朱大进急急忙忙跑了进来。

“夕阳，你在这里，太好了，我送了材料，又回家给你准备了一些东西，就赶紧过来了，还好，路上车子不多，很快就到了。我们到里面坐下谈。”

他拉着夏夕阳到里面的院子里，看见树下的餐桌，就坐了下来。

“夕阳，还不错，我把你的申请材料递进去了，很快，他们就会同黄代理联系，估计就这一两天，然后，就可以把你保出去了。”

“真的？”

“当然，难道我会在这个时候同你开玩笑吗？或者，你，难道还不肯相信我?！你知道吗？你出事以后，我有多难过！我忙前忙后，跑来跑去，千方百计地给你想办法，这样才可以使得我的心稍微安静一点，我已经同宋孃彻底分手了，我要同她离婚，然后和你结婚！你出去以后，哪里也不去，就同我在一起，永远在一起，我们再也不用分开了！”朱大进越说越激动。

可是，夏夕阳却并未被他感染，巨大的灾难，沉痛的打击，吃官司的人是她夏夕阳，处于险境，没着没落，有今天，看不到明天的依然是她，她哪里敢再轻易地相信这个把她推入绝地的朱大进。

“你怎么不说话？你真的被吓着了？别这样，我知道，这件事情太突然，太意外了，我实在没想到，她们会合起伙来，也没有想到宋孃居然这么歹毒！都怪我，都是我太大意了，没有保护好你！从现在起，我会时时刻刻保护着你，她们再也不敢对你造成任何的伤害。”

朱大进看夏夕阳始终都不讲话，就把书包打开，从里面拿出一个15厘米见方的花布口袋，里面沉甸甸地装满硬币。

“夕阳，你看，这是硬币，我刚刚从银行给你换的，你不是可以打电话吗？把硬币放进去，就可以打了，想打多少都可以，这个应该够了，你可以给我打，无论白天还是夜里，都可以，我的手机24小时都为你开着，当然，你也可以给其他人打，只要你高兴。”

他又从包里拿出一些饼干和水果，“这个，你在这里可吃着消磨时间，对了，这个，杂志，我在唐人街买的，《读者文摘》，最新一期的，你喜欢看的。”

夏夕阳到底还是被他感动了，她拿起那本杂志，翻了翻，说了一声：“谢谢你。”

“啊呀，你终于开口了！可真不容易，担心死我了，我还以为你被这事给吓傻了。好了，你看，你想吃什么？还需要什么？我明天买给你。”

“不用了，谢谢，这些已经很多了，我们这里提供三餐，伙食还很不错的，再说，我现在也不想吃什么。这本书不错，我看它就可以了。”

“你干吗对我这样客气？我宁愿你骂我训我，这样，我反而好受一点。你被关在这里，我一想起来就难受。”

“事已至此，骂你何用？如果骂你，能立刻把我放出去，我一定骂死你！你回去吧，天色也晚了。”夏夕阳本来已经被朱大进的殷勤所感动，对他的抗拒情绪减轻许多，可是，此时，话赶话地，她又对着他气不打一处来！

“还早，我再陪你待一会儿，等关门的时候再走。”

“走吧，不用陪，没事的，你路上小心点。”

夏夕阳真的不想朱大进继续留在那里，她甚至有点不知道，该如何面对他，也不知道，要如何与他相处？爱恨情仇，酸甜苦辣，五味杂陈，个中的滋味，原来是那么复杂，那么无奈！现在，她身处困境，由不得她任性，她心底唯一的愿望，就是尽快地离开这个难民营！至于朱大进的去留，在她来讲，其实没有任何的区别。这个男人，在她的心里早已改变了模样，他们之间曾经有过的美丽现在已成碎片，她不知道，他们之间，经过了这样一系列突变事件，那份千疮百孔的感情将会是怎样的续篇？

“我已经决定了，马上买一个房子，我们自己住。我已经看好一个公寓，就在马丁广场附近，市区中心，是个一居室，28 万元，已经评估了，很合算，交通便利，很有升值潜力。你上学工作都很方便。将来，我们有了钱，再买一个大宅子，这个就出租，每周也能赚个几百块。”朱大进没有要走的意思，他继续说，“这两天我就去地产公司谈这个事，争取在你出来之后，我们就可以搬进那里。房子在 10 层，可以看见市区的景色，还可以看到悉尼大桥呢。你一定喜欢的。”

夏夕阳哪里有心思听他谈未来？她都不知道，自己在澳洲的日子还有多久？“你扯远了，我现在只想知道，我究竟能否留下来？我还要在这里待多久？”

“黄代理说了，很快的，他要我准备一笔款子，就是保证金，估计要七八千，他已经办过好几个跟你相同的案子，通常办理这些手续要用一周左右，我已经把钱准备好了，只要他接到移民局的通知，我就马上去交费，争取第一时间把你接出去。”

这句话，说到夏夕阳的心坎上，在她来讲，离开难民营是她目前最大的愿望，如果，朱大进真的能够把她从这里带出去，她甚至愿意原谅他。“谢谢你，我希望能够尽快地离开难民营。”

“会的，会很快的，你尽管放心，黄代理说，一定可以的。”

“小夏，这是你的朋友？”张惠芳和李勤过来了。

“这个是朱大进，张惠芳，我在医疗中心的朋友，李勤，我英语学校的同学。”夏夕阳就给他们介绍。

“你们好！来，这里有水果、点心，一起吃。”朱大进很热情，他给她们每人手里塞了一些食品，还自己动手剥起香蕉，一一送到三个女人手里。

“你的朋友人很好啊！”李勤边吃边说。

“是啊，小朱真的很不错。”张惠芳也赶紧附和。

“你们想吃什么，告诉我，我明天给你们带过来！”朱大进受到表扬，很受鼓舞，就十分高兴地加入谈话。

“太好了，夏夕阳，我们沾你的光了！朱先生，希望你天天都过来！我们夹道欢迎！我想吃油炸果子，在唐人街的皇冠面包店里就有。”李勤一点也不客气。

“对，那里还有萨其马，你可以买点给我们吗？”张惠芳也凑热闹。

“没问题，我今晚就去给你们买好，明天一早送来，麻烦你们替我多多关照小夏。”朱大进很快就同她们打成一片。

大家一起聊天打哈哈，时间很快就到了5点钟。警察的广播通知访客离开难民营。

“你走吧，这里要关门了。”夏夕阳对朱大进说。

“认识你们真好！看看，我们多投缘，我都不想走了，如果可以，真想留下来接着聊。不过，有你们在，帮我照顾夕阳，我也就放心了。再见了，明天我一早就到，给你们带好吃的。”朱大进说。

“拜拜，明天我们在这里等你！”李勤和张惠芳表示出依依不舍的样子，向朱大进挥手道别。

看到朱大进开着车子走了，她们立刻围住夏夕阳。

“哎呀，难怪你被他骗得五迷三道的，这个朱大进太会来事了，你看，就这么一会儿的工夫，把我们大家哄得团团转。”张惠芳说。

“这个朱大进看起来还不错的，长得英俊，还那么高大魁梧，又会照顾人，讨人喜欢，是个女人都会对他另眼相看，所以，夏夕阳被他忽悠一点也不奇怪。”李勤说。

“所以呀，像你们这些傻丫头，就注重外表，不看实际的，最容易被蒙骗了。那长相有什么用？像朱大进这样的，又狡猾，又老到，早把你们这些傻女人的心思研究透了，他非常懂得怎样对付你们，所以专门就找你们。像小夏你这样的，不被他骗都难。”张惠芳始终觉得夏夕阳脑子缺根弦，她实在不理解，夏夕阳为何当初那么轻易地拒绝了马来西亚大老板，却选择了这么一个什么都不能给她，反而给她惹来大麻烦的朱大进。

“如果是我，被他骗也值。”李勤说到此，突然心里一动，她在想，如果她和朱大进能够生一个孩子，那个孩子的相貌一定很不错，最主要的，她就可以有借口留在澳洲了。

于是，她对夏夕阳说：“夏夕阳，你现在还恨他吗？如果他真的把你保出去，你会同他和好吗？”

“不知道，走一步看一步吧。”夏夕阳自己也很茫然。

“那我想求你一件事呗。”李勤试探地看着夏夕阳。

“什么事？你说，只要我能办到，一定帮你。”夏夕阳说。

“你能的，就看你愿不愿意。就是，我不是告诉过你吗，我现在唯一能够留在澳洲的办法，就是像张大姐一样，怀上孩子，可是，你看，我人在这里，出不去，上哪里去找人生孩子？朱大进不是每天都来看你吗？我能不能请他帮忙？”

“他怎样帮？你是想让他给你找个人来？”

“那样也行，可是，谁愿意到这里来？不过，朱大进每天都来这里看你，你呢，因为他对你的伤害耿耿于怀，不如我来替你报这个仇，顺便把我的麻烦也解决了。”

“你是什么意思？她到底想干什么？”夏夕阳被李勤绕糊涂了，她转身问张惠芳。

正所谓旁观者清，李勤葫芦里卖的什么药？张惠芳心里清清楚楚。看着李勤自己不好意思对夏夕阳直说，就特别仗义地为她解围：“小夏，李勤的意思是想和朱大进生个孩子，这样一来，她可以留在澳洲，二来，她也可以用孩子来控制朱大进，进一步，同朱大进的老婆较量，为你出气！”

“这是什么馊主意！再说，就算朱大进愿意，在这个地方，有警察盯着，你们怎么做？真有你的！”夏夕阳真没想到，李勤居然会提出这样的要求。太不可思议了，为了留在澳洲，难道什么苟且之事都可以做吗？

“你看看，我只不过随便说说而已，如果你心里还有他，还想和他继续，那就另说，我再找别人。”李勤看夏夕阳那么诧异的神情，以为夏夕阳仍然在意朱大进，赶紧解释。

“这根本就是两回事，再者，且不说朱大进和我的关系，单凭一点，朱大进他就不是合适的人选，因为他自己还没有澳洲身份，就算他同意了，你怀上了，这个孩子也不能算是澳洲人的后代，所以，你仍然不能够留下来。”

“什么？朱大进居然没有澳洲身份？哎呀，夏夕阳，叫我说你什么好？他一没钱，二没身份，还有个挂名老婆和孩子，你居然就跟着他混了好几年？到头来，还被送到了这种地方？这是为什么呀？真搞不懂你了！”李勤很吃惊，也很气愤，夏夕阳有点糊涂了，她这样生气，到底是在为夏夕阳打抱不平，还是因为她的如意算盘打不成而失望？

“哎哟，李勤，你先别急，小夏的事以后再说，朱大进虽然没有身份，但他可以给你找到有身份的人呀。你想想。”张惠芳赶紧打圆场。

“也是，他在这里很多年，一定认识很多有身份的男人。夏夕阳，麻烦你跟他讲讲这个事情，好不好？”李勤又看到了希望。

“你真想这样做？我可以同他去说，但是，我可不能保证，他能办成这个事情。”夏夕阳不好拒绝李勤，但内心里，觉得她的想法实在很荒唐。

“那当然，成了，我一定好好谢你，不成，也不是你的错，我一样谢你！”李勤马上回答。

“开饭了，我们先去食堂吃饭，晚饭后，估计朱大进也到家了，我们一起去给他打电话。好吧？”张惠芳说。

晚饭很丰盛，烧烤的猪肉、牛肉和香肠，还有各种煮的、烤的蔬菜和南瓜土豆等，张惠芳和李勤各自吃了一大盘，夏夕阳可没有她们那样的好胃口，只吃了几块烤南瓜。

“夏夕阳，你干吗吃这么一点？”李勤很不理解。

“小夏刚来，还不适应，是吧？”到底大几岁，张惠芳比李勤更能体会夏夕阳。

“是的，我其实一点食欲也没有。”夏夕阳说。

“过一阵，习惯了，就好了。你主要是从来没受过委屈，一下子出了这么大的事，有点晕菜！”张惠芳说。

“还是张大姐见多识广，从到了这里，就好吃好睡，跟没事人似的。”李勤插话。

“那怎么着？不吃不喝管什么用呢？再说，住在难民营也没有什么不好，你们看，这里吃得好，住得好，警察也很客气，总是笑眯眯的，哪里像监狱？不瞒你们说，当年，我在北京做传销时，被拘留过，那个地方，可不比这里，哪里有肉吃？有软床睡？就是那样，我也是照吃照睡，这不，现在，一样好好的？说实在的，你们这些大小姐，好日子过得太顺溜，遇到事情，不是犯蒙，就是找不到北了。”张惠芳摆出老大姐的样子来。

李勤开始崇拜张惠芳了：“是呀，我们都要向张大姐学习，吃得苦中苦，方为人上人嘛。”

夏夕阳无言，她并不想做人上人，但觉得自己就不应该被送到这个地方，关在难民营里，就算是山珍佳肴，又能吃出什么滋味？

“好了，我们去打电话吧！朱大进应该到家了。”李勤心里想着她的大计，等不及了。

她们一起来到电话亭，李勤说：“夏夕阳，这个电话是为我的事打的，由我付费，但我现在没带钱包，你先垫上，好吗？”

“不用了，我这里有很多硬币呢，你们看，打多少都够了。”夏夕阳赶紧塞进一个50分硬币，开始拨号。刚刚响了一声，立刻就传来朱大进的声音。

“哈罗！是夕阳吗？”

“你怎么知道是我？”

“手机是可以显示号码的，你打的这个没有号码，这个时间了，都下班了，能有谁会打我手机？所以，我就猜，可能是你。我刚刚回到公司，你还好吗？吃饭没？饭菜好不好？”

“吃过了，伙食还好。你呢？吃什么？”

“我在路上吃了麦当劳，在公司再吃点水果就好了。你晚上准备干什么？”

“我和张大姐、李勤在一起。李勤有事情求你办。”

夏夕阳就把电话递给李勤，李勤不接，“哎，你说，你跟他讲比较好，我们刚刚认识，不好说这个的。”

夏夕阳就接着说：“李勤想请你给她找一个有澳洲身份的男人。”

“什么意思？她要找对象？”

“找那个也行，也可以不找。”

“你把我搞糊涂了，到底什么意思，你说得明白一点。”

“她想生孩子，有澳洲身份的男人的孩子。”

“这样说，我就明白了。她想用这个方法留下来。”

“你怎么一点就通？我还没跟你仔细讲呢。”

“这个，也是我这两天在给你办事，咨询移民律师的时候，才知道的。老实讲，你也可以用这个方法的，如果我俩生个孩子，等我的身份转正了，你也可以跟着留下来。”

“停！我坚决不做这种事！”夏夕阳想都没想，冲口而出，但是，当她看到李勤脸色一沉，顿感自己说话不慎，就赶紧对着电话说，“现在只谈李勤的事情，你能帮她吗？”

“这个，要看怎么帮了，让我先想想，给我点时间，我联系几个人，过一会儿，你再打过来吧。”朱大进没有马上回答，他要先搞清楚，这件事，做与不做，对他有何益处？如果做，怎样做？需要他付出多少的时间和精力？他可不想做赔本的买卖。

“他怎么说？能不能帮？”李勤很着急。

“他说，要想想。”

“这有什么可想的？这个问题有那么难吗？”李勤不高兴了。

“这个朱大进，他的心思可不简单！他不轻易答应，说明他有他的想法。会不会和钱有关系？”张惠芳分析道。

“很可能是这样，别看他白天跟我们谈得那么欢实，其实，那都是假的，如果有钱赚，他肯定会帮的。是吧？”李勤问夏夕阳。

夏夕阳说：“他的确很在乎钱。但是，你的这个事情好像也不太好办，首先，他要找到一个合适的人，而且，还要把这个人带来这里，还有，到了这里，你们怎么办？你又不住单间，就算有，警察也不会让他进去，在外面？周围又有警察，而且，到处是人。”

“这个不是问题，他们可以在厕所解决。”张惠芳说。

“再说，怀孕又不是一次就能够成功的，要看你的月经周期，要注意的事情很多，总之，那也许是一个漫长的过程，你能等吗？”

“这个，当然是个问题，但是，这是我目前能够想到的唯一的办法，只要有一点点的希望，我都不放弃。所以，夏夕阳，你一定要想办法说服朱大进，叫他帮我！算我求你了！”李勤真的很着急。

“是啊，小夏，李勤的时间不多了，你就帮帮她。你的话，朱大进肯定听的。”张惠芳也替李勤着急。

“好吧，我一会儿再打给他。也许，这会他正在找合适的人呢。但是，我不能保证他一定会帮这个忙。李勤，如果是这样，你可不要怨恨我。”

“那当然，这个我清楚，不管怎样，我都非常非常的感谢你！”虽然李勤如此说，但是，夏夕阳看得出来，她把希望都寄托在朱大进身上了。可悲的女人啊！她有点可怜李勤了。

半小时后，夏夕阳给朱大进打电话。

“你好，是夕阳吗？”朱大进正在等夏夕阳的电话，不久前，夏夕阳的代理给他来电话，说接到了移民局的通知，要他准备保金，数目是 3 万元。这个数字，是代理没有想到的，当然，朱大进就更想不到了。以往，黄代理处理的相同案子，保金都在万元以下，这次是怎么了？黄代理试图探究其中原因，原来，在此之前，移民局接到两个电话，一个来自中医协会，证明夏夕阳是个守法的好医生，要求担保她出去，另一个打电话的人，自称是正统的澳洲公民，夏夕阳将来时的丈夫，声明夏夕阳是冤枉的，谴责移民局胡乱抓人，要求担保她出去。一个夏夕阳，居然有三个方面人士提出担保，这种情况，移民局还很少出现，移民官们觉得，这个夏夕阳有点意思，一个本来很简单的学生签证的案子，一时间居然牵扯诸多方面人士的注意，她的案子因此变得有点复杂，既然有这么多的人想担保她，那么，就让她出去吧，但是，她的保金要相对提高，谁让她这么有影响，有这么多的人想来帮她呢？经过商量，移民局的官员达成了共识，给夏夕阳开出了比一般留学生高出三倍的保金。

“怎么会这么高？你不是说要 8000 左右吗？”朱大进听到这个数目第一个反应就是这句问话。

“本来应该是那个数的，谁知道，你的这个夏医生怎么就那么有人缘？那么多的电话，把人家移民官都给搞烦了。既然你们已经委托我来处理这个案子，为什么还要再找别人？”代理显得很恼火。

“没有呀，我没有再找其他人呀。”

代理就把他所知道的情形告诉朱大进。朱大进也有点茫然，他不知道，夏夕阳是否背着他找了其他人？更加令他不安的，是那个自称夏夕阳将来时的丈夫，那人是谁？与夏夕阳到底是何关系？他的心中很不是滋味，因此，他请代理等他的回话，就一心等着夏夕阳的电话。

“是我，你好！李勤想知道，你是否能够帮她？”

“她的事一会儿再说，现在先谈你的事。律师来电话了，要交保证金，是三万澳元呢。”

“3万！那么多！怎么那么多？”

“本来不应该那么多的，说到这里，我有个问题，你有没有另找别人来帮你办担保？”

“没有啊，我不是听你的安排，委托那个代理来办吗？怎么了？出什么事了？”

“那中医协会的人怎么把电话打到移民局了？”

“今天，中医协会的杨会长和蓝医生来这里看过我，但是，我没有请他们办什么手续。不过，他们曾提过，要打电话到移民局帮我。”

“帮你？这是帮你还是毁你？他们这个电话一打，你的保金就加了一倍多！这不是帮倒忙吗？难道他们会拿出资金保你？”

“这个一定不会的，协会没有多少资金，即使有，也不可能为我拿出来。”

“再有，你是否托了一个澳洲人来帮你？”

“没有啊，哪里出来一个澳洲人？还要帮我？怎么回事？”

“真的没有？他可是说了，他是你将来时的丈夫！愿意担保你！”

“开什么玩笑！从哪里冒出这么一个人？你什么意思？”夏夕阳感到十分奇怪。

“真的，我没有开玩笑。代理从移民局那里得来的消息，说有这么一个人，你真的不知道是谁？”

“不知道，我很疑惑，我本来就很少认识澳洲人，到了这里，就根本没有和任何澳洲人联系过。这是怎么回事？”

“你真的不知道就算了，本来，我想，如果他真的是你将来时的丈夫，又如果他愿意出钱担保你，我就把这事交给他办了。”

“这一定是个误会，无论如何，还是请你帮我把这个担保继续办下去。”

“我当然会继续的，不用说，我也会这样做的，只是突然出现这样的波折，要花更多的保金，我一时也没有这个数的现金，只能从房子的贷款里拿出来了，这个需要在银行办理手续，可能还要等几天了。”朱大进边想边说，“或者，我试着从其他朋友那里借点，我现在就打给他们。”

“谢谢你！那李勤的事情，你能帮吗？”

“我问问吧，不过，李勤要准备点钱，她的事情没钱办不成的。”

“要多少？”

“起码要几千元。我先问问，她的事明天再说，现在先办我们的事情。”朱大进想，如果通过银行，至少需要一周的时间，这样，夏夕阳就要在难民营多留一周，他知道，夏夕阳一刻也不愿多留在那个地方，他自己也希望早早地接她出来，那样，他的心才可以放下来。因此，他决定找杰克和皮特借钱。

杰克听说夏夕阳的事情，非常震惊，他没有想到，一向精明的朱大进把家事处理得这样糟糕。“哇，怎么会这样？你老婆也太狠了！这样做真是太过分了！”杰克失声说道。

“是的，她这次的确太不像话了！这个也是我没有料到的。我不会原谅她，我决定跟她离婚！但是，现在最要紧的，是救夏夕阳。我想把她保出来，可是担保金一时凑不齐，你看，能否帮帮我？”

“小夏太无辜了！这个忙我一定帮！我这里正好有一笔钱，本来是准备给我女朋友交学费的，那么就先借给你，把小夏赶紧接出来！我简直不能想象小夏被关在那里的情形！”说到此，杰克有点激动，他想起他们一起同去黄金海岸的日子，那是多么美好的时光，蓝天碧海，艳阳白浪，还有他们大伙的朗朗欢笑，一切仿佛就在昨天，可现在，一眨眼的工夫，物是人非，好端端的夏夕阳，突然间就惹上了官司！

“谢谢你！杰克！有了这笔钱，我这两天就可以把小夏接出来了！太好了！”朱大进非常高兴，他由衷地谢过杰克。“对了，这里还有一件事情，是这样……”朱大进就把李勤的事情讲出来，因为他知道，杰克很早就有澳洲身份，他想看看，杰克是否愿意去做此事？

“这个事情嘛，难度挺大，第一，要去那种地方，人的心理会有压力，第二，怀孕不是一朝一夕的事情，第三，如果孩子生了下来，将来的抚养费等，也是一件很麻烦的事情。一般明白一点的男人，是不会去蹚这个浑水的，你千万别打我的主意，我是绝对不干的。”杰克说。

“那么，你认为皮特会对此事有兴趣吗？”

“如果那个女的够漂亮，皮特倒是有可能，他不太在乎别的，就是喜欢美人。”

“真的？那我找他去。”朱大进想，李勤人长得不错，跟灵灵比，不相上下。如果能够把此事办成了，一来，对夏夕阳有个交代，二来，自己也能从中得点实惠，再者，皮特也许还会因此艳遇而感谢他。不论从那方面讲，都是好处多多。

皮特正在电视上观看股票行情，近来，股市萧条，他已经基本被套牢，灵灵因为之前听他的建议，买了许多科技股，现在，这些股票都成了垃圾股，她非常气恼，把怨气全都撒向皮特，皮特自己的股票已经跌得一塌糊涂，心情已经非常沮丧，又得灵灵连日的埋怨，忍了几天，终于扛不住了，两人爆发一场大战，最后，灵灵把皮特的电脑从窗户扔了出去，皮特立时惊呆，可是，灵灵拍拍手，买张机票，回国了！

皮特看见朱大进，感到很吃惊："你怎么来了？"

也是，自从他们从黄金海岸回来，就再没有联系，大家各忙各的。

"皮特，很久没见了，你和灵灵都还好吧？"

"别提了，自打从黄金海岸回到悉尼，我就倒了八辈子血霉！做生意钱被骗，还欠了一大笔债，做股票又买错股，投错门！现在，连那个灵灵也欺负我，你看，她居然把我的电脑都毁了！"

"你还别说，我们这一趟旅行确实有点邪门，去的人大都不顺，不光你遇上大麻烦，我一整年生意都不好，做股票也是干赔，夏夕阳就更加倒霉，她都被移民局给收到难民营了。"

"什么？怎样会这样？夏夕阳那么一个不声不响的人，怎样会整出这么一出？一定是有人搞她！她到底得罪什么人了？"

"可能是我老婆，也许，还有别人。"

"什么老婆？你没有离婚？你老婆不是去别的国家了？这事办的，真有你的！"皮特没有想到，朱大进居然把夏夕阳给忽悠了！

"这件事，我有责任，是我的错。现在，我正在想办法帮夏夕阳出来。她的问题已经基本上可以搞定了。但是，现在还有另一件事情，是夏夕阳希望我办的，我想帮也帮不上，所以，就来找你商量。"朱大进就把李勤的事情又说了一遍。

"这个就主要看李勤长得如何了，如果是个绝色美人，哥们帮帮她也行。"皮特听后如是说。

"真的？你同意帮忙了？那可真的是个靓妹！你见了一定喜欢！"朱大进没想到，皮特这样痛快就答应了，感到非常高兴，就赶紧趁热打铁："那么，明天一早，你和我一起去难民营！"

"干吗这样急啊？"

"我明天到移民局交钱，然后，很快就可以把小夏接出来啦，那时，我就不会再去那个地方了，所以，我明天就带你过去。"

"靠！我以为不过是随便说说，怎么就真的要做了？"皮特此时突然有点后悔，他觉得，此事来得突然，自己都没有好好考虑，就一口答应，朱大进要是给他下套，他不就栽了？

"哎，刚刚还不是你自己说要助人为乐的，怎么一眨眼，就端起来了？莫非，你想要报酬？"

“哎！你这么一说，倒是提醒我了，我干吗要做雷锋？这里是澳洲，是悉尼，谁在这里做雷锋？真做了，就要被人笑死！”

“这个我理解，我们可以同李勤谈，或者，叫小夏同她谈。今晚她们会打电话过来，我就问她们，总之，我们明天一早去。”

“那好吧，我也想看看小夏，再怎么说，也是我老乡。”皮特说。

朱大进回到公司不久，夏夕阳又打来电话。朱大进说：“正在等你的电话，我已经筹到3万，明天就交到移民局，然后，很快就可以接你回家了。李勤的事情也有了眉目，皮特可以帮忙，但是，他说不能白帮。”

“皮特答应跟李勤了？他怎能这样？他这样做，灵灵不生气？”

“他跟灵灵闹翻了，而且，灵灵已经回国了。”

“原来这样，那么，他想要多少钱？”

“他没说，你问问李勤，她能拿出多少钱？”

“我不知道，等我问她。”夏夕阳转身对李勤说，“朱大进找到一个人，但是，他说，那人要报酬，你还打算继续吗？”

“当然，他要多少？”

“他们问，你能够拿出多少？”

“这是在讨价还价，李勤，你不能说太多了，但也不能太少，不然，这事就办不成了。”张惠芳赶紧建议。

“那么说多少算合适？”李勤没了主意，她询问地看着那两人。

“我不知道。”夏夕阳赶紧回答。

“我看，就说3000吧。”张惠芳说。

“你觉得这个数够吗？”李勤有点拿不准。

“应该差不多，先这样说着，如果他们说不够的话，就再加上1000。”张惠芳说。

“好吧，那就这样吧，夏夕阳，麻烦你再打个电话，就说，我只有三千元了，请他们看在同胞的分儿上，就不要太看重钱了。”李勤对夏夕阳说。

夏夕阳就按照她们的意思，又同朱大进谈了一会儿，朱大进说：“3000确实少点，这样的话，我都不好意思要介绍费了。”

“你还想要介绍费？亏你想得出来！这都什么时候了？帮人要紧，不要事事都斤斤计较。”夏夕阳认为，朱大进做此事不过是举手之劳，怎么可以从中扒一层？

朱大进却不那么想，他认为，他出了力，就应该有报酬，所以，他在电话里对皮特说：“李勤只有2200元，你打算收她多少？”

皮特说：“既然这样，就收她1800吧，你不是说，她长得很好看吗？少就少点，人靓就好。那就这么定了。”

朱大进决定，收李勤3000，给皮特1800，自己留1200，这个买卖还算满意。

当夏夕阳再次打来电话时，他说：“在我的劝说下，皮特终于答应只收3000。我明早就带他过来，但希望大家就不要再提钱的事情，还是抓紧时间，让他们两人尽量多相处，争取机会在一起。”

次日一早，朱大进带着皮特来到难民营，夏夕阳三人早已等在会客室。

“小夏，你受苦了！”皮特一把拉住夏夕阳的手，表示十分同情的样子。

“还好，这里没有在外面想象的那样可怕。在里面和外面没有太大的不同，只要在这个院子里，我们是自由的。”夏夕阳自我安慰地回答。

“皮特，这是张惠芳，这个，就是李勤。”朱大进给皮特依次介绍了张惠芳和李勤。

皮特看到李勤，只觉得眼前一亮，立刻变得精神焕发。

夏夕阳看他如同发情的公鸟，看到雌鸟立刻张开翅膀，招摇着鲜艳的羽毛，便觉他十分可笑：“这个人怎么这样色眯眯？”

张惠芳就对她说：“看见了吧？男的都一个操行，见到美女就跟动物一个样，两眼尽放贼光！”

夏夕阳想，张大姐所言，话糙理不糙，到底大几年，经得多，见得广。

“夕阳，来来来，我们的任务已经完成，剩下的让他们自己处理，我们还是谈谈你的事情。”朱大进拉着夏夕阳来到院子里，“我已经把钱凑齐了，马上就交到移民局去，估计明后天，就可以把你接出去了。”

“那就太好了！谢谢你。我恨不得现在就可以离开这里！”

“我也是这样想啊。不过，你的这个事情已经办得很顺利了，你尽管放心，很快，就没事了！”朱大进安慰地说。

“那么，我如果出去了，李勤的事怎么办？”夏夕阳心里惦记着李勤。

“看皮特那样子，他是喜欢李勤的，估计这会儿，他们自己已经商量好了，将来怎样发展，就看他们自己了，你我已经尽力了，就看李勤自己的造化了。”朱大进说，但是，他突然想起，皮特和李勤是联系上了，但是，李勤的钱还没有拿到他的手里。于是，他对夏夕阳说：“李勤说过，如何把钱给我吗？”

“没有，她这会儿，身上也不可能带钱呀，我们进来时，所有的包甚至衣服的口袋都被掏空，那么多钱，她怎么可能带在身上？”

“也是，那个，她可以给银行打电话吗？通过电话银行，可以转账的。”

“等她出去以后再说不行吗？”

“当然不行！谁知她会在这里待到什么时候？再说，等她怀上了，又变卦了，不认这笔账了，到时怎么办？”

“李勤不会的。再说，钱是给皮特，你操那么多心干吗？”

“我是中间人，当然要对事情的结果负责。”

“那你要怎样？”

“你看见她戴有价值的戒指或项链吗？”

“她是戴了一条钻石项链。”

“这就有办法了，你今天叫她把项链给你，并写个字据，就说，将来，李勤拿出了3000元，这个项链就归还给她。”

“我干吗要拿她的项链？我绝对不管此事，你自己去跟她讲。或者，你叫皮特同李勤说。”

“他们两个人需要建立感情，千万不能谈钱，你帮人帮到底，就算是为了李勤吧。”

“我说不过你，好吧，晚上我问问李勤再说。”夏夕阳尽管心里很不想插手此事，但是，事情进展到这一步，倒成了是她脱不了干系，她有点无可奈何了。

“那么，我现在就去给你交保金，晚上，等你电话。”朱大进看看时间，该去开工了。

夏夕阳送走朱大进，看见皮特还在那里同李勤热聊，就准备回宿舍。

“小夏，你认识那个皮特？”张惠芳追着夏夕阳问。

“是的，我们圣诞时一起去黄金海岸玩过。”

“听他口音，好像是我们老乡？”

“对，他也是北京人。”

“怪不得呢，我听他讲话，都感到很亲切。他好像还不错，李勤看样子很喜欢他。”

“皮特人很聪明，但是，他好像有点好色，据他自己讲，女朋友就一大把。”

“咳，这个对李勤来讲，都不要紧，只要他能够让李勤怀上，可以留下来，其他就无所谓了。”

“可是，他们怎样才能够在一起？这个事情实在有点荒唐。”

“你看，现在，没有多少访客，他们两人溜到一个隐蔽的地方，几分钟的事情嘛，有多难？”

“看你说的，光天化日，大庭广众的，他们怎么可能呢？”

“今天肯定是不成，他俩第一次见面，还不熟悉，过几天，两人热乎了，就不是一回事了。不信我跟你打赌。”

“我还真不信，但是，我不想拿这事打赌，李勤知道了要生气的。”

“她才不会呢。如果她真能留下来，我们就是她的恩人!”

“朱大进说，要李勤先把她的项链押在他那里，等将来李勤出去，拿出3000元时，再把那项链还给她。”

“朱大进说的也有道理，不然，以后的事也不好说了。”

“你真这样认为？我觉得没有这个必要。”

“当然有必要，你一会儿就同李勤说，凡事，一码归一码。李勤她懂的。”

快到吃中饭时，皮特终于离开了，李勤很高兴，她十分感谢夏夕阳，也很感谢朱大进，她认为，朱大进给自己找到一个不错的人选。所以，当夏夕阳把朱大进的提议说出来后，李勤二话没说，就把脖子上的钻石项链解下来，交给夏夕阳，让她转交给朱大进。

傍晚，夏夕阳给朱大进打电话，告诉他，李勤已把项链放在她的手里，朱大进很高兴，他说：“夕阳，我这里也有好消息，你的申诉申请已经被批准，明天早晨，我们就可以把你接出来了!”

“太好了！明天你可以早一点过来吗?”

“当然，明天门一开，我就到！马丁广场公寓的手续已经全部办好，明天，我就直接送你去那里住。”

“不必了，我还是回到自己的地方吧。”

“你租的那个房子，主人要变卖了，来信通知了，所以，你回不去了。”

“可是，我和他是有合同的。”

“那个合同不起太大的作用，你就不要再为这个费心了，你出来之后，还有更重要的事情，你的上诉，需要大量的材料，现在，最要紧的，就是要考虑，下一步如何准备这方面的材料，这对于你能否打赢这个官司，至关重要!”

夏夕阳没有想到，离开难民营，只不过是万里长征的第一步，后面，等待她的，还有一系列的问题，她的心又开始下沉，无限惆怅再次将她淹没。

次日一早，朱大进便来到难民营。昨晚，代理已将夏夕阳可以保释的通知从电脑发给他，他立刻打印出来，然后，到新买的公寓，把房间必需品准备妥当。公寓是几乎八成的新居，原来的装修依然明快清新，家具沙发都很干净，甚至连灰尘都没有发现，原来，在房子出售并移交于他之前，公寓的管理已经再次将房间全部打扫一遍，因此，新房客随时即可入住。他打算，接到夏夕阳后，就带她把原来租住的房间退掉，直接把她的东西搬到新公寓，以后，他就陪在她身旁，支持她打官司，同时，他还要向宋嬿表明，这一次，他是坚决要同夏夕阳在一起的，即使，夏夕阳的官司失败，被送回北京，他也要陪她回到北京，同她结婚，然后，再带她回到悉尼！当他作了这个决定的时候，他感到自己很有点男子汉的血性，他认为，连他自己都被这样的举动感动了，夏夕阳不知要感动到什么程度？

“夕阳！我在这里！快看，这是什么？”朱大进隔老远，看见夏夕阳从院子里走来，就兴奋地大喊。

“嘘……嘘……安静，保持安静，先生！”旁边的警官被朱大进的喊叫吓了一跳，立刻制止他。

“对不起，我来接她出去，我太激动了。”朱大进连忙向警官出示他手中的文件。

夏夕阳此时已经来到朱大进跟前，当她看到那个文件时，心情自然非常激动，她双手捧着那张白纸，说了声“谢谢！”便热泪盈眶，一时都看不清上面的字迹。

一旁的张惠芳和李勤羡慕地说：“多好！你马上就要出去了！还哭什么？赶快回去收拾东西吧，以后，别忘了我们啊！”

“就是，赶紧去把你的东西收拾好，我们今天还有很多的事情要办理。”朱大进催促道。

张惠芳和李勤就陪着夏夕阳来到宿舍，同宿的那三人，看到她们收拾夏夕阳的东西，就知道她要离开了，她们对夏夕阳说：“你真的很有福气，刚刚进来，就要出去了，不像我们，不知要等到什么时候！”

夏夕阳一时无言，她觉得自己进到这个地方，实在是倒了大霉，怎么可以说是福气？可是，看看眼前的几位，她们已经在这里待了无数天，将来，何时何日她们才可以解脱，离开此地？到目前为止，谁都说不准，这样比较，她自然是幸运的，可是，这份不幸中的幸运，却不是她的人生旅程应当出现的啊。

毕竟共过患难，同处一室，虽然时间很短，但是，这样特殊的地方，这样特殊的经历，令人刻骨铭心，很多年过去之后，琳达等人的音容笑貌，夏夕阳都还历历在目。

离开难民营，手续非常简单。朱大进带着夏夕阳把文件交给警官，警官看后，说：“嗯，你可以回家了，很好，现在我们需要办理有关手续，先请在这里坐等，很快就好。”

警官说完，就把文件交给里面的文员，那个文员又从文件柜中找出几份文件，分头签字盖章，然后，从里面走来一个女文员，她带夏夕阳打开刚进来时的衣柜，“这些都是你来时的东西，好好检查一下，看东西是否齐全？”

“是的，警官，东西都在。”

“很好！那么，请在这里签字。”警官把文件夹和笔递给她。

夏夕阳就在警官指给她的地方签名。

“谢谢,”警官接过夏夕阳递来的文件夹,“可以了,你现在可以离开了,祝好,再见!”

“谢谢,再见!”

就这样,夏夕阳离开了难民营,这个在她生命中横空冒出的灾难之地!

雨停了,但空气依然潮湿,因为天上的乌云还很厚重,太阳几乎被埋在云层,令气候十分阴冷。

“回家了,高兴吗?”朱大进边开车边说。

“应该高兴的,可是,怎么就觉得心里难受。”夏夕阳回答。

“对不起,都是我的错!我没有想到,事情会成这个样子。如果我早想到会出这样的事,就把你保护起来了,绝不会让移民局的人找到你!”

“你什么意思?难道你要我藏起来?我干吗要躲躲藏藏的?我又没干什么违法的事情。”

“违不违法,还不是在人家怎么说?但只要移民局的人没有在诊所里抓到你,一切都不算数。你的签证更不会被取消!”

夏夕阳没有想到,朱大进原来这样考虑问题,她被人迫害了,是因为朱大进的原因被别人陷害了,他懊悔的,应该不仅仅是没有把她藏起来这么简单吧?问题的症结远远不在于此……

“喂,你怎么了?在想什么?你身体不舒服?”朱大进见夏夕阳半天也不说一句话,有点摸不着头脑。

“没有。”

“好了,已经离开那里了,就不要再难过了。我们现在先去搬家,然后,马上去见黄代理。”

“我不想搬家。”

“你没得选择,你的东家要卖那个房子了,手续已经办完了,连东西我都已经搬到了你的诊所。”

“那我先住诊所。”

“诊所不能住人,这你知道的。而且,你的诊所很快也要处理掉。”

“为什么?”

“这个,一会儿见了代理,他会对你解释。现在,我们先搬家吧。”

夏夕阳不说话,她实在没有想好,自己应该怎么办?她和朱大进现在应该保持一种什么样的关系?发生了那么多的事情,他们还能回到过去?而她,是否还能像从前那样与之一起相处?

“你就别犹豫了,现在,我是你的担保人,你必须和我在一起,无论你在哪里，我都必须知道，因为我是你的监护人，不管你愿不愿意，你都得在我的视线之内，这是你离开难民营的条件，也是法律规定的。而且，你已经在文件上签了字。我也是签过字的。所以，现在，你和我算是绑在一起了，因此，我们住在一起，就是最好的办法，对你，对我都好。再说，我已经说过了，这一次，我不会原谅宋嬢，我一定要同她离婚！我要保护你，永远地保护你！还记得我给你写的那个纸条吗？我爱你，我们要永远在一起！”朱大进开始尚以玩笑的方式同夏夕阳调侃，可是，谈着谈着，他激动起来，说到动情处，他居然把车子停在路边，向小青年似的，拉起夏夕阳的手，对她表起决心来。

夏夕阳一愣，心想：这个人，他这是干吗？事情都闹到这步田地，还谈什么爱不爱的！爱是什么？是圈套，是陷阱，是万劫不复！此时此刻，夏夕阳对朱大进所言之爱的注解不过如此。因此，面对诚恳向她表白的朱大进，夏夕阳一点也不感动，相反，她只觉得那个“爱”字很刺耳，令人十分不爽。不过，朱大进有一句话，却正中她下怀：那就是：“不原谅宋嬢，和宋嬢离婚!”

这段时期，宋嬢策划对付夏夕阳的一系列卑鄙手段，尤其害她陷入难民营的惨痛经历，使夏夕阳对宋嬢已经恨之入骨。如果说，之前，夏夕阳认为，错的人是朱大进，宋嬢也是一个受害者，值得同情，那么，现在，她的想法完全改变，她绝对不能使宋嬢如愿以偿，一个那么黑心歹毒的恶人，凭什么可以得偿所愿？人不犯我，我不犯人，人若犯我，我必犯人！你既然不仁，就别怪我不义！夏夕阳想到此，就义无反顾地说：“好的，搬吧，我可以到公寓去。”

“唉，这就对了!”朱大进高兴地一踩油门，那部四轮驱动车就开始在路上飞驰。

黄代理的办公室设在家中，那是一座花园洋房，有前后大院，墙垣四处，生长着厚实的绿色植物，枝枝葱茏的翠叶间，缠绕着层层喇叭花，白紫两色的花朵肆意盛开，非常好看!

黄代理坐在他的办公室，下午的阳光透过庭院的树梢，斑斑驳驳投洒在他的办公桌上。“有点晃眼，能看得清楚吗?”黄代理问旁边的夏夕阳。

“还好，可以看清。”

“OK，看清楚，这张纸，就是你的过桥签证，所谓过桥，顾名思义，就是在你没有拿到下一个签证之前，你临时使用的签证。因为你的学生签证被取消了，在你的官司没有结果之前，你先使用这个过桥签证。”

“那我的学生签证呢?”

“那个签证已经被取消了，如果你上诉的官司打赢了，你的学生签证就重新拿回来，那时，这个过桥签证你就不需要了。”

“那么，她的这个过桥签证可以使用多久?”朱大进问道。

“这个根据她上诉和得到结果的时间而定，过桥签证可以一直用到她有了上诉结果的那一天。”

“这样说来，在上诉结果出来之前，她可以无限期地留在澳洲。太好了！”朱大进高兴地说。

“那么，我可以边工作边上诉了。”夏夕阳更加高兴。

“不可以。这个过桥签证明确提出，你不可以工作！所以，从现在开始，你在澳洲打任何工都是不合法的。”律师严肃地说。

“什么？怎么可以这样？不能工作，我的诊所怎么办？我还有两年的合同，不工作怎么付房租？”夏夕阳急了。

“诊所只好先关门了！”朱大进说。

“那房租怎么办？”

“你不是已经交给地产公司两个月的押金吗？你就当那个钱白扔了，我可以一夜之间，把诊所的东西统统搬走，让你消失，地产公司自会找新的客户，他们不但可以白拿你的押金，还可立刻从新客户那里再收租，他们不吃亏！”

“可是，如果我的官司很快打赢，我的这个店却没有了，我在这里的装修投资不是白白浪费了？”

“官司什么时候有结果，谁也不知道，而且，能否打赢，也是个未知数，如果不这样做，每个月照常交租，你又不能工作，那不亏大了？只有傻瓜才那么做！”

“可是，就算不管那个投资，如果我自动消失，在法律上，我签字的合同，会出现什么问题？将来我重新工作时，租房子会不会受影响？”

“影响还是会有的，但不是太大。因为你的诊所很小，那个地产公司也是个小公司，但在记录上，也许，会有关于你的一笔不良记录。”黄代理说道，“其实呢，你的租金数量很小，阿朱替你来交应该一点问题也没有吧？”

“这个对我来说，当然一点问题也没有，但我觉得，白花那个钱，太冤！”朱大进说。

“那么，还有另一个选择，就是把店，由你们自己转租出去。”

“这个也是个办法，让我想想。”朱大进沉思地说。

“如果我请其他中医来诊所工作，这个方法可好？”夏夕阳问。

“这个是可以的。你的签证不可以工作，但并没有限制别人为你打工。”

“那么，我立刻登报打广告，找人来工作，只要能够把租金挣出来，哪怕一部分，都好！”夏夕阳高兴起来。

“好的，这个问题，你们自己回去商量。现在，我们来说说关于上诉的事情。”黄代理说，“根据我同移民局的交涉，了解到的情况是这样的，小夏，你的学生签证为什么被取消？原因是，有人举报你，而且是两个人，因为移民局的办公室同时收到两封举报信，说你打工时间超过签证条例。所以，移民局的人就到了你的办公室，他们在那里看到了你，并且，他们在你的诊所，看到门上所写开诊的时间，于是，就认定，你违反了每周工作不超过20小时的规定。因此，就把你的签证取消了。”

“在那天之前，有一天，我的诊所曾经来了两个人，他们都很奇怪，一个是算命的印度人，说我要倒大霉，还有一个是中东人，好像是个办公室的文员，他要我请他吃饭，我觉得他很荒唐，就轰他走，他临出门时，也说，我要有大麻烦了！”

“那个文员其实是个印尼人，他懂中文，有一天，他在唐人街做按摩，给他做按摩的女人，当时一边做一边同另一个女人谈电话，电话的内容就是关于如何举报你，她们的谈话，他听得一清二楚，所以，做完推拿，他就按照她们说的地址姓名，找到了你的诊所，他那时一方面好奇，一方面动了恻隐之心，本来想给你提个醒，顺便宰你一刀，没有想到，你不识好歹，对不起，这是他的原话，你就这样错过了一个也许可以避开的机会。”

“我知道了，那个做按摩的女人，一定是刁敏！”夏夕阳说。

“刁敏是谁？你怎么得罪她了？”朱大进问。

“我都从来没见过这个人，根本就不认识她。但是，她却给我打过电话，在电话里骂人！像个疯子！”

“啊，我知道了，曾经有个女人也给我打过电话，把你大骂一通，我感到莫名其妙，莫非这是同一个女人？”

“可能是，她不但给你给我打电话，她还给很多中医界的人打电话，甚至到中医协会的人那里去声讨我。”

“这是一个什么样的女人？怎么这样三八？好像跟你有什么深仇大根，难道她的老公被你抢了？”黄代理也觉好奇。

“怪就怪在这里，我从来就没有跟她打过交道，她长什么样子，我都不知道！可是，她好像非常仇视我，真的像条疯狗！”夏夕阳说得动起气来。

“代理，那个印尼人是怎么回事？你怎么知道这个人的？”朱大进看到夏夕阳因为刁敏气上心来，就赶紧转移话题。

“碰巧了，他的太太正好在我家做工，他有时也到我们家里来坐坐，他在我们这个区的图书馆工作，我经常托他借书，所以，很熟，我们经常聊天的。”

“小夏，你看，这就说明，你为人处世太不圆滑，不然，怎么放在眼前的机会都抓不到？”朱大进感慨道。

“OK，现在我们已经明确了，你的太太和这个刁敏，她们两人把小夏举报了，因此，小夏被送到了难民营，现在的情况是这样，按照移民局的要求，你拿出3万澳元，作为担保金交给移民局，把小夏从难民营担保出来，并给她拿到了过桥签证，但这个签证，是个临时签证，当她有了任何的有效签证时，这个过桥签证就自动失效。我们已经向移民局的评审法庭提出上诉申请，但这远远还不够，接下来要做的事情，就是提供有力的证据，这些证据必须具有极大的说服力，用来证明你是无辜的，是被别人恶意陷害的。”黄代理开始谈正题。

“那么，什么样的证据才具有这样的效果？”夏夕阳急问。

“嗯，你是学生，你的学生签证最重要的一条，就是要有充分的证据，你是在学习，你是个好学生，这个，从学校的出勤率上可以显示，所以，学校的出勤表是个很好的证据，另外，学习成绩，所学的课程，教师的证明，或者校长的证明，甚至，医生的证明，也可以提供支持。”

“出勤率可以到学校要，这个，没有问题，教师我不熟，平时都不讲话，他们可能都未必记得我这个学生，不太可能会给我写这个证明，不过，学校的校长是个好人，因为转课的事情，我同他打过交道，人蛮好的，也许，可以请他给我写个证明？”

“这样最好！校长的证明甚至好过普通教师。”

“你不是上过雅思的补习班吗？这个应该也可以起点作用吧？”朱大进突然想起前一段时间，夏夕阳上的英文课。

“当然算，凡是跟学校有关的课和出勤率，都是非常好的证据！赶紧把那些课程的时间表和结业证明找出来，拿去复印后交给我。”代理说。

“平时，我在诊所做英文试题，有时候，练习英文写作，我有两个澳洲朋友，他们经常帮我批改这些作业，这个算不算？”

“也可以的，如果他们能够给你出示一个书面证明，说明你平时学习很努力，那么，效果会更好。”

“这个应该不成问题，但是，我现在遇到的事情，真的很没面子，我真不好意思对他们讲这些糟心事。”夏夕阳为难地说。

“现在，最要紧的事情是什么？你千万要搞搞清楚，前途和面子，哪个重要？”朱大进有点着急。

“他说得对，你现在的情况不容乐观，我们必须尽可能多地出示有力的证据，才可能赢得官司。”代理紧接着说。

“好吧，那我就找他们试试。”夏夕阳也没有别的办法，只好听他们的。

“不是试试，一定要办成，这可是要紧的事情啊。”朱大进说。

“可是，为什么还需要医生的证明？”夏夕阳不太明白。

“噢，这个是以防不时之需。因为我们目前还没有看到学校的出勤记录，你的出勤率是否符合移民局的要求，我们尚且不知，假如，你的出勤率差那么几天，而那几天又恰好是你在生病，不能够去上学，那么，这个问题不就解决了?”

原来如此！到底是代理，考虑问题就是周全。夏夕阳心想。

“谢谢代理，你这样一点拨，我们就知道该如何去准备了。现在，我们这就去准备那些材料。”朱大进连连感谢道。

“不用谢，这个就是我的工作嘛。那么，这个，是你委托我办理这个案子的合同和费用，2000 元，今天先付 1000，案子结果出来时，再付另外的 1000，你看这样可以吗?”代理说时，把一张纸推到朱大进面前，请他签字。

“没问题。”朱大进立刻从包里拿出支票本，刷！刷！刷！迅速在上面写下 1000 元，交给代理。

黄代理看了一眼支票，笑道：“你的签字很潇洒啊。那么，材料准备好后再过来吧。”

“好的，谢谢你，再见。”夏夕阳和朱大进向他告别。

隔日，夏夕阳去学校找校长，校长真是个好人，他表示，夏夕阳的事情他已经知道了，因为移民局已经通知学校，她的签证被取消了，他当时不在学校，他说，如果当时他接了那个移民官的电话，他会努力说服移民官，使他们改变做法的，这样的情况，学校以前也曾出现过，他也曾经解救过一些同学。遗憾的是，那一天，他出去了，而接电话的秘书，是个白人老姑娘，性情古怪，办事刻板，自然不会为学生多做什么的。

所谓屋漏偏逢连阴雨，夏夕阳想，自己真是不幸，霉运一个接着一个，假如那天，真的被校长接到移民局的电话，那么，她的命运，也许就可能改变，今天的她，也许就与难民营没有什么关联了。

不过，虽然夏夕阳错过了一个可能获救的机会，但是，和善的黑人校长还是伸出援手，给了她很大的帮助，一方面，他要求学校的管理员把夏夕阳在学校的考勤记录拷贝出来，另一方面，他亲自给她写了一份很有利的证明，强调夏夕阳是个好学的学生。

夏夕阳很感动，深深感谢好心的校长！仁慈的校长！

朱大进也认为，这个黑人校长很善良，他感慨地说：“当年，大约 4 万多名中国留学生一下子来到澳洲，那时，有很多的英文学校，但大多数的学校，只是为了赚留学生的学费，至于学生的其他情况，比如他们碰到的问题、困难等，学校一概不管，遇到特殊情况，比如像移民局查考勤，学校根本就不通融，哪里像你这个校长，帮这么多！你真是有福气，遇到好人了!”

“我们校长真的很善良。算是老天有眼吧，到底给我留了一点出路。我们现在该干什么？”

“你真的不想关诊所？”

“如果有一点点办法，我都想维持。”

“那就赶紧去报社登广告吧。”

第二天一早，报纸刚上市，广告就有了反应。

夏夕阳还在梦中，就有电话接连打来。夏夕阳不敢在诊所与他们见面，就把人约到寇先生的咖啡店。

寇先生看到夏夕阳，十分高兴：“小夏医生，你回来了？欢迎你回来！”

夏夕阳也很高兴，经过了这场磨难，她感到，寇先生是个值得交往的好人，人在难中，那些向你伸出援手的，才是真诚可信的朋友。常言道，锦上添花众人多，雪中送炭有几人？世态炎凉只有在一个人最无助、最苦难的时候才能够深切体会。

因此，今日看到寇先生，夏夕阳感觉十分亲切，好像看到家人，又好像见到久别的好友，总之，那是一种非常亲切温暖的感觉。

夏夕阳快步迎上寇先生：“寇先生！我昨天就出来了！谢谢您到那里看我！”

“不用客气！我愿意的。你回来就好！现在没事了？”

“只能说，暂时没事，我现在拿的是过桥签证，还要上诉，在此期间，我不能够工作，所以，诊所要请人来做。今天，我把人约到你的店里，我要对他们做面试，选择合格的医生。”

“原来是这样，上诉你一定会赢的。没事，诊所，我帮你照看，你尽管放心。”

“有你在，我真的很放心。”

这时，来了一位高个儿中年女人，身穿灰色长裙，头发很长，有些散乱，显得面容憔悴，形象邋遢，像过气的黄脸婆。

她看看夏夕阳和寇先生：“你们好！我找夏夕阳。”

夏夕阳就说：“你好，我就是，你是？”

女人回答：“我叫露西，今早给你打过电话的。”

“是的，请坐。你来悉尼多久了？”

“刚刚两个月。”

“你在国内做什么？”

“我是东城中医院的。”

“你是哪个科的？”

“我是后勤的，我其实不是医生，我从部队复员后，就被分在了这个医院，分管后勤。”

“可是，我这里要聘的是医生。”

“我知道，但是，我来澳洲前，在国内学了一点中医，还到骨科学习正骨推拿，我在街上的按摩摊上干过，像我这样的，算是技术好的。”

“你是怎么到的悉尼?”

“我是被男朋友担保来的。他是个澳洲人，所以，我的申请很快就通过了。”

“你们在国内就认识?”

“没有，是通过婚介所认识的，那是我朋友办的介绍所，我男朋友是她的第一个客人，她就介绍给我了。其实，我要求的条件很一般，只要能够把我带到澳洲就可以。”露西非常健谈，也很坦率。夏夕阳愿意同坦率的人打交道，于是，就把她的联系电话记下，并告诉露西：“如果我们需要人做推拿，我就给你打电话。”

露西离开不久，来了一对老夫妻，丈夫说：“我在国内是心脏科的医生，不过，是西医，但对中医也有所了解，我妻子是护士，我们两个人可以当一个人用，工资就按一份拿。”

紧接着，又来了一位老先生，他说：“我在老家是坐堂的老中医，今年已经 78 岁了。”

夏夕阳说：“您老这么大的年纪，应该在家享清福了，为什么还要工作?”

老人说：“我的儿子刚刚移民到这里，要用钱的地方太多了，这里的生活水平那么高，我就想帮帮他们。”

真是可怜天下父母心！夏夕阳就决定请老先生在诊所工作。她把老先生带到诊所，给他介绍了有关事项，告诉他，下午 5 点下班，请他把收入和钥匙一并交给寇先生，便离开了。

寇先生下班之前，给夏夕阳打来电话：“小夏医生，老中医走了，他说，一天里，来了几个病人，但是，都讲外国话，他完全听不懂，所以，没有生意，他把钥匙留下了，说不好意思再来了。”

夏夕阳没有办法，只好给露西打电话：“露西，如果你愿意试试的话，明天过来上班。”

露西工作了两天，她对夏夕阳说：“你这个诊所真干净，是我待过的最正经的中医诊所。没有那些乱七八糟的东西。”

“乱七八糟？你是什么意思?”

“就是你这里来的都是病人，诊所里的设备都是治病的，没有他们那些邪的歪的。”

“你是指那些按摩的地方吧？他们哪里懂中医？怎么能算中医诊所？不过，以前我也在其他的中医诊所打过工，知道有很多冒牌中医。”

“说的就是，从我到澳洲的第二天，就到处找中医诊所，我到过很多中医诊所打工，大部分都是做按摩，有的地方，非常恶心。简直就是打野鸡！可是，他们那样的反而有很多的客人。”

“我们不管那些，我们只看病。”

“所以，你这个正规军的市场就被人家游击队占领了。”

露西讲话很有意思，这个正规军的比喻很贴切，夏夕阳心想。

虽然露西每天都来上班，但是，每一天，她都会对寇先生讲：“今天没生意。”没有生意，就意味着夏夕阳在做赔本的买卖，夏夕阳的账上本来就没有多少存款，像这样每天只出不进，她坚持不了多久，她心里很是着急，朱大进就说：“这个情况，是我一早就料到的，露西就算有病人，挣到钱她会交给你吗？你也不想想，如果每天都没有收入，她还来干吗？都是现金收入，她拿了你也没有证据。再请别人，也是一样，除非你或者我，有一个人整天坐在那里，可是，这是不现实的，所以，我还是建议，把这里的东西立刻搬走，你从这里消失，这是最好的办法！”

夏夕阳非常不愿意走这一步，一方面，她的这个诊所刚刚建立，她为它耗费了很多心血，另一方面，她幻想，她的上诉，很快就会成功，那么，她就可以立刻回到这里工作。

这时，寇先生走了过来，他说：“你们在担心店的租金吗？我有个朋友，看到你的诊所了，她想要开一个小商店，卖点小玩意儿什么的，说让我帮她找一个像你这样的店面。”

朱大进赶紧说：“您看，小夏现在不能工作，请别人打工又收不到钱，不如先把这个店转租给您的朋友可好？”

寇先生说：“我就是这样考虑的，如果小夏愿意的话，我就告诉我的朋友。”

夏夕阳想不出更好的办法，就说：“如果我的官司很快就打赢了，那么这里我就回不来了。”

朱大进着急道：“你那个官司，律师说一年两年都说不定，他要你做长期的打算。”

寇先生也说：“就算你的官司马上打赢了，你再找一个店也很容易的，这个你不要担心，到时候会帮你的，当然，如果你实在不愿意搬，那么，我可以想办法帮你交租金，就算你借我的，将来，你有钱了，再还我。”

“那怎么行！还是让您的朋友过来吧，我搬走。”夏夕阳不知道自己的将来，她不可以在没有未来的情况下，去向寇先生借钱，因为她不知道自己将来可否有能力去偿还那笔债，所以，只好忍痛把诊所转租，这样，即使将来她回不到这个店里，但她遵守了合约，她的记录将是清白的。因此，她很感谢寇先生帮了这个大忙。

很快，诊所就变成了纪念品商店，从此，夏夕阳就开始一心一意准备她的官司。

因此，当大卫回到悉尼，当他前来诊所看望夏夕阳的时候，这里已然人去楼空，面目全非。夏夕阳留给他的，是一个不解之谜。这一点是夏夕阳没有想到的，她因此而错过了大卫这个好律师和他可能给予她的最好的帮助。朱大进则是无心插柳柳成荫，因为诊所的转租，使他免除了可能要负担的租金，虽然夏夕阳从来都没有向他提过那个要求，但是，他知道，夏夕阳的存款所剩不多，现在，连邻居寇先生都要解囊相助了，那么，他这个口口声声对夏夕阳说爱的人，怎么好意思不伸出援手？现在好了，这个令他担忧的事情解决了，不仅如此，更加对他有利的是，诊所的停业，就意味着夏夕阳和外界的联系割断了，他就是夏夕阳目前唯一的依靠，他再也不用担心夏夕阳会去找什么男朋友了！他更没想到的是，他的这个措施，很快就起到了作用，因为就在他把新的租客安排好的当天，大卫就出现了。朱大进当时就在店里，他看见大卫在门口徘徊，也听见大卫向新租客询问夏夕阳，但是，新租客对这里的情况并不了解，寇先生认为那是夏夕阳的隐私，没有向他们透露。所以，租客的回答当然是不清楚。然而，一旁的朱大进却是非常地清楚，而且，凭着感觉，他也很清楚，大卫绝不是普通的病人，这个洋人之于夏夕阳很不一般。他的心里一时居然有点莫名的妒忌，因此，他很坚决地对大卫说："夏回中国了，永远都不回来了。"

"为什么？发生了什么事？"大卫觉得很不理解。

" 我不知道，管它干吗呢？"朱大进说时居然学着老外耸耸肩。

大卫离开后，朱大进心想，得亏搬得快，否则，夏夕阳若见到了大卫，还不知会发生什么事情？他的心里暗自庆幸，为了今后他和夏夕阳的安静生活，他决定不对夏夕阳提及此事。

学校的记录有了，校长的证明信也打印出来了，现在，夏夕阳需要找几个证明人，说明她是个好学生，她的大部分时间都是在学习英文。找什么样的人来写这个信比较合适？夏夕阳开始考虑，她过滤了一遍她在澳洲以来所认识的人，华人？没有几个，有澳洲公民身份的就更少了，而且，也不是很熟，怎好去打扰？澳洲人，倒是有几个比较相熟的，比如好人盖瑞，但是，已经有很久没有联系了，现在，遇到麻烦，才去找人家，是否妥当？突然，她想起了约翰，是的，这个人，他应该是最好的人选了！一方面，他是大学老师，为人热情，另一方面，他曾经来过夏夕阳的诊所，还给她修改过英文的写作，经约翰修改的英文写作足足有一个笔记本厚重，这份材料可以充分说明，夏夕阳学习的时间有多么长！是的，应该找他！想到此，夏夕阳就开始寻找约翰的电话。

"哈罗，我是约翰，请讲。"约翰接到了夏夕阳的电话。

"早晨好！约翰，我是夏，中医。"

"嘿，夏医生！接到你的电话真好！你好吗？"

"我还好，但是，如果，你可否帮我一个忙？"夏夕阳突然有点气短，说话语无伦次，她很不好意思，不知该如何向约翰提出请求。

"没问题，说吧，需要我做什么？"

约翰的爽快打消了夏夕阳的顾虑，她把事情简要地给约翰作了说明，约翰感到，夏夕阳遇到很大的麻烦，便立刻约夏夕阳到学校的办公室详谈。

按照约翰提供的地址，夏夕阳在新镇的火车站下车，然后沿着街道找到悉尼大学。

正是午饭时间，校园里，到处都是捧着食品的学生，有的席地而坐，有的簇拥站立，艳阳透过树木，洒满林荫小道，清风徐徐，花香阵阵，伴随着青年学子的声声欢笑，使校园内外，四处洋溢着一种迷人的青春朝气！

多么美好的年华，多么幸运的人们啊！夏夕阳被校园的气氛所感染，不由得羡慕起眼前的众人，如果，自己是这其中的一员，那该有多么幸福啊！

"哈罗！你好！在这里！医生！"约翰站在楼门口向夏夕阳招手。

夏夕阳一直走到约翰的面前，才发现，那个招手的人是约翰，因为站在她眼前的约翰，今日的装扮与往日格外不同，他穿着皮鞋西裤，雪白衬衫还打着黑色领带，俨然一副学者派头。

"哈罗，约翰，我还以为是另外一个人，没有想到你会在这里。"

"这个，我担心你不容易找到我的办公室，就到这里等你了。"

"谢谢，你太好了！"夏夕阳很感动，约翰的真诚深深地打动了她。因此，在约翰的办公室，她把整件事情的经过，详细地向约翰作了描述。

"这可真是个令人震惊的消息，但是，无论如何，我是相信你的，我很愿意帮助你。"约翰听后沉吟片刻说道。

"谢谢你，这样就太好了！"夏夕阳连连感谢。

"不必客气，那么，目前，我们应该怎样做？"

"你可否写封信说明我的大部分时间都在学习英文，有的时候，你还教我学习？"

"完全没有问题，你确实是个好学生，这个毫无疑问，我现在马上写信，很容易，只要几分钟。”

约翰说完，就立刻在电脑上打字，很快，他便将一份打印好的信件交到夏夕阳的手里。夏夕阳没想到，约翰不但热心肠，办事还如此高效，高兴和感动一齐涌上心头，都不知该怎样表达她的心情。

“约翰，你是我的救星！非常非常感谢！此信对我太重要了！”

“不客气，我很荣幸为你做事。”约翰很绅士地向夏夕阳欠身道。

“我可以请你吃午饭吗？”夏夕阳想，已经过中午了，约翰也该吃午饭了。

“谢谢，我刚刚喝过咖啡，我今天下午要到酒吧去与罗伯特见面。”

罗伯特是约翰的发小，夏夕阳之前听约翰说过，他们每周有一两次在酒吧喝酒并打桌球。看来，他们的这项活动依然在继续。看看人家，生活得多么潇洒！夏夕阳羡慕地想，什么时候，自己才可以像他们那样，无忧无虑地享受人生啊？人与人，为何有那么大的差别？因为肤色？因为地域？因为国家？还是因为传说中的命运？说到命运，那么，人的命运，究竟是由天而定？还是取决于人自己？天，地，人，谁之为大？

夏夕阳与约翰告别之后，一路上一直都在思考这个问题。然而，她越想越绕，直到最后，把她自己全绕糊涂。

如果，人的命运老天早就注定，那么，人类何必再做努力？但是，如果，人类毫不作为，那么，社会将如何发展？世界将变成何样？简直无法想象！

“嘿！夏，你好啊！你在这里做什么？”一位白人老太突然说。

正在火车上胡思乱想的夏夕阳，突然听到有人叫自己，她抬头一看，不觉乐了，原来，叫她的老太太，是夏夕阳的一个病人，这位病人，名叫玛蕊，是个法籍澳洲人，心理医生，自从夏夕阳把她的皮肤病治好，她就成了夏夕阳的粉丝，她把夏夕阳介绍给她的朋友和病人，夏夕阳为了感谢她，就宣布，以后如果她需要看病，全部免费。于是，玛蕊一遇到问题，便来夏夕阳这里治疗，感冒也好，便秘也好，夏夕阳都是免费给她治疗。久而久之，两人的关系就比较亲密。夏夕阳在英文的学习上，也常常向她讨教，有时，玛蕊还帮她修改英文写作。夏夕阳在考虑找人写证明信的时候，也想到了玛蕊，她准备找过约翰之后就同玛蕊联系，真是凑巧，她居然在火车上遇见了玛蕊！

“哈罗！玛蕊，看见你真令人惊喜！我原来准备今天下午给你打电话的。”

“我这里也一样，我正要去你的诊所呢。”

“这个，怎么说呢，我的店现在已经关门了。”

“什么？关门了？这是真的？为什么？”

“此事说来话长……”

此时，车子已经进了中央车站，夏夕阳就请玛蕊到车站外面的咖啡馆坐坐，在那里，她对玛蕊把她最近的遭遇作了叙述，玛蕊表情一直处于吃惊的状态，当她明白夏夕阳想请她写证明信时，她毫不犹豫，很坚决地说："你是名副其实的好学生，谁都知道的，你不但是个好学生，还有很好的人品，我马上就给法官写信，我要告诉他们这些，还要告诉他们，澳大利亚需要的，正是像你这样的人！"

"非常感谢你，玛蕊，我不知该怎样说，才能表达我的感激之情，但是，你的支持将给我极大的帮助！"夏夕阳太感动了，看来，世上还是好人多。

很快，夏夕阳就拿到了玛蕊的证明信，和约翰一样，在信中，她充分强调：夏夕阳是个非常好学的学生，她用绝大部分的时间学习英文，不仅如此，玛蕊还再三说明夏夕阳是一名技术高超的医生，是澳大利亚急需的人才，玛蕊还以自己来自法国，在澳大利亚生活的经历来说明，作为一个外国人在一个新的环境，新的国家谋生，那是多么不容易，目前，像夏夕阳这样优秀的人才，受到坏人的陷害，移民局的人这样处理夏夕阳是不公平的，她感到很遗憾，因此，她写此信，表示对夏夕阳的绝对支持！

黄代理看了约翰和玛蕊的信，连说："非常好，非常好！这样的信太有说服力了，尤其他们都是澳洲人，澳洲法官对于澳大利亚白人的发言一向都很重视，现在，我们已经有了学校的记录、校长的证明，加上这两封信，材料基本上齐全了，下一步，就是把这些材料作个公证，然后，就可以送上法庭了。"

"然后呢？"夏夕阳很想知道下一步。

"然后，就等通知。"

"什么通知？"

"开庭的通知，如果需要补充材料，他们会给我发信，到时候，我就通知你们。"

"补充什么材料？"

"这个我哪里会知道？每个人的情况都有不同，所以，上诉庭的要求也不一样，至于他们需要你补充什么，目前来说，天知道！"

"怎么会这样？那么要等多久？"

"不好说，也许几月？也许一年，两年？"

"这个也太没谱了，您估计，大概要多久？"

"夏小姐，我已经说过了，我不知道，你先回家等，一有消息，我马上通知你，好不好？"代理开始不耐烦了。

"好的，那我们等你的信儿。再见！"朱大进赶紧拉着夏夕阳离开代理办公室。"小夏啊，你不能太心急，事情到了这个地步，也没有其他办法，只能耐心等了。"

“等到哪里算是头儿啊。”夏夕阳没有想到，材料齐全只不过是万里长征的一小步，之后的路，遥遥绵绵，看不到尽头，好生失望！

等待的日子，时间变得好慢，一分钟，六十秒，它怎么就那么缓慢迟滞！这样难挨痛苦地熬过一天，两天……终于，一个月过去了，没有代理的电话。夏夕阳再等，两个月过去，仍然无信儿，她忍耐不住，给代理打电话，代理说：“没有消息。”

奈何？只有继续等！万般辛苦地等待，一日挨一日，又过一月，夏夕阳问朱大进：“三个月了，怎么说，也应该有点什么动静了吧？”

“如果有情况，代理一定会来电话的。”

“我给他打电话问问？”

“不要，他已经不太高兴了。”

“那么，到了第四个月，我一早起来就给他打。”

不到四个月，代理来了电话，他说：“上诉庭来信，他们要求你出示银行记录。还有，你的公司年度账单报表。”

“银行记录我有现成的，账单是散的，都要出示吗？”

“有一点，我要提醒你，你可想过，为什么他们要看你的银行记录？”

“没想过，为了什么？”

“答案是很明显的，那就是他们要看看，你有多少钱，也就是用你的收入，来判断你的工作时间，如果你在银行有很多的钱，你要做好准备，如何解释你这些钱的来源，一定要说明，你那大笔钱不是看病所得。这样，才能证明，你没有超过规定的工作时间。”

“我银行没有多少钱，前前后后加起来都没有超过1万元。现在，也只剩下2000多块。”

“原来是这样，那就根本没有问题了。我本来还很担心，以为你有大把的钱在银行，最保守估计，也该有十几万吧。怎么说，阿朱都会给你几万的。现在看来，我是多虑了。这样就好了，这个就不是问题了。那么，诊所的账单，你要找一个会计师，给你做一份年度报税表，那上面就会把你公司的账目详细地标明出来。”

夏夕阳就按照黄代理的指示，在唐人街找到去年给她报税的汤会计，这个东北人看起来很面善，向他说明缘由，汤会计听完，很爽快地说：“这事好办，明天过来拿东西吧。别忘了带现金500元付费。”

夏夕阳记得，去年报税，汤只收了35元，今年怎么突然涨了这么高？心里很觉诧异，但是，她官司在身，明知被人生宰，却别无选择，只怪自己，不该把实情和盘托出。她其实只需要求汤给自己做一份报税表而已，根本没有必要对汤讲其他。汤知道得越多，宰她就越有把握。

当夏夕阳对朱大进提到此事时，朱大进连连摇头："夕阳啊，逢人只说三分话，未可全抛一片心，你这个人，对谁都是实话实说，也不看看对方是谁，那汤会计是谁啊？是专门想方设法赚钱的主，雁过拔毛，他没要你两三千已经算手下留情了，你自己想想，他即使要价再高，你有的选择吗？"

朱大进的话不是没有道理，夏夕阳的确很后悔把谁都当成好人，看来，老话说得好，害人之心不可有，防人之心不可无啊。

材料上交后，又是漫长的等待。

度日如年，这个词汇只有到了此刻，夏夕阳才有了深刻的体会，有时候，她常常想，那越王勾践，卧薪尝胆十余年，他到底是怎么扛过来的？那该是多么多么不容易！

有一天，夏夕阳对朱大进说："那越王真的卧薪尝胆十余年？我等了这么几个月，都要快崩溃了！"

"这才哪到哪呀！你们这些北京小姐，就是娇气，吃一点苦，就叫苦连天。你看你，现在好吃好睡，行动自由，干吗非把自己搞得苦哈哈，整天地愁眉苦脸。"

"如果把你的签证吊销，不让你工作，拿一个随时都可以免除的过桥签证，看你怎么欢天喜地！"夏夕阳觉得，朱大进是站着说话不腰痛。

"你看你，好好地说话，怎么又急了？事情已经这样了，我们除了等待，难道还有其他办法吗？"

"可是，你是否想过，如果我的官司输了，我该怎么办？难道就真的等着被送回北京？"

"这个就是最坏，最坏的结果了。但是，如果真的是这个结果，我就跟你去北京，和你结婚，然后，再把你办过来！"

"你又骗我！你有资格这样做吗？连你自己都没有身份。"

"我这个身份，只是个时间问题，到了明年，我就来澳洲10年了，那时便自动获得身份了，这个早在前工党总理霍克时代就搞定的，永远不会变的。"

"就算你有了身份，你也没有资格带我过来。因为你是已婚之人。"

"到了明年这个时候，我就已经离婚了。"

"你真的决定要离婚？"

"当然，在你被带去难民营的那天，我就下定决心和她离了。当时，因为给你办事情，没有时间考虑。现在，你的事情，该忙的都已经忙完了，接下来，就只有耐心地等了。最近一段时间，我一直都在研究澳洲的离婚法律。你不知道，我看后真的吓了一跳，在澳洲，离婚对男人来说，那就是活剥一层皮！特别是对于有钱的男人，那亏，吃大发了！”

“什么意思？”

“这么说吧，如果我现在离婚，我目前名下的财产，最少要分一半给她，而且，我还要负责她每天的生活费，这个费用是根据我现在的收入来计算的，比如我现在每周收入是500元，我就要给她至少200元，这笔费用要付到她一直找到丈夫或同居男友为止，这还不算，我还要负担孩子的生活学习费用，一直到他长到18岁为止。你想想，这是多么大的一笔支出呀！所以，澳洲有那么多的男人都不愿意结婚！我现在明白是为了什么。”

“你算有钱人吗？你有多少财产？你的房子不是贷款买的吗？你的公司也没有什么生意，一周又挣不了多少。”

“看来，你是小看我了。我告诉你，我现在虽然是贷款买的房子，可是，这些房子，它是一定会升值的，比如我原来住的大公寓，买的时候只有二十几万，现在已经涨到50多万了，现在这个，将来也会涨，到那个时候，两个房子加起来，最少也要100多万，你好好看看，现在站在你面前的，就是个百万富翁！”

“那你就当你的百万富翁好了，还离什么婚呀。”夏夕阳看不惯他那股子穷酸劲儿，想象中的钱怎么能当真的来盘算？

“看你，又急了不是？婚我绝对要离！我只是要你了解，这个离婚在财产方面，的确是个很伤筋动骨的事情。为了尽量保护我的财产，我决定，在提出离婚申请之前，先做几件事情。”

“你想干什么？”

“我想把我的股票都转在你的名下，房子和车子我也很想转的，但是，宋孃如果找律师来查，就会发现，好在房子都是贷款买的，她拿走了也要付银行贷款的，所以，就不转了。”

在难民营事件发生之前，虽然，宋孃用尽手段毁坏夏夕阳，但作为女人，夏夕阳认为，宋孃其实也是个可怜之人，她们统统都是被朱大进伤害的女人，因此，对于宋孃，夏夕阳多少还有点同情。但是，经过了难民营这一劫，夏夕阳的想法改变了。现在，所有能够使宋孃不爽的事情，她绝对支持。所以，朱大进的要求，夏夕阳立刻答应。

“另外，澳洲的离婚，是有时间限制的，就是要从夫妻俩人分居的那天算起，过了一整年，法院才可以判离。”

“这个，你应该没有问题吧？她不是已经走了好几年了？那个护照上的出入境记录就可以证明的。”

“可是，她来澳洲已经有一段时间了，这个怎么能够说得清楚？”

“你是说不清楚，还是真的就是不清不楚？”

“现在还纠缠这个有什么意义呢？”

“你们男人都是浑蛋！说一套，做一套！”夏夕阳一想起朱大进曾使宋孃高兴，心里就恨意难平。

“对我好点行不行？以前，你脾气多好，说话从不大声，现在怎么动不动就发火？”

“想想你自己做的事，我能不发火吗？如果你坚决不和她在一起，她一个女的，能把你怎么样？”

“你没有听说过，女追男，隔层纱？何况，我都好几年没有碰她了，她那么求我……”

“你真不要脸！这下好了，你要等一年！”

“反正，你的案子也要等，就一起等呗，而且，我的身份也要一年之后才能获得，所以，每件事情，都要等。”

“好吧，既然现在只能等待，那我就耐着性子等，可是，如果我的官司最后输了，我坚决不回北京。”

“那可不行，你没得选择，你必须回去，否则，你逃跑了，我的担保金可就泡汤了，那可是3万块啊！”

“你不是百万富翁吗？还在乎这点小钱？再说，你的3万元重要，还是我的面子重要？我千辛万苦，好不容易来到澳洲，医院的工作也放弃了，这中间所付的代价有多大？你想过吗？还有，我的诊所，投资那么大，生意正在见好，突然被迫关门，这里里外外的损失又是多少？你这么会算账，有没有替我算过这一笔？我很感谢你为我做担保，但是，想想你们一家给我造成的灾难，你的付出也是应该的！”夏夕阳越说口气越重，她想起这一段所受的痛苦，对朱大进的怨气又升腾起来，为了痛快，她尽管找能够戳到朱大进痛处的地方捅。其实，在她的心底里，她其实根本没有打算逃跑，如果案子结了，她真的输了，她当然要回去，她怎么样也不要当黑民，那样的人生，躲躲藏藏，见不得阳光，不是她要走的路。

“哎呀，我们不讨论这个问题了，你的案子不是还在那里等着吗？我们何必为了一个没有发生的假设争吵呢？我公司还有个活没干完，我先去一下公司，你在家看书吧。”

朱大进找了一个理由离开了，但是，他的心里却有点不安。夏夕阳的案子，输赢的比率是50%对50%，代理是这样对他讲的，他没敢告诉夏夕阳这个比率，他以前觉得，夏夕阳这个女人有点傻福气，说不定到了最后，她的案子就会向赢的50%走。可是，刚才，听夏夕阳那个口气，横竖是豁出去了，如果，案子真的输了，又如果，她真的消失了，他岂不人财两失？精明的他，怎么能够做这种傻小二才干的事情？不，他不能就这样消极等待，他得想出一个办法，一个可以由他来掌控的办法。

朱大进来到公司，他先向国内的姐姐打电话，因为，他有一笔现金，本来，放在公司的保险箱中，但是，宋孃知道这个保险箱，所以，他决定把这笔钱先寄到姐姐那里，姐姐会暂时帮他保存好的。这样，宋孃即使打开保险箱，也不会看到那笔钱，虽然，宋孃知道，他曾有一些现金，但这几年，他又做生意，又做股票，还买了房子，钱怎么用的，随便找些理由，都可以把她打发了。既然要离了，他绝对不想多给她一分钱，凡是能够想到的办法，一定要用上。对，找个离婚律师请教一下。“让我的损失降到最小，老子辛辛苦苦十几年，给她当孙子，听她吆喝，到了澳洲，又当牛做马，前几年，一天干好几份工，整天累得跟狗一样，好不容易挣了这份财产，凭什么要给她拿去一半？门儿都没有！”他心里这样想着，就开始找专门做离婚案子的律师。

律师到底是律师，他给朱大进支了一着儿：“你不是有生意吗？你不是还做股票吗？银行里的贷款不是可以提出钱的吗？你可以把这笔提出的钱投到生意上，或者股票上，然后，生意不是可以赔的吗？股票不是可以跌的吗？”

朱大进太高兴了，他这笔买卖做得真好，律师的咨询费只需要1000元，可是，律师的高招却为他省下几十万！

财产搞定了，朱大进的离婚就可以付诸行动了。老实说，他早就不想跟宋孃过了，在没有认识夏夕阳之前，他已经有很多次这样的想法了，当初，在国内时，条件不允许，因为那时的他，仅仅是一个小职员，一没钱财，二没地位，只能在家忍气吞声，后来，出国了，有了自己的公司，做了老板，挣了钱，宋孃还是对他吆五喝六，为什么？凭什么？老子想不通！于是，他开始对着宋孃大吵，后来，干脆把宋孃赶出澳洲。再后来，之所以没有离婚，主要还是考虑到财产的问题，现在，既然有了办法，既然可以挽救他的资产，既然可以把绝大部分的财产留在自己手里，那么，他还犹豫什么？一切的顾虑都消除了，是行动的时候了。何况，摆脱了这个女人，他就可以对夏夕阳说，我对得起你了，也可以对皮特等人说，他没有辜负夏夕阳。他是个有担当的男人。

接下来，他要考虑的问题，就是夏夕阳了，他得想出一个办法，把夏夕阳拴在身边，这样，一旦她的官司失败，他就可以不用担心她逃逸。他之所以有此担心，那是因为，朱大进在用他自己的心思来体会夏夕阳，因为朱大进想过，如果他是夏夕阳，如果他的官司输掉，他一定会在第一时间从人群中消失，他绝不会乖乖地被遣送回去。

那么，如何来将夏夕阳控制在他的视线之中？一个大活人，又是他难以左右的，那么一个有性格的女人，他在思考，突然，他看见了中文报上的一则广告："研究英文学院正在开办雅思提高班……"他眼前一亮，"有了，夏夕阳不是想考雅思吗？我给她报这个班，这个学校就在UTS大学的旁边，离唐人街很近，我每天送她去那里上课，下班后再接她回家，她是个爱学习的人，到了学校就会踏踏实实地上课读书，下课后，建议她去UTS的图书馆看书，那里有很多书，她爱看书，到了那里，书就把她给黏住了！哈哈，问题解决了！就没有老子解决不了的事！"朱大进很为他想到的这个点子得意，他立刻打电话给学院，自作主张，为夏夕阳报名。

学院开班完全是商业行为，只要你交钱，学什么？什么时间学？全凭你选。因此，在朱大进用他的信用卡交付学费后，他立刻通过传真机，收到夏夕阳的录取证明信和课程表。

当朱大进把这两份文件放到夏夕阳面前时，夏夕阳很高兴，也很感动，她记得，朱大进是被她气出门去的。她没有想到，生着气的朱大进，不但没有记恨她，反而，心里还装着她，还想着她学习的事情。

回想自从难民营事件以来，朱大进为着她的事情，忙前忙后，请律师，打官司，买房子，搬家，搬诊所，出钱出力，现在，又要办离婚，分割财产，自己不但没有好好谢谢，还一直对他冷言冷语，想到此，便觉得，她这一段时间，对待朱大进太过刻薄，做得有点过分了。虽然，事情的起因在朱大进，但出事之后，他一直在努力，尽力地弥补，所有能做的，他都做了，无论如何，从事发的那一刻，一直到现在，他都始终站在她的身后，帮助她，支持她，平心而论，他也很辛苦，到目前为止，夏夕阳的案子办到这个程度，朱大进已然尽了全力，已经很不容易了。这样想着，她心底对朱大进的那份怨恨突然冰释了。心结解开，态度也就自然地好转。她开怀地一笑，赶紧煮水找茶壶，准备给他泡茶。

朱大进看到夏夕阳高兴，自然也很开心，他把夏夕阳拉到怀里："夕阳，别忙了，我知道你愿意去学习，只要你高兴，我什么都愿意为你做。你不是等官司的结果很心焦吗？不如去上课，去考雅思，这样，你的注意力也可以转移，虽然，你的身份有我呢，你不一定非要去搞那个技术移民，但学学英文总是有用处的。"

"你放心，我一定不辜负你的这份学费，一定会全心全意考雅思，我希望，今年能够把雅思考过6分，那样，我就可以直接办技术移民了，这样，靠我自己的能力办澳洲身份多好！"

"傻样，靠我有什么不好？随便你啦，你高兴就好！"

自从宋孃回到澳洲，半年了，这还是朱大进第一次看见夏夕阳的欢颜，他的心里是爱夏夕阳的，夏夕阳高兴，他就高兴，夏夕阳生气，他就不安。夏夕阳是个透明人，心情好坏全写在脸上。这会儿，看到夏夕阳彻底释然的神情，他心里很激动，他明白，夏夕阳对他的怨恨终于消除了！她从心里原谅他，重新接受他了！他们又可以像从前一样，平静温馨地生活在一起了，那是多么美好的时光啊！

次日，朱大进一早先把夏夕阳送到学校，然后，自己去公司上班。

夏夕阳心里很高兴，进了学校，心情也变得开朗起来。放下苦等的烦恼，她一门心思投进学习。

老师在课上放了几段雅思模拟试题的录音，夏夕阳听得云山雾罩，真正听懂的，只有两道题，可是旁边的同学，说听懂了九道题，可见，自己的英文程度距离6分相差的不是一星半点儿，必须拼命学，才能够赶上去。于是，她从学校买了有关的书本，准备全力以赴去攻读。

她上的这个班，是上午上课。下课后，大部分同学都回家了，但也有一些同学还留在学校，因为学校有个小的图书馆，那里可以借阅雅思考试的模拟试题，同时，还有录音机，在座位上就可以练习听力。这里对于夏夕阳来说，真是太好了，她可以整个下午都泡在图书馆念书，再也不用待在家里，胡思乱想地傻等官司结果了。

夏夕阳此人有个特点，如果让她投入精力去干一件事情，她就会完完全全、一心一意地去做这件事，但是，在她做这个事情的过程中，对于其他的事情，她就会视而不见，全无感觉。朱大进了解夏夕阳，自然也知道她的这个特点，所以，他把夏夕阳放到学校，这样，就等于把她放到一个十分安全的地方，而这个地方，勿用他掌控，夏夕阳自己就会把自己定在那里，非常地牢靠。如此，压在他心上的石头落地，他立刻感到无比地轻松，就很放心地去做他自己的事情。

朱大进现在要做的，就是提交离婚申请，他把申请交到法院民事庭，办事员说：“这个，我建议你们双方先到婚姻顾问那里好好谈谈，我想这可能是个好点子。”

“我不这样认为，先生，我已经决定了，请给我办理吧。”

“你真的确定？”

“是的。”

“好的，请这里签字。”

朱大进按照办事员的指示签字。

“好的，在适当的时候，我们会给你去信。”

“谢谢，再见！”

朱大进松了一口气，离开民事庭，这是他第一次踏入澳洲的法院，这座古老庄严的建筑，位于悉尼市中心的利伍普大街，斜对着海德公园，平日里，经常可见身披黑袍，头戴亚麻色假发的法官从那里进进出出，曾经以为，那是一个神秘而神圣的地方，没有想到，今天，他自己居然会走进这里。在未踏入此门之前，他还有点胆怯，不知道，这澳洲的法院，会是什么样的状况？面对的法官或者法院的工作人员将会怎样对待他？法院究竟如何受理这种离婚案子？手续办完，神秘面纱揭开，他恍然大悟，原来，法院办事，与其他部门办事一样，没有太大的不同，无非是排队，等候和登记签字，所有的过程，简单而有次序，文明而有尊严，和之前脑子里想象的衙门完全不同。到底是法治社会，凡事依法而行，如果人人都遵循这个规律，事情就简单很多。朱大进自己感叹一番，还不尽兴，就到学校来找夏夕阳，正赶上下课，他就和夏夕阳一起，到学校下面的北方面馆吃水饺。

“夕阳，真的很有意思，以前，我在国内的时候，老是听宣传说人人平等，可是，实际生活中，处处见到不公平，从来就没有见到真正的平等，你看国内的报道，法院的情况更是没法说，可是，在澳洲，就完全不同，至少表面上是公平的。今天，我去法院，那些工作人员，个个都有礼貌，去办事的人，也不会受气。”

“你很关心社会体制吗？这个是政治问题，你对它感兴趣？”

“我对政治没有任何兴趣，只要能让我赚钱，过上好日子就 OK 了。”

“那你干吗这样激动？大中午的不去上班，跑出来逛街？”

“我这不是来看你吗？顺便告诉你这个好消息，剩下的事情，就是等通知了。”

数周后，朱大进没有等到法院的信，却接到了宋孃律师送来的要求财产分割的协商通知。

宋孃现在彻底崩溃。她原以为，只要她的黑信一发，夏夕阳立刻就被她踢出澳洲，从此，朱大进没了牵挂，只能死心塌地，回归家庭。万万没有想到，她的如意算盘，完全打错，她思谋已久的致命一击，打击的不仅是夏夕阳，还有她自己。该走的夏夕阳，不但没有被送走，反而，身边的朱大进，被自己亲手推给夏夕阳。她毁灭不了夏夕阳，却毁灭了自己的婚姻！悔恨，失望，愤怒，气恼，加上害怕（做贼心虚），纠结着她，吞噬着她，她曾经试图向朱大进解释，希望他能够体谅她的一片苦心，她甚至对朱大进说：“你以前信里提的要求我全都答应，你把夏夕阳接到家里，我们一起好好过，我也同意，你给她办身份，你说怎样就怎样，我不再闹了。”

“现在想明白了？晚了！早知今日，何必当初！如果你回来之后，有今天的态度，事情怎么会发展到这个地步？我告诉你，你这个女人，愚蠢，自私，残忍！我已经忍了半辈子，现在，老子不忍了，婚是离定了！”

宋孃不死心，每天都去朱大进的公司，可是，朱大进一看见她，就显出一副厌恶的神情，根本就不给她说话的机会。于是，宋孃改变方法，开始给朱大进打电话，但是，朱大进看到她的号码就不接，无奈，宋孃带着孩子去公司，可是，她一进门，朱大进就走人。看来，这一次，朱大进真是铁了心，要同她离婚。

事情发展到这一步，她害怕了，万般无奈，她向远在美、加的朋友求助，并假借朋友的口气给朱大进写信，希望用煽情的话语打动朱大进，也表示朋友们是站在宋孃这一边。这样的信，她一连写了好几封，然后，她把这些信，分别寄到温哥华、纽约等地，再请朋友把信从世界各地寄到朱大进处。因此，几天之内，朱大进突然收到很多朋友的来信，他感觉很奇怪，这么多年都没有来往的朋友，怎么突然想起写信给他？莫非他们要来澳洲旅游？当他打开信封，略扫一眼，看到那熟悉的字迹，看到那听过无数遍的话语，就立刻明白了，原来，朋友们都忙，他们没有把宋孃的信重抄一遍，他们直接就把她写的信原样寄给了朱大进。

朱大进看到这些信件，更加生气，他恨恨地在电话里对宋孃说：“你个蠢货，家丑不可外扬，不管怎样，家里出了这样的事情，都不是光彩的，你还满世界张扬，外人除了看笑话，又能帮你什么？这倒好，全世界都知道，这个家出了一个陈世美，还出了一个诬告害人的恶毒女人！”他越说越气，简直怒不可遏：“再次通知你，我坚决离婚，你别再折腾了！做什么也都没戏了！”

宋孃黔驴技穷，只好再求朱大进的家人，但是，就连朱大进的姐姐和哥哥也不支持她，哥哥说：“你呀，太莽撞，下手也太狠，把事情做得太绝了，现在，我只能说，尽量劝大进给你多分点财产吧。”

尽管如此，朱家人还是站在宋孃一边，不管是朋友，还是家人，电话信函中都认为，夏夕阳对朱大进别有用心，一是为了身份，更是为了贪图他的钱财。他们纷纷建议，朱大进即使要离婚，也要把财产全部分给宋孃，这样，将来，当朱大进被夏夕阳甩掉时，他还可以回到宋孃那里，他的财产才不会受到损失。

宋孃以为，她四处求救，动员众人这样排山倒海地说服，朱大进的心思或可改变，但是，她没有意识到，她和朱大进的婚姻，之所以走到今天这个绝境，并不是因为夏夕阳，夏夕阳只不过是那根压倒骆驼的小小稻草，而宋孃的告密行为，恰恰相当于把那根稻草，亲手放到了骆驼之背。

朱大进异乎寻常的坚决态度，令宋孃寒彻心肺，她彻底绝望了，既然他如此无情，那么就别怪我手狠。因此，她请了律师，准备和朱大进大战一场。

朱大进是何许人也？大苦大难他能受，损人利己他敢为，来到澳洲这些年，生意场上，没有他不敢干的事，他的心肝已经被利益熏黑染紫，对于宋孃，虽然两人结婚十几年，但在他的记忆里，这个女人留给她的全是刁蛮粗鲁，怨毒难缠，这样一个女人，让他承受了十几年的压迫，现在，凭什么，还要给她分自己辛辛苦苦挣来的血汗钱？因此，在他决定要离婚的那一刻，关于他的财产，他就已经做好了安排。如果没有想好对策，如果没有十足的把握，他朱大进怎么会稀里糊涂去提离婚？

宋孃律师请她到办公室一谈。当律师把调查报告展示给她时，宋孃真的气疯了！

那是一份什么样的报告？朱大进的公司连年亏损，朱大进的股票一跌到底，银行里只有数千元的存款，三处房产，全是银行贷款，如果要保住房子，每月就要还数千元的贷款。唯一值钱的是那辆车，当时以5万元买进，现在已经开了好几年，如果售出，顶多可以拿回不到4万元。

“这个怎么可能？这个不是真的，他不可能只有这么一点财产！”宋孃失声道。

“宋女士，这个是我们可以拿到的最好的结果了，我们已经尽力了。从目前的情况来看，如果离婚，你可能得到的只有房子了，但是，房子的贷款你要每月去付，因为朱大进的公司不盈利，所以，法院也不会要他负担你的生活费。看来，你从这份婚姻中分不到多少财产，也没有什么利益可占。”

“律师，我不相信这个结果，我现在就去找他，你等我信儿吧。”

宋孃急吼吼直奔朱大进公司。

朱大进正在为客户装电脑软件，很巧，这个客户是夏夕阳诊所的邻居寇先生。寇先生的女儿今年考上北悉尼的精英中学，这是悉尼市公认的好学校，能够到这里上学的都是学习很好的学生，这里毕业的学生，考的大学都是名校。所以，寇先生很高兴，就准备买一台电脑奖励女儿。唐人街上就有一个电脑城，他本来可以到那里买的，但他知道，朱大进卖电脑，因为夏夕阳的原因，他决定跟朱大进做这个生意，肥水不流外人田嘛。反正都要花这笔钱，与其让别人挣，不如让给夏夕阳的男友。

按照女儿的要求，寇先生让朱大进给新电脑装软件。

咣当！店门突然大开，宋孃横冲进来，她一步三跳，两眼冒火，也不管受惊的寇先生张大嘴巴，呆立一旁，啪！啪！啪！她大力拍着桌子，声嘶力竭地喊道：“朱大进！你个王八蛋！你还是人吗？这样的事情你也干得出来！丧尽天良的东西！你当我不知道？你居然把钱全转移了！你早有准备了！是不是？

好！算你狠！老娘到税务局告你去！这些年你偷税漏税大了！老娘要叫你吃不了兜着走！”

“住嘴！你喊什么？你不是把律师都派来了？好呀，那就按律师说的办呀。”

“办个狗屁！你把钱都转走了，我得不到，你也别想！我现在就告你去！”

“你随便！告去吧，告完了房子都没有了，你就去住马路吧！”朱大进一点儿也不示弱，大声回她。

宋孃心里咯噔一下，她感觉哪里出了问题，她需要想想。

看到宋孃停止咆哮，朱大进继续说：“你自己好好想想，尽管现在银行没有钱，但是，那房子不是钱吗？你现在住的房子，虽然买时只花了20多万元，可是目前的市场价已经超过50多万了。再说，那房子已经交了10万元，只剩下十几万，每月只需要交1000多的贷款，这个贷款怎么还，我都替你想好了，那个公寓有三个卧室，你和孩子住一间，其他两间出租，租金就可以付房贷了，另外，那个厅不是很宽大吗？我请人把它加两面木板墙，这样一隔，不是又多出一间卧室？这间卧室再出租，你不是又多出一笔收入？你都不用打工，靠这份租金就能过得很好了！”

“好个屁！你自己住两套房子，要我同孩子住集体宿舍？你想得美！”

“那你要怎样？你如果愿意，房子都归你，只要你付得起贷款！”

宋孃没有工作，她哪里有勇气一下子去承担数千元的贷款？但是，她很不甘心，难道事情就只能按照他朱大进的路子走？不，她还有武器在握，她不能就这么便宜了这负心汉！

“王八蛋，这些年你干的缺德事，你别以为我不知道！你给小偷销赃，多少次了？那种黑心钱赚了不知有多少万，我到警察局去揭发你！”

“你疯了？瞎说什么？你有什么证据？”

“证据有的是，家里的那个高级相机是怎么来的？你手里的苹果手机还有那几个笔记本电脑，你自己说得清楚吗？”

“你是真的疯了。好，你去找警察吧，如果我被抓了，有了犯罪记录，我的身份被取消，你和孩子的身份也自动取消！你去吧，闹吧！我无所谓！”朱大进与宋孃打了十几年，对付她，他不乏手段。

果然，朱大进这么一说，宋孃只有干瞪眼，完全失去主张。

“这二人，男的太过凉薄阴险，女的实在凶蛮歹毒！真是一对活宝。”一旁的寇先生不由得心生感慨，他在想，夏夕阳遇到这样一个男友，是福还是祸？他多少有点儿为夏夕阳担心。

一心埋头念英文的夏夕阳对于这些事情，全然不知。一天下午，夏夕阳在

UTS图书馆看报纸，澳洲的中文报纸今天在第一版报道了一个刑事案件，报道的同时，还有罪犯的照片。夏夕阳看了一惊，那个罪犯是她认识的一个人，数月前，夏夕阳刚从难民营出来，那是在唐人街，他看见夏夕阳，主动同夏夕阳打招呼，还嘱咐夏夕阳要保重，对于刚刚受到惊吓的夏夕阳来说，他的那声保重十分珍贵。

夏夕阳很吃惊，真的是他？怎么会？为了证实，她给杨医生打电话："你好！杨医生，我是夏夕阳，你看到今天的报纸了吗？"

"你好，夏医生，看了，怎么了？"

'那个人是不是唐人街的周医生？"

"是的，就是他。"

"真的是他?！他怎么会干那种事？太出人意料了！"

"他这个人已经没救了，这已经不是第一次了，他这是第二次被带到法庭了。听说前后有30多个洋女人告他，他假借看病的名义乱摸人家，有的还给他强奸了。这个人真是太缺德了，不但毁了我们中国人的名声，也把我们中医的名声毁了！"

这个经过证实的新闻，着实令夏夕阳吃惊，她没有心思背单词，等不及下班，就坐公车到公司找朱大进。

朱大进看见夏夕阳，十分高兴："哎呀！夕阳，你怎么来了？太好了，你想过来，就给我电话，我去接你嘛，何必要坐公车呢？"

"公车站就在学校的对面，很方便的。你看过今天的报纸吗?"

"还没有，我正准备去买呢。有什么好消息吗?"

"有一个消息，你一定感兴趣，但不是好消息。"

"是什么?"

"你认识唐人街的周医生吧?"

"认识，我在他那里看过病，因为都是广东人，所以很熟的。我们的事情，他也知道，宋孃还到他那里告你的状，当时，他还给我打电话，劝我不要冲动，说我不应该对你太认真，应该和宋孃好好过日子。怎么，他上报了?"

"对，他是强奸犯，昨天上了法庭，今天报纸头条就是关于他的案情和照片，可是出了大名了！"

"应该是臭名远扬！这个人，还真看不出来，平时人五人六，一副假正经的样子！"

"道貌岸然这个词就是形容他这种人的。"

"恰当！你这个词用的再合适不过了。"

"哈哈！你们两个一唱一和在讨论什么？说得这样投机?"一个男人突然

出现在店里。

“哎呀！老路，好久不见，今天怎么有空过来了？”朱大进看见来人，立刻起身相迎。

夏夕阳看到来人，是那个想要开妓院的路某，就不想搭理，打算离开。

“你们聊，我回学校了。”

“别呀，小夏医生，我不是来打搅你们的，我就待一会儿。你们在谈什么？继续吧。”

“我们谈好了，再见！”

“我送你，你稍等一会儿。”朱大进说。

“不用，我坐公车很方便。”夏夕阳说时看见公车正好开过来，就急忙开门向站台跑去。

“哎，你手里是澳洲新报？太好了，我看看，是的，这个是周医生，就是他！”朱大进从老路手中拽出那份中文报，打开来，在报纸的头版左下角，有一张20厘米见方的彩照，上面有一个中年男子正从法院门口走出，朱大进用手指着那个男人。

“你认识他？我来正是要同你说此事，我和他约好今天看病的，可是，昨天在车上从广播里就听到这个消息，当时我还在想，广播里说的那个中医到底是不是他？可是，今天在报上就看见了这个报道和照片。不过，他出这个事情不奇怪，每天看见那么多的洋女人，丰乳肥臀，又那么便利，哪个男人不动心？更别说中国哥们了。”

“不过，这个周还真有钱，你看，他家人用50万元把他保释出来了。”

“是啊，这个澳洲的法院处理罪犯真是很宽松，你看，强奸犯，还好几个，都有很多年了，居然可以保释！这个要是在中国，判个十几年都不止，80年代初，有好多强奸犯都给枪毙了！”

“还真是，澳洲没有死刑的，就算是杀人犯，都不判死刑的。有一个人开车把人轧死了，她的律师在法庭上说，当时因为打喷嚏，自身不能控制，是个意外，法院居然就判她无罪！哎，你最近在忙什么？还做期货？还是开出租？”

“最近手气不错，期货赚了几笔，所以，就不开出租了。我最近刚发现，国内变化很大，那里有很多婚姻介绍所，我试着联系，一不小心，我的电话成了热线，每天都有很多电话从国内打过来，都是婚介所的，我还收到很多照片，你看。”老路说时，从口袋中掏出一个信封，里面，全是女人的照片，红红绿绿，个个年轻貌美。

朱大进看到，眼前一亮，他拿起一张，仔细端详：“不错，真的很漂亮，这个是真人照吗？”

“应该是吧。你看看，是不是都很美？而且，这些女孩的其他条件都很不错的，好多都是大学生、白领和机关干部。我现在想明白了，澳洲的女人，自己条件不好，还东挑西拣的，我这样的，她们根本就看不上眼。可是，到了中国，我这样的，就是钻石级的王老五，是我挑别人，想怎么选就怎么选，为啥？我们有澳洲身份呀！这个就是硬件！”

“那倒是，有很多人还是想出来的。你真的要回去？”

“真的，机票都已经买好了，你和夏医生现在是什么情况？你们已经好几年了，准备结婚吗？”

“还没有，我不是还不到10年吗？明年才可以拿到身份。祝你找到一个合适的。”

“没问题，哥们儿这回顺便替你也寻觅一番，到时候给你提供几个备胎。”

夏夕阳的雅思加强班结课了，为了检验自己的英文程度，她报名参加考试。

雅思考试，全世界统一标准。考题分为两种类型，一种叫作科技英文，一种叫作普通英文，前者主要以科技专业词汇为主，后者的词汇以普通生活为主，得分从1到9，9分即满分。夏夕阳申请技术移民，要求英文成绩达到雅思普通类型的6分。在悉尼，有几个固定的地方，每月都定期举行雅思考试。考试费一次150澳元。参加的考生，如果一次成绩不理想，三个月之后，可以重新报名参加复考，当然，复考时仍须再次交费。UTS大学就是考场之一，夏夕阳选择在那里参加考试。

考试那天，正好是周日，天空下着小雨，夏夕阳一早就到了考场。考场在UTS的第九层，那里有几间教室，已经布置成考场。考场里有几排桌椅，桌子很大，每张课桌间隔也很大，这样，考生之间的距离自然加大，避免了作弊。

考试将进行一天，上午考听力、阅读和写作，听力只需半小时，阅读、写作各用一小时，到点时，学生自动放下试卷，离开考场。下午考口语，口语是一对一，每个老师有一组考生，所以，时间不确定，要在规定的地方等待老师。

虽然考试时间是9点钟，但是，一大早，考生们便纷纷来到考场。夏夕阳到达时，已经有很多人等在那里。

8点半后，监考的老师陆续出现，他们开始组织考生在门口排队，然后，要求考生拿出护照或驾照，一个一个很认真地看着证件上的照片检查，这是为了防止有人代考作弊，夏夕阳没有想到，英文的监考还有这样一个环节，比当年的高考还严格，想必以往一定有人在此类考试中作弊，否则，一个英文考试，何必搞得这样严格烦琐。

因为考生来自世界各地，肤色面目的辨认，对于监考人员来说，不甚容易，所以，在进入考场之前，大家在楼道里排了很长时间的队，终于，检查完毕，考生们被指定入场。

夏夕阳被安排在第3教室，进去后，老师叫她依次序就座，她按照顺序坐在第二排的中间。

考生全部到位，老师也不说话，就开始给每人发试卷，紧接着，他宣布：听力考试现在开始，与此同时，他把录音机打开，考试就这样开始了。

半小时后，老师又宣布："Time is over, everybody stop now!"（时间到，全体立刻停笔!）说话时，老师便从桌上逐一收试卷。

随后，没有休息，老师又开始发新的试卷，这一次，是阅读考试。

一小时后，又考了写作。

整个上午就这样紧张地过去了。

下午1点，开始口语考试，规定考试时间为15分钟，每位考生都得到一个蓝色的纸片，上面写着口语考试的时间和老师。

夏夕阳的预考时间，是下午的2点半到3点之间。准确地说，她是在下午3点整被老师叫进去的，老师是个胖胖的印度女人，她的英文非常印度化，一般来讲，就算是土生土长的澳洲人，听印度人说英文都要连猜带蒙，对于英文程度本来很有限的夏夕阳来说，这就更是难上加难了，所以，当夏夕阳从考场出来时，就已经知道，自己的分数很差很差了。

因此，这天晚上，夏夕阳十分消沉，她感觉，英文学习实在很难，尤其想在短期内有大的进步就更加的难。在过去的几个月中，她每天都在拼命地记单词，做练习，可是，怎么就看不见成绩？

"夕阳，没关系，这次考不好，下次再考，这个雅思考试，听说很难的，不容易一次就通过的。"

"可是，下一次考试要等三个月，我的技术移民的申请去年已经上交了，要求的英文成绩也不能无限期拖延的。"

"你把那个参考试题拿过来，我来做一下，看看我能得几分。"

"好啊，这个是听力试题，我给你放录音，只要15分钟，你试试。"夏夕阳来了兴趣，她也想看看，像朱大进这样，在澳洲生活已经快十年，平日里工作中经常和老外打交道，以他这样的英文程度，按照雅思考核的标准，到底能得几分呢？

结果很快就出来了，因为在夏夕阳那本模拟试题的后面，有标准答案，朱大进很自信地给他自己评分，结果很令人吃惊，他的成绩是2.5分！

"怎么会这样？这个考试居然有这么难？"朱大进惊呼。

“太意外了！没有想到，你居然是这个成绩！可是，我平时看你和老外对话，出门买东西，和澳洲人交流根本就没有问题呀。”

“难怪有那么多人怕考雅思，想不到它难到这个程度。所以，你要继续去学校，接着读那个加强班，这种考试一定有它的规律，学校的老师专门研究这些规律，你好好念，时间长了，会有进步的。”

“你都得了这么点分，看来，我这次考试，顶多也就是1分或者2分。我已经没有信心了。”

“不要泄气，我没有任何准备，才得了那个分数，如果认真准备的话，不会那么差，你已经很努力了，又针对那个考试做了很多练习，成绩不一定会像我这样。”

两周以后，成绩公布在学院的办公室，夏夕阳在学院广告栏上看到那张成绩单，有些人成绩非常好，居然“听说读写”，每门成绩都超过6分，有的人，甚至到了8分！人家是怎么考的，真让人羡慕！

她战战兢兢地找到自己的名字，出乎意料，她的平均分数是4.5分，其中听力和阅读分别为4分，写作和口语各为5分。这份成绩当然不够她的移民要求，但是，看到的结果比她预先设想的要好很多。这个结果，令她对英文的学习多了一点信心，她决定继续去上雅思加强班。

一天，夏夕阳在报纸上看到一则消息，说的是澳洲的偏僻乡村缺少医生，政府鼓励医生们到那里去工作，凡是愿意到那里工作的医生将会在很多方面享受优惠政策。

夏夕阳想，自己是有临床经验的医生，在医院时一直从事中西医，而且还有针灸中药这门独特的技术，对于缺医少药的偏僻之地，应该能够有所作为。有了这个想法，她就提笔给卫生部长写信，介绍了自己的背景，提出愿意到乡村为那里的病人服务。

信寄出不久，她便收到回音，她抱着很大的希望，打开信封，里面是一大堆材料，在最上面，是一份部长秘书的信，信中首先感谢夏夕阳给卫生部的来信，然后，话锋一转，因为夏夕阳不是在澳洲或英联邦地区读的医学院，所以，她的学历证明不被澳洲接受，但是，建议她去参加澳洲职业英文和医学的考试，如果这两项考试通过了，再同他们联系。随信附上有关考试的程序、地点，如果有什么不明白的，再同他们联系。

夏夕阳看了那些材料，其中对英文考试的要求是：雅思科技标准7分，托福标准600分。单是这个标准，就令夏夕阳倒抽一口凉气，从此打消了在澳洲医院工作的梦想。

“还是踏踏实实上课，争取把雅思考过6分吧。”夏夕阳知道，她的时间紧迫，不可以也不敢再做白日梦，她的人生正在节骨眼上，来不得半点的闪失！

“夕阳，你快来看，难民营出事了！”一天晚上，朱大进正在看着电视，突然叫起来。

夏夕阳赶紧跑过去，就见电视上，出现维拉伍德难民营的画面，难民营中有一处房子在着火，另有一处房子的房顶上插着一面旗子，旗下有几个男子，走来走去，看上去像太平洋岛国来的船民，还有一个女人也坐在旗下，但那女子是个亚洲人。警察站在院中，院子外面，是抗议的人群，举着人权的牌子。其中，可见捧着话筒的记者。好不热闹！

“闹成这样！不知道张惠芳她们怎样？你最近见过皮特吗？他和李勤后来怎样了？”

“不知道。不过，那些闹事的，一般都是岛国出来的，像那个，还有，站在房檐上的那个，就是他们才闹得欢，外面还有人支持呢！中国人在里面很少闹事的。张惠芳她们更不会了，你放心，这些闹事的肯定没有她们。”

“这些人为什么闹？”

“说是要求放妇女和儿童出去，还要求改善待遇，他们在里头吃穿用全是澳洲政府负担，还要闹事，越是会哭的孩子越有奶吃，全世界都是这个道理。”

“你看外面的支持者，那个老太太，她和里面的一个二十多岁的小伙子结婚了，移民局说，他们的婚姻是假的，老太太就把移民局告上法庭，法官说，他们的婚姻虽然有点与众不同，但是爱情是应当受到尊重的，所以，他们的婚姻是不合常理但是却合情合法，移民局只好遵守法院的判决，给那个小伙子发签证。”

“真有此事？”

“对，这几天电视收音机都说这件事来着。”

“我想去看看张惠芳她们，告诉她们这个消息，说不定会对她们有用。”

“你太好心了，又不沾亲带故的，管她们那些闲事干吗？”

“你没在那里待过，没有体会，我都出来这么久了，应该看看她们。”

“好吧，那么周末我带你去。”

星期日一早，他们就出发，经过开普塞时，夏夕阳买了一些水果点心，另外还买了两包香烟，她想起那个爱吹大牛的崔天，觉得也应该看看他。

张惠芳看到夏夕阳，先是一愣，她绝没想到，夏夕阳会来看她，琳达感动得掉了眼泪，她说：“小夏，你真的是个好人，我们就认识那么两天，你出去了，还能想着我们。”

夏夕阳问她：“柔丝和瑞贝卡已经出去了？”

琳达说："没有，她们还在房间打扑克牌，我们一时半会儿出不去的。"

张惠芳已经完全变样，她说："我下月就要生了，到时候，就会被放出去。"

"出去后怎么办？"

"小孩出生后，自动就是澳洲公民，我变成这个小澳洲公民的监护人，十年以后，我自己也可以申请澳洲身份。另外，每月我还可以从政府那里给孩子领牛奶费，孩子出生时另有一笔奖励费，我自己本来也有点积蓄，生活不成问题。"张惠芳很乐观。

"李勤怎么样？那个皮特后来还来过吗？"

"李勤已经回国了！她和皮特在这里没有机会，但是俩人真的好上了，皮特的妈妈在北京病了，中风了，半身瘫痪，需要人照顾，皮特就带李勤回北京了，他们已经在北京结婚了，皮特现在正在给她办来澳洲的签证。"

"原来是这样，太好了。我前几天看到难民营出事，还担心你们呢。"

"小夏，谢谢你，我出去以后给你打电话，你现在住在哪里？你的案子到了什么程度？"张惠芳问道。

"我的案子，材料已经送过去了，正在等结果。我现在住这里，我给你写地址和电话，你一定要打给我。"

告别了张惠芳，夏夕阳去看崔天。崔天还是老样子，看到夏夕阳给他买的香烟，非常高兴："夏夕阳，太好了，我想这口已经好久了，你怎么知道我喜欢这个牌子？"

"碰巧了，我哪里就那么了解你！你下一步打算怎么办？还在等大赦？"
"可不，这几天我们这里不是正在闹？我想快了，这个身份是迟早的事情，我不急。你现在怎么样？问题解决了？"

"还没有，正在等。你那个上海哥们儿怎么样了？"

"哎，他呀，他已经回上海了，他回去后给我来过一封信，这里还有他的一个亲戚，他们经常电话联系，我听说，他在上海买了两套公寓，一套自己住，另一套出租，他还买了一辆大型旅游车，出租给人，他自己呢，买了一辆小车，也没闲着，平时拉几个客人在苏杭一带做导游。所以，他现在过的日子，简直就是老太爷的日子。比起留在这里，东躲西藏，打工吃苦，不知要好多少！"

"又买房又买车，这要多少钱？他怎么会有那么多的钱？"

"我不是告诉过你吗？他从保险公司拿了37万，换成人民币就是220多万元，他和老婆还在澳洲打了七八年的工，也攒了几十万，所以，他们现在在上海过的是上等生活。"

"你好像很羡慕他?"

"当然了，如果我有那么多钱的话，我也回去了。可惜，我没有，所以，只能在这里熬了。"

"真是猫有猫道，狗有狗道。"夏夕阳脱口说道。

"应该这样说：八仙过海，各显其能。不管怎样，只要能挣到钱就是本事。"朱大进赶紧打断夏夕阳，他不想崔天难堪。

"对呀，还是这哥们儿活得明白。哥们儿，你给小夏好好补补课。不然，像她这样，以后怎么混得好。"

"是，我经常跟她讲的，这个社会本身就是很复杂的，凡事哪里就是单纯的黑与白？好与坏？像你这上海朋友蒙保险公司的事情，我知道的就有好几个，都是在打工时认识的，很熟的人，他们搞成功后，都过得不错，再说，骗保险公司这种事情，不光中国人干，韩国人、马来西亚人都有，而且，不仅亚洲人做，那洋人也是一样，他们干得更彻底，杀人，玩失踪，搞得惊天动地的。"朱大进说。

"就是，不光老百姓做这些小动作，就是那些大人物，也尽干出格的事情。你看，最近的新闻，澳洲联邦的议员，用政府的信用卡去妓院乱花，被反对党揪出来，那议员怎么样？人家对着电视镜头，当着全澳洲人的面，铁嘴钢牙，死不认账，信用卡转账，一笔一笔，白纸黑字，那么确凿的证据，就是不认账！所以说，这世界上的事情，真真假假，五花八门，是非曲直，各有各说，我们这些小人物，管他那么多干吗，还是想办法把自己的日子过好吧。"崔天接着朱大进的话继续给夏夕阳上课。

"谢谢老师，你们讲的也不是没有道理，我同意崔天这句话，作为普通人，还是先把我们自己的事情处理好。这是我的电话号码，你如果有事就给我打电话。别客气。"夏夕阳把她的地址电话写在纸条上交给崔天，虽然她不赞成崔天的人生观，但既然有缘多次相遇，且都有着难民营的遭遇，如果可能，夏夕阳还是愿意给他帮助的。

离开难民营，朱大进说："虽然心善是好事情，但也要看情况，这些人，你今天来看他们就已经可以了，干吗还把你的地址电话给他们？如果他们真的给你打电话，要你买东买西，你怎么办？一一照办？我们哪里有那么多时间管这些闲事？他们又有什么能力给你回报?"

"我觉得他们很可怜，如果能帮就帮一点。根本就没有想过回报之事。"

"那都是最底层的人物，我们没有必要同他们保持联系。你还有那么多自己的事情，这里的人就随他们去吧，人各有命。"

夏夕阳不说话，她明白，朱大进是个很现实的人，他的热情，他的善心，他的援助必定是有条件，有针对性的，他常说的一句话是：谁会去做赔本的买卖？这样的处世哲学不是夏夕阳所欣赏的，但是，经过了这段时间的磨难，夏夕阳对人对事的认识已经不同以往，朱大进的人生哲学虽然市侩，但是，却在现实生活中好使好用，正因如此，一路走来，他的生意兴隆，他的生活如意，他的人生春风得意，他自认有资格说别人生活在底层。如果没有宋嬢肆意妄为，他的得意人生可能更加成功。对于如此品性的朱大进，夏夕阳知道多说无益，因为他们的价值观人生观太不相同，谁也改变不了谁。但是，在心里，她决定，如果这些被朱大进称之为在底层生活的朋友需要她，只要她能够办到的，一定会尽全力，她想做的事情，朱大进想拦也拦不住。不过，目前，好好把自己的事情处理好，这句话，朱大进说得没错。

“你说他们生活在底层，那你自己生活在哪一层?”过了一会儿，夏夕阳调侃地问，她觉得朱大进把他自己高抬了。

“中层吧。这是起码的，你看我现在，有房有车，还有自己的公司。吃穿不愁，好吃的，好玩的，都享受过了。”

“真的是在中层?那是你自己认为的，当然，如果你和在国内的条件比，生活水平是提高了，但是在澳洲社会，我们其实生活在人家的边缘，是在夹缝里生存，我们距离人家的主流社会很远，虽然近在咫尺，却很难融入。所以，其实，你和我，和难民营里的他们也没有太大的区别，只不过，你比较幸运，当年，在一个正确的时候来到澳洲，幸运地得到了身份而已。假如没有北京的那个事件，你现在会怎样都很难说的。”

“夕阳，你对别人都那么好，怎么对我就那么刻薄?连一句好话都没有呢?不管怎么说，我过的就是比老崔好，这一点，你总不能否认吧?”

“那倒是真的。”夏夕阳确实找不出崔天的优点。

夏夕阳又开始拼英文，学好英文是她现在最好的出路。

三个月后，夏夕阳再次参加雅思考试。这一次，她的成绩是5.5分，还是不够她移民的要求，她自然有些失望，但是，仔细想想，她的英文底子原本就差，在短时间内，通过努力，到底还是长了一分，说明功夫不负有心人，只要坚持用心学习，再提高一点还是有希望的。

朱大进也鼓励她继续努力，他再次给夏夕阳在英文研究学院报了名，他很喜欢现在的安排，早晨，他送夏夕阳去学校，晚上，再到学校把她接回来，然后，他们一起做饭，当然是他做主厨，她打下手，饭桌上，夏夕阳会给他讲一些学校的趣闻，比如说，班里有个日本女人，老公是美国黑人，带着全家来澳洲工作，结果就想留在澳洲，可是，老公很快就失业了，为了能够留在澳洲，她来考雅思，准备学护士，因为护士很好找工作，然后通过工作再移民到澳洲，老公现在留家当奶爸，因为他们有两个幼儿，有一天，奶爸带着一双幼儿来到学校，很有意思，两个小孩长得既不像日本人，也不像黑人，很难形容，真不知道他们将来长大以后会是什么样子？

有时候，夏夕阳会在图书馆看点杂书，比如小说、纪实报道或人物传记等，朱大进对名人传记很感兴趣，夏夕阳就经常把看到的名人故事讲给他听，比如香港的李嘉诚，是如何从一个小生意人变成当今世界大富豪，比如澳门赌王的发家史，等等，这些故事常常令朱大进着迷，他是多么渴望，有朝一日，他自己也能变身为亿万富豪啊，就算是做梦当一会儿也不错！

饭后，夏夕阳把自己关在房间背单词，做练习，朱大进则开始研究当日的股票。一直到了午夜，朱大进被股票上的数据搞得头脑发昏，他就会提醒夏夕阳，该休息了。

他们的生活就这样每天平静地重复着，没有花前月下的浪漫，但是宁静温馨，朱大进感觉非常满足，他觉得，时光好像真的倒流，他们两人重新回到了以前温馨的生活。

"日子过得好快！又是一周过去了！我现在感到很幸福，真希望时间就停在这里，永远都不要改变。"一天晚上，朱大进拥抱着夏夕阳，动情地说。

"我可不这样想，我觉得，时间过得实在太慢了，我是掰着指头数日子，一天一天地等啊。我的案子已经过去半年多了，到现在，还没有音讯。"

"这样拖着也不错，起码，对你也没有太大的影响，你不是照样可以上课念英文？"

"可是，我不能工作，在你的屋檐下生活，更主要的，名义上我还是个违法的人，不清不楚，多么尴尬！我可不想这么过。"

"谁会在意你的那个名义？大家都在忙自己的事情，干吗在乎别人怎么想？"

"你没有身在其中，当然不会有我现在的体会。虽然，我每天都在努力读英文，但心底深处却一直在等待，在期盼。这份沉重你很难理解。"

"我当然了解，我懂的。其实，我也在等啊，我在等法院的离婚判决，只有拿到那个证明，我才能够和你结婚。另外，我还在等我的身份，这要到明年四月，我才能达到在澳洲居住10年这个条件。所以，现在，如果你的案子有了结果，而结果又是不好的，那么一个是坏的结果，一个是现在我们这样和和美美的生活，这两个相比，你说，哪个更好？"

夏夕阳无话可说了，朱大进说的那个不好的结果把她给吓住了，她突然感到一阵发凉，自己怎么就没有深想，万一案子输了，她将被送回北京，那么，然后会怎样？难道真的等着朱大进来救她？难道朱大进真的会去北京找她？他真的会把她带回澳洲？朱大进是可以信赖的吗？朱大进难道没有骗过她吗？她为什么会有现在的遭遇？难道不是因为轻信朱大进？她不敢想了，她想不下去了。她感到自己好像走到了万丈悬崖，悬崖下是滚滚江河，还是无底深渊？她看不清楚，跳下去会有何结果？是粉身碎骨？还是绝处逢生？只有天知道！她含糊了，整夜失眠。

次日，满腹心事的夏夕阳没有心思读英文了，在学校她恍若游魂，对同学的招呼都视而不见。

"哈罗，夏，你怎么啦？"

夏夕阳被说话的人吓了一跳，定睛一看，原来是班上的金小姐。

这位金小姐20出头儿，来自韩国，生得大眼高鼻，耸胸翘臀，顶着一头齐腰金发，浓妆艳抹，活脱脱如芭比娃娃。夏夕阳初见她时，惊叹她为何长得如此完美？怎样会有这样精致的五官！但是，金小姐很坦诚，她告诉夏夕阳，她的容貌是照着日本明星整出来的。前后12次美容手术，才成现在这个模样。

金小姐来学校不是为了考雅思，她对学习没有兴趣，她是为了延续签证，为了出勤率才到的学校。

不知什么原因，一到教室，金小姐就对夏夕阳有好感，下课后，金小姐主动邀请夏夕阳一同喝咖啡，她那么美丽，夏夕阳看着也喜欢，和一位漂亮女孩聊天，本来也是一件快乐之事。

金小姐很健谈，她告诉夏夕阳，半年前，她在网上认识了一个朋友，这个朋友名字有点意思，叫古德菲露，意思是"好家伙"，是广播电台的节目主持人，他们每天都通过手机或电子邮件联系，一周前，好家伙提出给金小姐买机票，请她到澳洲一游，所以，金小姐就到了悉尼。两人一见如故，相互喜欢，决定一起过圣诞，可是，金小姐的签证只有两周，为了延长签证，她注册了英文学校，把旅游签证改为学生签证。

"我们只是好朋友，我们不住一起，他给我订了酒店，看看，这个就是我住的酒店。"

金小姐说时，打开手机，给夏夕阳看那上面的照片。照片上是金小姐和一个澳洲男人在酒店前的合影。那个男人，几绺白发，稀稀落落，贴在光亮的大头上，他的脸有点歪，他的身材很魁梧，但啤酒肚也很大，好像捧着一个大西瓜。这副模样与艳光四射的金小姐着实不搭配！

"嗯，有点意思。"夏夕阳不知该说什么了。

"你没事吧？"金小姐关切地问。

夏夕阳太郁闷了，就把自己的事情大概地对金小姐说了。

金小姐很吃惊："我的上帝！这怎么可能呢？你为什么还坐在这里？"

“你是何意?”

“难道你不想干点什么，仅仅就这样子干等着?”

“我又能做什么呢?”

“当然了，有些事情你现在应该做！你这么漂亮，很容易找到男朋友，如果你有男朋友了，即使案子输了，男朋友也会把你带回悉尼的。你不能傻等那个朱，他以前对你不好，你怎能再信他，你必须要有准备。”

金小姐虽然年轻，但说话蛮有道理。昨夜，她左思右想，不得要领，现在，金小姐的一番话，点醒了她，她确实应该做点事情，万一万一，万里有一，假如，那个倒霉的一真给她遇到呢?显然，这个时候，她仅仅这样干等，没有任何准备，怎么说也是不明智的。

金小姐又说：“你知道我是干什么的?”

“我怎么知道，你从未谈过，你到底什么意思?”

“我是婚姻会所的天使，每一天，我都会帮助一些女孩找到男朋友，我就是这样认识好家伙的，他是个好人，我叫他帮你找一个好男孩，正好，他给我来电话了，我干脆叫他过来，我们一起谈谈，你告诉他，你想找什么样的?”金小姐不等夏夕阳说话，就在电话里叫好家伙立刻前来。

好家伙就在附近，隔了一会儿，他就找到她们。

金小姐给夏夕阳和好家伙做了介绍，然后直奔主题：“亲爱的，夏需要帮助，我们一定要帮她！”

“我很愿意，但是需要怎样做?”好家伙有点丈二和尚，摸不着头脑。

“很简单，就是帮她找到一个好的男朋友。”金小姐说。

“就这事?”好家伙笑了，“没问题，我们办公室有几个小伙子，我们周末可以组织一个聚会。”

“太好了，亲爱的，就这么定了！”金小姐高兴地说。

金小姐的自作主张使夏夕阳有点不知所措，她还没有想好，下一步自己应该怎样做?可是，金小姐已然开始给她张罗了，她有点犹豫，是否应该接受金小姐的安排?突然，她的手机响了，打开电话，是黄代理！这是她最想接听的电话。

“您好！黄代理，案子有消息了?”

“是的，我刚刚接到法院的通知，他们要你出庭！”

“什么意思?”夏夕阳吓一跳，原本以为，她的案子不过是走个法律程序，交几份文件，然后等通知。想不到，她的案子还有这么一项，搞得如同真的打官司一样。

“就是到法庭上去，法官会向你提一些问题，你来回答，可以要求配翻译。”

“那我现在应该怎么做？”

“你别紧张，这个出庭也没什么可怕的，这是民事法庭，和刑事法庭不一样，庭上只有一个法官，也没有陪审团，法官不会难为你，只是问你一些相关的问题，和移民官面试差不多。”

夏夕阳松了一口气，在她续签学生签证时，曾到移民局面试，移民官很和蔼，提的问题也很简单。

黄代理又说：“不过，你自己也要重视这次的出庭，仔细想一想，法官可能会提一些什么问题？我认为，应该是一些与你的工作时间、学习情况相关的话题，对了，还有收入问题，他们不是要你提供过账单、银行记录这些东西吗？也许，会问一些和这个有关的问题，你考虑一下，怎么回答比较好，另外，出庭时你也可以带人进去。”

“您会出庭吗？”

“我就不去了，因为到了法庭，是你自己回答问题，我在那里不起任何作用，所以，我就没必要过去了。但是，那几个给你写证明信的人，他们都是老外，他们如果有时间陪你去，倒是一个很好的支持，你可以邀请他们试试。”

“好的，什么时候开庭？”

“两个月后，具体时间和地址我一会儿给阿朱传真过去。你尽快同那几人联系，有问题，你再给我电话。祝你好运！”

“谢谢！”

夏夕阳朝思暮想，终于得到了的法院信息，她本该高兴，但是，出庭一事，令她意外，不过，黄代理既然说像面试一样，又把可能出现的情况给她做了分析，那么，她就应该按照他的建议去准备。

夏夕阳立刻给约翰打电话：“你好！约翰，我是夏，你好吗？”

“嘿！夏，很高兴接到你的电话，我很好，你好吗？你的案子怎样了？”

“我还好，我刚得到通知，要我出庭，我对出庭的事一点儿也不了解，所以，有点儿担心，你能和我一起出庭吗？”

“你出庭是哪天？”

“两个月之后。”

“没问题，我可以去。地点在哪里？”

“谢谢！非常感激你的帮助！我一会儿把地址传给你。祝你今日愉快！”

“不客气，再见！”

夏夕阳很高兴，约翰答应同她一起去法院，这使她的心里有了一点底气，她再接再厉，接着给玛蕊打。和约翰一样，她非常痛快地答应了！

有了两位澳洲朋友的支持，夏夕阳对于出庭的顾虑减轻许多，之前，她还在因为案子的渺茫而不知所措，突然间，案子有了消息，而且马上就要开庭，她既高兴，又担忧，高兴的是，等待已久的结果快要到来了，担忧的是到了法庭，自己将如何应对？如果在法庭，她因表现不佳而影响到判决，那将是她最大的遗憾！

她很纠结，仔细地回想，自己的签证被移民局取消的理由有两项，一是工作时间超过限制，二是出勤率不够。那么，自己在申诉的材料中已经否认这两项指控，而且，还提供了相关的证据，法官应该已经看过那些材料了，为什么还要出庭呢？难道，她提供的材料，不足以支持她的申诉？那么，在法庭上，她应该有什么作为？什么样的材料，什么样的证词，才能够达到有帮助的效果？她冥思苦想，突然，她想起学校的校长，校长是个好心肠，他曾经说过，有困难可以找他，他还说过，学校也曾有同学被取消过签证，是他，帮助同学拿回了签证。是的，校长在这方面有经验，他一定了解出庭的事情，应该向他请教。

于是，夏夕阳给校长打电话，校长还记得她："嘿，夏，你的案子进展如何？"

"两个月后，我需要出庭，我很紧张，您有什么好主意，比如，现在我应该做点什么准备？"

"这个嘛，它只是法院审理的一个程序，不要太担心，轻轻松松地进去，你只要回答他们提的问题就好了，实话实说，我和学校都会支持你，我猜，你一定会通过的。"

校长的一番话，给夏夕阳吃了宽心丸，使她的心情大为放松，她想，该做的，已经都做了，剩下的，只有听天由命了。

做完这一切，夏夕阳就去找朱大进，她想看看黄代理发来的传真。

朱大进并不想听到法院的消息，他希望夏夕阳的案子能够拖延下去，拖上几年最好，至少，拖过一年，因为，一年之后，他的身份和婚姻问题将全部解决。但是，天不如人愿，法院送来通知，夏夕阳的案子就要开庭了，黄代理说，开庭之后很快将会判决，这就是说，夏夕阳的案子很快就要有结果了，他有点担心，假如案子赢了，当然好，可是，如果输了，问题就多了，首先，他很担心，夏夕阳会不会消失？那样的话，他的保证金就会失去，那可是3万澳元，换成人民币就是近20万啊，他怎么能够让这么一大笔钱就这样丢掉！再一个问题就更加麻烦，如果案子真的输了，根据他之前的说法，他要亲自送她回北京，并和她在那里结婚，然后，在北京陪伴她，直到把她带回悉尼。可是，他现在还没离婚，根本就不具备结婚的条件，而且，悉尼的公司他需要经营，他是不可能扔下生意不管的，"冲冠一怒为红颜"，这样的信誓，他嘴上可以讲，但怎么可能身体力行？他又不是十几岁的毛头小伙。更何况，他拿到澳洲身份是有条件的，就是住够澳洲满10年，如果他现在离开，他就不够10年，在满足10年这个标准之前，他不可能拿到身份。种种原因，都不允许他陪夏夕阳去北京，所以，一旦案子失败，他和夏夕阳目前的生活将被彻底打乱，可能出现的状况，看得出来，很不乐观。

因此，他反复看了那份法院的传单，发现上面有一句话：如果你有适当的理由，法庭可以考虑，更改庭审日期。

这个信息，令他眼前一亮，立刻给黄代理打电话："喂，我刚刚研究了这个传单，是不是我们可以申请延期庭审？"

"如果有理由，原则上是可以的。"

"那么，我们就申请延期吧。"

"为什么？夏夕阳不是很着急？她已经等得很辛苦了。"

"她想问题太简单，她只想到赢，不想输了以后怎么办？我的意思，能拖就拖。"

"那好吧，以什么理由呢？"

"你看找什么理由？"

"就说她生病？"

"老兄，这个出庭是在两个多月后，什么病，可以过了两月还不好？"

"说得也是，那，就说，她正在忙着考试，等学期结束了，再出庭，怎样？"

"这个理由还说得过去，因为出庭的日期正好不是假期。好吧，我现在就写申请报告，夏夕阳那里，你同她讲，我需要她签字，并出示学校的课程表。"

"好的，我明天就带她去你那里。谢谢，那就明天见。"

刚放下电话，夏夕阳就到了。朱大进很高兴地迎过去。每当夏夕阳出现在店里，他的心里便很高兴，脸上就笑开了花，他的这份格外的热情，非常明显，令夏夕阳感觉惊讶，他怎么那么开心？是因为他自己在公司待得太久，一个人太寂寞？还是他的心里，真的喜欢自己，愿意见到她？

"夕阳，你好啊！怎么想起过来了？快坐，我给你拿饮料。你先吃这个。"说时，朱大进把桌上的饼干盒打开。

"别忙了，我什么都不需要。黄代理把法院的通知传过来了？我想看看。"

"看你急的，在这里。"朱大进拿给她。

夏夕阳看到了法院的通知信，上面写明，请她出庭的时间、地点，她需要在21天之内提供几份材料，1份学校的录取通知书和入学证明，1份课程表和课目的考试成绩。另外，还指出，夏夕阳有权利要求法院给她提供一份关于庭审的口头和书面材料。

此外，法院还给她附上一份说明，在说明上，详细地指出了出庭时将会出现的程序，听证后，法官的决定会有怎样的效果，夏夕阳从这份材料中得知，如果她对案子的结果不服，她还可以继续上诉，但是，只有联邦总理才有权力推翻听证会的判决。不过，除非极其特殊的案子，一般情况下，总理绝不会过问像夏夕阳这样的小案子，更不会去动用这项权力。换言之，听证会将是决定夏夕阳命运的最后时刻。

“夕阳，你看，你现在需要准备好多材料，而且还有时间限制，所以，我刚才跟黄代理谈了，准备申请，把出庭时间向后推延。”

“为什么？这样不是又要等很久？”

“理由有很多，我就不一一细说了，简单地说，对你有利。明天，我们去黄代理那里，他会把申请写好，你需要签字。另外，黄代理要你把学校的课程表给他复印一份。”

夏夕阳想，法庭要她出示的材料，有的她已经在手上，有的，她需要到学校去找，学校老师的时间，她不敢确定，而老师给她出具材料所需的时间，她就更加不好确定，于是，只好同意延期。

延期申请交上，很快，法庭就来了回信，同意延期 10 天。就是说，出庭时间变化不大，还是在两个月后。

按照法院的要求，夏夕阳收集好材料，又将约翰、玛蕊将到法庭做证一事提出书面说明。黄代理说，这些材料都需要太平绅士签字，表示所有的复印件来自原件。

太平绅士是澳洲政府给一些有公信力的人，比如律师、医生、银行经理等所赋予的一种特殊称号，有这个称号的人，每人都刻有一个图章，上面有姓名和地址，他们可以在复印件上签字盖章，证明复印件是真实的，政府部门认为，在太平绅士的面前复印的文件才是可信的。

如何去找太平绅士，夏夕阳请教寇先生。

寇先生说：“太平绅士到处都有，随便就可找到。这个我替你办。你还需要什么？看我能否帮上忙？”

“我快要出庭了，现在正准备材料，看，这些是我请的证人。”

“我也可以为你做证，你哪天去？我陪你去！”

“真的？那就太好了！谢谢您！”

“我还可以让我的儿子帮我写一封信，证明你是个好医生，好学生！”

“这样就帮我大忙了！太感谢了！”

寇先生带着夏夕阳到了邮局，他找到里面的一个老先生，把情况作了说明，老先生要求夏夕阳把所有的材料在邮局当面复印，然后，在复印件上签字盖章，这个事情，看似简单，但很费功夫，一大堆材料，一张一张，又是印，又是查，又是签名，又是盖章，全部搞定，花去半个小时。邮局老先生很认真，毫无怨言。做完之后，也不收费，这令夏夕阳非常感动！想当初，夏夕阳在汤会计那里做报税单，之后，他说应该做个复印，盖太平绅士的章，他自己就是太平绅士，给夏夕阳盖了那么一个章，居然收了50澳元！

当然，夏夕阳更加感谢寇先生，那天，他的腿有点拉伤，走路一瘸一拐的，却带着夏夕阳在唐人街走来走去，一直忙了大半天！

虽然材料准备妥当，但朱大进对出庭的担心比夏夕阳更甚，他再三提醒夏夕阳："你仔细想想，当初移民局都从你办公桌上拿了什么？那上面都写了什么？"

"就是那个预约本，还有开诊以来的病例。"

"这个就麻烦了，如果有很多病人的话，你怎么解释你的工作时间？"

"我的诊所这么偏僻，根本没有人看得到，本来病人也不多，应该不是问题。"

"你自己好好想想，怎么解释。你出庭说的每一句话，对判定结果有直接的关系，所以，这几天你就要多动脑子想想，还有，出庭前一天，要同你们校长讲一下，法院的传单上说了，听证当中，可能要给校长打电话。万一法院要求学校出什么证明，校长心里也会有个数，站在校长的角度，他也希望你赢，因为学生的签证被取消，这对学校来说，也不是什么好事情。"

"我们校长人很好，他说会帮忙的。"

"另外，你不是看过医生吗？把那些证明找出来，复印一下，带到法庭，到时候也可能有用，还有，你考雅思和学习的材料，都带到法庭去，主要是证明，你一直都在学习。"

于是，夏夕阳努力地寻找可能有帮助的材料，最后，那些资料堆了半个书桌，当然，都是学习材料，大部分是雅思的练习作业，其中有两个笔记本是英文写作，上面还有约翰和玛蕊的批改笔迹。

两个半月，在紧张和不安中过去了。庭审的日子来到了。为了能够有一个比较好的精神状态，出庭前一晚，夏夕阳早早便上床，可是，她翻来覆去，就是难以入眠。脑子里一遍遍地设想着法庭的情况，辗转反侧，迷迷糊糊地一直挨到凌晨，她才沉入梦乡。

"丁零零……"闹钟一阵轰鸣，沉睡中的夏夕阳，毫无知觉，朱大进倒是跳了起来，他一看表，刚刚凌晨6点，再看看夏夕阳，依然酣睡。

"真有你的，这个时候，居然还能呼呼大睡！闹钟都不起作用！还把钟调到6点。自己闹不醒，却把别人闹醒！"他嘟囔着，把闹钟调到7点半，倒头接着睡。

闹钟再响时，夏夕阳惊跳起来，她一看表："糟了，都这点了，我要迟到了！"

"别慌，时间足够了，9点半才开始，吃完早饭，我送你，你先把要带的东西准备好。"朱大进安慰道。

夏夕阳赶紧收拾，材料居然装了两个大包。

"你去吗？"夏夕阳问朱大进。

"不是有约翰和玛蕊吗？我就不去了，他们比我有用，另外，寇先生不是也去？我今天上午有两个客人，我得在店里盯着。你完事后给我电话，我来接你。"

听证会的地址是：Level 3，AXA Centre，44 Market Street，Sydney 2000（悉尼市马克街AXA中心3层），这是悉尼市中心的一座大楼，法庭只租用其中的一部分，其他部分，是几个不同的私人公司的办公室。

夏夕阳没有想到，法院看上去和普通的办公室一样，没有太大的区别。她到达时，寇先生已经等在那里，随后，约翰到了，夏夕阳就给他们两人互相介绍，这时，玛蕊也来了，大家就一道去乘电梯。

到了三楼，一出电梯，迎面就是"AXA中心"的招牌，夏夕阳心里不禁一颤，寇先生看到她的神情紧张，就说："别怕，先过去报到，没事的。"

夏夕阳就拿着法院的传单到接待员那里报到。

接待员是位年轻女子，她和善地笑笑，用手指着旁边的椅子说："好的，请坐下等。"

夏夕阳和众人便落座等待。

不一会儿，里面出来一个澳洲男子，身高体胖，头发花白，他说："谁是夏夕阳？"

"我在这里。"夏夕阳赶紧站起来。

"请跟我来，到这里。"他引导夏夕阳和她的朋友们向里面走去。

"这里可能就是法庭了。"寇先生指着一个房间对夏夕阳悄声说。

夏夕阳看见，这个房间，布置有点像电影里出现的法庭，但是房间规模很小，严格地说，有点像教室，因为里面有讲台，有课桌，但少了法官旁边的陪审席。讲台上，有一面大桌，桌后坐着一位中年女子，金发碧眼，端庄威严，这是法官？可是，她没有戴法官的发辫帽，也没穿法官的大黑袍。夏夕阳心里猜度。

"All right，I am Emily David，the judge for today in person hearing，are you Miss Xiyang Xia？（好了，我叫艾米莉·大卫，是今天听证会的法官，你是夏夕

阳女士?)”

艾米莉法官接着一一核对其他人的姓名、职业，并问他们是否都是证人。然后，她叫每人在澳洲男子的引导下，向法庭宣誓。

夏夕阳首先跟随法官助理宣誓：我向神圣庄严的法庭宣誓，我保证在此所提供的所有证词和证据都是真实的，可信的!

其他人也一一随同法官助理宣誓：我向神圣庄严的法庭宣誓，保证在此所有证词都是真实的，可信的!

宣誓后，艾米莉法官说：“All witnesses please sit outside, you will be called later.”（所有证人请到外面坐，之后将会被传唤）

于是，众人出门等候。

这一点，出乎夏夕阳的意料，之前她以为，庭审当中证人会坐在屋内。

“All right, Miss Xiyang Xia, sit down please. We are here today to review your case, review of a decision on a Class Student (temporary) (Class TU) visa. I will follow the Australian law, bound by the Act, the various regulationg and any relevant written directions issued by the Minister under section 499 of the Act during the hearing, some matters may be the subject of Departmental policy, as found in publications such as the procedures Advice Manual 3 (PAM3) and the Migration Series Instructions (MSIs), produced to have regard to policy and apply it unless there are cogent reasons for departing from policy.”（好了，夏夕阳女士，请坐，我们今天在此来回顾你的案子，也就是说，重新审核你的学生签证被取消的事宜。我会根据澳洲的法律，依据有关规定，以及与外交部长下达的第499号文件诸方面有关的政策政令等，有的可能与移民局的政策有关，比如已经公布的PAM3步骤，比如移民指导，所有的程序都将遵循上述规定。）

艾米莉法官接着说：“Here is an interpreter to help you, he is a professional in hearings, you can ask him any questions if you cannot understand whatever I say.”（你有一个翻译，他是我们为你准备的专业的中文翻译，如果你不理解我说的需要翻译的话，可以随时提问题。）

“Ok, thank you.”（好的，谢谢。）夏夕阳回答。

“Also, we are going to make a recording during the hearing, please make sure you talk toward to the machine, you can have a copy of the recording too.” 艾米莉继续说。

翻译：“另外，在庭审期间，我们将录音，请讲话时对着录音机。你可以申请拿一份录音磁带。”

“好的。”夏夕阳回答。

接下来，艾米莉法官开始提问："what is your address?"

翻译："你的住址在哪里?"

夏夕阳回答："3/8 Waters Road Martin Place."（马丁区沃泰斯路8号3室）

艾米莉法官："When did you come to Australia?"

翻译："你什么时候来的澳大利亚?"

"26th December 1996."（1996年12月26日）夏夕阳回答。

庭审就这样开始了，接下来，艾米莉法官询问了夏夕阳来到澳洲之后上过什么学校，学了什么课程，有没有课程的结业证明？等等。夏夕阳一一给予回答。她感觉，法官所提问题，都很简单，不过是自己日常学习生活的时间表，原来，庭审是这样，她不安的心开始放松。

突然，艾米莉法官问道："I have all the documents from the Immigration office, I leaned that your attendance at the SUN college from June to October last year is not enough, why?"

翻译："我手上有移民局转来的所有关于你的资料，我从这里看到，去年从6月到10月这段时期，你在阳光学院的出勤率不够，为什么?"

夏夕阳没有注意过她的学校出勤率，艾米莉法官的这一问，吓她一跳，她沉默片刻，反问法官："Can you tell me what my attendance was?"（可否告诉我，我的出勤率是多少?）

法官："That was 60%, according to the regulations, you should have more than 80%, can you explain?"

翻译："你的出勤率是60%，按照规定，你的出勤率应该在80%以上。你怎么解释?"

夏夕阳这时缓过神儿来，自己一直都按学校规定去学校上课，她的考勤怎么会出现问题？这样想来，她便回答："I have no idea about the record, I am a good student and go to school following the college time table, maybe, something is wrong in the school computer? Can you call the Principal to double check?"（我不知道为什么有这样的记录，我是个好学生，每天按照学校规定去上学，也许学校的电脑出了什么问题？请给校长打电话，请他们复查。）

法官说："OK, I am going to call him."

翻译："好的，我现在就给他打电话。"

艾米莉法官开始拨电话。

她打开电话的对讲按钮，嘟！嘟！嘟——大家都可以听到。

不久，电话接通，法官说："Hello, my name is Emily David, the judge from Migration Review Tribunal, I am conducting a hearing about your student Xiyang Xia at the moment , can I talk to principal ?"

翻译："哈罗，我叫艾米莉·大卫，是移民局复议评审法官，我正在听证会上，这个会是关于你校的学生夏夕阳的，我要同校长通话。"

学校服务台："Good morning, the principal is out from school this morning, would you leave your phone number? I will give to him as soon as possible."

翻译："早上好，校长一早就出去了，你可以把姓名电话留下，我尽快给他。"

法官："No, I am in the hearing, if the principal is not available, I would like to talk with the student management, can I have his name?"

翻译："不，我们正在庭审，既然校长不在，那么，我想同学生管理长谈谈，他叫什么名字?"

学校："Her name is Sonia. I will put you through."

翻译："她叫索妮亚。我把电话转过去。"

"hello, This is Mahamad, School officer. How can I help you?"电话里传来一个男子的声音，他的英文带着很重的口音。

翻译："哈罗，我是马哈马德，学校办公人员，有什么可以帮您?"

法官："Are you student management ?"

翻译："你是学生管理长吗?"

男子："No, the student management is called Sonia. I get her for you."

翻译："不是，学生管理长叫索妮亚，我给您找她。"

过了一会儿，电话那边传来一个女子的声音："Hello Sonia , the student management, How can I help you ?"

翻译："喂，我是索妮亚，学生管理长，需要我做什么?"

法官："I am conducting a hearing for students review of a decision on a Class student visa. I need ask some questions."

翻译："我正在学生签证的听证会上，我想问你几个问题。"

索妮亚："OK, what would you want to know?"

翻译："好的，你想知道什么?"

法官："How do you make the student attendance record? What is Xiyang Xia attendance number?"

翻译："你们怎么记录学生的出勤率？夏夕阳的出勤率是多少?"

索妮亚："All students attendance record is in the computer, we have some body to do double check from time to time. What is the student name? So I can check for you."

翻译："所有学生的出勤率都记录在电脑里，我们有专人定期做检查。那个学生的名字叫什么？我再去查一下。"

法官："Xiyang Xia，She is studing accounting management in your school。"

翻译："夏夕阳，她在你们学校学习，专业是会计管理学。"

索妮亚："OK. I am going to check. "

翻译："好，我马上去查。"

法官在等索妮亚，这时，夏夕阳突然想起，自己在去年的那段时间，经常去看医生，就把那些医生证明找出来，她请翻译告诉法官，她因为生病，有几天没有去上学，也许，这就是出勤率不够的原因。

法官仔细看了那些医生证明，问她生的什么病？看的哪个医生？夏夕阳一一回答。

然后，法官又问夏夕阳："Did you tell school when you were sick? Did you show the doctors certificate to the school?"

翻译："当你生病时是否向学校请假？是否把医生证明给学校看？"

夏夕阳："No. "（没有。）

法官："Why? Did school ask you ?"

翻译："为什么？学校没有要求你吗？"

夏夕阳："No , I did not think that my attendence was poor, this may be the reason. "（没有，我当时不知道我的出勤不够，也许，生病是造成出勤率低的原因。）

法官说："OK. "

正在此时，索妮亚有了消息："Thanks for waiting, this student record on the computer was 60% , but she has some subjects which can be done at home, when she finish those parts of study, the teacher will make mark, the home study can also be caculated in student attendance. I just check , if include this part, Xiyang Xia attendance is over 80%. which matches the standard. "

翻译："谢谢，久等了。夏夕阳在电脑上的记录是60%，但是，她有几个专业的课，可以在家自学，她完成后，老师就会给出评分。这种自学也应该包括在出勤率中。如果把她自学的时间加上，她的出勤率就超过了80%，这就达到了出勤率要求的标准。"

夏夕阳听到索妮亚的解释，恍然大悟，原来问题出在这里！幸亏索妮亚检查得仔细，否则，她上哪里去说理？夏夕阳的心里太感谢索妮亚了！这位学生主管实在太好了，简直就是救命的菩萨！上帝保佑美丽的索妮亚主管！

法官："All right, when students have sick days, how does school mark their attendance?”

翻译：“好，那么当学生生病时，学校怎么记录学生的出勤率？”

索妮亚：“Well , when student show their paper from the doctor, we will mark the time in attendance.”

翻译：“这个嘛，根据学生提供的医生证明，我们把它记入在出勤率中了。”

法官：“This is all. thanks for your help!”

翻译：“就这样，谢谢你的帮助！”

索妮亚：“No worries! My pleasure. Bye!”

翻译：“不客气，我很荣幸！再见！”

艾米莉法官挂断电话，然后继续询问：“I have also noted that you have a shop?”

翻译：“我注意到，你有一个店？”

艾米莉接连问了一系列与诊所有关的问题，比如诊所的地址在哪里，有没有执照？有谁在店里工作？诊所开门的时间？夏夕阳如实回答。

夏夕阳以为关于学校的问题已经解决，接下来，应该没有什么太难的问题了。可是，她刚想松一口气，就听法官问：“I just learned that some days you were sick, but on the appointment book, in the same day you have patient, you can not go to school when you were sick, but you can see patient?”

翻译：“我刚发现，在你生病的有些时候，在你的预约本上，在相同的时间上，你有病人，那么，你因为生病而不能去上学，但是你却可以给人看病？你怎么解释？”

夏夕阳赶紧回答：“The appointment with patient made always before, some before few days, some even few weeks, when I make the appointment, I do not know that I will be sick, when I was sick, I cancelled the appointment.”（病人的预约都是提前预订的，有的数天之前，有的甚至几周前就约了，在我和病人约定预诊的时候，我并不知道，自己将会生病。当我生病的时候，我自然就会取消预约。）

法官又问：“So how long did you work per day?”

翻译：“那么，你每天工作多长时间？”

夏夕阳：“Some day one hour, some day few hours, some days even nothing, it all depends on my appointment. But always my work hours were under 20 hours.”（有的天是1小时，有的天是数小时，有的天，是没有工作的，我的工作时间完全根据我的预约来定，但我一定把工作时间控制在20小时以下。）

法官：“But as you have a business, you need time to buy herbs or some equipment and so on, also the paper works such as bills, those all need time, how do you manage that?"

翻译："你在经营生意，那么，你需要购买药品、仪器等，你还要做文书工作比如记账等，这些都需要时间，你是怎么处理这个问题的？"

夏夕阳回答："As you can see, my business is a very very small , they take very little time, not too many things needed to be done. All the paper work, shoping just need few minutes, add this time to my work time, I still work no more than 20 hours."（你已经看到了，我经营的是一个很小很小的生意，全部的管理工作包括买药、做账只需数分钟，加到我的工作时间，并没有超过20小时。）

法官继续围绕着生意和工作时间提问，法官试图从夏夕阳在报纸上的广告及名片上的工作时间来推断夏夕阳的工作时间，夏夕阳没有想到，宋孃、刁敏等居然把这些东西都收集起来，送交移民局，可见，她们准备得多么精心！分明是要把她一棒子打死！但是，夏夕阳岂可认输？不论法官怎样问，她始终坚持，她的工作时间没有超过规定。

法官又问她一般何时来到诊所？夏夕阳回答，她既然租了诊所这个地方，她就有权利，想什么时候来就什么时候来，一般情况下，她都是在诊所看书，因为这里安静，便于读书，她租的地方，她有权利在里面做任何想做的事情。

这样，法官和夏夕阳问来答去，时间已然到了中午，法官看看表，然后耸耸肩："All right, it is near noon, please call Mr John to come in."

翻译："好的，已经快到中午了，请约翰先生进来。"

法官助理到门外把约翰请来。

法官："Mr John, are you here as a witness for Xiyang Xia?"

翻译："约翰先生，你自愿来此做夏夕阳的证人吗？"

约翰："Yes."

翻译："是的。"

法官："Have you been to a tribunal before?"

翻译："你以前来过听证会出庭吗？"

约翰："No, this is the first time."

翻译："没有，这是第一次。"

法官："What is your occupation?"

翻译："你的职业？"

约翰："I am a teacher at the Sydney university."

翻译："我是悉尼大学的老师。"

法官："How long have you Known Xiyang Xia?"

翻译："你认识夏夕阳多久?"

约翰："I have known her for few years."

翻译："我认识她好几年了。"

法官："How did you meet her?"

翻译："你们是怎样认识的?"

约翰："I knew her through one of my students, I have been helping her to study English since, I have leaRnt she is a very honest person and good student, she is interested here and benefited the community."

翻译："我是通过我的一个学生认识她的，从那之后，我就帮助她学英文，我认为，她是一个诚实的人，也是一个好学生，她对澳洲很感兴趣，她对我们的社区也有贡献。"

法官："Where did you see her?"

翻译："你怎样和她见面?"

约翰："In her shop where I help her English study."

翻译："在她的诊所，我就是在那里帮她学习英文。"

法官："Have you seen her meet other people ?"

翻译："你是否看见她在那里接待其他人?"

约翰："Not when I was there."

翻译："我在那里的时候从未见她接待其他人。"

法官："Thanks, that is all."

翻译："谢谢你，就到这里。"

约翰离开后，法官把玛蕊请进来，法官问她的问题与约翰完全相同，玛蕊的回答也是相当地肯定，最后，玛蕊再三强调，夏夕阳是一个对澳洲社会有贡献的人，是一个非常好的学生，她甚至说，夏夕阳选择了一个偏僻的地方做诊所，就是为了更好地学习。

最后一个证人是寇先生。

法官问他："As a neighbour, you must see miss Xiyang Xia most of the time during working hours, have you see her to meet patients ?"

翻译："作为邻居，在工作时间，你应该在大部分时间见到夏夕阳小姐，你见到她看病人吗?"

寇先生："Yes, I see her every day, she did meet somebody, but was very few, most of the time she is studying, she is a good student and likes studying so much! I have never see anybody enjoy reading books like her. She is a nice person."

翻译："是的，我每天都见到她，有的时候，她看病人，但是她的病人很少，大部分的时候，她在那里学习，她是个好学生，喜欢学习，我很少见到有人像她那样喜欢读书，她是个很好的人。”

寇先生离开后，法官说：“It is time to close the hearing, is there any questions Miss Xiyang Xia?”

翻译：“听证会就要结束了，你还有什么话说吗？”

夏夕阳说：“Yes , I have to say, I am a good student , my school attendance was ok, I did not work more than 20 hours, Please consider all the information when you make decision about my case. I hope that I can get a fair decision.”（是的，我必须说，我是一个好学生，我的出勤率是可以的，我的工作时间也没有超过20小时，请您在作决定的时候全面考虑，我期待您给我一个公正的决定。）

法官说：“Well, that is all for today's hearing.”

翻译：“庭审就此结束。”

夏夕阳说：“When can I get the result?”（我什么时候可以得到结果？）

法官说：“You will get it after two weeks when decision has been made.”

翻译：“在结果出来之后的两周左右。”

夏夕阳没听明白，她在想，这到底是何意？法官只说在结果出来之后，她会在两周的时间里得到通知，但她没有讲，从现在要到什么时候，对她的判决才会出来？

在她思考这个问题的时候，法官已经离开房间，法官助理也跟着离开了，房间里只剩下翻译，夏夕阳有点儿六神无主，因为翻译也是中国人，夏夕阳就问他：“您觉得今天的庭审怎么样？对我的案子有利吗？”

翻译说：“这个我不好说。”

翻译怕担责任，事不关己，高高挂起，拿起书包走人了。

夏夕阳碰了一鼻子灰，十分沮丧。

这时，寇先生走了进来，他见夏夕阳一脸的沮丧，就安慰她：“小夏医生，不要担心，今天的庭审很不错的，法官也不错，提的问题也很好，一定没问题的，这里已经结束了，我们回去吧。”

夏夕阳就随同寇先生走出法庭，约翰和玛蕊还在外面等她，他们齐声说：“Every thing sounds all right, you should be ok, no need to worry.”（整个过程看来不错，你应该没有问题，不必担心。）

夏夕阳深深地感谢他们，约翰说：“That is my pleasure!（帮助你是我的荣幸！）”玛蕊说：“You have cared for me for a long time , this is the time for me to pay you back.（你一直照顾我的身体，现在是我回报你的时候了。）”

来到大厅，约翰说：“Good luck for you , Xia, I am going to see my friend,

Good bye every body!”（夏，祝愿你的案子顺利，我要去见一个朋友，再见了，各位!）

大家就一起向他招手道别：“Bye!”（拜拜!）

寇先生说：“It is time for lunch, can I take you to the coffee shop?”（午饭时间了，我请你们俩去咖啡店，可好?）

玛蕊说：“Great, that is a good idea!”（很好，这是个好主意。）

寇先生就带着两位女士来到市政大厦下面的一家咖啡店，这是一个新店，整面的墙壁，用人工瀑布装饰，屋顶是透明的玻璃，坐在那里，聆听哗哗的流水，身体沐浴着和煦的阳光，夏夕阳的心情立刻好转，她再次感谢寇先生：“寇先生，谢谢您，真的不知说什么才能表达我对您的感谢!”

寇先生说：“小夏医生，你不用客气，帮你，是我真心愿意的。”

玛蕊说：“This is very beautiful place, how did you find it?”（这个店很美丽，你是怎样发现的?）

寇先生说：“I have been here once, the food is not too bad, please choose something you like.”（我来过一次，发现这里的菜做得不错，你选一些你喜欢的。）

玛蕊就点了一份海鲜帕斯特，一杯卡布奇诺，夏夕阳点了一份柠檬蛋糕，一杯蓝山，寇先生给自己点了一份鸡肉三明治，一杯红茶。

玛蕊很高兴，她是个很健谈的女人，她非常喜欢给人作心理分析，在整个午餐中，始终都是她在做主角，她的不厌其烦的说教使夏夕阳和寇先生坐立不安，因为他俩完全没有兴趣听玛蕊的那些理论，后来，朱大进来了电话，夏夕阳很高兴，她对寇先生和玛蕊点点头，“Excuse me.”（对不起。）便到一旁说话：“你这个电话来得太及时，救我一命，谢谢!”

朱大进说：“发生什么事了?”

夏夕阳说：“玛蕊在给我们上课，已经一个多小时了，寇先生都坐不住了。”

“什么情况啊，你庭审了没有?”

“庭审结束了，我现在和寇先生、玛蕊在吃午饭。”

“咳!我这里等你的电话，等得火烧火燎的，你怎么跟没事人一样!庭审结束后，你怎么不给我打个电话?”

“对不起，我在这里陪着寇先生和玛蕊，人家为我花了一上午的工夫，我得感谢人家呀。再说，你不是有客人?我以为你在忙，就想等到下午再同你联系。”

“那你说说庭审的情况?”

“法官问了很多问题，都是围绕着出勤率和工作时间，她手上还有宋孃她们收集的我在报纸上做的广告，你看她们计划得多么周详!”

“那后来怎样了?”

“后来，法官就宣布庭审结束了，要我等消息。”

“你觉得今天的庭审对你有利吗?”

“我不知道，现在只好等法院的信了。你在干什么? 可以来接我们一趟吗?”

“我现在没有事了，可以过来。”

“你来了，就把我和寇先生都救了。我们先把玛蕊送回家，然后，再把寇先生送到他店里。”

打完电话，夏夕阳就对寇先生用中文说：“朱大进一会儿过来，我们把玛蕊先送回家。”

寇先生说：“好啊，叫他赶紧过来，我们太需要他帮忙。我真的已经坐不住了。”

玛蕊住在 doublbay（大波贝），朱大进把她一直送至楼下，下车时，她一再跟寇先生说：“It is very nice to meet you, I hope to see you soon! ”（非常高兴遇见你，我希望很快再见到你!）

玛蕊又转向夏夕阳：“He is a charming man. （ 他是个有魅力的男子，是不是?）

夏夕阳忙说：“Yes, he is a good boy!”（确实，他是个好男人!）

在回来的路上，寇先生说：“玛蕊太能聊了，她是不是有点走火入魔? 讲起来没完没了。我真受不了了。谢谢阿朱，如果你不来，我们都不知怎么让她停下来。”

三天后的下午，寇先生给夏夕阳打电话：“小夏医生，我刚刚回到我的公司，玛蕊今天来我店里了，她是中午来的，说了一会儿话，可是过了很久，还没有走的意思，我就请她去吃水饺，她很高兴，吃饭时又给我上课，你看，都几点了，一个下午又过去了。”

“她给你上课，是因为你请她吃了饭，因为，她认为，你花了钱，她给你上了课，这样，大家就两不欠了。”

“原来是这样! 那么，下次我就不请了，大家 AA 制。”

又过一周，夏夕阳在唐人街上看见了寇先生。

“寇先生好! 最近在忙什么?”

“还是老样子了。不过，新闻倒是有一个。玛蕊这周又来了，这次，我没有请她，她果然没有再给我上课。她的想法和我们真的不一样啊。”

听证会不久，夏夕阳又报了一个雅思加强班，这样，每天把全部的精力集中在学习上，取代了等待法院结果的心焦与不安，日子也就好过一些，不知不觉中，两个月过去了。

一天，她在唐人街买面包，突然看见一个人，她一愣，就听对方喊道："哎，小夏，这不是小夏吗？"

夏夕阳也认出那人，"赵大姐，你怎么在这里？"

这位大姐就是赵红卫，那个夏夕阳在医疗中心工作时见过的局长夫人。几年不见，赵大姐的腰身已经发福，走路时的底气也大不如前，但她的衣着依然光鲜。她以优越的姿态看着夏夕阳。

"小夏，这几年你过得怎样？身份解决了吗？"

"我还好，您怎么样？奔恩怎么样了？"

"你还记得奔恩？我已经和他结婚了，我们刚从北京回来，我给他在北京买了好多衣服，从里到外，全部都是'Made in china'（中国制造），他可高兴了！"

"祝贺你们，请向他问好！"夏夕阳真心为赵大姐高兴，以她那样的高龄，还能够把奔恩追到手，确实也不容易。"您和黄刚还有联系吗？"

"他呀，没有了，你想，他个小司机，在这里能干什么呢？还不够我操心的。"

"您和张惠芳还联系吗？"

"也没有。你知道吗？她以前是小偷，黄刚和她，是警察和小偷的关系。"

"不知道，您把我说糊涂了，如果是这样的话，他们怎么走到一起？又怎么来到悉尼？"

"警察和小偷，这个关系你怎么不清楚呢？黄刚在公安局开车，也算半个警察，警察帮小偷，这个在公安局太平常了。再者说，那张惠芳有钱啊，有钱能使鬼推磨，黄刚是什么人？给点腥就沾的馋猫，所以，他们就凑到一起了，你以为呢？难不成你真当他们是夫妻？"

夏夕阳没有想到，张惠芳还有这段故事，也不知这位赵大姐所言是否为实？她本想把在难民营见到张惠芳的事情告诉赵红卫，但转念一想，何必呢？张惠芳对于赵红卫，两个人本来也不算朋友，彼此又互不关心，干吗给赵大姐平添一个谈资？

赵大姐又说："小夏，你后来去过那个医疗中心吗？"

"没有。"

"那里的变化可大了，以前那个院长不干了，他把医疗中心卖给中心的印度医生，他去搞什么投资公司了，听说赚了大钱了。你可是真够傻的，他当时很看好你的，你如果跟了他，现在那个医疗中心就是你的，你想干什么不行？"

往事，夏夕阳不堪回首的往事，被赵大姐不经意地提起，赵红卫哪里知道，夏夕阳后来的遭遇？如果赵红卫知道她和朱大进的这段经历，赵大姐一定要指着夏夕阳的鼻子大喊一声："你是天底下头号大傻瓜！"

但是，夏夕阳不想听赵大姐的责骂，她转移话题："赵大姐，那个汤姆还在医疗中心？"

"那小子，顶不是个东西！他爱人帮他办好身份后，他就开了个按摩诊所，请了好几个漂亮小姐，专门给人'打飞机'，谁都知道，那个很赚钱的，后来，他就和里面的一个小姐好了，把人家搞怀孕了，那个小姐也不好惹，是个越南华人，要求和他结婚，搞身份，不然，就找黑社会来搞他，汤姆害怕了，只好与老婆离婚。"

"他就是个花心大萝卜。"

"小夏，说了半天，你现在干什么呢？"

"我还在上学。"夏夕阳不想说太多，发生在她身上的事情，也不是什么光彩之事。

这时，赵大姐的电话响了，她看看，说："小夏，我得走了，奔恩在停车场等我呢，下次再聊。"

"赵大姐，再见！"夏夕阳看着赵大姐急忙离去，她的高跟鞋踩出一连串杂乱的声响，之前的霸气荡然无存。

人生真是无奈，美丽总是那么短暂，有谁能够挽留岁月？难怪古人常常感叹：绿水请波常在，人面不知何处！

从赵红卫的身上，夏夕阳看到了时光的变迁，她想，实现了梦想，生活在幸福中的赵红卫都无力抹去岁月的痕迹，那么，惨遭打击，四面楚歌，官司缠身的自己，岁月将会给她烙上怎样的瘢痕？她来到商场，在镜中，她看到，一个神情失落的女子，虽然她的相貌依然清丽，但已经不是那个意气风发的夏医生了！夏夕阳突然想起一句宋词：铜镜惊看朱颜改。岁月无情，这几年，它在夏夕阳的心底留下几道深刻的印痕！夏夕阳心生凄惶，忧心忡忡。

"哎，这是怎么啦，今天情绪这么低？"朱大进看见夏夕阳时这样问。他知道，夏夕阳是个透明人，心里有事，面上一定显示。

"我今天看见一个人，以前在医疗中心认识的。几年不见，她老了很多。"

"她多大了？"

"确切的年龄不知道，可能快60了。"

"哎哟，我当你说谁呢，五六十的女人见老，那不是太常见的事了！女人四十苦菜花，到了五十六十那就是黄花菜，还是过期的，没法看了！"

"你的意思是，在你妈面前，你不能抬头，因为她成了过期的黄花菜，老得不能入眼？”

“看看，又抬杠了，我这是打个比方。当然，你这个年龄就不用担心了，你还和我见你时一样，甚至更好看更年轻了！”

“你又开始忽悠我，谁信你。”

“如果我说，现在有一个好消息，你信不信？”

“不信。”

“真的？那我就不说了，你可别后悔。”朱大进说完，坏笑地看着她。

夏夕阳看他那神情，觉得不太像开玩笑，莫非？她突然想到自己的官司，就赶紧说：“对不起，我改变主意了，我信你，你说吧，什么好消息？”

“我说了，你一定不会再这样愁眉苦脸了！”

“难道是我的官司有消息了？我赢了？”

“你猜对了！我们赢了！”

“真的赢了？信在哪里？快给我看看！”

“在这里，你看，说你的上诉成功了，移民局当初作决定时太仓促，没有全面了解学校的管理制度，因为你的课程还有一年多才可以完成，所以，决定撤销移民局对你的处理意见，恢复你的学生签证。你的申诉费和担保金将如数退回，两周之内，转到相应的账上。”

“这可真是个好消息！我居然赢了官司？以前，我觉得，自己作为一个普通人，跟移民局这样的政府机关打官司，打赢的机会很小，没有想到，居然赢了，这个澳大利亚真是太可爱了！”

“哎，这方面来讲就是好。”

“我真的要好好谢谢你，这段时间以来，你一直努力地帮我打这个官司，如果没有你的支持，我是走不到今天的。”夏夕阳真诚地说。

“官司能够打赢，这是最好的结果，我不需要你感谢，我自己也是有责任的，我实在太低估宋嬢了，没有想到，事情让她搞到这个地步，现在好了，官司赢了，你的学生签证回来了，一切困难都解决了！”

“我想还回到原来的地方开诊所。你看可以吗？”

“当然可以了，我们明天就去和寇先生的朋友谈。”

次日一早，夏夕阳就到寇先生的店里。见寇先生没有客人，她走过去：“早晨好！寇先生，我的官司打赢了！”

寇先生说：“太好了，我相信，你是无辜的，所以，官司打赢，那是一定的。”

夏夕阳说：“寇先生，谢谢您，您的支持对打赢官司起了很大的作用！我非常非常感激您，都不知应该怎样答谢您，今天，我请您吃饭，好不好？”

寇先生说：“你千万不要客气，我自己愿意做的。吃饭可以，但是，我来请你。”

夏夕阳急了：“寇先生，您就给我一个机会，表达一下感谢您的心意。”

寇先生说：“好吧，那就今天中午，我们一起去吃自助餐。”

寇先生带夏夕阳到情人港旁的四季酒店，那间酒店的大堂，有一个餐厅，提供自助午餐，餐厅的环境非常舒适，食品也很丰富，有生猛海鲜如龙虾、螃蟹，更有牛排、猪羊鸡鸭等，还有很多甜点、蔬菜水果，夏夕阳从未见过这么豪华的自助餐，她有点眼晕，显得手足无措。寇先生就给她一个大盘子，带她到食品前一一帮她夹菜。

“小夏医生，这个是龙虾，澳洲的特产，这边是用黄油蒸烤的，夹一个，那边，还是龙虾，是生吃的，需要用这个酱，来一个？”

“不，我不喜欢吃生的，这个烤的就好。”

他们俩端着盛满美食的盘子回到他们的餐桌，开始大快朵颐。

寇先生：“你的官司赢了，下一步，你打算怎么办？”

夏夕阳说：“我正想同您商量呢，我想把诊所重新开起来，您的朋友，她们的生意做得怎么样？”

“她们的生意做赔了，早就不想干了，你要是回来，她们会很高兴的，你们签的那个合同就可以作废了，这样对大家都好。”

“太好了，我原来还担心她们不高兴，那么，今天我们就同她们讲吧。”

“好，我现在就打电话给她们，叫她们今天就开始搬东西。”

“谢谢您，寇先生，这段时间我麻烦您实在太多了！”

“没关系，都是邻居啦。你回来了，我们可以继续做邻居了。很好！”

饭后，夏夕阳去结账，服务台的人指指寇先生：“He has paid.”（他已付账）。

夏夕阳很不好意思，自己要求请寇先生吃饭，到头来，却是人家付费，这算怎么回事！为了使自己安心，她到戴维斯商店，给寇先生买了一款手表。

寇先生说：“其实，你真的不必这样客气！”

忙活两天，诊所很快恢复原样，夏夕阳重新坐回办公桌旁，她感慨万千，她真的没有想到，自己还能重新回到这里，一切，仿佛一个梦境，一个漫长奇异的怪梦！想想这近一年来的风风雨雨，自己怎么就像一片树叶，一阵狂风，刮到天上，又一阵狂风，坠坠落地，飘来飘去，无着无落。

人生之路，怎么就这样九曲十八转，越走越没有方向？

第十六章 曾经沧海

官司打赢，根据合约，朱大进需要交齐黄代理剩下的服务费。夏夕阳很想当面感谢他，就与朱大进一同前往。

服务费是3000澳元，之前，已付1500澳元，这次，需再付1500澳元。朱大进自觉自愿，负担了这项费用。事实上，夏夕阳出事以来，所有的费用，都是朱大进主动承担，从这一点，可以看得出来，朱大进是真心想弥补之前的过失，夏夕阳自然看在眼里，这一年里，朱大进四处奔波，为了她，可以说是鞠躬尽瘁了。所以，不知不觉中，夏夕阳对于朱大进的怨恨渐渐地减弱，以至于到了后来，几乎消失了。

见到黄代理，夏夕阳再三感谢他，黄代理连说不用客气，不过，他最后强调："小夏，你的案子虽然赢了，但是，你别忘记，你拿回的还是学生签证，它是有条件限制的，也就是说，你是有薄弱点的，如果有人想害你，他们还是可以做文章的，而且，你已经在移民局那里有了这次的记录，同样的事情如果再次发生，那么，你就很难有机会再次获胜。"

"那么，我应该怎么做？您有什么好的建议？"

"我认为，你应该赶紧同阿朱结婚，你们已经在一起了，早结婚一天，早一天把身份拿到，这样，就不用再担心那个工作时间了，别人也没有办法再害你了。"

"这个我知道，我这里正在做准备。谢谢黄代理。再见了。"朱大进赶紧回答黄代理，带着夏夕阳匆匆离开。

朱大进很担心，黄代理不知道他的状况，所以才这样说，如果让他继续说下去，不知要把夏夕阳指到哪里去！

他的担心没有错，夏夕阳有脑子，黄代理的忠告已经提醒她。刚一上车，夏夕阳就开始同他讨论了。

"刚才，黄代理的话，你听见了，我现在的签证还有潜在的问题。我不能等着第二次被人黑，搞成二进宫。"

"只要你自己十分小心，别人是钻不成空子的。你的问题现在解决了，但我的问题就是时间，只要时间到了，什么问题都不是问题了。你相信我，好好等我。"

"以前，我相信你，那么毫无保留地信任你，也曾好好地等你那么多年，可是，后来怎样？我都等到难民营去了。"

"以前，是我没有下定决心，这一次，我真的下决心了，再也不会变了，你信我。"

"我很想相信你，但是，深刻的教训摆在眼前，经历了这样一场灾难，难道，你觉得，我还能只相信你的口头承诺？傻子也不会这样做。我要你给我一个具体的保证。"

"你什么意思？什么是具体的保证？"

"在这个世界上，你最在意什么？"

"你呀，你是我的宝嘛。"

"你别打岔，我是认真的，你说，除了你的生命，你最宝贝的是什么？"

"钱财嘛，现在拼命干不就是为了这个嘛。"

"好，那就用你最在意的钱财，来给我做保证吧。"

"夕阳，你不会吧？你在跟我谈钱？这可不像你呀。"

"我是什么样，不重要，重要的是，你在乎的东西，你才会珍惜，你珍惜了，你就会去努力。所以，我就要这个。"

"你是认真的？"

"当然，绝对认真。你拿来了，证明你是真心的。我就信你。"

"好，我拿，你说，要多少？"

"10 万。你肯吗？"

"什么?！那么多?！你想干吗？"

"不干什么，只是想看看你的真心。"

"你这是将我军？"

"随便你怎么想，我就是要你做出姿态，你如果拿出来，那就证明，你是有诚意的。这笔钱，我绝不动用，我只把它放在我的账号里，一分一厘也不动。将来，等所有的问题都解决了，我再把它还给你。"

"你说话算数？"

"你做到了，我就一定说话算数。"

"好，我们现在就去银行办这个事！"

朱大进说得激动，一踩油门，直接把车开向银行。

朱大进是个性情中人，但他也没有发昏，他同意把钱放到夏夕阳的账上，一方面，他是了解夏夕阳的，这个女人不贪钱，钱放在她那里，跟自己放在银行没有什么区别。另一方面，他曾经亏欠他，其实也算欺骗过她，又给她造成这么多的麻烦，在经历了那么多的挫折之后，如果她还不长几个心眼，她岂不真的成了傻子？说实在的，夏夕阳今天提此要求，确实令他意外，但转念一想，她这是进步了，知道保护自己，知道对人有防范了，具有讽刺意味的是，夏夕阳开始要防范的，不是别人，而是他朱大进。

朱大进带着夏夕阳回家，他说：“现在，你拥有了我大部分的现金，你应该有保障，应该相信我了吧？”

“看在钱的分儿上，谅你也不敢骗我。我真的放心了。今后，死心塌地，和你共度余生。”

“我们的好日子才刚刚开始，怎么就说余生了？有你这个大医生，我们一定能够活到100岁！”

“你可真敢想，有多少人可以活到100岁？你数数，全世界都没有几个！”

诊所重开，夏夕阳的老病人也都陆续返回。她的病人大部分都是澳洲人，澳洲人一般不会主动打探别人的私事，除非你自己去说，夏夕阳当然不会去跟病人诉说自己的冤屈，因此，没有多少病人了解她为什么停诊。夏夕阳停诊了，他们接到夏夕阳的通知，他们就不来了，夏夕阳复诊了，他们接到通知，需要看医生了，他们就回来了。这种尊重个人隐私的习惯非常好，减去很多不必要的烦恼。之前，她很怕病人询问她这一年为什么不开诊？现在，一切都很平静，就好像什么都没发生，好像她不过是度假休息一段时间而已。这种感觉很好，她感到释然了。

开诊之后，夏夕阳也开始有了收入，她心里感念曾在困境中帮助自己的朋友约翰和玛蕊，就打算分别请他们吃晚饭。

她先请玛蕊：“Dear Mary，would you like to have diner with me ？”（亲爱的玛蕊，你愿意一起去吃饭吗？）

玛蕊很高兴：“That is wonderful！Thanks！”（这太好了，谢谢你！）夏夕阳问她：“What kind of food do you like?”（喜欢吃哪国菜？）

玛蕊说：“Chinese food，especial yum cha.”（喜欢中国菜，尤其是饮茶。）

于是，一天中午，夏夕阳在唐人街的东海酒楼请玛蕊“饮茶”，其实，这款食品，也是夏夕阳自己喜爱的。

看着一车一车推来的各类小吃，玛蕊非常兴奋，但不知如何选择，夏夕阳就给她一些建议，两人选择了一桌的小吃，非常开心地边吃边聊。

“Xia，what are you going to do now?”（夏，你接下来打算做什么？）

“Same as before，studing，working at my clinic .”（像从前一样，学习，在诊所工作。）

“Will you marry that boy?”（你要和那个男人结婚吗？）

“Yes.”（是的。）

前订位，交费即可。约翰花1000澳元订了功能厅，庆祝他40周岁的生日。

晚会是晚上进行的，来了很多人，有约翰的发小，生活中各个时期的朋友，也有他的同事和亲属，他的两个哥哥都出席了，其中一个哥哥从昆士兰的汤斯镇飞过来。

8点钟，晚会开始，首先，是约翰的发小皮特作为晚会主持上台讲话，他用投影仪，为大家放映了约翰从婴儿、童年、学生一直到今天的很多照片，同时，伴随着照片，解读了他那个时期的生活和一些有趣的故事，包括约翰在高中时逃学，和同学一起学抽烟，偷看女人，等等，搞得大家捧腹大笑。之后，约翰的哥哥也即兴讲了几句，说约翰小的时候很听两个哥哥的话，但没想到，在学校那么淘气的约翰却比哥哥们学习好，约翰是他们家的骄傲，因为他们家里只有约翰上了大学，现在，还成了大学的老师。最后，约翰讲话，他感谢各位出席他的生日，与他共同分享他走过的道路，他现在过了40，是人生的重要里程碑，他对自己很满意，对未来也很有信心，他还宣布了一个好消息，他明年一年不用工作，要去读博士，因为他得到了读博奖学金，这笔奖金不但可以支付他的学费，而且，连生活费也足够了。所以，他一年都不用工作，除了学习就是吃喝玩乐，享受人生！

大家为约翰欢呼，约翰非常开心，请服务生给大家提供点心和饮品。

晚会上，只有夏夕阳一个亚洲人，很奇怪。酒会中，人人都站立在厅堂，服务员用盘子捧着一杯杯香槟、红酒、白酒或啤酒，轮番走进人群，人们就从服务员端的盘子上拿起自己喜欢的饮品，约翰把夏夕阳介绍给一位叫苏珊的青年女子，请她照顾夏夕阳。苏珊就给夏夕阳拿了一杯香槟。苏珊说，她曾经是约翰的女朋友，他们在一起度过了好几年的时光，她认为，约翰是个很好很好的男人，但是，就是有那么一点点大男子主义，所以，他们就拜拜了，不过，他们仍然是要好的朋友。

这时，服务员又端来点心，有小三明治，有日本的寿司，有炸的小丸子，还有炸虾，看起来很美味，人们始终站立着从盘子里用手拿点心吃，这样的酒会，夏夕阳是第一次参加，这种气氛也是她第一次感受，感觉十分新奇。

晚会后，约翰因为喝了很多酒，不能驾车，就请苏珊把夏夕阳送回家。

在车上，苏珊说："John likes you very much, he talk about you with friends many times. Do you like him?"（约翰很喜欢你，经常同朋友们提到你，你喜欢他吗？）

"Well, he is a very nice boy, I do like him, but I have a boyfriend."（是的，他是个非常好的男子，我是喜欢他的，但是我已经有男朋友了。）

"that is a pity."（这个太令人遗憾了。）

"So, what are you waiting for?"(那你还等什么呢?)

"I am waiting for him, he is waiting on the divorce papers, that may still need a few months."(我在等他，而他，在等法院的离婚判决书，可能还要几个月。)

"Are you sure he is the right one for you? Do not forget, as a beautiful girl, you have a lot of choices, you know, there are so many good men outside."(你确信，他就是适合你的那一个？你不要忘了，像你这么好的女孩，选择的机会很多，在我们周围，有很多好男子。)

"Thank you, but I think, he is the one."(谢谢关心，但是我看他还行。)

"How is John? He sound like a nice guy. He likes you, I can see."(约翰怎么样了？他是个很不错的小伙，他喜欢你，我看得出来。)

"I do not know, I did not see him for a while, but I am going to call him soon."(不知道，我也很久没见他了，我准备给他打电话的。)

"You should, he is a good boy."(你应该打，他真的是个好男人。)

夏夕阳的雅思加强班结束了，她准备再次参加雅思考试，如果能够达到平均6分，她的技术移民就没有什么问题了，这样，她就不必依靠别人。

朱大进不同意她参加考试："夕阳，你何必呢？考一次150澳元，这不是劳民伤财吗？你等我的身份拿到，直接给你办申请，这样多省事。"

"你以前不是鼓励我考吗?"

"以前，那是因为你等官司的结果，整天魂不附体的，我是为了转移你的注意力，何况，学英文总是有用的。现在，你又要工作，又要上学，还要做功课，干吗还去考那个？真没必要。"

"好吧，那我就再等等，到学校放假时再去考。"夏夕阳心想，如果能够用自己的能力办移民，当然是最好的选择，她不打算放弃。

一天，夏夕阳收到一封来信，打开一看，是一张请帖，是约翰寄来的，他邀请夏夕阳出席他40周岁的生日聚会。

夏夕阳这两天正在考虑邀请约翰吃晚餐，却不料，反而收到他的邀请。她准备了一份生日礼物，去参加约翰的四十大寿庆生会。

在澳洲，40周岁，是一个男人重要的生日，很多人会隆重庆祝这个生日。夏夕阳听她的一个病人说过，他女婿的40岁生日，他们家邀请了很多人，约有200人，有的亲朋甚至从遥远的欧洲飞来参加女婿的生日，可见，他们对于这个40岁生日的重视。

约翰的生日宴会，是在一家退休军人俱乐部举行的，在悉尼的很多地方设有退休军人俱乐部，里面有餐厅、娱乐厅、老虎机厅、酒吧，也有几个房间，叫作功能厅，可以在里面开会，上课，教跳舞，也可以搞聚会，使用回到家时，已过午夜，夏夕阳想，朱大进应该已经睡着了，为了不惊醒他，夏夕阳轻轻开门，摸黑去卫生间洗漱。

当她回到房间时，屋里一点动静也没有，“这人睡得真死”，夏夕阳更加小心地走到床边，这时，她才发现，床上根本没人！她打开台灯，果然，朱大进不在家里。她看看表，12 点 40 分，这么晚了，他去了哪里？难道还在公司？近来公司不忙，一天也就几个客人。忽然，夏夕阳觉得有点不安，他不会开车出事吧？

想到此，她赶紧给公司打电话，电话通了，但是占线。

夏夕阳先松一口气，至少，他在公司，人是安全的。等了一会儿，夏夕阳再给公司打电话，仍然占线。她就打手机，过了一会儿，通了，朱大进的声音传来：“你的 Party 结束了？”

“早就结束了，我已经回家半小时了。你在公司干什么？跟谁打电话？”

“我今天公司比较忙，白天看股票，所以晚上才开始干活。你先睡，我忙完就马上回家。”

夏夕阳很少喝酒，今天喝了两杯，有点儿兴奋，一时难以入眠。她在想，近来，朱大进好像有点儿变化，有的时候，有点儿心不在焉，有的时候，躲躲闪闪，好像隐藏着什么。有一次，他准备去洗澡，通常，他会把衬衣脱下放在卧室，可是，那一天，他进到卫生间后又立即返回，把衬衣从椅子上抱进去。他的这个动作很反常，夏夕阳当时只觉得奇怪，但没有深想。有一次，夏夕阳在洗衣服时，从朱大进的口袋里看到一封信，字迹歪歪扭扭，用词更是幼稚粗浅，中心意思是：您要吃好喝好，穿好睡好，祝愿您身体健康。就差说万寿无疆了。

夏夕阳当时问他：“这是什么？谁这么关心你呀？”

朱大进立刻脸红一下，回答：“一个老家的亲戚。小孩子，没文化，瞎写的。”

平时没在意，现在想来，这些日子，朱大进确实有点儿奇怪，可是，他要干什么？他能干什么？夏夕阳想不明白，也许，是自己喝多了，胡思乱想？算了，睡觉，管他呢，随他去吧。

一天，夏夕阳在诊所看书，朱大进兴冲冲走进来：“夕阳，快看，这是什么？”

夏夕阳看见朱大进手里拿着一张纸。

“看见了？我离婚了，这是离婚证明，从这一刻起，我自由了！我现在是单身了！”

朱大进的心情异常兴奋，那种发自内心的抑制不住的喜悦，好像一个重获自由的牢狱之人，这样的表情，出现在这个具有十多年婚姻史的男人身上，可见，这段婚姻，有多么晦涩，在他的心里，这段姻缘好似一副沉重的镣铐，令他窒息。

夏夕阳看到那张白纸，五味杂陈，心情复杂，事情发展到今天这个地步，是是非非，完全出乎所有人的愿望。夏夕阳突然想到，当宋孃看到这纸离婚判决，她会怎样？这个女人，深怀大恨，怨天怨地，搬起石头，害人害己，生生亲手斩断她拼命捍卫的这段婚姻，何其奈乎？何其叹乎？

中午，夏夕阳看见寇先生：“中午好！寇先生！今天生意可好？”

“不错。你好吗？”

“还好。谢谢您。”

“我今天看见阿朱，他看上去很高兴，他中奖了？”

澳洲的书报店，每天都出售各种彩票，从周一到周六，每天晚间8点半在电视上开奖，因此，每一天，成千上万的人，都会去花几元甚至上百元去圆一个发财梦。有的时候，幸运者，一次可能就中个几十元，也有的，中个几百元，更幸运的，可以中上千元，最幸运的，可能就一下变成千万富翁！因此，买彩票，在澳洲是一项很普遍的活动，而用中彩票来形容人的兴奋也是大家常开玩笑的一句话。

“他没有中奖，但是，他今天离婚了。”

“离婚了？怎么会这样高兴？不过，这对你来说，是个好消息。那个女人，再也没有理由找你麻烦了。哎，现在，你们可以结婚了，你已经等他这么久了，可能，这个就是阿朱高兴的原因吧？”

“我不知道，他看上去是挺高兴。”

“好了，快点结婚吧，婚礼办得热闹一点，到时候，一定记得提前通知我，我要送一份大礼！”

“谢谢您，到目前为止，这个事情我们还没谈。过一段时间再说。”

这时，学校开始放假，夏夕阳不必晚间去学校上课，她就报名准备参加雅思考试。她在想，是否告诉朱大进。

一天，夏夕阳在网上查雅思考试的时间，朱大进来了。

“你现在学会用电脑了？在干什么？”

夏夕阳重回诊所后，朱大进从他公司搬来一台旧电脑，经过组装，可以收发电子邮件，也可以上网，他跟夏夕阳说，这个和新电脑一样，什么功能都有，算是庆祝她打赢官司的礼物。

夏夕阳正在想，怎么回答他，朱大进已经看到视频：“你在看雅思考试时间？很好，去报名吧，说不定这一次你就考过6分了。”

"哎，你不是反对我去考的吗？"

"此一时，彼一时，既然你这么想考，那就去吧。"

"好，那我就报名了。"

夏夕阳不知道朱大进葫芦里到底卖的是何药？但是，不管怎样，参加雅思考试，本来就是她的计划，不管朱大进同意与否，都改变不了她的决定。次日，她即去研究学院报名，准备参加近期的雅思考试。

朱大进说："你既然要参加考试，那就好好地复习，为了让你安心学习，我决定回趟国，给你一个完全安静的环境，你可以全封闭地复习，你看好吗？"

夏夕阳更加觉得朱大进行为反常，他们的生活一向十分安静，两人间从来不存在谁影响谁的问题，以往，在夏夕阳学习英文，参加雅思考试的时候，朱大进也从未有过影响她学习的事情，现在他为何要做此安排？

但转念一想，也许，自从离开中国，很多年过去了，朱大进现在有了思乡之情，想回去看看，一向会说话的他，就用她的考试来做借口？这个朱大进，干什么都要先找一个借口。

朱大进回国了，夏夕阳心无旁骛，全心全意复习，不久，她参加了第三次雅思考试，从考场出来，她的感觉，比起前两次，好像好了许多。希望这次的成绩能够如愿以偿。

回来的路上，夏夕阳看到一个熟人，老路。

老路满面春风，手牵一个年轻女孩，那女孩，也就十七八岁，像个中学生。但相貌俊俏，风华正茂，与两鬓斑白，头顶发光的老路走在一起，完全像一对父女。

夏夕阳正在犹豫，是否要和他打招呼，就见老路兴奋地向她招手："嗨！小夏医生！你好啊！我给你介绍一下，这是我太太，我刚刚把她从中国接出来！"

"你好！老路，你好，路太太，祝贺你们！"夏夕阳向他们点点头。

年轻的路太太腼腆地笑笑，有点不知所措。

老路说："她昨天刚到悉尼，我带她到唐人街熟悉一下环境。阿朱在深圳，我今天还给他打过电话，他可能这两天就回来了。"

"你怎么知道他回去了？"

"我当然知道了，他回去就是我给安排的。"

"为什么是你安排？他回去还需要安排？"

"敢情你什么都不知道？算我多嘴，我瞎说的，你别在意。改天我们一起喝茶。"老路说完，拉着新娘子急忙离开。

夏夕阳愣住，老路什么意思？他的言谈举止分明在告诉她，朱大进在国内有事情发生，朱大进在干什么？她很疑惑，回到家里，她开始翻抽屉，她想找出一点蛛丝马迹。朱大进如果做了什么，多少会留下什么痕迹吧？

但是，翻了许久，什么都没有，没有任何令人可疑的东西。

夏夕阳不甘心，她一不做，二不休，找出朱大进公司的钥匙，她要到公司里面看看。

到了公司，不用翻，桌上的电话单就已经很说明问题。

数月的时间，朱大进给中国打了无数次的电话，每次都超过半个小时，这些电话不是打到他的家乡，而是打往深圳。

在深圳，有什么人，能使他这么牵肠挂肚？

翻开桌上的报纸，那里居然还有几张美女的靓照！个个妖娆动人。

原来如此！朱大进原来在学习老路，去中国相亲了！

夏夕阳记得，很久以前，那应该是好几个月前了，老路就曾经提到要回中国相亲，莫非，那个时候，朱大进就有了这个想法？那么，他是从什么时候开始实施的？夏夕阳从电话记录上看，朱大进大煲电话粥已经三四个月了，那个时候，他还没有离婚，他作为一个有婚姻约束的男人，一边要夏夕阳等着他，一边在电话里同远方的美女谈情说爱！

这是一个什么样的东西？夏夕阳太震惊了！一直以来，这个对她死缠烂打，对她信誓旦旦，口口声声要和她共度百年的朱大进，居然背着她和众多美女打情骂俏，谈婚论嫁？

男人到底是什么样的一种生物？夏夕阳糊涂了，她实在搞不明白，朱大进究竟想干什么？如果他不爱夏夕阳，干吗那么拼命追求她？又干吗要那么拼命帮助她？更何况，当夏夕阳试探他时，他还那么大方地把钱转到她的名下？当那一刻发生的时候，夏夕阳以为，朱大进交给她的，不仅是他的资产，而是他的一颗真诚的心。她曾经以为，这个男人是深爱她的，她将用她所有的爱来回报他，她的一颗心从此将完完全全托付给他。

那一天，那一刻，好像就发生在昨天，距离今天，仅仅数月的光景，事情怎么就变成这样?!夏夕阳完全迷茫，还好，她近来经历了数不清的大起大落，那些曾经经历的一连串的打击，虽然令她尝尽人间辛酸，但也锻炼了她的意志，使她百炼成钢，在她的精神上，已经佩戴了一副坚硬的盔甲，不是任何打击可以轻易把她击倒的。朱大进现在的行为，虽然，对夏夕阳是一个绝对的意外冲击，但它还没有在夏夕阳这里掀起惊涛骇浪，换言之，夏夕阳并没有因此而崩溃。

夏夕阳本来想给朱大进打电话，她拿起电话，刚拨了一个号码，又停了下来，打通了，说什么？他的话，还有必要听吗？他说了，你能信吗？这样一想，啪！夏夕阳放下电话，她在店里坐了很久，慢慢地，她冷静下来，她锁好店门回家了，她不难过了，反而感觉轻松了，因为她突然明白，朱大进就是一个不折不扣的浑蛋，是一个自私无耻的好色之徒，这样一个花心大骗子，根本就不值得她花费精力去理会，她鄙视他！厌恶他！她应该高兴，高兴在这个时候看清了朱大进的丑恶嘴脸，她决定，立刻搬家，远离这个禽兽不如的东西！

朱大进回到悉尼的时候，已经是两周之后了。他在中国时，太忙，一直没同夏夕阳联系。一下飞机，打开手机，他立刻给夏夕阳打手机，没有人接，他又打家里的座机，还是没有人接，他看看时间，只有7点多，这么早，夏夕阳会去哪里？难道她一早就去诊所？他又往诊所打，还是没有人接。怎么回事？夏夕阳去了哪里？他赶紧打车回家，一进家门，就喊："夕阳，我回来了，你还在睡懒觉，电话都敢不接？是不是在床上等我？"

当他在家转了一圈时，他发现，事情不对，夏夕阳不但人不在了，连她的东西也不见了！这是唱的哪一出啊？朱大进十分纳闷儿，但是昨晚他坐了一夜的飞机，腿都坐麻了，更是困得不行，他决定先休息，睡一觉再说。反正，夏夕阳有诊所在那里，一会儿到诊所去找她。

朱大进一觉醒来，已近傍晚，看看表，时针对着5点半。他急忙起身，开车赶往夏夕阳诊所，当他到达时，就看见夏夕阳和一个澳洲男人一起关门离开。

这是什么情况？朱大进好生惊奇！他赶紧把车停好，甩开长腿，三步两步，追上去："夕阳，你去哪里？"

夏夕阳回身见他，一副冷若冰霜的神情："我下班了，看病明天再来。"说完，她用手挽住身边的澳洲男子："My patient, I just tell him to come tomorrow."（我的一个病人，我告诉他下班了，明天再来。）

"OK."那男子点点头。

"夕阳，你搞什么？这是怎么啦？"朱大进生气地说。

夏夕阳还未回答，就听旁边的男子说："Yes , she is closed today. bye!"（她今天下班了，再见!）那人说完还对朱大进微笑着点点头，一手揽着夏夕阳的肩走了。

"夏夕阳！你搞什么?!"朱大进气愤地喊，但他不敢追过去，在澳洲，一个男人在大街上去纠缠一个女人，搞不好，要吃官司，他还没有胆量去招惹警察。

夏夕阳很受用，几天前她约请约翰吃晚餐，他们商量后把时间定在今晚。她没有想到，正好在今天，朱大进回到悉尼，早晨，看见朱大进打来的电话，她没有接，她还没有想好怎么面对这个东西。下午，约翰来了，她就准备关门，恰在此时，朱大进来了，来得正是时候，好像老天都在帮我！夏夕阳的心里好得意。让你这个东西也品尝一下被欺骗被捉弄的滋味！

朱大进气坏了！他还没有被人这样羞辱过，从来没有过！更想不到的是，一向温文尔雅的夏夕阳，作为他的女人，居然和别的男人当着他的面，众目睽睽之下，手拉手，肩靠肩地在大街上大摇大摆！他离开悉尼不过一个月，仅仅一个月，三十天的光景，夏夕阳，她就守不住了？她就另寻新欢了？这还是那个夏夕阳吗？朱大进感到非常诧异，不仅如此，他更多的感觉是嫉妒，一种深切的妒恨！尤其是晚上，他给夏夕阳打了无数次的电话，都未打通，他就窝在沙发上生气，他在想，夏夕阳正在和那个男人一起厮混？那个男人将会怎样拥抱夏夕阳？夏夕阳会接受吗？那男人会不会吻她？他们会不会上床？这么晚了，夏夕阳会不会就住在那男人家了？自己离开悉尼后，什么时候，他们勾搭上了？夏夕阳把东西搬走了，是不是就搬到那男人家了？难道，夏夕阳天天和他住在一起？朱大进越想越郁闷，妒火中烧，烧得他彻夜难眠。

次日一早，朱大进就出门了。他来到唐人街，先去皇冠酒楼大吃一顿，一夜的折腾，令他饥肠辘辘。他边吃边想，今天自己该怎么办，想着想着，他突然想起寇先生，对，去找寇先生，夏夕阳和他最接近，而且，他们是邻居，夏夕阳每天和什么人来往，他最清楚。

这样想着，他就直奔寇先生的咖啡馆，他知道，寇先生每天早晨5点钟就开工，这个时间，一定在店里。

寇先生早晨很忙，因为他的店面离主街很远，主要的生意，靠旁边的一个建筑工地，因为工地每天凌晨开工，工人们一般爬起床就来上工，早饭就在路上或工地上解决。所以他的店里早晨生意最好。朱大进进来时，寇先生正忙，他就坐在旁边等，寇先生忙完后，跟他打招呼："哈罗，阿朱，你回来了？你的父母可好？"

"都好，谢谢您，您生意还好？"

"都是早上的生意，你都看见了，还可以的。你来找我？有什么事情？"

"我走了以后，小夏她那里发生了什么情况？"

"没有什么事情发生啊，你什么意思？"

"小夏没和您说过什么？"

"没有，最近她好像一直都在看电视剧。怎么了？你们俩闹别扭了？"

"我昨天回来，发现她搬家了，我打她电话也不接，我来诊所，她也不理我，还和一个老外走了！我不明白，到底发生什么事了？"

"真的？她从你那里搬出来了？我还真的不知道。不过，小夏医生是个好女孩，小夏医生做事一定有她的道理，她不会无缘无故闹出这么大的动静。你找她好好谈谈。”

“您知道，我对她一直都很好，她现在这样对我，我真的想不通。”

“也许，这中间有什么误会？还是好好和她谈谈，把问题解决了，我还盼着参加你们的婚礼呢。”

“是啊，我也是本来打算要同她结婚的。可是，现在却突然出现了这种情况。我很彷徨。”

“这样吧，一会儿，她就会来诊所，你先去和她谈，如果需要，我再去找她谈。”

“那就谢谢您了！”

不久，夏夕阳来到诊所，朱大进赶紧跟过去。

“夕阳，你在搞什么？为什么搬家？你搬去哪里？才一个月的时间，你就不能等我了？”

“我等你何止一个月？你问我搞什么？你先说说，你在搞什么？”

“我不就回了一趟老家吗？怎么着你了，你这样对我？”

“你仅仅回老家了？你在深圳干什么了？你公司桌上的美人照片是怎么回事？那些电话粥是和谁煲的？你先说说。”

“原来，你去公司查我了。你都知道了？那我就不瞒你了，那几张照片，都是老路硬塞给我的。我这次回去，是见了几个美女，但我并没有决定就要娶她们呀。”

“你怎么这么无耻？你既然没有打算和人家结婚，干吗还要通信，寄照片？这还不算，还煲电话粥，甚至去见面相亲！你想干什么？玩弄女人？你简直太恶心，太卑鄙了！”

“哪里有你说的那么严重？是个男人，都喜欢玩的，那成龙大哥都说了，全世界的男人都容易犯的错嘛。我也就是跟着老路凑凑热闹而已。其实，这都怪那个老路，是他给我拿了好多女人的照片，还把我的电话给了那些女人，我就是无聊的时候，和她们逗逗，本来，就没有认真的。”

“你真无耻！我不想听你这些破事，你走吧，从今往后，你采你的花，我走我的路，我们从此两不相干！”

“你说什么？不相干？我是谁？我是你的 boyfriend！你明白吗？没有我，今天，现在，你还能坐在这里？我帮你打赢了官司，我为你离了婚，你却说，和我不相干？”

“不错，你确实帮我打官司，可是，是谁，让我陷入官司？你如果为我离婚，那为什么还要招惹别的女人？还不远万里，漂洋过海去见面？你这样乱来，还好意思说是我的 boyfriend，太可笑了，你自己干了缺德事，居然还振振有词，天下还有这样的荒唐事！”

“荒唐的是你！你说，你现在搬哪里了？什么时候搬的？跟谁住在一起？是不是和那个老外？”

“你管得着吗？我干什么是我的自由，我住哪里，和谁在一起，那是我自己的事情，与你毫不相干！”

“又说跟我不相干！你别忘了，你是我的未婚妻，聘礼都拿给你了，怎么现在就不相干了？”

“太可笑了！照你这么说，你就是有婚约的人了，那你还相哪门子亲？”

“不是都已经说了，那是顺道闹着玩的。我错了，向你道歉！向你赔礼，你别闹了，搬回来好不好？”

“你没有错，你是自由的，你想做什么都可以，我不会干涉你，你也别干涉我。”

“你想干什么？”

“我要结婚了。”

“什么？开什么玩笑？我们可是有约定的，要娶你的人是我。”

“现在不是了，约定是你自己破坏的。”

“我对你是有保证的，别忘了，我把身家性命都交给你了。”

“你不仁，就别怪我不义，你的身家现在归我了！”

“喂，这个玩笑可就开大了！你不能这样啊！”朱大进这下真急了！他没有想到，夏夕阳会发现他和这些女人的事情，更没有想到，夏夕阳做事这样决绝。此刻，他真的害怕了，深感担心，如若夏夕阳果真和别人交往，他该怎么办？更加令他心焦的是夏夕阳揣着他的一大笔钱，他简直不敢想，事情继续发展下去会是怎样的后果?！他急不得，恼不得，胸中一团火，烧得他上蹿下跳。

夏夕阳不理朱大进，把他当成透明人，她自己打开电视，看热闹。

朱大进无可奈何，就去找寇先生。

“你先去忙，我等下过去帮你劝劝她。”寇先生对他说。

朱大进谢过寇先生，就到街上转悠，他十分郁闷，信步走着，突然看见了杰克的诊所，见里面没人，就走了进去。

杰克看见朱大进，很吃惊：“阿朱，你脸色这么差，生病了？”

“你看出来了？我不是生病，是生气，我都快被气死了！”

“你不是离婚了吗？你前妻还找你麻烦？”

“那个早就过去了，是夏夕阳！”

“夏医生？她气你？怎么可能？”

“是呀，人是会变的，她现在可不得了，一句话，生能把人噎死。”

“到底怎么回事？你仔细说。”

“我不是回了一趟国嘛，老路在国内找老婆。认识好多女人，给我介绍了几个，我就顺便接触了一下，被夏夕阳发现了，结果，她一声不吭，就搬走了，还交了别的男朋友，今天还说，马上就要结婚了！你说，她怎么能这样?!气死我了。”

“你真行！难怪她搬走，你这么干，她能不急？你到底是怎么想的？你去见其他女人，是不是本来就不打算同夏夕阳结婚？”

“不是这样的。我是看老路都能找到那么漂亮的女人，就觉得心里不服气，你想想那老路，没房没车，做那个期货有今天没明天的，每天要开出租挣口饭吃，年纪还比我大，长得又那么寒碜，就这么一个人，因为他有一张澳洲护照，在中国就成了钻石王老五，那像我这样的，有房有车，又是公司老板，一表人才，怎么着也比那老路强吧？所以，我就叫他随便给我找几个，玩玩而已。”

“你玩就玩呗，干吗还要去见面？又是漂洋过海的，这么隆重，难道也是玩的？”

“说来也怪，开始呢是好奇，想玩一把，可是玩着玩着，想法就变了。你看，那么漂亮，那么年轻，在电话里嗲声嗲气，搞得人心痒痒的，真的有点动心了。那话怎么说来着？宁在花下死，做鬼也风流。特别有那么一个，长得就跟那个三级片里的潘金莲一样，老路见了，一眼就相中，可是，人家没有看上老路，老路就跟我打赌，如果我能把她给收了，他就给我送两千元大礼！我就是为了这个，才回去的。等于机票老路出了。”

“你真见了那潘金莲？”

“对啊，在我回去之前，我们已经联系好几个月了，差不多每周都通一两次电话，她说对我很满意，就是不知道人长得怎样？我就把我的照片，还有房子、车子都拍在照片里，给她寄过去，她说，照片是不错，但不知真人到底是啥样？要求回去面谈。她的声音真的很好听，在电话里哼哼唧唧，搞得我心旌摇荡，我真的坐不住了，就决定回去看看。”

“那你见到真的潘金莲了？”

“见了，真的很美丽！就是那书上说的那个词。叫，对了，是那个‘艳溢香融’。”

“然后呢？”

“然后就是美人怀抱温柔乡，我们就在一起了！我一早就知道，老路必输无疑！”

“那你接下来打算怎么办？”

“本来，我只是想和老路逗逗，他搞不定的女人，我搞定了。可是，不知怎么弄的，现在就有点纠结了。”

“纠结什么？”

“那潘金莲，不但人美，还很厉害！很能干！你看，就那么一个小姑娘，连高中都没上，中学毕业生，没有什么靠山，一个人在深圳打拼，居然还在三亚买了一套公寓，你说能不能？”

“潘金莲在深圳做什么？”

“高尔夫球场的接待员。”

“一个接待员就能买得起一套公寓？那怎么可能?！深圳那么多研究生、博士生，都很难买得起一套房。”

“所以，我说她能干呀。”

“你有没有脑子？她一个年轻女子，为什么有那么多钱？那钱是怎么来的？在中国，都什么人去那高尔夫球场？绝大部分都是有钱人，但是，有钱人也不是把钞票当餐巾纸那样随便扔吧？你用脚都能想得出，她那钱都是怎么来的。”

“是的，这个也是令我纠结的一个问题。我知道，她不简单。可是，她也很让人销魂。”

“既然你这样想，那还纠结什么？”

“夏夕阳呀。我对她是有承诺的，我曾经说过，离婚后就娶她，可是，现在遇到了这个潘金莲，我就迷糊了。夏夕阳与潘金莲是完全不同的女人，她是知识女性，又是医生，清高独立，不懂人情世故，也很固执。但是人很简单，娶这样的人做老婆更让人踏实。但是，潘金莲善解风情，人又年轻，作为男人，谁不想拥有一个赏心悦目的花魁？”

“你既然已经决定了，那还犹豫什么？”

“本来，我是有了一点想法，正在考虑，回来以后怎么和夏夕阳谈？可是，在我回来之前，这些事就被她发现了，她不但搬走了，居然还找了一个男人，还说要结婚。”

“这不是正好吗？你不用再纠结，也不用再对她作什么解释，而且，看人家多大气，根本就不同你纠缠，也不同你打闹，你省去多少麻烦！”

“她如果同我闹倒好了，你不知道，就是因为她这样冷冰冰，对我不搭不理的，让我好失落！更糟的是，看她跟着别的男人走了，我心里很难受，我不能就这样让她和别的男人结婚。”

“你有病吧？是你自己先去找了别的女人，而且打算放弃人家夏夕阳，现在人家有着落了，你又想把她拽回来？”

“我是想过，算了，就这样分开算了，可是我放不下，我越想放手，心里就越难受，你说我该怎么办?”

“我看，以夏夕阳的秉性，你这次的错犯大了，她不会轻易地原谅你。再说，又冒出一个潘金莲，你自己都搞不清，你到底想要谁?我看，你还是先把自己想要什么，搞搞清楚，再谈下一步。”

杰克看朱大进形销骨立的样子，就知道他在内心里煎熬多时了，便劝他先回去休息，冷静下来好好想想。

朱大进回到家后，躺在床上，想睡睡不着，他翻来覆去，思前想后，脑子里涌出的都是这几年他和夏夕阳一起经过的时光，那一幅幅活生生的画面，使他越发地感觉，他的生活里不能没有夏夕阳，他必须把她找回来。这样想着，他就翻身起床，准备再到诊所找夏夕阳谈。

在路上，朱大进看到一个女人，她怎么那么面熟?正在想，那是谁?就听那女人对他说：“你是朱大进?我是夏夕阳的朋友张惠芳。”

朱大进也想起来了。他们在难民营见过。他赶紧说：“你好，张大姐！你去哪里?”

张惠芳说：“我到超市去买米，今天那里有特价。你去干什么?”

“我去找夕阳。”

“小夏在干什么?她的官司打赢了?”

“赢了，她的签证又回来了，现在又回到诊所上班了。”

“那太好了！她的诊所在哪里?”

“就在附近。你不知道?我带你去，好不好?”朱大进之所以这样热情地招呼张惠芳，是因为他想，如果他带着张惠芳去，当着张惠芳的面儿，夏夕阳应该不会对他使性子。

张惠芳看见夏夕阳，两个人都很惊喜，她们十分高兴，交谈甚欢，完全把朱大进晾在一边。

朱大进倒不在乎，至少，夏夕阳没有把他轰出去，他就自己找了张报纸看新闻。

“张大姐，你什么时候出来的?现在哪里住?孩子生了?”

“你看我这样，当然孩子已经生了。我是在生孩子前出来的，小孩出生后，我就在赫斯菲尔租了个房子住下了，后来，认识了老王，就和他在一起过了。”

“老王是谁?”

“一个天津人，到这里来旅游，没有回去，脱团黑了下来，现在一家餐馆包饺子。他今天休息，帮我看孩子，我就出来转转，真是巧，在街上看见小朱，就找到你了。你现在怎样？你们结婚了？”

“没有，别提他，还是当初你说得对，我的确是太傻了。”

“怎么了？你们闹别扭了？”

“没有，是决裂。”

“你开玩笑吧？你们这哪像是分手？你看他，不是好好地在那里等你？”

“等我？你知道吗？等的人是我。他刚离婚，之前他一直让我等他，可是他在干什么？到处相亲，那个时候，他的离婚证还没拿到手，可是他却忙着四处相亲。见过采花大盗吗？瞧，就在那儿！”夏夕阳向朱大进那边歪下头。

“真的？他这可太离谱了！那你打算怎么办？”

“还有什么打算？各走各路。”

其实，朱大进一直在听她们的谈话，这时忍不住插了进来：“夕阳，别说气话了。你都骂了一整天了，气出得差不多了，我错了，真的错了，当着张大姐的面，我向你郑重道歉，你别闹了，跟我回去，我给你在机场买了资生堂的化妆品，一大盒呢，都是你经常用的那些。你一定喜欢的。”

夏夕阳说：“我改用香奈尔了，再也不用资生堂了。你留着浇花吧。你走吧，以后我们不必再见了。”

张惠芳不吭声，她担心说错话。

场面尴尬，朱大进便以求救的目光看着张惠芳：“张大姐，夕阳又使小性子了，你劝劝她，要不，我请你到家里坐坐？你好好劝劝她。我今晚请你们吃饭。”

张惠芳看看夏夕阳，正要说话，夏夕阳先开口了：“张大姐，你不是要去超市买东西吗？我陪你去。”

夏夕阳说着，就开始收拾东西，准备关门。

朱大进有点急了，他拉住夏夕阳：“夕阳，你别闹了，就算你不想要我，那澳洲身份你总需要吧？你现在就这样搬走了，我怎么帮你申请澳洲身份？”

听到澳洲身份，张惠芳赶紧把夏夕阳按住，她认为，身份是个大问题，夏夕阳可以和朱大进过不去，但不能跟身份过不去。

夏夕阳说：“朱大进，你闭嘴！从和你认识，一直到今天，我什么时候请你帮我办身份了？从头到尾，都是你自己在那里吵吵，动不动就是身份，你们家人也拿这个诬蔑我，其实呢，你就是个骗子！无耻的骗子！你自己至今都没有身份，却口口声声说要帮别人办身份，张大姐，你看这人有多可笑。我告诉你，我的身份很快就解决了，你还是先操心你自己的身份吧。”

朱大进很诧异，他瞪着眼珠子说：“你什么意思？难道，你真要和那个老外结婚？他给你办身份？你要想清楚了，这个申请可不是那么简单的事情，从申请到拿到身份需要好几年，你和他才认识几天？你了解他多少？我们和老外的生活习惯很不同，真的住在一起，肯定会有很多问题出现，你能和他过几天？到时候，过不下去，你的申请也就泡汤了，那时再后悔就晚了，老天也帮不了你。”

夏夕阳所言的身份其实与朱大进的想法根本就是两回事。在朱大进从中国回来之前，夏夕阳的雅思考试结果出来了，这一次，她的分数是6分，达到了移民要求，老天真是不负有心人，她的努力有了可喜的回报，这样，她技术移民的条件完全符合要求，换言之，她的澳洲身份很快就可以搞定了！真是福祸相依，夏夕阳经历了一连串的祸事，刚刚又被朱大进浇了一盆冰水，可以说是倒霉到极点了。但是，苍天有眼，否极泰来，她苦尽甘来，突然之间前方的路宽了，抬头望天，依然是那轮朝阳，但是却更加的明媚灿烂，她的未来，有了新的希望，她甚至看见，远方的蓝天上，她的梦想正张开臂膀，好似鸿雁般振翅飞翔！

就是在那一刻，夏夕阳放下了心里的重负，她不再哀伤，她作了一个决定，她要走自己的路，彻彻底底与朱大进决裂。从此，朱大进与夏夕阳就是完全的陌生人，无论朱大进做什么，好也罢，坏也罢，统统都与夏夕阳无关。

因此，当朱大进出现的时候，夏夕阳其实是冷静的，她对朱大进的冷漠不是装出来的，是发自心底的，因为从根本上，她已经把朱大进赶出了自己的生活。

但是，对于朱大进这么一个卑鄙的小人，夏夕阳也不想使他活得太轻松。他应该为他所做的坏事吃点苦头，承受责罚。

既然朱大进看不得夏夕阳和老外约会，她就偏要当他面做给他看，既然朱大进不想她去找别人办身份，她就偏说要那么做，朱大进越生气，夏夕阳越高兴，他应该受此惩罚，所谓种瓜得瓜，种豆得豆，有因就有果，你，敢坑害别人，就不要抱怨被伤害。

张惠芳不明就里，她觉得朱大进说得有理，就劝夏夕阳：“小夏，你不要冲动，先好好想想，身份这个事情，千万不能置气使性子。”

夏夕阳说：“张大姐，你放心，我自己心里有数，我没有斗气，跟他完全不值得。”

朱大进看夏夕阳那么绝情，他更加生气：“夕阳，你不要忘了，我的钱还在你手里！你如果一定要和那人结婚，那就把钱还给我。”

张惠芳惊奇：“钱？什么钱？”

朱大进说：“张大姐，你不知道，我帮她打赢了官司，那会儿，我的离婚还没有办下来，我叫她等我，她就要求我，拿出钱给她做保证，我给她了，可是，你看，这个保证有什么用？她还不是照样翻脸？”

张大姐说：“不是我说你，小朱，你保证金都交了，干吗还瞎折腾？如果你不去搞三搞四，小夏也不会跟你翻，是不是小夏？”

夏夕阳说：“没错，是他不遵守游戏规则，所以，后果自负。”

朱大进大叫：“你这是什么意思？后果自负是什么意思？你说得明白一些！”

张惠芳这时对夏夕阳使劲挤眼睛，夏夕阳没有理会她，对着朱大进说：“什么意思，你自己想去，说实在的，我自己到目前为止，还没有想清楚。”

张惠芳看到朱大进俩眼瞪得老大，有点吓人，担心他做出什么失控之举，就赶紧打圆场：“你们都太激动了，今天先不谈了，大家都静一静，改天再聊，夕阳，你不是要同我去超市吗？”

夏夕阳看朱大进已经火起来，心中暗喜，她不理他，由他自己去折腾吧，她懒得理会，就站起来，准备关门。

朱大进气愤之极，但是，他极力控制自己，他不敢发作，如果把夏夕阳逼得太紧，很难说她会做出什么来。事关那么一大笔钱，他得好好地筹谋一下，他知道，这一次，他把夏夕阳彻底惹毛了，夏夕阳是真的生气了，她这是要惩罚他，报复他，但是，凭着以往他对夏夕阳的了解，她是个对钱没有概念的人，更不会把钱私自处理，曾经好几次，他在家里放了数万元的现金，她从来都没有触碰过。闹归闹，最终她还是会把这笔钱还给他的。目前，夏夕阳刚刚发现他的问题，正在气头儿上，他不能火上浇油，而是要耐心地劝导，稳住夏夕阳，给她时间，使她冷静，千万不能急于求成。于是，朱大进便很客气地与她们两人道别。

张惠芳也赶紧热情地和朱大进说再见，然后，拉住夏夕阳朝超市走：“小夏，你是和他赌气，还是真的要分？”

“当然是真分。”

“你真决定了？”

“是的。”

“那他给你多少钱？”

“10万。”

“那么多?! 他把那么多钱都给了你，说明他对你是认真的。真的，有几个男人能做成这样？”

“曾经，我也这样想，可是，你看他干的这些事情，他这个人，品质太坏，跟畜生有什么不同？”

“男人都不是东西，有点钱，就开始折腾。”

“他哪里算有钱？顶多能吃饱穿暖而已，他就敢这么干。”

“你真的不能原谅他？”

“可以再一再二，不可再三再四，我已经让他骗好几次了，我想清楚了，我坚决不想和他有任何关系了。”

“如果，你真的这样决定了，那我可要提醒你，那钱，你可千万收好，坚决不能还给他！”

夏夕阳止步，张惠芳的话，令她心里一震，在此之前，夏夕阳只是想出出气，气气朱大进。因为她了解朱大进，他这个人视财如命，如果突然间令他失去这笔在朱大进眼里的大钱，他一定会气急败坏，暴跳如雷。想想他那种歇斯底里、绝望无奈的样子，她都会笑到心底。什么是被作弄？什么是无可奈何？什么是言而无信？什么是哑巴吃黄连，有苦说不出？这些痛苦的经历，夏夕阳由朱大进所赐，全都一一体会，而且铭心刻骨，痛彻心扉。那么今天，老天安排机会，使她可以为朱大进如数送上这么一份记忆深刻的套餐，夏夕阳何乐而不为？

但是在此之前，夏夕阳还真的没有打算把这笔钱扣下，她只是想使朱大进难堪，使他气恼，猛然间，听到张惠芳的建议，她倒吓了一跳：“不给他？那他还不给活活气死！”

“他怎么样，你不用管他。钱到了你的手里，那就是你的，你想怎么用，那是你的事，他一点办法都没有，就算打官司，他也没门儿！”

“我根本就没有想过真的不还他。只是想治治他而已。”

“你就别傻了，他以前那么对你，害得你连生意都做不成，那笔损失他本来就应该给你赔偿的，现在又给你来这一套，就更应该给他点教训。那叫什么来着？对了，精神损失费！比起他给你带来的伤害，他这点钱算个屁！”

“是的，你看他气急败坏的那个样子，算是给他一点教训了！”

“你不能光为了解气，他那种人，要想治他，就要下狠劲儿，把钱还给他，他还不是用那钱去祸害人，和别的女人吃香喝辣，你白白地让他给涮了！”

“你说的也是，这钱我不花，他就给别人花，我还真不能让他那么快活。可是，如果我用他这钱，我的心里也不爽。”

“什么爽不爽的，你可真糊涂！这钱是你应得的！再说，你想那么多干吗？有钱用不是好事？你如果不知怎么花，我告诉你怎么花。要不，你借我用得了。”张惠芳说到后来，自己都笑了。

“真的？我给你花，你不怕朱大进和你拼命？”

“钱在我们手里，他能怎么样？你难道怕他？”

“我当然不怕他，但是，朱大进是个要钱不要命的东西，不信，你看看，他明天一定会大闹天宫。”

“反正，不管他怎么折腾，这钱，你坚决不能给他。”张惠芳临走时叮嘱道。

夏夕阳心里还真的没有想好，这笔钱要不要还给朱大进？但至少，近期她是不想给他的。她想跟他玩玩猫捉老鼠的游戏。夏夕阳岂能被人随便欺负？

朱大进回到家后，心里开始打鼓。他有点吃不准，夏夕阳这是要朝哪个方向闹？难道，她真的要跟那个澳洲人结婚？他真的就这样放手？本来，朱大进还搞不清自己到底想要什么，在夏夕阳和潘金莲之间，选择哪一个，是他这个时期以来最纠结的问题，那么现在，还没有等他做出决定，夏夕阳就已经提前把他给 Pass（休掉）了。这不是老天在给他帮忙吗？他应该感谢老天爷给他的这个好机会，他应该高兴啊，但是，他却高兴不起来，他受不了夏夕阳对他置之不理的态度，好像他这个人对于夏夕阳来说，根本不值一提，难道她就没有一点留恋？难道在她的心里根本就没有他的位置？比较起来，潘金莲的表现截然不同，那小女子，对他不仅仅是热情似火，而且你情我浓，依依不舍，千里万里，嘘寒问暖，好像他朱大进就是她的天，她的地。这样的女人，能够融化男人的心，哪里像夏夕阳，整个一块冰坨，又冷又硬！明天，就是明天，如果你夏夕阳还这样对我不理不睬，我就再也不求你原谅，我跟你彻底 bye - bye！朱大进给自己画了一道线，决定明天最后再和夏夕阳谈一次。

次日一早，夏夕阳刚到诊所，就看见朱大进走了过来。

“要看病，先付诊金。”夏夕阳说。

“可以呀，你说，多少？”

“100。”

“什么？你杀熟啊？”

“对，就是这价，你愿意就坐，不愿意，走人。”

朱大进拿出钱包，从里面掏出一张百元的绿票子，放在夏夕阳面前的桌上：“给你，现在可以坐了吧。”

“谢谢。你哪里不好？”

“哪里都不舒服。头痛，心也痛。”

“那就扎针吧，再交 50。”

“还交？就算是熟人，也不能这样任意宰割呀。”

“你自己愿意的。”

“我是自己愿意的，因为呢，我贱！我贱还不行吗？我现在再一次向你认错，以后不再跟着老路胡来了，我们以后好好过，好吧？”

“不好，没有以后了，现在你是病人，我是医生，仅此而已。”

“你真的这样想？”

“当然。”

“你可别后悔！这个决定可是你逼我下的。”

“你做什么都是你自己的事情，无论什么决定都跟我没有丝毫的关系！”

“我现在要做的决定还就和你有关系！有大大的关系！你听好了，我现在，做一个决定，我不和你玩了，我要到中国跟年轻美丽的女孩结婚！”

“哈哈！你个色狼，终于原形毕露！早就知道你是什么货色！很好，你这个决定做得好，我支持！也祝贺你，赶紧去办吧，还坐这儿干吗？”

“你不吃惊？也不伤心？”

“伤什么心？为你？你配吗？”

“怎么说话呢？你现在怎么这么凶？都赶上那个宋孃了！告诉你，我要娶的那个又年轻又漂亮，绝不会跟我这么讲话，人家是还没开口，先笑容满面。”

“人家的好，我没兴趣，你留着自己去回味吧。起来，还坐这儿干吗？”

“看病呀，我交了钱，病还没看呢。”

“怎么没看？来的时候，你那花花肠子憋着坏，堵得难受，现在帮你把坏排放出去，你的病不是已经好了！”

“你这是什么乱七八糟的。这样吧，既然你对我无所谓，你也说了，我们现在什么都不是了，那你就把那笔钱还给我吧。”

“什么钱？”

“嘿！你可别拿这事开玩笑！”朱大进一急，差点蹿到椅子上。

“谁跟你开玩笑？”

“夕阳，那可是你说的，是给你等我的保证金，现在，是你不要我的，是你逼我去找别人的，你和我已经两清了，你还拿着我的钱干什么？”

“怎么是你的钱？那钱上写着你的名字？钱是我挣的，在我的账户里，你凭什么说，它就是你的钱？”

“夕阳，你不会吧？难道你真不还我这笔钱？那可是一大笔呀，你拿它干吗？你不要玩了，还是还给我吧。”

“还你钱？做你的白日梦去吧。”

“你还真的这么贪财？你现在怎么变成这样？”

“这要谢谢你，是你给我做的榜样，你是我的好老师，我要感谢你，高师！严师出高徒，今天，我变得有多么离谱，你就可以看到，你自己做的事情有多么荒唐！”

“我做了什么？”

“你做了什么，你自己回去慢慢想，但是我记得，有一天，你的老爸说我是你包养的高级妓女，就冲他这句话，那笔钱就归我了，那是我应得应分的！我不能枉担那个虚名。”

“哎呀！你跟一个八十多岁的老人较什么劲啊！”

“我不同他较劲，我是在同你讲理。你敢造孽，你就要敢承担，不想担当自己去想辙，待在这里又找不出办法。”夏夕阳看他阴沉着脸，没有要走的样子，就起身到寇先生那里买咖啡。

寇先生一见夏夕阳就凑上前来：“小夏医生，阿朱昨天一大早就来找我，他说你从他家里搬走了？你们怎么回事？他又怎么了？我看他急得不行。”

“寇先生，我确实搬了出来，我看错人了，不再跟他来往了！”

“怎么会这样？他昨天还说要同你结婚呢。”

“他放屁！”夏夕阳心说，但是，这种粗话她说不出口。虽然朱大进很无耻，但她怎么能够因为这样一个无赖而动粗口？

寇先生继续说：“他看起来是真的着急，你们到底发生了什么事情？”

夏夕阳说：“他着急是自找的，他是要结婚了，可是，他要娶的那个人不是我。”

“为什么呀？”

“他刚刚回中国找了一个年轻的。”

“怎么会这样？他做事情也太奇怪了！你做得对，我支持你！像你这样的好姑娘，错过了，是他的损失！他真是太愚蠢了！本来，他求我来劝劝你的，但是，我看完全没有必要了，你放心，我认识大把的好男孩，改天我一一介绍给你。随便找一个都比他强！”

“谢谢您！”夏夕阳看见有客人进来，就怕打扰寇先生的生意，赶紧离开。

夏夕阳回到诊所，朱大进仍然在那里，不过，他这会儿坐在夏夕阳的办公桌前在捣鼓什么，夏夕阳近前一看，原来，朱大进在拆她的电脑，这台旧电脑是在她的官司打赢，返回公司上班的时候，朱大进主动给她组装的，说是送给夏夕阳重新开张的礼物。当时，夏夕阳想，自己平时不太用电脑，曾经推托过，但是那个时候，朱大进坚持要放到诊所。

此刻，他在那里干什么？夏夕阳好生奇怪，就问他：“你动我的东西干什么？”

“我要把这台电脑拿回去。”朱大进说，手里的工作没有停。

“你送给别人的东西，还兴收回去？”

“你看，这台电脑这么大，把你的办公桌都占满了，你又不怎么用，不如我搬回公司卖了，还能赚个千八百的。”

“那你加油，赶紧把它搬走吧。还有那张画，也是你的，都拿走吧。”

朱大进也不说话，把拆下的东西归在一处，真的搬走了。

他现在已经想清楚了，夏夕阳肯定不会再回头了，既然她那么绝情，我干吗还把电脑给她？搬回店里，转手一卖，就是一笔钱！今天看来大钱是要不回了，先把小钱抓住。

对于朱大进的这个举动，夏夕阳多少感到意外，她知道朱大进会算计，可是没有想到，他居然算计得这么不要颜面，过去她怎么就没看清他的面目？她真有点为自己和这么样没品位的人混在一起而难为情。

朱大进回到他的公司，离开这里好几周，有很多事情需要做，但是，他根本就没有心思工作，他的一颗心悬在半空，因为他突然意识到，他放在夏夕阳账上的那笔钱可能要不回！他这是败走麦城，赔了夫人又折兵，这是要人财两空呀！他朱大进打拼这么多年，怎么也没有想到，会给自己设下这么一个套儿，而且是他自己心甘情愿的，为什么会搞成这样？难道人真的可以这样快就善变的？之前，他那么痛快地把钱拿出来，是因为他觉得了解夏夕阳，她绝对不会把那笔钱怎么样，她只不过要他的一个态度，日后定会把钱还给他。万万没有料到，夏夕阳现在会对这笔钱发生兴趣，难道真的应了那句话："有钱能使鬼推磨？"

虽然他这么想，但是，终究，他还是觉得，夏夕阳之所以这样迟迟不归还他钱，还是因为心里不平，记恨他，惩罚他。怎么办？干等，他心中忐忑，去讨，已经试过两天，毫无效果。他坐立不安，在房间里走来走去，突然，他想起了夏夕阳的父母，对，这对老人，知书达理，他们一定不会同意自己的女儿随便拿别人的钱财。

朱大进想到此，立刻找出夏夕阳家的电话。

"您好！叔叔，我是朱大进，是夏夕阳在澳洲的男朋友。"朱大进听到一个老先生的声音，如此自我介绍。

夏老先生一愣，夏夕阳从来都没有提过这个男朋友。老先生说："你好，请夏夕阳接电话。"

"夕阳她不在这里，我想同您谈谈。"

"关于什么？"

"我曾经给您打过电话，就是之前，夕阳的签证出了问题的那个晚上，后来，我帮她打官司，官司打赢了，她的签证又拿了回来。"

"谢谢你在困难的时期帮助她。"

"这个是我愿意做的，您不用谢。我在她赢了官司之后，在她的账里放了一笔钱，本来，我是打算和她结婚的，可是，现在，她把我给甩了，她不要我了，我很难过，千方百计地劝她，可是她铁了心，说什么也不肯回头，我看没有希望了，就放弃了，想把我的钱要回来，可是她说不给。叔叔，您看，是她不想跟我的，既然分开了，那我的钱就应该还给我，您说是不是这个道理？”

夏老先生听他这么一说，心中十分诧异，女儿在干什么？但是，又一想，这么离谱的事情，他的女儿怎么会做？他稍作沉思：“小朱，这样吧，你说的这个情况，容我了解一下，如果夏夕阳拿了你的钱，我一定叫她还给你。”

“好的，叔叔，谢谢您，夕阳现在就在诊所，您劝劝她，如果她能够回心转意，我还是很喜欢她的，我愿意和她结婚，如果她实在不想回来，那就把钱还给我。”

“你放心，我现在就和她联系。”

夏老先生放下电话，就给夏夕阳打。

“夕阳，你到底是怎么回事？你是不是有了男朋友？他是不是叫朱大进？”

“朱大进给您打电话了？爸，您别理他，他是个大骗子。”

“他说是你的男朋友，还说，你拿了他的钱。这到底是怎么回事？”

“这个说来话长，我以后再同你们说，我和他现在毫无关系，以后，他再来电话，您就直接挂了。”

“那你到底拿没拿他的钱？如果真的拿了，就赶紧还他，这是原则问题，你可不能随便拿别人的钱，你一定要记住，做人要有诚信，千万不可做那背信弃义的事情。”

“好的，您的话我记住了。他再来电话，您千万别接。”

夏夕阳放下电话，就给朱大进打过去：“朱大进，你如果再敢打电话，骚扰我父母，就别再想要回你的钱！”

听到夏夕阳这么说，朱大进心里一喜，他打给北京的电话有效了，说明夏家老人是不赞成夏夕阳把钱扣下的，另外，从夏夕阳的口气中，他隐约觉得，夏夕阳心里真的没有想不还他钱。这样想来，他松了一口气，得了，先等一等，过两天，她气消了，再同她谈。

夏夕阳接到移民代理的通知，她的技术移民通过了，她非常高兴，就到寇先生那里报喜。

“寇先生，我有一好消息，我拿到澳洲身份了！”

“太好了！祝贺你！以后，你就可以好好在澳洲生活了，再也不用考虑工作时间，也不用担心坏人陷害了。”

“是的，我真的很高兴，谢谢您这么长时间以来对我的照顾和支持！我今天晚上请您吃饭吧。”

“好的，我收工后来你这里。”

夏夕阳请寇先生到悉尼最大的赌城卡西若吃自助餐。当时，这里的自助餐每人花费20澳元，品种繁多，西餐、中餐、日本餐、泰餐，甚至印度餐，还有大虾、蔬果、甜点等，应有尽有，十分丰盛。在悉尼算是比较上佳的去处。

寇先生取了一盘大虾，这种虾是澳洲人的一种吃法，渔民在海里捕捞上船后，直接把虾放到锅里烹熟，然后冰冻运往鱼市场，人们从商家买回家后，蘸酱直接进食，美味可口，十分方便。他剥去外壳，蘸好调味汁，推荐给夏夕阳吃，夏夕阳品尝了一只，味道还好，但她不习惯冰冷的海鲜，比较起来，她更喜欢烫热的海鲜，寇先生就告诉她："那边，有蒸鱼，还有刚出锅的炒虾炒鱿鱼等。"

夏夕阳装了一盘炒熟的海鲜和蔬菜，味道真的很不错。

他们边吃边聊。

寇先生说："小夏医生，阿朱这两天都没出现，你们真的就这样完了？"

"应该是的，但是，还有一件事情，我现在没有想好怎么做，所以，我想，他可能很快还会来。"

"是什么事情？可以说说吗？"

"我本来就想同您说的。其实，我自己都没有主意，想听听您的建议。"

"说来听听。"

"几个月前，朱大进还没有离婚，他要我等他，因为过去吃过亏，我就叫他拿出钱来，证明他的诚意，他拿了，所以我手里就有他的一笔钱，现在他在等我把这笔钱还给他。我当时没有马上给他，想气气他，可是，你看他，现在这么着急的样子，居然把电话打到我父母家，我爸爸打来电话，要我把钱立刻还他，我现在有点把握不好，还给他，他高兴了，我就不高兴，可是，不还他，他就折腾，搞得大家都不安生。您说，我该怎么办？"

"你们俩的事情，真的好像电影，都不用改编，拍出来，直接就可以上映。"

"让您见笑了。都怪我自己，看错人了。"

"你真的不想跟他好了？"

"真的，这次坚决不变了。"

"那好。我告诉你，这钱，你好好地收着，它就是你的，早就应该是你的。"

"您也这样说。我的一个朋友也这样讲。"

"是啊，朱是你的男朋友，不管他今后是不是，他以前是，这个大家都知道的，他作为你的男朋友，给你钱，那是天经地义的，你和他住，给他洗衣搞卫生，这些工作，如果请小时工来做的话，一个小时60元，这些年下来，你问他，应该付你多少？更何况，因为他的原因，使你的生意停做，又是吃官司，又是受惊吓，还有那么多的污水泼在你身上，这笔账，他不应该负责？再有，根据澳洲法律，同居三年，男女双方的关系等同夫妻，他即使和你分开，财产上你也有至少一半的份，这样算来，你拿他钱完全是合情合理的。他给你的那点钱其实很不够的，严格说来，你还应该同他要更多的。你不要忘了，这可是你的正当权利，应该维护的。”

“原来，还有这个说法。不过，朱大进把钱看得跟命一样重要，如果真的不给回他，他会拼命的。”

“他敢！这是澳洲，他不敢随便鲁莽，如果他敢动你一下，甚至对你说话不敬，你就报警，也可以提前向警察申请保护令，警察可以命令他远离你，在你生活工作的一定范围内，他都不得进入的。他懂的，如果他要胡来，他就会有大麻烦，到那时，他的澳洲身份都不一定能够拿到。”

“但是，从一开始，我都是准备把钱还他的，只是没有想好，什么时候给他合适。”

“小夏医生，你千万不能这样想，那就是你的钱，你踏踏实实地放好，想怎么用都行，还给他，那就是办傻事！”

“可是，这样的钱，用起来，我的心里也不舒服，但是还给他，我的心里也很不舒服，这笔钱现在倒成了烫手的山芋，一时不知该怎么处理了。”

“那是你自己的心态没有摆好。其实，很简单，你因祸得福，全当它是你中的彩票，这样，明天就把它搞一个定期 5 年的存折，5 年之后，你再考虑如何用它，那个时候，估计你已经忘记了朱大进，忘记了今天这些事情。”

夏夕阳觉得，寇先生的话，不无道理，值得她好好地考虑。但是，把朱大进的钱，就这样强行地据为己有，在她的心里，还着实从来没有想过，如果真如此行事，那还真的不是她夏夕阳的风格。她开始纠结了。

同样纠结的朱大进，次日一早又站在夏夕阳诊所的门口，他已经想好了，今天，如果夏夕阳不把钱给他，夏夕阳走到哪里，他将跟到哪里。

夏夕阳看到他，也不理他，就当他是一团空气。她开门，烧水，泡茶，然后打开书本，全心全意看书，但是字是看了，但意思却看不进去。无奈，她开始看报纸，那里有连载的小说，虽然昨天已经看过，但再过一遍也无妨。

朱大进看夏夕阳完全不当他存在，他灵机一动，突然想到，如果此时给北京打一个电话，会怎么样？此刻的北京，正是早晨七八点钟，夏夕阳的父母应该正在家吃早饭吧？你不理我可以，但你不能不理父母吧？

这样想来，他就把电话拨过去。果然，夏夕阳的父亲接起了电话。

“喂，哪位？”

“叔叔，您好！我是夕阳的朋友大进。”

"你干什么?"夏夕阳一听，急了。这东西又开始骚扰老人了。她立刻站起来，要抢过他的电话。

朱大进就站了起来，他继续说："叔叔，我求您跟夕阳谈谈，让她把钱还给我吧。"说完，他主动把电话递给夏夕阳。

夏夕阳气结，她拿着电话，就听父亲说："夕阳，你不要跟他再纠缠了，赶紧把钱还给他。孩子，君子爱财，取之有道，这种不义之财，要它做甚?马上还他，听话!"

"好的，爸，您放心，我知道了。"夏夕阳很生气，朱大进这样再三打扰老人，尤其可恶!

她想给他钱算了，从此再也不用看见这个讨厌的东西!

"好，算你狠。我给你。"夏夕阳说时拿出支票。

"丁零零……丁零零……"一阵电话铃响，夏夕阳拿起电话，对方是杰克。

"小夏，你好!在忙吗?"

"不忙，你有事吗?"

"我有点事情，我现在就在你的诊所前面。你和朱大进现在怎么样?"

"不怎么样，他现在就在这里，你进来吧。"

"好的。"杰克话音刚落，人就到了门口。

朱大进心里这份懊恼!眼看着钱马上就要拿到手了，半路杀出个程咬金，杰克这个人太不像话!怎么偏偏就在这个关键时刻出现了!

其实，杰克本来就在门口，他正是看见夏夕阳要写支票，才打的电话。在朱大进和夏夕阳的关系中，杰克其实很同情夏夕阳。他了解朱大进，也了解宋孃，杰克认为，朱大进做事不地道，宋孃更是毒辣，这对夫妻，那是针尖对麦芒，可谓是绝配。可惜夏夕阳白白做他们的牺牲品。因此，杰克更赞成夏夕阳不还朱大进的钱。他今天过来，本来就是要告诉夏夕阳，理直气壮地拿着那笔钱，好好地保存好那笔钱，完全不要管朱大进，他死缠烂打，甚至撒泼打滚都不要管他，他做事就得负责任，不负责任，那就付出代价，天下哪里有免费的午餐?因此，当他看见夏夕阳拿出支票时，赶紧打电话，目的是想阻止她写支票。

"杰克，早晨好!有什么事吗?"夏夕阳热情招呼。

"有事，是个好事情。我刚刚买来一辆新的丰田小轿车，开到唐人街，可是，我的店里没有停车位，不知你这店可有停车位?"

"有，我有一个车位，平时都空着，经常被别人用，如果你需要，就给你用。"

“那太好了，我现在就把车开进去。”

“你的车在哪里？可以让我开开吗？”

“好呀，我们去兜一圈？”杰克说。

朱大进着急地说：“杰克，你搞什么！我们正忙着。夕阳，你把手头的事办了再去玩吧。”

杰克故意做出兴奋的样子：“嗨！你说我搞甚？新车！哥们儿刚买的，你不去开开？走走走，一起去！”他说时已经拽着朱大进走出了诊所。

夏夕阳也跟着出来。

杰克的车就停在路边，那是一辆崭新的鲜红色轿车，非常亮丽！夏夕阳很喜欢，她问杰克：“你真舍得让我开？”

杰克说：“靓车配佳人，这车还就得你开！”他把钥匙递给夏夕阳。

夏夕阳毫不客气，直接坐到驾驶位。

“哥们儿去不去？要去就上车。”杰克对朱大进说。

朱大进也不说话，自己坐到夏夕阳旁边。

“杰克，你坐到我旁边，我不认路。”夏夕阳说。

“阿朱认路，他可以告诉你。”杰克说。

夏夕阳不说话，也不开车，朱大进知道夏夕阳不愿意他坐旁边，就换到后排，杰克就来到前排，夏夕阳这才把车钥匙插了进去。

“杰克，我们去哪里？”

“今天天好，我们去远点儿，到蓝天寺如何？”杰克说。

“好的，你指路。”夏夕阳就按照杰克指示开车上路了。

出了市区，经过机场，沿着南岸海滩，很快就到了高速，不久，高速路两边的高楼和住房就被抛向远方，出现在高速路两旁的是连绵起伏的丘陵，大概丘陵的土质不够丰厚，以石头为主，所以，丘陵上虽有树木，但不成林，倒是杂草丛生，野花烂漫。夏夕阳开着新车，车速达到每分钟 90 公里，呼！呼！呼！嗖！嗖！嗖！小车如离弦之箭，一路飞奔，眼前的景色一会儿一变，太爽了！夏夕阳好久都没有这样痛快了！不到两小时，他们就已经到达蓝天寺。

杰克说要给菩萨烧香，保佑他的新车安全。他们一行来到大殿。杰克走上前去给菩萨磕头，他的这个举动，令夏夕阳突然想到数年前，自己第一次到蓝天寺来的情景，那一天，朱大进带她来到蓝天寺，他也像杰克这样，在菩萨面前磕头祷告，他后来告诉夏夕阳，他祈求菩萨保佑他们两人能够在一起。那个时候，她和朱大进尚未走近，原本她对朱大进没有感觉，朱大进的形象气质，朱大进的谈吐行事，点点滴滴，多少透着平庸粗俗，比如说话，大嗓门一开，哇啦哇啦，缺乏风度，比如吃饭，嘴巴吧唧吧唧，十分不雅，如果不是朱大进的穷追猛打，如果没有那么多的阴差阳错，无论如何，她都不会和他走到一起。后来，菩萨显灵，朱大进的祷告应验，云破月出花弄影，朱大进真的把夏夕阳拉上他的那条船，他们的确成了一对鸳鸯，然而，好景不长，仅仅数月，这条贼船就被风吹浪打，他们的生活，突然间出现了那么多的意外，两人的感情更是发生了天翻地覆的变化，夏夕阳的人生更是彻底调个儿，她甚至连自己差点一头栽进海里，朱大进的贼船严重触礁！

当初的朱大进来此，一心只为追求夏夕阳，那时的夏夕阳对于朱大进是块宝。今天的朱大进到此，却是一心只为追回钱，此时的夏夕阳，对于朱大进是件旧衣。人还是那个人，庙还是那座庙，但是去年的台历，今日的天气，已然物是人非。是造化弄人，还是他们的命运，原本就该有如此的一波三折，潮起潮落？

古人曰："曾经沧海难为水，除却巫山不是云。"当这两句古诗涌入夏夕阳的脑海，她的心里突然一亮，悠悠往事东流水，过去的就让它随风飘散，人生有限，岁月飞逝，有的事，有的人，不值得你花费宝贵的光阴。早分早弃，早幸早胜！夏夕阳决定，回到诊所，立刻把钱还给朱大进。

刚回市区，杰克就接到一个电话，有个病人要他出诊。杰克让夏夕阳把他送到病人家，然后把车停在夏夕阳诊所的停车库。

杰克下车后，朱大进说："夕阳，求求你，把钱今天还给我，好不好？"

夏夕阳本来就打算还他钱的，但听朱大进这样一说心里就有点别扭："那钱对你来说，就那么重要？"

"当然了，谁不爱钱？钱对谁不重要？"

"既然你这样以为，那么，我赞成，投你一票，这样说来，那钱对我也很重要，凭什么，要还给你？"

"那是我的钱，你当然要还回来呀！"

"还你个头！你，下车，滚！"夏夕阳干脆停车。

"你说什么，我就得听？我还就不下了。"

"我数3下，到了3，你不下，我就叫警察，看，他们就在那里。1，2，3，警——"

夏夕阳的察，还未喊出，朱大进突然开门冲了出去："你听好，想用那笔钱，没门儿！我先烦死你！烦死你老爹！"哐！他用力摔上车门。噔！噔！噔！大步向前踏去。

夏夕阳被他的这个举动吓了一跳，随后，她开车跟上他："喂，我先碾死你！"说完，她把车向后倒了几步，然后，加大油门，轰——车子如奔腾的骏马，嗖！一下向前蹿出，朱大进一看，不好！夏夕阳动了杀机！他立刻掉头朝路边杂草丛奋力奔逃。

“哈哈哈！看谁狠！”夏夕阳心说，其实，她是朝前直行，就算车子飞起来，也离朱大进几米远，丝毫不会触碰到他，这份小胆，居然敢叫板！夏夕阳并没有丧心病狂，她还不至于为他这么一个小人触犯法律。

朱大进连滚带爬，回到家时，尚觉心颤胆寒，沉心细思，他意识到，虽然是夏夕阳执意要分手，但在内心里，他自己也是愿意的，回想他和夏夕阳这几年的历历往事，用他朱大进的逻辑衡量，他是占了大便宜的，吃亏的是夏夕阳，付出青春，付出感情，到头来，却是一身的麻烦事！这样算来，完全要夏夕阳把钱拿出来，情理上确实说不过去，应该说，夏夕阳是有权利向他提出赔偿的。如果闹到法庭，官司打起来，他要损失的可能就不光是她手里的那点钱了。所以，目前看来，至少，分给她一半，才有可能把其余的部分要回来。

第二天，朱大进又早早地恭候夏夕阳。

夏夕阳刚一进门，他就迫不及待地说：“夕阳，我已经想好了，那笔钱我不全要，我们商量一下，我给你一部分，你看可好？”

“你什么意思？你又搞什么名堂？”

“我的意思是给你留下3万，你把剩下的还我。”

“凭什么？”

“那就5万，你只还我5万，这样算公平吧？”

“公平？在你的眼里，公平标准是什么？这样吧，你跪在地上给我磕头，求天求地，求我，你求够了，我就把钱都给你。”

“你说的是真的？你说话算数？我可真的要跪了。”

“好，男儿膝下有黄金，你这一跪，可值10万。”

夏夕阳看着朱大进，她知道，朱大进的膝头绝对扛不过那区区10万元。果然，扑通！朱大进双膝跪地，一头磕向夏夕阳。

“什么人！就知道你的骨头软。求吧，求够100遍，我写支票给你。”

朱大进一不做，二不休，他开始求天地，求夏夕阳。

夏夕阳不理他，直接给他写支票。“停！打住。这是支票，10万，你看清楚。”

朱大进双手捧着支票，认真端详片刻，突然，从地上一蹦而起；“好你个夏夕阳！你敢在这里玩我！老子是谁？跪你，求你有什么？重要的是钱我拿到了！你这个大傻子！我这就到银行去拿钱，然后立刻回中国去找我的美人！我们要尽情地享受这笔钱！谢谢你，我还以为我的钱再也回不来了！”

夏夕阳本来想嘲笑朱大进，没想到，钱一到手，刚刚还在低声下气的朱大进，突然反戈一击，她十分意外，眼睁睁看着朱大进得意扬扬地离去，她心有不甘，难道，就让这厮如此猖狂下去？姥姥！她拿起电话，给银行打过去，要求把刚刚写好的支票取消！

朱大进欢天喜地，一路狂奔。进了银行，他向营业员出示支票，要求转账，可是，营业员看了那张支票，说："先生，对不起，你的这张支票已经过期。"

"不可能，这张支票是刚刚写好的。"

"是的，我们也是刚刚得到指示，取消此票。"

朱大进几乎气绝！非常后悔自己刚才得意忘形，过早地暴露了他的嘴脸。该死，为什么不等拿到钱后再找她出气？他真想抽自己两个嘴巴。

无奈，他返回夏夕阳的诊所，这一次，他准备服软装熊，只要能把钱拿回来，他做什么都可以。

夏夕阳已经平静下来，她说："后悔了？晚了！你不要再抱任何幻想了，这笔钱，我刚刚转到慈善机构了，与其让你用它来做荒淫无耻的勾当，不如把它作为善款，给需要帮助的儿童，也算你给社会作了一份贡献！"

"夕阳，对不起，我错了，我浑蛋！求求你，这个玩笑可千万开不得呀。"

"谁和你开玩笑，这笔钱给你，你就去做混账事，留在这儿，我还嫌硌硬，不如拿去做善事，这样，你好，我好，大家好！这事已经无法挽回了。你等着，善款的收据明后天就寄到。我到时给你复印一份寄去。"

朱大进彻底傻眼！他呆在那里，半天都没反应。

"你走吧，现在我们两清了！从明天起，你不要再来了，如果你不听，我一定报警。"

朱大进终于明白，他的钱没有了！他极度失望，一句话也没说，木然离开。

后　记

时光荏苒，距离今天，本书发生的故事已接近二十年了。故事中的人物都已纷纷进入中老年的行列。时代在变化，世事在变迁，如今的悉尼，早已不是当初的情形，随着中国的繁荣富强，走出国门已是十分平常之举，中国人已经走遍世界。当然，阳光明媚的澳大利亚也吸引着越来越多的国人移民，经商或留学，在悉尼市中心的大小街道上，来来往往的中国人数不胜数，甚至大队的中国游客，一车一车徘徊在悉尼歌剧院或情人港等景点，就连碧梧德，这个西区小镇，也到处都是中国人，中国人的商铺，中国人的餐馆，中国的老年人、青年人……

往事如烟，经过二十年岁月的洗礼，书中的人物，早已时过境迁，但人性的本质，无论经过多少年，依然如故。

夏夕阳已经退休，每年到一个国家旅行。周游世界，是她退休以后的生活目标。平时的她看书、打太极、练瑜伽、每周去做一天义工。有一天，她去养老院做义工，在那里，她见到一个有点熟悉的面孔，她在想，这个人，感觉很面熟，好像在哪里见过？正在思考，就听那人以含糊的口吻说："钱！你还我钱！还钱！"这一声"钱"字，使她惊醒，莫非，他是？她赶紧看那人床头上方的名字，上帝！那人真是朱大进！他怎么变成这样？在护士站，她了解到，朱大进患了中风，右边肢体瘫痪，语言功能也有损伤，还有中度脑萎缩，经常犯糊涂。生活不能自理，他住在养老院已经三年了，偶尔，兄妹会来看望他。世事难料，夏夕阳万万想不到会在这里以这样的方式，再见这个曾经给她指路的"仙人"！更难得，过了这么多年，他还能记得她。她心生感慨，又来到朱大进的床前："你好！谢谢你还记得我。""李燕，你好狠！我病了，你不管我，还把我的钱都拿走了！扒了皮也认得你！还钱！还钱！"原来，朱大进把她当作别人，看来，他的脑子真的坏掉了。这个一生为钱奋斗的男人最后还是被金钱击倒了。

此书的创作，写写停停，历经七八年，起初在敬爱的父亲贾斌的指点和鼓励下，写了几章，后来，父亲突然病故，加之工作生活繁忙，就一直放了下来。写作过程中，好友陈克学先生、于涛先生、韩萤女士、韩慧敏女士曾给予我莫大的支持和鼓励，像父亲般的伏虎老先生以年迈之躯为我批改书稿，点点滴滴，令我深刻铭记。如果没有上述亲朋的热情鼓励和鼎力相助，就没有此书的问世，因此，请容我借此一席，向以上各位尊敬的友人送上我发自肺腑的衷心感谢！

令人遗憾的是，父亲已经离世，他不能看到此书的问世了，但我深信，他的在天之灵一定能够感知，在此，谨以此书的出版向他献礼，送上我满心的祝福，愿他在天国的世界里吉祥如意！永远安详！

贾小玉